D0360275

LES ÂMES VAGABONDES

Née en 1973, Stephenie Meyer a grandi à Phoenix (Arizona). Diplômée d'anglais, elle est mère au foyer lorsqu'elle entame, en 2003, l'écriture de la série *Twilight*, qui connaîtra un succès retentissant dans le monde entier. Traduite en une trentaine de langues, cette série a été vendue à plus de cent millions d'exemplaires et a été adaptée au cinéma.

STEPHENIE MEYER

Les Âmes vagabondes

ROMAN TRADUIT DE L'ANGLAIS (ÉTATS-UNIS) PAR DOMINIQUE DEFERT

JC LATTÈS

Titre original :

THE HOST
Publié par Little, Brown and Company, New York

À ma mère, Candy, qui m'a appris que dans chaque histoire,
c'est toujours l'histoire d'amour le plus important.

Question

Mon Corps ma maison
mon cheval, mon chien,
que deviendrai-je
lorsque tu ne seras plus

Où dormirai-je
Comment me déplacerai-je
Quel gibier chasserai-je

Où pourrai-je aller
sans ma monture
impétueuse et impatiente
Comment saurai-je
dans le bosquet devant moi
si un danger ou un trésor m'attend
Quand mon Corps, chien taquin
et fidèle sera mort

Quelle sera ma vie
Quand je reposerai dans le ciel
sans toit ni porte
Avec le vent pour yeux

Et les nuages pour robe
Où alors me cacherai-je ?

May Swenson

L'insertion

Le Soigneur s'appelait Marche-sur-les-Eaux.

Parce qu'il était une âme, il était, par nature, bon et mesuré en tout : patient, honnête, vertueux, pétri de compassion et d'amour. L'anxiété était une émotion inhabituelle pour lui.

Et l'irritation le gagnait plus rarement encore. Toutefois, parce que Marche-sur-les-Eaux vivait dans un corps humain, ce parasitage émotionnel était parfois inévitable.

Il pinça les lèvres d'agacement en entendant les étudiants du Centre de Soins qui chuchotaient dans un coin du bloc opératoire. C'était une moue incongrue pour une bouche qui d'ordinaire arborait un indéfectible sourire.

Darren, son assistant, remarqua la grimace et lui tapota l'épaule.

— Ils sont simplement curieux, March', expliqua-t-il à voix basse.

— Une insertion n'a rien d'intéressant, ni d'exceptionnel. N'importe quelle âme saurait le faire en cas d'urgence. Je ne vois pas ce qu'ils espèrent apprendre aujourd'hui ! lâcha Marche-sur-les-Eaux, surpris d'entendre ce ton tranchant dans sa voix d'ordinaire douce et suave.

— Ils n'ont jamais vu d'humain adulte…

Le Soigneur leva un sourcil.

— Il leur suffit de se regarder les uns les autres, ou de se planter devant une glace ! Ils n'ont pas de miroir chez eux ?

— Vous savez très bien ce que je veux dire… un humain *sauvage*. Encore sans âme. Une rebelle.

March' contempla la fille inconsciente, étendue à plat ventre sur la table d'opération. Une bouffée de tristesse l'envahit… Il se rappelait le corps meurtri, brisé, que les Traqueurs avaient apporté au Centre de Soins. Cette pauvre créature avait enduré tant de souffrances…

Bien sûr, elle était en parfait état aujourd'hui – totalement soignée. Marche-sur-les-Eaux y avait veillé…

— Elle nous ressemble tant, murmura le Soigneur à Darren. Nous avons tous des visages humains. Et lorsqu'elle se réveillera, elle sera l'une des nôtres.

— C'est tellement excitant pour ces étudiants… il faut les comprendre.

— L'âme que nous implantons aujourd'hui mériterait plus d'intimité. C'est indécent tous ces regards rivés sur son hôte… La période d'acclimatation ne va pas être une partie de plaisir pour cette âme, alors, vraiment, ce n'est pas bien de lui imposer ça !

Cette fois, le Soigneur ne faisait pas allusion à la présence importune de son public. Et sa voix avait encore pris ce ton tranchant…

Darren lui tapota de nouveau l'épaule.

— Tout ira bien. Les Traqueurs ont besoin d'informations et…

En entendant le mot « Traqueurs », le Soigneur lança à son assistant un regard noir. Darren vacilla sous le choc.

— Mille pardons, s'excusa aussitôt Marche-sur-les-Eaux. Je ne voulais pas réagir de façon aussi brutale. C'est juste que je m'inquiète pour cette pauvre âme.

Il tourna la tête vers le caisson cryogénique qui trônait sur une servante à côté de la table d'opération. Le voyant luisait d'un rouge continu, signe que l'unité renfermait un occupant placé en hibernation.

— Ce n'est pas n'importe quelle âme ; celle-ci a été spécialement choisie pour cette mission, annonça Darren, se voulant rassurant. Elle est exceptionnelle – une brave parmi les braves. Ses vies parlent d'elles-mêmes ! Je suis certain qu'elle se serait portée volontaire si on avait pu lui demander son avis.

— Toute âme se porterait volontaire pour préserver le bien-être du plus grand nombre, évidemment ! Mais est-ce réellement la finalité de cette mission ? En quoi tout cela sert-il le bien commun ? La question n'est pas de savoir si celle-là aurait été d'accord pour le faire, mais s'il est juste de demander un tel sacrifice à une âme, quelle qu'elle soit.

Les étudiants Soigneurs parlaient, eux aussi, de l'âme en hibernation. Marche-sur-les-Eaux entendait maintenant distinctement leurs messes basses, l'excitation faisant monter leurs voix en crescendo.

— Elle a vécu sur six planètes…

— Non, sept !

— Et jamais deux cycles dans la même espèce !

— C'est incroyable…

— Elle a quasiment tout essayé… Elle a été Fleur, Ours, Araignée…

— Herbe-qui-voit aussi, Chauve-Souris…

— Et même Dragon !

— Impossible… Sept planètes ?

— Plus que sept ! Elle a commencé sur Origine.

— Vraiment ? Origine ?

— Silence, je vous prie, jeunes gens ! lança le Soigneur. Si vous êtes incapables de vous comporter en professionnels, je vais être dans l'obligation de vous demander de quitter le bloc.

Honteux, les six étudiants se turent aussitôt et s'écartèrent les uns des autres.

— Allons-y, Darren. Finissons-en.

Tout était prêt. Les produits et solutions *ad hoc* étaient disposés à côté du corps de l'humaine. Ses longs cheveux bruns étaient retenus sous un bonnet chirurgical, révélant son cou gracile. Sous sédatif, la fille respirait lentement. Sa peau bronzée ne portait presque plus aucune marque de l'accident.

— Commençons la séquence de dégel, Darren.

L'assistant aux cheveux grisonnants attendait déjà à côté de la cryocuve, la main sur le bouton de commande. Il souleva le clapet de sécurité et tourna la manette vers la gauche. La diode rouge se mit à clignoter, de plus en plus vite, en changeant de couleur.

Le Soigneur reporta son attention sur le corps inconscient ; il incisa la peau à la base du crâne, d'un geste précis, puis aspergea l'ouverture d'un produit antihémorragique, avant d'écarter les lèvres de l'entaille. Le scalpel s'enfonça délicatement sous les muscles de la nuque, sans les endommager, pour exposer les pointes blanches des vertèbres cervicales.

— L'âme est prête à être insérée, March', annonça Darren.

— Moi aussi, je suis prêt. Vous pouvez l'apporter.

Le Soigneur sentit Darren se poster à côté de lui ; il savait, sans avoir besoin de le regarder, que son assistant se tenait bras tendus mains en coupe, attendant l'ordre. Ils travaillaient ensemble depuis tant d'années. Le Soigneur écarta encore un peu plus l'entaille.

— Allez-y, Darren, envoyez-la chez elle.

La main de son assistant entra dans son champ de vision, avec, dans sa paume, l'éclat argent d'une âme s'éveillant.

Marche-sur-les-Eaux, à chaque fois, était saisi par ce spectacle, par cette beauté d'une âme toute nue.

Elle brillait, scintillait sous les lampes du bloc, plus fort que l'éclat Inox du scalpel. Tel un ruban vivant, elle se tortillait, s'enroulait, s'étirait, heureuse d'être délivrée du caisson cryogénique. Ses minuscules filaments de connexions, près de un millier, formaient une pelote de cheveux d'ange argentés. Toutes les âmes étaient belles, mais celle-ci avait une grâce particulière.

Marche-sur-les-Eaux n'était pas le seul à être sous le charme. Il entendit le hoquet discret de Darren, les murmures admiratifs des étudiants.

Doucement, Darren déposa la petite créature lumineuse dans l'incision ménagée dans la nuque de l'humaine. L'âme se glissa dans l'orifice, se frayant un passage dans le corps étranger. Avec quelle dextérité, quelle adresse, l'âme prit possession de son nouveau foyer! Ses filaments de connexions s'implanteraient bientôt solidement aux centres nerveux, d'autres s'étireraient pour atteindre des zones plus éloignées – le tréfonds du cerveau, les nerfs optiques, les canaux auditifs. Elle était rapide, adroite, d'une grande précision. Quelques secondes plus tard, il ne restait qu'une toute petite partie visible de son corps lumineux.

— Bravo, petite…, murmura le Soigneur à l'intention de l'âme, même s'il savait qu'elle ne pouvait l'entendre. (C'est la fille humaine qui avait les oreilles et elle dormait encore profondément.)

Terminer l'opération était un jeu d'enfant. Marche-sur-les-Eaux nettoya l'entaille, et envoya une giclée de produit cautérisant pour refermer l'incision, puis déposa au pinceau une poudre reconstituante pour faire disparaître la cicatrice.

— Du travail d'orfèvre, comme toujours, constata l'assistant qui, pour des raisons impénétrables, avait voulu garder le prénom de son hôte – Darren.

— Je ne suis pas fier de moi cette fois.

— Vous n'avez accompli que votre travail de Soigneur.

— Mais aujourd'hui, soigner, c'est faire du mal.

Darren se mit à nettoyer le poste de travail, ne sachant que répondre. Le Soigneur assumait son Emploi. Aux yeux de Darren, c'était l'essentiel.

Mais pas pour Marche-sur-les-Eaux, qui était un Soigneur jusqu'au tréfonds. Il contempla avec anxiété le visage de la jeune femme, totem paisible dans le sommeil… mais cette paix factice serait déchiquetée au réveil. Elle allait revivre sa mort, ses ultimes instants, parce qu'il venait d'introduire une âme innocente dans sa chair.

Il se pencha vers l'humaine, et chuchota dans son oreille en espérant que l'âme, à l'intérieur, pouvait à présent l'entendre :

— Je vous souhaite bonne chance, petite vagabonde. Car de la chance, vous allez en avoir grand besoin.

1.

La mémoire

Cela commençait par la fin, toujours, et la fin c'était la mort. On m'avait prévenue.

Pas sa mort à elle. La mienne. *Ma* mort. Parce que c'était *moi* à présent.

La langue que j'employais était bizarre, mais elle fonctionnait. Elle était laborieuse, aveugle, gauche et linéaire – terriblement limitée comparée à celles que j'avais déjà utilisées – mais je parvenais, néanmoins, à y trouver de la fluidité, de l'affect. Parfois même de la beauté. C'était ma langue à présent. Ma langue « indigène ».

Grâce à l'instinct spécifique à mon espèce, je suis parvenue à me lier étroitement au système nerveux du corps, me lovant de façon irréversible dans chaque réflexe organique, jusqu'à ne faire plus qu'un avec lui.

Ce n'était plus son corps à elle, ni un corps quelconque. C'était *mon* corps.

L'effet des sédatifs s'est peu à peu dissipé, la lucidité a repris ses droits. Je me suis raidie, prête à recevoir de plein fouet le premier souvenir, qui était en fait le dernier – les derniers instants que le corps avait connus, la mémoire de la fin. On m'avait expliqué en détail ce qui allait se produire. Les émotions chez les humains étaient plus violentes, plus organiques que chez les autres espèces hôtes. Je me suis préparée tant bien que mal au choc…

La réminiscence est arrivée. Et cela a dépassé en force tout ce que j'avais pu imaginer.

C'était flamboyant de couleurs et de sons. Le froid sur la peau de la fille, la douleur irradiante dans ses membres, le feu qui ronge ses chairs. Il y avait un goût métallique dans sa bouche. Et il y avait également ce sens inconnu de moi, ce cinquième sens qui captait des particules dans l'air pour les transformer en sensations mystérieuses, comme autant de messages de plaisir ou de mises en garde – on appelait ça l'« odorat ». C'était dérangeant, étrange, troublant, mais pas pour elle. Sa mémoire alors n'avait pas le temps de s'attarder sur ces odeurs. Sa peur phagocytait tous ses sens.

La peur était partout ; elle aiguillonnait ses jambes pour les faire se mouvoir en avant, plus vite, et en même temps elle les empêtrait. Fuir, courir… elle n'avait pas d'autre choix.

J'ai échoué.

Ce souvenir n'était pas le mien ! Il était si fort, si terrible qu'il m'a transpercée – il a jailli en moi, fusant dans mes connexions, abattant mes défenses, au point de me faire oublier qu'il s'agissait d'un ultime engramme dans le cerveau, que je n'avais rien vécu de tout ça. J'ai été emportée dans le cauchemar qu'avait enduré cette créature à ses derniers instants. J'étais *elle* et nous courions toutes les deux vers la mort.

Il fait si sombre. Je ne vois rien ! Je ne vois pas le sol. Je ne vois pas même mes mains ! Je cours en aveugle, j'essaie d'entendre mes poursuivants – ils sont derrière

moi, je le sais – mais mon cœur bat si fort qu'il me rend
sourde.

Il fait si froid. C'est un détail, mais ça fait un mal de
chien. Je suis congelée !

L'air dans son nez était désagréable. Vicié. Une sale
odeur. L'espace d'une seconde, cette nuisance m'a fait
sortir du souvenir. Mais l'instant suivant, j'ai été hap-
pée de nouveau, et des larmes d'horreur ont brouillé
ma vue.

Je suis perdue. Nous sommes perdus. C'est fini.

Ils sont juste derrière moi maintenant. J'entends leurs
pas, tout près, assourdissants. Ils sont si nombreux ! Et je
suis toute seule. C'est fini.

Les Traqueurs lancent leurs appels. Leurs voix me
retournent l'estomac. Je vais vomir.

« Tout va bien, tout va bien », lance l'un d'eux – une
femme. Mensonge ! Elle veut me calmer, me faire ralentir. Sa voix qui se veut rassurante est déformée par ses
halètements.

« Faites attention ! » m'avertit un autre.

« Ne nous faites pas de mal… » implore un autre
encore. Une voix grave, pleine de sollicitude.

Sollicitude, mon cul !

Une bouffée de chaleur a traversé mes veines – une
vague de haine à couper le souffle.

Jamais dans toutes mes vies antérieures je n'avais
ressenti une émotion aussi violente. Encore une fois,
l'espace d'un instant, un sursaut de dégoût m'a fait sortir du souvenir. Un hurlement strident a vrillé mes tympans et a résonné dans mon crâne. L'onde a griffé ma
trachée. Une douleur sourde a tapissé ma gorge.

Un cri, a expliqué mon corps. *Tu es en train de crier.*

Je me suis figée sous le choc et le son a cessé aussitôt.

Ce n'était pas un souvenir !

Mon corps... mon corps pensait ! *Elle* pensait. *Elle* me parlait !

Mais le souvenir m'a reprise, plus fort encore que mon étonnement :

« Non, par pitié ! scandent-ils. N'avancez plus ! C'est dangereux... »

Le danger est derrière ! je réponds en pensée. Mais je comprends ce qu'ils veulent dire. Une faible lumière, provenant de nulle part, luit au fond du couloir. Ce n'est donc pas un mur, ni une porte fermée qui m'attend – le cul-de-sac tant redouté –, mais un trou noir !

Le puits de l'ascenseur. Abandonné, vide et condamné comme le reste du bâtiment. Autrefois ma cachette. À présent ma tombe.

Je continue de courir, tête baissée ; une onde de soulagement me gagne. Il existe une sortie. Pas pour survivre, mais peut-être pour vaincre.

Non, non, non ! C'est moi qui parlais dans ma tête ! Je voulais sortir d'elle, m'extraire ; mais nous étions désormais indissociables. On courait, ensemble, vers l'abîme.

« Arrêtez, je vous en prie ! » Leurs appels sont de plus en plus affolés.

Une envie de rire me gagne ; je suis assez rapide, j'aurai le temps d'y arriver ! J'imagine leurs mains tendues, manquant *in extremis* de m'attraper. Mais j'ai la bonne vitesse pour leur échapper. Je ne marque pas même un temps d'arrêt au moment où le sol se dérobe sous moi. Le trou jaillit, d'un coup, en pleine foulée.

Ça y est, le vide m'avale. Mes jambes battent en vain, inutiles. Mes mains saisissent l'air, griffent le néant, cherchant quelque chose de solide à attraper. Un vent froid tourbillonne autour de moi, puissant comme une tornade.

J'entends le choc avant de le ressentir... le vent tombe d'un coup...

La douleur est partout... partout.

Il faut que ça s'arrête.

« C'était pas assez haut », je murmure à moi-même, dans ma camisole de souffrance.

Quand la douleur va-t-elle cesser ? Quand ?...

Les ténèbres ont avalé la douleur ; j'étais vidée, exsangue, soulagée que la bobine de la mémoire ait déroulé sa dernière spire. Le noir avait tout phagocyté ; j'étais de nouveau libre. J'ai pris une grande inspiration pour me calmer – une habitude de mon corps d'emprunt.

Mais soudain, les couleurs sont revenues. La bobine des souvenirs a recommencé à tourner. Ce n'était pas terminé ! De nouveau le tourbillon m'a emportée.

« Non ! » ai-je hurlé, paniquée ; je ne voulais pas revivre le froid, la souffrance... et surtout pas cette peur, plus jamais...

Curieusement, ce n'est pas ce souvenir-là qui a déferlé, mais un autre, qui se trouvait à l'intérieur du premier – une réminiscence ultime, comme le dernier souffle d'un mourant –, un engramme de deuxième génération et pourtant plus puissant, plus vif encore que tout le reste.

Les ténèbres avaient tout emporté, sauf ça : l'image d'un visage.

Ce visage m'a paru bizarre, indéchiffrable – étranger –, mon hôte actuel, face au buisson de tentacules qui servait de tête à mon ancien corps, aurait eu la même impression. J'avais déjà observé des faciès humains dans les archives que j'avais visionnées pour me préparer à ce monde. Il était difficile de les différencier, de remarquer les infimes disparités de formes et de couleurs qui distinguaient chaque individu ; ils se ressemblaient tous. Le nez au milieu d'une sphère de chair, les yeux au-dessus, la bouche en dessous, les oreilles de chaque côté. L'ensemble des sens (hormis celui du toucher) concentré en ce seul endroit. De la peau couvrant les os, une toison sur la calotte supérieure – les cheveux – plus une curieuse ligne pileuse au-dessus des yeux. Certains spécimens avaient des poils aussi sur les joues ; c'étaient dans ce cas des mâles. La couleur variait, sur une gamme de marron, allant du beige pâle au presque noir. Hormis ces détails minimes, impossible de les identifier.

Mais ce visage, je l'aurais reconnu entre tous !

Il était rectangulaire, les lignes des os bien visibles sous l'épiderme. Le teint était marron clair. Les cheveux sur le crâne étaient un peu plus sombres que la peau, à l'exception de quelques mèches jaunes qui éclairaient l'ensemble ; pas de poils ailleurs hormis les deux lignes habituelles au-dessus des yeux. Les iris – circulaires –, dans leurs globes blancs, étaient foncés mais parsemés, comme les cheveux, d'échardes dorées. Il y avait un faisceau de ridules au coin des orbites… Le souvenir de la fille m'a appris qu'il s'agissait de rides dues aux sourires et aux clignements des yeux face au soleil.

Je ne connaissais pas les canons de beauté chez ces aliens ; toutefois, je savais que ce visage était beau. Et je voulais continuer à le contempler. Mais sitôt que ce désir s'est formé dans mon esprit, l'image a disparu.

C'est à moi ! a lancé l'étrangère en pensée – ce qui était une impossibilité structurelle.

Je me suis de nouveau figée, saisie d'effroi. Il ne pouvait y avoir quelqu'un d'autre que moi dans ma tête. Mais cette pensée était si forte ! Si présente !

Impossible ! Comment pouvait-elle être encore là ? C'était moi à présent, moi seule !

Non, ça m'appartient ! ai-je répliqué, en mettant tout mon pouvoir et ma volonté dans ces mots. *Tout est à moi. Tout !*

Et pourtant, je parlais bien à quelqu'un… Un frisson m'a traversée. Puis des voix ont interrompu le cours de mes pensées.

2.

La conversation volée

Les voix étaient des murmures, tout proches. Elles venaient tout juste de se faire entendre, et pourtant j'avais l'impression d'émerger au beau milieu d'une conversation.

— C'est trop pour elle, disait l'une des voix (une voix douce mais grave, masculine). Personne ne peut supporter ça. C'est trop violent! (Il y avait de la colère dans son ton.)

— Elle n'a crié qu'une seule fois, a répondu une voix de femme, plus aiguë. (Il y avait une vibration de triomphe dans son ton, comme si la femme venait de marquer un point dans la joute verbale.)

— C'est vrai. Elle est très forte. D'autres seraient déjà devenues hystériques.

— Tout ira bien pour elle. C'est évident. Je vous l'ai dit!

— Peut-être vous êtes-vous trompé d'Emploi… (Il y avait une inflexion particulière dans ces mots – du sarcasme, m'a appris ma banque de données concernant le langage.) Peut-être auriez-vous dû être Soigneur, comme moi.

La femme a lâché un son en signe d'amusement. Un rire.

— Nous autres, Traqueurs, préférons employer d'autres traitements.

Mon corps connaissait ce mot, les Traqueurs. Un frisson de terreur a parcouru ma colonne. Un simple écho émotionnel. Bien entendu. Je n'avais aucune raison de les craindre.

— Parfois, je me demande si les gens de votre profession ne sont pas contaminés par l'humanité et ses tares, a articulé l'homme, d'un ton encore acide. La violence est une composante de votre choix de vie. Peut-être, grâce à ce qui reste de l'ancienne personnalité de votre hôte, trouvez-vous du plaisir à perpétrer des horreurs ?

J'étais surprise par ce ton accusateur, par cette aigreur. Cette discussion ressemblait presque à une dispute. Mon hôte était sans doute accoutumé à ce mode de communication, mais pour moi, c'était une première.

La femme s'est défendue :

— Nous ne choisissons pas la violence. Nous y avons recours si nous y sommes contraints. Et pour le bien de tous, il faut bien que quelques-uns acceptent de se salir les mains. Sans nous, sans notre courage, votre jolie paix volerait en morceaux.

— Un jour ou l'autre, votre travail sera obsolète, voilà mon avis.

— Vous avez devant vous la preuve du contraire !

— Une jeune humaine, seule et sans défense ! Quelle menace pour notre sécurité !

La femme a expiré bruyamment. Un soupir.

— Mais d'où vient-elle ? Comment a-t-elle pu apparaître en plein Chicago sans crier gare, une ville pacifiée depuis longtemps, à des centaines de kilomètres des zones rebelles ? Était-ce une initiative individuelle ou une action concertée ?

Elle énumérait les questions sans chercher de réponse, comme si elle les avait déjà prononcées des dizaines de fois dans sa tête.

— C'est votre problème, pas le mien. Mon travail est d'aider cette âme à s'adapter à son nouvel hôte, avec le moins de souffrance possible, le moins de traumatisme. Et vous, vous venez mettre tout ça en péril.

Je faisais surface lentement, m'acclimatant peu à peu à ce nouveau bain sensoriel. Ils parlaient de moi ? Je ne m'en rendais compte qu'à présent. C'était moi, l'*âme* ! Je découvrais le sens nouveau de ce mot – un mot qui avait bien d'autres significations pour mon hôte. Sur chaque planète, nous portions un nom différent. Une âme… le choix se tenait ; la force invisible qui guide le corps…

— Obtenir les réponses à mes questions importe davantage que le bien-être de cette âme.

— Ça se discute…

Il y a eu du mouvement ; la voix de la femme s'est soudain faite murmure.

— Quand va-t-elle se réveiller ? Les sédatifs ne doivent plus faire effet.

— C'est à elle de décider. Ne la pressons pas… Laissons-lui la liberté de gérer la situation comme elle l'entend. C'est la moindre des choses… Imaginez son choc au réveil. Se trouver insérée dans un hôte rebelle, qui a préféré se donner la mort, réduire son corps en charpie, plutôt que de se rendre. Personne ne devrait endurer un traumatisme aussi violent, pas en temps de paix ! (Sa voix s'était élevée avec l'émotion.)

— Elle est solide. (Le ton de la femme se voulait rassurant à présent.) Vous avez vu comment elle a encaissé le premier souvenir, le pire de tous ? Quoi qu'il arrive, elle saura faire face.

— Mais pourquoi? Pourquoi lui infliger ça? a marmonné l'homme, sans attendre réellement de réponse.

La femme a toutefois répondu :

— Si nous parvenons à obtenir ces renseignements vitaux…

— « Vitaux »? Pour qui? Pour toutes les âmes ou pour l'ego des Traqueurs?

— … alors quelqu'un devra se charger du sale boulot, a-t-elle poursuivi sans relever la pique. Et si j'en crois le parcours atypique de cette âme, elle aurait accepté cette épreuve avec enthousiasme. Comment l'avez-vous appelée, au fait?

L'homme est resté silencieux un long moment. La femme attendait.

— Vagabonde, a-t-il répondu à contrecœur.

— C'est fort à propos. Je n'ai pas les chiffres officiels, mais je pense qu'elle est l'une des rares, pour ne pas dire la seule, à avoir vagabondé autant. Oui, Vagabonde lui ira comme un gant, en attendant qu'elle se trouve un nom.

L'homme n'a rien dit.

— Évidemment, elle peut reprendre le nom de son hôte… Mais nous n'avons rien sur cette fille, ni dans le fichier des empreintes digitales ni dans celui des scans rétiniens. Je ne peux donc vous dire comment elle s'appelait.

— Elle ne prendra pas le nom de l'humaine, murmura l'homme.

La femme s'est voulue conciliante :

— Elle choisira le nom avec lequel elle se sentira le mieux.

— Le bien-être risque d'être une notion purement abstraite pour cette pauvre Vagabonde, avec vos méthodes d'investigation toutes personnelles!

Il y a eu des bruits secs – des pas, un staccato sur le carrelage. Lorsque la femme a repris la parole, elle se trouvait au bout de la pièce.

— Vous n'auriez pas tenu le coup lors des premiers jours de l'invasion ! a-t-elle lancé. Vous êtes bien trop sensible...

— Mais vous, c'est la paix que vous ne supportez pas.

La femme a poussé un rire, mais il sonnait faux – il n'y avait pas d'amusement. Apparemment, mon esprit était capable de décrypter les plus infimes inflexions tonales.

— Vous vous faites une idée totalement erronée de notre Emploi. Je passe des heures à éplucher des dossiers, des cartes. C'est du travail de bureau, le plus clair du temps. Il y a beaucoup moins de conflits et de violence que vous ne le supposez.

— Il y a dix jours, vous aviez dans les mains des armes, des instruments de mort... et vous pourchassiez cet humain.

— C'est l'exception, je vous l'assure. Ce n'est pas la norme. Ne l'oubliez jamais. Ces mêmes armes qui vous répugnent tant se retournent contre les âmes chaque fois que nous relâchons notre vigilance. Les humains tuent les nôtres sans vergogne à la moindre occasion. Pour les familles qui ont connu ces drames, les Traqueurs sont des héros.

— Ce n'est tout de même pas la guerre...

— Pour les derniers humains, c'en est une.

Ces mots sonnaient dans mes oreilles. Et mon corps réagissait. J'ai senti ma respiration s'accélérer, les battements de mon cœur s'amplifier. À côté de mon lit, un moniteur a émis une succession de bips. Mais le Soigneur et la Traqueuse étaient trop abîmés dans leur discussion pour le remarquer.

— Cette guerre est perdue d'avance, vous le savez très bien. Ils sont en telle infériorité numérique. C'est quoi la proportion ? Un contre un million ?

— C'est encore plus désespéré que ça, a-t-elle admis de mauvaise grâce.

Le Soigneur a paru se satisfaire de cette petite victoire et est resté silencieux un moment.

J'ai profité de cette accalmie pour analyser ma situation. Dans les grandes lignes, c'était limpide…

Je me trouvais dans un Centre de Soins, et je sortais lentement d'une insertion anormalement traumatique. Le corps que l'on m'avait confié avait été parfaitement réparé, cela ne laissait aucun doute. Un hôte endommagé aurait été aussitôt éliminé.

J'ai songé au différend entre le Soigneur et la Traqueuse. À en croire les informations que l'on m'avait fournies avant mon insertion, le Soigneur avait raison. Les dernières poches de résistance humaine étaient quasiment éradiquées. La planète Terre était aussi paisible et sereine qu'elle le paraissait depuis l'espace – vert et bleu, irrésistible, emmaillotée d'écharpes de nuages inoffensifs. Comme le désirait toute âme, l'harmonie régnait une fois de plus dans l'univers.

Le désaccord entre le Soigneur et la Traqueuse était inhabituel – et particulièrement agressif pour la norme de notre espèce. Le doute m'envahissait. Et si c'était vrai ? S'il fallait croire ce que racontait la rumeur, ces longues vagues qui traversaient l'océan des… des…

Je ne me rappelais plus le nom de mes précédents hôtes ! Nous avions pourtant un nom. Mais n'étant plus connectée à mon ancien corps, je ne parvenais pas à me souvenir du mot. Nous avions un langage beaucoup plus simple que celui-ci, une langue mentale silencieuse qui nous réunissait tous en un vaste esprit. Ce qui était bien pratique, quand les individus étaient enracinés dans le sol pour l'éternité.

Je pouvais tenter de décrire cette espèce dans mon nouveau langage humain... Nous vivions sur le fond du grand océan qui couvrait toute notre planète – une planète qui avait un nom aussi, lui aussi oublié. Nous avions chacun une centaine de bras et sur chaque bras, mille yeux, de sorte qu'avec notre conscience collective, aucun d'entre nous, dans les vastes étendues glauques, ne pouvait vivre caché. Nous n'avions nul besoin de sons, donc nul appendice pour les entendre. Nous goûtions les eaux, voyions le monde, et cela suffisait pour savoir tout ce qu'il y avait besoin de connaître. Nous goûtions les soleils aussi, il y en avait tant au-dessus de la surface, et nous transformions leurs rayons délicieux en nourriture.

Je pouvais nous décrire, mais pas nous nommer. J'ai poussé un soupir de regret pour cette connaissance perdue, et puis j'ai songé de nouveau à cette conversation que j'avais surprise...

Les âmes, par nature, disent toujours la vérité. Les Traqueurs, certes, sont soumis aux contingences de leur Emploi, mais entre deux individus de notre espèce, il n'y a nulle raison de mentir. Dans la langue mentale de mes anciens hôtes, il aurait été impossible de mentir, même si nous l'avions voulu. Cependant, étant ancrés dans le sol, nous aimions raconter des histoires pour tromper l'ennui. Être un bon conteur était le talent le plus recherché pour le bien du plus grand nombre.

Parfois, les faits se mêlaient si étroitement à la fiction que, sans jamais chercher à mentir, il devenait impossible de se souvenir de la stricte vérité.

Quand nous pensions à cette nouvelle planète – la Terre, si sèche, si variée, peuplée d'habitants d'une violence et d'un pouvoir destructeur rares –, l'horreur

parfois cédait la place à l'excitation. Les histoires four-
millaient, s'abreuvaient à ce sujet brûlant : la guerre !
Pour la première fois, notre espèce devait combattre !
Les batailles furent d'abord narrées de façon fidèle, puis
embellies, revisitées. Lorsque les récits s'éloignaient
trop des rapports officiels, je revenais aux premières
chroniques.

Mais il y avait des rumeurs tenaces : certains hôtes
humains, disait-on, étaient si robustes que l'âme devait
les abandonner – des hôtes dont on ne pouvait totalement éradiquer l'esprit. On rapportait le cas d'âmes qui
auraient pris la personnalité du corps d'accueil, alors
que c'est l'inverse qui devait se produire. C'étaient
bien sûr des histoires, des fabulations.

Et pourtant, à mots couverts, c'est ce que laissait
entendre le Soigneur...

J'ai chassé cette pensée. L'explication la plus probable, c'était le dégoût que nous éprouvions tous pour
le travail des Traqueurs. Pourquoi choisir un Emploi
fait de stress et de conflits ? Qui pouvait être intéressé
par la corvée de chasser des hôtes et de les capturer ?
Qui avait l'estomac suffisamment accroché pour endurer la violence de cette espèce particulière, ces humains
belliqueux qui tuaient si facilement, sans le moindre
remords ? Ici, sur cette planète, les Traqueurs étaient
devenus quasiment une... milice – mon cerveau humain
m'avait fourni ce terme pour nommer ce concept nouveau pour moi. De l'avis général, seules les âmes les
plus rustres, les moins évoluées, les moins nobles, pouvaient être attirées par la fonction de Traqueur.

Mais sur Terre, les Traqueurs avaient acquis un nouveau statut. Jamais de toute notre histoire une occupation n'avait été si problématique. Jamais une invasion
n'avait tourné en un combat aussi sanglant. Tant d'âmes
avaient péri. Les Traqueurs étaient donc devenus les

gardiens du Temple, et les âmes de ce monde avaient à leur égard une triple dette : un, ils garantissaient leur sécurité ; deux, ils mettaient en péril leur vie pour le bien de tous ; trois, ils fournissaient à la communauté des nouveaux corps.

Toutefois, maintenant que le danger était passé, la gratitude s'estompait. Et les Traqueurs, tout au moins cette représentante, vivaient mal cette évolution.

Il était facile d'imaginer les questions qu'elle voulait me poser. Même si le Soigneur tentait de gagner du temps pour que je m'acclimate au mieux à mon nouveau corps, je devrais tôt ou tard collaborer. Le sens civique était inné chez les âmes.

J'ai donc pris une profonde inspiration pour me donner courage. Le moniteur a enregistré mon mouvement. J'aurais voulu attendre encore, repousser le moment... Pour fournir à la Traqueuse les informations qu'elle désirait tant, j'allais devoir revivre ce souvenir de cauchemar. Mais pis encore, il y avait eu cette voix à l'intérieur de moi... si ça recommençait ? Par chance, tout était silencieux dans ma tête. Peut-être n'était-ce qu'un souvenir, comme tout le reste ?

Je ne devrais pas avoir peur. N'étais-je pas Vagabonde, l'âme qui mérite dix fois son nom ?

En prenant une nouvelle inspiration, j'ai plongé de nouveau dans ces souvenirs, pour les affronter, les subir, en serrant les dents.

J'ai pu sauter la fin – j'en avais la force à présent. En avance rapide, j'ai couru de nouveau dans le noir, grimaçante, en essayant de me fermer aux sensations. Cela a été vite terminé.

Une fois passé cette barrière, il était plus facile de se laisser porter par des souvenirs moins douloureux, en des lieux moins inquiétants, à la recherche de renseignements. C'est ainsi que j'ai découvert comment elle était arrivée dans cette ville glacée, en pleine nuit, à bord d'une voiture volée parfaitement banale. Elle avait marché dans les rues de Chicago, frissonnante dans son manteau.

Elle aussi menait sa traque. Il y en avait d'autres comme elle ici, du moins l'espérait-elle. Quelqu'un en particulier. Une amie… non, quelqu'un de sa famille ; pas une sœur… une cousine.

Les mots me venaient lentement. Au début, je n'ai pas compris pourquoi. Était-ce par oubli ? Des éléments perdus dans le traumatisme de l'agonie ? Était-ce un effet du réveil ? Je m'efforçais de m'éclaircir l'esprit. C'était une sensation étrange. Mon corps était-il encore sous l'effet des sédatifs ? Je me sentais pourtant relativement éveillée, mais mon cerveau ne parvenait pas à me fournir les réponses que je lui réclamais.

J'ai tenté un nouveau chemin d'accès, espérant obtenir des réponses plus claires. Quel était le but de la fille ? D'abord trouver… Sharon – le nom m'est venu tout seul… – et puis rentrer à…

Là, j'ai rencontré un mur.

Une masse de vide. Un grand rien. Du néant. J'ai tenté de contourner la zone, mais je ne parvenais pas à en trouver les bords. Comme si l'information que je cherchais avait été effacée.

Un dommage cérébral ?

Une onde de colère m'a traversée, féroce, brûlante… J'ai hoqueté de surprise sous le choc. On m'avait certes parlé de l'instabilité émotionnelle de ces corps humains, mais je ne m'attendais pas à ça. En huit vies, jamais je n'avais été le siège d'une émotion aussi violente.

J'ai senti mon pouls s'accélérer, mes veines battre dans mon cou, mes tempes. Mes poings se sont crispés.

Les machines à mon chevet ont rapporté l'accéléra-
tion du rythme cardiaque. Il y a eu une certaine agitation dans la chambre : j'ai entendu les pas nerveux de
la Traqueuse qui s'approchait, mêlés à ceux, feutrés,
du Soigneur.

— Bienvenue sur Terre, Vagabonde, a dit la femme.

3.

La résistance

— Il est trop tôt pour qu'elle puisse reconnaître son nom, a murmuré le Soigneur.

Une nouvelle sensation m'a intriguée. Une sensation agréable ; il s'est produit un changement dans l'air alors que la Traqueuse se tenait à côté de mon lit. Une odeur… Mon nez inspirait d'autres molécules que celle de l'air stérile de la chambre. Du parfum, m'a appris mon nouveau cerveau. Un parfum de fleurs, capiteux…

— Vous m'entendez ? a demandé la femme, interrompant mon analyse olfactive. Vous êtes réveillée ?

— Prenez votre temps, m'a conseillé le Soigneur avec douceur.

Je n'ai pas ouvert les yeux. Je voulais me concentrer. Mon esprit m'a alors proposé quelques mots, accompagnés d'inflexions subtiles, pour transmettre l'essentiel de ma pensée sans avoir recours à un long descriptif.

— On m'a insérée dans un corps endommagé pour que je puisse en extraire des renseignements utiles pour les Traqueurs, c'est bien cela ?

Il y a eu un hoquet – de la surprise, du courroux, aussi. Et puis il y a eu un contact chaud sur ma peau, juste sur ma main.

— Bien sûr que non, Vagabonde, a assuré le Soigneur. Même les Traqueurs ont une éthique.

La femme a eu de nouveau un hoquet – une « inspiration agacée », a précisé mon cerveau.

— Pourquoi alors cet hôte ne fonctionne-t-il pas correctement ? ai-je articulé.

— Les scans sont parfaits, a répondu la Traqueuse. (Sa réponse n'était pas destinée à me rassurer. C'était davantage une pique. Que cherchait-elle ? Une querelle avec moi ?) Le corps a été totalement réparé.

— Après une tentative de suicide qui a été à deux doigts d'aboutir !

Mon ton était sec. Je n'étais pas accoutumée à la colère. J'avais du mal à la contenir.

— Tout est en ordre et…

— Qu'est-ce qui cloche, exactement ? m'a demandé le Soigneur en coupant la parole à la Traqueuse. À l'évidence, vous avez parfaitement accès au langage.

— La mémoire, ai-je répondu. J'ai essayé de trouver les informations que voulait la Traqueuse.

Il n'y a eu aucun mouvement et pourtant il y a eu un changement dans l'air. L'atmosphère, soudain, s'est détendue. Comment pouvais-je percevoir ce genre de chose ? C'était comme si je possédais d'autres capteurs sensoriels en plus de mes cinq sens. Comme s'il existait un autre sens, un sens périphérique, pas entièrement contrôlable… L'intuition ? C'était le mot qui s'en rapprochait le plus. À quoi bon ? Cinq sens suffisent amplement pour assurer la viabilité d'un être vivant.

La Traqueuse s'est éclaircie la gorge pour parler, mais c'est le Soigneur qui a poursuivi :

— À votre place, je ne me soucierais pas trop de ces difficultés mnémoniques. Ces microamnésies sont certes inattendues, mais ne sont pas vraiment surprenantes quand on y réfléchit…

— Pourquoi donc ?

— Parce que votre hôte était une rebelle, a répondu la Traqueuse – et il y avait de l'excitation dans sa voix. Les humains sauvages qui ont conscience de notre existence sont toujours plus difficiles à dompter. Et celle-ci résiste encore.

Il y a eu un silence. Ils attendaient ma réaction.

Elle résistait ? L'hôte m'interdisait volontairement l'accès à sa mémoire ? Encore une fois, un éperon de colère m'a traversée.

— Je suis bien connectée au moins ? ai-je demandé, ma voix sifflant bizarrement entre mes dents serrées.

— Oui. Parfaitement, a répondu le Soigneur. Les huit cent vingt-sept points de jonction sont en place.

Cet esprit utilisait davantage mes capacités cognitives que mes hôtes précédents, ne me laissant que cent quatre-vingt-un ports libres. Ce grand nombre de connexions neurales expliquait peut-être la force des émotions.

J'ai décidé d'ouvrir les yeux. Je voulais vérifier les dires du Soigneur, m'assurer que le reste du corps fonctionnait.

J'ai reçu de la lumière. Aveuglement. Douleur. J'ai vite fermé les paupières. Les derniers rayons lumineux que j'avais reçus étaient filtrés par plus de cent mètres d'eau. Mais ces yeux-là pouvaient en supporter davantage. J'ai rouvert les paupières, mais à peine, de manière à former un rideau protecteur avec mes cils.

— Vous voulez que je baisse la lumière ?

— Non, Soigneur. Mes yeux vont s'habituer.

— Parfait.

À son ton, j'ai compris qu'il appréciait surtout l'emploi du pronom possessif – *mes* yeux.

Ils ont attendu patiemment que mes paupières se soulèvent de nouveau.

C'était une chambre classique d'un Centre de Soins, m'a appris mon cerveau. Un « hôpital », comme ça s'appelait ici. Les dalles au plafond étaient blanches, mouchetées de noir, les luminaires rectangulaires, de la même taille que les dalles, répartis à intervalles réguliers, les murs étaient vert pâle – une couleur apaisante, mais aussi apparentée à la maladie. Un mauvais choix, à mon (nouveau) goût.

Les deux personnes en face de moi étaient plus intéressantes que la pièce. Le mot « docteur » m'est venu à l'esprit au moment où mon regard s'est posé sur le Soigneur. Il portait un habit ample bleu-vert qui laissait ses bras nus. Une blouse. Il avait des poils sur le visage, d'une couleur bizarre. Orange.

Orange ! Cela faisait trois vies que je n'avais plus vu de rouge, ni aucune de ses variantes. La vision de cette toison cuivrée m'a emplie de nostalgie.

Son visage était typiquement humain, mais un mot, puisé dans mes souvenirs, lui a été instantanément associé : « gentil ».

Un soupir impatient sur ma droite a attiré mon attention.

La Traqueuse était toute petite. Si elle était restée silencieuse, il m'aurait fallu un certain temps pour que je remarque sa présence à côté du Soigneur. Elle n'attirait pas le regard – une ombre dans la pièce blanche. Elle était vêtue de noir de la tête aux pieds – un tailleur classique avec, dessous, un chemisier de soie à col montant. Ses cheveux étaient de jais aussi. Ils descendaient sur ses joues puis passaient derrière ses oreilles. Sa peau était plus sombre que celle du Soigneur. Marron foncé.

L'expression minimaliste de son visage humain était difficile à décrypter. Mais mon cerveau est parvenu à lire l'humeur générale de la femme. Les sourcils noirs, inclinés au-dessus de ses yeux globuleux, reproduisaient un modèle connu ; pas tout à fait de la colère. Mais de l'intensité. De l'irritation.

— Cela arrive souvent ? ai-je demandé en reportant mon attention sur le Soigneur.

— Non, a-t-il reconnu. Nous n'avons que très peu d'hôtes adultes à disposition aujourd'hui. Les hôtes immatures, en revanche, sont parfaitement dociles. Mais vous avez indiqué que vous préfériez commencer par un adulte…

— C'est vrai.

— C'est une requête très rare. L'espérance de vie humaine est très courte.

— On m'a prévenue, Soigneur. Avez-vous déjà eu affaire à des hôtes résistants comme celui-ci ?

— Oui. Une seule fois.

— Racontez-moi ce qui s'est passé… (J'ai marqué un temps d'arrêt.) S'il vous plaît…, ai-je ajouté pour ne pas me montrer impolie.

Le Soigneur a poussé un soupir.

La Traqueuse s'est tapoté le biceps du bout des doigts – un signe d'impatience. Elle était pressée d'obtenir ce qu'elle était venue chercher.

— Cela date de quatre ans. L'âme avait demandé aussi à avoir un hôte adulte, un mâle. Celui que l'on nous a fourni avait vécu dans une poche de résistance depuis les premiers temps de l'Occupation. L'humain savait ce qui allait se produire quand il a été attrapé…

— Tout comme le mien…

— Oui. (Le soigneur s'est raclé la gorge.) C'était seulement la deuxième vie de l'âme. Il venait du Monde Aveugle.

— Le Monde Aveugle ? ai-je répété en inclinant la tête, perplexe.

— Excusez-moi… C'est vrai que vous ne connais-sez pas encore toutes les appellations terriennes. Vous y avez vécu pourtant, je crois bien. (Il a sorti un objet de sa poche. Un petit ordinateur qu'il a consulté rapidement.) Oui. C'était votre septième planète. Celle du secteur quatre-vingt-un.

— Le « Monde Aveugle » ? ai-je répété, cette fois d'un ton désapprobateur.

— Certes, d'autres qui ont habité là-bas préfèrent l'appeler le Monde des Chants.

J'ai hoché la tête. C'était déjà mieux.

— Pour ceux qui n'y ont jamais mis les pieds, c'est la Planète des Chauves-Souris ! a marmonné la Tra-queuse.

J'ai senti mes sourcils se froncer tandis que mon esprit me montrait une nuée de petites bêtes ailées pépiant dans le ciel.

— Je parie que vous faites partie du dernier groupe ! a raillé le Soigneur. On a baptisé cette âme « Ritournelle qui court »… une pâle traduction de son nom d'origine sur le… Monde des Chants. Mais, rapidement, l'âme a choisi de prendre le nom de son hôte : Kevin. Même si elle était toute désignée pour exercer un Emploi dans la musique, étant donné son parcours, elle a décidé de reprendre le métier de son hôte, à savoir mécanicien automobile.

— C'étaient, certes, des signes inquiétants pour son Tuteur, mais il n'y avait pas de quoi tirer la sonnette d'alarme.

— Kevin, alors, a commencé à souffrir de trous de mémoire, de périodes d'amnésie plus ou moins longues. On me l'a ramené et, avec mes collègues, nous avons pratiqué un bilan complet pour nous assurer qu'il n'y avait pas de vice caché dans le cerveau de l'hôte. Pen-dant les examens, on a remarqué de brusques changements dans son comportement et sa personnalité. Lorsque nous abordions le sujet avec lui, Kevin prétendait ne pas se souvenir de ce qu'il avait dit ou fait pendant ces moments-là. On l'a gardé en observation et, finalement, avec son Tuteur, on s'est aperçus que l'hôte prenait régulièrement le contrôle du corps de Kevin.

— Le contrôle ? (J'ai écarquillé les yeux.) Sans que l'âme en ait conscience ? L'hôte récupérait son corps ?

— Oui, c'est la triste vérité. Kevin n'était pas assez fort pour oblitérer son hôte.

Pas assez fort.

Étais-je donc une âme faible ? Je ne parvenais à contraindre ce cerveau à me fournir les réponses que je voulais. C'était ça l'explication ? J'étais peut-être même encore plus faible que ce Kevin, puisque les pensées de mon hôte se manifestaient dans ma tête, alors qu'il n'y aurait dû avoir rien d'autre que des souvenirs, de la mémoire morte. Je m'étais pourtant toujours cru forte. Je me trompais donc ? Un sentiment de honte m'a envahie.

Le Soigneur poursuivait :

— Il s'est alors produit certains événements qui nous ont contraints à…

— Quels événements ?

L'homme a baissé la tête sans répondre.

— Quels événements ? ai-je insisté. J'estime avoir le droit de savoir.

— Oui, vous en avez le droit… Kevin a… agressé une Soigneuse… physiquement… pendant qu'il n'était pas lui-même. (Le Soigneur a grimacé à ce souvenir.) Il l'a assommée d'un coup de poing et pendant qu'elle était inconsciente, il lui a volé son scalpel. Nous avons retrouvé Kevin plus tard, sans connaissance, la nuque ouverte. L'hôte avant tenté d'extraire l'âme de son corps.

Il m'a fallu un moment avant de pouvoir articuler un mot. Et ma voix est restée à peine audible.

— Que leur est-il arrivé ?

— Par chance, l'hôte n'a pu rester conscient suffisamment longtemps pour causer des dommages irréversibles. Kevin a été réintroduit, dans un hôte juvénile cette fois. Le corps était dans un sale état et il a été décidé de ne pas le réparer.

« Kevin est aujourd'hui un petit humain de sept ans, parfaitement normal… hormis le fait qu'il a gardé son prénom, Kevin. Ses éducateurs veillent à ce qu'il soit environné de musique et tout se passe à merveille…

À entendre le Soigneur il s'agissait d'un *happy end*, comme si cela suffisait à effacer le reste.

— Pourquoi… (Je me suis éclairci la gorge pour retrouver un peu de puissance dans ma voix.) Pourquoi ne parle-t-on nulle part de ce risque ?

— C'est écrit noir sur blanc sur tous les documents officiels ! a répliqué la Traqueuse. L'assimilation d'un adulte humain est plus délicate. C'est pourquoi il est vivement recommandé de choisir un hôte immature.

— « Plus délicate »… C'est un euphémisme au regard de ce qui est arrivé à Kevin !

— Certes. En attendant, vous avez préféré ignorer ces recommandations. (Voyant mon corps se raidir, elle a levé les mains en un geste d'apaisement.) Je ne vous fais aucun reproche. L'enfance est d'un ennui mortel, j'en conviens. Et vous êtes, à l'évidence, une âme hors normes. Je suis sûre que vous saurez relever ce défi. Après tout, ce n'est qu'un nouvel hôte à apprivoiser pour vous. Sous peu, vous aurez la maîtrise totale de ce corps et le plein accès à sa mémoire.

La Traqueuse n'était pas du genre à supporter le moindre contretemps, même pour me laisser une période d'acclimatation. Elle était agacée de ne pas avoir ses renseignements tout de suite ; de nouveau la colère m'a envahie.

— Si vous vouliez tant ces réponses, pourquoi ne vous êtes-vous pas insérée vous-même dans ce corps ?

— Je ne suis pas un pois sauteur !

Mes sourcils se sont levés tout seuls en accents circonflexes.

— C'est une expression d'ici, a expliqué le Soigneur. Pour désigner les âmes qui ne terminent pas un cycle de vie complet dans leur hôte.

J'ai hoché la tête. Chaque monde avait son propre sobriquet pour ce genre de comportement. Et partout, c'était mal vu. J'ai donc cessé de titiller la Traqueuse, et je me suis efforcée de lui donner ce que je pouvais.

— Elle s'appelait Melanie Stryder. Elle est née à Albuquerque, au Nouveau-Mexique. Elle se trouvait à Los Angeles quand elle a pris conscience qu'on occupait la planète ; elle s'est alors cachée pendant quelques années avant de rencontrer… excusez-moi, il y a ici un blanc. Je réessaierai plus tard. Le corps est vieux de vingt années. Elle est donc partie pour Chicago. Elle a quitté… (J'ai secoué la tête.) C'est confus ; je vois plusieurs décors. Elle n'était pas seule tout le temps. Le véhicule était volé. Elle était à la recherche de sa cousine – une dénommée Sharon –, elle espérait qu'elle était encore humaine. Elle n'a rencontré ni contacté personne avant d'être repérée. Mais… (Je me suis interrompue, me heurtant de nouveau à un mur.) Je crois… je n'en suis pas certaine… je crois qu'elle a laissé une lettre quelque part.

— Elle pensait donc que quelqu'un allait partir à sa recherche ! a lâché la Traqueuse, avide.

— Oui… On allait remarquer son absence. Elle avait rendez-vous avec… avec…

J'ai serré les dents. C'était un vrai combat à présent. Le mur était noir, et j'ignorais son épaisseur. Je me battais contre lui. Des gouttes de sueur perlaient sur mon front. La Traqueuse et le Soigneur ne pipaient mot, me laissant me concentrer.

J'ai tenté de penser à autre chose : au bruit assourdissant du moteur de la voiture, aux giclées d'adrénaline qui inondaient mon corps chaque fois que les lumières d'un autre véhicule se rapprochaient. J'avais déjà connu ça, et tout s'était bien passé. J'ai laissé le souvenir se dérouler, m'emporter avec lui, dans le dédale de la ville, dans le secret de la nuit, jusqu'à ce bâtiment où l'on m'avait trouvée.

Non ! Pas moi… Elle ! Un frisson m'a traversée.

— Ne forcez pas. Inutile de…, a commencé le Soigneur, mais la Traqueuse l'a fait taire.

J'ai laissé mon esprit explorer l'horreur de la découverte, ma haine ardente des Traqueurs, un sentiment qui occultait quasiment tout le reste. La haine était bannie chez les âmes : ce n'était que souffrance, douleur. Je n'allais pas pouvoir tenir le coup. Mais j'ai laissé les pensées suivre leur cours, en espérant que cela ferait diversion, que cela affaiblirait les défenses de la fille.

J'ai observé attentivement ses efforts pour se cacher ; j'ai su qu'elle n'y arriverait pas. Un mot, griffonné sur un morceau de papier, avec un crayon cassé. Glissé en toute hâte sous une porte. Pas n'importe quelle porte.

— La cinquième porte, dans le couloir du cinquième étage. Sa lettre est là.

La Traqueuse avait un petit téléphone à la main ; elle a murmuré quelques mots dans l'appareil.

— C'était censé être une bonne cachette, ai-je continué. Le bâtiment devait être détruit. Elle ignore comment elle a été découverte.

— Et Sharon ? Ils l'ont eue aussi ?

J'en ai eu la chair de poule.

Ce n'était pas moi qui posais cette question !

C'était elle, mais les mots étaient sortis de ma bouche comme si c'étaient les miens. La Traqueuse n'a rien remarqué.

— La cousine ? Non, ils n'ont trouvé aucun autre humain, a-t-elle répondu. (J'ai senti mon corps se détendre.) On a repéré cette humaine au moment où elle entrait dans le bâtiment. Puisque l'immeuble était condamné, le citoyen qui l'a vue passer les portes s'est inquiété pour sa sécurité. Il nous a prévenus. Nous avons mis l'immeuble sous surveillance, dans l'espoir d'en attraper plusieurs, et nous sommes entrés au moment qui nous paraissait le plus opportun. Et le lieu du rendez-vous… vous pouvez le trouver ?

J'ai essayé.

Il y avait tant de souvenirs, tous si colorés, si vifs. Je voyais des milliers d'endroits où je n'avais jamais mis les pieds, entendais leurs noms pour la première fois. Une maison à Los Angeles, bordée de grands arbres. Une clairière dans une forêt, avec une tente, un feu, dans les environs de Winslow en Arizona. Une crique déserte au Mexique. Une grotte dans l'Oregon, l'entrée dissimulée derrière une cataracte. Des tentes, des cabanes, des abris rudimentaires. Les noms se faisaient de plus en plus rares. Elle ignorait souvent où elle se trouvait et peu lui importait.

J'étais désormais Vagabonde, et pourtant ces souvenirs paraissaient être les miens. Sauf que c'était moi qui avais décidé de les explorer. Les images me venaient par flashes, toujours teintées de terreur – la peur de la bête traquée. Ce n'était pas une promenade, mais une course contre la montre.

J'ai chassé de mon esprit tout apitoiement. Je devais me concentrer sur le contenu des engrammes. Peu importait où la fille se trouvait. Ce qui comptait, c'était où elle se rendait. J'ai passé en revue les images associées au mot Chicago, mais c'étaient des évocations aléatoires. J'ai élargi mon champ de recherche. Était-ce à la périphérie de Chicago ? Le froid, ai-je pensé. Le froid… et cela suscitait de l'inquiétude chez moi.

Où était-ce ? J'ai voulu avancer plus loin, mais le mur a réapparu.

Dans un souffle, j'ai lâché :

— Hors de la ville… dans la campagne… un parc régional, loin de toute habitation. Elle n'y est jamais venue, mais elle sait comment s'y rendre.

— Dans combien de temps ?

— Bientôt. (La réponse est sortie toute seule.) Depuis combien de jours suis-je ici ?

— On a laissé l'hôte se rétablir pendant neuf jours, pour être absolument certains qu'il serait en parfaite condition, m'a expliqué le Soigneur. On a fait l'insertion aujourd'hui. Le dixième jour.

Dix jours. Mon corps a été traversé d'une onde de soulagement.

— Alors, c'est trop tard, ai-je déclaré. Pour le rendez-vous… comme pour la lettre.

Je sentais mon hôte se réjouir à ces paroles – bien trop vivement à mon goût. C'était presque de l'arrogance. J'ai laissé les mots qu'elle pensait entendre sortir de ma bouche, dans l'espoir d'en apprendre davantage :

— Il ne sera plus là.

— Il ? a demandé la Traqueuse. Qui ça, « il » ?

Le mur noir est revenu se mettre en place, avec plus de brutalité encore. Mais une fraction de seconde trop tard.

De nouveau, le visage a empli mon esprit. Ce beau visage, avec sa peau dorée, ces prunelles noisette pailletées d'or. Ce visage qui provoquait en moi un plaisir mystérieux, vaste et profond.

Elle avait dressé le mur avec colère, mais pas assez vite.

— Jared ! ai-je répondu. (Dans l'instant, j'ai ajouté, mais ce n'est plus moi qui parlais :) Jared est sain et sauf !

4.

Les rêves

On est en pleine nuit, et c'est une fournaise. C'est contre nature ! Il fait aussi chaud qu'en plein jour.

Je suis accroupie dans les ténèbres, derrière un buisson décharné en guise de paravent ; je transpire par tous les pores de ma peau. Ça fait un quart d'heure que la voiture a quitté le garage. Aucune lumière. La baie vitrée est entrouverte de dix centimètres, la clim tourne à plein régime. J'imagine l'air froid sortant de la buse, caressant la moustiquaire. Dommage qu'il soit si loin.

Mon estomac crie famine. Je presse mes mains sur mon ventre pour étouffer les gargouillis. C'est si silencieux ici que le moindre bruit porte.

J'ai si faim…

Mais j'ai un besoin plus impérieux encore – j'ai un autre estomac à nourrir ; il appartient à un petit garçon caché dans les ténèbres ; il attend mon retour dans une grotte – notre foyer pour le moment. Un endroit exigu, tout en arêtes tranchantes. Que va-t-il devenir si je ne reviens pas ? Je suis mue par l'instinct maternel, mais je n'ai aucune connaissance, pas la moindre expérience en la matière. Je me sens si impuissante, si désemparée. Jamie – mon Jamie – a faim !

La maison est isolée. Je l'observe depuis longtemps, depuis que le soleil est haut dans le ciel. Et je ne crois pas qu'il y ait un chien de garde.

Je me suis relevée. Mes chevilles ont protesté. Je suis restée courbée, pour me faire petite derrière mon buisson. L'allée est faite de sable, un serpent pâle sous les étoiles. La route est silencieuse. Aucun bruit de voiture.

Je sais qu'ils comprendront tout à leur retour... ces monstres qui ressemblent à un gentil couple de quinquagénaires. Ils sauront exactement ce qui s'est passé et ce que je suis. La traque commencera aussitôt. Il faudra alors que je sois loin d'ici. J'espère qu'ils sont partis passer la soirée en ville. On est vendredi, je crois. Ils perpétuent nos habitudes à la perfection ! Pour un peu, on ne verrait aucune différence. C'est comme ça qu'ils ont gagné.

La clôture n'est pas haute – moins de un mètre. Je saute facilement par-dessus, sans bruit. Mais après, il y a des gravillons ; je dois marcher avec précaution pour ne pas laisser de traces. Ensuite, ce sont les dalles du patio. Là, c'est plus simple.

Les volets sont ouverts. Grâce au clair des étoiles, je vois qu'il n'y a pas de mouvement dans la maison. Le couple aime les pièces vides ; tant mieux, cela fait autant de cachettes de moins pour eux. Pour moi aussi, mais passons – si je me retrouve dans l'obligation de me cacher, c'est que j'aurai échoué.

J'ouvre la porte moustiquaire, puis la baie vitrée. Les deux coulissent sans bruit. Je pose mon pied avec précaution sur les tomettes, mais c'est par habitude. Il n'y a personne.

L'air frais est une bénédiction.

La cuisine se trouve sur ma gauche. Je distingue le reflet sombre des plans de travail en granit.

Je défais mon sac à dos et commence par le réfrigérateur. J'ai un moment d'angoisse quand la lumière s'allume en ouvrant la porte, mais je trouve rapidement le bouton et le garde pressé avec mon orteil. Je n'y vois plus rien. Je n'ai pas le temps d'attendre que mes yeux s'acclimatent à la clarté. J'y vais au toucher.

Lait, fromage, restes dans un Tupperware. J'espère que c'est la fricassée de poulet que je les ai vus préparer pour le dîner. On mangera ça ce soir.

Des jus de fruits, un sachet de pommes. Des petites carottes. Tout ça sera encore bon demain.

Je fonce dans l'office. Il me faut des denrées moins périssables.

Ma vue s'éclaircit tandis que je poursuis ma razzia. Des cookies aux pépites de chocolat ! Je meurs d'envie d'ouvrir le paquet tout de suite, mais je serre les dents et ignore les appels de mon estomac.

Le sac devient vite très lourd, trop vite. Il y a de quoi tenir une semaine, pas plus, même si nous nous rationnons. Et je ne crois pas que nous allons nous rationner. Je veux m'empiffrer. Je remplis mes poches de barres de céréales.

Une chose encore : je fonce à l'évier et remplis ma gourde. Je passe ma tête sous le jet et bois au robinet. L'eau fait un drôle de bruit quand elle tombe dans mon estomac vide.

Maintenant que j'ai terminé, la panique me prend. Je veux me sauver. La civilisation est synonyme de mort.

Je fais bien attention où je mets les pieds en me dirigeant vers la sortie, de crainte de trébucher avec mon sac plein à craquer ; c'est pour ça que je ne vois pas la silhouette noire qui se tient dans le patio. Je ne la remarque qu'au moment où je pose la main sur la baie vitrée.

J'entends son juron étouffé en même temps qu'un cri s'échappe de ma bouche. Je tourne les talons pour me ruer vers la porte d'entrée côté façade, en espérant que les verrous ne seront pas mis, ou pas trop durs à ouvrir.

Je n'ai pas fait deux pas que deux mains rudes me saisissent les épaules et m'attirent contre son corps. Un corps
trop grand, trop fort pour être celui d'une femme. La voix
de basse qui s'en échappe achève de me le prouver.

— Un bruit et tu es morte…, souffle l'homme derrière
moi.

Je sens une pointe froide presser ma peau sous ma
mâchoire. Je ne comprends pas. Qu'attend-il donc ? Tous
les monstres suivent les règles à la lettre ! Je donne la
seule réponse qui me vient :

— Vas-y ! Tue-moi ! Ça vaut mieux que d'être un sale
parasite !

J'attends le coup de couteau, mon cœur bat la chamade. Chaque pulsation a un nom : Jamie, Jamie, Jamie.
Que va-t-il t'arriver ?

— Belle ruse, marmonne l'homme. (J'ai l'impression
qu'il parle à quelqu'un d'autre.) Tu dois être une Traqueuse. Ça pue le piège à plein nez. Comment ont-ils
été au courant ?

La lame s'est retirée de ma gorge pour être remplacée
par une main de fer.

Je peux à peine respirer.

— Où sont les autres ? demande-t-il en serrant plus
fort.

— Il n'y a que moi !

Il m'étrangle. Je ne veux pas lui dire pour Jamie. Que
va-t-il faire quand il ne me verra pas revenir ? Mon Jamie
affamé…

Je lance mon coude dans son ventre – là où ça fait
un mal de chien. Mais ses abdominaux sont de l'acier.
C'est bizarre. Pour avoir des muscles pareils, il faut mener
une vie à la dure. Or les parasites ne connaissent que le
confort.

L'homme n'a pas même un hoquet sous le choc. Avec
l'énergie du désespoir, je lui donne un coup de talon dans

l'entrejambe. Cela le prend de court et il vacille. Je me dégage, mais il me rattrape par le sac et me plaque de nouveau contre lui. Sa main se referme sur ma gorge.

— Tu es bien bagarreuse pour une sangsue *peace and love* !

Je ne comprends rien. Je pensais qu'ils étaient tous les mêmes. Ils doivent avoir leurs dingues, eux aussi, finalement.

Je me tortille, me débats, dans l'espoir de lui faire lâcher prise. J'enfonce mes ongles dans son bras mais en vain ; il serre plus fort ma gorge.

— Je vais te tuer, sale parasite. Je suis sérieux.

— Fais-le ! Fais-le !

Soudain, il a un hoquet. L'un de mes coups aurait-il porté ?

Il me lâche le bras et m'attrape les cheveux. Ça y est. Il va me trancher la gorge. Je me raidis, prête à sentir la lame passer.

Mais l'étau sur ma gorge se desserre ; sa main glisse sur mon cou, remonte vers ma nuque. Ses doigts, rêches et chauds, explorent ma peau.

— Non, c'est impossible, souffle-t-il.

La main sur ma nuque s'efface ; un objet tombe au sol. Le couteau ? Je réfléchis à un moyen de m'enfuir. Peut-être que si je me laisse tomber d'un coup… La main qui me tient par les cheveux ne pourra pas me retenir. Et je crois savoir où l'arme a atterri.

Il me retourne brutalement. J'entends un déclic et une lumière transperce mon œil gauche. Par réflexe, je tente de détourner la tête. Sa main impatiente m'en empêche. La lumière passe ensuite à mon œil droit.

— Incroyable, murmure-t-il. Tu es humaine.

Il prend mon visage dans ses deux mains et avant que j'aie le temps de reculer, il plaque ses lèvres sur les miennes.

L'espace d'une seconde, je reste figée. Personne ne m'a jamais embrassée. Je veux dire, jamais un vrai baiser. Juste les petits bécots de mes parents sur mes joues. Et il y a si longtemps. Jamais je n'aurais cru que cela m'arriverait un jour. Je ne sais pas comment réagir. Il y a trop de tension, trop de terreur, trop d'adrénaline...

Le coup part tout seul – un grand coup de genou dans les parties.

Il a un hoquet de douleur. Sous le choc, il me lâche. Au lieu de foncer vers la porte d'entrée comme il s'y attend, je plonge sous son bras et m'élance vers la baie vitrée. Je dois pouvoir le semer, malgré mon chargement. J'ai pris de l'avance et je l'entends encore gémir. Je sais où je vais – je ne vais pas laisser de traces visibles dans l'obscurité. Et j'ai sauvé la nourriture. C'est l'essentiel. À part les barres de céréales qui doivent être réduites en charpie dans mes poches...

— Attends ! crie-t-il.

Ta gueule ! je lui réponds en pensée.

Il me court après. J'entends sa voix qui se rapproche.

— Je ne suis pas l'un d'entre eux !

Ben voyons... Je continue à foncer, tête baissée. Mon père disait que je courais comme une gazelle. J'étais la plus rapide de mon équipe, j'ai été championne junior du Nouveau-Mexique, dans un autre temps, avant la fin du monde.

— Écoute-moi ! continue-t-il à hurler. Regarde, je vais te le prouver ! Arrête-toi et regarde !

Cours toujours ! Je quitte le sentier et file dans les buissons.

— Je pensais qu'il ne restait plus personne ! Arrête-toi, je t'en prie. Il faut que je t'explique !

Sa voix est toute proche !

— Je n'aurais pas dû t'embrasser ! C'était idiot ! Mais je me suis cru tout seul depuis si longtemps !

— Ta gueule !

Je ne l'ai pas dit très fort, mais je sais qu'il l'a entendu. Il est de plus en plus près. Jamais je n'ai été rattrapée. Je pousse encore l'allure.

Je l'entends grogner sous l'effort. Lui aussi, il accélère.

Quelque chose me heurte dans le dos. Je m'écroule. J'ai de la poussière plein la bouche. Un poids énorme me plaque au sol. Je ne peux plus respirer.

— Attends. Attends…, articule-t-il, hors d'haleine.

Il me retourne, monte à califourchon sur moi, emprisonnant mes bras sous ses jambes. Il écrase toute ma nourriture ! Je grogne, donne des coups de pied.

— Regarde ! REGARDE !

Il sort une lampe de sa poche, l'allume et éclaire son propre visage.

Sa peau est jaune sous la lumière. Elle révèle des pommettes saillantes, un nez long et étroit, des mâchoires carrées. Malgré le rictus de souffrance qui déforme sa bouche, je remarque que ses lèvres sont étrangement pleines pour un homme. Ses sourcils et ses cils sont décolorés par le soleil.

Mais ce n'est pas cela qu'il veut me montrer.

Ses yeux, marron clair sous la lumière, brillent d'un éclat purement humain. Il fait courir le faisceau d'un iris à l'autre.

— Tu vois ? Tu vois ? Je suis comme toi.

— Je veux voir ton cou…

Je ne suis que suspicion. C'est un piège, une ruse, forcément. J'ignore pourquoi il joue ce petit jeu, mais c'en est un. Il y a longtemps que tout espoir est perdu.

— Ça risque de compliquer les choses… Mes yeux ne te suffisent pas ? Tu vois bien que je ne suis pas l'un d'entre eux…

— Pourquoi ne veux-tu pas me montrer ton cou ?

— Parce que j'ai une cicatrice.

J'ai tenté à nouveau de me dégager, mais ses mains m'ont plaquée au sol.

— Je me la suis faite moi-même ! Je me suis plutôt bien débrouillé, mais je peux te dire que j'ai dégusté ! Je n'ai pas, moi, tous ces cheveux pour couvrir ma nuque. Cette cicatrice m'a aidé à passer incognito.

— Lâche-moi.

Il hésite, puis se relève avec souplesse. Il me tend la main, paume ouverte…

— Je t'en prie, ne te sauve pas. Et ne frappe plus là, ça fait un mal de chien…

Je ne bouge pas. Je sais qu'il n'aura aucune difficulté à me rattraper si je tente de fuir.

— Qui es-tu ?

Il sourit à pleines dents.

— Je m'appelle Jared Howe. Je n'ai pas parlé à un être humain depuis deux ans… Bien sûr, je dois te paraître un peu… bizarre. Je t'en prie, pardonne-moi et dis-moi ton nom.

— Melanie.

— Melanie, tu ne peux savoir à quel point je suis heureux de faire ta connaissance.

Je ramasse mon sac, sans le quitter des yeux. Il avance lentement le bras vers moi.

C'est à cet instant que je réalise que je le crois… quand je vois mes doigts se refermer sur les siens.

Il m'aide à me relever, mais ne lâche pas ma main une fois que je suis debout. Je n'aime pas ça.

— Et maintenant ?

— On ne peut pas rester ici. Je dois retourner dans la maison. J'ai laissé mon sac là-bas. Tu m'as devancé au réfrigérateur ! Tu veux bien m'accompagner ?

Je secoue la tête.

Il semble réaliser à quel point je suis sous le choc.

— Alors tu vas m'attendre ici, d'accord ? me demande-t-il d'une voix douce. Je vais faire vite. Je vais aller chercher davantage de nourriture. Nous en aurons besoin.

— « Nous » ?

— Maintenant que je t'ai trouvée, je ne te lâche plus d'une semelle, que tu sois d'accord ou pas !

Moi non plus, je ne veux pas qu'il s'en aille.

— Je n'ai pas le temps. Je suis partie depuis si longtemps. Il y a… (Comment me méfier d'un autre humain ? Nous sommes de la même famille – tous les deux, nous appartenons à une fratrie en voie d'extinction.) Il y a Jamie. Jamie qui m'attend.

— Oh, tu n'es pas seule…

Pour la première fois, je lis le regret sur son visage.

— Mon frère. Il n'a que neuf ans et il est terrifié quand je m'absente. Il va me falloir la moitié de la nuit pour rentrer. En ne me voyant pas revenir, il va penser que j'ai été attrapée. Et il a si faim. (Comme pour étayer mes dires, mon estomac se met à gargouiller.)

Le sourire de Jared revient, plus lumineux encore.

— Tu veux que je te dépose ?

— Me déposer ?

— Je te propose un marché : tu m'attends ici, le temps que j'aille chercher de la nourriture, et après je t'emmène où tu veux dans ma Jeep. Ce sera beaucoup plus rapide qu'à pied, crois-moi, même si tu cours très vite !

— Tu as une voiture ?

— Bien sûr !

Je pense aux six heures de marche qu'il m'a fallu pour arriver jusqu'ici.

— On rejoindra ton frère en un rien de temps. Tu restes là, promis ?

Je hoche la tête.

— Et mange quelque chose. Je ne veux pas que les bruits de ton estomac nous trahissent.

Il sourit. Ses yeux se plissent de malice, creusant des pattes-d'oie au coin des orbites. Mon cœur s'emballe d'un coup. Je sais que je vais l'attendre, même si ses emplettes doivent lui prendre la nuit.

Il me tient toujours la main. Il la lâche doucement, son regard rivé sur moi. Il recule d'un pas, s'arrête.

— Ne me donne pas de coup de pied, je t'en prie…

Il se penche vers moi, me soulève le menton, et m'embrasse de nouveau. Cette fois, je sens mieux ce qui se passe. Ses lèvres sont plus douces que ses mains, plus chaudes aussi, malgré la touffeur du désert. Une nuée de papillons s'envolent dans mon estomac, me coupent le souffle. Mes mains, par réflexe, se referment sur lui. Je sens la tiédeur de sa joue, ses cheveux drus dans sa nuque. Mes doigts découvrent, à la limite du cuir chevelu, une portion de peau meurtrie, une cicatrice hideuse…

Je pousse un cri.

Je me suis réveillée en sueur. Avant même d'être complètement sortie du sommeil, mes doigts ont exploré ma nuque, tâtant la fine indentation laissée par l'insertion. Je sentais à peine la boursouflure. Les produits du Soigneur avaient fait merveille.

La cicatrice de Jared n'était qu'un leurre grossier.

J'ai allumé la lampe de chevet, en attendant que ma respiration reprenne un rythme normal ; mon organisme était saturé d'adrénaline…

Encore un rêve… Une scène différente, certes, mais semblable en substance à toutes celles qui me harcelaient depuis sept mois.

Ce n'était pas un rêve. Mais un souvenir.

Je sentais encore la chaleur des lèvres de Jared sur les miennes. Mes mains se sont agitées sans ma permission, pour explorer les draps froissés autour de moi ; ne rencontrant que le vide, elles sont retombées sur le lit, comme des oiseaux morts. Mon cœur s'est serré.

J'ai battu des paupières pour chasser les larmes qui montaient dans mes yeux. Combien de temps encore pourrais-je supporter ça ? Comment pouvait-on survivre en ce monde, dans ces corps dont la mémoire refusait de disparaître, avec ces émotions si violentes, si totales que je ne savais plus ce que, moi, je ressentais.

Je ne pourrais me rendormir avant des heures ; j'étais trop tendue. Autant me lever et faire ce qu'on attendait de moi. Me débarrasser de cette corvée. Cela m'occupera l'esprit, m'aidera à ne pas penser.

Je suis sortie du lit et me suis dirigée d'un pas lourd vers l'ordinateur qui trônait, solitaire, sur le bureau. Il lui a fallu quelques secondes pour s'allumer, et quelques-unes encore pour ouvrir mon logiciel de courriel. Il était facile de trouver l'adresse de la Traqueuse ; je n'avais que quatre contacts : la Traqueuse, le Soigneur, mon nouvel employeur et son épouse, ma Tutrice.

J'ai tapé, sans prendre la peine de dire bonjour :

```
Il y avait un autre humain avec mon
hôte, Melanie Stryder.
```

Et puis :

```
Il s'appelle Jamie Stryder ; c'est son
frère.
```

Avec une bouffée d'angoisse, j'ai mesuré la force extraordinaire de Melanie. Jusqu'à présent, je n'avais jamais soupçonné l'existence du garçon. Durant tous ces mois, elle avait réussi à protéger ce secret... Me cachait-elle d'autres choses encore ? Des secrets si importants, si sacrés à ses yeux qu'elle parvenait à les bannir non seulement de ses pensées mais de ses rêves ? Pouvait-elle être aussi forte ? J'ai tapé d'une main tremblante le reste de mon rapport :

```
Le garçon doit être âgé de douze ou
treize ans aujourd'hui. Ils vivaient
dans un camp, au nord de Cave Creek, en
Arizona. Mais cela remonte à plusieurs
années. Peut-être pourrez-vous trou-
ver une corrélation avec les lignes
énigmatiques que je vous ai précédem-
ment décrites. Comme toujours, je vous
tiens au courant dès que j'ai du nou-
veau.
```

J'ai envoyé le message. Aussitôt, une bouffée de panique m'a envahie.

Non, pas Jamie !

Sa voix, dans ma tête, était aussi forte et claire que la mienne ! Un frisson de terreur m'a traversée.

En même temps, contre toute logique, je brûlais d'écrire de nouveau à la Traqueuse, m'excuser d'inonder sa boîte à lettres pour lui raconter mes rêves délirants et lui dire de ne pas prêter attention à ce que j'avais écrit dans un demi-sommeil.

Dans un sursaut, j'ai éteint l'ordinateur et débranché la prise d'alimentation murale.

Je te hais ! a lancé la voix dans ma tête.

— Alors, va-t'en ! ai-je répliqué.

En m'entendant parler à haute voix, j'ai frissonné de nouveau.

Depuis mon insertion, mon hôte ne m'avait jamais parlé. C'était la preuve qu'elle devenait de plus en plus puissante. Tout comme ses rêves.

Il n'y avait pas d'autre solution, j'allais devoir rendre visite à ma Tutrice demain pour lui demander de l'aide. Des larmes de frustration et d'humiliation me sont montées aux yeux.

Je suis retournée au lit. J'ai plaqué un oreiller sur mon visage et j'ai essayé de ne penser à rien.

5.

L'aggravation

— Bonjour, Vagabonde ! Prenez donc une chaise, mettez-vous à votre aise !

J'hésitais sur le seuil de la porte, un pied dedans, un pied dehors.

La Tutrice a souri – un infime mouvement à la commissure des lèvres. Je décryptais beaucoup mieux les expressions de visage à présent. La détente et la crispation des petits muscles formaient désormais un langage familier pour moi. À l'évidence, mon hésitation l'amusait. Et en même temps, elle était agacée par ma réticence à lui rendre visite.

Avec un soupir résigné, je suis entrée dans la petite pièce colorée et me suis assise à ma place habituelle. Le fauteuil rouge, celui le plus loin d'elle.

Ses lèvres se sont pincées.

Pour éviter son regard, j'ai contemplé les nuages qui traversaient le ciel, par-delà la fenêtre ouverte. L'odeur iodée de l'océan imprégnait l'air.

— Alors, Vagabonde ? Cela fait longtemps que vous n'êtes pas passée me voir.

Je l'ai regardée, pleine de culpabilité.

— J'ai laissé un message pour le dernier rendez-vous. Un étudiant m'a retenue.

— Oui, je sais. (Elle a eu de nouveau son petit sourire.) J'ai eu votre message.

Elle était belle pour une femme de son âge. Elle laissait ses cheveux grisonner naturellement – ils étaient soyeux, tirant davantage vers le blanc que vers l'argent ; elle les portait longs, ramenés en arrière par une petite queue-de-cheval. Ses yeux étaient d'un vert fascinant. Jamais je n'avais vu pareils iris chez un humain.

— Je suis désolée, ai-je dit pour la forme. (Puisque c'est ce qu'elle semblait attendre de moi.)

— Aucune importance. Je comprends. C'est difficile pour vous de venir ici. Vous préféreriez, évidemment, que ce ne soit pas nécessaire. C'est la première fois que vous rencontrez des problèmes. Et cela vous effraie.

J'ai baissé la tête.

— Oui, Tutrice.

— Je vous ai déjà dit de m'appeler Kathy.

— Oui… Kathy.

Elle a lâché un petit rire.

— Vous n'êtes toujours pas à l'aise avec les prénoms humains, n'est-ce pas, Vagabonde ?

— C'est vrai. Pour moi, c'est comme une abdication.

J'ai relevé les yeux ; elle acquiesçait lentement.

— Je comprends… en particulier dans votre cas.

J'ai dégluti bruyamment et baissé de nouveau la tête.

— Abordons d'abord un sujet moins douloureux, a proposé Kathy. Vous êtes toujours satisfaite de votre Emploi ?

— Oui. (C'était effectivement un sujet plus facile.) J'ai entamé un nouveau semestre. Je craignais de me lasser. Répéter les mêmes histoires. Mais pour l'instant, ce n'est pas le cas. Avoir un nouvel auditoire, ça change tout.

— Curt dit beaucoup de bien de vous. Vos cours sont parmi les plus populaires de l'université.

Mes joues se sont empourprées.

— Ça fait toujours plaisir à entendre. Comment se porte votre compagnon ?

— Très bien, merci. Nos hôtes sont en très bonne forme pour leur âge. Nous avons, je pense, encore beaucoup de belles années devant nous.

Je me demandais si elle allait rester sur ce monde, si elle allait habiter un autre hôte humain quand l'heure viendrait, ou décider de partir. Mais je ne voulais pas poser de questions – cela risquait de nous entraîner vers des sujets délicats.

— J'adore enseigner, ai-je préféré dire. Ce n'est pas si loin, d'ailleurs, de mon Emploi quand j'étais Herbe-qui-Voit ; je suis donc moins dépaysée. C'est vraiment gentil à Curt de m'avoir embauchée.

— Ils sont heureux de vous avoir. (Kathy a souri avec chaleur.) Vous ne savez pas à quel point il est difficile d'avoir un professeur d'Histoire des Mondes ayant vécu ne serait-ce que sur deux planètes ! Or vous, vous avez accompli un cycle pratiquement sur toutes ! Sans parler de votre séjour sur Origine ! Toutes les universités de cette planète rêvent de vous débaucher. Curt prévoit de vous submerger de travail pour que vous n'ayez pas le temps d'aller voir ailleurs.

— Je ne suis professeur qu'à titre honorifique.

Kathy a esquissé un sourire puis a pris une profonde inspiration avant de parler :

— Cela fait si longtemps que vous n'êtes pas venue me voir… J'espérais que, peut-être, vos problèmes s'étaient résolus d'eux-mêmes. Et puis je me suis dit, au contraire, qu'ils avaient sans doute empiré et que c'était là la raison de votre absence.

J'ai regardé mes mains fixement sans rien dire.

Elles étaient marron clair – un bronzage qui ne partirait pas, que je passe ma vie à l'ombre ou au soleil.

J'avais un grain de beauté à la naissance du poignet gauche. Mes ongles étaient coupés court. Je n'aimais pas les avoir longs. Je me griffais trop souvent. Et j'avais déjà de grands doigts tout fins ; avec un centimètre d'ongles en plus, ils paraissaient carrément bizarres. Même pour une femme.

Devant mon silence, la Tutrice s'est éclairci la gorge.

— J'en déduis que j'ai vu juste…

— Kathy…, ai-je articulé lentement pour gagner du temps. Pourquoi avez-vous gardé votre prénom humain ? Est-ce pour vous sentir plus… unie ? Avec votre hôte, j'entends… Pour ne faire qu'un avec lui ?

J'aurais bien voulu connaître également les raisons qui avaient incité Curt à faire ce même choix, mais il aurait été impoli de poser la question à Kathy, sa compagne. C'était une décision personnelle, intime, que seul l'intéressé pouvait expliquer.

— Pour ne faire qu'un avec lui ? Dieu du Ciel, bien sûr que non ! a-t-elle répondu en riant. Je ne vous ai pas raconté ? Peut-être pas au fond. Après tout, mon boulot, c'est d'écouter, pas de parler de moi ! Vous savez que je suis arrivée sur Terre avec la première vague, avant que les Hommes ne se doutent de notre présence ? J'avais des voisins humains de tous les côtés. Curt et moi avons dû nous faire passer pour nos hôtes pendant plusieurs années. Même après que les nôtres s'étaient bien implantés dans le quartier, on pouvait toujours croiser un humain par hasard. Alors j'ai gardé « Kathy » par sécurité. En outre, la traduction de mon ancien nom comptait quatorze mots et ne pouvait guère être raccourcie.

Elle m'a adressé un grand sourire. Le soleil, filtrant par la fenêtre, a frappé ses yeux ; des reflets émeraude se sont mis à danser sur le mur. L'espace d'un instant, ses deux iris sont devenus iridescents.

J'ignorais que cette femme douce et réservée s'était trouvée en première ligne. Il m'a fallu plusieurs minutes pour me faire à cette idée. Je l'ai observée avec un respect nouveau. Je n'avais jamais pris les Tuteurs très au sérieux – n'ayant jamais eu besoin d'eux auparavant. Ils étaient là pour les inadaptés, les faibles, et j'avais honte de me trouver ici. Maintenant que je connaissais cette facette de son passé, je me sentais moins gênée. Elle aussi avait relevé des défis.

— Comment le viviez-vous ? ai-je demandé. Vous faire passer pour l'un d'entre eux... c'était ennuyeux ?

— Non, pas vraiment. J'avais tant à faire avec cet hôte, tout était si nouveau. Cette profusion sensorielle. Au début, me couler dans le moule était déjà un exploit pour moi !

— Et Curt... vous avez choisi de rester avec l'époux de votre hôte ? Même après que tout était fini ?

Cette question était plus délicate ; Kathy l'a compris aussitôt. Elle a remué sur son siège, replié les jambes et fixé du regard un point au-dessus de ma tête.

— Oui. J'ai choisi Curt. Et il m'a choisie. Au début, bien sûr, c'était un hasard, le jeu aléatoire des affectations. Passer tant de temps ensemble, partager tous les dangers inhérents à notre mission, ça rapproche, forcément... En sa qualité de président d'université, Curt avait de nombreux contacts. Notre maison est devenue, tout naturellement, un centre d'insertion. On recevait beaucoup. Les humains venaient dîner chez nous, et c'étaient les nôtres qui repartaient. On devait agir vite, discrètement – vous connaissez la violence potentielle de ces hôtes. On pouvait mourir d'un jour à l'autre. C'était très excitant et terrifiant aussi parfois.

« Tout ça pourrait amplement justifier pourquoi Curt et moi avons décidé de rester unis alors que la clandestinité n'était plus nécessaire. Je pourrais vous mentir,

pour vous rassurer… vous dire que c'est là la seule raison, mais…

Elle a secoué la tête, s'est raidie sur son siège, a rivé
ses yeux sur les miens.

— En tous ces millénaires, les humains n'ont jamais
pu définir l'amour. Quelle est la part physique ? Quelle
est la part mentale ? Est-ce le fruit du hasard ou du
destin ? Pourquoi des unions parfaites sur le papier
s'écroulent-elles ? Pourquoi des couples improbables
résistent-ils à tout ? Je ne connais pas plus les réponses
qu'eux. L'amour est là ou pas, c'est tout. Mon hôte
aimait l'hôte de Curt et cet amour n'était pas mort,
même lorsque le cerveau a changé de propriétaire.

Son front s'est plissé quand elle m'a vue m'enfoncer
dans mon siège.

— Melanie pleure encore Jared, a-t-elle deviné.

J'ai senti ma tête hocher toute seule.

— Et vous aussi.

J'ai fermé les yeux.

— Les rêves continuent ?

— Toutes les nuits, ai-je avoué.

— Racontez-moi. (Sa voix était douce, pleine de persuasion.)

— Je n'aime pas y penser.

— Je sais. Essayez quand même. Ça peut être bénéfique.

— Je ne vois pas comment. En quoi ça peut m'aider
de vous dire que je vois son visage à chaque fois que
je ferme les yeux ? Que je me réveille en larmes parce
qu'il n'est pas là ? Que ses souvenirs à elle sont si forts
que je ne peux plus les dissocier des miens ?

Je me suis interrompue et j'ai serré les dents.

Kathy a sorti un mouchoir blanc de sa poche et me l'a
tendu. Voyant que je ne bougeais pas, elle s'est levée

et l'a déposé sur mes genoux. Elle s'est assise sur mon accoudoir et a attendu.

Je suis restée figée pendant une demi-minute. Puis j'ai ramassé le carré de tissu et me suis séché les yeux avec aigreur.

— Je déteste me voir comme ça.

— Tout le monde pleure la première année. Ces émotions sont si fortes. On est tous comme des enfants au début, que nous le voulions ou non. Les larmes me viennent à chaque fois que je vois un joli coucher de soleil. Ou parfois quand je mange une tartine au beurre de cacahuètes.

Elle m'a tapoté le sommet du crâne, puis elle a passé ses doigts dans la mèche que je coinçais toujours derrière mon oreille.

— Vous avez de si jolis cheveux. Chaque fois que je vous vois, ils sont plus courts. Pourquoi ne les gardez-vous pas longs ?

Vu que je pleurais comme une Madeleine, je n'étais plus à une humiliation près. Je n'avais plus envie de cacher encore la vérité. Après tout, j'étais venue pour me confesser et pour chercher de l'aide – autant jouer le jeu.

— Parce que ça l'embête, elle ! Elle aime les avoir longs.

Kathy est restée impassible, comme je m'y attendais. Une vrai pro. Sa réponse est venue juste un peu tard, un peu bredouillante :

— Elle est donc encore aussi présente ?

La terrible vérité est sortie de ma bouche :

— Seulement quand elle le décide. Mes cours d'histoire l'ennuient. Elle est en sommeil quand je travaille. Mais elle est bel et bien là. Parfois, elle est aussi présente que moi…

J'avais prononcé les derniers mots dans un murmure, tant j'avais honte.

— Vagabonde ! s'est exclamée Kathy, horrifiée. Pourquoi ne m'avez-vous pas dit que cela allait si mal ? Depuis combien de temps endurez-vous cela ?

— C'est de pire en pire. Au lieu de s'effacer, elle devient de plus en plus forte. Mais ce n'est pas aussi grave que le cas que m'a raconté le Soigneur – ce Kevin, vous vous souvenez ? Elle n'a pas pris le contrôle. Ça n'arrivera pas. Je ne la laisserai pas faire !

Ma voix était montée d'un ton.

— Bien sûr que cela n'arrivera pas, m'a-t-elle assuré. Bien sûr. Mais vous auriez dû me dire plus tôt que vous alliez aussi mal. Il faut aller voir un Soigneur.

Il m'a fallu un moment pour comprendre le sens de ces mots, tant j'étais submergée par l'émotion.

— Un Soigneur ? Non, je ne suis pas un pois sauteur !

— Personne ne porterait un jugement pareil, Vagabonde. Il est normal, lorsqu'un hôte est défectueux, que l'on…

— Défectueux ? Elle n'est pas défectueuse. C'est moi qui le suis. Je suis trop faible pour ce monde !

Je me suis caché la tête dans les mains, me sentant si misérable. De nouvelles larmes m'ont inondée.

Kathy a passé le bras autour de mes épaules. J'étais tellement occupée à lutter contre le déferlement d'émotions que je ne l'ai pas repoussée, même si ce contact me dérangeait.

Melanie non plus n'appréciait pas. Elle n'aimait pas qu'un alien la touche.

Car Melanie était très présente, et particulièrement arrogante maintenant que j'avais reconnu son emprise. Elle exultait. J'avais toujours du mal à la maîtriser quand les émotions me submergeaient.

J'ai tenté de retrouver mon calme; je devais la remettre à sa place.

C'est toi qui es à ma place! La pensée était faible, mais intelligible. C'était de pire en pire; elle pouvait désormais me parler quand elle le voulait. Comme au tout premier instant où j'avais repris conscience.

Va-t'en, c'est chez moi maintenant!

Jamais!

— Allons, Vagabonde... Vous n'êtes pas faible et vous le savez très bien.

— Pfff!

— Écoutez-moi. Vous êtes forte. Forte comme un chêne. Notre espèce est très uniforme, mais vous, vous êtes au-dessus de la norme. Votre courage est étonnant. Vos existences en témoignent.

— Dans mes vies passées peut-être, mais pas dans celle-là. Je ne suis qu'une brindille à présent.

— Il se trouve que les humains sont plus individualisés que nous. Il y en a de toutes sortes, et certains sont beaucoup plus robustes que d'autres. Sincèrement, je crois que Melanie aurait écrasé n'importe quelle autre âme que vous en quelques jours. C'est peut-être un hasard, peut-être le destin... mais j'ai l'impression que le plus fort d'entre nous a été inséré dans le plus fort d'entre eux.

— Ça en dit long sur nos chances...

— Elle ne va pas gagner, Vagabonde. Cette charmante personne que j'ai devant moi, c'est vous. Et vous seule. Elle n'est qu'une ombre dans un recoin de votre esprit.

— Elle me parle, Kathy. Elle a encore ses pensées propres. Et ses secrets.

— Mais elle ne parle pas à votre place, n'est-ce pas? Votre résistance est exceptionnelle.

Je n'ai pas répondu. J'étais trop abattue, trop triste.

— Il faudrait peut-être envisager une réimplantation…

— Kathy, vous avez dit qu'elle écraserait une âme autre que moi. Je ne sais pas si c'est la vérité… Vous avez peut-être dit ça pour me réconforter, en bonne professionnelle que vous êtes. Mais une chose est certaine : elle est réellement très forte… Ce ne serait pas bien de la confier à quelqu'un d'autre parce que je ne parviens pas à la dompter. À qui feriez-vous ce cadeau empoisonné ?

— Je ne cherchais pas à vous flatter ; vous êtes effectivement la plus qualifiée pour cette mission.

— Alors, vous voulez dire que…

— Exactement. Je ne pense pas que cet hôte puisse être réutilisé.

— Oh…

Un frisson d'horreur a parcouru ma colonne. Et je n'étais pas la seule à frémir à cette idée.

Une onde de dégoût m'a envahie. J'étais une âme fidèle. Au cours des longues révolutions autour des soleils de mon ancienne planète – le Monde des Herbes-qui-Voient, comme on l'appelait ici –, je n'avais pas bougé. Même si le fait d'être enracinée dans le sol m'a pesé bien plus tôt que je ne m'y attendais, même si la vie des Herbes se mesurait en siècles et non en années, je n'ai pas abandonné mon hôte avant son terme. Ç'eût été du gâchis, une lâcheté, une infamie. C'était renier l'essence même de ce que nous sommes. Nous rendons meilleurs les mondes que nous occupons ; c'est notre mission, notre raison d'être, sinon nous ne méritons pas d'y vivre.

Nous ne sommes pas des profiteurs. Tout ce que nous prenons, nous le bonifions ; les mondes avec nous sont en paix, en harmonie, embellis. Les humains étaient des brutes. Durant les quelques millénaires de leur règne, ils ont mis au point une profusion écœurante de modes de torture ; je n'avais pas été capable de lire jusqu'au bout les rapports officiels pourtant cliniques et sans pathos. Les guerres avaient ravagé quasiment tous les continents. Ceux qui vivaient dans les nations en paix détournaient pudiquement la tête pour ne pas voir la misère par-delà leurs frontières. Il n'y avait pas d'équité dans la distribution des biens et des richesses. L'avidité humaine avait mis en péril tout l'écosystème de la planète. La violence et le meurtre faisaient partie de la vie quotidienne. Plus inconcevable encore, leurs enfants – la nouvelle génération que les miens vénéraient pour leur potentiel immaculé – pouvaient être victimes de sévices, perpétrés parfois par leurs propres géniteurs. Depuis notre arrivée, la différence est criante. Tout le monde doit admettre que la Terre se porte mieux, grâce à nous.

Vous avez massacré toute une espèce et vous vous congratulez !

Mes poings se sont crispés.

Je pourrais me débarrasser de ton corps, lui ai-je rappelé.

Vas-y. Ce ne sera que l'officialisation de mon meurtre !

Je bluffais. Mais Melanie aussi.

Certes, elle avait voulu mettre fin à ses jours. Elle s'était jetée dans le puits de l'ascenseur. Mais c'était dans un accès de panique, parce qu'elle se savait perdue. Décider de mourir quand on était au calme, confortablement assis sur un siège, était une autre paire de manches ! Je sentais l'influx d'adrénaline – généré par sa peur – inonder mes membres au moment où je concevais l'idée de changer d'hôte.

Ce serait tellement bon d'être seule de nouveau aux commandes ! Avoir un esprit pour moi exclusivement.

Ce monde était agréable en bien des aspects; c'était tentant de pouvoir l'apprécier sans être constamment dérangée par une conscience revêche qui n'avait rien à faire là.

Melanie s'est agitée (métaphoriquement parlant) dans les profondeurs de mon cerveau alors que je tentais d'analyser la situation rationnellement. Peut-être valait-il mieux jeter l'éponge et…

Mais cette pensée m'a fait tressaillir. Moi, Vagabonde, abandonner? Déménager? Reconnaître mon échec, et faire un nouvel essai avec un hôte plus faible qui ne me donnerait aucun fil à retordre?

J'ai secoué la tête. C'était inconcevable. Formuler cette simple pensée m'était douloureux.

Et puis… c'était *mon* corps. J'y étais habituée. J'aimais la façon dont les muscles bougeaient sur les os, la souplesse des articulations, la traction des tendons. Je connaissais son image dans le miroir. Cette peau ambrée, ces pommettes saillantes, cette coiffe lustrée de cheveux, ces yeux noisette avec leurs reflets verts – tout ça, c'était moi.

C'est moi que je voulais! Personne d'autre. Pas question que l'on détruise ce qui était mien.

6.

La traque

La lumière déclinait derrière les fenêtres. La journée, chaude pour un mois de mars, s'étirait, comme si elle refusait de s'achever et de me rendre ma liberté.

J'ai reniflé et roulé un nouveau coin de mon mouchoir humide pour m'éponger les yeux.

— Kathy, vous devez avoir d'autres obligations. Curt va se demander où vous êtes.

— Il comprendra.

— Je ne peux rester ici jusqu'à la saint-glinglin. Et ce n'est pas aujourd'hui qu'on trouvera une solution.

— Le replâtrage de surface n'est pas ma spécialité. Vous êtes contre l'idée de changer d'hôte.

— Oui.

— Régler ce problème va donc nécessiter du temps.

J'ai serré les dents de frustration.

— Mais si vous acceptez de vous faire aider, ça peut aller plus vite, faciliter le processus.

— Je ne sauterai plus nos rendez-vous, ai-je promis.

— Ce n'est pas à moi que je pensais, même si je compte bien vous revoir.

— Vous parlez d'une aide… extérieure ? (J'ai grimacé à l'idée de devoir vivre encore une fois cette épreuve avec un inconnu.) Vous êtes parfaitement qualifiée, si ce n'est davantage que vos collègues, pour…

— Je ne pensais pas à un autre Tuteur. (Elle s'est redressée sur sa chaise et s'est tenue bien droite.) Vous avez des amis, Vagabonde ?

— Vous parlez de collègues de travail ? Je vois quelques professeurs presque tous les jours. Je parle de temps en temps à un étudiant à la fin de mes cours…

— Et hors de l'université ?

Je l'ai regardée fixement.

— Les hôtes humains ont besoin d'interaction, Vagabonde. Vous n'êtes pas faite pour la solitude. Dans votre vie chez les Herbes, vous partagiez les pensées d'une planète entière.

— Mais on ne sortait pas beaucoup !

Ma tentative d'humour est tombée à plat.

— Votre combat contre votre problème interne accapare tout votre esprit. Une solution serait peut-être d'y accorder moins d'attention. Vous dites que Melanie s'ennuie pendant que vous travaillez… qu'elle est en sommeil. Peut-être que si vous voyez d'autres personnes en dehors de la fac elle va s'ennuyer aussi ?

J'ai pincé la bouche, pensive. Melanie, épuisée par cette longue journée de thérapie, ne semblait pas enthousiasmée par cette idée.

— Impliquez-vous avec les gens de votre entourage plutôt qu'avec elle.

— Ce n'est pas idiot.

— Et puis il y a les impulsions physiques inhérentes à ces corps. Ils n'ont pas leur égal dans l'univers connu ! L'un des plus grands défis que nous avons eu à relever, lors de la première vague, a été de dompter leur instinct de reproduction. Croyez-moi sur parole, les humains perçoivent tout de suite si vous êtes disponible ou non pour ça ! (Elle a eu un grand sourire à l'évocation d'un souvenir. Devant mon absence de réaction, elle a poussé un soupir agacé.) Oh, allez, Vagabonde, ne me dites pas que vous ne voyez pas de quoi je parle !

— Si, bien sûr, ai-je marmonné. (Melanie s'est agitée.) Évidemment. Dans les rêves…

— Non, je ne parle pas simplement des souvenirs. Vous n'avez jamais rencontré quelqu'un auquel votre corps réagissait en sa présence – sur un plan strictement chimique ?

J'ai réfléchi à la question un bon moment.

— Non. Pas à ma connaissance.

— Croyez-moi, a lancé Kathy avec sarcasme, si c'était le cas, vous le sauriez ! (Elle a secoué la tête.) Vous devriez peut-être déployer vos antennes et regarder autour de vous. Cela vous ferait le plus grand bien.

Mon corps s'est contracté à cette pensée. J'ai senti le dégoût de Melanie, comme en écho au mien.

Kathy a remarqué mon expression.

— Ne la laissez pas tenir les rênes, Vagabonde. Ne la laissez pas prendre le contrôle de votre vie.

Mes narines se sont dilatées. J'ai attendu un moment avant de répondre ; je n'avais pas encore appris à totalement maîtriser mes émotions.

— Melanie ne me dirige pas !

Kathy a soulevé un sourcil, guère convaincue. Dans l'instant, la colère est montée :

— Et vous ? Vous n'êtes pas allée chercher bien loin votre partenaire, à ce que je sache. C'était votre choix propre ?

Sans prendre ombrage de ma pique, elle a réfléchi un moment avant de répondre :

— Peut-être pas. C'est difficile à dire. Mais vous avez raison. Ce n'est pas si simple.

Elle a tripoté un moment un fil de sa jupe. Sentant mon regard posé sur elle, elle a relevé la tête et croisé les mains sur sa poitrine d'un air volontaire.

— Comment connaître la part de l'hôte? La question se pose quelle que soit la planète. Je le répète : le temps est votre meilleur allié. Soit Melanie devient apathique et silencieuse, et vous parvenez à jeter votre dévolu sur quelqu'un d'autre que ce Jared, soit les Traqueurs font leur boulot… Comme vous savez, ils sont redoutables. Ils sont d'ores et déjà sur les traces de cet homme; un souvenir crucial vous reviendra peut-être et le problème sera réglé…

Je me suis figée sur place, tandis que le sens de ces paroles me pénétrait.

— Ils vont peut-être trouver le grand amour de Melanie, a poursuivi Kathy sans remarquer mon effroi; vous serez alors de nouveaux réunis. Si les sentiments de cet homme sont aussi ardents que ceux de sa dulcinée, la nouvelle âme sera certainement consentante.

— Non!

Qui avait crié? Moi? C'était possible… J'étais pleine d'horreur, comme Melanie.

Je me tenais debout, tremblante. Les larmes, qui avaient pourtant si facilement coulé, avaient disparu. Je serrais les poings.

— Vagabonde?

Mais j'avais tourné les talons et me précipitais vers la porte, assaillie par des mots qui ne pouvaient sortir de ma bouche. Des mots qui n'étaient pas les miens, mais qui pourtant naissaient de mon esprit. C'étaient ses mots à elle, des mots qui ne pouvaient être prononcés.

Ce serait sa mort! Sa disparition! Il cesserait alors d'exister! Je ne veux personne d'autre. C'est Jared

que je veux, pas un étranger dans son corps ! Son corps
ne signifie rien s'il n'est pas à l'intérieur.

J'ai entendu Kathy m'appeler, mais j'étais déjà dans
la rue.

J'habitais tout près du cabinet de la Tutrice, mais les
ténèbres dans la rue m'ont désorientée. J'ai couru sur
deux cents mètres avant de m'apercevoir que je m'étais
trompée de direction.

Les gens me regardaient. Je n'étais pas en tenue de
jogging. Je ne courais pas pour le plaisir, mais pour
fuir. Personne ne m'a importunée ; les passants détournaient poliment la tête. Ils devaient se douter que j'étais
nouvelle dans cet hôte, que je me comportais comme
un enfant.

J'ai ralenti l'allure et ai bifurqué vers le nord, pour
rebrousser chemin sans avoir à passer devant le bureau
de Kathy.

Malgré mes efforts, je ne marchais pas, je trottais.
J'entendais mes pieds claquer en staccato sur le macadam, comme s'ils voulaient suivre le rythme endiablé
d'une danse. Clac ! clac ! clac ! Ce n'était pas la trépidation de castagnettes, mais de la colère. De la violence.
Clac ! clac ! clac ! Quelqu'un giflant quelqu'un d'autre.
J'ai chassé cette image, cette vision d'horreur.

J'ai aperçu la lanterne qui éclairait la porte de mon
immeuble. J'étais déjà arrivée. Mais je n'ai pas traversé
la rue.

J'avais la nausée. Vomir, je me souvenais de la sensation, même si cela ne m'était jamais arrivé. Des gouttes
froides perlaient sur mon front, un bourdonnement
emplissait mes oreilles. J'étais presque certaine que
cette fois j'allais faire l'expérience en direct.

Il y avait un carré de pelouse sur le trottoir entourant
un lampadaire, bordé d'une petite haie. Je n'avais pas
le temps de trouver un meilleur endroit. J'ai titubé dans

la flaque de lumière et me suis agrippée au poteau. La nausée me donnait le tournis.

Oui, cette fois, c'était la bonne – j'allais vomir.

— Vagabonde ? C'est vous ? Vous êtes malade ?

La voix était familière, mais j'étais incapable de l'identifier. Ça m'a compliqué encore les choses. J'avais à présent du public… Je me suis cachée le plus possible derrière le buisson et j'ai rendu mon dernier repas.

— Qui est votre Soigneur, ici ?

La voix paraissait lointaine, assourdie par le bourdonnement dans mes oreilles. Une main s'est posée sur mon dos courbé.

— Vous voulez que j'appelle une ambulance ?

J'ai toussé deux fois, secoué la tête. C'était fini. Mon estomac était vide.

— Je ne suis pas malade, ai-je dit en me relevant, agrippée au lampadaire.

J'ai relevé les yeux pour voir qui était témoin de ce grand moment de gloire.

La Traqueuse de Chicago ! Elle avait son téléphone portable à la main, se demandant quel service de secours appeler. Je l'ai regardée un instant et je me suis pliée de nouveau derrière la haie. Estomac vide ou non, elle était la dernière personne que je voulais voir.

Et si mon estomac se soulevait encore spasmodiquement, c'était cette fois un effet de sa présence…

Oh non ! Non ! non ! non !

— Que faites-vous ici ? ai-je lancé en hoquetant. Pourquoi ? Que se passe-t-il ?

Les dernières paroles de la Tutrice tournaient en boucle dans ma tête. Jared…

Pendant une seconde, j'ai regardé, médusée, les deux mains qui s'étaient refermées sur le col de la Traqueuse, avant de me rendre compte que c'étaient les miennes.

— Arrêtez ça ! a-t-elle crié.

Je la secouais comme un prunier.

Mes mains l'ont lâchée et se sont plaquées sur mes joues.

— Oh… excusez-moi ! Je suis désolée. Je ne savais plus ce que je faisais.

La Traqueuse m'a regardée d'un air sinistre en lissant le col froissé de son tailleur noir.

— Vous n'êtes pas dans votre assiette… Je vais mettre ça sur le compte de la surprise.

— Je ne m'attendais pas à vous voir… Que faites-vous ici ?

— Je vais d'abord vous emmener dans un Centre de Soins. Si vous avez la grippe, ou je ne sais quoi, autant vous faire soigner. C'est idiot d'infliger ça à votre corps.

— Je n'ai pas la grippe. Je ne suis pas malade.

— Ou alors vous avez mangé un produit périmé ? Il faudra nous dire où vous l'avez acheté.

Elle m'agaçait avec ses questions.

— Ce n'est pas non plus une intoxication alimentaire. Je suis en pleine forme.

— Pourquoi n'allez-vous pas voir un Soigneur ? Pour un petit bilan ? Il ne faut pas négliger votre hôte. C'est irresponsable. En particulier quand il existe un système de santé aussi efficace et accessible à tous !

J'ai pris une profonde inspiration pour m'empêcher de la saisir encore une fois par le col. Elle avait une tête de moins que moi. En combat singulier, j'étais certaine d'avoir l'avantage.

Un combat ? J'ai tourné les talons et me suis dirigée vers mon appartement.

— Vagabonde ! Attendez ! Le Soigneur peut…

— Je n'ai pas besoin de Soigneur, ai-je lancé sans me retourner. C'était juste un… un déséquilibre émotionnel. Tout va bien, maintenant.

La Traqueuse n'a rien répondu. Elle devait tenter de décrypter mes paroles. J'ai entendu ses pas derrière moi – des talons hauts. J'ai donc laissé ma porte ouverte, sachant qu'elle allait me rejoindre à l'intérieur. Je me suis rendue à l'évier et me suis servi un verre d'eau. Elle a attendu en silence que je me rince la bouche. Quand j'ai eu terminé, je suis restée penchée au-dessus de la cuve, le regard rivé sur la bonde.

Elle s'est rapidement lassée d'attendre.

— Alors, Vagabonde ?… Vous avez bien conservé ce nom ?… Je ne voudrais pas me montrer impolie en vous appelant ainsi.

— Je suis toujours Vagabonde, ai-je répondu sans la regarder.

— C'est drôle. J'étais persuadée que vous auriez choisi votre propre nom.

— Mais j'ai choisi. J'ai choisi Vagabonde. Je crois l'avoir mérité.

C'était, évidemment, la Traqueuse qui était à l'origine de la petite dispute que j'avais entendue lors de mon réveil au Centre de Soins à Chicago. Jamais, au cours de mes neuf vies, je n'avais rencontré une âme aussi belliqueuse. Mon premier Soigneur sur Terre, Marche-sur-les Eaux, était calme, gentil, avisé, même pour la norme des âmes. Et pourtant, il n'avait pu s'empêcher de se quereller avec la Traqueuse. Cela me déculpabilisait un peu.

Je me suis retournée vers elle. Elle était assise sur mon petit canapé, confortablement installée, comme si elle s'apprêtait à prendre le thé. Il y avait de l'arrogance dans son expression, de l'amusement dans ses yeux globuleux.

— Que faites-vous ici? ai-je répété.

Ma voix était monocorde. Contenue. Je ne voulais pas perdre de nouveau le contrôle de moi-même.

— Cela fait longtemps que je n'ai pas eu de nouvelles de vous, alors j'ai eu envie de vous rendre une petite visite de courtoisie. On est toujours au point mort dans votre affaire…

De soulagement, j'ai serré le bord du plan de travail dans mon dos, mais je suis parvenue à garder un ton détaché.

— Voilà un bel exemple de conscience professionnelle. Pour information, je vous signale que je vous ai envoyé un e-mail hier soir.

Elle m'a encore lancé ce regard dont elle avait le secret, un mélange de courroux et d'agacement, comme si elle me reprochait de la mettre en colère. Elle a sorti son Palm et touché l'écran plusieurs fois.

— Ah oui, a-t-elle articulé. Je n'ai pas ouvert ma messagerie aujourd'hui.

Elle a lu en silence mon courrier.

— Je l'ai envoyé très tôt ce matin, ai-je expliqué. J'étais à moitié endormie. Je ne sais pas trop si ce que je raconte est un souvenir, un rêve ou de l'écriture automatique en somnambule.

Les mots continuaient à sortir avec aisance – les mots de Melanie. J'ai même décidé de lâcher un petit rire pour ponctuer ma tirade. C'était de la comédie. Une attitude malhonnête. Mais je ne voulais pas que la Traqueuse sache que j'étais plus faible que mon hôte.

Pour une fois, Melanie ne m'a pas montré de mépris au moment où elle prenait l'ascendant sur moi. Elle était trop soulagée, trop heureuse de voir que, pour des raisons d'orgueil, je ne l'avais pas trahie.

— Intéressant, a murmuré la Traqueuse. Encore un humain qui se balade dans la nature ! (Elle a secoué la tête.) Décidément, la paix n'est pas pour aujourd'hui.

Il n'y avait pas de regret dans ce constat, plutôt un plaisir contenu.

Je me suis mordu la lèvre pour m'empêcher de parler. Melanie voulait réagir, dire que le garçon n'existait pas, qu'il s'agissait d'un simple rêve. *Ne sois pas idiote*, lui ai-je dit en pensée. *Elle ne va jamais gober ça !* La Traqueuse était un personnage tellement antipathique que Melanie et moi nous nous retrouvions dans le même camp !

Je la hais.

Je sais, je sais. J'aurais aimé pouvoir dire que je ne partageais pas ce sentiment – la haine était une émotion bannie. Mais la Traqueuse était si irritante. Si insupportable.

— Pour résumer, a-t-elle déclaré en interrompant notre conversation mentale, hormis ce nouvel endroit à localiser, vous n'avez toujours rien de concret à me donner concernant ces itinéraires !

Mon corps s'est raidi devant ce reproche.

— Je n'ai jamais dit que ces lignes étaient des itinéraires ! C'est vous qui vous êtes mis ça en tête. Et non, je n'ai rien de nouveau là-dessus.

Elle a fait claquer sa langue d'agacement.

— Mais vous avez dit qu'il s'agissait de lignes indiquant des directions.

— C'est ce qu'il m'a semblé. Mais je n'en sais pas plus.

— Et pourquoi donc ? Vous n'avez pas encore dompté votre humaine ?

Elle a lâché un rire plein de sarcasme.

Je lui ai tourné le dos pour me calmer en m'efforçant de la chasser de mes pensées ; j'étais seule dans ma cuisine, je regardais par la fenêtre le petit rectangle de nuit avec ses trois étoiles qui brillaient.

Seule… Du moins autant qu'une âme peut l'être…

Pendant que je fixais ces trois points de lumière dans les ténèbres, les lignes que j'avais vues à maintes reprises – dans mes rêves ou des bribes éparses de souvenirs – me sont apparues de nouveau.

La première décrivait une longue courbe, tournait brusquement au nord, puis au sud, et encore au nord, sur une portion plus grande, avant de redescendre brutalement au sud pour s'aplatir en une longue ligne quasi horizontale.

La deuxième : un zigzag nerveux, quatre angles, le cinquième coupé net, comme brisé.

La troisième : une molle ondulation, interrompue par un pic qui montait au nord et redescendait.

C'était incompréhensible, apparemment sans signification. Mais c'était important pour Melanie. Depuis le tout début, je le savais. Elle protégeait ce secret plus ardemment que tous les autres, au même rang que tout ce qui concernait Jared ou son frère. J'ignorais l'existence de cet enfant jusqu'à cette nuit. Pourquoi cela avait-il filtré dans mes rêves, quelle défense chez elle s'était donc brisée ? Plus Melanie se faisait prégnante dans ma tête, plus elle lâchait des secrets. Y avait-il une relation de cause à effet ?

Peut-être en révélerait-elle davantage ; alors la signification de ces lignes étranges m'apparaîtrait… Car elles avaient un sens. Elles menaient quelque part.

À cet instant, alors que le rire de la Traqueuse résonnait encore dans la pièce, j'ai compris pourquoi ces lignes étaient si précieuses.

Elles ramenaient à Jared, bien sûr ! À tous les deux, Jared et Jamie. Ça ne pouvait être que ça. Quelle autre destination aurait pu revêtir autant d'importance à ses yeux ? Seulement, ce n'était pas un chemin que l'un ou l'autre avait emprunté ; ce n'était pas non plus le trajet retour vers eux. Ces lignes étaient aussi mystérieuses pour elle que pour moi, elles étaient…

Cette fois, le mur a été bien lent à se dresser. Melanie était distraite ; elle prêtait trop attention à la Traqueuse. Elle a eu un sursaut de terreur lorsqu'un bruit s'est fait entendre derrière moi ; c'est elle qui m'a signalé l'approche de la Traqueuse.

— Vous me décevez, Vagabonde. Vos états de service paraissaient si prometteurs.

— Vous auriez dû vous porter volontaire pour cet assignement, lui ai-je répondu d'une voix égale, sans me retourner. Aucun hôte rétif ne saurait vous résister ; c'eût été un jeu d'enfant pour vous.

Elle a eu un reniflement dédaigneux.

— Nous autres de la première vague avons eu à surmonter des difficultés autrement plus grandes que des hôtes récalcitrants.

— C'est vrai. J'en ai moi-même fait l'expérience.

— Les Herbes-qui-Voient étaient donc si difficiles à dompter ? Elles s'enfuyaient peut-être à votre approche ?

Je ne suis pas sortie de mes gonds.

— On n'a rencontré aucun problème au pôle Sud. Mais au Nord, cela a été une autre paire de manches. On s'y est très mal pris. On a perdu une prairie entière.

Ma voix s'est mise à chevroter à l'évocation de ce souvenir sinistre. Mille êtres pensants préférant fermer leurs yeux pour l'éternité plutôt que de nous accepter. Les Herbes avaient replié leurs feuilles qui captaient la lumière des soleils et avaient péri sur pied.

C'était la bonne décision, a murmuré Melanie. Il n'y avait pas de venin dans cette pensée, seulement la reconnaissance respectueuse d'une tragédie.

Mais un tel gâchis… Le souvenir de ce drame m'a inondée ; j'entendais encore ce grand silence lorsque mes sœurs dans cette prairie avaient disparu avec les Herbes.

Dans un cas comme dans l'autre, c'était la mort pour elles.

La Traqueuse parlait ; je devais me concentrer sur une seule conversation.

— Oui… (Son ton a perdu soudain de son assurance.) Cela a été très mal géré.

— On n'est jamais trop prudent quand on distribue quelques parcelles de pouvoir. Il y a toujours des négligences.

Elle n'a rien répondu. Mais je l'ai entendue reculer. C'était une bévue des Traqueurs qui avaient engendré ce suicide collectif, tout le monde le savait. Non, les Herbes ne pouvaient pas s'enfuir, mais on avait sous-estimé leur détermination à *se sauver*. Les Traqueurs avaient procédé sans discernement, installant les premières colonies avant que nous soyons assez nombreux pour lancer une assimilation à grande échelle. Lorsque les Traqueurs ont réalisé ce dont les Herbes étaient capables, ce qu'elles étaient prêtes à faire, il était trop tard. La nouvelle cargaison d'âmes en hibernation était encore trop loin, et lorsqu'elle est arrivée sur le site, la prairie du Nord n'était plus.

Je me suis tournée vers la Traqueuse, curieuse de voir quel avait été sur elle l'impact de mes paroles. Elle était impassible, et fixait le mur blanc en face d'elle.

— Je regrette de ne pouvoir vous aider davantage, ai-je déclaré avec fermeté, pour lui signifier que l'entretien était terminé.

Je voulais être seule chez moi. *Chez nous !* a précisé Melanie avec sarcasme. J'ai poussé un soupir. Elle était tellement sûre d'elle à présent…

— Vous n'auriez pas dû faire tout ce chemin pour venir me voir, ai-je repris. Cela vous a causé bien du dérangement.

— C'est mon travail, a répondu la Traqueuse avec un haussement d'épaules. Vous êtes ma seule mission. Tant que je n'ai pas retrouvé le reste de la bande, je ne vais pas vous lâcher d'une semelle. Tôt ou tard, la chance va me sourire.

7.

Le conflit

— Oui, Face-au-Soleil ? ai-je demandé, soulagée de voir une main se lever et interrompre mon cours.

Je n'aimais pas les cours magistraux derrière un pupitre. Ma grande force, mon véritable savoir – mon hôte ayant une culture des plus minimes, puisqu'elle était en cavale depuis l'adolescence –, c'était mon expérience personnelle. Or, pour la première fois, j'enseignais ce semestre l'Histoire d'un Monde sans avoir de souvenirs propres sur lesquels m'appuyer. J'étais certaine que mes étudiants percevaient la différence.

— Excusez-moi de vous interrompre, mais… (L'homme au cheveux blancs a eu un moment d'hésitation ; il cherchait la bonne façon de formuler sa question.) Je ne comprends pas très bien. Vous dites que les Goûte-Feux « ingèrent » la fumée des Fleurs Ambulantes qu'ils brûlent. Vous voulez dire qu'ils les font cuire… comme de la nourriture ?

Il faisait son possible pour masquer son dégoût. Une âme n'avait pas à juger le comportement d'une autre âme. Mais cette réaction n'avait rien de surprenant. Le malheureux venait de la Planète des Fleurs ; obligatoirement, le sort funeste réservé à cette forme de vie cousine avait de quoi le choquer.

Il était toujours étonnant de voir à quel point le champ de conscience des âmes se rétrécissait au bout d'un moment, se limitait aux seules affaires du monde qu'elles habitaient, et oblitérait le reste de l'univers. Mais peut-être, à sa décharge, Face-au-Soleil était-il en hibernation lorsque le Monde de Feu avait défrayé la chronique ?

— Oui, ai-je répondu. Ils tirent de cette fumée les nutriments essentiels à leur survie, d'où le vaste débat éthique qu'a suscité cette planète ; ce monde n'a donc pas été colonisé totalement, malgré ses grandes richesses. Et on y déplore un fort taux d'émigration.

« Lorsqu'on a découvert le Monde de Feu, on a cru, tout d'abord, que les Goûte-Feux étaient la seule espèce intelligente présente sur la planète. Les Goûte-Feux considéraient les Fleurs Ambulantes comme des animaux – un regrettable préjugé culturel. Il a donc fallu attendre un certain temps, bien après la première vague de colons, pour que les âmes s'aperçoivent qu'elles massacraient en réalité des êtres pensants. Depuis, les scientifiques sur place ont consacré leurs efforts à la recherche d'une nourriture de substitution pour les Goûte-Feux. On a envoyé des Araignées là-bas en renfort, mais les deux planètes sont distantes de plusieurs centaines d'années-lumière. Quand elles arriveront – c'est-à-dire sous peu –, j'ai bon espoir que les Fleurs Ambulantes se révéleront des hôtes de qualité. En attendant, une grande part de brutalité et de violence aura été retirée de l'équation – je parle de la nourriture brûlée vive, ainsi que d'autres aspects guère ragoûtants du mode de vie des Goûte-Feux.

— Comment peuvent-ils…

Face-au-Soleil n'a pas eu la force de formuler sa pensée. Un autre étudiant, dénommé Robert, l'a fait pour lui :

— Cet écosystème semble particulièrement cruel. Pourquoi cette planète n'a-t-elle pas été abandonnée ?

— On s'est posé la question, évidemment, Robert. Mais on n'abandonne pas ainsi un monde à la légère. Pour beaucoup d'âmes, le Monde de Feu est devenu leur foyer. Elles ne voudraient à aucun prix être déplacées.

J'ai baissé les yeux pour jeter un coup d'œil à mes notes, pour clore cette digression.

— Mais c'est de la barbarie à l'état pur !

Robert était, corporellement, le plus jeune de mes étudiants – à l'inverse de ses camarades d'amphithéâtre, son hôte avait quasiment l'âge du mien. Mais à l'intérieur, il était une âme juvénile. La Terre était son premier berceau – la Mère, dans son cas, était une Terrienne de longue date quand elle avait décidé de s'offrir à l'enfantement. Robert avait donc une vision beaucoup plus étriquée que ses âmes aînées qui avaient voyagé. Ce ne devait pas être simple, quand on avait toujours vécu dans ce bain anarchique d'émotions, de faire montre d'une certaine objectivité…

— Chaque monde est une expérience unique, lui ai-je répondu en tâchant de me montrer compréhensive. Il faut vivre sur cette planète pour comprendre réellement ce que…

— Mais vous, vous n'y avez jamais mis les pieds ! m'a-t-il interrompue. Vous avez pourtant essayé presque tous les mondes. C'est donc que vous ressentez le même dégoût. Pourquoi auriez-vous sauté cette planète sinon ?

— Choisir une planète est un processus très personnel, Robert. Très intime. Vous en ferez un jour l'expérience, ai-je conclu en signe de fin de non-recevoir.

Pourquoi ne leur dis-tu pas ? Toi aussi, tu penses que c'est une horreur, que c'est cruel… que c'est mal. (Je

précise, soit dit en passant, que c'est exactement ce que
vous faites ici !) Qu'est-ce qui te retient ? L'orgueil ?
Admettre que tu es d'accord avec Robert serait trop
humiliant ? Pourquoi ? Parce qu'il est le plus humain
d'entre nous ici ?

Melanie avait retrouvé sa voix et devenait insupportable. Comment pouvais-je me concentrer sur mon travail si elle ne cessait de faire des commentaires ?

Sur le siège, derrière Robert, une silhouette noire a bougé.

C'était la Traqueuse, dans son tailleur anthracite ; elle était penchée en avant, s'intéressant pour la première fois à la conversation.

Je me suis abstenue de lui lancer un regard noir. Je ne voulais pas que Robert, déjà embarrassé, pense que ma mimique d'agacement lui était destinée. Melanie a grogné. Elle n'avait pas mes scrupules ! Avoir la Traqueuse collée à nos basques avait eu, au moins, un effet bénéfique : désormais, Melanie détestait quelqu'un d'autre que moi, et plus ardemment encore !

— Le cours est presque terminé, ai-je annoncé avec soulagement. J'ai le plaisir de vous informer que nous aurons un invité spécial mardi prochain ; celui-ci pourra combler mes lacunes sur ce sujet. Il s'agit de Douce Flamme, un nouveau venu sur notre planète ; il nous narrera son expérience personnelle relative à l'occupation du Monde de Feu. Je compte sur vous pour vous montrer aussi courtois que vous l'êtes avec moi, et pour lui accorder tout le respect qu'il mérite malgré le très jeune âge de son hôte humain. Je vous remercie.

La classe a quitté lentement l'amphithéâtre. Certains étudiants ont parlé entre eux tout en rassemblant leurs affaires. Les paroles de Kathy sur les interactions humaines me sont revenues en mémoire, mais je n'avais aucun désir de me joindre à eux. C'étaient des étrangers.

Était-ce mon sentiment ? Ou celui de Melanie ? Difficile à dire. Peut-être étais-je de nature solitaire et sauvage ? Mon parcours semblait le prouver. Je n'avais jamais tissé de liens assez forts avec un congénère pour me convaincre de rester sur une planète plus longtemps qu'une vie.

J'ai aperçu Robert et Face-au-Soleil sur le seuil de la porte, en pleine discussion. J'en soupçonnais le sujet.

— Le Monde de Feu est toujours matière à controverse, n'est-ce pas ?

J'ai eu un petit sursaut de surprise.

La Traqueuse se tenait à côté de moi. D'ordinaire, elle annonçait son arrivée par le claquement de ses escarpins. J'ai regardé ses pieds ; cette fois, elle portait des baskets. Noires évidemment. Elle paraissait minuscule sans ses dix centimètres de talons.

— Ce n'est pas mon cours favori, ai-je répondu d'une voix monocorde. Je préfère pouvoir m'appuyer sur mon expérience personnelle.

— Ça a suscité de fortes réactions chez vos étudiants.

— Oui.

Elle m'a regardée, comme si elle attendait que j'en dise plus. J'ai rassemblé mes notes et lui ai tourné le dos pour les glisser dans ma serviette.

— Chez vous aussi.

J'ai continué à ranger méticuleusement mes papiers.

— Pourquoi n'avez-vous pas répondu à la question de Robert ?

Devant mon mutisme obstiné, elle s'est impatientée :

— Alors ? Pourquoi ?

J'ai fait volte-face, sans chercher à dissimuler mon agacement.

— Parce que c'était hors sujet avec le cours, parce que Robert a besoin d'apprendre les bonnes manières, et parce que cela ne le regarde pas.

J'ai jeté mon sac sur mon épaule et me suis dirigée vers la porte. Elle m'a emboîté le pas, trottant derrière moi sur ses petites jambes. On a longé le couloir en silence. Ce n'est qu'une fois à l'extérieur de l'université, sous les rayons obliques du soleil où dansaient des volutes de poussière, qu'elle a recommencé à parler.

— Vous pensez un jour pouvoir vous installer définitivement quelque part, Vagabonde ? Sur cette planète, par exemple ? Vous présentez déjà une certaine perméabilité à leurs… émotions.

Dans l'absolu, ces propos n'avaient rien d'insultant, mais dans sa bouche, c'était du mépris patent. J'ai senti Melanie sortir les griffes.

— Je ne comprends pas bien où vous voulez en venir, ai-je répliqué en tâchant de garder mon calme.

— Une question me taraude, Vagabonde : ressentiriez-vous de la pitié pour eux ?

— Pour qui ? Pour les Fleurs Ambulantes ?

— Pour les Hommes.

Je me suis arrêtée net. La traqueuse a dû freiner des deux pieds pour ne pas me rentrer dedans. Nous étions à quelques pâtés de maisons de mon appartement ; je marchais vite dans l'espoir de me débarrasser d'elle, même s'il était presque certain qu'elle allait forcer ma porte. Sa question, toutefois, m'a prise de court.

— Pour les Hommes ?

— Oui. Éprouvez-vous de la pitié pour eux ?

— Pas vous ?

— Non. Les humains étaient des êtres brutaux. C'est un miracle s'ils ne se sont pas tous entre-tués.

— Ils n'étaient pas tous mauvais.

— C'est dans leurs gènes. La violence est inhérente à leur espèce. Et pourtant, vous avez de la compassion pour eux.

— Et ça ? ai-je répliqué en désignant le campus. Ça n'a aucune valeur, à vos yeux ?

Autour de nous se dressaient les vénérables bâtiments couverts de lierre de l'université. Le vert profond des feuilles, qui ressortait sur le rouge passé des briques, était un ravissement pour le regard. L'odeur de l'océan apportait une note iodée aux parfums sucrés des massifs de fleurs. L'air, doré et doux, effleurait la peau de mes bras nus comme une caresse.

— Nulle part ailleurs, ai-je poursuivi, on ne trouve ce foisonnement de sensations. On leur a pris tout ça… Comment ne pas avoir de la compassion pour eux ?

Elle est restée de marbre. J'ai fait encore une tentative pour lui ouvrir les yeux, pour lui faire comprendre mon point de vue.

— Dans quels autres mondes avez-vous vécu ?

Elle a eu un moment de trouble, puis elle a redressé les épaules.

— Dans aucun. J'ai toujours habité la Terre.

Je ne m'attendais pas à ça. Elle était donc aussi jeune et inexpérimentée que Robert.

— Une seule planète ? Et vous avez choisi d'être Traqueuse pour votre première vie ?

Elle a hoché la tête, d'un air revêche.

— D'accord, d'accord… Ça vous regarde, après tout, ai-je ajouté.

J'ai recommencé à marcher. Peut-être que si je respectais son intimité, elle en ferait de même pour moi ?

— J'ai parlé à votre Tutrice.

Raté ! a raillé Melanie.

— Quoi ? ai-je hoqueté de surprise.

— J'ai cru comprendre que vous aviez un problème… autre que votre incapacité à me fournir les informations qui me font défaut. Avez-vous songé à essayer un autre hôte, plus docile ? Elle vous l'a suggéré, n'est-ce pas ?

— Kathy ne vous dira rien !

La Traqueuse a eu une expression arrogante.

— Elle n'a pas eu besoin d'ouvrir la bouche. Il m'a suffi d'observer son visage pour savoir quand mes questions faisaient mouche.

— Comment avez-vous osé l'interroger ? La relation entre une âme et son Tuteur est…

— Confidentielle, je sais. Je connais la théorie. Mais dans votre cas, les méthodes d'investigation classiques ne fonctionnent pas. Alors j'innove.

— Vous croyez que je vous cache des choses ? ai-je lancé, trop en colère pour dissimuler mon dégoût. Et que ma Tutrice sait de quoi il s'agit ?

Mon courroux ne l'a pas impressionnée. Sans doute était-elle habituée à ce genre de réaction.

— Non, je pense que vous me dites ce que vous savez, mais vous ne consacrez pas toute votre énergie à en savoir davantage. J'ai déjà vu ça. Vous éprouvez de la sympathie pour votre hôte, de plus en plus. Ses souvenirs modèlent vos propres désirs. Il est déjà trop tard. C'est peine perdue. Il vaudrait mieux pour vous, pour votre bien-être, que vous déménagiez… quelqu'un d'autre aura peut-être plus de chance que vous avec cet hôte.

— Vous plaisantez ! ai-je crié. Melanie le mangera tout cru !

La Traqueuse s'est figée sous le choc.

Elle était donc loin de se douter de ce qui se passait, même si elle prétendait pouvoir lire à livre ouvert sur le visage de Kathy ! Elle pensait que l'influence de

Melanie provenait de ses seuls souvenirs, que c'était un parasitage subliminal.

— Ainsi, vous parlez d'elle au présent.

J'ai ignoré sa remarque, pour feindre que j'avais grossi volontairement le trait par fanfaronnade.

— Si vous pensez que quelqu'un s'en sortira mieux que moi pour percer ses secrets, vous vous mettez le doigt dans l'œil.

— Il n'y a qu'une seule façon de le savoir…

— Vous avez un prétendant en tête ? ai-je demandé d'une voix blanche.

Elle a eu un sourire de carnassier.

— Moi. On m'a autorisée à faire un essai. Cela ne prendra pas longtemps. Et ils me garderont mon hôte au chaud.

J'ai dû prendre de longues inspirations pour réprimer mes tremblements. Melanie débordait tant de haine qu'elle était à court de mots. L'idée d'avoir la Traqueuse en moi, même si je n'étais plus là, était révoltante, à en avoir la nausée. J'étais sur le point de vomir, comme la semaine dernière.

— Sauf que je ne suis pas un pois sauteur ! Vous avez oublié de prendre cet élément en compte.

La Traqueuse a plissé les yeux.

— Votre obstination à demeurer dans ce corps va ralentir l'enquête, c'est certain. Je vais donc devoir continuer à vous suivre. L'Histoire des Mondes m'a toujours ennuyée, mais je vais finir le semestre, soyez-en assurée.

— Vous avez dit qu'il était trop tard, lui ai-je rappelé, faisant mon possible pour rester calme. Pourquoi ne rentrez-vous pas chez vous puisque le combat est perdu d'avance ?

Elle a haussé les épaules et esquissé un sourire pincé.

— Certes, il est trop tard pour obtenir des informations directes. Mais elle peut encore me mener involontairement à eux.

— Vous mener à eux ?

— Quand elle prendra le contrôle total… parce que vous ne vous en sortirez pas mieux que cette chiffe molle de Chant-qui-Court, alias aujourd'hui le petit Kevin. Vous vous souvenez de son cas ? Celui qui a agressé son Soigneur…

Je la fixais du regard, les yeux écarquillés, les narines dilatées.

— Eh oui… Ce n'est malheureusement qu'une question de temps. Votre chère Tutrice ne vous a pas communiqué les statistiques ? Quand bien même l'aurait-elle fait, elle aurait été bien en deçà de la vérité. Nous seuls connaissons les derniers chiffres, et ils sont alarmants. Le taux de succès à long terme dans des cas comme le vôtre – une fois que l'hôte humain commence à résister – est sous la barre des vingt pour cent. Ça fait froid dans le dos, n'est-ce pas ? On maquille les chiffres pour ne pas faire peur aux nouveaux candidats à l'émigration. On n'offrira bientôt plus d'hôtes adultes. Les risques sont trop élevés. Nous perdons trop d'âmes. Dans peu de temps, votre hôte vous parlera, puis s'exprimera à travers vous, et, pour finir, prendra les décisions à votre place.

J'étais toujours immobile, tendue comme un ressort. La Traqueuse s'est levée sur la pointe des pieds pour approcher son visage du mien. Sa voix s'est faite douce et chuchotante pour gagner en persuasion.

— C'est cela que vous voulez, Vagabonde ? Perdre ? Disparaître ? Être effacée par une autre conscience ? Devenir un vulgaire corps ?

Je ne pouvais plus respirer.

— Si cela empire, c'en est terminé de vous. Elle va vous écraser, vous mettre en pièces. Peut-être aura-t-on le temps d'intervenir, de vous évacuer, comme cela s'est passé pour Kevin… Et vous deviendrez un enfant nommé Melanie, qui, au lieu de composer de la musique, préférera réparer des voitures, ou Dieu sait quelle stupide marotte !

— Moins de vingt pour cent de réussite, dites-vous ?

Elle a acquiescé, peinant à dissimuler son sourire de satisfaction.

— Vous êtes en train de vous détruire, Vagabonde. Tous ces mondes que vous avez visités, toute cette expérience que vous avez acquise, tout ça pour rien, réduit à néant. J'ai vu, dans votre dossier, que vous aviez le potentiel pour devenir Mère. Si vous vous offrez à la Maternité, tout ce savoir ne sera pas entièrement perdu. Pourquoi prendre le risque de vous perdre ? Enfantez donc !

J'ai reculé d'un pas, sentant mes joues s'empourprer.

— Excusez-moi, a-t-elle marmonné en rougissant aussi. C'était très impoli de ma part. Oubliez ce que je viens de dire.

— Je rentre chez moi. Seule.

— Je dois vous suivre, Vagabonde. C'est mon travail.

— Pourquoi vous souciez-vous tellement de quelques humains perdus dans la nature ? Pourquoi ? Plus rien ne justifie votre travail ! Nous avons gagné ! Il est temps pour vous de revenir dans les rangs de la société et de faire quelque chose d'utile !

Mes propos, mes accusations ne l'ont pas déstabilisée.

— Partout où leur monde touche le nôtre, la mort est là.

Elle avait prononcé ces mots sans haine, dans un simple désir de paix ; pendant un moment, j'ai eu l'impression d'avoir une autre personne en face de moi. Elle croyait vraiment en sa mission. Je pensais, jusqu'à présent, qu'elle avait choisi la Traque parce qu'elle aimait secrètement la violence.

— Si on perd ne serait-ce qu'une seule âme à cause de votre Jared ou de votre Jamie, a-t-elle repris, c'est une âme de trop. Tant que la paix ne sera pas totale sur cette planète, mon travail aura sa raison d'être. Tant que des Jared survivront, je devrai protéger mon peuple. Tant que des Melanie manipuleront des âmes faibles, je...

J'ai tourné les talons et me suis dirigée vers mon immeuble.

— Ne vous perdez pas, Vagabonde ! a-t-elle lancé dans mon dos. Le temps vous est compté. (Elle a marqué un silence, puis a crié, plus fort encore :) Prévenez-moi quand il faudra que je vous appelle Melanie !

Sa voix s'est perdue au loin. Elle allait me suivre, évidemment, au rythme de ses petites jambes. Cette dernière semaine, toute pénible qu'elle eût été – à la voir tapie au fond de l'amphi, à entendre ses escarpins claquer derrière moi à tout instant –, était une sinécure comparée à ce qui m'attendait. Elle allait faire de ma vie un enfer.

Melanie, ivre de colère, cognait contre la paroi interne de mon crâne :

Fais-la enfermer ! Va raconter à ses supérieurs qu'elle a outrepassé ses droits. Qu'elle nous a frappées ! Ce sera notre parole contre la sienne...

Dans un monde humain, ça marcherait peut-être, ai-je répliqué, en regrettant presque de n'avoir pas ce genre de recours. *Mais chez nous, il n'y a pas de supérieurs hiérarchiques. Tout le monde travaille sur un pied d'égalité. Certains font des rapports, pour que l'information circule, et des comités prennent des décisions en fonction de cette information, mais personne ne peut lui retirer une enquête contre son gré. Ça fonctionne un peu comme…*

Je me fiche de savoir comment ça marche ! C'est une solution qu'il nous faut ! Très bien. Dans ce cas, tuons-la ! Venant de nulle part, une image s'est imposée à moi : mes mains se refermant sur le cou gracile de la Traqueuse.

Voilà pourquoi il vaut mieux que ce soient les âmes qui gèrent cette planète.

Ne fais pas ta mijorée ! Avoue que ça te plairait autant qu'à moi ! L'image est revenue – le visage de la Traqueuse virant au bleu, mais cette fois, une vague de plaisir m'a inondée.

Ça, c'est toi qui ressens ça. Ce n'est pas moi ! Et c'était la stricte vérité ; cette image me donnait des haut-le-cœur. Et en même temps, cela frôlait le mensonge, car j'aurais été très heureuse d'être débarrassée de la Traqueuse.

Que va-t-on faire alors ? Ni toi ni moi ne voulons abdiquer. Mais tu peux être sûre que l'autre hystérique ne va pas nous lâcher !

Je n'ai rien répondu. Je ne savais que dire.

Il y a eu un silence dans ma tête. C'était agréable, ce calme, enfin. Si seulement cela pouvait durer… Il n'y avait qu'une façon de retrouver la paix. Mais étais-je prête à en payer le prix ? Avais-je encore le choix ?

Melanie elle aussi retrouvait peu à peu son calme. Le temps de rentrer chez moi et de refermer les verrous de la porte – des systèmes de protection qui n'avaient nulle raison d'être dans notre monde pacifié –, ses pensées étaient devenues contemplatives.

Je n'avais jamais cherché à savoir comment vous autres perpétuiez votre espèce. J'ignorais que c'était comme ça.

On ne prend pas cette décision à la légère, comme tu peux l'imaginer. Ton soudain intérêt pour cette question me touche. Elle n'a pas pris ombrage de mon ton ironique et a continué de méditer sur notre mode de reproduction.

J'ai allumé l'ordinateur et commencé à lister les vols de navettes disponibles. Soudain, elle a pris conscience de ce que je faisais.

Qu'est-ce que tu fabriques ? J'ai senti sa conscience s'agiter, dans un accès de panique, parcourir mon esprit, comme le contact discret d'une plume sur la peau ; elle cherchait à savoir ce que je pouvais lui cacher.

J'ai décidé de lui épargner une recherche fastidieuse. *Je vais à Chicago.*

Cette fois, la panique a pris toute la place. *Pourquoi ?*

Je vais voir mon Soigneur. Je n'ai pas confiance en elle. Je veux parler avec lui, avant de prendre ma décision.

Il y a eu un court silence chez Melanie.

Quelle décision ? Me tuer ?

Oui. Celle-là.

8.

L'amour

— Vous avez peur de prendre l'avion? (L'étonnement de la Traqueuse virait à la moquerie.) Vous avez traversé les confins de l'espace à huit reprises et vous avez peur de prendre la navette entre San Diego et Tucson?

— Primo, je n'ai pas peur. Secundo, quand je voyageais dans l'espace, je n'étais pas consciente de ce qui se passait dans mon caisson d'hibernation. Tertio, mon hôte a le mal de l'air!

La Traqueuse a roulé des yeux de dégoût.

— Prenez donc des antivomitifs! Qu'auriez-vous fait si le Soigneur Marche-sur-les-Eaux n'avait pas été muté au St. Mary de Tucson? Vous seriez allée à Chicago en voiture?

— Non. Mais puisque l'alternative est possible, je vais opter pour la route. Cela peut être agréable de visiter le pays. Le désert est fascinant…

— Le désert est d'un ennui mortel!

— …, et je veux prendre mon temps. Je dois faire le point sur un tas de choses et je serai contente d'être seule. (Je lui ai lancé un regard appuyé.)

— Je ne comprends pas l'intérêt de rendre visite à Marche-sur-les-Eaux. Il y a une foule de Soigneurs compétents ici qui…

— Je me sens à l'aise avec lui. Il a l'expérience de ce genre de cas et je crois que je n'ai pas toutes les informations. (Je lui ai lancé un nouveau regard entendu.)

— Vous n'avez pas le temps de « prendre votre temps », Vagabonde. Il y a des signes qui ne trompent pas.

— Malheureusement, je pense que vous manquez d'objectivité. J'en sais assez sur le comportement humain pour reconnaître une tentative de manipulation.

Elle était furieuse.

Je chargeais ma voiture de location avec les quelques affaires que je comptais emporter pour le voyage. J'avais assez de vêtements pour tenir une semaine sans faire de lessive, et des produits d'hygiène élémentaire. Même si je n'emportais pas grand-chose, j'en laissais encore moins derrière moi. J'avais très peu de possessions personnelles. Après tous ces mois dans mon petit appartement, les murs étaient encore nus, les étagères vides. Peut-être était-ce le signe que je ne comptais pas m'installer ici.

La Traqueuse était plantée sur le trottoir à côté du hayon ouvert, m'assaillant de questions et de commentaires à chaque fois que je passais près d'elle. Au moins, je savais qu'elle était trop impatiente pour supporter la lenteur d'un voyage en voiture. Elle prendrait, elle, le vol pour Tucson. C'était un grand soulagement de ne pas l'avoir comme passagère. Je l'imaginais s'asseoir à ma table à chaque pause repas, me suivre dans les toilettes aux arrêts pipi, et me submerger de questions chaque fois que je serais arrêtée à un feu rouge. J'en avais des frissons. Avoir un nouveau corps me délivrerait définitivement de la Traqueuse… Ce n'était pas négligeable.

J'avais également une autre possibilité. Je pouvais abandonner ce monde et passer sur une dixième planète. Je pourrais alors oublier cette mauvaise expérience. L'étape « Terre » serait un simple petit accroc dans mes états de service irréprochables.

Mais pour aller où?

Une planète que je connaissais déjà? Le Monde des Chants était l'un de mes favoris. Mais il me faudrait redevenir aveugle. La Planète des Fleurs était charmante, mais les formes de vie chlorophyllienne avaient très peu d'émotions. Tout cela allait me paraître d'une monotonie insupportable après l'agitation humaine.

Une nouvelle planète? Il y avait bien une acquisition récente; ici, sur Terre, on appelait ces nouveaux hôtes des Dauphins, faute de meilleure référence, bien qu'ils ressemblassent davantage à de grandes libellules aquatiques qu'à des cétacés. Une espèce très développée, et sans doute très mobile, comparée aux Herbes-qui-Voient chez qui j'ai passé mon dernier séjour; mais l'idée de vivre encore une fois sous l'eau me répugnait.

Non, il y avait tant à faire sur la Terre, tant d'expériences à découvrir… Rien dans tout l'univers connu ne m'émouvait autant que ce carré de verdure dans cette rue tranquille, ou le bleu du ciel dans ce désert que je connaissais uniquement par les souvenirs de mon hôte.

Melanie ne m'a pas fait savoir ce qu'elle pensait de mon choix. Elle était bien silencieuse depuis que j'avais décidé de consulter Marche-sur-les-Eaux. Je ne savais trop comment interpréter cette discrétion. Tentait-elle de paraître moins dangereuse, moins envahissante? Ou se préparait-elle à l'insertion prochaine de la Traqueuse? À vivre sa propre mort? Ou encore fourbissait-elle ses armes avant d'engager la bataille finale contre moi ?

Quels que fussent ses plans, Melanie prenait de la distance – elle n'était plus qu'une présence discrète, attentive, au fond de ma tête.

J'ai fait un dernier tour d'inspection dans l'appartement, pour m'assurer que je n'avais rien oublié. Les pièces paraissaient vides. Il ne restait que les meubles de base laissés par le locataire précédent. Les assiettes étaient toujours dans les placards, les oreillers sur le lit, les lampes sur les tables de chevet ; si je ne revenais pas, mon successeur aurait tôt fait de tout déblayer.

Le téléphone a sonné au moment où je sortais. J'ai fait demi-tour pour aller décrocher – trop tard. La boîte vocale avait pris l'appel. Je savais ce que la personne allait entendre : une vague explication justifiant mon absence pour le semestre ; mes cours étaient annulés en attendant que l'on trouve un remplaçant. Je ne donnais aucune raison à mon départ. J'ai regardé l'horloge sur la télévision. Il était tout juste 8 heures du matin. Ce devait être Curt ; il venait de recevoir mon e-mail, à peine plus détaillé, de la nuit dernière. Je n'étais pas fière de moi ; je m'étais engagée... J'avais l'impression d'être déjà un pois sauteur. Peut-être ce départ précipité était-il un prélude à une prochaine lâcheté de ma part – plus grande encore. Cette pensée m'a mise mal à l'aise. Et j'ai voulu partir aussitôt, sans entendre le message de Curt.

J'ai contemplé une dernière fois l'appartement vide. Je ne laissais rien de moi ici, je n'avais aucune tendresse pour cet endroit, mais j'éprouvais le sentiment étrange que ce monde – pas seulement Melanie, mais toute la planète – ne voudrait pas de moi, jamais, quel que soit mon désir de m'y intégrer. Je ne pourrais jamais planter mes racines ici ! (J'ai esquissé un sourire nostalgique en songeant à l'expression que je venais d'utiliser : « mes racines ».) Certes, cette inquiétude était sans fondement, pure superstition.

Je n'avais jamais occupé un hôte versant dans l'irrationnel. C'était une sensation curieuse. Comme si je me savais observée et que je ne pouvais distinguer l'espion en question. J'en ai eu la chair de poule.

J'ai fermé la porte derrière moi, en ne touchant pas aux verrous désormais obsolètes. Personne ne viendrait visiter l'appartement avant que je revienne ou qu'on l'attribue officiellement à quelqu'un d'autre.

Sans un regard pour la Traqueuse, je suis montée dans la voiture. Je n'avais pas beaucoup conduit, Melanie non plus, et cela me rendait un peu nerveuse. Mais j'étais certaine que j'allais m'y habituer rapidement.

— Je vous attends à Tucson, a lancé la Traqueuse en se penchant à la fenêtre ouverte de la portière, côté passager, au moment où je démarrais le moteur.

— Je n'en doute pas, ai-je marmonné.

En dissimulant mon amusement, j'ai enfoncé brusquement le bouton de montée des vitres ; la petite femme a fait un bond en arrière.

— Peut-être… (Je l'ai interrompue en donnant un coup d'accélérateur. Elle a été obligée de hausser la voix pour se faire entendre derrière la fenêtre fermée.) Peut-être vais-je opter pour votre mode de locomotion. Qui sait, on se reverra peut-être sur la route ?

J'ai souri et haussé les épaules.

Elle avait dit ça juste pour m'énerver. Pas question de lui montrer qu'elle avait fait mouche ! D'un air impassible, j'ai reporté mon attention sur la route devant moi et me suis engagée avec précaution sur la chaussée.

Je n'ai pas eu trop de mal à sortir de San Diego, et puis j'ai suivi les panneaux pour rejoindre la nationale. Bientôt, il n'y a plus eu la moindre indication de direction ; une seule voie, aucun risque de se tromper de route. Dans huit heures, je serais à Tucson. C'était trop rapide. Peut-être passerais-je la nuit dans une petite ville… Oui, c'était une bonne idée ; ainsi je serais certaine que la Traqueuse serait devant moi, à m'attendre avec impatience.

Je regardais souvent dans le rétroviseur, cherchant à savoir si j'étais suivie. Je roulais lentement, ne voulant pas arriver à destination, et les autres véhicules me doublaient en trombe. Les conducteurs m'étaient tous inconnus. Les menaces de la Traqueuse étaient évidemment sans fondement ; jamais elle n'aurait la patience d'emprunter un moyen de transport aussi lent ! Mais je ne pouvais m'empêcher de la guetter.

J'avais visité la côte Ouest, exploré du nord au sud le joli rivage californien, mais je n'avais jamais roulé vers l'est. La civilisation a disparu rapidement derrière moi ; je me suis bientôt retrouvée environnée par des collines rocheuses, qui préfiguraient les terres arides du désert.

C'était très apaisant d'être ainsi loin de tout. Cette inclination pour la solitude n'était pas normale. Les âmes étaient des créatures sociables. Nous vivions, travaillions et croissions ensemble, en harmonie. Nous étions toutes les mêmes, paisibles, amicales, honnêtes. Pourquoi voulais-je être loin des miens ? Était-ce un désir de Melanie ?

J'ai cherché sa présence dans ma tête, mais elle était enfouie profondément en moi, rêvant dans un recoin de mon esprit.

C'était un moment de répit bien agréable.

Les kilomètres se succédaient. Les roches sombres, les plaines poussiéreuses, parsemées de buissons, défilaient avec monotonie. Sans le vouloir, je roulais vite. Il n'y avait rien ici pour m'occuper l'esprit ; j'avais du mal à paresser. Pourquoi le désert était-il si coloré dans les souvenirs de Melanie, si envoûtant ? J'ai laissé mon esprit me fondre dans le sien, dans l'espoir de comprendre ce qu'il pouvait y avoir de si charmant dans ces steppes rocailleuses.

Mais elle ne voyait pas le même paysage. Elle rêvait d'un autre désert, rouge, sillonné de canyons, un lieu magique. Elle n'a pas tenté de me chasser d'elle. Elle semblait presque inconsciente de ma présence. À nouveau, je me suis demandé ce que signifiait cette réclusion de Melanie. Je ne percevais pas de menace, mais plutôt une sorte de recueillement avant la fin.

Elle vivait dans un endroit heureux de sa mémoire, comme si elle était partie là-bas faire ses adieux – un sanctuaire où elle ne m'avait jamais, jusqu'à présent, autorisée à pénétrer.

C'était une cabane, un abri ingénieux construit dans un trou au milieu des grès rouges, dangereusement près des zones inondables. Un lieu improbable, loin de tout, des routes comme des chemins. Un foyer rustique, sans le confort moderne. Elle se revoyait rire en découvrant la pompe qu'il fallait actionner pour faire monter l'eau jusqu'à l'évier.

— C'est aussi bien que l'eau courante, lance Jared en fronçant les sourcils. (Mon rire l'inquiète. A-t-il peur que je n'aime pas l'endroit ?) Aucune trace, aucun indice de notre présence.

— J'adore ça. C'est comme dans les vieux films de cow-boys. C'est parfait.

Son sourire qui ne le quitte jamais – il sourit même quand il dort ! – s'élargit.

— Mais au cinéma, on cache les détails moins glamour !
Viens, je vais te montrer où se trouvent les toilettes.

Jamie court devant nous ; son rire résonne dans l'étroit
canyon. Ses cheveux bruns s'envolent à chacun de ses
sauts de cabri. Ce garçon tout fin, tout bronzé, est un
vrai Zébulon maintenant. Je n'avais pas réalisé tout le
poids qui pesait sur ses frêles épaules. Il ne tient plus en
place, maintenant qu'il y a Jared. Toute angoisse a disparu de son visage. Il n'est plus que sourires, lui aussi.
Nous avons tous les deux retrouvé le moral plus vite que
je ne l'aurais cru.

— Qui a construit la maison ?

— Mon père et mes frères aînés. J'ai un peu participé
– ou plutôt été dans leurs pattes. Papa adorait se couper
du monde… Il était un peu fâché avec l'administration.
Il ne s'est jamais soucié de savoir à qui appartenait le
terrain et n'a jamais demandé de permis de construire
ou quelque autre autorisation. (Jared éclate de rire, en
rejetant la tête en arrière. Le soleil joue dans ses mèches
blondes.) Officiellement, cet endroit n'existe pas. Une
chance, n'est-ce pas ?

D'un geste automatique, il tend le bras et me prend
la main.

La peau me brûle à l'endroit où il me tient. La sensation est plus qu'agréable et, en même temps, j'ai une
sorte de douleur dans la poitrine.

Il me touche tout le temps, comme s'il voulait se rassurer, se prouver que je suis bel et bien là. Il ne se rend
donc pas compte de l'effet que cela provoque chez moi,
ce simple contact de cette paume dans la mienne ? Est-ce
que son pouls s'accélère aussi ? Ou bien est-il simplement
content de ne plus être seul ?

Il me balance gaiement le bras pendant qu'on marche
sous un petit bosquet de peupliers ; leur feuillage vert
contraste tellement sur le rouge de la roche qu'il n'arrête

pas de passer du flou au net. Jared est heureux ici, plus que n'importe où ailleurs. Je me sens bien aussi. Une sensation inhabituelle pour moi.

Il ne m'a pas embrassée depuis le premier soir, depuis que j'ai hurlé en sentant la cicatrice sur sa nuque. Il n'en a plus envie ? Et moi, est-ce que je ne devrais pas l'embrasser à mon tour ? Et s'il me rejette ?

Il me regarde et me sourit, les rides autour de ses yeux forment de minuscules réseaux arachnéens. Je me demande s'il est objectivement aussi séduisant qu'il m'apparaît, ou si c'est parce qu'il est le dernier humain sur Terre, avec Jamie et moi ?

Non, ça n'a aucun rapport. Jared est vraiment attirant.

— À quoi tu penses, Mel ? me demande-t-il. Tu sembles réfléchir à quelque chose de très important.

Il rit. Je hausse les épaules, mais mon estomac se serre.

— Tout est beau, ici.

Il regarde autour de lui.

— C'est vrai. Mais l'endroit où l'on vit paraît toujours beau, non ? C'est comme ça, un foyer.

— Un foyer…

— Cela peut-être le tien. Si tu le veux, c'est chez toi.

— Oui, je le veux.

J'ai l'impression que tout le chemin que j'ai parcouru depuis ces quatre dernières années était destiné à me mener à cet endroit précis. Je veux rester ici pour toujours, même si je sais que nous devrons partir. La nourriture ne pousse pas sur les arbres. Du moins, pas dans le désert.

Il serre ma main plus fort, et mon cœur se met à cogner dans ma poitrine. Ça fait mal et, en même temps, c'est du bonheur.

J'étais emportée dans un tourbillon ; Melanie avait refait surface, ses pensées se succédaient dans le soleil brûlant, et je roulais droit devant, dans un état second, hypnotisée par cette route sans fin, par ces buissons squelettiques qui filaient de part et d'autre, tous semblables, en une nuée monotone.

Je jette un coup d'œil à la petite chambre. Le matelas touche presque les murs de pierre nue sur les côtés.

Voir Jamie endormi sur un vrai lit, sa tête sur un oreiller moelleux, me comble de joie. Ses bras en croix, ses jambes écartées prennent quasiment toute la place. J'étais censée dormir là. Jamie est bien plus grand dans la réalité qu'il ne l'est dans mes pensées ! Il a presque dix ans. Bientôt, il ne sera plus un enfant. Mais pour moi, il restera toujours mon petit frère.

Jamie respire lentement. Il doit dormir. Son sommeil est sans cauchemars, pour le moment du moins.

Je referme la porte doucement et reviens vers le canapé où m'attend Jared.

— Merci... (Je parle à voix basse inutilement ; Jamie a un sommeil de plomb.) Ça m'embête, ce canapé est trop petit pour toi. Tu devrais aller dormir avec Jamie...

Jared émet un petit rire.

— Mel, tu es presque de ma taille. Dors sur un vrai lit, pour une fois. À ma prochaine sortie, je volerai un lit de camp ou quelque chose de ce genre.

Je n'aime pas cette idée. Pour toutes sortes de raisons. Quand va-t-il partir ? Va-t-il nous emmener avec lui ? Compte-t-il me faire dormir avec Jamie de façon permanente ?

Il passe son bras autour de mes épaules et m'attire contre lui. Je me blottis contre sa poitrine, même si ce contact me serre le cœur.

— Pourquoi fais-tu la moue ? me demande-t-il.

— Quand vas-tu devoir repartir ?

Il hausse les épaules.

— On a récupéré en chemin de quoi tenir un ou deux mois. Je pourrais me contenter de faire quelques petits raids si tu as envie de te poser un peu ici. J'imagine que tu en as assez de courir.

— Oui, j'en ai assez. (Je prends une grande inspiration pour me donner du courage.) Mais si tu t'en vas, je viens avec toi.

Il me serre plus fort.

— Je dois reconnaître que je préfère ça. L'idée d'être séparé de toi… C'est dingue mais je préfère mourir que de te perdre. (Il émet un petit rire.) Voilà que je verse dans le mélo…

— Non, je comprends ce que tu veux dire.

Il doit ressentir la même chose que moi. Dirait-il ces choses à un être humain quelconque ?

C'est la première fois que nous sommes seuls depuis le soir de notre rencontre, la première fois qu'il y a une porte entre Jamie et nous deux. Nous avons passé tant de nuits à nous parler, à nous raconter nos vies, à nous souvenir des jolies choses comme des mauvaises, avec la tête de Jamie sur mes genoux. Cette porte fermée me donne à présent des palpitations.

— Je ne pense pas qu'il faille trouver un lit de camp, pas encore du moins.

Je sens son regard posé sur moi, interrogateur, mais je n'ose relever les yeux. Je suis intimidée maintenant. Trop tard. Les mots sont sortis.

— Nous allons rester ici jusqu'à être à court de vivres, ne t'inquiète pas. J'ai connu couche plus dure que ce canapé.

— Je ne parle pas de ça. (Je garde toujours la tête baissée.)

— Tu prends le lit, Mel. Je ne reviendrai pas là-dessus.

— Je ne parle pas de ça non plus. (J'entends à peine ma voix tant elle est faible.) Je veux dire que le canapé est bien assez grand pour Jamie. Il y a encore du temps avant qu'il ne soit trop petit. Je peux partager le lit… avec toi.

Il y a un silence. Je veux relever les yeux, pour voir son expression, mais je suis pétrifiée. Et si cette idée le dégoûte? Comment vais-je vivre après ça? Va-t-il devoir me chasser?

Ses doigts noueux et chauds me relèvent le menton. Mon cœur s'arrête de battre quand nos yeux se rencontrent.

— Mel, je… (Pour la première fois, il ne sourit pas.)

Je tente de détourner la tête, mais il m'en empêche, me force à ne pas le lâcher des yeux. Ne reconnaît-il pas ce feu brûlant entre son corps et le mien? Je serais donc seule à ressentir ça? C'est impossible. C'est comme un soleil, un disque de feu coincé entre nous – comme une fleur pressée entre les pages d'un livre, qui brûle le papier. Il éprouve autre chose, c'est ça? Quelque chose de moins agréable?

Au bout d'une minute, il tourne la tête; c'est lui qui regarde ailleurs, maintenant. Il me tient toujours le menton. Il parle d'une voix blanche:

— Tu ne me dois pas ça, Melanie. Tu ne me dois rien.

J'ai une boule dans la gorge.

— Je n'ai pas dit ça… Je n'ai pas dit que je me sentais obligée de… Et c'est pareil pour toi… Oublie ce que j'ai dit.

— Ça va être difficile, Mel.

Il soupire. Je veux disparaître dans un trou de souris. Tout abandonner – donner mon esprit aux envahisseurs, si c'est la seule façon d'effacer cette énorme bévue. Troquer mon futur pour oblitérer ces deux dernières minutes. Tout plutôt que ça!

Jared prend une profonde inspiration. Il fixe le sol, les mâchoires serrées.

— Mel, ça ne devrait pas se passer comme ça. Juste parce que nous sommes ensemble, juste parce que tu es la dernière femme sur Terre, et moi le dernier homme. (Les mots ont du mal à sortir de sa bouche. Je ne l'ai jamais vu dans cet état.) Tu n'as pas à faire quelque chose que tu ne veux pas vraiment. Je ne suis pas ce genre d'homme. Tu n'as pas à…

Il paraît si troublé, si tourmenté, que c'est moi qui me mets à parler, même si je sais que c'est une erreur.

— Ce n'est pas ce que j'ai dit. Je n'ai pas parlé d'« obligation », et je ne pense pas non plus que tu sois ce « genre d'homme »… Bien sûr que non. Il n'est pas question de ça. C'est juste que…

… juste que je l'aime ! (Je serre les dents avant de me ridiculiser encore plus. Ne dis plus rien. Tais-toi !)

— C'est juste que… quoi ? me demande-t-il.

Je veux secouer la tête, mais il me tient toujours le menton.

— Mel ?

Je me recule et agite la tête nerveusement.

Il se penche vers moi, et soudain son expression est différente. Il y a un nouveau conflit en lui, un dilemme que je ne parviens pas à décrypter ; même s'il me reste mystérieux, il annule le sentiment de rejet qui m'avait fait monter les larmes aux yeux.

— Parle-moi, s'il te plaît. Dis-moi à quoi tu penses, je t'en prie, murmure-t-il.

Je sens son souffle sur ma joue. Il me faut quelques secondes pour parvenir à penser de nouveau.

Ses yeux me font oublier ma honte, et mon vœu puéril de silence.

— Si je devais choisir quelqu'un, un homme parmi des millions, pour être abandonnée avec lui sur une planète déserte, ce serait toi. (Le soleil, coincé entre nous deux, devient plus brûlant encore.) Je veux être avec toi, tout le temps ; et ce n'est pas juste pour… pour parler. Quand tu me touches, je… (J'ose passer ma main sur la peau de son bras ; ça s'embrase, ça crépite de flammes sous mes doigts. Ses bras se referment autour de moi. Il le sent donc, ce feu ?) Je ne veux pas que ça s'arrête. (Je voudrais être plus précise, mais je ne trouve pas les mots. C'est vraiment idiot. Après avoir été aussi loin…) Si tu ne ressens pas la même chose que moi, je comprends. Si ce n'est pas pareil pour toi, ça ne fait rien. Ce n'est pas grave. (Mensonges ! Foutaises !)

— Oh, Mel, souffle-t-il dans mon oreille en tournant mon visage vers le sien.

Il y a des flammes aussi sur ses lèvres, plus ardentes que les autres, dévorantes. Je ne sais pas ce que je fais, mais cela n'a pas d'importance. Ses mains sont dans mes cheveux et mon cœur est sur le point d'imploser. Je ne peux plus respirer. Je ne veux plus respirer. Je veux bien mourir maintenant. Ça me va. Mais sa bouche remonte à nouveau vers mon oreille, il me tient le visage pour m'empêcher de bouger.

— C'était un miracle – un don du ciel – quand je t'ai trouvée, Melanie. Maintenant, si j'avais le choix entre revenir au monde d'avant ou t'avoir toi, c'est toi que je choisirais. Je ne voudrais pas me passer de toi, même pour sauver cinq milliards de personnes.

— Ce n'est pas bien.

— Mais c'est la vérité.

— Jared… (Je cherche ses lèvres. Il se recule. Il semble vouloir dire quelque chose encore. Mais quoi ? Quoi ? Tout est dit, non ?)

— Mais…

— Mais ?

Comment peut-il y avoir un « mais » ? Comment un « mais » peut-il succéder à un tel brasier ?

— Mais tu as dix-sept ans, Melanie. Et j'en ai vingt-six.

— Je ne vois pas le rapport.

Il ne répond pas. Ses mains caressent mes bras, y laissant des zébrures de feu.

— Tu te fiches de moi ? (Je m'écarte pour chercher son regard.) Tu t'inquiètes des conventions, alors que la civilisation a disparu ?

Il déglutit en grimaçant avant de parler.

— Les conventions, pour la plupart, ne sont pas là par hasard, Mel. Ce ne serait pas bien, j'aurais l'impression de profiter de la situation, de ta jeunesse.

— L'âge ne veut plus rien dire aujourd'hui. Ceux qui ont survécu à tout ça ont vieilli de mille ans.

Un sourire retrousse ses lèvres.

— C'est juste, peut-être. Mais ce n'est pas une raison pour nous précipiter.

— Pourquoi attendre ?

Il hésite longtemps.

— Eh bien… D'abord, il y a des considérations pratiques.

Où veut-il en venir ? Il cherche à gagner du temps ? Je relève un sourcil, suspicieuse. Je suis sidérée par le tour que prend la conversation. S'il me désire aussi, toutes ces tergiversations n'ont aucun sens.

— Écoute… (Il s'interrompt encore. Malgré le hâle de sa peau, je le sens rougir.) Quand je me suis installé ici, je pensais y vivre seul. Ce que je veux dire, c'est… (Il lâche le reste, d'une traite.) C'est que je n'ai rien prévu pour la contraception.

Je sens mon front se plisser.

— Je vois.

Le sourire a disparu de son visage. L'espace d'un instant, je distingue en lui de la colère. C'est la première fois. Il me ferait presque peur.

— Je n'ai pas envie d'avoir un enfant dans un monde comme celui-ci.

Les mots s'enfoncent en moi ; je grimace à l'idée de mettre au monde un bébé innocent et vulnérable sur cette planète. C'est déjà suffisamment douloureux de voir le regard de Jamie, de voir ce que cette vie lui a fait, même dans les meilleures conditions possibles.

Jared le ténébreux redevient le Jared souriant. Ses yeux se plissent de malice.

— En plus, rien ne presse. Cela fait si peu de temps que nous nous connaissons. Quatre semaines…

Je n'en reviens pas.

— Si peu ?

— Vingt-neuf jours exactement. J'ai compté.

Je réfléchis. Vingt-neuf jours que Jared a bouleversé nos vies ? Pas même un mois. J'ai l'impression de connaître Jared depuis toujours. En tout cas depuis au moins aussi longtemps qu'a duré ma cavale solitaire avec Jamie, à savoir deux ou trois ans…

— Nous avons tout le temps, répète-t-il.

Une bouffée de panique m'envahit soudain, comme un signe prémonitoire ; pendant plusieurs secondes, je n'arrive pas sortir un mot. Jared m'observe, inquiet.

— Tu n'en sais rien. (Le désespoir qui a reflué avec notre rencontre me revient en pleine figure.) Personne ne sait combien de temps on a devant soi, si cela se compte en mois, en jours, en heures.

Il a un rire attendri, pose ses lèvres là où se rejoignent mes sourcils froncés.

— Ne t'inquiète pas, Mel. Le temps n'a pas de prise sur les miracles. Je ne te perdrai jamais. Nous sommes ensemble pour toujours.

Melanie m'a ramenée au présent – sur ce ruban noir qui sinuait sur les steppes de l'Arizona, écrasé par le soleil au zénith. Ce néant autour de moi a soudain ouvert le même vide en moi.

Elle a chuchoté dans ma tête : *On ne sait jamais combien de temps on a devant soi.*

Mes yeux se sont embués de larmes – nos larmes mêlées.

9.

La révélation

Je me suis engagée à toute allure sur l'I10 alors que le soleil plongeait dans mon dos. Je ne voyais rien d'autre que les lignes blanches et jaunes de la route et, de temps en temps, les panneaux indicateurs verts qui m'entraînaient toujours plus loin vers l'est. Maintenant, je me pressais.

Je ne sais pas d'où me venait ce sentiment d'urgence. Sans doute avais-je hâte d'échapper à tout ça, d'en finir avec la souffrance, avec la tristesse, avec le chagrin des amours perdues. La solution était-elle de quitter ce corps ? Je ne voyais pas d'autre option. Je voulais demander conseil à Marche-sur-les-Eaux, mais j'avais l'impression que ma décision était déjà prise. Émigrer, jeter l'éponge, passer à autre chose. Je faisais rouler ces mots dans ma tête, dans l'espoir de les apprivoiser.

Mais j'allais devoir abandonner Melanie aux mains de la Traqueuse. Je ne voyais pas d'autre solution.

Je ferais, toutefois, tout mon possible pour lui éviter ça.

Je lui en ai fait la promesse solennelle, mais elle ne m'a pas entendue. Elle était encore perdue dans ses souvenirs. Laisse tomber, ai-je pensé, il est trop tard. Tu ne peux plus rien faire pour elle.

J'ai tenté de chasser de mon esprit l'image de ce canyon rouge, mais elle s'accrochait. J'avais beau regarder les voitures filer sur la route, les navettes luire dans le ciel, les nuages épars dériver au-dessus de ma tête, je ne parvenais pas à occulter les souvenirs de Melanie. Le visage de Jared, sous tous les angles, me revenait en mémoire. Je revoyais Jamie, qui avait poussé d'un coup, toujours maigrelet. Mes bras me faisaient mal tant je voulais les serrer contre moi, ces deux-là – c'étaient comme des coups de couteau dans ma chair. C'était intolérable. Je n'en pouvais plus. Il fallait que cela cesse.

Je fonçais presque à l'aveuglette sur la petite nationale. Le désert était encore plus monotone et mort. Plat, sans couleurs. J'allais arriver à Tucson bien avant l'heure du dîner. Le dîner ! Je n'avais rien avalé de la journée, et mon estomac s'est mis à gargouiller pour se rappeler à mon bon souvenir.

La Traqueuse m'attendait là-bas ! Mon ventre s'est contracté – le dégoût chassant momentanément la faim. Par réflexe, j'ai levé le pied de l'accélérateur.

J'ai consulté la carte, étalée sur le siège côté passager. J'allais bientôt passer une petite ville appelée Picacho Peak. Je pourrais peut-être m'arrêter là-bas, manger un morceau. Cela retarderait toujours un peu le moment fatidique des retrouvailles.

Au moment où je répétais en pensée le nom de cette ville, Picacho Peak, Melanie a eu une réaction étrange, une sorte de raidissement involontaire, de contraction. Je ne savais comment l'interpréter. Était-elle déjà allée dans cette bourgade ? J'ai fouillé sa mémoire, à la recherche d'une image, d'une odeur connectée à ce lieu, mais je n'ai rien trouvé. Picacho Peak. À nouveau, j'ai senti jaillir l'intérêt de Melanie avant qu'elle ne le réfrène. Que signifiait ce nom pour elle ? Elle a battu en retraite dans ses souvenirs, pour m'éviter.

C'était bizarre. J'ai accéléré ; peut-être la vue de cette ville déclencherait-elle chez mon hôte une réaction plus claire.

Un pic solitaire – pas très haut en soi, mais qui dominait les collines environnantes – commençait à se profiler à l'horizon. Il avait une forme inhabituelle. Melanie l'a regardé grandir devant nous, feignant l'indifférence.

Pourquoi me jouer cette comédie, alors que la supercherie était manifeste ? J'étais déconcertée par la force de sa volonté… Elle me cachait quelque chose. Je ne pouvais contourner son mur de vide. Il me semblait plus épais encore que d'habitude.

Il ne fallait plus penser à elle, il fallait oublier qu'elle devenait de plus en plus forte. Pour m'occuper l'esprit, j'ai contemplé la montagne qui dressait son cône contre le ciel. Sa forme m'était familière, même si j'étais certaine que Melanie n'était jamais venue ici auparavant.

Comme pour rompre le fil de mes pensées, Melanie a plongé dans un souvenir avec Jared, me prenant par surprise.

Je frissonne sous ma veste et je regarde les derniers rayons du soleil s'éteindre derrière les arbres. Il ne fait pas si froid que ça. Mon corps va s'habituer.

Les mains de Jared qui se posent soudain sur mes bras ne me font pas sursauter – alors qu'un rien me fait bondir dans ce lieu inconnu. Mais ces mains-là me sont trop familières.

— Tu ne m'as pas entendu venir.

Je devine son sourire.

— Je t'ai vu venir avant que tu ne fasses le premier pas. (Je ne me retourne pas.) J'ai des yeux dans le dos !

Ses doigts courent dans mon cou, allumant des étincelles.

— Tu ressembles à une dame elfe au milieu de ces arbres, me murmure-t-il à l'oreille. Une apparition magique.

— Tu devrais en planter plein autour de la cabane !

Il rit. Je ferme les yeux. Je souris.

— Les arbres n'y sont pour rien. Tu es ma fée, toujours.

— *Dixit* le dernier homme sur Terre à la dernière femme sur Terre, juste avant de se dire adieu.

Mon sourire s'efface à ces mots. Les sourires sont éphémères aujourd'hui.

Il soupire. Son souffle sur ma joue est chaud comparé à la fraîcheur de l'air.

— Jamie n'aimerait pas ce sous-entendu.

— Jamie est encore un enfant. Je t'en supplie, fais attention à lui.

— Je te propose un marché. Toi, tu fais attention à toi, et moi, je veille sur lui. Sinon, le contrat ne tient pas.

C'est une plaisanterie, mais je ne parviens pas à la prendre à la légère. Une fois que nous serons séparés, tout pourra arriver.

— Même si je ne reviens pas, ne l'abandonne pas.

— Tout se passera bien, m'assure-t-il. Sois tranquille.

Ses paroles ne veulent rien dire. C'est un effort inutile. Mais sa voix, elle, m'apaise, quels que soient les mots.

— Oui, tout ira bien.

Il me retourne et m'attire à lui. Je laisse aller ma tête contre sa poitrine. Je ne saurais décrire son odeur. C'est son odeur à lui, unique comme celle du genévrier ou de la pluie du désert.

— Toi et moi, c'est pour toujours, me promet-il. Rien ne peut nous séparer. Où que tu sois, je te retrouverai.

(Puis il ajoute, ne pouvant rester sérieux longtemps :) Il n'y a pas meilleur que moi au jeu de cache-cache !

— Même si tu comptes jusqu'à cent ?

— Même sans regarder !

— Pari tenu.

Je fais ce que je peux pour dissimuler la boule de chagrin qui obstrue ma gorge.

— N'aie pas peur. Tout ira bien. Tu es forte, tu es rapide, tu es intelligente. (Essayait-il la méthode Coué ?)

Pourquoi cette expédition ? Il y a si peu de chances que Sharon soit encore humaine…

Mais quand j'ai vu son visage aux infos, je n'en étais pas aussi sûre.

C'était au cours d'un raid de routine… Comme chaque fois, quand on se sent suffisamment en sécurité, on a allumé la télé pendant que l'on vidait le réfrigérateur et les réserves. Juste pour avoir les prévisions météo ; il n'y a jamais rien de très nouveau dans le « Tout-va-bien-dans-le-meilleur-des-mondes » que constitue le JT des parasites. C'est la couleur des cheveux qui a d'abord attiré mon regard – ce rouge lumineux, presque rose bonbon – une teinte unique en son genre.

Je vois encore son visage, lorsqu'elle jette un coup d'œil furtif à la caméra. J'essaie d'être invisible, ne me regardez pas… C'est ça qu'elle a l'air de dire. Mais sa démarche est nerveuse, juste un peu trop rapide. Elle veut désespérément se fondre dans la foule.

Aucun parasite ne chercherait à se cacher.

Que fait une Sharon encore humaine dans une mégapole comme Chicago ? Y en a-t-il d'autres ? On n'a pas le choix. S'il reste des humains ailleurs, nous devons les trouver.

Et je dois y aller seule. Sharon se méfiera de tout le monde, sauf de moi. Et encore… mais peut-être me laissera-t-elle placer un mot avant de s'enfuir, lui expliquer notre situation ? En outre, je crois savoir où elle se cache…

— Et toi ? (J'ai la gorge nouée. Je ne suis pas sûre de pouvoir supporter plus longtemps ces adieux.) Tu feras attention à toi ?

— Rien, ni l'enfer ni le paradis, ne pourra me séparer de toi, Melanie.

Sans me laisser le temps de souffler ou de sécher mes larmes, elle m'en a jeté un autre à la figure.

Jamie se pelotonne sous mon bras – il y a moins de place qu'avant. Il doit se courber ; il ne sait pas quoi faire de ses longues jambes noueuses. Ses bras deviennent durs et musclés, mais à cet instant, c'est un enfant apeuré, tremblant. Jared charge la voiture, à l'écart. Jamie ne montrerait pas sa terreur en sa présence. Il ferait le brave pour ne pas démériter aux yeux de son héros.

— J'ai peur, chuchote-t-il.

Je dépose un baiser dans sa tignasse brune. Même ici, au milieu du bosquet de résineux, ses cheveux sentent le sable et le soleil. Jamie est une partie de moi ; me séparer de lui, c'est me déchirer en deux.

— Tu seras en sécurité avec Jared.

Il faut que je me montre courageuse aussi.

— Je le sais. J'ai peur pour toi. J'ai peur que tu ne reviennes pas. Comme papa.

Je tressaille. Quand notre père n'était pas rentré – même si son corps était revenu, afin de mener les Traqueurs jusqu'à nous –, jamais je n'avais éprouvé autant de chagrin, d'horreur et de terreur mêlés. Et si je causais à mon tour cette torture à Jamie ?

— Je vais revenir. Je suis toujours revenue.

— J'ai peur, a-t-il répété.

Du courage. Du courage.

— Tout ira bien. Je vais revenir. Je te le promets. Tu sais que j'ai toujours tenu parole. Avec toi, une promesse, c'est sacré.

Il s'apaise. Il me croit. Il a confiance en moi.

Et un autre…

Je les entends à l'étage en dessous. Ils vont me trouver dans quelques minutes, quelques secondes. Je griffonne un mot sur un bout de journal. C'est presque illisible, mais s'il le trouve, il saura :

Pas été assez rapide. Je t'aime. Je t'aime, Jamie. Ne rentrez pas à la maison.

Non seulement je leur brise le cœur, mais je grille leur refuge aussi. Je vois en pensée notre petit canyon abandonné, comme il devra le rester pour toujours. Sinon, ce sera leur tombe. Je vois mon corps guider les Traqueurs jusqu'à notre sanctuaire. Mon visage souriant au moment où ils attrapent Jared et Jamie…

— Assez ! ai-je crié en me recroquevillant sous les coups d'éperon. Assez ! Tu as gagné ! Je ne peux pas vivre sans eux non plus ! Tu es contente ? Cela ne me laisse plus le choix, tu t'en rends compte ? Je suis obligée de me débarrasser de toi. Sinon tu vas avoir la Traqueuse dans le corps… C'est ça que tu veux ?

J'ai tressailli de dégoût, comme si c'était moi qui allais être l'hôte.

Il y a une autre possibilité, a pensé doucement Melanie.

— Ah oui ? ai-je lâché avec sarcasme à haute voix. Vas-y, je suis tout ouïe.

Regarde…

Je fixais la montagne devant moi. Elle dominait le panorama, une brusque concrétion rocheuse au milieu de la steppe. Elle a dirigé mon regard sur la ligne de crête, qui décrivait un double pic dissymétrique.

Une longue courbe qui tournait brusquement au nord, me suis-je souvenu, puis au sud, et encore au nord, sur une portion plus grande, avant de redescendre brutalement au sud pour s'aplatir en une longue ligne quasi horizontale.

Il n'était pas question de nord et de sud, comme je l'avais cru en voyant les lignes dans ses bribes de souvenirs ; c'était vers le haut et vers le bas !

La silhouette d'une montagne !

La série de lignes qui menaient à Jared et Jamie. C'était le premier jalon, le point de départ.

Je pouvais les trouver.

Nous pouvons les trouver, m'a-t-elle corrigée. *Tu ne connais pas toutes les directions. C'est comme pour la cabane. Je ne t'ai jamais tout donné.*

— Je ne comprends pas. Comment une montagne peut-elle indiquer un chemin ?

Mon pouls s'accélérait maintenant que la pensée se formait dans mon esprit : Jared est tout près. Jamie aussi. Tout près !

Elle m'a montré la réponse.

— Ce ne sont que des gribouillis, Jared ! Oncle Jeb était un vieux toqué. Un maboul comme toute la famille du côté paternel.

Je tente de reprendre l'album des mains de Jared, mais en vain ; il ne remarque même pas mes efforts. Cet album, c'est tout ce qu'il me reste. J'ai tout perdu dans ma cavale... Alors, même les gribouillis qu'a fait oncle Jeb lors de sa dernière visite à la maison revêtent désormais une valeur sentimentale.

— Maboul? Comme la mère de Sharon? demande-t-il d'un air entendu en continuant d'examiner les lignes noires au dos de la couverture.

— D'accord…

Si Sharon est encore en vie, ce sera parce que sa mère, tante Maggie, rivalisait avec oncle Jeb pour le titre du « plus grand toqué des rejetons Stryder ». Mon père n'a été que légèrement touché par la tare familiale – il n'a pas construit de bunker secret au fond du jardin. Mais les autres, ses frères et sœur – tante Maggie, oncle Jeb, oncle Guy –, tous étaient des fervents croyants de la théorie du complot. Tonton Guy était mort le premier, avant l'invasion qui avait emporté tout le monde : un stupide accident de voiture, si banal que même Maggie et Jeb ont eu du mal à se dire que c'était un coup monté de la CIA.

Mon père, avec affection, les appelait les Dingues. « Il est temps de rendre visite aux Dingues », disait papa, et maman se mettait à hurler à la mort… C'est pourquoi nous les voyions si peu.

Lors d'une de nos rares visites à Chicago, Sharon m'avait emmenée dans l'abri souterrain de sa mère. On s'était fait attraper – sa mère avait placé des alarmes partout; Sharon avait été vertement sermonnée; bien que j'aie juré de ne parler à personne de ce bunker, j'étais à peu près certaine que tante Maggie allait en construire un autre.

Mais je me rappelle où se trouvait le premier. J'imagine Sharon terrée dedans, comme Anne Frank en plein territoire ennemi. Il faut aller la chercher, la ramener chez nous…

Jared interrompt le fil de mes souvenirs.

— Seuls les toqués survivront. Les gens qui voyaient Big Brother partout, ceux qui se méfiaient du reste de l'humanité avant que celle-ci ne soit réellement dange-

reuse, les gens qui avaient des cachettes, des abris prêts
à l'emploi. (Jared sourit en examinant ces lignes. Puis sa
voix se fait plus vibrante.) Si mon père et mes frères – des
fous aussi à leur manière – s'étaient cachés au lieu de se
battre, ils seraient encore de ce monde.

Je réponds d'une voix douce, pressentant le chagrin,
la désillusion :

— Je suis d'accord sur le principe. Mais ces lignes
n'ont aucun sens…

— Répète-moi ce qu'il a dit en les traçant.

Je pousse un soupir.

— Ils discutaient… Oncle Jeb et papa. Tonton tentait de le convaincre qu'il se passait quelque chose, il lui
conseillait de se méfier de tout le monde. Papa se moquait
de lui. Jeb a pris l'album photo qui traînait sur la table et a
commencé à dessiner. C'était presque de la gravure tellement il appuyait fort sur son stylo. Papa a vu tout rouge ;
il disait que maman allait être furieuse. Jeb a répondu :
« La mère de Linda vous a demandé à tous de venir lui
rendre visite, n'est-ce pas ? Comme ça, sans raison…
bizarre, non ? Et elle a été agacée d'apprendre que seule
Linda ferait le déplacement. Ouvre les yeux, Trev… Je ne
crois pas que Linda trouvera quelque chose à redire à son
retour parce que j'aurai griffonné sur son album. Oh, elle
va faire semblant d'être comme d'habitude, mais tu vas
voir la différence. » Au début, je n'ai pas compris ce qu'il
voulait dire, mais ses paroles ont vraiment mis mon père
en colère. Il a demandé à oncle Jeb de sortir de la maison.
Jeb ne voulait pas. Il nous mettait en garde, nous disait de
réagir avant qu'il ne soit trop tard. Il m'a pris par l'épaule
et m'a attirée contre lui. Il a murmuré : « Ne les laisse pas
te prendre, ma chérie. Suis les lignes. Commence par le
début, et suis les lignes. Oncle Jeb a préparé un refuge
pour toi. » Et puis papa l'a jeté dehors.

Jared hoche la tête d'un air songeur, les yeux toujours rivés sur le dessin.

— Le début... le début de quoi? Cela a forcément un sens.

— Tu crois? C'est juste des gribouillis, Jared. Ce n'est pas un plan – les lignes ne se rejoignent même pas.

— Il y a quelque chose dans la première... quelque chose qui m'est familier. Je jurerais que je l'ai déjà vu quelque part.

Je soupire encore.

— Peut-être en a-t-il parlé à tante Maggie. Peut-être en savait-elle davantage?

— Possible.

Mais il continue d'examiner les lignes mystérieuses d'oncle Jeb.

Elle m'a fait remonter le temps jusqu'à des souvenirs anciens, très anciens – un engramme qui lui était resté caché pendant longtemps. J'ai compris avec étonnement qu'elle avait fait le lien entre les souvenirs, les vieux et les nouveaux, tout récemment... Après mon arrivée... Voilà pourquoi ces lignes avaient filtré, avaient franchi ses remparts – alors qu'ils étaient l'un de ses secrets les plus précieux –, parce que la connexion s'était faite subitement!

Dans son souvenir, venant de très loin, Melanie était assise sur les genoux de son père, avec le même album dans les mains – mais pas encore gribouillé par tonton Jeb. Melanie avait de toutes petites mains, ses doigts étaient encore maladroits et grassouillets. Cela faisait un drôle d'effet de se voir enfant dans ce corps.

C'était la première page.

— Tu te rappelles où c'est? demande papa en désignant la photo grise sur la première page.

Le papier semble plus fin que celui des autres photographies, comme s'il avait été usé par les grains d'airain du temps, année après année, depuis que l'arrière-arrière-grand-père l'avait placé là.

— C'est le berceau des Stryder.

Je répète comme un perroquet ce qu'on m'a appris…

— Exact ! C'est le vieux ranch de la famille. Nous y sommes allés une fois, mais tu ne t'en souviens pas. Tu devais avoir dix-huit mois. (Papa rit.) C'est la terre natale des Stryder.

Et puis la photo m'est apparue. Une photo que Melanie avait vue mille fois sans vraiment la regarder. Une photo en noir et blanc, jaunie par le temps. Une vieille maison de bois, au bout d'une portion de désert ; au premier plan, une barrière ; des silhouettes de chevaux entre les deux. Et puis, tout au fond, la silhouette d'un mont, familière, reconnaissable entre toutes.

Il y avait une légende, écrite au stylo, en haut, sur la bordure blanche : *Ranch Stryder, 1904, le matin, à l'ombre du…*

— … du Picacho Peak, j'articule doucement.

Il a dû comprendre aussi, même s'ils n'ont pas trouvé Sharon. Je sais que Jared va rassembler les pièces du puzzle. Il est plus intelligent que moi et il a le dessin ; il a probablement compris avant moi. Il est peut-être tout près d'ici, tout près de nous…

Cette pensée était tellement chargée d'excitation que le mur de vide s'est écroulé.

J'ai vu alors le voyage dans sa totalité, j'ai vu Melanie avec Jared, avec Jamie, traverser le pays avec prudence, toujours de nuit, dans leur véhicule volé. Cela leur a pris des semaines. J'ai vu l'endroit où elle les avait laissés, dans des bois à l'écart de la ville ; c'était si différent de leur désert. Cette forêt froide était d'une certaine manière plus sûre – les branches touffues offraient un couvert plus efficace que la végétation famélique du désert – mais également plus dangereuse, parce que tout y était nouveau et inconnu.

Puis cela a été la séparation, un souvenir si douloureux qu'on l'a sauté toutes les deux. Ensuite, c'est l'immeuble abandonné où elle se cache, pour surveiller la maison d'en face, attendant une occasion. Là-bas, dans une cache derrière un mur, ou dans une cave secrète, elle espère trouver Sharon.

Je n'aurais pas dû te laisser voir ça, a pensé Melanie. Sa voix toute faible en disait long sur son degré d'épuisement. Le déferlement des souvenirs, les efforts pour me convaincre, pour me dompter, l'avaient éreintée. *Tu vas leur dire où la trouver. Et tu vas la tuer aussi.*

— Oui, ai-je répondu. C'est mon devoir.

Pourquoi ? a-t-elle murmuré, dans un demi-sommeil. *Quel plaisir cela peut-il te procurer ?*

Je ne voulais pas discuter avec elle. Je n'ai rien répondu.

La montagne se dressait devant nous, majestueuse. Bientôt nous arriverions à ses pieds. J'ai vu un petit relais routier, avec une épicerie et une cafétéria, bordant une grande esplanade de bitume, parsemée de mobile homes ; très peu étaient habités ; avec l'été tout proche, il faisait une chaleur insupportable à l'intérieur.

Et maintenant ? Un petit arrêt ? Le temps de casser la croûte, de faire le plein et puis repartir pour Tucson pour aller annoncer mes découvertes à la Traqueuse ?

Cette pensée était si répugnante que mes mâchoires se sont serrées pour contenir un soubresaut de mon estomac vide. J'ai écrasé les freins par réflexe. La voiture s'est immobilisée au milieu de la route dans un hurlement de gomme. Une chance qu'il n'y ait eu personne derrière moi ! Personne non plus pour s'arrêter et me demander si j'avais un problème mécanique. La route était déserte. Le soleil chauffait le macadam, le faisant miroiter et disparaître par endroits dans des mirages de chaleur.

Pourquoi avais-je l'impression de commettre une trahison si je poursuivais ma route ? Ma première langue, celle que les âmes parlent sur notre planète d'origine, n'a pas de mot pour désigner la trahison, la traîtrise. Même le mot « loyauté » n'existe pas – sans son antonyme, il n'a pas de raison d'être.

Et pourtant, je me sentais coupable dès que je pensais à la Traqueuse. Ce serait mal de lui dire ce que je savais… Mal ? Pourquoi ? J'étais en pleine lutte interne. Si je m'arrêtais ici, et écoutais mon hôte plaider sa cause… Ça, ce serait de la traîtrise ! Ce qui était inconcevable, puisque j'étais une âme. Il n'existe pas de traître chez nous.

Et pourtant une pensée me taraudait, un désir plus fort, plus puissant que tout ce que j'avais pu connaître en huit vies. L'image de Jared flottait devant mes yeux quand je battais des paupières ; ce n'était pas, cette fois, un souvenir de Melanie, mais le mien, le souvenir de ce qu'elle m'avait montré. Elle ne m'imposait rien en cet instant. Je sentais à peine sa présence dans ma tête ; elle attendait… Je l'imaginais retenant son souffle, si une telle chose était possible. Elle attendait que je prenne ma décision.

Je ne pouvais me dissocier des désirs de mon corps. C'était moi, bien plus profondément que je ne l'aurais souhaité. Qui avait ce désir ? Elle ou moi ? La distinction n'avait plus d'importance dorénavant.

Dans le rétroviseur, j'ai vu scintiller le soleil sur une voiture qui arrivait au loin.

J'ai enfoncé l'accélérateur et me suis dirigée lentement vers le relais routier à l'ombre du pic. Il n'y avait qu'une solution. Une seule.

10.

Le choix

La sonnette a tinté, annonçant l'arrivée d'un client dans le magasin. Inquiète et honteuse, je me suis pelotonnée derrière un rayonnage.

Arrête de te comporter comme une criminelle, m'a conseillé Melanie.

C'est ce que je suis !

Sous la fine couche de sueur, mes paumes étaient glacées malgré la chaleur étouffante qui régnait dans la boutique – le système vieillot de climatisation ne pouvait lutter contre le soleil qui pénétrait par la vitrine.

Lequel ? ai-je demandé.

Le plus gros.

J'ai pris le sac « grande contenance ». Si je le remplissais, jamais je ne pourrais le porter ! Puis je me suis dirigée vers le rayon des eaux.

Prends un pack de bouteilles, a-t-elle décidé. *Ça nous donnera trois jours de vivres pour les trouver.*

J'ai pris une grande inspiration, en tentant de me convaincre que je n'étais pas complice, que j'essayais simplement d'obtenir les coordonnées exactes de leur cache. Quand je saurais tout ça, j'irais trouver quelqu'un, un autre Traqueur peut-être, un spécimen moins détestable que celui que l'on m'avait assigné, et je lui donnerais l'information. J'essayais simplement de mettre toutes les chances de mon côté.

Mes mensonges étaient si pathétiques que Melanie n'y prêtait aucune attention. Le point de non-retour devait être dépassé. La Traqueuse m'avait prévenue. C'était trop tard. J'aurais dû prendre l'avion…

Trop tard ? Tu parles ! a grommelé Melanie. *J'aimerais bien, au contraire, être aux commandes, mais je ne peux pas même lever la main sans ton accord !* Ses pensées étaient pleines de regret et d'amertume.

J'ai regardé ma main, posée le long de ma cuisse, qui ne se levait pas vers le pack des bouteilles d'eau, malgré toute la volonté de Melanie. Je percevais son impatience, son désir presque douloureux de passer à l'action, d'être en cavale, de nouveau. Comme si mon insertion en elle n'avait constitué qu'un simple interlude, une saison gâchée qu'elle voulait vite oublier.

Elle a émis, mentalement, l'équivalent d'un reniflement agacé, puis est revenue à ses préoccupations du moment. *Allez ! Il faut se dépêcher. Il va bientôt faire nuit.*

En soupirant, j'ai attrapé un gros pack de huit bouteilles. Il était si lourd qu'il m'a glissé des mains ; je l'ai rattrapé in extremis, avant qu'il ne heurte le sol. Mes bras ont failli se détacher de mes épaules sous le choc.

— Tu ne vas pas me faire porter ça, quand même ! me suis-je écriée.

Tais-toi !

— Un problème ? a demandé, du bout de l'allée, un petit homme trapu – l'autre client.

— Heu… non… rien, ai-je bredouillé en évitant son regard. J'ai juste été surprise par le poids.

— Vous voulez un coup de main ?

— Non, non, ça va aller, ai-je répondu en hâte. Je vais en prendre un plus petit.

Il a reporté son attention sur le présentoir des chips.

Non ! Tu vas y arriver. J'ai porté bien plus lourd que ça ! Tu as laissé mon corps se ramollir, Vagabonde !

Désolée, ai-je répondu, troublée de l'entendre prononcer mon nom pour la première fois.

Aide-toi de tes jambes !

J'ai soulevé du sol le pack d'eau et l'ai transporté cahin-caha jusqu'à la caisse. Je n'étais pas sûre de pouvoir aller très loin avec un fardeau pareil. Dans un grand ahan, je l'ai lâché sur le tapis roulant, et j'ai posé dessus le sac, des barres de céréales, un sachet de beignets ainsi qu'un paquet de chips.

Dans le désert, l'eau est bien plus importante que la nourriture, et on ne peut pas trop se charger.

J'ai faim ! Et c'est léger.

C'est toi qui portes, a-t-elle répliqué, acerbe, avant d'ajouter : *Achète une carte !*

J'ai placé sur le tas, conformément au souhait de Melanie, une carte topographique du comté. Un accessoire de plus pour la petite comédie qu'elle me demandait de jouer.

Le caissier, un homme souriant aux cheveux blancs, a scanné les codes-barres.

— Vous allez faire de la randonnée ? a-t-il lancé avec entrain.

— La montagne est très belle.

— Le sentier est juste après le…

— Ne vous inquiétez pas, je trouverai, l'ai-je interrompu en ramassant mes emplettes.

— Redescendez avant la nuit, fillette. Ce serait bête de vous égarer.

— Promis.

Melanie avait des pensées haineuses pour ce vieil homme.

Il est très gentil. Il se soucie réellement de ma sécurité, lui ai-je rappelé.

Vous me fichez tous les jetons ! On ne t'a pas appris à ne pas parler aux étrangers ?

Un éperon de culpabilité m'a traversée. *Chez nous, il n'y a pas d'étrangers.*

Elle a préféré changer de sujet :

Cela fait bizarre de ne pas payer... Pourquoi enregistre-t-il les codes-barres dans ce cas ?

Pour pouvoir tenir l'inventaire. Il ne peut se souvenir de tout ce qu'il a distribué quand il doit renouveler ses stocks... En outre, l'argent ne sert plus à rien quand tout le monde est parfaitement honnête. Un nouvel éclair de douleur a jailli – la culpabilité, encore. *Tout le monde à part moi, évidemment.*

Melanie s'est recroquevillée au tréfonds de mon esprit, inquiète par la force de mes remords, craignant que je ne change d'avis. Elle s'est concentrée sur son désir brûlant de s'en aller, de se mettre en route. Son impatience a filtré en moi et j'ai pressé le pas vers la voiture.

À bout de souffle, j'ai posé les affaires par terre, au pied de la portière côté passager.

— Je vais vous aider.

J'ai sursauté. C'était le client du magasin ; il était debout à côté de moi, un sac plastique à la main.

— Heu... merci, suis-je parvenue à articuler, mon pouls battant dans mes tempes.

On a attendu, Melanie tendue comme un ressort, que l'homme charge nos courses dans la voiture.

Il n'y a rien à craindre. Il est gentil aussi.

Melanie continuait à le surveiller, méfiante.

— Merci beaucoup, ai-je répété quand il a refermé la portière.

— À votre service.

Il s'est éloigné vers son propre véhicule sans nous jeter un regard. Je suis montée à bord et j'ai pris le sachet de chips.

Regarde la carte… attends qu'il soit parti.

Personne ne nous espionne, lui ai-je assuré. Mais en soupirant, je me suis exécutée. J'ai déplié la carte, piochant mes chips d'une main. Ce n'était pas plus mal d'avoir une petite idée de l'endroit où nous allions.

Quelle destination ? ai-je demandé. *On a trouvé le point de départ, très bien. Et maintenant ?*

Regarde autour de toi ! Si on ne peut le voir d'ici, on essaiera du côté sud de la montagne.

Voir quoi ?

Elle a ouvert l'image mentale que j'avais mémorisée : une ligne en zigzag, quatre angles, le cinquième coupé net, comme brisé. C'était une nouvelle ligne de crête ! Quatre pics pointus, le cinquième tronqué…

J'ai scruté l'horizon vers le nord. C'était si facile, trop facile pour être vrai… C'est comme si j'avais fait un calque d'une portion du paysage !

C'est là ! Melanie exultait ; sa voix en prenait des accents chantants. *Allons-y !* Elle voulait que je sorte de la voiture, que j'y aille à pied, maintenant !

J'ai secoué la tête et me suis penchée de nouveau sur la carte. Cette montagne paraissait bien loin. Combien de kilomètres me séparaient d'elle ? Dix ? Vingt ? Il n'était pas question que je descende de voiture et que je m'enfonce dans le désert à pied.

Procédons de façon sensée, ai-je proposé, en suivant du doigt une petite route qui croisait la nationale à quelques kilomètres à l'est et qui se dirigeait dans la direction générale de cette nouvelle montagne.

D'accord. Ce sera plus rapide.

La route n'était pas bitumée ; ce n'était qu'une éraflure dans la poussière, sinuant entre les broussailles, tout juste assez large pour une voiture. Dans une autre région, la sente aurait été reprise par la végétation, faute d'entretien, mais ici, dans le désert, les cicatrices faites par les hommes étaient plus longues à s'effacer. Une chaîne rouillée en barrait l'accès, tendue entre deux poteaux, boulonnée d'un côté, et de l'autre, simplement crochetée à un clou. Je suis sortie rapidement de l'habitacle et j'ai retiré la chaîne ; je me suis dépêchée de remonter en voiture, en espérant que personne n'allait passer et s'arrêter pour me proposer de l'aide. Par chance, la nationale est restée déserte quand je me suis engagée de quelques mètres sur la piste poussiéreuse et suis ressortie remettre la chaîne en place.

C'était agréable de laisser derrière nous le bitume. Personnellement, j'étais heureuse d'abandonner la civilisation ; je ne croiserais plus personne à qui je devrais encore mentir, que ce soit par des paroles ou par mon silence. Seule, je me sentais moins renégate.

Quant à Melanie, elle était chez elle ici, au milieu de rien. Elle connaissait le nom de chaque plante rabougrie autour de nous ; elle les énumérait une à une, comme pour saluer de vieilles amies :

Créosotier, ocotillo, cholla, opuntia, mesquite…

Loin des nationales – les antennes de la société –, le désert semblait donner à Melanie une nouvelle vigueur. La voiture filait en bondissant sur les nids-de-poule, mais n'avait pas la garde au sol suffisante comme me le rappelaient les chocs récurrents sur le bas de caisse. Melanie appréciait notre vitesse de déplacement, mais brûlait d'aller à pied, de se fondre dans les replis secrets du désert.

Nous devrions marcher, tôt ou tard – et ce serait toujours trop tôt à mon goût. Mais quand l'heure viendrait, abandonner la voiture ne suffirait pas à la satisfaire. Le vrai désir qui palpitait en Melanie, c'était la liberté. Pouvoir enfin mouvoir son corps, au rythme familier de ses longues enjambées, suivant sa seule et unique volonté. Vivre sans corps était un supplice pire qu'une prison, je le reconnaissais. Être transportée d'un point à un autre, sans avoir prise sur le monde extérieur ni libre arbitre. Être piégée en chair étrangère…

J'ai frissonné et me suis concentrée sur la route pour chasser l'affliction qui m'envahissait. Jamais un hôte n'avait provoqué en moi un tel sentiment de culpabilité. Certes, mes autres hôtes n'avaient guère eu le loisir de me faire savoir leur mécontentement…

Le soleil effleurait le sommet des collines à l'ouest quand nous avons eu notre premier désaccord. Les ombres qui s'étiraient dessinaient des motifs étranges sur la piste, rendant difficile la lecture du terrain pour éviter trous et pierres.

Là-bas ! s'est écriée Melanie au moment où nous découvrions un nouveau jalon plus à l'est : une molle ondulation, interrompue par un pic, comme un doigt tendu désignant le ciel.

Elle voulait qu'on fonce droit dans les buissons, vers ce nouvel objectif, quels que soient les risques pour la voiture.

On ferait peut-être mieux d'aller d'abord au premier point de repère, ai-je avancé. La petite route continuait à serpenter dans cette direction et j'étais terrifiée à l'idée de la quitter. C'était le cordon ombilical qui me reliait à la civilisation. Sans cette route, il n'y avait plus de retour possible !

J'ai songé subitement à la Traqueuse, alors que le soleil embrasait la ligne de zigzags à l'horizon. Qu'allait-elle faire si elle ne me voyait pas arriver à Tucson ? J'ai lâché un rire. Melanie aussi se représentait l'image cocasse ; elle voyait la rage de la Traqueuse, son indignation. Combien de temps lui faudrait-il pour rentrer à San Diego, s'assurer que je ne lui avais pas joué la comédie du départ, juste pour me débarrasser d'elle ? Que ferait-elle alors en découvrant que j'étais bel et bien partie ? Que j'avais disparu ?

Je ne savais pas moi-même où je serais à cet instant.

Là, un lit de rivière à sec ! C'est assez large pour la voiture. Vas-y !

Je ne suis pas sûre que ce soit une bonne idée.

Il va faire nuit bientôt et on va devoir s'arrêter ! Tu nous fais perdre du temps ! criait-elle en silence, bouillant d'impatience.

Ou en gagner... En outre, il s'agit de mon temps, *jusqu'à preuve du contraire.*

Elle n'a rien répondu. Mais elle s'est étirée dans mon esprit, concentrant sa volonté sur ce lit asséché. Je ne me suis pas laissé faire :

C'est moi qui conduis. Alors c'est moi qui décide !

Melanie fulminait, en silence.

Pourquoi ne me montres-tu pas les autres lignes ? ai-je suggéré. *On pourrait essayer de les repérer avant la nuit.*

Non ! Ça, ç'est à moi ! C'est moi qui décide.

Ne fais pas l'enfant.

Elle s'est mise à bouder et j'ai continué ma route vers le mont au cinq sommets.

Dès que le soleil a disparu derrière les collines, la nuit est tombée d'un coup ; une minute plus tôt, le désert était baigné d'une lueur orangée, la minute suivante, il était noyé de ténèbres. J'ai ralenti et cherché à tâtons la commande des phares.

Tu as perdu la tête ? s'est écriée Melanie. *Tu sais à quelle distance on peut voir des phares de voiture dans le désert ? Tu veux qu'on se fasse repérer !*

Que fait-on alors ?

On prie pour que les sièges s'inclinent.

Je me suis arrêtée, laissant le moteur tourner au ralenti ; peut-être y avait-il une autre solution ? Je n'avais aucune envie de passer la nuit dans la voiture, au milieu du trou noir du désert. Melanie attendait patiemment que je me rende à l'évidence.

C'est de la folie pure ! ai-je grommelé en coupant le moteur. *Tout ça ! Il n'y a personne par ici. On ne trouvera rien. Et on va se perdre, c'est tout ce qu'on va gagner !* J'avais une vague idée des dangers qui nous attendaient – errer sous le soleil, sans plan, sans voie de retraite. Évidemment, Melanie connaissait ces périls bien plus précisément que moi, mais elle faisait de la rétention d'informations.

Elle n'a pas réagi en entendant mes prédictions sinistres. Rien de tout ça ne l'inquiétait. Elle préférait encore errer dans le désert jusqu'à ce que mort s'ensuive, plutôt que de retrouver notre existence d'avant. Même s'il n'y avait pas eu la Traqueuse à nos trousses, elle aurait quand même préféré ça.

J'ai baissé le dossier de mon siège le plus possible. C'était loin d'être confortable. Jamais je n'allais pouvoir dormir… Mais en même temps, il y avait tant de choses auxquelles je m'interdisais de penser que mon esprit était devenu un puits morne et vide. Melanie aussi était devenue silencieuse.

J'ai fermé les yeux ; je sentais à peine la différence entre le voile de mes paupières et la nuit sans lune ; et j'ai glissé dans l'oubli avec une facilité inattendue.

11.

La soif

— D'accord, d'accord! Tu avais raison! ai-je crié. (Il n'y avait personne alentour pour m'entendre.)

Melanie n'a pas dit « Je t'avais prévenue! » – pas en mots, mais son silence accusateur était explicite.

Et je rechignais encore à abandonner la voiture, même si elle n'était plus d'aucune utilité. La panne d'essence! J'ai laissé le véhicule rouler, emporté par son élan, jusqu'à gagner une petite gorge creusée par les dernières pluies. Je contemplais les broussailles squelettiques devant moi et j'ai senti mon estomac se serrer.

Il faut bouger, Vagabonde! Il va bientôt faire trop chaud.

J'avais gâché un quart du réservoir à me rendre au pied du deuxième point de repère, pour découvrir que le troisième jalon n'était plus visible de là-bas, et il m'avait fallu faire demi-tour. Sans mon entêtement, nous aurions été beaucoup plus loin à présent, tout près du but! À cause de moi, nous allions devoir poursuivre le voyage à pied.

J'ai chargé l'eau dans le sac, une bouteille à la fois, avec une lenteur délibérée; j'ai ajouté les barres de céréales avec la même application. Melanie bouillait d'impatience. Sa fébrilité me gênait, m'empêchait de me concentrer, de penser à ce qui allait nous arriver.

Allez ! Allez ! Dépêche-toi ! scandait-elle pendant que je m'extirpais laborieusement de la voiture. J'avais mal au dos, à cause de ma nuit sur le siège inconfortable, pas à cause du sac – il n'était pas si lourd une fois passé sur les épaules.

Cache la voiture ! m'a-t-elle ordonné en projetant une image mentale où je couvrais de branchages le capot argenté.

— Pourquoi ?

Elle m'a répondu comme si elle s'adressait à une débile profonde : *Pour ne pas qu'on nous retrouve !*

Mais si, moi, justement, je veux qu'on me retrouve ! S'il n'y a rien là-bas, à part du soleil et de la poussière ? On n'aura aucun moyen de rentrer chez nous !

Chez nous ? Elle m'a envoyé une série d'images sinistres : l'appartement vide de San Diego, la Traqueuse dans ses mimiques les plus antipathiques, le point sur la carte qui marquait l'emplacement de Tucson, ainsi qu'un flash plus joyeux – une erreur d'aiguillage, sans doute –, représentant le canyon rouge. *Où est-ce, chez nous ?*

J'ai tourné le dos à la voiture, ignorant ses instructions. J'étais déjà allée bien trop loin. Pas question de me retirer tout espoir de retour ! Quelqu'un, peut-être, découvrirait la voiture et viendrait me sauver ? Je pouvais encore justifier ma présence dans ce désert auprès des sauveteurs : je m'étais perdue, j'avais paniqué…

J'ai suivi le lit asséché, laissant mes jambes prendre leur rythme naturel – de grandes et amples foulées. Je ne marchais pas comme ça sur les trottoirs de San Diego ou dans les allées du campus. Ce n'était pas *ma* démarche. Mais cette nouvelle manière était parfaitement adaptée à ce terrain accidenté et permettait de me déplacer à une vitesse dont je ne me croyais pas capable. Je m'y suis vite habituée.

— Et si je n'avais pas pris cette direction ? me suis-je demandé tandis que je m'enfonçais dans le désert. Si le Soigneur Marche-sur-les-Eaux travaillait encore à Chicago ? Si ma route m'avait éloignée de Jared et Jamie plutôt que de m'en rapprocher ?

C'est cette urgence, ce manque, cette idée qu'ils pouvaient être là, quelque part dans ce néant, qui m'avait convaincue de me lancer dans cette expédition insensée.

C'est possible, a reconnu Melanie. *Je pense, toutefois, que j'aurais quand même tenté ma chance, mais j'aurais eu très peur en sachant tes congénères si près. Je ne suis toujours guère rassurée d'ailleurs. Tu pourrais les tuer tous les deux.*

On a frémi, elle et moi, à cette idée.

Mais on est ici, si près… Je me devais de tenter le coup. Je t'en prie (voilà qu'elle me suppliait, sans le moindre sarcasme, comme on supplie une amie), *je t'en prie, ne leur fais pas de mal. S'il te plaît.*

— Je ne veux pas leur faire du mal. J'en suis même incapable. Je préférerais encore…

Quoi ? Mourir ? Plutôt que livrer deux humains aux Traqueurs ?

Encore une fois, nous avons tressailli – ma répulsion à cette pensée a rassuré Melanie, mais moi, elle m'a inquiétée.

Voyant que le ru s'incurvait trop vers le nord, Melanie a suggéré que l'on quitte cette piste pour partir en ligne droite vers notre troisième repère, vers la masse rocheuse à l'est qui semblait pointer un doigt accusateur vers le ciel.

Quitter le lit du cours d'eau ne me disait rien qui vaille ; c'était la même appréhension que lorsqu'il m'avait fallu abandonner la voiture. Je pouvais encore remonter le ruisseau à sec jusqu'à la route de terre, et de là jusqu'à la nationale. Cela faisait des dizaines de kilomètres ; il me faudrait des jours pour y parvenir, mais c'était faisable. Sitôt que je sortais de ce lit de rivière, il n'y avait plus de retour possible.

Aie la foi, Vagabonde. Nous allons trouver oncle Jeb, ou lui nous trouvera.

S'il est encore en vie, ai-je précisé dans un soupir au moment de m'enfoncer dans les broussailles monotones. *La foi n'est pas un concept familier pour moi. Je ne sais pas trop si je peux y adhérer.*

Aie confiance, alors ?

Confiance en qui ? En toi ? J'ai lâché un rire. L'air chaud s'est engouffré dans ma gorge.

Imagine qu'on les trouve dès ce soir ? a-t-elle lancé en changeant de sujet.

J'éprouvais désormais le même manque ; le souvenir de leurs visages – un homme et un enfant – est remonté dans nos deux mémoires. J'ai accéléré l'allure. Était-ce encore moi qui étais aux commandes ?

La température ne cessait de grimper. La sueur plaquait mes cheveux, mon tee-shirt était tout poisseux. Dans l'après-midi, le vent s'est levé, chargé de sable. L'air sec aspirait ma sueur ; j'avais du sable plein les cheveux ; mon tee-shirt, séché par le vent, est devenu raide comme du carton tant il était incrusté de sel. Pourtant, je continuais à marcher.

Je buvais trop souvent au goût de Melanie. Elle me tançait à chaque goulée, me disant que j'allais être à court le lendemain. Mais je l'avais assez écoutée ce jour-là. Je buvais donc quand j'avais soif – autrement dit, presque tout le temps.

Mes jambes me portaient, sans que j'aie à les mouvoir par ma volonté. Le va-et-vient de mes membres était une musique, une mélopée envoûtante.

Il n'y avait rien à voir; les buissons rabougris se ressemblaient tous. L'uniformité du vide me plongeait dans une sorte d'hébétude; je scrutais, hypnotisée, les montagnes à l'horizon qui barraient le ciel délavé. Je connaissais si bien leur silhouette que j'aurais pu les dessiner les yeux fermés, jusque dans leurs menus détails.

Le panorama semblait figé. Je tournais constamment la tête à droite et à gauche à la recherche du quatrième jalon que Melanie m'avait dévoilé ce matin : un mont arrondi, avec une partie manquante, comme un Flanby géant auquel on aurait donné un grand coup de cuillère sur le flanc. J'espérais qu'il s'agissait du dernier indice; le fait que nous soyons allées aussi loin tenait déjà du miracle. Malheureusement, un pressentiment me disait que Melanie avait encore des révélations à me faire, et que notre odyssée ne faisait que commencer.

J'ai mangé, sans m'en rendre compte, toutes mes barres de céréales au cours de l'après-midi. Grossière erreur.

Lorsque le soleil s'est couché, la nuit est venue aussi vite que la veille. Melanie s'y attendait; elle cherchait, depuis un petit moment déjà, un endroit où dormir.

Là-bas ! a-t-elle indiqué. *On va s'installer le plus loin possible des chollas. Tu bouges dans ton sommeil.*

J'ai contemplé les cactus à l'air duveteux dans le jour mourant; les aiguilles blanchâtres étaient si nombreuses qu'elles formaient quasiment une fourrure; j'ai frissonné. *Tu vas me faire dormir par terre ? Ici ?*

Tu vois une autre solution ? Elle a senti ma panique et son ton s'est adouci, comme si elle avait pitié de moi : *C'est mieux que la voiture. Au moins c'est plat.*

Et il fait trop chaud pour que des bêtes soient attirées
par la chaleur de ton corps…

— Des bêtes ? me suis-je exclamée. Quelles bêtes ?

J'ai vu dans ses souvenirs des insectes tous plus terrifiants les uns que les autres, des serpents rampant sans bruit…

Pas de panique ! a-t-elle tenté de me rassurer, alors que je me dressais sur la pointe des pieds de crainte de marcher sur un monstre tapi dans le sable ; je sondais ce néant noyé d'ombres à la recherche d'un refuge. *Si tu ne les déranges pas, ils ne te dérangeront pas non plus. Et ce n'est pas la petite bête qui va manger la grosse.* Un autre souvenir est remonté de sa mémoire, cette fois l'image d'un carnassier de taille moyenne – un coyote.

— Magnifique, ai-je gémi en m'accroupissant en dépit des multiples menaces que recelait le sable. Mangée par des chiens sauvages, jamais je n'aurais pensé finir comme ça. C'est si… anodin, si sordide. Finir sous les griffes d'un monstre de la Planète des Brumes, d'accord. Au moins, ça a un certain panache…

J'ai presque « vu » Melanie rouler des yeux d'agacement : *Arrête de faire l'enfant. Rien ne va venir te manger. Maintenant, allonge-toi et repose-toi. Aujourd'hui, c'était une sinécure comparé à ce qui nous attend demain !*

— Ravie de l'apprendre ! ai-je grommelé.

Melanie devenait plus tyrannique qu'un sergent instructeur ! Ce dicton humain m'est revenu en mémoire : « Tu lui donnes la main, il te prend le bras ! » Mais j'étais plus épuisée que je ne le croyais ; dès que j'ai posé les fesses par terre, j'ai eu une irrépressible envie de m'étendre et de fermer les yeux.

J'ai eu l'impression que seulement quelques minutes s'étaient écoulées lorsque le jour s'est levé, déjà chaud et aveuglant ; j'étais couverte de poussière et de sable ;

mon bras droit, coincé sous moi, avait perdu toute sensibilité. J'ai secoué la main pour chasser l'engourdissement et me suis penchée vers mon sac pour attraper une bouteille d'eau.

Melanie n'était pas d'accord, mais je l'ai ignorée. Je cherchais celle que j'avais entamée la veille ; en fouillant dans les réserves, j'ai commencé à mesurer l'étendue du problème.

Avec une inquiétude grandissante, j'ai compté les stocks. À deux reprises. Il y avait davantage de bouteilles vides que de pleines. Deux exactement. J'avais déjà bu presque toute mon eau !

Je t'ai dit hier que tu buvais trop !

Je n'ai rien répondu, mais j'ai chargé mon sac sur mes épaules sans boire. J'avais la bouche toute sèche, encombrée de sable, avec un goût de bile. J'ai tenté de ne pas penser à ma langue râpeuse, aux grains qui crissaient sous mes dents, et je me suis mise en marche.

Mon estomac criait famine, et c'était encore plus pénible quand la chaleur est montée d'un cran. Il se tordait, se contractait à intervalles réguliers, quémandant un repas qui ne viendrait pas. Dans l'après-midi, la faim n'était plus un inconfort, mais une souffrance.

Ce n'est rien ! a lancé Melanie. *On a déjà eu beaucoup plus faim que ça.*

Toi, peut-être ! Je n'avais aucune envie qu'elle m'assène son diaporama de souvenirs de disette et de privations.

Je commençais à perdre espoir quand enfin c'est arrivé : le grand Flanby est sorti de l'horizon, au milieu d'une ligne de petits monts au nord. La partie tronquée du dôme était à peine visible.

On est assez près, a jugé Melanie, aussi excitée que moi à l'idée de toucher au but. J'ai obliqué vers le nord et j'ai allongé le pas. *Ouvre l'œil pour le suivant.* Elle m'a montré une autre formation rocheuse et j'ai recommencé à scruter l'horizon, même si je savais que c'était bien trop tôt.

Ce devait être plus à l'est. Cap au nord, puis à l'est, puis au nord à nouveau. C'était l'itinéraire imposé.

La joie d'avoir trouvé un nouveau jalon me revigorait, malgré mes jambes lourdes. Melanie m'encourageait au moindre signe de faiblesse de ma part ; elle me faisait penser à Jared ou à Jamie quand l'apathie me gagnait. J'avançais, régulière, soumise, attendant le feu vert de Melanie pour me désaltérer, même si ma gorge n'était plus qu'un puits brûlant.

J'éprouvais une certaine fierté à me voir aussi résistante. C'est alors que la route poussiéreuse est apparue – récompense de mes efforts. Elle serpentait vers le nord (notre direction !) mais Melanie n'était pas très chaude.

Ça ne me dit rien qui vaille ! insistait-elle.

La route n'était qu'une piste sinuant dans les broussailles. Une sente visible seulement par l'absence de végétation. Il y avait de vieilles traces de pneus, formant deux lignes parallèles.

Dès qu'elle s'écarte de la bonne direction, on l'abandonne, ai-je promis. Je marchais déjà au milieu des traces. *C'est plus facile que de zigzaguer entre les cactus !*

Elle n'a pas répondu, mais son inquiétude a mis mes sens en alerte, et m'a rendue même un peu paranoïaque. Je continuais à scruter les monts à la recherche de l'indice suivant – un M parfait formé par deux concrétions volcaniques – et en même temps je surveillais les buissons alentour.

Parce que j'étais sur le qui-vive, j'ai remarqué une ombre bizarre au loin, toute grise. Un mirage ? Mes yeux me jouaient-ils des tours ? J'ai battu des paupières pour chasser la poussière. La couleur paraissait étrange pour de la roche, la silhouette trop massive pour être un arbre. J'ai plissé les yeux sous le soleil, tentant de percer ce mystère.

Encore un battement de paupières et soudain la forme s'est matérialisée, beaucoup plus près que je ne l'aurais cru ! C'était une maison ou une cabane, délabrée, délavée par le temps.

Melanie a eu un accès de panique ; sous le choc, j'ai quitté la route d'un bond et me suis cachée dans le couvert relatif des broussailles.

Du calme, lui ai-je dit. *Elle est sûrement inhabitée.*

Qu'en sais-tu ? Elle était si crispée que j'ai dû faire appel à toute ma volonté pour convaincre mes pieds d'avancer.

Qui irait vivre dans un endroit pareil ? Nous autres les âmes aimons la compagnie de nos semblables. J'ai senti poindre l'amertume dans ma voix, car je me trouvais, au sens propre comme au figuré, au milieu de nulle part. Pourquoi avais-je abandonné la société des âmes ? Pourquoi avais-je l'impression de ne plus y appartenir ? Et d'ailleurs, y avais-je appartenu un jour ? N'était-ce pas là l'explication de mes nombreux vagabondages ? Étais-je depuis le début une aberration, une erreur, ou était-ce l'influence de Melanie qui m'avait exclue des miens ? Cette planète m'avait-elle changée ou, au contraire, avait-elle révélé ma véritable nature ?

Melanie n'avait pas le temps d'attendre que je résolve ma crise existentielle, elle voulait que je m'éloigne le plus vite possible de cette habitation. Sa terreur jaillissait par éclairs, déchirant mes pensées, m'arrachant à mes débats introspectifs.

Calme-toi, lui ai-je ordonné, en tentant de faire le tri entre ses pensées et les miennes. *Si quelqu'un vit ici, c'est un humain. Tu peux me faire confiance là-*

dessus, il n'existe aucune vocation d'anachorètes chez les âmes. Peut-être ton oncle Jeb…

Elle a repoussé cette idée avec violence. *Personne ne pourrait survivre ainsi à découvert ! Les parasites ont fouillé toutes les habitations. Ceux qui vivaient là sont devenus les tiens. Oncle Jeb aurait trouvé une meilleure cachette !*

Mais s'ils sont devenus des hôtes, ils ont forcément déménagé. Seul un humain pourrait vivre dans cette… Je me suis interrompue, soudain inquiète.

Quoi ? Ma terreur a aussitôt saisi Melanie. Elle a sondé mon esprit pour savoir ce qui m'avait effrayée.

Mais ce n'était rien de tangible. Juste une pensée… *S'il y a là-bas des humains – mais qu'il ne s'agisse ni d'oncle Jeb ni de Jared et de Jamie ? Si ce sont d'*autres *humains qui nous trouvent ?*

Le sens de ma question l'a lentement pénétrée. *Tu as raison. Ils nous tueraient immédiatement. Bien sûr.*

J'ai tenté de déglutir pour chasser la boule d'angoisse dans ma gorge.

Il n'y aura personne, a-t-elle voulu me rassurer. *Impossible. Les tiens sont partout. Seul quelqu'un vivant déjà dans la clandestinité aurait une chance de passer entre les mailles. Alors, nous allons en avoir le cœur net : toi, tu es certaine qu'il n'y a pas âme qui vive, et moi, qu'il n'y a pas homme qui vive. Peut-être pourra-t-on trouver quelque chose d'utile là-bas, une arme, par exemple ?*

J'ai eu un frisson – des couteaux à la lame effilée, des outils de métal pouvant faire office de massue… *Non. Pas d'armes. Pas ça !*

Comment une race de poules mouillées a-t-elle pu nous battre, nous ?

Par le nombre et la furtivité. N'importe lequel d'entre vous, même parmi vos jeunes pousses, est cent fois plus dangereux que nous. Mais vous êtes comme un termite isolé dans une fourmilière. Nous sommes des millions à œuvrer de conserve, en parfaite harmonie, vers un seul but commun.

Encore une fois, alors que je décrivais notre belle unité, j'ai senti monter en moi la panique, le trouble. Qui étais-je réellement ?

On s'est approchées en restant à couvert dans les buissons. C'était bel et bien une maison, une petite cabane sur le bord de la piste, parfaitement anodine. Pourquoi l'avoir construite à cet emplacement, loin de tout ? Cela restait un mystère, car ce lieu était inhospitalier au possible, juste un trou de chaleur et de poussière.

Elle semblait inhabitée. La porte avait disparu – un carré noir béant –, les carreaux aux fenêtres étaient tous brisés. Le sable s'était accumulé sur le seuil et s'était répandu à l'intérieur. Les murs gris, blanchis par les années, semblaient s'être incurvés sous le vent qui soufflait toujours de l'ouest.

En réprimant mon inquiétude, je me suis approchée avec précaution du seuil ; personne. Nous étions seules dans ce désert, comme c'était le cas depuis deux jours.

L'ombre à l'intérieur était une invite, oblitérant mes terreurs. Je tendais l'oreille, aux aguets, mais mes pieds se mouvaient, assurés, vifs. J'ai franchi d'un bond l'ouverture, me plaquant aussitôt contre le mur, pour protéger mes arrières. C'était un réflexe instinctif, initié par Melanie, acquis pendant ses jours de cavale. Je me suis immobilisée ; je n'y voyais rien ! Il me fallait attendre que mes yeux s'acclimatent à la pénombre.

La cabane était déserte, comme je m'y attendais. Elle paraissait aussi abandonnée à l'intérieur qu'à l'extérieur. Une table de guingois abandonnée au milieu de la pièce, une chaise métallique rouillée, une vieille moquette trouée qui laissait apparaître le ciment dessous. Une cuisinette occupait le mur à côté de nous : un évier, des placards – certains dépourvus de portes –, un petit réfrigérateur béant laissant apparaître ses entrailles moisies. Un reste de canapé adossé au mur d'en face, dépourvu de tous ses coussins. Au-dessus du sofa, un tableau, à peine abîmé, représentant deux chiens jouant au poker.

C'est cosy, a lancé Melanie, trop soulagée pour être sarcastique. *C'est plus chaleureux que ton appartement !*

Je me dirigeais déjà vers l'évier.

Pas même en rêve ! a lancé Melanie.

Bien sûr, il ne pouvait y avoir l'eau courante dans un endroit pareil, trop risqué ; les âmes, toujours économes et prévoyantes, y avaient veillé. Mais j'ai quand même tourné les deux vieux robinets. L'un m'est resté dans la main, rongé par la rouille.

Je me suis intéressée ensuite aux placards, me suis agenouillée pour examiner leurs entrailles obscures. J'ai ouvert l'une des portes, terrifiée à l'idée de déranger quelque animal venimeux du désert.

Le premier placard était vide, sans paroi de fond. J'apercevais les lattes de bois du mur extérieur. Le placard suivant n'avait pas de portes ; il contenait une pile de vieux journaux. J'en ai pris un, par curiosité ; j'ai secoué la poussière pour lire l'année de parution.

Cela remonte à l'ère humaine, ai-je fait remarquer. Je n'avais pas besoin de lire la date pour m'en rendre compte.

UN HOMME IMMOLE PAR LE FEU SA FILLETTE DE TROIS ANS. Le titre m'a sauté aux yeux, accompagné d'une photo d'une petite fille blonde au visage angélique. Ce n'était pas la première page. Cet acte n'était pas assez horrible pour mériter la une. Plus bas, il y avait la photo d'un homme recherché pour le meurtre de sa femme et de ses deux enfants, deux ans plus tôt. L'article racontait que l'homme avait été aperçu au Mexique. Deux morts, trois blessés dans un accident de la route. Une enquête pour crime crapuleux dans le cas d'un prétendu suicide d'un directeur de banque. La relaxe d'un pédophile parce que la victime avait retiré sa plainte. Des cadavres de chiens retrouvés dans une poubelle.

J'ai tressailli ; j'ai jeté le journal loin de moi et me suis éloignée du placard.

Ce sont des exceptions. Ce n'est pas la norme, a pensé Melanie, essayant d'empêcher mon dégoût de ternir le souvenir heureux qu'elle avait de cette époque.

Voilà pourquoi nous pensions faire mieux que vous, pourquoi nous nous sommes dit que vous ne méritiez pas les bienfaits de ce monde…

Sa réponse a été du vitriol : *Si vous vouliez nettoyer cette planète de fond en comble, il fallait la faire sauter !*

Malgré tout ce qu'on peut lire dans vos romans de science-fiction, nous n'avons pas la technologie ad hoc !

Ma plaisanterie ne l'a pas fait rire.

En outre, ai-je ajouté, *ç'aurait été un grand gâchis. Cette planète est charmante, à l'exception de ce désert, évidemment !*

C'est comme ça que nous avons compris que vous étiez là, a-t-elle dit en songeant aux titres sinistres du journal. *Quand il n'y a plus eu de mauvaises nouvelles dans les JT, mais que des reportages sur des initiatives améliorant le bien-être humain, quand les psychopathes se sont mis, tout seuls, à se rendre dans les hôpitaux pour se faire soigner, quand on s'est cru, tout à coup, au pays de Oui-Oui, on a su que c'est vous qui tiriez les ficelles !*

— Comment avons-nous osé vous faire une telle infamie! ai-je lancé avec sarcasme, en m'intéressant au placard voisin.

J'ai ouvert la porte. Derrière, il y avait un trésor.

— Des crackers! me suis-je écriée en attrapant le sachet à moitié écrasé de biscuits salés.

Derrière, il y avait un autre paquet, dans le même état, comme si quelqu'un avait marché dessus : des brioches fourrées!

Regarde! a lancé Melanie en pointant mentalement un doigt vers trois bouteilles d'eau de Javel au fond de l'étagère.

Que veux-tu que je fasse avec de l'eau de Javel? ai-je répliqué en ouvrant déjà la boîte de crackers. *En lancer une giclée dans les yeux de quelqu'un? Ou me servir des bouteilles comme gourdin?*

À ma grande joie, les biscuits salés, même réduits en miettes, étaient toujours dans leur enveloppe de Cellophane. J'en ai déchiré une et, en renversant la tête en arrière, j'ai fait tomber les débris dans ma bouche. Je les mâchais à peine tant j'étais affamée.

Ouvre une bouteille et sens l'odeur! m'a-t-elle ordonné, en ignorant ma raillerie. *C'est comme ça que papa conservait de l'eau dans le garage. Un fond d'eau de Javel empêche la prolifération des bactéries et permet de garder l'eau potable.*

Attends deux secondes… J'ai vidé un sachet et en ai ouvert un deuxième. Ils étaient rances, mais dans ma bouche, c'était délicieux comme de l'ambroisie. Quand j'ai eu vidé un troisième sachet, j'ai senti le sel brûler mes gerçures aux lèvres.

J'ai pris une des bouteilles, en espérant que Melanie avait vu juste. Mon bras était tout raide et douloureux, et avait du mal à soulever la bouteille. Cette faiblesse nous a inquiétées toutes les deux. Combien de temps allions-nous pouvoir tenir encore avant l'épuisement total ?

Le bouchon était serré si fort qu'il paraissait soudé au goulot. Enfin, en me servant de mes dents, je suis parvenue à le dévisser. J'ai approché mon nez avec précaution de l'ouverture, n'ayant aucune envie de recevoir dans les narines une bouffée de gaz et de tourner de l'œil. L'odeur de chlore était très faible. J'ai inspiré plus profondément. C'était de l'eau – tiède, viciée, mais de l'eau ! J'ai avalé une petite gorgée. Ce n'était pas frais et vivifiant comme un torrent de montagne, mais c'était désaltérant. Je me suis jetée sur la bouteille.

Doucement ! m'a avertie Melanie. J'ai suivi son conseil. Nous avions eu de la chance de trouver cette cachette, mais ce n'était pas une raison pour gaspiller. En outre, j'avais envie de me mettre quelque chose de solide sous la dent, maintenant que la brûlure du sel sur mes plaies avait cessé. J'ai reporté mon attention sur les brioches et j'ai commencé à lécher la bouillie de gâteau protégée dans son sachet longue conservation.

Le dernier placard était vide.

J'étais à peine rassasiée, mais Melanie brûlait déjà de repartir. J'ai rangé mes déchets dans mon sac et abandonné mes bouteilles vides dans l'évier pour faire de la place. Les nouvelles bouteilles étaient lourdes, mais leur poids avait quelque chose de rassurant. Ce soir, quand je m'étendrais sur le sable du désert, je ne serais ni assoiffée ni affamée. Toute ragaillardie par l'afflux de sucre dans mes veines, je suis sortie de la cabane pour retrouver la fournaise de l'après-midi.

12.

L'erreur

— C'est impossible ! Tu t'es trompée ! C'est de la folie !

Je scrutais le lointain avec une incrédulité qui se muait en horreur.

La veille, au réveil, j'avais mangé la dernière brioche. Dans l'après-midi, j'avais repéré les pics jumeaux et bifurqué vers l'est de nouveau. Melanie m'avait décrit le prochain jalon à trouver – le dernier, m'avait-elle promis. La nouvelle m'avait rendue folle de joie. La veille au soir, j'avais donc bu la dernière des bouteilles. C'était le quatrième jour.

Ce matin-là avait été une litanie de soleil et de désespoir. Le temps s'enfuyait et je sondais l'horizon à la recherche du dernier repère avec une inquiétude grandissante. Je ne le voyais nulle part – un long plateau flanqué par deux monts, comme deux sentinelles de pierre. Ce genre de formation était vaste, et les montagnes à l'est et au nord étaient une succession d'arêtes déchiquetées. À aucun endroit il n'y avait la place pour un plateau.

Au milieu de la matinée, le soleil était encore à l'est, en plein dans mes yeux, et j'ai dû m'arrêter pour me reposer. Ma faiblesse me terrifiait. Tous les muscles de mon corps m'étaient douloureux et ce n'était pas seulement lié à la marche. Il y avait certes la fatigue musculaire, les courbatures dues aux nuits inconfortables sur le sol, mais il y avait un nouveau mal en moi. Mon corps se déshydratait, et mes muscles protestaient contre cette torture. Je n'allais plus pouvoir aller bien loin.

Je me suis tournée vers l'ouest, pour avoir le soleil dans le dos, et non plus dans la figure.

C'est alors que je l'ai vu : le long plateau horizontal, immanquable entre ses deux pics. Il était si loin qu'il semblait flotter dans l'air comme un mirage. Nous avions marché tout ce temps dans la mauvaise direction. Jamais, depuis le début de notre périple, nous ne nous étions trouvées aussi loin d'un jalon !

— C'est impossible, ai-je murmuré à nouveau.

Melanie était figée comme une statue, l'esprit silencieux, blanc, se refusant à admettre l'évidence. J'ai attendu, en faisant courir mes yeux sur la formation géologique – c'était bel et bien notre point de repère, il n'y en avait pas deux semblables sur Terre –, jusqu'à ce que son acceptation et son chagrin me coupent les jambes et me fassent tomber à genoux. Son silence, sa défaite ont ajouté en moi une nouvelle couche de douleur. Mon souffle est devenu court ; je me suis mise à hoqueter, un sanglot sans son ni larmes. Le soleil chauffait mon dos, répandant sa chaleur jusqu'à la racine de mes cheveux.

Mon ombre formait un petit cercle quand j'ai repris le contrôle de moi-même. Je me suis relevée laborieusement. Des petits cailloux étaient incrustés dans mes jambes, mais je n'ai pas trouvé la force de les retirer. J'ai regardé un long moment le plateau qui flottait devant moi, hors de portée, comme pour me narguer.

Et finalement… Je n'ai pas compris pourquoi je faisais ça, pourquoi je me suis mise à avancer. Tout ce
que je savais, c'est que c'était moi qui marchais – moi
et personne d'autre. Melanie était si petite dans mon
cerveau, une minuscule capsule de chagrin, toute recroquevillée sur elle-même. Elle ne pouvait plus rien pour
moi.

Mes pieds foulaient lentement le sable. *Crinch!
Crinch!*

— Oncle Jeb n'était finalement qu'un vieux toqué!
Un dingue! ai-je murmuré pour moi-même.

Une onde a soulevé ma poitrine, une boule est montée dans ma gorge. Je me suis mise à tousser, en staccato, puis la toux m'a fait venir les larmes aux yeux
– des larmes que je n'avais plus dans le corps – parce
que je riais.

— Il n'y a rien… rien… rien nulle part! ai-je lâché
entre deux spasmes.

Je titubais, ivre, traînant les pieds.

Non, a répondu Melanie en sortant de son carcan de
chagrin pour défendre sa foi inexpugnable. *J'ai dû me
tromper quelque part. C'est ma faute!*

C'était d'elle dont je riais à présent. Comme une hystérique. Mais le son était avalé par le vent.

Attends, attends! Elle essayait de capter mon attention, de me faire oublier toute l'ironie grinçante de
notre situation. *Et si Jared et Jamie s'étaient fait avoir,
comme nous?*

Sa terreur a coupé net mon rire. J'ai hoqueté dans
l'air brûlant, ma poitrine tressautant encore sous les
échos des spasmes. Lorsque j'ai retrouvé mon souffle,
toute trace d'ironie m'avait quittée. Par réflexe, j'ai
sondé le désert vide alentour, à la recherche d'un indice
prouvant que je n'étais pas la première à m'être sacri-
fiée dans cette quête. Les broussailles étaient sans fin,

mais je ne pouvais m'empêcher de les scruter mètre par mètre, à la recherche de restes, d'os blancs miroitant sur le sable.

Non, c'est idiot. Melanie tentait de se rassurer. *Jared est trop intelligent. Il ne se serait jamais lancé dans le désert à l'improviste comme nous. Jamais il n'aurait mis Jamie en danger.*

Tu as raison, ai-je répondu, voulant autant y croire qu'elle. *Personne dans l'univers connu ne serait aussi stupide. En plus, il n'est peut-être jamais venu. Parce qu'il n'aura pas compris le sens de ces lignes. Pourquoi a-t-il fallu que tu sois plus maligne que lui…*

Mes jambes continuaient à se mouvoir. J'avais l'impression de rester sur place, tant la distance qui nous séparait du plateau était immense. Même si nous étions brusquement téléportées là-bas, nous ne serions pas plus avancées. Il n'y avait rien au pied de ce relief, j'en étais persuadée. Personne ne nous y attendait pour nous sauver.

— Nous allons mourir, ai-je articulé.

Il n'y avait plus de peur dans ma voix rauque. C'était un simple constat. Le soleil est chaud. Le désert est sec. Nous allons mourir.

Oui. Melanie aussi était calme. Il valait mieux mourir plutôt que d'accepter que nous avions été animées d'un fol espoir.

— Cela ne te fait rien ?

Elle a réfléchi un moment.

Au moins j'aurai essayé. Et j'ai gagné. Je ne les ai pas trahis. Je ne leur ai pas fait de mal. J'ai fait tout mon possible pour les retrouver. J'ai tenu ma promesse. Et je suis morte pour eux.

J'ai compté dix-neuf pas avant de trouver la force de répondre. Dix-neuf foulées lentes, pesantes, qui faisaient crisser le sable en vain.

— Et moi, pourquoi vais-je mourir ? ai-je demandé en sentant mes conduits lacrymaux à sec se contracter pour rien. Parce que je me suis égarée ? Parce que je me suis perdue en chemin ?

J'ai compté trente-quatre *crinch !* dans le sable avant d'entendre sa réponse.

Non, a-t-elle répondu après mûre réflexion. *Je ne pense pas que tu te sois égarée. Tu voulais devenir humaine. Tu en* mourais *d'envie.* J'ai perçu un sourire dans sa pensée, comme si elle mesurait tout l'ambiguïté de cette expression. *Après tous ces mondes, tous ces hôtes que tu as laissés derrière toi, tu as enfin trouvé le lieu et le corps où tu étais prête à mourir. Je crois que tu as trouvé ta maison, Vagabonde.*

Dix crissements dans le sable.

Je n'avais plus la force d'ouvrir la bouche. *Dommage que je n'aie pas eu le temps de poser mes valises.*

Je ne savais trop que penser de son explication. Peut-être voulait-elle simplement alléger mes regrets ? Me faire oublier mon échec, qu'elle m'avait fait venir ici pour mourir, en semant des petits morceaux de pain. Elle avait gagné. Pas un seul instant elle n'avait lâché les rênes.

Mes jambes se sont mises à chanceler. Mes muscles n'en pouvaient plus, m'imploraient de faire cesser cette torture. J'aurais pu m'arrêter là mais Melanie, comme toujours, était plus forte.

Je la sentais en moi, non seulement dans ma tête, mais aussi dans mes jambes. Mes foulées se sont faites plus grandes ; ma trace plus droite. Par la simple force de sa volonté, elle animait mon corps à demi mort, le faisait avancer, encore et encore, vers ce Graal impossible.

Ce combat idiot et vain avait quelque chose d'exaltant. Je sentais sa présence et elle sentait mon corps.

Notre corps. Je lui en laissais le contrôle, entièrement. Elle irradiait de bonheur de pouvoir bouger nos bras, nos jambes, même si cela ne servait plus à rien. C'était une bénédiction pour elle, une renaissance. Même le tourment de cette mort à petit feu semblait moins douloureux.

Que t'attends-tu à trouver de l'Autre-Côté ? m'a-t-elle demandé alors que nous marchions vers le Styx. *Que vas-tu voir, après notre mort ?*

Rien. C'était le mot juste, vide, implacable. *C'est pour cela que nous appellons ça « la fin ».*

Les âmes ne croient pas en la vie après la mort ?

Nous avons tant de vies. En vouloir encore une après le trépas, ce serait presque du caprice. Nous vivons une petite mort chaque fois que nous quittons un hôte. Et nous revenons à la vie dans le suivant. Si je meurs ici, ce sera ma fin.

Il y a eu un long silence tandis que le mouvement de mes jambes ralentissait inexorablement.

Et toi ? ai-je finalement demandé. *Tu crois encore qu'il y a quelque chose d'autre, malgré tout ce qui s'est passé ?* Mes pensées exploraient ses souvenirs au crépuscule du règne humain.

Je crois qu'il y a des choses qui ne peuvent mourir.

Dans nos deux esprits, leurs visages flottaient tout près, lumineux. L'amour que nous éprouvions pour Jared, pour Jamie, paraissait, effectivement, immuable. À cet instant, je me demandais si la mort était assez forte pour dissoudre quelque chose de si vital, de si « pénétrant ». Peut-être cet amour survivrait-il en elle, dans quelque royaume de conte de fées. Mais pas en moi.

Serait-ce un soulagement d'en être délivrée ? Je n'en étais pas certaine. Cet amour était mien désormais.

On a tenu le coup encore quelques heures. Même la force de Melanie ne pouvait en demander plus à notre

corps moribond. Nous étions presque aveugles, la poitrine traversée de spasmes, incapables de trouver de
l'oxygène dans l'air. Des plaintes rauques s'échappaient
d'entre nos lèvres.

Avoue que tu n'as jamais connu ça ! l'ai-je taquinée
dans un demi-coma, alors que nos pas nous menaient
vers un arbre rabougri qui dépassait des broussailles
environnantes. C'est son ombre qui nous appelait, son
ombre irrésistible.

Non. Je le reconnais.

Nous touchions au but. L'arbre mort jetait sa silhouette arachnéenne sur nos épaules ; nos jambes se sont
dérobées. Nous nous sommes écroulées à plat ventre,
pour ne plus sentir la morsure du soleil sur nos joues.
Notre tête s'est tournée sur le côté, pour attraper des
bouffées d'air brûlant. Nos yeux fixaient les grains de
sable à quelques centimètres de notre nez. Nos oreilles
écoutaient notre respiration sifflante, mourante.

Au bout d'un moment, dont je ne pourrai jamais
évaluer la durée, nous avons fermé les yeux. Nos paupières étaient rouges à l'intérieur, lumineuses. Nous ne
sentions plus l'ombre squelettique de l'arbre sur notre
corps ; peut-être nous avait-elle fuies.

Combien de temps encore ? ai-je demandé.

Je ne sais pas. C'est la première fois que je meurs.

Une heure ? Davantage encore ?

Je n'en sais pas plus que toi.

Mais que font les coyotes quand on a besoin d'eux ?

*Peut-être aura-t-on de la chance. Un monstre de la
Planète des Brumes, qui se sera égaré…* Sa voix s'est
éteinte, en suspens.

C'était notre dernière conversation. Trop difficile de
se concentrer à présent sur des mots. La douleur dépassait tout ce à quoi je m'attendais. Les muscles de notre

corps se révoltaient, se tétanisaient spasmodiquement, luttant contre cette raideur mortifère qui les envahissait.

Mais nous, nous ne combattions plus. Nous nous laissions porter, emporter, nos pensées allant et venant dans le dédale de nos souvenirs, comme des Léviathans désorientés. Dans nos derniers instants de lucidité, nous nous sommes fredonné une berceuse, celle que l'on chantait à Jamie pour le consoler lorsque le sol était trop dur, l'air trop froid, ou la peur trop grande. Nous sentions sa tête contre notre poitrine, juste au creux de l'épaule, la rondeur de son dos dans notre bras. Et puis c'est notre tête, à son tour, qui a trouvé une épaule plus grande encore, et une autre berceuse nous a enveloppées.

Nos paupières sont devenues noires, mais pas à cause du voile de la mort. C'était la nuit qui tombait et cela nous a emplies de chagrin. Sans la chaleur du jour, notre agonie serait plus longue.

Alors cela a été les ténèbres et le silence sans fin, dans une bulle hors du temps. Et soudain, il y a eu un bruit.

Cela nous a à peine réveillées. Peut-être était-ce le fruit de notre imagination ? Peut-être était-ce un coyote qui s'était enfin décidé à venir ? Était-ce vraiment comme ça que nous voulions finir ? Comment savoir ? Nos pensées se sont égarées de nouveau et nous avons oublié le bruit.

On nous a secouées, tiré les bras. Nous ne pouvions former des mots pour implorer une fin rapide, mais c'était là tout notre espoir. À quand le coup de croc fatal dans la nuque ? Mais au lieu de ça, on a délaissé nos bras amorphes et on nous a retournées sur le dos.

On a versé sur notre visage quelque chose de froid, de mouillé, d'indescriptible. Cela dégoulinait sur nos yeux, chassant les grains de sable. Nous avons battu des paupières.

Au diable le sable ! Nous avons tendu le menton, bouche ouverte, avide, maladroite, comme un oisillon aveugle.

Nous avons cru entendre un soupir.

Et puis l'eau a coulé dans notre bouche ; on a voulu boire mais on s'est étranglées. Le flot s'est arrêté aussitôt. Nos faibles mains se sont levées en signe de protestation. Il y a eu des coups dans notre dos, puissants, pour nous aider à faire passer la toux. Nos doigts agrippaient l'air, suppliants.

Cette fois, c'était sûr, il y avait eu un soupir.

Quelque chose a touché nos lèvres et l'eau a coulé de nouveau. On a bu à grosses goulées, en veillant cette fois à ne pas respirer en même temps. Peu nous importait de nous étrangler, mais on ne voulait pas qu'on nous retire l'eau encore une fois.

On a bu jusqu'à ce que notre ventre se distende et soit douloureux. Le flot s'est tari. On a poussé une plainte. Le miracle est revenu sur nos lèvres ; nous avons bu encore.

Une gorgée de plus et notre estomac explosait, mais on en voulait toujours. Nous avons soulevé les paupières pour voir si on pouvait en avoir davantage. Il faisait si sombre ; pas une seule étoile ne brillait dans le ciel. Non, ce n'était pas le ciel... trop noir, trop près... c'était une silhouette penchée au-dessus de nous, occultant la nuit.

Il y a eu un froissement de vêtement et le crissement du sable sous une semelle. La silhouette s'est relevée ; Melanie et moi avons entendu le bruit d'une fermeture Éclair que l'on ouvre – un son assourdissant dans le silence du désert.

Effilée comme une lame, une lumière a frappé nos yeux. On a poussé un gémissement en fermant les paupières. Notre main s'est levée pour se mettre en écran. Mais la lumière semblait tout transpercer. Enfin le faisceau s'est esquivé et les ténèbres sont revenues ; un nouveau soupir s'est fait entendre ; cette fois nous en avons senti le souffle sur nos joues.

On a rouvert les yeux avec précaution, encore tout éblouies. Quelqu'un était assis devant nous, immobile ; il ne disait rien. Il y avait de la tension dans l'air, mais cela paraissait si loin… Nous ne pensions qu'à l'eau dans notre ventre et à notre envie de boire à nouveau. Il fallait pourtant se concentrer sur l'instant, tâcher de savoir qui nous avait secourues.

La première image à se former sur notre rétine, après force battements de paupières, cela a été une cascade blanche tombant d'une face sombre, en un million de fils d'argent. Une barbe ! Une barbe de Père Noël. Les souvenirs de Melanie sont alors venus reconstituer le reste du visage ; tout venait prendre place : le gros nez fendu, les larges pommettes, les épais sourcils blancs, les yeux enfoncés dans les replis des orbites. Malgré la pénombre qui nous empêchait de réellement distinguer les traits, nous savions exactement comment nous apparaîtrait ce visage en pleine lumière.

— Oncle Jeb ! ai-je articulé d'une voix rauque. Tu nous as trouvées !

Oncle Jeb, accroupi à côté de nous, s'est laissé tomber sur son arrière-train quand nous avons dit son nom.

— Allons bon, a-t-il lâché de sa voix bougonne – une voix qui a ravivé en nous des souvenirs par centaines. Il ne manquait plus que ça…

13.

La condamnation

— Ils sont ici ? (Les mots sont sortis de notre bouche dans un hoquet, comme l'eau de mes poumons quand on s'était étranglées. Après boire, c'était le point le plus important au monde.) Ils ont résolu l'énigme ?

Le visage de l'oncle Jeb était indéchiffrable dans l'obscurité.

— Qui ça ?

— Jamie, Jared ! Jared était avec le petit. Ils sont là, ils sont arrivés jusqu'ici ? Tu les as trouvés, tonton, comme nous ?

Il y a eu un silence infime.

— Non.

C'était une réponse implacable, sans pitié, sans regret. Dénuée de tout affect.

— Non. (Ce n'était pas pour reprendre sa réponse en écho, mais pour protester contre le fait d'être encore en vie. À quoi bon vivre alors ? On a fermé les yeux, tout entières à l'écoute de notre corps hurlant de douleur. Pour que cette souffrance pénètre notre esprit jusqu'au tréfonds.)

— Écoute, a lâché oncle Jeb au bout d'un moment. J'ai… j'ai un truc à faire. Repose-toi. Je reviens.

Melanie et moi, on n'a pas compris le sens de ces mots, c'étaient juste des sons. On a gardé les yeux fermés. On a entendu le bruit de ses pas s'éloigner. Impossible de savoir dans quelle direction. Quelle importance, de toute façon ?

Ils n'étaient pas ici. Il n'y avait plus aucune chance de les retrouver, plus aucun espoir. Jared et Jamie avaient disparu. C'étaient des experts en la matière. Ils étaient perdus, perdus pour toujours.

L'eau et la fraîcheur de la nuit nous éclaircissaient l'esprit, et c'était un supplice. Nous avons roulé sur le ventre pour nous cacher de nouveau le visage dans le sable. Nous étions éreintées, au-delà de l'épuisement, dans un cocon de chagrin. Il fallait dormir… ne plus penser, tout oublier… Dormir….

C'est ce qu'on a fait.

Au réveil, il faisait encore nuit, mais l'aube pointait à l'est ; la crête des montagnes était bordée de rouge. On avait dans la bouche un goût de poussière. La venue de l'oncle Jeb… un rêve, sans doute.

On avait les idées plus claires ce matin-là. On a tout de suite remarqué l'objet bizarre juste à côté de notre visage ; ce n'était ni un cactus ni un caillou. On a posé la main dessus, c'était dur et lisse. On l'a secoué. On a entendu le tintement miraculeux de l'eau à l'intérieur.

Oncle Jeb était réellement venu et nous avait laissé une gourde.

On s'est assises lentement, surprises de ne pas voir notre corps se casser en deux comme une brindille desséchée. En fait, ça allait bien mieux que la veille. La douleur était moins vive et, pour la première fois depuis longtemps, on avait faim.

Avec nos doigts maladroits et engourdis, on a dévissé le capuchon de la gourde. Elle n'était pas pleine, mais il y avait de quoi nous remplir l'estomac – dont la taille avait dû réduire notablement! On a tout bu. Fini le rationnement! On a laissé tomber la gourde sur le sable. Le bruit mou de l'impact a résonné dans le silence de l'aube. Nous étions parfaitement réveillées… On a soupiré de regret; l'inconscience était moins douloureuse. On s'est caché la tête dans les mains. Et maintenant?

— Pourquoi lui as-tu donné de l'eau, Jeb? a lancé une voix en colère dans notre dos.

On s'est retournées dans un sursaut. Notre cœur s'est arrêté de battre, et notre conscience, dans l'instant, s'est scindée en deux.

Il y avait huit humains autour de moi, des humains « sauvages », cela ne laissait aucun doute. Je n'avais jamais vu des expressions aussi haineuses sur des visages – ce ne pouvait être des âmes. Leurs lèvres étaient retroussées, découvrant leurs dents comme des fauves, leurs sourcils étaient froncés et formaient un surplomb au-dessus de leurs yeux étincelants de colère.

Six hommes et deux femmes; les hommes étaient tous plus grands que moi – deux, parmi eux, étaient bâtis comme des géants. J'ai pâli lorsque j'ai vu leurs bras bizarrement tendus vers moi, tenant des objets étranges. Des armes! Il y avait des couteaux, certains de la taille de ceux que j'avais dans ma cuisine, mais d'autres plus longs, dont un particulièrement grand et terrifiant. Cette lame-là ne servait pas à couper des carottes! *C'est une machette*, m'a informée Melanie.

D'autres brandissaient des barres de fer, des morceaux de bois en guise de massues.

J'ai reconnu l'oncle Jeb au milieu du groupe. Il avait dans les mains une arme que je n'avais jamais vue de mes propres yeux, hormis dans les souvenirs de Melanie. Un grand objet allongé. Un fusil.

Cette vision m'emplissait d'horreur, mais Melanie n'y voyait qu'émerveillement, tout excitée qu'elle était par l'importance du groupe. Huit humains ! Huit survivants ! Elle pensait que Jeb était tout seul ou, dans le meilleur des cas, avec seulement Jared et Jamie. Voir autant d'humains à la fois l'emplissait de joie.

Tu es idiote, ou quoi ? ai-je pensé. *Regarde-les ! Regarde ce qu'ils ont dans les mains !*

Je l'ai contrainte à observer la scène selon mon point de vue. Je lui ai montré les muscles tendus sous les jeans et les chemises maculés de poussière, les postures menaçantes. Ils avaient peut-être été humains, au sens où elle l'entendait, autrefois, mais aujourd'hui ils étaient devenus des barbares, des monstres. Des bêtes réclamant leur festin sanglant.

La mort brillait dans leurs yeux.

À contrecœur, Melanie a reconnu que j'avais raison. Ses chers humains nous montraient leur pire facette, celle que décrivait le journal dans la cabane abandonnée. Nous avions en face de nous des tueurs.

Il aurait mieux valu mourir la veille.

Pourquoi l'oncle Jeb nous avait-il sauvées ?

Un frisson m'a traversée à cette pensée. Je me souvenais que les humains gardaient quelquefois leurs ennemis en vie – un certain temps, du moins, pour obtenir des choses de leur esprit ou de leur corps.

Dans mon cas, je savais exactement ce qu'ils voulaient : le seul secret que je ne pourrais jamais leur révéler. Jamais. Quoi qu'ils puissent me faire. Je me tuerais avant.

Je n'ai pas laissé Melanie entrevoir ce secret. J'ai repris à mon compte son propre système de défense et j'ai élevé un mur dans ma tête pour pouvoir songer en catimini à cette information que je détenais – c'était la première fois que j'y étais contrainte depuis l'implantation. Je n'avais aucune raison d'y penser avant.

Melanie n'a pas cherché à savoir ce qui se trouvait derrière le mur ; peu lui importait que je puisse avoir, moi aussi, des secrets. Elle avait, pour l'heure, des problèmes plus urgents à régler.

Pourquoi lui cacher mon secret, d'ailleurs ? Je n'avais pas la force de Melanie ; elle, elle pourrait endurer la torture. Mais moi ? Quel serait mon seuil de résistance à la douleur ? Combien de temps tiendrais-je ?

Mon estomac s'est soulevé. Le suicide était une option plus révoltante encore, parce qu'elle impliquait un meurtre. Celui de Melanie. Nos sorts à toutes les deux étaient donc liés, dans la torture comme dans la mort.

Non, ils ne feront jamais ça. Oncle Jeb ne les laissera pas me faire du mal.

Oncle Jeb ne sait pas que tu es là ! lui ai-je rappelé.

Alors dis-lui !

J'ai reporté mon attention sur le visage du vieil homme. Sa grosse barbe blanche masquait sa bouche, mais ses yeux n'avaient pas cette lueur mauvaise… Du coin de l'œil, je voyais les hommes du groupe regarder tour à tour oncle Jeb et moi. Ils attendaient une réponse. Pourquoi m'avait-il donné à boire ? Le patriarche continuait de m'observer, ignorant leurs regards interrogateurs.

Je ne peux pas lui dire, Melanie. Il ne me croira pas. Ils vont penser que c'est un mensonge et donc me prendre pour une Traqueuse qui cherche à les infiltrer. Seule une Traqueuse oserait une manœuvre pareille…

Melanie savait que je disais vrai. Dès que j'ai formulé le mot « Traqueuse », je l'ai sentie se raidir de haine ; ses congénères auraient la même réaction.

De toute façon, cela n'a aucune importance. Je suis une âme, et cela suffit à signer mon arrêt de mort.

L'homme à la machette, le plus grand de la bande – un spécimen avec des cheveux bruns, la peau très claire et des yeux turquoise –, a eu un rictus de dégoût et a craché par terre. Il a fait un pas vers moi en levant lentement son arme.

En finir, maintenant ! Mieux valait mourir vite par cette main brutale que lentement par un suicide. Tout plutôt que de devenir moi-même une créature violente, versant non seulement mon propre sang mais celui de Melanie.

— Attends un peu, Kyle, a lancé Jeb d'un ton calme et détaché.

L'homme s'est arrêté net toutefois. Il a eu une grimace de frustration et s'est tourné vers l'oncle de Melanie.

— Pourquoi ? Tu as dit que tu étais sûr. Que c'est bien l'un d'entre eux.

J'ai reconnu la voix. C'était cet homme qui avait demandé à Jeb pourquoi il m'avait donné de l'eau.

— Oui. Elle est l'une des leurs, ça ne fait aucun doute. Mais c'est un peu plus compliqué.

— Comment ça ?

C'est un autre homme qui avait posé la question. Il se tenait à côté du grand brun et lui ressemblait. Ils devaient être frères.

— Il se trouve que c'est ma nièce, aussi.

— Mais ce n'est plus ta nièce, a rétorqué Kyle.

Il a craché de nouveau par terre et a fait un nouveau pas vers moi, en brandissant son arme. À voir la tension des épaules, j'ai su que des mots cette fois ne l'arrêteraient pas. J'ai fermé les yeux.

Il y a eu deux clics métalliques, suivis d'un hoquet de surprise. J'ai ouvert les paupières.

— J'ai dit : attends.

La voix de Jeb était toujours calme, mais le fusil était tenu à l'horizontale dans ses mains, le canon pointé sur le dos de Kyle. Le géant s'était arrêté à deux mètres de moi, sa machette oscillant dans l'air au-dessus de sa tête.

— Jeb! a lancé le frère, horrifié. Qu'est-ce qui te prend?

— Écarte-toi de cette fille, Kyle.

Kyle a fait volte-face, plein de courroux.

— Ce n'est pas une fille! Ce n'est plus une humaine, Jeb!

L'oncle a haussé les épaules; le fusil restait pointé sur Kyle.

— Il y a encore deux ou trois petites choses à régler.

— Filons-la plutôt au docteur. Il pourra la désosser et peut-être en tirer quelque chose! a lancé une femme d'un ton acide.

J'ai tressailli. Ces mots décrivaient ma pire terreur. Lorsque Jeb m'avait appelé sa « nièce », une lueur d'espoir m'avait étreinte. Peut-être aurait-il pitié... C'était stupide de penser cela, même l'espace d'une seconde. La mort était la seule miséricorde que je pouvais espérer de ces créatures.

J'ai regardé la femme qui avait pris la parole; elle était aussi âgée que Jeb, peut-être davantage encore. Ses cheveux étaient encore gris sombre; c'est la raison pour laquelle je n'avais pas remarqué son grand âge. Son visage était parcheminé, et toutes les rides exprimaient sa colère. Mais derrière ce masque fripé, les traits m'étaient familiers.

Melanie a fait le rapprochement entre ce visage vieux et un autre, plus lisse et doux dans ses souvenirs.

— Tante Maggie? Tu es ici? Comment est-ce possible? Est-ce que Sharon...

C'étaient les mots de Melanie, mais ils sortaient par ma bouche. Notre symbiose pendant la traversée du désert l'avait rendue plus forte, ou moi, plus faible. Ou peut-être avais-je l'esprit trop préoccupé… Je vivais mes derniers instants et elle tenait une réunion de famille !

Melanie n'a pu laisser s'exprimer sa surprise jusqu'à son terme, car la vieille humaine, nommée Maggie, s'est précipitée sur nous avec une vélocité surprenante. Elle n'a pas levé la main qui tenait un tournevis – celle que je surveillais – mais l'autre. Je n'ai pas vu le coup partir. J'ai reçu la gifle de plein fouet.

Ma tête a été projetée en arrière et a rebondi sur mon épaule. La vieille Maggie en a profité pour m'en donner une autre, dans un aller et retour expert.

— Tu ne nous abuseras pas, sale parasite ! On connaît toutes vos ruses ! On sait que vous pouvez nous imiter !

Il y avait un goût de sang dans ma bouche.

Ne refais jamais ça ! ai-je lancé à Melanie. *Je t'ai dit qu'ils ne nous croiraient pas.*

Melanie était trop choquée pour répondre.

— Calme-toi, Mag…, a lancé Jeb.

— Non, je ne me calmerai pas, espèce de vieux toqué ! Il y a sans doute, derrière elle, une légion entière qui va nous tomber dessus !

Elle a reculé, voyant dans mon immobilité celle du crotale à l'affût, et est partie se poster à côté de son frère Jeb.

— Je ne vois personne, a répliqué le patriarche. Hé ho !! Il y a quelqu'un ? (J'ai sursauté quand il a crié. Melanie aussi. Puis il a agité le bras au-dessus de sa tête, tenant toujours son fusil dans l'autre.) Par ici !

— Tais-toi donc ! a grogné Maggie en lui donnant un coup dans le torse.

Malgré sa force – je venais d'en faire l'expérience –, Jeb n'a pas bronché.

— Elle est seule, Mag. Elle était quasiment morte quand je l'ai trouvée. Elle n'est d'ailleurs pas en grande forme. Les mille-pattes n'abandonneraient jamais l'un des leurs comme ça. Ils seraient venus à son secours bien avant moi. Je ne sais pas ce qu'elle fiche ici, mais elle est seule, ça je peux te l'assurer.

J'ai vu en pensée l'arthropode aux nombreux membres mais je n'ai pas fait le rapprochement.

Il parle de toi, a précisé Melanie. Elle a placé côte à côte l'image de l'animal et celle d'une âme brillante et argentée. Je ne voyais vraiment pas la ressemblance.

Comment sait-il à quoi tu ressembles, d'ailleurs? s'est étonnée Melanie. Avant d'avoir accès à mes propres souvenirs, Melanie n'avait jamais vu une âme.

Je n'avais pas le temps de m'interroger. Jeb marchait vers moi, les autres le suivaient de près. La main de Kyle était en suspens au-dessus de l'épaule du vieil homme, prête à le retenir ou à le pousser au loin. L'intention n'était pas très claire.

Jeb a tenu son arme dans sa main gauche et m'a tendu la droite. J'ai regardé cette paume, inquiète, m'attendant à recevoir un nouveau coup.

— Allez, debout, m'a-t-il pressée gentiment. Si je pouvais te porter sur mes épaules, je l'aurais fait hier soir. Tu vas devoir encore marcher.

— Non ! a grogné Kyle.

— Je la ramène. (Pour la première fois, Jeb avait haussé le ton. Sous sa barbe, ses mâchoires crispées dessinaient une ligne inflexible.)

— Jebediah ! a protesté Maggie.

— C'est chez moi, Mag. Je fais comme je veux.

— Vieux toqué !

Jeb s'est baissé et a saisi ma main que je tenais fermée sur ma cuisse. Il a tiré un grand coup pour me
mettre debout ; ce n'était pas par cruauté, plutôt par
empressement, comme s'il voulait se hâter. Mais peut-
être réservait-il sa méchanceté pour plus tard ?

J'ai chancelé sur mes jambes. Je ne sentais plus mes
membres, juste une myriade de picotements là où le
sang revenait dans les artères.

Il y a eu un murmure réprobateur derrière lui. Un
murmure polyphonique.

— Très bien, m'a-t-il dit d'une voix toujours gentille. Maintenant, tirons-nous d'ici avant qu'il ne
commence à faire chaud.

Celui qui devait être le frère de Kyle a arrêté Jeb :

— Tu ne vas pas lui montrer l'endroit où l'on vit…

— Quelle importance ! a lâché Maggie avec acrimo-
nie. Le mille-pattes ne va pas faire de vieux os !

Jeb a poussé un soupir et a détaché son foulard.

— C'est ridicule, a-t-il marmonné, mais il a roulé le
tissu crasseux, raide de sueur séchée, pour en faire un
bandeau.

Je suis restée totalement immobile pendant qu'il
me le nouait sur les yeux, luttant contre la terreur qui
m'envahissait à l'idée de ne plus voir mes ennemis.

J'étais aveugle, mais j'ai reconnu la main posée dans
mon dos pour me guider – c'était celle de Jeb. Aucune
autre n'aurait été aussi douce.

On a commencé à marcher vers le nord. Personne
ne parlait au début. Il n'y avait que le crissement du
sable sous les pieds. Le sol était égal, mais je trébuchais
souvent à cause de mes jambes engourdies. Jeb était
patient. Cette main dans mon dos avait quelque chose
de chevaleresque.

J'ai senti le soleil se lever. Des pas se sont faits plus
rapides que d'autres. Ils nous ont dépassés, jusqu'à

s'évanouir devant nous. Un tout petit groupe est resté avec Jeb et moi. Apparemment, je n'avais pas besoin d'une garde prétorienne ; j'étais faible, affamée, et je chancelais à chaque pas.

— Tu ne comptes quand même pas le lui dire ?

C'était la voix de Maggie, à juste un mètre derrière moi, toujours aussi cinglante.

— Il a le droit de savoir, a répliqué Jeb.

— Ça va le faire souffrir, Jebediah. C'est injuste.

— C'est la vie qui est injuste, Mag.

Je ne savais pas ce qui me terrifiait le plus, entre Jeb, qui tenait, pour des raisons obscures, à me garder en vie, et Maggie, qui avait parlé de me confier à un « docteur », une appellation qui m'emplissait d'une peur animale…

Pendant plusieurs heures, on a marché en silence. Quand mes jambes ont cédé, Jeb m'a fait boire.

— On repartira quand tu seras prête, m'a dit le patriarche avec toujours autant de douceur ; mais cette gentillesse pouvait être illusion.

Il y a eu un soupir impatient.

— Pourquoi fais-tu ça, Jeb ? a demandé un homme. (J'avais déjà entendu cette voix ; c'était celle du frère de Kyle.) Tu veux la donner à Doc ? Tu aurais dû le dire à Kyle, tout simplement. Ce n'était pas la peine de le menacer avec ton fusil.

— C'était une piqûre de rappel, a grommelé Jeb. Ton frère en a besoin de temps en temps.

— Ne me dis pas que tu as eu pitié pour cette chose, pas après tout ce que tu as vu.

— Justement. Si, après tout ce que j'ai vu, je n'avais pas appris la compassion, je ne vaudrais pas grand-chose. Mais non, ce n'est pas par pitié. Si j'avais eu de la pitié, je l'aurais laissée mourir.

J'ai frissonné dans l'air surchauffé.

— Pourquoi alors ? a insisté le frère de Kyle.

Il y a eu un long silence. La main de Jeb a cherché la mienne. Je l'ai saisie, j'avais besoin d'aide pour me relever. Son autre main s'est plaquée dans mon dos et nous avons recommencé à marcher.

— Par curiosité, a-t-il répondu à voix basse.

Personne n'a rien dit.

Tout en marchant, j'ai tenté de faire le point sur notre situation.

Un, je n'étais pas la première âme qu'ils avaient capturée. Il existait une procédure de routine prévue pour ce genre de cas. Ce « Doc » avait déjà tenté d'obtenir des réponses chez mes sœurs.

Deux, il avait fait chou blanc. Si une âme avait craqué sous la torture, sans parvenir à se suicider, ces humains n'auraient pas besoin de moi aujourd'hui. Ma mort aurait donc été rapide, ce qui aurait été un moindre mal.

Curieusement, je ne voulais pas mourir, même vite et avec le moins de douleur possible… Pourtant, c'était facile de précipiter les choses : il me suffisait de leur dire que j'étais une Traqueuse, que mes collègues étaient sur ma piste, telle une cavalerie implacable. Ou encore leur avouer la simple vérité, que Melanie vivait encore en moi, que c'était elle qui m'avait amenée ici.

À leurs yeux, ce serait évidemment un mensonge de Traqueur, un mensonge dangereux parce que tellement séduisant, tellement chargé d'espoir – prétendre qu'un humain pouvait survivre à une insertion… Convaincus qu'on leur tendrait un piège, ils se débarrasseraient de moi au plus vite et iraient se terrer dans une autre cachette, très loin d'ici.

Tu as sans doute raison, a reconnu Melanie. *C'est en tout cas ce que je ferais à leur place.*

Ne souffrant plus, le suicide était désormais difficile à envisager ; mon instinct de survie soudait mes lèvres. Le souvenir de ma dernière entrevue avec ma Tutrice – un souvenir si lointain qu'il paraissait appartenir à une autre vie – m'est revenu en mémoire. Melanie me mettait au défi de l'éliminer… une autre forme de suicide, mais ce n'était que du bluff. On ne désire jamais sérieusement mourir quand on est confortablement installé dans un fauteuil !

La nuit dernière, Melanie et moi avions réellement souhaité en finir, mais la mort toquait alors à notre porte. Maintenant j'étais de nouveau debout sur mes jambes, et tout était différent.

Je ne veux pas mourir non plus, a murmuré Melanie. *Mais peut-être te trompes-tu ? Ce n'est peut-être pas pour nous livrer au docteur qu'ils nous gardent en vie. Pourquoi feraient-ils une chose pareille ?* Elle ne voulait pas imaginer les atrocités qu'ils pouvaient nous faire et elle en savait, à ce sujet, bien plus long que moi. *Que cherchent-ils au juste ? Quelle information peut être aussi importante ?*

Ça, je ne le dirai jamais. Ni à toi. Ni à aucun humain.

Une belle déclaration… mais je ne souffrais pas encore…

Une autre heure s'est écoulée. Le soleil était au-dessus de nos têtes, ceignant mes cheveux d'une couronne de feu, quand mon environnement sonore a changé subitement. Les crissements de nos pas, que je ne remarquais même plus, ont été soudain émaillés de tintements qui se perdaient en écho. Jeb et moi marchions encore dans le sable, mais devant nous, quelqu'un abordait un sol nouveau.

— Fais attention, m'a prévenue Jeb.

J'ai hésité, ne sachant trop à quoi je devais faire attention, ni comment faire sans mes yeux. Sa main a alors quitté mon dos et a appuyé sur mon crâne, pour me faire baisser la tête. Je me suis exécutée, gênée par mon cou tout raide.

Il m'a guidée ainsi un moment, puis j'ai entendu mes pas claquer à leur tour et se perdre en écho. Le sol sous mes pieds n'était plus du sable, ni du gravier. C'était plat, solide.

Le soleil avait disparu. Je ne le sentais plus cuire ma peau, ni embraser mes cheveux.

J'ai fait un autre pas et un air nouveau a frappé mon visage. Ce n'était pas du vent. C'était immobile, une sorte de couche dans laquelle je pénétrais. Le vent du désert était tombé. L'air était plus frais. Je percevais un peu d'humidité, un vague relent de moisissure aussi.

Tant de questions se bousculaient dans nos esprits. Melanie brûlait de poser les siennes mais je restais silencieuse. Aucune parole n'aurait pu nous aider à cet instant.

— C'est bon, tu peux te redresser, m'a dit Jeb.

J'ai lentement relevé la tête.

Malgré le bandeau, j'ai remarqué qu'il n'y avait pas de lumière. C'était le noir complet derrière le bandana. J'entendais, dans mon dos, les autres trépigner sur place, attendant que l'on avance.

— Par ici, a dit Jeb en me guidant à nouveau.

Nos pas résonnaient sur les parois toutes proches. Le conduit devait être très étroit. Par réflexe, je marchais courbée.

On a avancé ainsi sur quelques mètres en ligne droite puis le tunnel a semblé décrire une épingle à cheveux. Puis il y a eu une descente. À chaque pas, l'inclinaison s'accentuait. Jeb m'a offert sa main calleuse pour m'empêcher de tomber. Je ne sais combien de temps nous nous sommes ainsi enfoncés dans les ténèbres. Le temps a sans doute paru décuplé par l'angoisse…

Il y a eu un autre virage serré et puis le sol s'est mis à remonter. J'avais les jambes si lourdes; Jeb a dû me tirer pour m'aider à grimper. L'air s'est fait plus humide, mais l'obscurité est restée aussi totale. Les seuls sons étaient le bruit de nos pas et leurs échos tout proches.

Le chemin est redevenu horizontal et s'est mis à zigzaguer comme un serpent.

Enfin… il y a eu une lueur sur le pourtour de mon bandeau. J'aurais bien aimé qu'il glisse tout seul, car je n'osais pas le faire moi-même. J'aurais été moins terrorisée si j'avais pu voir où je me trouvais.

Avec la lumière est venu le bruit. Des bruits étranges, une sorte de rumeur. Comme le son d'une chute d'eau.

Le son s'est amplifié à notre approche. Et cela ressemblait de moins en moins à un bruit d'eau. Les fréquences étaient trop variées, un assortiment de basses et d'aigus se réverbérant sur la roche. Si l'ensemble avait été moins discordant, j'aurais pu me croire sur le Monde des Chants, baignée par sa musique perpétuelle. Les ténèbres artificielles, générées par mon bandeau, renforçaient encore cette impression puisque, sur cette planète, j'étais aveugle.

Melanie a compris avant moi l'origine de cette cacophonie. Je n'avais jamais entendu ce bruit parce que je ne m'étais jamais trouvée avec des humains.

C'est une dispute. Une dispute entre plusieurs personnes.

Melanie était attirée par le son. Il y avait donc d'autres humains ici? En découvrir huit d'un coup nous avait déjà causé un choc à Melanie et à moi. Où étions-nous?

Des mains m'ont touché la nuque; j'ai sursauté.

— Tout doux, a dit Jeb en retirant mon bandeau.

J'ai battu des paupières, et les ombres autour de moi ont pris forme : des murs de roche, un plafond en coupole, un sol usé et poussiéreux. Nous étions sous terre, dans une cavité naturelle. Nous ne pouvions être si profond. J'avais eu l'impression globalement de monter plutôt que de descendre.

Les murs et la voûte de pierre étaient brun ocre, et percés d'innombrables trous comme un gruyère. Ceux situés en partie basse étaient usés, mais ceux au-dessus de ma tête étaient hérissés d'arêtes tranchantes.

La lumière provenait d'une ouverture devant nous, circulaire comme les autres trous, mais d'un diamètre plus grand – une entrée, un passage vers un lieu éclairé. Melanie ne tenait plus en place, exaltée par l'idée que de nombreux humains avaient survécu. Je me suis raidie. Les ténèbres ne seraient-elles pas préférables à ce que la lumière allait me révéler ?

— Désolé, a murmuré Jeb dans un soupir, si bas que je devais être la seule à l'avoir entendu.

J'avais la gorge nouée, le tournis aussi, mais cela pouvait être simplement la faim. Mes mains se sont mises à trembler comme des feuilles sous la brise, au moment où Jeb m'a poussée vers le grand trou.

Le tunnel débouchait dans une salle si vaste qu'au début j'ai cru que c'était le fruit de mon imagination. Le plafond était si lumineux, si haut… on aurait dit un ciel artificiel. J'ai tenté de distinguer ce qui l'éclairait ainsi, mais les rayons étaient trop puissants et aveuglants.

Je m'attendais à ce que la rumeur de la dispute se fasse plus forte, mais tout d'un coup, il y a eu un grand silence dans l'immense caverne.

Le sol de la cavité était sombre après la clarté aveuglante de la voûte. Il m'a fallu un moment pour m'acclimater et lire les formes noires qui m'entouraient.

D'autres humains ! Plusieurs dizaines – une véritable foule pour moi ! – qui se tenaient cois et immobiles, une multitude de paires d'yeux braqués sur moi, brillant de la même haine que celle que j'avais vue sur les visages de mes sauveteurs le matin même.

Melanie était sous le choc. Elle les comptait, un à un, émerveillée… dix, quinze, vingt… vingt-cinq, vingt-six, vingt-sept…

Je me fichais de savoir combien ils étaient ! J'ai voulu le lui faire savoir. Un seul d'entre eux pouvait me tuer – *nous* tuer. J'ai tenté de lui ouvrir les yeux, de lui faire comprendre à quel point notre situation était précaire, mais elle ne voulait rien entendre, grisée de se retrouver dans un monde humain qu'elle croyait perdu à jamais.

Un homme a fait un pas en avant ; j'ai regardé aussitôt ses mains. Avait-il une arme ? Non, ses poings étaient serrés, mais vides. Mes yeux, s'acclimatant à la douche de lumière, ont remarqué le hâle doré et particulier de sa peau.

Dans un hoquet de stupeur et d'espoir, qui m'a donné le vertige, j'ai relevé les yeux vers son visage…

14.

La discorde

C'était trop pour nous deux de le voir ici après avoir dû faire son deuil, accepter de l'avoir perdu à jamais. Je suis restée pétrifiée, incapable de réagir. Je voulais regarder oncle Jeb, comprendre pourquoi il m'avait menti dans le désert, mais je ne pouvais bouger les yeux. Je regardais Jared, médusée.

Mais Melanie a eu une réaction différente.

Jared! a-t-elle crié. (À travers ma gorge nouée, son appel tenait plus d'un croassement.)

Elle m'a poussée en avant, m'a fait tendre les bras vers lui. J'ai dit à Melanie de ne pas faire ça, mais elle n'a rien voulu entendre. Elle avait oublié jusqu'à ma présence.

Personne n'a tenté de l'arrêter lorsqu'elle s'est précipitée vers lui. Personne, sauf moi. Elle était à quelques centimètres de lui, de pouvoir le toucher, et elle ne voyait toujours pas ce qui était pourtant visible pour tous. Elle ne voyait pas comme le visage de Jared avait changé depuis ces longs mois de séparation, comme il s'était durci, comme ses traits aujourd'hui dessinaient un tout autre motif. Elle ne voyait pas que le sourire perpétuel dont elle se souvenait n'avait plus sa place. Elle n'avait vu qu'une seule fois ce visage arborer une attitude menaçante et ce n'était rien comparé au signal de danger qui en émanait aujourd'hui. Elle ne voyait pas, ou ne voulait pas voir…

L'allonge de Jared était plus grande que la mienne.

Avant que Melanie ait pu poser ses doigts sur lui, le bras de Jared a jailli et m'a frappée au visage, du revers de la main. Le coup était si violent que mes pieds ont décollé de terre ; je suis tombée tête la première sur le sol rocheux. J'ai entendu le reste de mon corps chuter à terre avec un bruit mou, mais je n'ai rien senti. Mes yeux se sont révulsés et un carillon s'est mis à tinter dans ma tête. J'ai dû faire appel à toute ma volonté pour ne pas tourner de l'œil.

Petite idiote ! ai-je gémi. *Je t'avais dit de ne pas faire ça !*

Jared est ici ! Jared est ici ! Jared est ici ! Elle était incohérente, fredonnait ces mots comme une comptine.

J'ai tenté de reprendre mes esprits, mais le plafond au-dessus de moi était aveuglant. J'ai détourné la tête de la lumière et j'ai poussé une plainte lorsque ce mouvement a déclenché un éperon de douleur dans ma mâchoire.

Ce coup, subit, spontané, flirtait déjà avec mon seuil de résistance à la douleur. Comment pourrais-je tenir quand il s'agirait d'une violence froide et calculée ?

Il y a eu des bruits de pas à côté de moi ; d'instinct, j'ai tourné les yeux pour repérer l'origine de la menace – c'était l'oncle Jeb qui se penchait au-dessus de moi. Il avait la main tendue vers moi, mais il hésitait, regardant ailleurs. J'ai soulevé la tête de quelques centimètres, étouffant une nouvelle plainte, et j'ai vu ce qu'il regardait.

Jared marchait vers nous ; son visage était semblable à ceux des autres barbares dans le désert, à la différence près qu'il était plus beau qu'effrayant dans sa fureur. Mon cœur s'est serré dans ma poitrine; et j'ai eu envie de rire de moi-même. Quelle importance qu'il soit séduisant? Quelle importance que je l'aime? Il allait me tuer!

J'ai lu l'instinct de mort dans ses yeux; j'aurais dû souhaiter que cette pulsion prenne l'ascendant sur les convenances, mais la vérité, c'était que je ne voulais toujours pas mourir.

Jeb et Jared se sont regardés un long moment. Jared, furieux, serrait les mâchoires spasmodiquement, Jeb restait impassible. Jared a poussé un cri de colère et a reculé d'un pas. Fin de la confrontation silencieuse.

Jeb m'a pris la main, a passé son autre bras sous mon aisselle pour m'aider à me relever. Ma tête tournait, mon estomac se contractait. Si je n'avais pas eu le ventre vide depuis des jours, j'aurais vomi. J'avais l'impression de flotter au-dessus du sol. Je tanguais, roulais de droite à gauche. Jeb m'a maintenue par le coude pour m'empêcher de m'écrouler.

Jared regardait ce spectacle avec un sourire de carnassier. Comme une idiote, Melanie a voulu me faire avancer encore vers lui. Mais j'avais surmonté le choc de l'avoir découvert ici et, pour l'heure, j'étais beaucoup moins stupide qu'elle. Je ne l'ai pas laissée faire. Je me suis employée à l'enfermer dans une série de cellules gigognes pour l'occuper un moment.

Tiens-toi tranquille! Tu ne vois donc pas comme il me hait? Tout ce que tu peux dire ne fera qu'aggraver la situation. Nous sommes perdues.

Mais Jared est vivant! Il est ici! a-t-elle gémi.

Le silence dans la caverne s'est dissipé; tous azimuts, des murmures se sont élevés, tous en même temps, comme si j'avais raté le signal d'un maître de cérémonie. J'ignorais totalement ce qui se disait.

J'ai sondé du regard cette foule hostile – uniquement des adultes, pas un seul enfant. Mon cœur s'est serré ; Melanie voulait poser sa question déchirante. Je l'ai fait taire. Il n'y avait rien d'autre à voir ici, sinon la colère et la haine sur des visages inconnus, ou, pis encore, sur celui de Jared.

Un autre homme s'est frayé un chemin dans le groupe. Il était longiligne, grand, son squelette bien visible sous la peau. Ses cheveux étaient décolorés par le soleil. Ils avaient été autrefois châtain clair ou blond foncé. Son visage, comme son corps, était fin et délicat. Il n'y avait aucune colère sur ses traits, c'est la raison pour laquelle il a attiré mon regard.

Les autres se sont écartés pour lui laisser place, comme si cet homme d'allure discrète avait un statut particulier au sein du groupe. Seul Jared n'a pas montré de déférence à son égard. Il n'a pas bougé et est resté les yeux rivés sur moi. L'inconnu l'a contourné, semblant ne pas remarquer l'affront, comme si Jared avait été un simple rocher sur son chemin.

— Tout va bien, tout va bien, a-t-il dit d'une voix curieusement joyeuse avant de se carrer devant moi. Je suis là. Qu'est-ce que nous avons aujourd'hui ?

C'est tante Maggie qui lui a répondu en se plantant à côté de lui :

— Jebediah a trouvé ce parasite dans le désert. C'était Melanie, notre nièce, autrefois. Le mille-pattes a suivi les indices que ce vieux toqué lui a donnés. (Elle a lancé un regard noir à Jeb.)

— Je vois…, a murmuré l'homme maigrelet, son regard courant sur moi avec une sorte d'admiration. (C'était curieux… comme s'il appréciait ce qu'il voyait. Je ne comprenais pas pourquoi.)

J'ai détourné les yeux pour observer une autre femme qui se tenait derrière lui, une main posée sur son bras.

Une femme plus jeune, qui me dévisageait. Elle avait les cheveux rose bonbon.

Sharon ! s'est écriée Melanie.

La cousine a vu que nous l'avions reconnue et son visage s'est durci.

J'ai repoussé Melanie au fond de ma tête. *Chut !*

— Je vois…, a répété l'homme en hochant la tête.

Il a tendu la main vers mon visage et a été surpris de me voir reculer pour me réfugier contre Jeb.

— Tout va bien, a dit l'homme avec un sourire pour me rassurer. Je ne vais pas te faire de mal.

Il a approché de nouveau sa main. Je me suis pelotonnée encore contre Jeb, mais il m'a poussée doucement vers l'homme. L'inconnu a touché ma mâchoire sous mon oreille ; ses doigts étaient plus doux que je ne m'y attendais. J'ai détourné la tête, senti sa main suivre une ligne dans ma nuque – il explorait la cicatrice de l'insertion.

Je regardais Jared du coin de l'œil. À l'évidence, cette auscultation le mettait mal à l'aise, et je croyais savoir pourquoi. Jared devait haïr cette petite ligne rose à la base de mon crâne !

Curieusement, une part de sa colère s'était dissipée. Les pointes de ses sourcils se touchaient au-dessus de son nez. Il avait l'air plutôt perplexe.

L'homme a baissé la main et reculé d'un pas. Il a pincé les lèvres et, dans ses yeux, une lueur de défi s'est allumée.

— Elle paraît en bonne santé, hormis l'épuisement, la déshydratation et la dénutrition. Mais grâce à l'eau que vous lui avez donnée, je pense qu'elle pourra supporter l'opération. C'est d'accord. (Il a fait un drôle de mouvement avec ses mains, comme s'il se les lavait.) Allons-y !

Alors j'ai fait le lien entre ces mots et son bref examen et j'ai compris. Cet homme apparemment doux et affable qui m'avait promis de ne pas me faire mal était le « docteur » !

L'oncle Jeb a poussé un grand soupir et a fermé les yeux.

Le médecin m'a tendu la main, m'invitant à la prendre. J'ai serré les mains dans mon dos. Il m'a regardée de nouveau attentivement, mesurant la terreur dans mes yeux. Sa bouche s'est froncée, mais ce n'était pas une moue d'agacement, il se demandait simplement comment procéder.

— Kyle ? Ian ? a-t-il appelé en sondant le groupe du regard. (J'ai chancelé sur mes jambes quand j'ai vu approcher les deux frères.)

— Je crois que je vais avoir besoin d'un coup de main, a déclaré le médecin qui ne paraissait plus si grand à côté des deux géants. Peut-être que si vous la…

— Non ! a lancé une voix.

Tout le monde s'est tourné pour voir qui jouait les trouble-fête. Moi, je le savais déjà. J'avais reconnu sa voix. Mais je l'ai regardé quand même.

Les sourcils de Jared s'étaient froncés davantage, sa bouche était tordue en une grimace étrange. Tant d'émotions traversaient son visage qu'aucune expression ne pouvait s'y arrêter vraiment. La colère, la défiance, la confusion, la haine, la peur… le chagrin.

Le médecin l'a regardé en battant des paupières d'étonnement.

— Jared ? Il y a un problème ?

— Oui.

Tout le monde attendait. À côté de moi, Jeb avait les lèvres crispées, comme s'il s'empêchait de sourire. Si c'était le cas, alors le vieil homme avait un étrange sens de l'humour.

— Et quel est le problème ? a demandé le médecin.

— Je vais te le dire, Doc, a répondu Jared entre ses dents serrées. Quelle est la différence entre te confier le parasite et demander à Jeb de lui coller une balle dans la tête ?

J'ai tremblé. Jeb m'a tapoté le bras.

Le docteur a encore battu des paupières.

— Je vois. (Il n'en a pas dit plus.)

Jared a donné la réponse à sa propre question.

— La différence, c'est qu'avec Jeb le parasite meurt proprement.

— Allons, Jared... (Le ton du médecin se voulait apaisant ; il parlait à Jared comme il m'avait parlé.) On en apprend chaque jour un peu plus. Cette fois, peut-être...

— Tu parles ! Il n'y a aucun progrès, Doc.

Jared nous protège, a soufflé Melanie dans mes pensées.

Dans ma terreur, j'avais du mal à formuler des mots : *Pas nous, seulement ton corps.*

C'est pas si différent. Sa voix paraissait venir de loin, de l'extérieur de ma tête, qui sifflait encore après le coup.

Sharon a fait un pas en avant, pour se planter devant Doc. Il y avait, dans sa posture, quelque chose de curieusement protecteur.

— C'est idiot de gâcher une opportunité pareille, a-t-elle lancé avec fureur. Nous comprenons à quel point c'est dur pour toi, Jared, mais ce n'est pas à toi de décider. Il faut considérer ce qui est bien pour le plus grand nombre.

Jared l'a fusillée du regard.

— Non !...

Il avait lâché ce mot à voix haute, et pourtant il m'est parvenu feutré. Tous les sons d'ailleurs m'ont soudain paru assourdis. Les lèvres de Sharon bougeaient, son index désignait Jared avec colère, mais je n'entendais qu'un murmure à peine audible. Ils étaient restés à la même place, mais c'est comme s'ils se trouvaient à cent mètres.

J'ai vu les deux frères marcher vers Jared, l'air mauvais. J'ai voulu lever la main pour leur faire signe de s'arrêter, mais elle n'a fait qu'osciller faiblement dans l'air. Le visage de Jared était cramoisi de colère lorsqu'il a ouvert la bouche toute grande, les tendons saillaient dans son cou, comme s'il criait. Mais je n'entendais rien ! Jeb m'a lâché le bras et j'ai vu le canon gris du fusil se dresser à côté de moi. J'ai frémi à la vue de l'arme, même si elle n'était pas pointée dans ma direction. Privée du soutien de Jeb, j'ai perdu l'équilibre ; la salle s'est lentement inclinée.

— Jamie…, ai-je lâché dans un souffle au moment où la lumière faiblissait.

Le visage de Jared était soudain tout près de moi, me fixant avec une expression féroce.

— Jamie ? ai-je soufflé encore. (Et cette fois, c'était une question.) Où est Jamie ?

La voix bougonne de Jeb a résonné dans le lointain :

— Le gamin va bien. Jared l'a amené ici avec lui.

J'ai regardé le visage tourmenté de Jared, qui disparaissait dans un voile noir.

— Merci.

Et ce furent les ténèbres.

15.

La garde

Quand je me suis réveillée, je n'ai pas été désorientée. Je savais où je me trouvais, du moins globalement ; j'ai gardé les yeux fermés et me suis appliquée à respirer calmement. Je voulais glaner le maximum d'informations avant que l'on s'aperçoive que j'avais repris connaissance.

J'étais affamée. Mon estomac se contractait dans un concert de gargouillis réprobateurs. Inutile de m'inquiéter pour ces bruits. Mon ventre avait dû faire des siennes tout le temps que je dormais !

J'avais un vilain mal de crâne. Je ne savais si c'était dû à la fatigue ou aux coups que j'avais pris.

J'étais étendue sur une surface dure, rêche et incurvée. Le sol n'était pas plat mais curieusement concave, comme si j'avais dormi dans un bol géant. C'était très inconfortable. Mon dos et mes hanches me lançaient. C'était la douleur, sans doute, qui m'avait réveillée. Je ne me sentais nullement ragaillardie par ce somme.

Il faisait sombre. Je le percevais sans même avoir besoin d'ouvrir les yeux. Ce n'était pas le noir complet, mais c'étaient les ténèbres quand même.

L'air empestait encore plus fort le moisi – humide, rance, avec un effluve acide qui irritait la gorge. Il faisait moins chaud que dans le désert, mais cette odeur de moisissure gâtait cette fraîcheur. Je transpirais à nouveau. Je rejetais l'eau que m'avait donnée Jeb par tous les pores de ma peau.

Une paroi toute proche me renvoyait le bruit de ma respiration. Il pouvait s'agir d'un mur isolé, mais un pressentiment me disait que je me trouvais dans un tout petit réduit. J'ai tendu l'oreille… Oui, mon souffle résonnait aussi derrière moi…

Étant encore, selon toute vraisemblance, dans le dédale souterrain de Jeb, je serais acclimatée à l'obscurité quand j'ouvrirais les yeux. Ils avaient dû me transporter dans l'un de ces trous de gruyère qui parsemaient la paroi de la caverne.

Je suis restée silencieuse, à l'exception des bruits que produisait mon corps. J'avais peur de soulever les paupières ; je préférais me fier à mes oreilles et scruter le silence. Il n'y avait donc plus personne ? C'était étrange. Ils ne m'auraient pas laissée sans surveillance. Soit l'oncle Jeb et son fusil, soit une sentinelle moins sympathique montait la garde. Me laisser seule allait à l'encontre de toute logique ; ils haïssaient ce que j'étais, je ne leur inspirais que peur et dégoût.

À moins que…

Une boule de terreur s'est bloquée dans ma gorge. S'ils m'avaient laissée seule, c'est qu'ils me pensaient morte… ou que j'allais l'être bientôt. Peut-être existait-il dans cette caverne des endroits d'où personne ne revenait ?

L'image que je me faisais de ma situation s'est métamorphosée brutalement. Je me trouvais au fond d'une oubliette, ou emmurée vivante dans ma propre tombe. Ma respiration s'est accélérée, cherchant à sonder l'air, à savoir s'il y avait assez d'oxygène pour vivre. Mes

poumons se sont soulevés, pour expulser le cri qui naissait en moi. J'ai serré les dents. Pas de bruit, surtout !

Tout près, quelque chose s'est mis alors à gratter le
sol juste à côté de ma tête.

Le cri est finalement sorti. Le son, réverbéré par les
parois du trou, a été assourdissant. Dans un sursaut de
terreur, j'ai heurté le mur rocheux derrière moi et me
suis cogné le crâne au plafond au moment où je portais
les mains à mon visage pour me protéger.

J'ai ouvert les yeux ; une pâle lumière éclairait
l'orifice d'entrée de mon trou – un cercle presque parfait, rompu par le visage de Jared qui se découpait en
contre-jour ; il était penché dans l'ouverture, un bras
tendu vers moi. Ses lèvres étaient pincées de colère.
Une veine battait sur son front tandis qu'il observait ma
réaction de panique.

Il n'a pas bougé, se contentant de m'observer fixement. J'ai soutenu son regard, me souvenant comme il
pouvait être silencieux parfois, tel un revenant d'outre-
tombe. Voilà pourquoi je n'avais pas perçu sa présence
à côté de ma cellule.

Mais j'avais bel et bien entendu quelque chose.
Comme pour répondre à ma question, Jared a approché
son bras et gratté le sol de ses doigts. C'était le même
bruit. J'ai baissé les yeux. À mes pieds, un bout de plastique faisant office de plateau. Et dessus…

J'ai plongé sur la bouteille d'eau. Je n'ai pas voulu
voir sa mimique de dégoût lorsque j'ai porté le goulot
à ma bouche. Plus tard, je penserais à cette humiliation.
Pour l'heure, seule l'eau importait. L'eau, ce don du
ciel… Plus jamais je n'oublierais à quel point elle était
précieuse – étant donné mon espérance de vie très limitée, ce serment serait facile à tenir.

Jared avait disparu. J'apercevais juste une portion de
sa manche à la périphérie du trou. La lumière montait

quelque part à côté de lui – une lumière artificielle de couleur bleue.

J'avais vidé la moitié de la bouteille quand une nouvelle odeur m'a chatouillé les narines – l'eau n'était pas le seul cadeau. J'ai regardé de nouveau le plateau.

De la nourriture. Ils allaient m'alimenter ?

C'est le pain – noir, de forme grossière – que j'ai senti en premier, mais il y avait également un bol empli d'un liquide clair parsemé de rondelles d'oignon. En me penchant, j'ai distingué des morceaux plus sombres au fond du récipient. Il y avait également trois petits cylindres blanchâtres – des légumes, sans doute, dont je ne connaissais pas la variété.

Il m'a fallu à peine une seconde pour remarquer tout ça, mais cela a suffi à mon estomac pour bondir dans mon ventre, comme s'il voulait sortir de ma bouche pour s'emparer de ces victuailles.

J'ai rompu le pain. Il était très dense, avec des grains entiers qui craquaient sous la dent. La texture était friable, mais le goût délicieux. Je n'avais jamais rien mangé d'aussi bon ; c'était encore meilleur que les brioches écrasées trouvées dans la cabane. Je mastiquais à toute vitesse, mais j'avalais des bouchées à peine mâchées tant j'étais impatiente. J'entendais chaque morceau faire *plouf !* en tombant dans mon estomac. Ce n'était pas si agréable que ça. Mon estomac, vide depuis trop longtemps, réagissait mal à cet afflux de nourriture.

Mais j'ai ignoré ces récriminations et jeté mon dévolu sur le liquide – c'était de la soupe. Elle est passée plus facilement. Hormis les oignons, le breuvage était plutôt fade. Les morceaux noirs au fond étaient mous et spongieux. Je les ai avalés à même le bol, en regrettant que le récipient ne soit pas plus grand. J'ai tout bu, jusqu'à la dernière goutte.

Les légumes blancs étaient craquants sous mes dents, avec un fort goût boisé. Sans doute des racines. Ce n'était pas aussi bon que la soupe ou le pain, mais ils remplissaient agréablement le ventre. J'étais encore affamée et j'aurais bien entamé le plateau si j'avais pensé qu'il était comestible !

Ce n'est qu'après le festin que je me suis demandé pourquoi ils me nourrissaient. Cela signifiait-il que le docteur avait eu gain de cause ? Mais pourquoi, dans ce cas, était-ce Jared qui jouait les sentinelles ?

J'ai repoussé le plateau vide, tressaillant au son strident qu'il a fait en raclant la roche. Je me suis plaquée contre le mur du fond lorsque Jared s'est penché pour le récupérer. Cette fois, il ne m'a pas regardée.

— Merci, ai-je murmuré au moment où il disparaissait de mon champ de vision.

Il n'a rien répondu ; son visage est resté fermé. Je ne voyais même plus sa manche dans l'ouverture, mais je savais qu'il était encore là.

Je n'en reviens toujours pas qu'il m'ait frappée ! a pensé Melanie avec plus d'incrédulité que de rancœur. Pour moi, cela n'avait rien d'étonnant. Ce n'était pas elle qu'il avait frappée, mais moi.

Tiens, te revoilà ? Où étais-tu passée ? Ce n'est pas très gentil de me laisser comme ça toute seule.

Elle a ignoré mon ton aigre. *Jamais je ne l'aurais cru capable de faire ça, quelles que soient ses raisons. Moi, je n'aurais pas levé la main sur lui.*

Bien sûr que si ! S'il t'était revenu avec des yeux réfléchissant la lumière, tu aurais eu la même réaction. Il y a beaucoup de violence en toi. Le souvenir où elle se voyait étrangler la Traqueuse m'est revenu en mémoire. Ma vie à San Diego paraissait si loin, alors que seulement quelques jours s'étaient écoulés.

Comment pouvait-on se mettre dans un tel pétrin en si peu de temps ?

Melanie n'en démordait pas. *Je ne suis pas de ton avis. Je ne ferais jamais de mal à Jared... ni à Jamie... même s'il était...* Elle n'a pas pu aller plus loin, terrifiée à cette idée.

C'était peut-être vrai. Même si l'enfant était devenu quelqu'un d'autre, ni Melanie ni moi n'aurions pu lever la main sur lui.

C'est différent, ai-je répondu. *Tu es comme... une mère. Les mères ont des réactions irrationnelles ici. Elles sont le siège de trop d'émotions.*

La maternité, par essence, est émotion, même pour vous les âmes.

Je n'ai rien répondu.

Que va-t-il se passer à ton avis ?

C'est toi l'experte en humains, lui ai-je rappelé. *Le fait de nous avoir nourries est sans doute de mauvais augure. Je ne vois qu'une seule raison qui puisse les inciter à me faire reprendre des forces.*

Les humains étaient capables de toutes les tortures. Je me rappelais les horreurs rapportées dans le vieux journal trouvé dans la cabane. Le feu était un supplice possible. Melanie s'était brûlé l'extrémité des doigts en prenant à pleines mains une poêle qu'elle croyait froide. Je me souvenais de la douleur d'une fulgurance aveuglante, aspirant tout dans son vortex.

Et ce n'était qu'un accident. Les plaies avaient été vite soulagées avec de la glace, des pommades. Ce n'était pas un acte malveillant. Personne n'avait tenté de faire durer la douleur...

Je n'ai jamais vécu sur une planète où, avant l'arrivée pacificatrice des âmes, on perpétuait de telles infamies. Cette Terre était à la fois le plus noble et le plus vil des mondes ; on y trouvait les émotions les plus belles,

les plus délicates et, en même temps, les pulsions les plus noires, les plus sinistres. Peut-être était-ce inévitable? Peut-être sans le Très-Bas ne pouvait-on toucher au Très-Haut. Les âmes faisaient-elles exception à cette règle? Était-il possible d'avoir les lumières de ce monde sans ses ténèbres?

Quand il t'a frappée... j'ai... senti... quelque chose..., a déclaré Melanie, rompant le fil de mes pensées. Ses mots venaient doucement, un à un, comme si elle les formulait à regret.

Moi aussi, j'ai senti quelque chose! Après ces quelques mois vécus en compagnie de Melanie, le sarcasme était devenu une seconde nature chez moi. La « contamination » avait été rapide. *Il a une frappe de revers qui décoiffe.*

Je ne parle pas de ça. Ce que je veux dire, c'est... Elle a hésité un long moment, et puis elle a lâché le reste de sa pensée d'un seul trait : *... c'est que je croyais être la seule à éprouver ce qu'on éprouve pour lui, que c'était moi qui tenais les rênes.*

Heureusement, l'idée derrière les mots était plus limpide.

Tu pensais m'avoir amenée jusqu'ici uniquement parce que toi, tu le voulais? Que c'était toi qui étais aux commandes et non l'inverse? J'ai dissimulé mon agacement. *Tu as cru que j'étais ta marionnette?*

Oui. Il y avait du regret dans sa voix, non parce que j'étais mécontente, mais parce que Melanie détestait se tromper. *Mais la vérité, c'est que...*

J'ai attendu.

Elle a encore tout sorti d'un coup. *Tu es amoureuse de lui, indépendamment de moi. C'est différent de ce que j'éprouve. C'est autre chose. Je ne m'en suis rendu compte que lorsqu'on s'est retrouvées devant lui, lorsque tu l'as vu pour la première fois. Comment est-ce possible ? Comment un ver de dix centimètres de long peut-il tomber amoureux d'un être humain ?*

Un ver ?

Désolée. C'est vrai que tu as des espèces de... bras.

Pas exactement des bras. C'est davantage des antennes. Et je dépasse largement les dix centimètres quand je me déploie.

Ce que je veux dire, c'est qu'il n'est pas de ton espèce.

Mon corps est humain, lui ai-je rappelé. *Tant que j'y suis connectée, je suis humaine aussi. Et il y a le Jared irrésistible de tes souvenirs. Tout est ta faute.*

Elle a réfléchi un moment. Elle n'aimait pas beaucoup cette idée non plus.

Alors si tu t'étais rendue à Tucson pour occuper un nouveau corps, tu ne l'aimerais plus aujourd'hui ?

Je l'espère. Je l'espère vraiment.

Ma réponse ne nous enchantait ni l'une ni l'autre. J'ai posé ma tête sur mes genoux repliés. Melanie a changé de sujet.

Au moins Jamie est sain et sauf. Je savais que Jared veillerait sur lui ! Je n'aurais pas pu le laisser entre de meilleures mains. J'aurais tant aimé le voir.

Pas question que je demande ça ! J'ai tressailli à l'idée de la réaction de Jared devant une telle requête.

Dans le même temps, je brûlais de voir le visage du petit. Je voulais m'assurer qu'il était réellement là, en sécurité, qu'ils le nourrissaient convenablement, qu'ils s'occupaient bien de lui. Melanie n'était plus là pour jouer la maman, mais moi, pourtant mère de personne, je me découvrais pétrie d'amour maternel. Y avait-il quelqu'un pour lui chanter une berceuse la nuit, pour lui raconter des histoires ? Le nouveau Jared, plein de fureur, pensait-il à ce genre de détails ? Qui le prenait dans ses bras lorsqu'il avait peur ?

Tu crois qu'ils vont lui dire que je suis ici ? a demandé Melanie.

Cela lui ferait du bien ou du mal ?

Sa pensée a été un murmure : *Je ne sais pas… J'aurais tant aimé tenir ma promesse envers lui.*

Tu l'as tenue. J'ai secoué la tête, étonnée. *Tu es bel et bien revenue, comme toujours. Personne ne peut le nier.*

Merci. Sa voix était faible. Je ne savais si elle me remerciait pour mes paroles ou pour le fait que je l'avais amenée jusqu'ici.

Je me suis sentie soudain vidée. Melanie était dans le même état que moi. Maintenant que mon estomac était à moitié plein, mes autres douleurs ne suffisaient pas à me tenir éveillée. J'ai hésité avant de bouger, craignant de faire du bruit, mais mon corps voulait se détendre, s'étirer. Le plus discrètement possible, j'ai cherché un angle dans ma niche où m'allonger… Je devais presque sortir les pieds dehors. Ça ne me disait rien qui vaille. Jared allait m'entendre et croire que je cherchais à m'échapper. Mais il n'a pas bronché. J'ai posé ma joue indemne sur mon bras, tentant d'oublier la roche concave qui me tordait la colonne, et j'ai fermé les yeux.

J'ai peut-être dormi mais très légèrement, car les pas étaient encore loin quand je me suis réveillée.

Cette fois, j'ai ouvert les yeux sans tarder. Rien n'avait changé. Il y avait toujours cette clarté bleuâtre qui filtrait par l'ouverture. Où était Jared ? Parti ? Quelqu'un approchait de mon trou, le bruit des pas s'amplifiait. J'ai replié mes jambes et me suis pelotonnée contre le mur du fond. J'aurais aimé pouvoir me tenir debout ; je me serais sentie moins vulnérable, mieux préparée à ce qui allait suivre. Le plafond bas de ma cellule me permettait tout juste de me tenir à genoux.

Il y a eu des mouvements au-dehors. J'ai vu une portion du pied de Jared quand il s'est levé.

— Ah! tu es là, a dit une voix d'homme.

Les mots ont claqué si fort dans le silence que j'ai sursauté. J'ai reconnu cette voix. C'était celle du géant à la machette – Kyle!

Jared n'a rien dit.

— On ne va pas te laisser faire, Jared, a dit une autre voix, plus calme. (Sans doute celle du frère cadet de Kyle, Ian. Leurs deux voix devaient se ressembler beaucoup mais, pour l'heure, Kyle était aisément reconnaissable car il parlait toujours d'un ton hargneux, vibrant de colère.) On a tous perdu quelqu'un. Tous! Tout ça est ridicule.

— Si tu ne veux pas donner le mille-pattes à Doc, alors il faut le tuer, a grogné Kyle.

— Tu ne peux pas le garder comme ça *ad vitam aeternam*! a poursuivi Ian. Il va finir par se sauver et nous mettre tous en danger.

Jared ne disait toujours rien, mais il a fait un pas de côté et s'est posté devant l'ouverture.

Mon cœur battait la chamade. Jared avait gagné. Je ne serais pas torturée. Je ne serais pas tuée, du moins pas tout de suite. Jared me gardait prisonnière!

« Prisonnière »... Quel doux mot en ces circonstances.

Je t'ai dit qu'il nous protégerait.

— Ne complique pas les choses, Jared, a dit une autre voix masculine que je n'ai pas reconnue.

Jared ne desserrait toujours pas les dents.

— Nous ne voulons pas te frapper, Jared, a repris Kyle. On est tous frères ici. Mais s'il le faut, on n'hésitera pas. (Il ne bluffait pas.) Alors écarte-toi, ça vaut mieux.

Jared est resté immobile comme un roc.

Mon cœur battait de plus en plus vite ; il cognait contre mes côtes si fort qu'il gênait mes poumons, m'empêchait de respirer. Melanie était pétrifiée de terreur, incapable de penser des mots cohérents.

Ils allaient lui faire du mal. Ces dingues d'humains allaient attaquer l'un des leurs !

— Jared, je t'en prie, a dit Ian.

Jared n'a rien dit.

Il y a eu un mouvement vif et le son de quelque chose de lourd percutant un corps. Puis un hoquet, un cri étouffé.

— Non ! ai-je hurlé en jaillissant de mon trou.

16.

La décision

Le bord du trou était usé, mais je m'y suis quand même écorché les mains et les jambes en sortant. Me mettre debout m'a fait un mal de chien, ankylosée comme j'étais, et j'ai été prise de vertiges dès que ma pression sanguine a chuté dans mon crâne.

J'avais une idée fixe : m'interposer entre Jared et ses assaillants.

Ils se tenaient tous immobiles, le regard rivé sur moi. Jared était dos au mur, les poings serrés tenus à hauteur des hanches. Devant lui, Kyle était plié en deux, les mains sur son estomac. Ian et un inconnu se trouvaient de part et d'autre, un peu en retrait, bouche bée. Profitant de leur surprise, en deux enjambées malhabiles, je me suis placée entre Kyle et Jared.

Kyle a été le premier à réagir. Je me trouvais à moins de trente centimètres et son premier réflexe a été de me repousser. Sa main a heurté mon épaule pour me projeter à terre. Au moment où j'allais tomber, on m'a pris le poignet pour me retenir.

Dès que Jared a réalisé ce qu'il venait de faire, il a lâché mon bras comme si ma peau était de l'acide.

— Rentre là-dedans ! m'a-t-il crié avec colère.

Il m'a poussée aussi, mais moins fort que Kyle. Son geste m'a fait reculer de deux pas vers ma geôle.

Je me trouvais dans un couloir étroit. L'endroit était semblable à ma cellule, en plus grand et plus profond. La lumière provenait d'une sorte de tube, posé par terre ; je ne savais pas comment il était alimenté. Il projetait des ombres distordues sur les visages des hommes, leur donnant des faces grimaçantes.

J'ai fait un pas vers eux, tournant le dos à Jared.

— C'est moi que tu veux, alors me voilà ! ai-je dit à Kyle. Laisse-le tranquille.

Pendant un instant, tout le monde est resté coi.

— Sale vermine ! a finalement lancé Ian, les yeux écarquillés d'horreur. Encore une ruse !

— J'ai dit : rentre là-dedans ! a répété Jared d'une voix sifflante de fureur.

Je me suis tournée à demi vers lui, pour ne pas perdre Kyle de vue.

— Ce n'est pas à toi d'assurer ma protection ! Pas à tes dépens !

Jared a grimacé en levant une main pour me repousser vers ma cellule.

J'ai fait un pas de côté ; ce mouvement m'a rapprochée de ceux qui voulaient me tuer.

Ian m'a attrapé les bras et les a tordus dans mon dos. Par réflexe, je me suis débattue, mais il était bien trop fort. Il déboîtait déjà mes articulations. J'ai hoqueté de douleur.

— Lâche-la ! a crié Jared en chargeant.

Kyle l'a saisi au cou tandis que le troisième homme le retenait par un bras.

— Ne lui faites pas de mal ! ai-je crié.

Je tirais sur les mains qui m'immobilisaient.

Le coude libre de Jared a percuté l'abdomen de Kyle. Kyle a lâché sa prise sous le choc. Jared s'est délivré de ses assaillants et a contre-attaqué. Son poing a trouvé le nez de Kyle. Du sang pourpre a éclaboussé le mur et la lampe bleue.

— Tue-le, Ian! a crié Kyle en parlant de moi. (Il a plongé tête baissée sur Jared.)

— Non! avons-nous crié ensemble, Jared et moi.

Ian m'a lâché les bras pour m'étrangler. J'ai griffé ses mains refermées autour de mon cou, en vain. Je ne pouvais plus respirer. Il a serré plus fort, m'a renversée en arrière.

Cela faisait un mal de chien… Ses mains qui écrasaient ma gorge, mes poumons qui se contractaient… C'était terrible. Je me tortillais au sol, moins pour échapper à ses mains qu'à la douleur.

Clic! Clic!

Je n'avais entendu ce bruit qu'une seule fois auparavant, mais je l'ai reconnu immédiatement. Et les autres aussi. Tous se sont figés, Ian les mains toujours serrées sur mon cou.

— Kyle, Ian, Brandt, reculez! a lancé Jeb.

Personne n'a bougé. Sauf moi qui griffais Ian et battais des pieds dans l'air.

Jared est passé sous le bras de Kyle et a foncé vers moi. J'ai vu son poing fondre vers mon visage. J'ai fermé les yeux.

Il y a eu un impact, juste à côté de mon oreille. Ian a poussé un cri; je me suis écroulée au sol et suis restée prostrée par terre, haletante. Jared a reculé en me jetant un regard noir et s'est placé à côté de Jeb.

— Vous êtes mes invités ici, les gars, ne l'oubliez pas, a grogné Jeb. Je vous ai dit de laisser la gamine tranquille. Elle est aussi mon invitée, pour le moment, et je n'aime pas que mes invités s'entre-tuent.

— Jeb! a gémi Ian au-dessus de moi, sa voix étouffée par la main qu'il tenait plaquée sur sa bouche. Jeb… c'est de la folie.

— Qu'est-ce que tu proposes? a demandé Kyle. (Son visage était maculé de sang, une vision cauchemardesque. Mais il n'y avait aucun chevrotement de douleur dans sa voix, juste une colère sourde, ardente.) Nous avons le droit de savoir. On doit savoir si cet endroit est encore sûr ou s'il nous faut déménager. Pendant combien de temps vas-tu garder le mille-pattes comme animal de compagnie? Que vas-tu faire de lui quand tu te seras lassé de jouer avec? On mérite tous de connaître la vérité.

Les paroles de Kyle résonnaient en écho derrière mes tempes battantes. Me garder comme animal de compagnie? Jeb avait dit que j'étais son « invitée ». Était-ce une autre façon de dire sa « prisonnière »? Était-il possible qu'il y ait deux humains en ce monde qui n'exigent ni ma mort ni ma torture pour m'arracher des confessions? Si c'était le cas, cela tenait du miracle.

— Je n'ai pas les réponses, Kyle, a répondu Jeb. Cela ne dépend pas de moi.

Ces paroles ne pouvaient les plonger plus profondément dans des abîmes de perplexité. Les quatre hommes, Kyle, Ian, celui que je ne connaissais pas, et même Jared, le regardaient, les yeux écarquillés d'incrédulité. Je haletais toujours aux pieds de Ian, regrettant de ne pouvoir aller me réfugier discrètement dans mon trou.

— Comment ça « cela ne dépend pas de toi »? a répété Kyle, n'en croyant pas ses oreilles. De qui alors? Si tu penses mettre ça aux voix, tu peux d'ores et déjà dire adieu à ton mille-pattes! Ian, Brandt et moi sommes les représentants tout désignés pour accomplir la décision du vote.

Jeb a secoué la tête – un mouvement nerveux –, sans quitter Kyle des yeux une seconde.

— Il n'est pas question de vote. Je suis chez moi.

— Qui va décider alors ? s'est écrié le géant.

Jeb a regardé tour à tour les trois hommes.

— Jared !

Tout le monde, moi incluse, s'est tourné vers lui.

Il a regardé Jeb, aussi éberlué que les autres. Je l'ai entendu serrer les dents de rage ; et il m'a lancé un regard chargé de haine.

— Jared ? a demandé Kyle en se carrant de nouveau devant Jeb. C'est ridicule ! (Il était hors de lui et postillonnait de rage.) Il est trop partie prenante. Pourquoi lui ? Comment pourrait-il être impartial dans cette histoire ?

— Jeb, je ne…, a marmonné Jared.

— Elle est sous ta responsabilité, Jared, a répondu Jeb d'un ton sans appel. Je t'aiderai, bien sûr, s'il survient d'autres problèmes comme celui-ci. Mais quand le moment sera venu, ce sera à toi de décider. (Il a levé une main pour faire taire Kyle qui s'apprêtait à protester.) Réflechis, Kyle. Ouvre les yeux. Si quelqu'un trouve ta Jodi au cours d'une expédition et la ramène ici, tu voudrais que Doc ou qu'un vote décide de son sort ?

— Jodi est morte ! a sifflé Kyle entre ses lèvres dégoulinantes de sang. (Il m'a regardée avec la même expression que Jared un instant plus tôt.)

— Si son corps t'était revenu, ce serait quand même à toi de décider. Tu verrais une autre solution acceptable ?

— La majorité…

— C'est ma maison, mes règles, l'a interrompu Jeb. Le débat est clos. Pas de vote, pas d'expédition punitive. Vous trois, passez le mot aux autres. C'est comme ça. C'est un nouvel ajout au règlement.

— Encore un ? a marmonné Ian avec aigreur.

Jeb a ignoré la remarque.

— Si ce genre de situation se reproduit, bien que ce soit peu vraisemblable, ce sera à celui ou à celle à qui revient le corps qu'il appartiendra de décider. (Jeb a agité le canon du fusil vers Kyle, puis l'a abaissé.) Maintenant, tirez-vous. Je ne veux plus vous voir dans le secteur. Et annoncez aux autres que cet endroit est désormais « zone interdite ». Personne n'a le droit de venir ici, hormis Jared ; et si je chope quelqu'un en train de rôder dans le coin, il aura affaire à moi. C'est compris ? Maintenant, du balai ! (Il a levé à nouveau l'arme vers Kyle.)

Contre toute attente, les trois hommes ont obéi et se sont éloignés sans même lancer un geste haineux envers Jeb ou moi.

Jeb n'aurait pas fait feu. Jamais. C'est ce que je voulais croire…

Lors de notre première rencontre, Jeb m'avait paru la gentillesse même. Il avait eu des gestes doux pour moi ; il ne m'avait jamais témoigné la moindre hostilité. Et aujourd'hui, sur mes deux « alliés », il était le seul à ne me vouloir aucun mal. Jared, certes, s'était battu pour me protéger, mais il était évident qu'il était en plein dilemme. Il pouvait changer d'avis d'une seconde à l'autre. À en juger par son expression, une part de lui brûlait d'en finir avec moi, en particulier depuis que Jeb lui avait dit que la décision lui incomberait. Pendant que j'analysais la nouvelle donne, Jared me regardait avec un dégoût ostensible qui distordait chacun de ses traits.

D'un autre côté, même si je voulais croire que Jeb bluffait avec son fusil, il ne faisait aucun doute qu'il en aurait fait usage. Malgré son air gentil, Jeb devait être aussi cruel et implacable que les autres. Il avait forcément eu recours à son arme – pour tuer, pas seulement

pour menacer –, sinon Kyle, Ian et ce Brandt ne lui
auraient pas obéi aussi facilement.

C'est le désespoir qui veut ça, a murmuré Melanie.
*Dans les âges sombres, la gentillesse n'a plus droit de
cité. Dans ce meilleur des mondes que tu as créé, nous
sommes des fugitifs, une espèce en danger. Tous nos
choix sont une question de vie ou de mort.*

*Chut... Je n'ai pas le temps de discuter. Je dois me
concentrer.*

Jared se tenait face à Jeb, une main tendue vers lui,
paume ouverte, doigts en coupe. Maintenant que les
autres étaient partis, leur posture s'était adoucie. Jeb
souriait sous sa barbe de Père Noël, comme s'il avait
apprécié cette négociation musclée. Drôle d'humain !

— Je t'en prie, ne me mets pas ça sur les épaules,
Jeb, disait Jared. Kyle a raison sur ce point : je ne peux
pas prendre une décision objective.

— Personne ne te demande de décider tout de suite.
Elle ne va aller nulle part. (Jeb a tourné la tête vers moi,
toujours souriant. L'œil le plus proche de moi, celui
que Jared ne pouvait voir, s'est fermé et rouvert rapidement. Il m'avait fait un clin d'œil !) Pas après tout le
mal qu'elle s'est donné pour venir jusqu'ici. Tu as tout
le temps de réfléchir…

— C'est tout réfléchi. Melanie est morte. Mais je ne
peux pas, Jeb… je ne peux… (Jared ne pouvait finir sa
phrase.)

Dis-lui.

Et signer mon arrêt de mort ?

— Tu y penseras plus tard, lui a répondu Jeb. Peut-
être qu'une solution t'apparaîtra. Donne-toi du temps.

— Que va-t-on faire du mille-pattes ? On ne peut le
surveiller vingt-quatre heures sur vingt-quatre.

Jeb a secoué la tête.

— C'est pourtant précisément ce qu'on va faire, pour un temps du moins. La situation finira par se calmer. Même Kyle ne peut alimenter une rage meurtrière pendant des semaines entières.

— Des semaines ? On va jouer les gardes-chiourmes pendant des semaines ? Nous avons d'autres choses à…

— Je sais, a soupiré Jeb. Je vais y réfléchir.

— Et ça ne réglera pas tout. (Jared m'a regardée de nouveau ; une veine battait en travers de son front.) Où allons-nous la garder ? On n'a pas de cellules.

Jeb m'a souri.

— Tu ne vas pas nous poser de problèmes, n'est-ce pas ?

Je l'ai regardé fixement.

— Jeb ! a grommelé Jared, agacé.

— Ne te fais pas de souci pour elle. Primo, on la surveillera du coin de l'œil. Secundo, elle ne pourra jamais trouver la sortie. Elle tournerait en rond et finirait par tomber sur quelqu'un. Ce qui nous conduit au troisième point : elle n'est pas aussi stupide. (Il a soulevé les sourcils d'un air interrogateur.) Ce serait trop bête de tomber sur Kyle ou les autres, n'est-ce pas ? Je doute qu'ils apprécient ta compagnie.

Je continuais à regarder Jeb sans rien dire, inquiète du ton détaché de cette conversation.

— Tu ne devrais pas lui parler comme ça, a marmonné Jared.

— De mon temps, on était polis avec les gens, gamin. Cela m'est resté. (Jeb a posé sa main sur le bras de Jared et l'a tapoté doucement.) Tu as eu une nuit difficile. Je vais prendre le quart. Va dormir un peu.

Jared a semblé sur le point de protester, mais il m'a regardée de nouveau et son expression s'est durcie.

— Comme tu veux, Jeb. Et je… je ne veux pas avoir la responsabilité de ce sale parasite. Tue-le si tu juges que c'est le mieux.

J'ai tressailli.

Jared, d'un air mauvais, a tourné les talons et s'est éloigné dans la même direction que les autres. Jeb l'a regardé partir. Pendant qu'il avait le dos tourné, j'en ai profité pour rentrer dans mon trou.

J'ai entendu Jeb s'asseoir à côté de l'ouverture. Il a soupiré, s'est étiré, a fait craquer ses doigts. Au bout de quelques instants, il sifflotait.

Je me suis pelotonnée, les jambes repliées sous moi, contre le mur du fond. Des frissons descendaient de ma nuque et irradiaient dans toute ma colonne vertébrale. Mes mains tremblaient. Mes dents claquaient. Je grelottais malgré la chaleur.

— Tu ferais mieux de dormir aussi, a dit Jeb. (À qui s'adressait-il ? À moi ? À lui-même ? Ce n'était pas très clair.) Demain s'annonce une rude journée.

Les frissons ont passé, au bout d'une demi-heure peut-être. J'étais épuisée. J'ai suivi le conseil de Jeb. Même si le sol était toujours aussi inconfortable, je me suis endormie en un instant.

C'est l'odeur de nourriture qui m'a réveillée. Cette fois j'étais hagarde et désorientée quand j'ai ouvert les yeux. Une bouffée de panique m'a traversée avant que je ne recouvre tout à fait mes esprits.

Le même plateau de fortune était posé à côté de moi, avec le même repas. Jeb était là, visible dans l'ouverture. Il était assis devant le trou, de profil, et regardait droit devant lui, le long du couloir, en sifflotant doucement.

Poussée par la pépie, j'ai pris la bouteille d'eau.

— Bonjour! a lancé Jeb en me faisant un signe de tête.

Je me suis figée, la bouteille à la main, jusqu'à ce qu'il se détourne et recommence à siffloter.

Parce que j'étais un peu moins assoiffée que la première fois, j'ai senti l'arrière-goût désagréable de l'eau. C'était la même saveur acide qui imprégnait l'air, mais en un peu plus fort. Cela restait sur la langue, immanquable.

J'ai mangé rapidement, en commençant cette fois par la soupe. Mon estomac a mieux réagi, sans récriminations. Il a à peine gargouillé.

Mon corps avait d'autres besoins, maintenant que les vitaux avaient été satisfaits. J'ai jeté un regard circulaire dans mon trou noir. Je n'avais pas beaucoup d'options. Mais j'avais trop peur d'ouvrir la bouche et de demander la moindre chose, même à Jeb, mon défenseur.

Je me balançais d'avant en arrière, ne sachant que faire. Mes hanches étaient meurtries par la forme incurvée du sol.

— Hum…, a lâché Jeb.

Il me regardait de nouveau, son visage plus sombre que de coutume derrière sa barbe blanche.

— Ça fait longtemps que tu es coincée là. Tu as envie de sortir?

J'ai hoché la tête.

— J'irais bien me dégourdir les jambes, moi aussi! a-t-il lancé gaiement. (Il s'est levé avec une agilité surprenante.)

J'ai rampé jusqu'à l'orée du trou et je l'ai regardé avec méfiance.

— Je vais te montrer notre coin toilette, a-t-il poursuivi. Il faut que tu saches que nous allons devoir traverser la… grande place – enfin, ce qui en fait office. N'aie pas peur. Je pense que tout le monde a reçu le message cinq sur cinq. (D'un geste réflexe, il a caressé la crosse de son fusil.)

J'ai voulu déglutir. Ma vessie était prête à exploser, impossible de l'oublier. Mais traverser une foule qui rêvait de me tuer… Ne pouvait-il pas m'apporter un seau ?

Il a vu la peur dans mes yeux, mon mouvement de recul… et ses lèvres ont dessiné une moue dubitative. Puis il a tourné les talons et a commencé à s'éloigner dans le tunnel.

— Suis-moi ! a-t-il lancé, sans se retourner pour s'assurer que j'obéissais.

L'idée que Kyle puisse me trouver seule m'a décidée. Dans la seconde, je m'extirpais du trou et courais derrière Jeb, toute chancelante sur mes jambes engourdies. C'était à la fois une joie et une souffrance de pouvoir me tenir debout ; la douleur était grande, mais le soulagement plus grand encore.

Je l'avais presque rattrapé lorsque nous avons atteint le bout du couloir ; les ténèbres nimbaient l'ouverture ovale du boyau. J'ai hésité en regardant par-dessus mon épaule la petite lampe bleue posée devant mon trou. C'était la seule lumière. Étais-je censée la prendre avec moi ?

Jeb a remarqué mon hésitation et s'est tourné vers moi. J'ai désigné la lampe du menton.

— Aucune importance. Je connais le chemin. (Il a tendu sa main libre.) Viens, je vais te guider.

J'ai regardé cette main offerte un long moment, guère rassurée, mais les appels de ma vessie étaient trop pressants. J'ai glissé lentement ma main dans sa paume, osant à peine la toucher, comme s'il s'agissait d'un serpent.

Jeb m'a conduite à travers l'obscurité avec assurance. Le long tunnel décrivait ensuite une série de virages serrés. J'ai perdu tout sens de l'orientation. Au moment où nous abordions une autre épingle à cheveux, j'ai su que nous avions tourné en rond. Jeb l'avait fait sciemment ; voilà pourquoi il n'avait pas pris la lampe. Il ne voulait pas que je me repère dans ce labyrinthe.

Comment Jeb avait-il trouvé cet endroit ? Comment l'avait-il aménagé ? Comment les autres étaient-ils arrivés ici ? Tant de questions me taraudaient l'esprit ; mais je me gardais bien de les poser. Le silence était pour l'heure la meilleure option. Qu'espérais-je au juste ? Vivre quelques jours de plus ? Ne plus souffrir ? C'était à peu près tout. Il restait une évidence : je ne voulais pas mourir, comme je l'avais dit à Melanie ; mon instinct de survie était désormais aussi développé que celui d'un humain moyen.

Nous avons pris un autre virage et enfin une lueur nous est apparue. Devant, une grande crevasse dessinait un trait de lumière filtrant de la salle de l'autre côté. Ce n'était pas une lampe artificielle. La lumière était trop blanche, trop pure.

Nous ne pouvions entrer côte à côte dans la fissure. Jeb s'est faufilé le premier. Je lui ai emboîté le pas. Une fois passée de l'autre côté, en pleine lumière, j'ai lâché la main de Jeb. Il n'a pas réagi. Il s'est contenté de tenir alors son fusil à deux mains.

Nous nous trouvions dans un petit tunnel. Le jour tombait d'une ouverture en arche. Les parois étaient faites de la même roche pourpre, vérolée de trous.

J'entendais des voix. Elles roulaient dans des fréquences basses, plus calmes que lors de mon arrivée dans cette communauté. Personne ne s'attendait à nous voir aujourd'hui. Je n'osais imaginer la réaction de ces gens lorsqu'ils m'apercevraient à côté de Jeb. J'avais les paumes moites ; l'air s'est fait soudain rare. Je me suis rapprochée le plus possible de mon protecteur, sans pour autant le toucher.

— Du calme, m'a-t-il murmuré sans se retourner. Ils ont autant peur que toi.

J'en doutais fortement. Même si c'était la vérité, la peur se muait toujours en haine et violence chez les humains.

— Je ne laisserai personne te faire du mal, a marmonné Jeb en passant sous l'arche. De toute façon, il faudra bien qu'ils s'y fassent.

Je brûlais de lui demander des éclaircissements, mais il a franchi le seuil. J'ai suivi le mouvement, comme une ombre, en restant cachée dans son dos. Trébucher et me retrouver seule en arrière me terrifiait plus encore que d'entrer dans cette salle bondée.

Un grand silence a salué notre arrivée.

Nous étions dans la caverne principale – gigantesque, lumineuse – par laquelle j'étais arrivée. Quand était-ce, au fait ? Il y a un jour ? Deux jours ? Une éternité ? Le plafond était aveuglant. Je ne savais toujours pas comment il était éclairé. Les murs étaient percés de nombreuses ouvertures donnant accès à d'autres tunnels. Certaines étaient énormes, d'autres pas plus larges qu'un humain ; c'étaient, à l'origine, des passages naturels, dont quelques-uns avaient été élargis à coups de pioche.

Des gens nous observaient du tréfonds de ces antres, mais le gros des troupes se tenait sur l'esplanade, tous pétrifiés par notre apparition. Une femme est restée pliée en deux, figée en plein mouvement, alors qu'elle était en train de relacer ses chaussures. Un homme se tenait immobile, bras en l'air, alors qu'il expliquait quelque chose à ses compagnons. Un autre chancelait, sur un pied, s'étant statufié trop brusquement. Son pied est retombé lourdement par terre pour éviter la chute imminente. Cela a été le seul son audible dans toute la caverne. L'impact s'est perdu en écho sur les hautes parois.

Je me sentais rassurée par la présence du fusil dans les mains de Jeb, même si c'était une réaction contre nature pour moi. Sans cette arme, c'en aurait été fini de moi. Ces humains n'auraient pas hésité à s'en prendre à Jeb s'ils avaient été certains de pouvoir me régler mon compte. Une attaque en masse, toutefois, restait possible. Le fusil n'était pas un gage de sécurité infaillible. Jeb ne pouvait abattre qu'un seul assaillant à la fois.

Cette image était si sinistre que je l'ai chassée de mon esprit. J'ai reporté mon attention sur la situation présente qui n'était guère de bon augure.

Jeb s'était immobilisé, le fusil sur la hanche, le canon pointé en l'air. Il regardait tout le monde, tour à tour. Ils étaient une quinzaine. La revue de détail n'a pas duré très longtemps. Lorsqu'il a été satisfait de ce qu'il voyait, il s'est dirigé vers le côté gauche de la grotte. Le sang battant dans mes tempes, je l'ai suivi comme une ombre.

Il n'a pas traversé la caverne mais a longé la paroi courbe. Pourquoi cette circonvolution ? Puis j'ai aperçu un grand cercle noir au milieu de la salle. Personne ne marchait dessus. J'étais bien trop effrayée pour me poser d'autres questions – je n'ai pas même cherché à comprendre.

Il y a eu des mouvements pendant que nous faisions le tour de la salle. La femme aux lacets s'est redressée, l'homme, arrêté en plein geste, a baissé les bras. Tous les regards étaient rivés sur nous, tous les visages livides de rage. Par bonheur, personne ne s'est approché, personne n'a dit un mot. Kyle et les deux autres avaient dû raconter leur altercation avec Jeb…

J'ai reconnu Sharon et Maggie dans le groupe ; elles me scrutaient depuis une niche. Leur expression était impénétrable, leurs yeux comme deux morceaux de glace. Ce n'est pas moi qu'elle regardaient, en fait, mais Jeb. Le vieil homme les a ignorées.

La traversée de la salle m'a paru durer une éternité. Jeb se dirigeait vers une ouverture assez grande qui dessinait un rond noir dans la paroi. Même si les regards des autres me picotaient le dos, la nuque, je n'osais me retourner. Les humains étaient toujours silencieux, immobiles, mais ils pouvaient décider de nous suivre. J'ai été soulagée de sentir les ténèbres se refermer sur moi. Jeb m'a pris par le coude pour me guider et, cette fois, je n'ai pas tressailli à son contact. Derrière nous, le silence a continué de régner dans la grande caverne.

— Ça s'est mieux passé que je ne le prévoyais, a murmuré Jeb pendant qu'il m'indiquait le chemin. (Ces paroles m'ont surprise. Heureusement que je n'avais pas eu conscience de ses doutes !)

Le sol s'est incliné sous mes pieds. En contrebas, une faible lueur perçait l'obscurité.

— Je suis certain que tu n'as jamais vu un endroit pareil. (Le ton de Jeb se faisait plus assuré, plus liant.) Cela t'en bouche un coin, pas vrai ?

Il a marqué une petite pause pour me laisser le temps, éventuellement, de répondre. Devant mon mutisme, il a repris sa marche.

— J'ai trouvé cet endroit dans les années soixante-dix. Enfin, c'est plutôt lui qui m'a trouvé ! Je suis passé au travers du toit de la grande salle… J'aurais dû y rester après une telle chute, mais je suis un dur à cuire.

Il m'a fallu un bon moment avant de pouvoir trouver une sortie. J'avais si faim que j'aurais pu manger des cailloux.

« J'étais le seul à être encore là sur le ranch. Je ne pouvais montrer ma trouvaille à personne. J'en ai exploré chaque recoin, chaque boyau et j'ai entrevu toutes les possibilités du lieu. C'était un endroit qui pouvait se révéler précieux, au cas où… Nous sommes comme ça, les Stryder. Prévoyants.

On a traversé la faible lumière qui tombait d'un trou large comme le poing percé au plafond, et qui projetait un cercle blanc sur le sol. Plus loin, il y en avait un autre.

— Tu te demandes sûrement comment ces grottes se sont formées. (Il y a eu un autre silence, plus court que le premier.) En tout cas, moi, je me suis posé la question. J'ai fait quelques recherches. Nous sommes dans une ancienne cheminée volcanique, tu y crois ? Un ancien volcan ! Toujours en activité d'ailleurs, comme tu vas t'en rendre compte. Toutes ces cavités, tous ces trous ont été générés par des bulles de gaz qui se sont retrouvées prisonnières du magma. J'y ai fait quelques aménagements au cours des vingt dernières années. Certains ont été faciles – juste un peu d'huile de coude pour relier des salles. D'autres ont nécessité plus d'imagination. Tu as vu le plafond lumineux dans la grande caverne ? Cela m'a pris des années pour l'aménager.

Je brûlais de savoir comment il s'y était pris, mais je n'osais toujours pas parler. Le silence était bien plus sûr.

La pente du sol s'est accentuée. On avait taillé des marches, grossières, mais sûres. Jeb m'y a entraînée avec assurance. Plus on s'enfonçait sous terre, plus la chaleur et l'humidité augmentaient.

Je me suis raidie quand j'ai entendu des voix, devant nous cette fois. Jeb m'a tapoté la main pour me rassurer.

— Tu vas aimer cet endroit, c'est la pièce favorite de tout le monde.

D'une arche monumentale nous sont parvenus des miroitements de lumière ; une lumière aussi blanche et pure que dans la grande place, mais curieusement dansante. Comme tous les mystères que renfermait cet antre de roche, ce chatoiement improbable m'a inquiétée.

— Nous y sommes ! a lancé Jeb avec enthousiasme en me faisant franchir le seuil. Alors ? Ça te plaît ?

17.

La visite

La chaleur m'a saisie – comme un mur de vapeur. Un air moite dont les volutes épaisses m'enveloppaient et mouillaient ma peau. J'ai ouvert la bouche par réflexe pour tenter d'avaler une goulée d'oxygène dans cette touffeur. L'odeur était plus forte ici – ce même goût métallique qui raclait la gorge et gâtait l'eau.

Les voix, basses et sopranos, semblaient venir de tous les côtés, réverbérées par les parois. J'ai plissé les yeux dans la brume, tentant d'en repérer l'origine exacte. Il faisait clair ici, le plafond était lumineux, comme dans la grande salle, mais beaucoup plus proche. La lumière s'égarait dans les gouttelettes d'eau en suspension, créant devant moi un écran miroitant. Je n'y voyais rien ; prise de panique, j'ai serré la main de Jeb.

À ma surprise, les voix n'ont pas changé à notre approche. Peut-être ne nous voyait-on pas non plus ?

— Il ne faut pas être claustrophobe, je le reconnais, a dit Jeb sur un ton d'excuse en agitant la brume devant son visage.

Sa voix était calme, décontractée, mais il parlait fort, comme si nous étions seuls. Et pourtant les autres continuaient à bavarder comme si de rien n'était.

— Mais je ne vais pas me plaindre, a-t-il poursuivi. On doit la vie à ces salles. Sans elles, notre cachette ne serait pas viable ; et dans le monde d'aujourd'hui, pour vivre heureux, il faut vivre caché, pas vrai ?

Il m'a donné un petit coup de coude complice dans les côtes.

— En plus, il y a tout ce qu'il faut. Je n'aurais pas fait mieux si j'avais dû tout construire moi-même en pâte à modeler.

Son rire a agité les volutes luminescentes et j'ai découvert la pièce pour la première fois.

Deux rivières coulaient à travers la salle en forme de dôme. C'était ce bruit que j'avais pris pour des voix – les murmures de l'eau filant au travers de la roche volcanique. Nous étions seuls, voilà pourquoi Jeb parlait avec insouciance.

Pour être plus précis, il y avait une rivière et un petit ru. Le ruisseau était le plus près de nous ; un ruban sinueux qui miroitait sous la douche de lumière, filant entre deux rives de roche qui paraissaient susceptibles d'être submergées à tout moment. Son chant était cristallin, un soprano féminin.

La voix de basse provenait de la rivière ; elle donnait également naissance aux gros nuages de vapeur qui s'échappaient de trous dans le sol vers le fond. L'eau était noire et coulait sous la pièce, exposée par endroits, là où la dalle de pierre s'était écroulée. Les trous étaient sombres, inquiétants ; la rivière grondait avec force dessous, presque invisible sous nos pieds, se précipitant vers quelque destination mystérieuse. L'eau était bouillante à en croire la vapeur qui s'en échappait. Le son aussi rappelait celui d'une bouilloire frémissante.

Du plafond pendaient de grandes stalactites, gouttant au-dessus de leurs sœurs stalagmites. Deux ou trois couples s'étaient rejoints pour former de grands piliers entre les deux cours d'eau.

— Il faut faire attention, a dit Jeb. Il y a un fort courant dans la source chaude. Si tu tombes, tu es perdue. C'est déjà arrivé. (Il a baissé la tête avec un air sombre à l'évocation de ce souvenir.)

Les remous dans la rivière m'ont soudain donné le frisson. Je m'imaginais emportée dans leurs serres noires.

Jeb a posé la main sur mon épaule.

— Ne t'inquiète pas. Fais simplement attention où tu mets les pieds et tout ira bien. (Il a ensuite désigné le fond de la caverne, là où le petit ruisseau se jetait dans un trou obscur.) De l'autre côté, c'est notre salle de bains. On a creusé le sol pour confectionner une jolie baignoire. Il y a des horaires pour prendre des bains, mais l'intimité est garantie. Il y fait noir comme au fond d'un tunnel ! La pièce est agréable et chaude, car on est tout près de la source, mais l'eau n'est pas brûlante. Il y a une autre salle, juste derrière, de l'autre côté d'une crevasse. On l'a élargie pour que ce soit plus facile d'accès. C'est l'endroit le plus en aval de la rivière, après elle disparaît sous terre. C'est là-bas que nous avons installé les latrines. C'est pratique et parfaitement propre. (Sa voix vibrait de fierté comme s'il était l'auteur de cet agencement naturel. Mais au fond, c'était lui qui avait découvert le lieu, qui l'avait aménagé. Il avait bien le droit à sa part de gloire.)

— On n'aime pas gaspiller les piles ; la plupart d'entre nous connaissent les lieux les yeux fermés. Mais puisque c'est pour toi la première fois, tu peux prendre ça pour t'éclairer.

Il a sorti une lampe de sa poche et me l'a tendue. La vue de cet objet m'a rappelé notre première rencontre dans le désert, quand il m'avait éclairé les yeux et avait compris ce que j'étais. Curieusement, ce souvenir m'a emplie de tristesse.

— Ne va pas imaginer qu'en suivant cette rivière, elle t'emmènera vers la sortie. Une fois qu'elle plonge sous terre, elle ne ressort plus.

Comme il semblait attendre un signe prouvant que j'avais entendu sa mise en garde, j'ai hoché la tête. J'ai pris lentement la lampe de poche, en veillant à ne faire aucun mouvement brusque qui aurait pu l'inquiéter.

Il m'a souri pour me donner du courage.

J'ai avancé dans la direction qu'il m'indiquait; le bruit de l'eau rendait la situation plus inquiétante encore. C'était étrange de se retrouver soudain hors de vue. Et si quelqu'un était caché dans ces salles, sachant qu'à un moment ou à un autre je devrais m'y rendre? Comment Jeb entendrait-il le bruit d'une lutte dans le brouhaha des rivières?

J'ai fait courir le faisceau sur les quatre coins de la salle, cherchant à repérer un éventuel assaillant à l'affût. Les ombres fantomatiques sur les parois n'étaient guère rassurantes, mais au moins n'ai-je trouvé aucune raison tangible à mes craintes. La baignoire de Jeb avait quasiment la taille d'une petite piscine, noire comme l'encre. Sous la surface, quelqu'un pouvait rester invisible tant qu'il retenait son souffle. J'ai foncé vers la crevasse qui donnait sur les toilettes, autant par nécessité que pour échapper aux chimères que me soufflait mon esprit. Loin de Jeb, j'étais en proie à la panique : j'avais le souffle court, le sang battait dans mes oreilles, occultant pratiquement tous les autres sons. Une fois soulagée, c'est en courant que je suis revenue dans la salle des rivières.

Jeb m'attendait, dans la même position, seul. Sa vue a été comme un baume dénouant mes nerfs en pelote. Mon cœur et ma respiration ont ralenti. Contre toute rai-

son, la compagnie de cet humain dérangé me rassurait.
Sans doute était-ce dû au désespoir, comme le disait
Melanie. Les « âges sombres »…

— C'est plutôt bien agencé, non ? a-t-il lancé avec
fierté.

J'ai hoché de nouveau la tête et je lui ai rendu la
lampe.

— Ces grottes sont un don du Ciel, a-t-il déclaré
lorsque nous avons fait demi-tour. Un groupe aussi nombreux que nous n'aurait pu survivre sans elles. Magno-
lia et Sharon s'en sortaient bien là-bas, à Chicago,
remarquablement bien, même, mais elles prenaient de
gros risques à vouloir rester ensemble. C'est une joie
de faire partie, de nouveau, d'une communauté. Cela
me rend plus humain.

Il m'a pris de nouveau le coude pour me guider dans
l'escalier.

— Je sais que ta geôle est très inconfortable et je le
regrette. Mais c'est le lieu le plus sûr. Je suis surpris
d'ailleurs que les gars t'aient trouvée aussi vite. (Jeb
a soupiré.) C'est vrai que Kyle est particulièrement…
motivé. Il faudra bien qu'ils se fassent une raison, de
toute façon. Peut-être pourrai-je même te dénicher un
endroit plus cosy. J'y réfléchis. En attendant, tant que
je suis avec toi, tu n'as nul besoin d'aller te terrer dans
ton trou. Tu peux t'installer dans le couloir avec moi,
si tu préfères. Sauf quand Jared… (Il a laissé sa phrase
en suspens.)

J'ai écouté les paroles de Jeb avec ébahissement ;
c'était si gentil ; cela dépassait tout ce que je pouvais
espérer. Comment cette espèce pouvait-elle être aussi
cruelle et capable de tant de compassion avec ses ennemis ? J'ai tapoté doucement la main de Jeb posée sur
mon coude, avec hésitation, tentant de lui dire que j'avais

compris et que je ne poserais pas de problème. Bien sûr, Jared préférait ne pas m'avoir devant les yeux.

Jeb a aussitôt compris mon message.

— Tu es une bonne petite. On finira par trouver une solution. Doc a de quoi s'occuper avec les humains. Et quant à moi, je te considère plus intéressante vivante que morte.

Nos corps étaient si proches qu'il devait me sentir trembler.

— N'aie pas peur. Doc ne viendra plus t'ennuyer.

Je ne pouvais réprimer mes frissons. Ce n'était qu'une promesse. Jared pouvait toujours décider que mon secret était plus important que l'intégrité du corps de Melanie. Si ce sort devait m'arriver, alors j'allais regretter que Ian, la veille, n'ait pu achever de m'étrangler. J'ai dégluti d'angoisse, sentant mon larynx meurtri se contracter douloureusement.

« On ne sait jamais combien de temps on a devant soi », avait dit Melanie quelques jours plus tôt – une éternité – alors que j'étais encore maîtresse de mon existence.

Les paroles de Melanie résonnaient dans ma tête alors que nous nous engagions dans la « grande place », où se trouvait la communauté de Jeb. Elle était bondée, comme lors de notre arrivée le premier jour ; tout le monde nous dévisageait. Jeb avait droit aux regards emplis de colère, moi à ceux animés de pulsions de mort. Du coin de l'œil, j'ai vu les mains du patriarche se crisper sur son arme. Il se tenait prêt à en faire usage.

Ce n'était qu'une question de temps. Il y avait bien trop de haine et de peur dans l'air. Jeb ne pourrait pas me protéger indéfiniment.

J'ai été soulagée quand nous sommes sortis de la salle par l'étroite crevasse pour retrouver le labyrinthe souterrain et mon trou dans la roche. Là-bas, au moins, je pouvais être seule.

Derrière moi, il y a eu des sortes de sifflements, comme si nous avions traversé un nid de vipères qui s'agitaient de colère après notre passage. En entendant ce son rouler sur les parois, j'avais soudain envie que Jeb presse le pas.

Le patriarche a poussé un petit rire. Il me semblait de plus en plus bizarre. Parfois son sens de l'humour m'échappait presque autant que ses motivations.

— On s'ennuie ferme ici quelquefois, a-t-il murmuré, sans doute pour lui même. (Avec Jeb, c'était toujours difficile de savoir s'il dialoguait ou soliloquait.) Peut-être quand ils cesseront de me maudire me remercieront-ils d'avoir mis un peu de sel dans leur quotidien !

Notre chemin dans le noir a repris son cours sinueux. Je me sentais toujours aussi perdue. Peut-être avait-il emprunté une route différente ? Le trajet m'a paru plus long qu'à l'aller ; mais finalement, la lueur bleue est apparue à l'orée d'un dernier virage.

Je me suis raidie. Jared était-il là ? Si c'était le cas, je savais qu'il serait en colère. Je doutais qu'il fût ravi d'apprendre que Jeb m'avait offert la possibilité de me dégourdir les jambes, même si c'était pour assouvir des besoins urgents.

Sitôt passé l'angle du mur, j'ai aperçu une silhouette, assise au pied de la paroi, à côté de la lampe, projetant une grande ombre sur le sol, mais ce n'était pas Jared. J'ai serré le bras de Jeb – un réflexe de peur.

Et puis j'ai observé cette silhouette. Elle était un peu plus petite que moi, plus menue aussi, c'est pour cela qu'il ne pouvait s'agir de Jared. Petite, mais longiligne, presque fluette. Malgré la pénombre, j'ai remarqué la peau hâlée par le soleil, les cheveux bruns lumineux qui couvraient le visage jusqu'au menton.

Mes jambes ont chancelé.

Ma main a attrapé le bras de Jeb, cette fois pour m'empêcher de tomber.

— Nom de Dieu! s'est exclamé Jeb. Personne ne peut donc garder un secret plus d'une journée ici! Ça me fout hors de moi! Un ramassis de pipelettes, voilà ce que vous êtes tous! (Il a lâché un grognement.)

Je n'ai pas même cherché à comprendre ce que racontait Jeb; j'étais en proie au plus grand dilemme de ma vie – de toutes mes vies passées.

Melanie avait reconnu cette silhouette, je la sentais s'agiter dans toutes mes cellules. Mes terminaisons nerveuses se tortillaient d'excitation. Mon corps contractait ses muscles pour s'élancer. Mes lèvres tremblaient, voulant s'ouvrir pour crier son nom. Tout mon être se tendait vers le garçon, mais je ne bougeais pas. Je parvenais même à garder les bras le long de mes flancs.

Melanie avait beaucoup appris lors des rares fois où je lui avais cédé et laissé prendre les commandes; elle était devenue très forte; je devais faire appel à toute ma volonté pour lui résister. Une sueur froide perlait sur mon front, mais je n'étais plus mourante dans le désert. Je n'étais ni faible, ni confuse, ni terrassée par des retrouvailles avec un être que je pensais mort. Je m'étais préparée mentalement à cet instant, mon corps a donc vite recouvré ses forces. Et cette vigueur corporelle a affermi ma volonté, ma détermination.

J'ai chassé Melanie de mes membres, de tous les endroits de mon organisme où elle s'était insinuée, pour la refouler dans les profondeurs de mon esprit.

Elle a baissé les armes. Sa reddition a été soudaine et brutale. *Ah!* a-t-elle soufflé, dans une sorte de gémissement.

Je me suis sentie coupable d'avoir remporté cette manche.

Melanie était bien plus pour moi, désormais, qu'un simple hôte rétif qui me donnait inutilement du fil à retordre. Nous étions devenues des partenaires, des confidentes même depuis ces dernières semaines, depuis que la Traqueuse était devenue notre ennemie commune. Dans le désert, quand j'ai cru que j'allais mourir sous la machette de Kyle, je me disais que c'était un moindre mal. Ainsi je n'aurais pas été responsable de la mort de Melanie ; elle n'était déjà plus, à l'époque, un simple corps pour moi. Mais aujourd'hui notre symbiose s'était encore amplifiée. Je m'en voulais de lui causer cette peine.

Mais c'était un mal nécessaire, même si elle ne s'en rendait pas compte. Le moindre mot que nous aurions prononcé aurait été mal interprété, le moindre geste se serait soldé par une réaction violente. Les réactions de Melanie étaient trop brutales, trop émotives. Elle nous aurait attiré un tas d'ennuis.

Tu dois me faire confiance, lui ai-je dit. *J'essaie juste de nous maintenir en vie. Je sais que tu te refuses à croire que tes congénères pourraient nous faire du mal.*

Mais c'est Jamie, a-t-elle murmuré. Il y avait en elle un tel élan vers le garçon que j'ai senti mes jambes chanceler à nouveau.

J'ai tenté de regarder avec objectivité cet adolescent à l'air renfrogné, adossé contre le mur, les bras croisés sur la poitrine. J'ai essayé de le considérer comme un étranger et de préparer ma réaction, ou mon absence de réaction. J'ai essayé, mais je n'y suis pas parvenue. C'était Jamie ! Il était beau, et mes bras – les miens, pas ceux de Melanie – brûlaient de l'étreindre. Les larmes m'ont embué les yeux et ont roulé sur mes joues. J'espérais qu'elles étaient invisibles dans la pénombre.

— Jeb, a articulé Jamie, en manière de salut. (Ses yeux glissaient sur moi sans s'y arrêter.)

Sa voix était si grave ! Il avait donc tant vieilli ? Un nouvel éperon de culpabilité m'a traversée ; j'avais raté son quatorzième anniversaire. Melanie m'a montré la date et j'ai compris que c'était ce même jour que j'avais rêvé de Jamie pour la première fois. Elle avait lutté si fort pour contenir son chagrin, pour voiler ses souvenirs dans le but de protéger le garçon que cela avait filtré dans mes rêves. Et je m'étais empressée d'envoyer un e-mail à la Traqueuse !

J'en frissonnais d'horreur aujourd'hui. Comment avais-je pu être aussi cruelle ?

— Que fais-tu ici, gamin ? a demandé Jeb.

— Pourquoi tu ne me l'as pas dit ?

Jeb est resté silencieux.

— C'est Jared qui ne voulait pas ? a-t-il insisté.

Jeb a poussé un soupir.

— D'accord. Tu es au courant maintenant. Et en quoi est-ce un bien pour toi ? On voulait juste te…

— Me protéger, c'est ça ? a-t-il lâché avec aigreur.

D'où lui venait cette agressivité ? Était-ce ma faute ? Bien sûr que oui…

Melanie a éclaté en sanglots. Cela brouillait ma concentration. Les voix de Jeb et de Jamie se sont faites plus distantes.

— Entendu, Jamie. Tu es un grand et tu n'as pas besoin d'être protégé. D'accord. Qu'est-ce que tu veux ?

Cette capitulation rapide a pris de court le garçon. Il nous a regardés tour à tour, incapable de formuler sa requête.

— Je… je veux… lui parler… parler au mille-pattes. (Sa voix avait retrouvé sa tonalité aiguë d'enfant manquant d'assurance.)

— Elle ne parle pas beaucoup, a répondu Jeb. Mais tu peux essayer si tu veux, gamin.

Jeb a retiré ma main de son bras et s'est assis par terre, dos au mur. Il a remué un peu jusqu'à trouver une position à peu près confortable. Le fusil reposait sur ses cuisses. Il a laissé aller sa tête en arrière, contre la paroi, et a fermé les yeux. En un instant, il a paru s'endormir.

Je suis restée immobile, essayant de détacher mon regard de Jamie, mais c'était au-dessus de mes forces.

Jamie ne s'attendait pas à ce que Jeb lui donne son accord aussi vite. Il a regardé le vieil homme s'installer sur le sol, les yeux écarquillés de surprise, ce qui lui donnait l'air encore plus jeune. Devant l'immobilité de Jeb, le garçon a fini par relever les yeux vers moi ; il a plissé les paupières.

Cette façon qu'il avait de me regarder – un mélange de colère, de bravade pour se montrer insensible et courageux, mais où l'on devinait la peur et le chagrin – a arraché de nouvelles larmes à Melanie et mes genoux se sont mis à trembler. Préférant éviter de m'écrouler par terre, j'ai reculé lentement vers la paroi en face de Jeb et me suis laissée glisser au sol. J'ai replié les jambes sur ma poitrine, en tâchant de me faire la plus petite possible.

Jamie m'observait avec méfiance, et il a avancé lentement pour se planter devant moi. Il a jeté un coup d'œil à Jeb qui n'avait pas bougé ni ouvert les yeux, puis il s'est assis à côté de moi. Il y a eu une nouvelle intensité dans son regard, une expression presque adulte. Mon cœur s'est serré de chagrin pour ce petit homme triste derrière ce visage d'enfant.

— Tu n'es pas Melanie, a-t-il déclaré à voix basse.

Il était difficile de rester silencieuse, parce que cette fois c'est moi qui voulais parler. Mais j'ai résisté et, après un moment d'hésitation, j'ai secoué la tête en guise de réponse.

— Tu es à l'intérieur de son corps, pourtant.

Un autre temps. Puis j'ai acquiescé.

— Qu'est-il arrivé à ton... à son visage ?

J'ai haussé les épaules. Je ne savais pas à quoi ressemblait mon visage, mais je pouvais l'imaginer.

— Qui t'a fait ça ? a-t-il insisté. (Son doigt hésitant s'est approché, a presque effleuré ma joue. Je suis restée immobile, n'éprouvant aucune peur de cette main.)

— Tante Maggie, Jared et Ian, a énuméré Jeb d'une voix assoupie. (Jamie et moi avons sursauté de concert. Jeb n'avait pas bougé, ni ouvert les yeux. Il paraissait si paisible, comme s'il avait répondu à la question de Jamie, par-delà le mur du sommeil.)

Jamie a attendu un moment, puis m'a regardée de nouveau avec la même intensité.

— Tu n'es pas Melanie, mais tu connais tous ses souvenirs, et le reste ?

J'ai encore acquiescé.

— Tu sais qui je suis ?

J'ai voulu retenir les mots, mais ils sont sortis tout seuls :

— Tu es Jamie. (Je n'ai pu m'empêcher de prononcer ce prénom comme une caresse.)

Le garçon a battu des paupières, surpris de m'entendre sortir de mon mutisme. Puis il a hoché la tête.

— Oui, je suis Jamie.

Nous avons tous les deux observé Jeb, toujours immobile, puis nous nous sommes à nouveau regardés.

— Tu te souviens de ce qui lui est arrivé ? a-t-il demandé.

J'ai grimacé, et puis j'ai acquiescé lentement.

— Je veux savoir, a-t-il murmuré.

J'ai fait non de la tête.

— Je veux savoir. (Ses lèvres tremblaient.) Je ne suis pas un enfant. Raconte-moi.

— Ce n'est pas agréable à entendre, ai-je soufflé, incapable de me retenir. (Je ne pouvais rien lui refuser.)

Ses sourcils bruns se sont froncés pour se rejoindre au-dessus de ses grands yeux.

— S'il te plaît.

J'ai lancé un regard vers Jeb. Peut-être nous observait-il entre ses cils ?

J'ai murmuré dans un filet de voix presque inaudible :

— Quelqu'un l'a vue pénétrer dans un endroit interdit. C'est comme ça qu'ils ont su. Ils ont appelé les Traqueurs.

Jamie a tressailli en entendant ce mot.

— Les Traqueurs ont tenté de la convaincre de se rendre. Elle s'est enfuie. Quand elle a compris qu'ils allaient l'attraper, elle a sauté dans un puits d'ascenseur.

J'ai tremblé à ce souvenir, et le visage de Jamie a pâli.

— Elle n'est pas morte ? a-t-il murmuré.

— Non. Nous avons des Soigneurs très habiles. Ils l'ont réparée rapidement. Puis ils m'ont insérée en elle. Ils espéraient que je leur dise comment elle avait pu survivre aussi longtemps en liberté. (Je parlais trop ! J'ai vite fermé la bouche. Jamie n'a pas remarqué mon dérapage, mais Jeb a ouvert les yeux et m'a regardée en silence, immobile comme une statue.)

— Pourquoi ne l'as-tu pas laissée mourir ?

Le garçon avait du mal à articuler ; un sanglot encombrait sa gorge. C'était encore plus déchirant parce que ce n'était pas le chagrin d'un enfant, mais celui d'un adulte qui comprenait la situation dans toute son horreur. J'avais tellement envie de tendre le bras et de caresser sa joue. Je voulais le serrer contre moi, le supplier de ne pas être triste. J'ai serré les poings et tenté de me concentrer sur sa question. Les yeux de Jeb ont glissé sur mes poings puis sont revenus sur mon visage.

— Je n'ai pas eu voix au chapitre, ai-je murmuré. J'étais encore dans le caisson d'hibernation au fin fond de l'espace quand c'est arrivé.

Jamie a battu des paupières, surpris. Il ne s'attendait pas à cette réponse ; il était le siège d'émotions contradictoires. J'ai jeté un coup d'œil vers Jeb ; ses yeux brillaient de curiosité.

La même curiosité, quoique plus circonspecte, a gagné Jamie.

— D'où viens-tu ?

Malgré moi, j'ai esquissé un sourire devant son intérêt naïf.

— De loin. D'une autre planète.

— Est-ce que là-bas…, a-t-il commencé à demander, mais une voix l'a interrompu :

— C'est quoi ce bordel ? a crié Jared en se figeant de colère à l'orée du tunnel. Nom de Dieu, Jeb ! On avait dit que…

Jamie s'est relevé d'un bond.

— Ce n'est pas Jeb qui me l'a dit ! Mais toi, tu aurais dû le faire.

Jeb a soupiré et s'est mis lentement debout. Dans le mouvement, le fusil a roulé par terre. Il s'est arrêté à quelques centimètres de moi. Je me suis reculée, mal à l'aise.

Jared a eu une réaction différente. Il a foncé vers moi. Par réflexe, je me suis pelotonnée contre le mur, me couvrant le visage de mes bras. Il a ramassé le fusil avec humeur.

— Tu cherches à tous nous faire tuer? s'est-il écrié en lançant le fusil dans les bras du vieil homme.

— Du calme, Jared, a répondu Jeb d'une voix lasse. Elle ne toucherait pas à cette arme, même si je la laissais seule avec toute une nuit. Tu ne le vois donc pas? (Il a dirigé le canon vers moi et j'ai reculé dans un sursaut.) Ce n'est pas une Traqueuse. Ouvre les yeux!

— Fous-moi la paix, Jeb!

— Non, toi, fous-nous la paix! a crié Jamie. Jeb n'a rien fait de mal.

— Toi, tu sors d'ici! a répliqué Jared en se tournant vers le garçon. Ou ça va chauffer pour ton matricule!

Jamie a serré les poings et n'a pas bougé.

J'étais pétrifiée d'effroi. Comment pouvaient-ils se crier dessus? Ils étaient une famille, les liens qui les unissaient étaient plus forts que ceux du sang. Jared n'allait pas frapper Jamie, c'était impossible! Je devais faire quelque chose… mais quoi? Quoi? Dès que je disais un mot ou levais le petit doigt, Jared voyait tout rouge.

Pour une fois, Melanie était plus calme que moi. *Il ne va pas faire de mal à Jamie*, m'a-t-elle dit en pensée. *C'est du bluff!*

Je les regardais; ils se faisaient face comme deux ennemis. Une bouffée de panique m'a envahie.

On n'aurait jamais dû venir ici. Regarde le mal qu'on leur fait, ai-je gémi.

— Tu n'aurais pas dû me cacher qu'elle était revenue, a lâché Jamie entre ses dents serrées. Et tu n'aurais pas dû lui faire mal. (Il a tendu une main pour désigner mon visage.)

Jared a craché par terre.

— Ce n'est pas Melanie. Elle est morte, Jamie!

— C'est son visage, a insisté Jamie. Et son cou. Ça ne te fait donc rien de voir ces bleus?

Jared a baissé les bras. Il a fermé les yeux et pris une profonde inspiration.

— Soit tu t'en vas tout seul comme un grand, Jamie, et tu me laisses souffler un peu, soit c'est moi qui te fais sortir d'ici. Je ne plaisante pas. Je ne peux pas en supporter davantage. Je suis à ma limite. Alors, si tu veux bien, on reprendra cette discussion plus tard. (Il a ouvert les yeux, brillants de larmes.)

Jamie l'a regardé et sa colère s'est dissipée peu à peu.

— Excuse-moi, a-t-il marmonné au bout d'un moment. Je m'en vais. Mais je reviendrai peut-être, je ne te promets rien.

— On en reparlera. Pour l'instant, va-t'en. Je t'en prie.

Jamie a haussé les épaules. Il m'a regardée une dernière fois et puis il est parti. En le voyant s'éloigner sur ses grandes jambes, mon cœur s'est serré à l'idée de tout ce que j'avais manqué.

Jared s'est tourné vers Jeb.

— Toi aussi, va-t'en.

Jeb a levé les yeux au ciel.

— Tu n'as pas eu le temps de te reposer assez. Franchement, je peux la surveiller pendant que…

— Va-t'en.

Jeb a froncé les sourcils.

— D'accord. Pas de problème.

Il s'est éloigné à son tour dans le tunnel.

— Jeb ?

— Ouais ?

— Si je te demande de lui mettre une balle dans la tête, tu le feras ?

Jeb a continué à marcher, sans se retourner, mais ses mots étaient parfaitement clairs :

— Je le ferai. Je dois respecter mes propres règles. Alors sois bien sûr de toi quand tu me demanderas ça.

Et il a disparu dans le virage.

Jared l'a regardé partir. Avant qu'il puisse reporter sa colère sur moi, j'ai disparu dans mon trou.

18.

L'ennui

J'ai passé le reste de la journée, à une exception près, dans le silence total.

Il a été rompu par l'arrivée de Jeb, plusieurs heures plus tard, qui nous apportait à manger pour tous les deux. Lorsqu'il a posé le plateau au bord de mon trou, il m'a lancé un sourire d'un air désolé.

— Merci, ai-je murmuré.

— Pas de quoi.

J'ai entendu Jared grogner, irrité par notre petit échange.

Cela a été le seul son émis par Jared. Je savais qu'il était là, mais il n'y avait aucun signe de sa présence, pas même le bruit de sa respiration.

La journée a duré une éternité – des heures d'ennui et d'inconfort. J'ai essayé toutes les positions, mais toutes m'étaient douloureuses. J'avais les reins en compote.

Melanie et moi avons beaucoup pensé à Jamie. Nous lui avions fait du mal en venant ici, nous lui en faisions encore maintenant. Une promesse valait-elle ce prix ?

J'ai perdu la notion du temps. Ce pouvait être le soir, ou l'aube, je n'en avais aucune idée. Melanie et moi

avions épuisé tous les sujets de discussion. On a passé
en revue nos souvenirs communs, oisivement, comme
on zappe sur les chaînes d'une télévision, sans rien
regarder. J'ai somnolé mais je n'ai pas pu dormir profondément tant j'avais mal partout.

Quand Jeb est enfin revenu, je lui aurais sauté au cou
de joie. Il a passé la tête dans l'ouverture avec un grand
sourire.

— Une petite promenade ?

J'ai hoché la tête.

— Je vais le faire ! a grogné Jared. Donne-moi le
fusil.

J'ai hésité, accroupie à l'entrée de mon trou, jusqu'à
ce que Jeb me fasse signe de sortir.

— Allez, viens…

Je me suis extirpée de ma geôle, toute courbaturée.
Jeb m'a offert sa main. Jared a poussé un grognement
de dégoût et a détourné la tête. Il tenait l'arme serrée,
ses jointures toutes pâles sur la crosse. Je n'aimais pas
ça. Je préférais quand c'était Jeb qui avait le fusil entre
les mains.

Jared s'est montré beaucoup moins attentionné que
Jeb. Il s'est éloigné à grands pas dans le tunnel sans
chercher à m'attendre.

J'avais du mal à le suivre. Il ne faisait pas de bruit et
marchait vite. Je devais progresser une main devant le
visage, l'autre le long du mur, en faisant mon possible
pour ne pas me heurter à la roche. À deux reprises,
je suis tombée. Il n'a rien fait pour m'aider, mais il a
attendu que je me relève pour reprendre sa marche. À
un moment, alors que je pressais le pas dans une section linéaire d'un tunnel, je me suis trop rapprochée de
lui et ma main a touché son dos, tâté la courbe de ses
épaules avant que je ne m'aperçoive que ce n'était pas

une paroi. Il a fait un bond en avant pour échapper à mon contact, en poussant un sifflement agacé.

— Désolée, ai-je murmuré en sentant mes joues s'empourprer dans les ténèbres.

Il n'a pas répondu mais a accéléré l'allure pour me rendre la tâche plus difficile encore.

Finalement, au moment où je ne m'y attendais pas, il y a eu une lumière devant moi. Avait-il emprunté un chemin différent ? Ce n'était pas la vive clarté de la grande salle. C'était une lueur tamisée, couleur argent. Mais la fissure que nous avons dû franchir me paraissait identique… Ce n'est qu'une fois arrivée dans la vaste caverne que j'ai compris la raison de ce nouvel éclairage.

C'était la nuit ; la lumière qui tombait du plafond rappelait un clair de lune ; j'ai profité de cette pénombre pour examiner la voûte, dans l'espoir de percer le secret de cette illumination. Très haut au-dessus de moi, une centaine de petites lunes diffusaient leur clarté sur le sol. Les lunes semblaient réparties de façon aléatoire, à des distances différentes. J'ai secoué la tête, incrédule. Bien que je ne fusse pas aveuglée, je ne comprenais toujours pas ce système d'éclairage.

— Avance ! a lancé Jared avec humeur, quelques mètres devant moi.

J'ai tressailli et lui ai emboîté le pas. Je n'aurais pas dû me laisser distraire. Cela l'agaçait de devoir m'adresser la parole.

Comme je m'y attendais, Jared ne m'a pas donné de lampe de poche quand nous sommes arrivés dans la salle des deux rivières. La pièce était faiblement éclairée ; seulement une vingtaine de lunes miniatures y brillaient, moins encore que dans la grande salle. Jared s'est immobilisé sur le seuil et a levé les yeux au plafond d'un air agacé pendant que je m'aventurais avec précaution dans la petite grotte abritant le bassin. Si je trébuchais et tombais dans la rivière souterraine, Jared y verrait un coup de pouce du destin.

Non, il serait triste, a rectifié Melanie alors que je contournais la baignoire d'eau noire en rasant la paroi.

Cela m'étonnerait. Cela lui rappellera son chagrin de t'avoir perdue la première fois, mais il sera heureux de me voir, moi, disparaître.

Parce qu'il ne te connaît pas, a murmuré Melanie avant de se retirer, comme si elle était épuisée.

Je me suis figée de surprise. Melanie venait-elle de me faire un compliment ?

— Avance ! a aboyé Jared depuis l'autre salle.

J'ai obéi et ai progressé aussi vite que les ténèbres et ma peur me le permettaient.

À notre retour, Jeb nous attendait à côté de la lampe bleue ; à ses pieds se trouvaient quatre paquets : deux de forme cylindrique, deux parallélépipédiques. Je ne les avais pas remarqués auparavant. Peut-être était-il parti les chercher pendant notre absence…

— Qui passe la nuit ici ce soir, toi ou moi ? a demandé Jeb d'un ton détaché.

Jared a regardé les paquets aux pieds de Jeb.

— Moi, a-t-il répondu avec brusquerie. Et je n'ai besoin que d'une paillasse ! (Jeb a soulevé ses sourcils broussailleux.) Elle n'est pas des nôtres. Et tu as dit que c'était à moi de décider.

— Ce n'est pas un animal non plus, mon garçon. Et tu ne traiterais pas un chien comme ça.

Jared n'a pas répondu. J'ai entendu ses dents grincer.

— Jamais je n'aurais cru que tu pouvais être cruel, a dit doucement Jeb. (Mais il a ramassé l'un des cylindres, a passé la sangle sur son épaule et a récupéré l'objet rectangulaire – un oreiller.)

— Désolé, fillette, a-t-il articulé en me tapotant l'épaule.

— Arrête ça, Jeb ! a grommelé Jared.

Jeb a haussé les épaules et s'est éloigné. Je suis vite rentrée dans mon trou, pour me cacher tout au fond, roulée en boule dans le noir, en espérant être devenue invisible.

Au lieu de s'installer en silence et hors de ma vue, Jared a déroulé son matelas juste devant ma cellule. Il a tapoté son oreiller à plusieurs reprises pour lui donner du volume. Il s'est allongé et a croisé les bras sur sa poitrine. C'était la portion de son corps que je pouvais distinguer par l'ouverture – ses bras croisés, et une partie de son abdomen.

Sa peau avait ce hâle sombre qui hantait mes rêves depuis les six derniers mois. C'était étrange d'avoir ce morceau de rêve en vrai, à un mètre de moi. Déconcertant.

— N'espère pas te faire la belle. (Sa voix était plus douce, au bord du sommeil.) Si tu essaies… (Il a bâillé.)… je te tue.

Je n'ai rien répondu. Cet avertissement avait quelque chose d'insultant. Pourquoi essaierais-je de m'enfuir ? Pour aller où ? Pour me jeter dans les bras des barbares qui voulaient me faire la peau, qui attendaient tous que je fasse quelque chose d'aussi stupide ? Ou, à supposer que je leur échappe, pour me perdre dans le désert qui ne manquerait pas cette fois de me rôtir sur place ? Quelles intentions absurdes Jared me prêtait-il ? Pensait-il que je pouvais mettre en péril leur petit monde ? Me croyait-il donc si puissante ? Ne voyait-il pas à quel point j'étais faible et vulnérable ?

Jared s'est endormi vite, parce qu'il a commencé à avoir des spasmes nerveux, comme dans le souvenir de Melanie. Quand il était embêté, il avait le sommeil

agité. J'ai regardé ses mains se crisper nerveusement.
Rêvait-il qu'il m'étranglait ?

Les jours ont passé – six ou sept peut-être, j'ai rapidement perdu le fil. Jared se dressait comme un mur de
silence entre le monde extérieur et moi. J'étais coupée
de tout. Il n'y avait d'autres sons que ceux de ma respiration et de mes propres mouvements ; il n'y avait
rien à voir sinon ma grotte, le cercle de lumière bleue,
le va-et-vient des plateaux-repas, avec leurs rations
toujours identiques, et les images, fugitives, éparses,
de Jared passant dans l'ouverture. Il n'y avait pas de
contact, sinon celui des cailloux pointus meurtrissant
ma peau ; pas de saveur sinon l'amertume de l'eau, le
pain dur, la soupe claire, les racines au goût de champignon, encore et encore, telle une litanie monotone.

C'était un mélange improbable : la peur, prégnante ;
l'inconfort, douloureux ; et l'ennui, absolu. Sur les trois,
l'ennui était le plus insupportable. Ma prison était une
chambre de privations sensorielles.

Allions-nous devenir folles, Melanie et moi ?

On entend toutes les deux une voix dans notre tête,
a-t-elle précisé. *Ce n'est pas bon signe !*

On va finir par ne plus savoir parler, m'inquiétais-
je. *Cela fait combien de temps que personne ne nous a
adressé la parole ?*

*Il y a quatre jours, tu as remercié Jeb pour nous
avoir apporté à manger et il a dit : « Pas de quoi ! »
Enfin, quand je dis quatre jours, je n'en sais trop rien.
Cela fait quatre longs sommeils, ça j'en suis sûre.*
J'ai entendu son soupir agacé. *Arrête de te ronger les
ongles ! Il m'a fallu des années pour me débarrasser de
cette sale habitude.*

Mais ces ongles longs m'agaçaient. *Prendre ou ne pas prendre de mauvaises habitudes, c'est le cadet de mes soucis aujourd'hui.*

Jared ne laissait plus Jeb nous apporter nos repas. Quelqu'un déposait le plateau au bout du tunnel et Jared allait le récupérer. C'était toujours la même chose : pain, soupe, légumes, deux fois par jour. Parfois, il y avait un extra pour Jared, de la nourriture sous emballage ; je reconnaissais les marques : Red Vines, Snickers, Pop-Tart. Je n'osais imaginer comment les humains avaient mis main basse sur ces confiseries…

Il était évident que Jared ne partagerait pas avec moi, mais je me demandais s'il ne cherchait pas à me faire bisquer… Mes seules distractions, c'était de l'entendre manger ces douceurs ; parce qu'il le faisait avec ostentation, comme il avait tapoté son oreiller le premier soir.

Un jour, Jared avait ouvert un paquet de Cheetos avec la même ostentation ; l'odeur du fromage avait empli ma cellule… délicieuse, irrésistible. Il en avait mangé un seul, lentement, en me faisant entendre chaque craquement sous ses dents.

J'ai entendu mon estomac gargouiller et ça m'a fait rire. Il y avait si longtemps que je n'avais pas ri. Quand était-ce pour la dernière fois ? Mon passage d'hilarité morbide dans le désert ne comptait pas. Et avant, à San Diego, les moments drôles avaient été bien rares…

Sans savoir pourquoi, je trouvais la situation grotesque. Mon estomac qui se pâmait pour de vulgaires gâteaux apéritifs ! J'en riais de plus belle. Étaient-ce les prémices de la démence ?

Je ne sais si ma réaction l'a offensé, toujours est-il qu'il s'est levé et a disparu de ma vue. Après un long moment, je l'ai entendu grignoter de nouveaux ses Cheetos, mais plus loin. J'ai passé la tête par l'ouverture et je l'ai vu dans l'ombre au bout du tunnel, me tournant le dos. Je suis retournée au fond de mon trou, de crainte qu'il ne me voie. À partir de ce jour-là, il est resté le plus possible au bout du boyau. La nuit, seulement, il venait s'installer devant ma geôle.

Deux fois par jour – ou plutôt, deux fois par nuit, car il choisissait toujours des heures où l'on ne risquait pas de croiser quelqu'un – il m'emmenait dans la salle des rivières ; c'était un grand moment, malgré la peur, car je pouvais enfin m'extraire de mon caveau de torture. Il m'était chaque fois plus pénible de retourner dans mon trou.

Pendant cette semaine, nous avons eu trois visites, toujours au cours de la nuit.

La première fois, c'était Kyle.

Jared s'est levé d'un bond à son approche et le bruit m'a réveillée.

— Sors d'ici ! a-t-il articulé en levant le fusil.

— Je viens juste jeter un coup d'œil. (Sa voix était lointaine, mais puissante et haineuse ; ce n'était pas son frère Ian.) Un jour, tu ne seras pas là, Jared. Un jour, tu dormiras trop profondément.

Pour toute réponse, Jared a armé le fusil.

J'ai entendu le rire de Kyle se perdre en écho.

Les deux autres visites, je ne sais pas qui est venu. Kyle, peut-être, Ian, ou un autre. C'est le sursaut de Jared qui m'a réveillée. Les deux fois, il s'est dressé sur ses jambes et a pointé l'arme sur l'intrus. Il n'y a eu aucune parole échangée. Celui qui venait « jeter un coup d'œil » ne s'est pas donné la peine de faire la conversation. Une fois l'inconnu parti, Jared s'est rendormi rapidement. Moi, il m'a fallu plus longtemps.

La quatrième visite a apporté du nouveau.

Je n'étais pas tout à fait endormie lorsque Jared s'est dressé sur ses genoux d'un mouvement vif. Il s'est levé avec son arme dans les mains et un juron à la bouche.

— Du calme ! a murmuré une voix au loin. Je viens en ami.

— Tu ne m'embobineras pas, a grommelé Jared.

— Je veux juste parler. (La voix s'est approchée.) Pendant que tu es coincé ici, tu as raté des discussions importantes… et ton absence commence à se faire sentir.

— C'est sûr !

— C'est bon, pose cette arme. Si je comptais me battre avec toi, on serait venus à quatre cette fois.

Il y a eu un silence, puis Jared a parlé de nouveau, avec une sorte d'ironie dans la voix :

— Comment va ton frère ces jours-ci ?

Jared semblait poser cette question par malice. Il s'amusait à taquiner son visiteur. Il s'est rassis, dos au mur, à côté de mon trou, l'air détendu, mais prêt à faire feu.

Mon cou s'est fait douloureux, comme s'il prenait conscience que les mains qui l'avaient serré étaient toutes proches.

— Il peste toujours contre toi pour lui avoir réduit le nez en bouillie, a répondu Ian. Mais bon, il en a vu d'autres ! Je lui ai dit que tu étais désolé.

— C'est faux.

— Je sais. Jamais personne n'est désolé de casser la gueule à Kyle.

Les deux hommes ont échangé un petit rire ; il y avait une sorte de camaraderie complice entre les deux, ce qui était pour le moins surprenant, puisque l'un pointait une arme à feu sur l'autre. Les liens qui unissaient les gens dans cette communauté devaient être très solides. Plus solides que ceux du sang.

Ian s'est assis sur la paillasse à côté de Jared. Je distinguais sa silhouette par l'ouverture, forme noire dans le halo bleu. Son nez était parfait, droit et fin, un nez de sculpture classique. Ce nez intact était-il le signe que ses congénères trouvaient Ian plus sympathique que son frère ? Ou simplement que le cadet savait mieux esquiver les coups que l'aîné ?

— À l'évidence, tu n'es pas venu me demander des excuses pour Kyle. Alors qu'est-ce que tu veux, Ian ?

— Jeb t'a mis au courant ?

— De quoi ?

— Ils ont abandonné les recherches. Tous. Y compris les Traqueurs.

Jared n'a fait aucun commentaire, mais je l'ai senti se raidir dans l'instant.

— On les surveille depuis le début. À aucun moment, ils n'ont paru très motivés. Les recherches n'ont jamais dépassé le périmètre immédiat de la voiture abandonnée ; ces derniers jours, il était évident qu'ils cherchaient davantage un cadavre qu'un survivant. Il y a deux nuits, la chance nous a souri : le groupe de recherche a laissé des ordures sur le camp et une bande de coyotes a fait un raid. L'un des mille-pattes est rentré tard et est tombé sur les animaux en plein festin. Les coyotes l'ont attaqué et l'ont traîné sur une bonne centaine de mètres avant que le reste du groupe, alerté par les cris, vienne à sa rescousse. Les Traqueurs étaient armés, bien sûr. Ils ont dispersé facilement les coyotes et la victime n'est pas grièvement blessée, mais cet incident a semblé les convaincre de la fin probable de notre invitée ici présente.

Comment parvenaient-ils à espionner les Traqueurs ? Comment pouvaient-ils être si bien informés ? Je me sentais soudain très vulnérable. Je n'aimais pas les images qui défilaient dans ma tête – des humains invisibles, des fantômes surveillant les âmes qu'ils honnissaient. Cette pensée m'a donné la chair de poule.

— Bref, ils ont pris leurs cliques et leurs claques et sont partis. Les Traqueurs ont abandonné les recherches. Les volontaires sont rentrés chez eux. Plus personne n'est sur la trace du parasite. (Le visage en ombre chinoise s'est tourné vers moi. Je me suis tassée au fond du trou pour me rendre invisible.) Je suppose qu'ils l'ont déclarée officiellement morte, si tant est qu'ils comptent leurs morts, comme nous autres. Jeb boit du petit lait : « Je vous l'avais bien dit ! » n'arrête-t-il pas de répéter à qui veut l'entendre.

Jared a marmonné quelque chose, l'air agacé ; j'ai juste discerné le prénom « Jeb ». Puis il a pris une profonde inspiration et a lâché :

— D'accord. C'est donc la fin.

— Cela y ressemble. (Ian a hésité puis a ajouté :) Sauf si… mais c'est sans doute sans importance.

Jared s'est de nouveau raidi ; il n'aimait guère jouer aux devinettes.

— Vas-y.

— Personne, hormis Kyle, n'y a fait très attention, mais tu le connais…

Jared a acquiescé d'un grognement.

— Comme tu as le nez pour ce genre de choses, a repris Ian, je voulais avoir ton opinion. C'est pour ça que j'ai pénétré dans cette zone interdite au péril de ma vie ! (Après cette raillerie, sa voix est redevenue sérieuse.) Tu sais, il s'est passé un truc bizarre chez les Traqueurs… C'était l'un des leurs puisqu'il avait un Glock…

Il m'a fallu une seconde pour reconnaître ce mot. Il ne faisait pas partie du vocabulaire courant de Melanie. Quand j'ai compris qu'il s'agissait d'un pistolet, le ton vibrant et envieux de Ian m'a donné la nausée.

— Kyle a été le premier à remarquer son comportement bizarre. Les autres Traqueurs s'en fichaient ; à l'évidence, ce mille-pattes n'avait pas un rôle décisionnaire. Mais il n'arrêtait pas de la ramener, d'y aller de ses conseils, et personne ne l'écoutait. J'aurais bien aimé savoir ce qu'il leur disait…

J'ai eu de nouveau la chair de poule.

— Bref… Lorsque le groupe a décidé d'arrêter les recherches, a poursuivi Ian, le mille-pattes a vu tout rouge. Tu sais comment sont ces parasites d'ordinaire : toujours aimables, toujours mesurés… C'était vraiment étrange. Ils ont été à deux doigts de se disputer. Enfin, une dispute à sens unique, parce que les autres n'ont rien répondu, mais le mille-pattes hystérique, lui, était vraiment en colère. Les Traqueurs ont ignoré ses vitupérations et ils sont tous partis.

— Et le mille-pattes énervé ?

— Il est monté dans une voiture et a pris la direction de Phoenix. Puis il est revenu vers Tucson. Et il est reparti vers l'ouest.

— Il cherche encore.

— Ou alors il est perdu. Il s'est arrêté dans cette boutique au pied de Picacho Peak. Il a parlé au parasite qui bosse là-bas, alors qu'il a déjà été interrogé.

— Je vois, a grogné Jared. (Cette fois, il était vraiment intéressé.)

— Puis il est parti à l'ascension du mont – ce stupide mille-pattes en tailleur noir ! Il a dû rôtir vivant, habillé comme ça.

Un spasme m'a traversée, me plaquant plus fort encore contre la paroi. Mes mains se sont portées à mon visage dans un geste de protection. J'ai entendu l'écho d'un sifflement résonner dans ma petite alcôve. Lorsque le silence est revenu, j'ai compris que c'était moi qui avais fait ce bruit.

— Qu'est-ce que c'est ? a demandé Ian.

J'ai écarté les doigts et j'ai vu les visages des deux hommes penchés dans l'ouverture. Ian était en ombre chinoise, mais une partie de la face de Jared était éclairée ; ses traits étaient durs comme de la pierre.

Je voulais rester immobile, invisible, mais je ne pouvais réprimer mes tremblements.

Jared s'est redressé et est revenu avec la lampe à la main.

— Regarde ses yeux, a soufflé Ian. Il est terrorisé, ton mille-pattes.

Je voyais à présent leurs expressions, mais je ne pouvais détacher mon regard de Jared. Il me fixait avec un questionnement implacable. Il cherchait à savoir ce qui avait déclenché chez moi un tel effroi.

Mon corps ne voulait pas s'arrêter de trembler !

Elle n'abandonnera donc jamais ! a gémi Melanie.

Jamais. Jamais, ai-je reconnu avec le même accablement.

Mon dégoût pour la Traqueuse s'était définitivement mué en peur. Mon estomac s'est contracté. Pourquoi ne voulait-elle pas me croire morte comme les autres ? Même dans le trépas, cette Walkyrie me pourchasserait encore !

— Qui est ce Traqueur en tailleur noir ? a aboyé Jared.

Mes lèvres tremblaient, mais je ne répondais rien. Le silence, ma meilleure défense.

— Je sais que tu peux parler ! Tu parles à Jeb, à Jamie. Alors je veux une réponse !

Il s'est faufilé dans l'ouverture, surpris par son exiguïté. Le plafond bas le forçait à se tenir à genoux, et cela n'arrangeait pas son humeur. Il aurait préféré me dominer de sa hauteur.

J'étais acculée ; déjà pelotonnée au fin fond de mon trou. Il y avait tout juste la place pour une personne dans ma geôle. Je sentais son souffle sur ma peau.

— Maintenant, parle ! a-t-il crié.

19.

L'abandon

— Qui est ce Traqueur ? Pourquoi ce mille-pattes refuse-t-il d'abandonner les recherches ? Pourquoi ? hurlait Jared à m'en crever les tympans.

Je me suis caché le visage, me préparant à recevoir un premier coup.

— Hum… Jared, a murmuré Ian. Tu devrais peut-être me laisser faire ?

— Ne t'occupe pas de ça !

La voix de Ian s'est soudain faite toute proche ; il y a eu des frottements contre la paroi lorsqu'il a tenté de se faufiler à son tour dans le trou.

— Tu vois bien qu'il a trop les jetons pour parler. Laisse-lui une seconde pour…

Il y a eu un mouvement, puis un choc. Ian a poussé un juron. Entre mes doigts, j'ai vu que Ian n'était plus là. Jared me tournait le dos.

Ian a craché et poussé une plainte.

— Ça fait deux fois. (Le coup qui m'était destiné avait changé de cible.)

— Et ça fera bientôt trois, si tu insistes ! a marmonné Jared.

De la main avec laquelle il venait de frapper Ian, il a ramassé la lampe et l'a approchée de moi. La geôle s'est transformée en écrin scintillant après tout ce temps passé dans les ténèbres.

Jared scrutait mon visage dans cette nouvelle clarté.

— Qui… est… ce… Traqueur ? a-t-il répété en détachant chaque mot.

J'ai baissé les mains et regardé ses yeux implacables. Ça m'embêtait que quelqu'un – Ian, en l'occurrence – ait souffert à cause de mon silence, même si cette personne avait voulu me tuer quelques jours plus tôt. Était-ce encore une nouvelle forme de torture ?

Jared a remarqué mon changement d'expression.

— Je n'ai pas envie de te frapper, a-t-il déclaré sans grande conviction. Mais je veux une réponse à ma question.

Ce n'était pas la bonne question – ce n'était pas même un secret.

— Parle ! (Ses yeux se sont plissés de colère.)

Était-ce de la lâcheté ? J'aurais préféré ça, d'une certaine manière – savoir que ma peur de la douleur l'avait emporté sur tout le reste. Mais la véritable raison pour laquelle j'ai cédé et me suis mise à parler était tellement plus pathétique…

Je voulais lui faire plaisir, faire plaisir à cet humain qui me haïssait de tout son être.

— C'est une Traqueuse qui…, ai-je articulé d'une voix rauque. (Cela faisait longtemps que je n'avais pas parlé.)

— On le sait que c'est une Traqueuse ! m'a-t-il interrompue avec impatience.

— Mais ce n'est pas n'importe quelle Traqueuse, ai-je murmuré. C'est *ma* Traqueuse.

— Comment ça, « ta » Traqueuse ?

— Celle qui m'a été assignée, qui a été désignée pour me pourchasser. C'est à cause d'elle que n… (Je me suis reprise juste à temps, juste avant de prononcer le mot « nous » qui aurait signé notre arrêt de mort. Surtout ne pas dire la vérité ! Elle serait interprétée aussitôt comme un mensonge, un mensonge ultime, destiné à jouer sur les cordes sensibles de Jared, à frapper au cœur. Jamais il n'accepterait que son fol espoir puisse être fondé : Melanie vivante. Il ne verrait là qu'une tentative de manipulation.)

— « À cause d'elle que… » ?

— Que je me suis enfuie, ai-je lâché. C'est à cause d'elle que je suis ici.

Ce n'était ni entièrement vrai ni entièrement faux.

Jared m'a fixée, bouche entrouverte, essayant d'assimiler cette information. Du coin de l'œil, j'ai vu le visage de Ian réapparaître dans l'ouverture, ses yeux bleus écarquillés de surprise. Il avait du sang sur les lèvres.

— Tu as fui un Traqueur ? Mais tu es l'un des leurs ! (Jared tentait de cacher son étonnement et de reprendre le fil de son interrogatoire.) Pourquoi te pourchasse-t-il ? Qu'est-ce qu'il veut ?

J'ai dégluti. Ça a fait un drôle de bruit dans ma gorge.

— C'est toi qu'elle veut. Toi et Jamie.

Son visage s'est durci.

— Et tu as essayé de l'amener jusqu'ici ?

J'ai secoué la tête.

— Non… Je… (Comment lui expliquer ? Il ne pourrait jamais accepter la vérité.)

— Alors quoi ?

— Je… je ne voulais pas lui dire. Je ne l'aime pas.

Il a battu des paupières, de nouveau incrédule.

— Je croyais que vous vous aimiez tous, les mille-pattes ?

— Normalement, c'est le cas, ai-je reconnu, en sentant mes joues s'empourprer de honte.

— Tu as parlé à quelqu'un de cet endroit ? a demandé Ian par-dessus l'épaule de Jared. (Jared s'est renfrogné, mais ne m'a pas quittée des yeux.)

— À personne. Je ne savais pas… j'ai juste vu des lignes. Des lignes sur un album. Je les ai dessinées pour la Traqueuse, mais on ne savait pas ce que ça représentait. Elle croit que c'est un itinéraire sur une carte. (Je ne pouvais m'empêcher de parler. J'ai tenté de ralentir le débit des mots, pour éviter de faire un faux pas.)

— Tu ne savais pas ce que c'était ? Et pourtant, tu es ici ! (La main rageuse de Jared s'est approchée de moi, mais s'est abaissée à quelques centimètres de mon visage.)

— Je… j'avais des problèmes avec ma… avec *sa* mémoire, ses souvenirs. Je ne comprenais pas… je ne pouvais avoir accès à tout. Il y avait des murs. C'est pourquoi on m'a assigné cette Traqueuse. Elle attendait que je fasse tomber les défenses de… (Je me suis mordu la langue pour me faire taire.)

Ian et Jared ont échangé un regard. C'était une première pour eux. Ils ne me faisaient pas confiance, mais ils voulaient tant croire que c'était possible. Ils le voulaient tant. Cela les emplissait de peur.

La voix de Jared a claqué avec une nouvelle hargne.

— Tu as pu accéder à ma cabane ?

— Oui, mais pas longtemps.

— Et tu l'as dit à la Traqueuse ?

— Non.

— Non ? Pourquoi ?

— Parce que lorsque j'ai pu m'en souvenir, je ne voulais pas le lui raconter.

Les yeux de Ian se sont écarquillés.

La voix de Jared a changé, s'est faite plus basse, plus douce. C'était tellement plus inquiétant que les cris.

— Pourquoi ne lui as-tu pas dit ?

J'ai serré les mâchoires. Ce n'était pas LE grand secret, mais c'en était un quand même. À cet instant, ma détermination à tenir ma langue provenait moins d'un instinct de protection que d'un ridicule accès de fierté. Je ne lui dirais rien, pas à cet homme qui me méprisait et que j'aimais.

Il a vu la défiance dans mes yeux et a semblé mesurer ce qu'il lui faudrait faire pour m'arracher cette réponse. Il a préféré esquiver la question ; peut-être la gardait-il pour la fin, lorsqu'il aurait recours à la torture ?

— Pourquoi ne pouvais-tu pas avoir accès à tout ? C'est… normal ?

La question était dangereuse. Pour la première fois, j'ai été contrainte de mentir.

— Elle est tombée de très haut. Le corps était endommagé…

J'ai eu du mal à formuler ce mensonge ; il était peu convaincant. Les deux humains ont tout de suite senti que quelque chose clochait. Jared a incliné la tête sur le côté ; Ian a froncé ses sourcils noirs.

— Pourquoi cette Traqueuse refuse-t-elle d'abandonner, à l'inverse des autres ? a demandé Ian.

Une grande fatigue m'a submergée. Ça pouvait durer toute la nuit si je continuais à répondre, et tôt ou tard je commettrais une erreur. Je me suis laissée aller contre le mur et j'ai fermé les yeux.

— Je ne sais pas, ai-je murmuré. Elle n'est pas comme les autres âmes. Elle est agaçante.

Ian a lâché un rire sous le coup de la surprise.

— Et toi ? Tu es comme les autres âmes ? a demandé Jared.

J'ai ouvert les yeux et je l'ai regardé avec lassitude un long moment. *Question stupide !* ai-je pensé. Puis j'ai refermé les yeux, enfoui mon visage entre mes genoux et replié mes bras autour de ma tête.

Soit Jared a compris que j'avais fini de parler, soit son corps demandait grâce dans sa position inconfortable. Il s'est donc extirpé de mon trou avec force grognements, en emportant la lampe avec lui. Une fois au-dehors, je l'ai entendu s'étirer longuement.

— C'est inattendu, a murmuré Ian.

— Des mensonges! a répliqué Jared à voix basse. (Je distinguais à peine les mots. Les deux hommes ne se doutaient pas que leurs paroles étaient amplifiées par la caisse de résonance que formait ma geôle.) Mais je n'arrive pas à comprendre pourquoi le parasite nous raconte ça, où il veut nous mener…

— Je crois qu'il nous a dit la vérité. Sauf une fois. Tu vois de quel moment je parle?

— Cela fait partie de la comédie.

— Jared, as-tu déjà rencontré un mille-pattes qui sache mentir? Hormis un Traqueur, bien entendu.

— Alors c'en est un.

— Tu es sérieux?

— C'est la meilleure explication.

— Elle est… *il* est aux antipodes d'un Traqueur. Si un Traqueur savait où nous trouver, il serait venu avec une armée.

— Et ils n'auraient rien trouvé. Mais elle… *il* a réussi à entrer dans la place, non?

— En manquant d'y laisser sa peau dix fois.

— Il respire toujours, à ce que je sache!

Les deux hommes sont restés silencieux un long moment. J'avais très envie de m'étendre pour soulager mes crampes, mais je ne voulais pas faire de bruit. Pourquoi Ian ne s'en allait-il pas? Maintenant que l'adrénaline refluait dans mon organisme, je n'avais qu'une envie : dormir.

— Je crois que je vais parler à Jeb, a finalement déclaré Ian.

— Génial ! a raillé Jared.

— Tu te souviens de la première nuit ? Quand le parasite s'est interposé entre toi et Kyle ? C'était bizarre,
non ?

— Il cherchait simplement à sauver sa peau, à échapper à…

— En se mettant à portée de Kyle ? Super plan !

— N'empêche que ça a marché.

— Non, c'est Jeb qui l'a sauvée. Et elle ne savait
pas qu'il allait arriver.

— Tu réfléchis trop, Ian. C'est exactement ce que ce
mille-pattes veut.

— Je crois que tu te trompes. Je ne sais pas pourquoi mais je crois qu'elle voudrait, au contraire, qu'on
l'oublie. (J'ai entendu Ian se mettre debout.) Et le
comble, tu sais ce que c'est ?

— Quoi ?

— Je me sens coupable comme jamais quand je la
vois se pelotonner quand on s'approche. Quand je vois
les marques violettes sur son cou.

— Tu ne vas pas te faire avoir ! (La voix de Jared
était moins assurée.) Elle n'est pas humaine. C'est un
mille-pattes. N'oublie jamais ça.

— Parce qu'elle n'est pas humaine, cela veut dire
qu'elle ne peut pas souffrir ? (La voix de Ian s'est évanouie au loin.) Qu'elle ne ressent pas les mêmes choses
qu'une femme battue… battue par nous ?

— Tu divagues ! a lancé Jared.

— On en reparlera !

Jared est resté agité un long moment après le départ
de Ian ; il a fait les cent pas devant mon trou, puis il
s'est assis sur sa natte, occultant la lumière, et s'est
mis à marmonner des paroles inintelligibles. Je n'avais
plus la force d'attendre qu'il s'endorme ; je me suis
étendue comme j'ai pu sur le sol concave. Il a sursauté

en m'entendant bouger, puis il a recommencé à marmonner.

— « Coupable », a-t-il grommelé. Il se fait avoir ! Comme Jeb ! Comme Jamie ! Ça ne peut plus continuer. Le laisser vivre ne rime à rien.

J'ai eu la chair de poule, mais j'ai tenté de ne pas y prêter attention. Je ne pouvais paniquer chaque fois que Jared songeait à me tuer, ou je ne n'aurais pas un seul moment de paix. Je me suis tournée sur l'autre flanc pour soulager ma colonne tordue ; Jared a sursauté à nouveau et s'est tu. J'étais sûre qu'il ruminait toujours de sombres pensées, mais je me suis quand même endormie.

À mon réveil, Jared était assis sur sa natte, les coudes sur les genoux, le menton calé sur un poing.

J'avais dû dormir à peine une heure ou deux ; les courbatures avaient eu raison de moi. Je réfléchissais à la visite de Ian. Jared risquait à présent de durcir les conditions de ma détention. Pourquoi Ian avait-il dit qu'il se sentait coupable ? Pourquoi n'avait-il pas tenu sa langue ? S'il ne voulait pas se sentir coupable, il n'avait qu'à ne plus étrangler les gens à tour de bras ! Melanie aussi était agacée par cette confidence, et inquiète des conséquences.

L'arrivée de Jeb, quelques minutes plus tard, a interrompu le fil de nos pensées.

— C'est moi. Inutile de te lever.

Jared a quand même redressé son fusil.

— Vas-y. Tue-moi, mon garçon. (La voix de Jeb se rapprochait à chaque mot.)

Jared a lâché un soupir.

— Va-t'en, s'il te plaît.

— Il faut qu'on discute, a répondu Jeb en s'asseyant en face de Jared. Salut, toi ! a-t-il ajouté en me faisant un petit signe.

— Arrête ces simagrées ! Tu sais que je déteste ça.

— Ouais.

— Ian m'a déjà parlé des Traqueurs, si c'est ça qui…

— Je sais. Je viens de discuter avec lui.

— Parfait. Qu'est-ce que tu veux alors ?

— Moi ? Rien de particulier. C'est un problème d'ordre général qui m'amène. On commence à être à court de tout. Il va falloir organiser un raid de réapprovisionnement.

— Oh, a murmuré Jared. (Il ne s'attendait pas à ça. Après un petit silence, il a ajouté :) Envoie Kyle.

— D'accord, a répondu Jeb en se relevant.

Jared a soupiré de nouveau, comme s'il regrettait que Jeb le prenne au mot.

— Non. Pas Kyle. Il est trop…

Jeb a lâché un petit rire.

— Il a failli nous mettre vraiment dans la merde la dernière fois qu'il est sorti seul. Il est un peu trop chien fou. Ian, peut-être ?

— Lui, il réfléchit trop.

— Brandt ?

— Il n'est pas fait pour les longues expéditions. Il commence à paniquer après une semaine ou deux. Il commet des erreurs.

— D'accord. Qui alors ?

Les secondes se sont étirées, puis j'ai entendu Jared prendre une grande inspiration, comme s'il s'apprêtait à répondre à Jeb, mais il n'a rien dit.

— Ian et Kyle en binôme, peut-être ? a suggéré Jeb. Cela pourrait faire un équilibre.

Jared a grogné.

— Comme la dernière fois ? Ça va, ça va… c'est à moi d'y aller.

— C'est vrai que tu es le meilleur, a reconnu Jeb. Tu as changé notre existence depuis ton arrivée ici.

Melanie et moi avons acquiescé. Cela ne nous étonnait pas.

Jared est sans pareil. Jamie et moi étions parfaitement en sécurité avec lui pour guide ; jamais il ne s'est mis dans une situation délicate. Si Jared avait été à Chicago, je suis certaine qu'il ne serait pas tombé dans le piège.

Jared m'a désignée du menton.

— Et pour… ?

— Je vais veiller sur elle autant que possible. Mais ce serait bien que tu prennes Kyle avec toi, ça simplifierait les choses.

— Écarter Kyle ne suffira pas. Si tu ne peux pas être là tout le temps, elle… il ne va pas faire long feu.

Jeb a haussé les épaules.

— Je ferai de mon mieux. Je ne peux rien promettre de plus.

Jared a secoué la tête.

— Combien de temps veux-tu rester encore ici ? a demandé Jeb.

— Je ne sais pas.

Il y a eu un long silence. Au bout de quelques minutes, Jeb s'est mis à siffloter.

Finalement, Jared a lâché une grande expiration. Je ne m'étais pas rendu compte qu'il avait retenu sa respiration tout ce temps.

— Très bien. Je m'en vais ce soir. (C'étaient des paroles pleines de résignation, mais aussi chargées de soulagement. Son ton s'est fait moins belliqueux, comme s'il retrouvait sa vie d'avant ma venue. Il tro-

quait une responsabilité contre une autre – celle-là
moins douloureuse.)

Il baissait les bras concernant mon sort, laissant le
destin, ou la vindicte populaire, se charger de moi.
Quand il reviendrait, je serais morte. Il ne chercherait
pas de responsable, ne pleurerait pas ma perte. Voilà
tout ce qu'exprimaient ces quelques mots.

Je connaissais l'exagération humaine concernant
le regret – « avoir le cœur brisé ». Melanie avait utilisé elle-même cette expression. Mais j'avais toujours
cru qu'il s'agissait d'une métaphore, d'une image qui
n'avait aucun lien physiologique, comme cette autre
expression, « avoir la main verte ». Je ne m'attendais
donc pas à ressentir cette douleur dans la poitrine. La
nausée, oui, la boule dans la gorge, oui, les larmes brûlantes dans les yeux, oui. Mais pas cette sensation que
quelque chose se déchirait dans ma cage thoracique.
C'était contre toute logique.

Ce n'était pas seulement un déchirement, c'était une
compression, un écrasement des tissus. Melanie aussi
avait le cœur brisé ; et c'était là une autre sensation, dis-
tincte, comme si nous avions créé un autre organe pour
rendre compte de nos deux consciences. Deux cœurs
pour deux esprits. Double souffrance, double chagrin.

Il s'en va, sanglotait Melanie. *On ne le reverra
jamais.* Elle était certaine, comme moi, que nous allions
mourir.

Je voulais pleurer avec elle, mais il fallait bien que
l'une de nous deux garde la tête froide. Je me suis
mordu la main pour étouffer mon gémissement.

— C'est sans doute mieux comme ça, a dit Jeb.

— Il faut que j'aille préparer mes affaires. (Jared, en
pensée, était déjà parti ; il était loin de ce tunnel étouffant.)

— Je vais rester ici. Fais un bon voyage.

— Merci. On se revoit à mon retour.

— On fait comme ça.

Jared a rendu le fusil à Jeb, s'est levé, a frotté la poussière sur ses vêtements, puis il s'est éloigné d'un pas vif, volontaire, ne pensant déjà plus à moi. Il n'a pas jeté un coup d'œil dans ma direction ; il n'éprouvait pas l'ombre d'un remords quant à ce qui m'attendait.

Il y a eu ses pas au loin, puis plus rien. Le silence. Oubliant la présence de Jeb, j'ai enfoui mon visage dans mes mains et je me suis mise à pleurer.

20.

La liberté

Jeb m'a laissée pleurer sans intervenir. Il n'a fait aucun commentaire pendant mes reniflements. Ce n'est qu'une demi-heure plus tard, lorsque j'étais à nouveau totalement silencieuse, qu'il a pris la parole :

— Ohé ? Toujours là ?

Je n'ai pas répondu. Le mutisme était devenu une seconde nature chez moi.

— Ça te dit de sortir et de te dégourdir les membres ? Rien que de penser à ton trou, j'en ai mal au dos !

Curieusement, malgré ma semaine solitaire, je n'avais pas envie de compagnie. Mais une telle offre ne se refusait pas. Avant même d'avoir pris une décision consciente, mes mains s'élançaient pour m'extirper de ma geôle.

Jeb était assis en tailleur sur la natte de couchage. Je l'ai observé pendant que je secouais les bras, roulais des épaules pour chasser l'engourdissement, mais il a gardé les yeux fermés. Comme lors de la visite de Jamie, il faisait semblant de dormir.

Combien de jours s'étaient écoulés depuis que j'avais vu Jamie ? Comment allait-il ? Mon cœur déjà meurtri a été traversé d'une pointe de douleur.

— Ça va mieux ? a demandé Jeb en levant les paupières.

J'ai haussé les épaules.

— Tout va bien se passer, rassure-toi. (Il avait un
grand sourire aux lèvres.) Ce que j'ai raconté à Jared,
je ne dirais pas que c'est un mensonge… c'est vrai d'un
certain point de vue, mais d'un autre, ça l'est beaucoup
moins… et il n'avait nul besoin de le savoir.

Je l'ai regardé fixement ; je ne comprenais pas ce
qu'il voulait dire.

— De toute façon, Jared avait besoin de prendre de
la distance. Pas avec toi, fillette, a-t-il précisé. Mais
avec la situation. Il verra les choses différemment avec
du recul.

Comment faisait-il pour trouver les mots ou les
paroles qui avaient le don de me toucher ? Plus étonnant encore, pourquoi Jeb veillait-il à ne pas me faire
de peine ? Pourquoi se souciait-il de mon dos endolori ?
Sa gentillesse à mon égard était inquiétante, parce que
je n'en comprenais pas les raisons. Au moins l'attitude
de Jared était logique. Kyle et Ian voulaient me tuer,
le docteur voulait me découper en morceaux, tout cela
était compréhensible. Mais cette gentillesse ? Pourquoi ? Que cherchait Jeb au juste ?

— Ne fais pas cette tête. Tout n'est pas si noir. Jared
devenait une vraie tête de lard avec toi ; maintenant qu'il
est hors jeu, les choses vont être plus confortables.

J'ai froncé les sourcils, toujours aussi perplexe.

— Par exemple, a-t-il poursuivi, cet endroit que
tu occupes nous sert d'ordinaire de zone de stockage.
Lorsque Jared et les gars reviendront, nous aurons besoin
de ton trou pour entreposer tout ce qu'ils vont rapporter.
Alors il est temps de te trouver un autre lieu. Quelque
chose de plus grand… avec un lit, pourquoi pas ? (Il souriait, tout content d'agiter cette carotte sous mon nez.)

J'attendais, stoïque, qu'il me la reprenne par pure méchanceté, en me disant qu'il s'agissait d'une bonne blague.

Mais ses yeux, d'un bleu délavé, se sont faits encore plus doux. Quelque chose dans leur expression m'a serré la gorge à nouveau.

— Tu ne retourneras pas dans ce trou, fillette. Cette torture est finie.

Je ne pouvais douter de sa sincérité. Pour la deuxième fois en une heure, je me suis mise à pleurer.

Il s'est levé et m'a tapoté l'épaule d'une main maladroite. Il semblait ne pas aimer me voir pleurer.

— Là, là... c'est fini...

Je me suis reprise plus vite cette fois. J'ai essuyé mes yeux et esquissé un sourire ; il a dodeliné de la tête d'un air satisfait.

— Tu es une bonne fille, a-t-il articulé en me tapotant encore l'épaule. On va traîner un peu ici le temps que Jared s'en aille ; il ne faudrait pas qu'il découvre le pot aux roses. (Il avait un ton de conspirateur.) Et puis on ira s'amuser !

La dernière fois que j'avais vu Jeb s'amuser, c'était le fusil à la main...

Il a gloussé en voyant ma tête.

— Ne t'inquiète pas. En attendant, il n'est pas interdit de se reposer un peu. Je parie que cette paillasse va te paraître très confortable.

J'ai regardé tour à tour Jeb et la natte de couchage par terre.

— Vas-y donc ! Visiblement, tu as du sommeil en retard. Je vais faire le guet.

Les larmes me sont encore montées aux yeux. Je me suis allongée sur le matelas et j'ai posé ma tête sur l'oreiller. C'était le paradis, même si la paillasse était très fine. Je me suis étendue de tout mon long en étirant

mes orteils et mes doigts. J'ai entendu mes jointures craquer. Puis je me suis laissé envelopper par la paillasse ;
j'avais l'impression qu'on me massait, qu'on effaçait
toutes les tensions de mon corps. J'ai poussé un soupir
de contentement.

— Ça fait plaisir à voir, a marmonné Jeb. C'est
comme un caillou dans sa chaussure, quand on sait que
quelqu'un souffre sous son toit.

Il s'est installé au sol à quelques mètres de moi et
s'est mis à fredonner une chanson. Je me suis endormie
avant d'entendre le couplet.

À mon réveil, j'ai senti que j'avais profité d'un sommeil réparateur – jamais je n'avais dormi aussi longtemps depuis mon arrivée ici. Pas de courbatures, pas
de réveil en sursaut. Ç'aurait été le nirvana si la vue de
mon corps sur cette natte ne m'avait rappelé que Jared
était parti. L'oreiller gardait encore son odeur. Une
bonne odeur, pas comme la mienne.

Comme dans mes rêves, a soupiré Melanie avec regret.

Je me souvenais à peine de mes rêves, mais je savais
que Jared s'y trouvait, comme chaque fois que j'avais
la chance de dormir profondément.

— Bonjour, fillette ! a lancé Jeb, plein d'entrain.

J'ai soulevé les paupières pour le regarder. Était-il
resté adossé contre le mur toute la nuit ? Il ne paraissait pas fatigué… Soudain, je me suis sentie coupable
d'avoir eu la meilleure place.

— Les gars sont partis depuis longtemps, a-t-il
lancé avec enthousiasme. Je te fais faire le tour du propriétaire ? (Il caressait la sangle de son fusil d'un geste
machinal.)

J'ai écarquillé les yeux, incrédule. Une visite guidée ?

— Ça va, ne fais pas ta timide. Personne ne va t'embêter. Et il faudra bien, tôt ou tard, que tu connaisses la
topographie des lieux.

Il a tendu la main pour m'aider à me lever.

Je l'ai prise par réflexe. Ses paroles me donnaient le tournis. Je devais connaître la topographie des lieux ? Pourquoi ? Combien de temps espérait-il que je reste en vie ?

Il m'a tirée pour me mettre sur mes jambes et m'a fait avancer.

Cela faisait longtemps que je ne n'avais pas marché dans ces tunnels obscurs avec une main protectrice dans mon dos. C'était si confortable… Je n'avais presque pas besoin de me concentrer, il suffisait de me laisser conduire.

— Voyons…, a murmuré Jeb. Commençons par l'aile droite. Trouvons un endroit décent pour toi. Puis on passera à la cuisine.

Il a continué à m'annoncer le programme de la visite tandis que nous franchissions la crevasse qui menait au tunnel éclairé et à la grande salle, encore plus lumineuse. Quand j'ai entendu le bruit des voix, j'ai senti ma bouche se dessécher. Jeb continuait de soliloquer, comme si de rien n'était, ne voyant pas – ou ne voulant pas voir – ma terreur.

— Je parie que les carottes sont sorties aujourd'hui, disait-il tout en m'entraînant sur la grande place.

La lumière m'aveuglait. Je ne pouvais distinguer les visages tout autour, mais je sentais les regards rivés sur moi. Le silence qui est tombé était toujours aussi hostile.

— Tout juste ! a constaté Jeb. C'est si beau à voir, ces petites pousses vertes. Un ravissement.

Il s'est arrêté et a tendu la main pour m'inviter à regarder. J'ai plissé les yeux dans la direction indiquée, mais il m'a fallu un moment pour que ma vue s'acclimate à la clarté. J'ai alors aperçu la quinzaine de personnes présentes dans la salle. Toutes m'observaient, l'air implacable. Mais elles semblaient avoir d'autres chats à fouetter.

Le grand carré noir qui trônait au centre de la grande caverne n'était plus entièrement noir. Une moitié était recouverte d'un duvet vert tendre. C'était effectivement beau à voir. Beau et étonnant.

Voilà pourquoi personne ne marchait sur ce carré de terre. C'était le potager !

— Des carottes ? ai-je chuchoté.

— Pour la moitié qui est verte, a répondu Jeb d'une voix forte et claire. L'autre moitié, ce sont des épinards. Ils vont sortir dans quelques jours.

Les gens dans la salle s'étaient remis au travail, tout en me surveillant du coin de l'œil. Il était facile de comprendre ce qu'ils faisaient, ainsi qu'à quoi servait le grand tonneau sur roues et tous les tuyaux.

— Ils arrosent ?

— Exact ! Tout sèche sur pied sinon.

J'ai hoché la tête. Il était encore tôt, sans doute, mais j'étais déjà en sueur. La chaleur au-dessus, qui tombait avec la lumière, s'insinuait dans les grottes. J'ai tenté une nouvelle fois d'examiner le plafond, mais il était toujours aussi aveuglant.

J'ai tiré la manche de Jeb et ai désigné la voûte.

— Comment ça marche ?

Jeb était ravi par ma curiosité.

— Comme les magiciens ! Un jeu de miroirs, fillette ! Des centaines. Ça m'a pris un temps fou pour les installer là-haut. C'est bien agréable d'avoir des mains disponibles quand il faut aller les nettoyer. Il n'y a que quatre petits trous dans le plafond, et ça ne laissait pas passer assez de lumière pour ce que j'avais prévu. Alors, qu'en dis-tu ? Pas mal, hein ?

Il a bombé le torse, plein de fierté.

— Ingénieux, ai-je murmuré. Je suis admirative.

Jeb a eu un grand sourire.

— Continuons la visite ! On a du pain sur la planche aujourd'hui.

Il m'a conduit dans un autre tunnel, large, cylindrique, qui partait de la grande salle. J'entrais dans un territoire inconnu. J'étais tendue. Cela se voyait dans ma démarche.

Jeb m'a tapoté la main, mais sans faire plus de cas de mon inquiétude.

— C'est une zone de dortoirs. On y a aménagé aussi quelques réserves. Ces conduits sont proches de la surface ; il a donc été plus facile de les éclairer.

Il a désigné une fente lumineuse au plafond. Elle projetait au sol une flaque de lumière de la taille d'une main.

Nous avons atteint une patte-d'oie, mais avec de nombreuses bifurcations, comme les tentacules d'une pieuvre.

— Le troisième tunnel à gauche, a-t-il annoncé en attendant ma réaction.

— Le troisième à gauche ? ai-je répété.

— Exact. N'oublie pas. Il est facile de se perdre ici, et ce serait dangereux pour toi. Personne ici ne t'indiquera le chemin, sinon pour te mener dans un coupe-gorge.

J'ai frissonné.

— Merci du renseignement !

— Autant savoir à quoi s'attendre ! a-t-il répondu en riant. Connaître la vérité n'est jamais un désavantage.

Ce n'était pas toujours un avantage non plus, mais j'ai préféré ne rien répondre. J'appréciais la promenade. C'était si agréable d'avoir quelqu'un à qui parler. Et la conversation avec Jeb était pour le moins intéressante.

Le vieil homme m'a entraînée dans le couloir et s'est mis à compter les alcôves devant lesquelles nous passions.

— Une, deux, trois…

Des portes de fortune en interdisaient l'accès. Certaines étaient dissimulées par des tissus, d'autres par des cartons assemblés avec du ruban adhésif. L'un des passages était bouché par deux véritables portes – l'une en bois rouge, l'autre en métal gris – appuyées à la paroi.

— … sept !

Jeb s'était arrêté devant une ouverture circulaire, à peine plus haute que moi. Elle était protégée par un joli panneau émeraude, comme ces paravents qui servent à séparer l'espace dans les grands salons bourgeois. La soie était décorée de fleurs de cerisier.

— C'est le seul endroit qui me vienne à l'esprit. Le seul à offrir un couchage décent. Il va rester vide quelques semaines. On te trouvera autre chose, ensuite.

Il a ouvert le paravent. Une douce lumière nous a accueillis.

La vue de cette pièce m'a donné le vertige, sans doute parce qu'elle était beaucoup plus haute que large. J'avais l'impression de me trouver dans une tour ou un silo – c'est Melanie qui a trouvé cette comparaison ; moi, je n'avais jamais mis les pieds dans de telles constructions. Le plafond était strié de fentes. Comme des lianes de lumière, les fissures formaient un réseau complexe qui, par endroits, fusionnaient. Cette voûte me paraissait dangereusement fragile. Mais Jeb, sans la moindre appréhension, m'a entraînée à l'intérieur.

Il y avait un matelas pour deux personnes par terre, avec un dégagement de près de un mètre sur trois côtés. Deux oreillers, deux couvertures froissées, comme si un couple avait dormi là. Un gros morceau de bois, comme un manche de râteau, était enchâssé horizontalement dans deux trous dans le mur. À cette tringle de fortune étaient suspendus des tee-shirts et deux jeans. Un tabouret en bois se trouvait à côté de la penderie et une pile de vieux livres de poche trônait par terre.

— On est chez qui? ai-je soufflé. (Car quelqu'un habitait visiblement ici.)

— L'un des gars partis en expédition. Il ne sera pas de retour avant un moment. On te trouvera ensuite un autre endroit.

Je n'aimais pas ça. La chambre était parfaite, mais la présence de l'occupant était prégnante, malgré le peu d'affaires présentes. Il n'allait pas être content d'apprendre que j'étais venue squatter son territoire. Pas content du tout.

Jeb a semblé lire dans mes pensées.

— Du calme. Ne t'inquiète pas. C'est ma maison. Ce n'est qu'une chambre d'amis, comme il y en a beaucoup d'autres. Pour l'instant, tu es mon invitée et je te propose cette chambre.

Je ne voulais pas contrarier Jeb. Mais j'ai fait mentalement le serment de me faire toute petite, quitte à dormir par terre.

— Continuons la visite. N'oublie pas : troisième couloir à gauche, septième chambre.

— Le paravent vert.

— Exact.

Jeb m'a ramenée dans la grande caverne, et m'a fait prendre le grand tunnel en face. En passant devant le potager, les gens qui arrosaient se sont arrêtés et ont fait volte-face, de peur de nous tourner le dos.

Le tunnel était éclairé par des crevasses lumineuses au plafond, disposées trop régulièrement pour être naturelles.

— On se rapproche encore de la surface. Il fait plus sec, mais plus chaud aussi.

Effectivement. Nous n'étions plus dans une étuve, mais dans un four. L'air était immobile. On y sentait l'odeur du désert.

Des voix résonnaient devant nous. J'ai tenté de me préparer à l'inévitable réaction d'hostilité. Si Jeb s'évertuait à me traiter comme un humain – comme une invitée –, j'allais devoir m'habituer à cette méfiance. Ça ne servait à rien de me rendre malade chaque fois. Malheureusement, mon estomac ne voulait rien entendre et a recommencé à se nouer.

— Voici la cuisine.

Au début, j'ai cru que nous étions entrés dans un autre tunnel, bondé de gens. Je me suis plaquée contre la paroi pour me faire discrète.

La cuisine était longue et étroite, très haute de plafond comme ma nouvelle chambre. La lumière était vive et chaude ; elle tombait non pas de fines crevasses mais de gros trous percés au plafond.

— On ne peut cuisiner la journée, évidemment. À cause de la fumée. On s'en sert donc comme réfectoire jusqu'à la nuit tombée.

Toutes les conversations s'étaient arrêtées. Les paroles de Jeb ont résonné dans le silence. Tout le monde les avait entendues. J'ai tenté de me dissimuler derrière mon protecteur, mais il a continué d'avancer.

On avait interrompu le petit déjeuner, ou le repas de midi.

Les humains, au nombre d'une vingtaine, étaient presque au coude à coude dans cet espace exigu. Je voulais garder la tête baissée, mais je ne pouvais m'empêcher de jeter des regards furtifs dans la salle. Je brûlais de tourner les talons, de m'enfuir, mais pour aller où ?

Le long des deux parois en vis-à-vis, il y avait un long muret de pierre. Des roches pourpres, brutes, d'origine volcanique, jointes par un matériau plus clair – du ciment ? Sur le dessus des murets, on trouvait des pierres plates, plus sombres, collées avec le même liant, pour former une surface à peu près plane, comme de longs comptoirs ou des plans de travail. Visiblement, ils servaient à l'un et l'autre.

Certains humains étaient assis devant les murets, d'autres y étaient accoudés. Ils mangeaient le même pain noir que moi. Ils étaient bouche bée, figés de surprise en découvrant que Jeb me faisait visiter les lieux.

Certains visages m'étaient familiers : Sharon, Maggie et le médecin se trouvaient non loin de moi. La tante et la cousine de Melanie ont lancé un regard assassin à Jeb. J'aurais pu marcher sur les mains en chantant *La Traviata* qu'elles ne m'auraient pas accordé un regard. En revanche, le médecin me scrutait avec une curiosité avide qui m'a glacé le sang.

Au fond de la longue salle, j'ai reconnu l'homme aux cheveux bruns et mon cœur a cessé de battre. Je croyais que Jared était censé emmener avec lui les deux frères pour faciliter la tâche de Jeb ? Par chance, c'était le cadet, Ian, celui qui, récemment, s'était montré un peu plus compréhensif. Mais c'était une maigre consolation, et mon pouls ne s'est pas apaisé pour autant.

— Déjà rassasiés, les enfants ? a lancé Jeb avec sarcasme.

— Ça nous coupe l'appétit ! a grommelé Maggie.

— Et toi ? m'a-t-il demandé. Tu as faim ?

Un grognement s'est élevé parmi les convives.

J'ai secoué la tête – un petit mouvement terrorisé. Affamée ou non, jamais je n'aurais pu manger devant ces gens qui souhaitaient ma mort.

— Eh bien, moi, j'ai l'estomac dans les talons, a dit Jeb.

Il s'est avancé dans l'allée entre les deux comptoirs, mais je suis restée en retrait, terrifiée à l'idée de m'approcher et d'être à portée de leurs mains. Je suis restée adossée contre le mur. Seules Sharon et Maggie ont regardé le patriarche se diriger vers un grand bac en plastique trônant sur un comptoir pour prendre un morceau de pain. Tous les autres n'avaient d'yeux que pour moi. Si je bougeais de un centimètre, ils allaient fondre sur moi telle une meute sauvage. Je retenais ma respiration.

— Allez, allons-nous-en, a lancé Jeb entre deux bouchées de pain. Nos amis s'intéressent un peu trop à nous et pas assez à ce qu'il y a dans leur assiette. Ce serait dommage de leur gâcher leur repas…

Je surveillais les humains, à l'affût du moindre mouvement, sans vraiment regarder les visages. Ce n'est qu'au dernier moment que j'ai aperçu Jamie.

Les adultes autour le dépassaient d'une tête, mais il était plus grand que les deux enfants qui se tenaient juste à côté de lui. Il a sauté de son siège et a emboîté le pas à Jeb. Son expression était fermée, comme s'il tentait de résoudre un problème épineux. Il m'a regardée, les yeux plissés. Les autres aussi, désormais, retenaient leur souffle, observant médusés le face-à-face entre le frère de Melanie et moi.

Oh, Jamie, a pensé Melanie. Elle détestait voir cette expression de tristesse sur le visage de son petit frère. Et moi plus encore car, à l'inverse d'elle, j'avais à porter le poids de la culpabilité.

Si seulement nous pouvions le soulager de sa peine, a-t-elle soupiré.

C'est trop tard. Le mal est fait. Que pourrions-nous faire ?

Ma question était purement formelle et pourtant nous nous sommes retrouvées toutes les deux, Melanie et moi, à nous creuser les méninges. Il ne nous est venu aucune idée dans l'instant. J'étais sûre, quant à moi, qu'on ne trouverait aucune solution, ni en une heure ni en un siècle. Mais lorsqu'on serait de retour dans notre geôle et qu'on aurait de nouveau du temps pour réfléchir, Melanie et moi allions retourner le problème en tous sens, encore et encore. Si, bien sûr, on sortait vivantes de cette stupide visite…

— Tu as besoin de quelque chose, gamin ? a lancé Jeb par-dessus son épaule.

— Je me demandais ce que vous faisiez, a répondu Jamie en prenant un ton faussement détaché.

Jeb s'est arrêté à ma hauteur et s'est tourné vers Jamie.

— Je lui fais faire le tour du propriétaire. Comme pour tout nouvel arrivant.

Il y a eu un autre grommellement général.

— Je peux venir ?

J'ai vu Sharon secouer la tête, l'air outré. Jeb l'a ignorée.

— Je n'y vois pas d'inconvénient. À condition que tu te tiennes bien.

Jamie a haussé les épaules.

— Pas de problème.

J'ai dû serrer les poings pour m'empêcher de passer mes doigts dans ses cheveux hirsutes et de le prendre par les épaules – un geste d'affection qui n'aurait pas été apprécié.

— Allons-y ! a lancé Jeb.

Il nous a fait reprendre le chemin par lequel on était venus. Jeb marchait à ma droite, Jamie à ma gauche. Le garçon faisait son possible pour regarder le sol, mais il ne pouvait s'empêcher de me lancer des coups d'œil, tout comme moi d'ailleurs. Chaque fois que nos regards se croisaient, nous détournions la tête, timidement.

Nous étions à mi-chemin dans le grand tunnel quand j'ai entendu des pas derrière nous. Ma réaction a été purement instinctive : j'ai fait un saut sur le côté et me suis placée devant Jamie, pour être entre lui et le danger potentiel.

— Hé ! a-t-il protesté sans pour autant repousser ma main.

Jeb a été vif aussi. Le fusil est passé en un éclair de son épaule à ses mains.

Ian et le docteur ont levé de conserve les bras en l'air.

— On saura aussi se tenir ! a lancé ce dernier.

Comment croire que cet homme aux manières affables était le tortionnaire « maison » ? Son allure débonnaire rendait le personnage plus terrifiant encore. Il était raisonnable d'être sur ses gardes par une nuit noire et inquiétante. Mais par un jour de grand soleil ? Où fuir si on ne voyait pas le danger ?

Jeb a fixé Ian des yeux, les paupières plissées, le fusil braqué sur lui.

— Je ne viens pas te causer des problèmes, Jeb. Je serai aussi sage que Doc.

— Parfait, a répondu Jeb d'un ton sec en baissant son arme. Mais pas d'entourloupe. Je n'ai pas tué quelqu'un depuis très longtemps, et ça recommence à me démanger.

J'ai frémi. Ils se sont tous tournés vers moi en voyant ma réaction horrifiée. Le médecin a été le premier à rire ; tout le monde s'y est mis, même Jamie.

— C'est une blague, m'a expliqué le garçon à mi-voix.

Il a bougé sa main, comme s'il cherchait la mienne, puis l'a vite enfouie dans la poche de son short. À

mon tour, j'ai baissé mon bras tendu en guise de protection.

— On a assez perdu de temps comme ça, a déclaré
Jeb d'un ton encore bourru. Vous avez intérêt à suivre
le mouvement, parce que je ne vous attendrai pas !

Il n'avait pas fini sa phrase qu'il était déjà loin.

21.

La nouvelle identité

Je suis restée à côté de Jeb, un peu en avant, pour être le plus loin possible des deux hommes qui nous suivaient. Jamie marchait au milieu, ne sachant trop quel camp rallier.

J'ai eu du mal à m'intéresser au reste de la visite. Mon attention était ailleurs lorsque Jeb m'a montré la seconde zone de culture – cette fois, des maïs, hauts comme la taille, dans la chaleur étouffante renvoyée par un autre jeu de miroirs – ou la caverne basse de plafond qu'il avait baptisée « le terrain de sport ». Cette vaste grotte était plongée dans l'obscurité, mais ils apportaient des lumières quand ils voulaient jouer. « Jouer » ? Cette notion me paraissait saugrenue au sein d'un groupe de survivants belliqueux, mais je n'ai posé aucune question. Il y avait de l'eau ici aussi – un petit ru nauséabond, chargé en soufre, qui faisait office de secondes latrines.

Mon esprit était focalisé à la fois sur les deux hommes marchant derrière moi, et sur le garçon à mes côtés.

Ian et le médecin se comportaient étonnamment bien. Aucun des deux n'a tenté de m'attaquer ; mais je me méfiais tellement que j'avais l'impression que des yeux m'avaient poussé dans le dos. Ils suivaient le train en silence, échangeant parfois quelques mots à voix basse. Leurs commentaires faisaient allusion à des gens ou à des lieux que je ne connaissais pas, ici ou hors de ces grottes.

Jamie était silencieux, mais m'observait beaucoup. Quand je ne surveillais pas du coin de l'œil les deux hommes, je regardais Jamie furtivement. Cela ne me laissait guère le loisir d'admirer les merveilles que me montrait Jeb ; par chance, celui-ci ne semblait pas s'en apercevoir.

Certains tunnels étaient très longs ; les dimensions de ce réseau souterrain étaient vertigineuses. Souvent, les conduits étaient obscurs, mais Jeb et les autres ne ralentissaient pas l'allure. Ces lieux leur étaient si familiers qu'ils pouvaient les arpenter les yeux fermés. C'était plus difficile pour moi que lorsque j'étais seule avec Jeb et qu'il me guidait de sa main. Dans le noir, tous les bruits me faisaient sursauter. Même les bavardages du médecin et de Ian semblaient être une diversion masquant de vils desseins.

Pure paranoïa ! a commenté Melanie.

C'est comme ça qu'on reste en vie !

Tu devrais prêter davantage attention à ce que te montre oncle Jeb. C'est vraiment fascinant ce qu'il a fait ici.

Vas-y, toi, profite de la visite…

Je ne peux entendre et voir que ce que tu entends et vois, Vagabonde ! Et puis elle a changé de sujet : *Jamie paraît en forme, mais pas très joyeux.*

Il est méfiant.

Nous arrivions enfin dans la lumière après un long périple dans l'obscurité.

— Nous sommes à la pointe sud du réseau souterrain, expliquait Jeb en marchant. C'est un peu loin de tout, mais il y a de la lumière toute la journée. C'est la raison pour laquelle on en a fait l'infirmerie. C'est là que Doc fait ses expériences.

À cette annonce, mon corps s'est figé. Mes yeux, écarquillés de terreur, passaient de Jeb au médecin.

Tout cela n'était qu'une ruse, alors ? Attendre que Jared l'entêté soit loin et m'attirer ici ensuite ? Quand je pense que je m'étais jetée toute seule dans la gueule du loup ! Quelle idiote !

Melanie aussi était effarée. *On s'est offertes à eux sur un plateau !*

Ils m'ont tous regardée ; Jeb, le visage impassible, le médecin, l'air aussi surpris que moi, avec l'horreur en moins.

J'aurais dû sursauter, m'écarter de cette main qui m'a soudain touchée, si son contact ne m'avait pas été aussi familier.

— Non, a murmuré Jamie, sa main hésitante posée sur mon coude. Tout va bien. N'est-ce pas, oncle Jeb ? (Jamie a regardé le vieil homme avec confiance.) Tout va bien, n'est-ce pas ?

— Bien sûr. (Les yeux bleus de Jeb étaient sereins.) C'est juste pour lui montrer l'endroit, gamin, c'est tout.

— De quoi parlez-vous ? a grommelé Ian derrière nous, agacé de ne pas comprendre ce qui se passait.

— Tu as cru qu'on t'avait attirée dans un traquenard pour te donner à Doc ? m'a demandé Jamie au lieu de répondre à Ian. Jamais on ne ferait ça. On l'a promis à Jared.

J'ai regardé son visage, faisant mon possible pour le croire.

— Oh ! a dit Ian en comprenant ce qui se passait. (Il est parti d'un grand rire.) Ce n'était pas un piège. Mais on aurait dû y penser, c'était une bonne idée !

Jamie a froncé les sourcils à l'encontre du grand gaillard puis m'a tapoté le bras avant de retirer sa main.

— N'aie pas peur.

Jeb a poursuivi son explication là où il l'avait interrompue.

— Bref, on a équipé cette grande salle comme on a pu… Quelques lits de camp, au cas où quelqu'un tombe malade ou soit blessé. Pour le moment, on touche du bois. Doc n'a pas eu beaucoup de travail de ce côté-là. (Jeb m'a adressé un grand sourire.) Ce qui est un petit miracle, car tes congénères ont mis à la benne tous nos médicaments quand ils sont arrivés. On ne trouve quasiment plus rien pour se soigner.

J'ai hoché timidement la tête – un mouvement involontaire. J'étais toujours sur mes gardes. Cette pièce paraissait innocente, dédiée entièrement au soulagement de la souffrance, mais mon estomac se contractait spasmodiquement.

— Que sais-tu de la médecine extraterrestre ? m'a demandé le docteur. (Il m'observait avec curiosité, la tête inclinée sur le côté.)

Je l'ai regardé sans rien dire.

— Oh, tu peux parler à Doc, m'a encouragée Jeb. C'est un garçon tout à fait fréquentable à bien des égards.

J'ai secoué la tête aussitôt. C'était ma réponse à la question du médecin, pour leur dire que je ne savais rien, mais ils ont mal compris.

— Elle ne va pas nous donner ses secrets de fabrication, a lâché Ian avec aigreur. Pas vrai, chérie ?

— On se tient, Ian ! a rappelé Jeb.

— C'est un secret ? a demandé Jamie, méfiant, mais visiblement intrigué.

J'ai secoué de nouveau la tête. Ils m'ont tous regardée, perplexes.

J'ai pris une grande inspiration et j'ai murmuré :

— Je ne suis pas une Soigneuse. Je ne sais pas comment fonctionnent nos médicaments. Je sais juste qu'ils fonctionnent. Ils soignent à la source, plutôt que de traiter simplement les symptômes. Il n'y a ni tâtonnements ni essais. C'est pour cela qu'on n'a pas gardé vos médicaments.

Les quatre humains m'ont regardée fixement. Ils avaient d'abord été étonnés que je ne leur réponde pas, et à présent, ils étaient surpris que je le fasse. Les humains n'étaient jamais contents.

— Les tiens n'ont pas changé grand-chose de ce qu'on leur a laissé, a déclaré Jeb d'un air pensif. Juste notre médecine, et nos avions qu'ils ont remplacés par vos vaisseaux. Hormis ça, la vie est restée la même qu'autrefois… en surface.

— Nous venons pour enrichir notre champ d'expérience, pas pour modifier les choses, ai-je répondu à mi-voix. Mais la santé passe avant cette approche philosophique.

Je me suis tue, avec un claquement de mâchoires audible. Je devais être plus prudente. Les humains n'étaient guère enclins à écouter des sermons. Un rien pouvait faire éclater leur colère, ou mettre en pièces leur fragile patience…

Jeb a acquiescé, toujours songeur, puis nous a incités à avancer. Il n'était plus aussi enthousiaste qu'au début de notre visite, il avait la tête ailleurs ; il m'a montré rapidement les salles attenantes à l'infirmerie. Au moment de faire demi-tour et de repartir par le tunnel obscur, il s'est fait silencieux. Ce fut une longue marche. Je pensais à ce que j'avais dit… En quoi mes paroles avaient-elles pu l'offenser ? Jeb était trop bizarre pour moi. Les autres humains, hostiles, suspicieux, étaient au moins prévisibles et décryptables. Mais Jeb ? Cet homme-là était une énigme pour moi.

La visite a pris fin brutalement lorsque nous sommes revenus dans la grande caverne où les pousses de carottes formaient un tapis vert.

— La récréation est terminée, a grommelé Jeb en regardant Ian et le médecin. Allez faire quelque chose d'utile !

Ian a roulé des yeux, mais les deux hommes ont fait demi-tour de bonne grâce et se sont dirigés vers le grand tunnel qui menait aux cuisines. Jamie a hésité ; il les a regardés partir, mais est resté sur place.

— Toi, tu viens avec moi, lui a dit Jeb, avec un peu moins de mauvaise humeur cette fois. J'ai un travail pour toi.

— D'accord. (Il était fier d'avoir été choisi.)

Jamie a marché de nouveau à côté de moi alors que nous prenions le chemin des dortoirs. Curieusement, alors que nous empruntions le troisième passage sur la gauche, Jamie semblait savoir exactement où nous allions. Jeb marchait légèrement en retrait, mais Jamie s'est arrêté sans hésitation devant l'entrée au paravent vert. Il a ouvert le battant pour moi, mais est resté dans le couloir.

— Tu veux bien attendre là un petit moment ? m'a demandé Jeb.

J'ai acquiescé, trop heureuse de pouvoir me cacher de nouveau. J'ai franchi le seuil, ai avancé de quelques pas puis me suis arrêtée, sans trop savoir ce que je devais faire. Melanie se souvenait des livres, mais je lui ai rappelé que j'avais promis de ne toucher à rien.

— J'ai des trucs à faire, gamin, a annoncé Jeb. Le repas ne va pas se faire tout seul. Tu veux bien monter la garde pour moi ?

— Bien sûr ! a répondu Jamie avec un grand sourire. (Son petit menton s'est levé de fierté.)

J'ai écarquillé les yeux d'effroi quand Jeb a confié le fusil à Jamie.

— Vous êtes fou ? me suis-je écriée. (J'ai parlé si fort que, sur le coup, je n'ai pas reconnu ma voix. J'avais l'impression d'avoir toujours chuchoté depuis mon arrivée ici.)

Jeb et Jamie m'ont regardée, saisis. Je les avais rejoints dans le couloir.

J'ai failli arracher le fusil des mains du garçon. Un tel geste aurait certes signé mon arrêt de mort, mais ce n'est pas ça qui m'a arrêtée. La vérité, c'est que, en ce domaine, j'étais plus faible que les humains ; même pour protéger le garçon, j'étais incapable de toucher une arme.

Au lieu de ça, je me suis tournée vers Jeb.

— Où avez-vous la tête ? Donner un fusil à un enfant ? Il pourrait se tuer !

— Jamie en a vu davantage que bien des adultes. C'est un vrai petit homme, maintenant. Et il sait parfaitement se servir d'une arme à feu.

Jamie a redressé les épaules de fierté devant les éloges de Jeb ; il a serré l'arme contre sa poitrine.

J'ai secoué la tête devant tant de stupidité.

— Et s'ils viennent pour me tuer et qu'ils trouvent Jamie ici ? Vous savez ce qui arrivera ? C'est du sérieux. Ils n'hésiteront pas à lui faire du mal pour pouvoir m'attraper.

Jeb restait calme, impassible.

— Je ne pense pas qu'il y aura des problèmes aujourd'hui. J'en mets ma main à couper.

— Eh bien, moi pas ! ai-je crié de nouveau. (Ma voix a résonné en écho dans le tunnel. On risquait de m'entendre, mais je m'en fichais. Mieux valait qu'ils rappliquent tant que Jeb était encore ici.) Si vous en êtes si sûr, alors laissez-moi sans surveillance. Et il arrivera ce qui doit arriver. Mais ne mettez pas Jamie en danger !

— C'est vraiment la vie du gosse qui t'inquiète, ou le fait qu'il puisse retourner l'arme contre toi ? a demandé Jeb d'une voix douce, presque lasse.

J'ai battu des paupières, incrédule. Cette pensée ne m'avait pas même effleuré l'esprit ! J'ai regardé Jamie ; j'ai vu son air surpris. Cette idée était aussi choquante pour lui.

Il m'a fallu une minute pour revenir sur les rails de la discussion ; pendant ce temps, le visage de Jeb avait changé d'expression. Ses yeux brillaient, sa bouche était pincée, comme s'il était en train de placer la dernière pièce d'un puzzle qui lui avait donné du fil à retordre.

— Donnez le fusil à Ian ou à n'importe qui ! Je m'en fiche, ai-je répondu d'une voix égale. Mais laissez le garçon en dehors de ça !

Jeb a eu un grand sourire ; il ressemblait soudain à un chat ayant attrapé sa proie.

— C'est chez moi, fillette. Et chez moi, je fais ce que je veux. Cela a toujours été comme ça.

Jeb a tourné les talons et s'est éloigné dans le tunnel en sifflotant. Je l'ai regardé partir, bouche bée. Quand il a disparu au bout du couloir, je me suis tournée vers Jamie, qui me regardait d'un air maussade.

— Je ne suis plus un enfant, a-t-il marmonné d'une voix pleine de courroux, le menton pointé en avant. Maintenant, tu ferais mieux de… de retourner dans ta chambre.

Ce n'était pas un véritable ordre, mais c'était effectivement la seule chose à faire. J'avais été battue à plates coutures.

Je me suis assise contre l'un des montants de l'ouverture ; j'étais cachée par le paravent mais je pouvais voir Jamie. J'ai replié les jambes sur ma poitrine, refermé les bras sur mes genoux pour lutter contre l'angoisse qui allait être mon quotidien si cette situation inique perdurait.

Je tendais également l'oreille, pour me tenir prête. Peu importait ce qu'avait dit Jeb, je ne laisserais pas Jamie jouer les anges gardiens pour moi. Je me rendrais dès leur arrivée.

Je suis d'accord, a déclaré Melanie.

Jamie est resté debout dans le couloir quelques minutes, l'arme dans ses deux mains, ne sachant trop que faire dans son nouveau rôle de sentinelle. Il a commencé à faire les cent pas devant le paravent, mais au bout de deux passages, il s'est senti un peu ridicule. Il s'est finalement assis par terre à côté du battant ouvert. Il a posé le fusil sur ses jambes croisées et il a mis le menton dans ses mains. Au bout d'un long moment, je l'ai entendu soupirer. Le métier de garde n'était pas très excitant.

Moi, je ne m'ennuyais pas à le regarder.

Après une heure ou deux, il a commencé à m'observer de nouveau – des petits coups d'œil timides. Il a ouvert la bouche à plusieurs reprises pour me parler, mais chaque fois, il s'est ravisé.

J'attendais, le menton posé sur les genoux. Ma patience a finalement été récompensée.

— Cette planète d'où tu viens, avant d'être dans Melanie, a-t-il demandé, c'était comment ? Comme ici ?

Je ne m'attendais pas à cette question.

— Non, ai-je répondu. (Étant seule avec Jamie, je me sentais le droit de parler à un volume normal, et non plus en chuchotant.) C'était très différent d'ici.

— Tu veux bien me raconter ? a-t-il demandé en inclinant la tête sur le côté, comme lorsque Melanie lui narrait une histoire avant de dormir.

Alors je lui ai raconté.

Je lui ai parlé de la planète aquatique des Herbes-qui-Voient. Je lui ai parlé des deux soleils, de l'orbite elliptique, des eaux grises, de l'immobilité d'une vie sur racines, de la vision vertigineuse et simultanée de mille yeux, des conversations sans fin d'un million de voix silencieuses que tous pouvaient entendre.

Il a écouté mon récit, les yeux emplis d'émerveillement.

— C'est le seul autre endroit que tu as connu ? a-t-il demandé pendant que je réfléchissais aux détails que j'avais pu omettre. Les Herbes-qui-Voient sont les seuls autres aliens du cosmos ?

J'ai lâché un petit rire.

— Cela m'étonnerait. Pas plus que je ne suis le seul alien sur cette terre.

— Raconte-moi.

Je lui ai alors parlé des Chauve-Souris du Monde des Chants, de l'expérience de vivre dans une cécité musicale, de pouvoir voler. Je lui ai parlé de la Planète des Brumes... de la félicité d'avoir une fourrure blanche et quatre cœurs à tenir au chaud, de la façon d'éviter les monstres à griffes.

J'ai commencé à lui parler de la Planète des Fleurs, du monde chromatique et de la lumière, mais il m'a interrompue par une nouvelle question :

— Et les petits bonshommes verts avec une tête triangulaire et de gros yeux noirs ? Comme ceux qui se sont crashés à Roswell ? C'était vous ?

— Non.

— C'était un canular ?

— Je n'en sais rien... peut-être, peut-être pas. L'univers est grand et très peuplé.

— Comment êtes-vous venus ici, alors ? Si vous n'êtes pas les petits hommes verts de Roswell, qui êtes-vous ? Vous devez bien avoir un corps pour bouger et ce genre de choses, non ?

— C'est vrai, ai-je reconnu, surprise par sa clairvoyance. (Je n'aurais pas dû l'être ; je savais qu'il était intelligent, que son esprit, comme une éponge, absorbait tout.) Au tout début, on a utilisé les corps des Araignées pour lancer le processus.

— Des Araignées ?

Je lui ai parlé des Araignées, une espèce fascinante. Une espèce surdouée, les esprits les plus brillants que nous ayons eu la chance de rencontrer, et chaque spécimen en avait trois ! Trois cerveaux, un dans chaque section de leur corps. On a toutefois rencontré un problème, un problème qu'elles ne pouvaient résoudre pour nous. Et pourtant, elles avaient un esprit si analytique qu'elles trouvaient toujours une solution à tout. De tous nos hôtes, les Araignées ont été les plus ferventes supportrices de notre Occupation. Elles ont à peine vu la différence, et quand elles se rendaient compte de notre présence, elles semblaient apprécier notre façon de gérer leur monde. Les rares âmes qui ont arpenté la planète des Araignées avant l'implantation rapportent que c'était un monde froid et gris. Pas étonnant que les Araignées voyaient en noir et blanc et avaient une sensibilité atrophiée à la température. L'espérance de vie des Araignées était très courte, mais les jeunes naissaient avec tout le savoir des parents, ainsi aucune connaissance n'était perdue.

J'ai vécu un cycle chez cette espèce, et puis je suis partie sans regret. La clarté vertigineuse de la pensée, les réponses qui venaient tout naturellement à n'importe quelle question, la danse harmonieuse des chiffres et des concepts, tout cela ne remplaçait ni l'émotion ni les couleurs – des notions presque étrangères à ces organismes. Comment les autres âmes pouvaient-elles être heureuses dans ce monde, cela restait un mystère pour moi… Et pourtant, la planète est autonome depuis des milliers d'années terrestres. Et elle est, aujourd'hui encore, ouverte au peuplement parce que les Araignées se reproduisent très vite en générant de grands sacs emplis d'œufs.

J'ai commencé à raconter à Jamie comment l'offensive avait été lancée sur Terre. Les Araignées étaient nos meilleurs inventeurs ; leurs vaisseaux glissaient à travers les étoiles, invisibles. Leurs corps étaient presque aussi efficaces que leurs esprits : quatre longs membres sur chaque segment – ce qui leur avait valu leur surnom sur cette planète – et des mains à douze doigts à chaque extrémité. Ces doigts à six articulations étaient aussi fins et robustes que des fils d'acier, capables des manipulations les plus délicates. Du poids d'une vache, mais petites et graciles, les Araignées n'avaient eu aucun problème avec les premières insertions. Elles étaient plus fortes que les Hommes, plus intelligentes, et parfaitement préparées, ce qui n'était pas le cas des humains qui…

Je me suis interrompue en pleine phrase, quand j'ai vu la perle cristalline sur le visage de Jamie.

Il regardait fixement devant lui, ses lèvres pincées formant une fine ligne. Une grosse larme salée roulait lentement sur sa joue.

Quelle idiote tu fais ! a lancé Melanie. *Tu ne t'es pas dit ce que ton histoire signifiait pour lui ?*

Pourquoi ne m'as-tu pas prévenue ?

Elle n'a pas répondu. À l'évidence, elle aussi était captivée par mon récit.

— Jamie, ai-je murmuré. (J'avais la langue pâteuse. La vue de cette larme a fait monter une boule dans ma gorge.) Je suis désolée. Je n'ai pas réfléchi.

— Ce n'est pas grave. C'est moi qui t'ai posé la question. Je voulais savoir ce qui s'était passé. (Sa voix chevrotait ; il avait du mal à dissimuler son chagrin.)

Je brûlais de me pencher vers lui et d'essuyer cette larme. J'ai tenté d'ignorer cette pulsion. Je n'étais pas Melanie. Mais la larme restait en suspens, au bord de la mâchoire, immobile, comme si elle se refusait à tomber. Les yeux de Jamie demeuraient rivés sur le mur, ses lèvres tremblaient.

Il était tout près de moi. J'ai tendu le bras pour lui caresser la joue du bout des doigts ; la larme s'est étalée sur sa peau et a disparu. Par instinct encore, j'ai laissé ma main sur son visage.

L'espace d'une seconde, il a feint d'ignorer ce contact.

Puis il a tourné la tête vers moi, les yeux fermés, et m'a tendu les bras. Il s'est pelotonné contre moi, sa joue dans le creux de mon épaule, là où c'était le plus confortable, et il a éclaté en sanglots.

Ce n'étaient pas les pleurs d'un enfant, et cela rendait son chagrin plus profond encore, plus sacré, parce qu'il osait pleurer devant moi. C'était la douleur d'un adulte aux funérailles des siens.

Mes bras se sont refermés autour de lui, avec moins d'aisance que jadis, et je me suis mise à pleurer aussi.

— Pardon, ai-je répété encore et encore. Pardon.

Avec ce mot, je m'excusais pour tout : d'avoir trouvé cet endroit ; de l'avoir cherché ; d'être celle qui lui avait pris sa sœur ; de l'avoir ramenée ici et de lui faire mal à nouveau ; de l'avoir fait pleurer avec mes histoires stupides ; d'être sans cœur.

J'ai continué à le serrer contre moi quand il s'est calmé ; je n'étais pas pressée de le laisser partir. J'avais l'impression que mon corps se languissait de ce contact depuis le début, mais je n'avais pas compris d'où venait ce manque jusqu'à cet instant. Le lien mystérieux d'une mère et de son enfant, si puissant sur cette planète, ne m'était désormais plus inconnu. Il n'y avait pas de lien plus fort que celui de la vie. Je connaissais cette vérité, mais à présent je l'éprouvais dans ma chair. Je savais pourquoi une mère pouvait donner sa vie pour son enfant, et cette connaissance changeait à jamais ma vision de l'univers.

— Tu me déçois, gamin !

Nous avons sursauté. Jamie s'est levé d'un bond ; je suis restée par terre et me suis réfugiée contre la paroi.

Jeb s'est penché et a ramassé le fusil que nous avions abandonné au sol.

— On ne laisse pas traîner une arme comme ça, Jamie. Je te l'ai pourtant dit cent fois. (Son ton était doux, ce qui atténuait la critique. Il a tendu le bras pour lui ébouriffer les cheveux.)

Jamie s'est courbé sous la caresse bourrue de Jeb, le visage cramoisi de honte.

— Désolé, a-t-il marmonné en se tournant comme pour s'enfuir. (Il s'est arrêté après un pas et a fait volte-face vers moi.) Je ne connais pas ton nom.

— Ils m'ont appelée Vagabonde, ai-je murmuré.

— Vagabonde ?

J'ai acquiescé.

Il a hoché la tête aussi puis s'est enfui dans le couloir. Il avait encore la nuque rouge.

Lorsqu'il a disparu, Jeb s'est laissé glisser contre la paroi, pour s'asseoir à l'endroit où se trouvait Jamie plus tôt. Comme Jamie, il a posé l'arme en travers de ses cuisses.

— C'est un nom intéressant… (Jeb semblait d'humeur bavarde.) Un de ces jours, tu me diras pourquoi ils t'ont appelée comme ça. Je suis sûr que ce doit être

passionnant. Mais « Vagabonde », c'est un peu long, tu
ne trouves pas ?

Je l'ai regardé sans rien dire.

— Ça t'embête si je t'appelle Gaby ? C'est plus
court. Et cela sonne mieux.

Il attendait cette fois ma réponse. J'ai haussé les
épaules. Il pouvait m'appeler encore « fillette » ou me
donner n'importe quel sobriquet humain. Ça partait
d'une bonne intention.

— Alors, va pour Gaby. (Il a souri, ravi de sa trouvaille.) C'est agréable de te donner un petit nom. C'est
comme si on était de vieux amis.

Il m'a fait un grand sourire, jusqu'aux oreilles, et je
n'ai pu m'empêcher de lui sourire aussi, même si j'étais
plus attristée que joyeuse. Jeb était, sur le papier, mon
ennemi ; il avait sans doute l'esprit dérangé. Et pourtant, il était mon ami… Certes, il n'hésiterait pas à me
tuer si les choses tournaient mal, mais il ne le ferait pas
de gaieté de cœur. Que pouvait-on demander de plus à
un ami humain ?

22.

Les mots

Jeb a mis ses mains derrière la tête et a contemplé le plafond ; il était toujours d'humeur loquace.

— Je me demande l'effet que ça fait de se faire attraper. Ça s'est passé sous mes yeux plusieurs fois. Ç'a même failli m'arriver, à quelques reprises. Je me suis toujours demandé comment c'était. Est-ce que ça fait mal d'avoir quelque chose dans la tête ? J'ai assisté une fois à une insertion.

J'ai écarquillé les yeux de surprise, mais il ne me regardait pas.

— J'ai l'impression que vous utilisez une sorte d'anesthésiant, mais je n'en suis pas sûr. Personne ne hurlait de douleur ni rien, ce ne doit donc pas être une torture insupportable.

J'ai froncé le nez. De la torture ? Non, ça, c'était une spécialité humaine.

— Ces histoires que tu racontais au gamin, c'était passionnant.

Il a lâché un petit rire en me voyant me raidir.

— Oui. Je t'ai entendue. J'ai la sale manie d'écouter aux portes. Mais je ne le regrette pas. C'était édifiant, et tu ne m'aurais pas parlé à moi ainsi. J'ai adoré le passage avec les Chauves-Souris, les Plantes et les Arai-

gnées. Ça m'a fait cogiter. J'ai toujours été un dingue
de ce genre de choses en littérature… le fantastique, la
science-fiction, le paranormal… Je dévorais tout ce qui
me tombait sous la main. Et le gosse est comme moi,
il a lu tous les livres que je lui ai trouvés, deux ou trois
fois chacun. C'était un beau cadeau que de lui avoir
raconté ces histoires. Pour moi aussi. Tu es une formi-
dable conteuse.

J'ai gardé les yeux baissés, mais je sentais mes
défenses tomber. Comme n'importe quelle âme habitant ces corps émotionnels, j'adorais la flatterie.

— Tout le monde ici croit que tu veux nous donner
aux Traqueurs, que c'est pour cette raison que tu es partie à notre recherche.

Cette idée a lancé une secousse électrique dans tout
mon corps. Mes mâchoires se sont crispées sous le choc
et mes dents m'ont entaillé la langue. J'ai senti le goût
métallique du sang dans ma bouche.

— Prisonniers de leurs préjugés, ils ne voient pas
d'autres raisons à ta présence parmi nous, a poursuivi
Jeb en ignorant ma réaction. Je suis le seul ici à me
poser des questions. Quand on y réfléchit, cela ne tient
pas debout… cette marche solitaire dans le désert, sans
vivres ni moyen de retour. (Il a gloussé.) Pourtant tu
n'es pas née de la dernière pluie. Les voyages, c'est
ta spécialité, pas vrai Gaby la Vagabonde ? (Il m'a
donné un coup de coude complice. Je ne savais plus
que penser ; mes yeux passaient, affolés, du sol à son
visage. Il a encore ri.) Cette randonnée était un peu trop
suicidaire, selon moi. Une Traqueuse aurait procédé
autrement, c'est l'évidence même ! Puisque tu n'as ni
renforts derrière toi ni moyen de retour, ton but n'est
donc pas de nous livrer aux forces de l'ordre. Tu n'as
pas été très loquace depuis ton arrivée ici, sauf avec le
petit aujourd'hui. Mais j'ai bien écouté le peu que tu as

dit. À mon avis, la raison qui t'a poussée à entreprendre ce périple qui a failli t'être fatal, la seule raison, c'était de retrouver Jared et le gosse.

J'ai fermé les yeux.

— Reste à savoir pourquoi, a poursuivi Jeb sans attendre de réponse de ma part, réfléchissant à haute voix. Il y a deux explications possibles : soit tu es une actrice hors pair, une sorte de Super-Traqueuse d'une nouvelle génération, plus futée que le modèle précédent, avec un plan machiavélique qui m'échappe encore, soit tu ne joues pas la comédie. La première option me paraît un peu tirée par les cheveux, et pas très crédible au vu de ton comportement. Je n'y crois pas. Mais si tu es sincère, alors…

Il a marqué une pause.

— J'ai beaucoup observé ceux de ton espèce. Je m'attendais toujours à les voir changer, une fois qu'ils n'auraient plus besoin de se conduire comme nous, parce qu'il n'y aurait plus personne à qui jouer la comédie. Je les ai espionnés, encore et encore, mais ils ne cessaient de se comporter comme des humains. Ils restaient en famille, allaient pique-niquer quand il faisait beau, plantaient des fleurs, peignaient et ce genre de choses. J'ai fini par me demander si vous n'étiez pas devenus humains à votre manière. Si nous n'avions pas une certaine influence sur vous, en définitive.

Il s'est tu, pour me donner une chance de répondre, mais je suis restée silencieuse.

— Il y a quelques années, j'ai assisté à un événement curieux. Un couple de vieux, enfin, le corps d'un petit vieux et le corps d'une petite vieille. Cela faisait si longtemps qu'ils étaient mariés que leur peau était toute fripée autour de leur alliance. Ils se tenaient la main, et le vieux a fait un bisou à la vieille sur la joue ; elle s'est mise à rougir sous sa peau parcheminée. C'était la preuve que vous aviez les mêmes sentiments que nous, parce que vous étiez réellement nous, et pas seulement des mains dans une marionnette.

— Oui, ai-je murmuré. Nous avons les mêmes sentiments. Des sentiments humains. L'espoir, le chagrin, l'amour.

— Alors, si tu ne joues pas la comédie… on jurerait que tu les aimes d'amour, ces deux-là. Toi, Gaby, pas seulement le corps de Melanie.

J'ai enfoui ma tête dans mes bras. Ce geste pouvait être interprété comme un assentiment de ma part, mais je m'en fichais. Je ne pouvais en entendre davantage.

— Alors, c'est toi… Mais je m'interroge à propos de ma nièce, aussi. Quel effet ça lui fait, quel effet ça me fera à moi ? Quand ils mettent l'un des leurs dans notre tête, qu'est-ce que nous devenons ? On est effacé ? D'un coup ? Est-ce comme si on était mort ? Comme si on dormait ? Est-on conscient de n'être plus aux commandes ? Avons-nous conscience de votre présence en nous ? Est-on prisonnier à l'intérieur de soi-même, en train de hurler ?

Je suis restée immobile, m'efforçant de ne rien laisser paraître sur mon visage.

— En gros, il ne reste de vous que vos souvenirs et vos comportements. Quant à votre conscience, certaines personnes refusent de se retirer sans combattre. Je les comprends. Moi aussi j'essaierais de m'accrocher… Je suis une insoumise, tout le monde vous le dira. Une battante. Chaque insertion est un défi à relever. Et, comme vous le savez, Mel non plus n'est pas du genre à se laisser faire.

Jeb a gardé les yeux rivés au plafond, mais moi j'ai baissé la tête, fixant du regard les motifs pourpres dans la roche.

— Oui, cette question m'a beaucoup tracassé, a-t-il articulé.

Je sentais son regard posé sur moi. Je n'ai pas bougé, excepté pour respirer lentement. Cela me demandait un grand effort d'empêcher ma respiration de s'emballer. Je devais déglutir ; le sang coulait toujours dans ma bouche.

Pourquoi avons-nous toujours pris Jeb pour un fou ? s'est interrogée Mel. *Il comprend tout. C'est un génie.*

Il est les deux.

C'est peut-être le moment de tout lui dire ? Il sait ! Melanie était vibrante d'espoir. Elle était restée très discrète dernièrement, presque absente. Il lui était plus difficile de se concentrer maintenant qu'elle était presque en paix. Elle avait remporté sa grande bataille. Elle nous avait amenées ici ; son secret n'était plus en danger ; Jared et Jamie ne pouvaient plus être trahis par ses souvenirs.

N'ayant plus de combat à mener, elle ne trouvait plus la force de parler. L'idée que les autres humains pussent connaître son existence la revigorait.

Jeb sait, d'accord. Mais ça ne change rien.

Elle a réfléchi à la façon dont les autres humains considéraient Jeb. *Tu as raison*, a-t-elle reconnu à contrecœur. *Mais il y a Jamie… Il ne sait pas, n'espère même pas, mais je crois qu'il « sent » la vérité dans sa chair.*

C'est peut-être le cas. Nous verrons, au final, si c'est un mal ou un bien, pour lui comme pour nous.

Jeb n'a pu rester silencieux plus de quelques secondes et il a interrompu notre conversation inaudible.

— C'est vraiment fascinant. Pas aussi haletant que les duels dans les films de cow-boys de ma jeunesse, mais quand même. C'est passionnant. Dis-m'en plus sur ces Araignées surdouées. Tu as piqué ma curiosité au vif.

J'ai pris une profonde inspiration et j'ai relevé la tête.

— Que voulez-vous savoir?

Il m'a fait un grand sourire, et ses yeux se sont plissés en demi-lunes.

— Trois cerveaux, vraiment?

J'ai hoché la tête.

— Et combien d'yeux?

— Douze, un à chaque jonction des membres au corps. On n'avait pas de paupières, juste un faisceau de fibres pour les protéger, comme des cils en paille de fer.

Ses yeux brillaient d'excitation.

— Elles sont velues, comme des tarentules?

— Non… plutôt cuirassées. Avec des écailles comme des reptiles ou des poissons.

Je me suis adossée contre le mur, me préparant à une longue conversation.

Sur ce point, je n'ai pas été déçue! Jeb m'a posé un nombre incalculable de questions. Il voulait tout savoir : l'apparence des Araignées, leur comportement, et comment elles avaient conquis la Terre. Il n'a pas bronché lorsque je lui ai fait le récit de l'invasion; au contraire, cela a semblé sa partie préférée de notre conversation. Sitôt que je terminais une réponse, il enchaînait sur une autre question, un grand sourire aux lèvres. Quand sa curiosité a été satisfaite au sujet des Araignées, il a voulu tout savoir sur les Fleurs.

— Tu as été très évasive sur ce point, m'a-t-il rappelé.

Alors je lui ai fait le récit de cette planète qui compte parmi les plus belles et les plus paisibles de l'univers. Chaque fois que je reprenais mon souffle, il me posait une nouvelle question. Il aimait deviner mes réponses avant que je les formule, et ne prenait nul ombrage du fait qu'il se trompait la plupart du temps.

— Vous gobiez des mouches, comme les plantes carnivores ? Je suis sûr que c'est ça… ou des animaux plus gros, comme des oiseaux, ou des ptérodactyles !

— Non, notre nourriture était la lumière, comme la plupart des plantes ici.

— Je préfère ma version. C'est plus exotique.

Parfois je riais avec lui.

On allait passer au cas des Dragons lorsque Jamie est arrivé avec un dîner pour trois.

— Salut, Vagabonde, a-t-il lancé, un peu embarrassé.

— Salut, Jamie, ai-je répondu timidement, ne sachant s'il regrettait ce moment d'intimité que nous avions partagé. (Après tout, c'était moi la « méchante » de l'histoire.)

Mais il s'est assis entre Jeb et moi et a posé le plateau au milieu de notre petit groupe. J'étais affamée, et j'avais la pépie après avoir tant parlé. J'ai pris le bol de soupe et je l'ai vidé en quelques lampées.

— J'aurais dû me douter que tu faisais des manières à la cuisine. Quand tu as faim, tu ferais mieux de le dire, Gaby. Je ne lis pas dans les pensées.

Ce dernier point était, à mon avis, discutable, mais j'étais trop occupée à mastiquer mon pain pour prendre le temps de répondre.

— « Gaby » ? s'est étonné Jamie.

J'ai hoché la tête, pour lui signifier que ce surnom me convenait.

— Ça lui va bien, tu ne trouves pas ? (Jeb était si fier de sa trouvaille qu'il était à deux doigts de se prendre dans ses bras pour se congratuler.)

— Mouais, pas mal, a répondu Jamie. Vous étiez en train de parler de dragons ?

— Tout juste ! a lancé Jeb avec enthousiasme. Mais rien à voir avec de gros lézards, c'est plutôt de gros blobs gélatineux. Ils peuvent voler, certes… enfin, si on peut dire. L'air est si épais, une sorte de gelée. C'est davantage de la nage que du vol. Et ils peuvent respirer de l'acide, ce qui doit être aussi plaisant que de boire du vitriol, non ?

J'ai laissé Jeb abreuver Jamie de détails pendant que je mangeais plus que ma part et vidais une bouteille d'eau. Sitôt que ma bouche a été libre, les questions ont fusé de nouveau :

— Parle-moi de cet acide.

Jamie est resté silencieux ; mais le sachant présent, je veillais cette fois à ce que mes réponses ne pussent le peiner. Toutefois, Jeb, volontairement ou par pur hasard, n'a posé aucune question susceptible de nous emmener sur un sujet délicat.

La lumière a lentement décliné ; bientôt le tunnel a été plongé dans l'obscurité. Puis le clair de lune, faible et argenté, m'a permis de distinguer les silhouettes de l'homme et du garçon.

Jamie s'est rapproché de moi au fil de la nuit. Je n'avais pas pris conscience que mes doigts jouaient dans ses cheveux pendant que je parlais. C'est le regard de Jeb posé sur ma main qui m'a alertée.

J'ai replié mon bras.

Finalement, Jeb a poussé un long bâillement, et Jamie l'a imité.

— Tu racontes bien, Gaby, a déclaré Jeb tandis que tout le monde s'étirait.

— C'était mon Emploi… avant. J'étais professeur, à l'université de San Diego. J'enseignais l'Histoire des Mondes.

— Tu étais prof ! a répété Jeb, tout émoustillé. Ça, c'est intéressant. Qui sait, cela pourra peut-être nous être utile. Sharon, la fille de Mag, fait la classe aux trois gosses, mais elle a beaucoup de lacunes. Elle est à l'aise en maths. Mais en histoire…

— J'enseignais uniquement « notre » Histoire, l'ai-je interrompu volontairement. (Il était illusoire d'espérer que Jeb marque une pause dans sa logorrhée verbale pour pouvoir prendre la parole !) Je ne vous serais pas d'une grande aide. Je n'ai aucune formation en histoire humaine.

— « Votre » Histoire, ce sera toujours mieux que rien. Il y a des choses que les hommes doivent savoir, puisque nous vivons dans un univers beaucoup plus peuplé que nous le supposions.

— Mais je n'étais pas un vrai professeur, ai-je insisté en sentant la panique me gagner. (Qui, ici, aurait envie d'entendre ma voix, et plus encore d'écouter mes histoires ?) J'étais professeur à titre honorifique, une sorte de conférencière invitée. Ils voulaient m'avoir à cause de ma réputation, de mon nom…

— C'était justement la question que je m'apprêtais à te poser ! a renchéri Jeb. On reparlera de tes talents de professeur plus tard, si tu veux bien… Raconte-nous ça ! Pourquoi t'ont-ils appelée Vagabonde ? J'en ai entendu, des noms biscornus ! Eau-Sèche, Doigts-dans-le-Ciel, Tombe-en-l'Air… tout cela mixé, huma-nisé avec des Pamela et des Bob. Je t'assure, il y a de quoi rendre fou de curiosité !

J'ai attendu, pour être bien sûre qu'il avait fini de parler.

— Le principe général est le suivant, ai-je commencé. Une âme essaie d'ordinaire une planète ou deux – deux est souvent la moyenne – et s'installe sur l'une ou l'autre, selon ses goûts. Puis elle se contente de chan-ger d'hôte au sein de la même espèce, à chaque fois que le corps qu'elle occupe approche de la fin de son cycle.

C'est toujours très désorientant de changer d'espèce. La plupart des âmes détestent ça. Certaines âmes ne quittent jamais la planète où elles se sont implantées pour la première fois. Parfois, une âme a du mal à trouver un alter ego, un compagnon. Elle peut alors essayer un troisième monde. Une fois, j'ai rencontré une âme qui avait essayé cinq planètes avant de s'installer chez les Chauves-Souris. J'aimais bien ce monde, moi aussi. Cette planète était bien tentante. S'il n'y avait eu le fait d'être aveugle…

— Sur combien de planètes as-tu vécu ? a demandé Jamie dans un souffle. (Pendant que je parlais, sa main avait trouvé la mienne.)

— C'est mon neuvième monde, ai-je répondu en serrant doucement ses doigts.

— Neuf !

— C'est pour cela qu'ils voulaient que je fasse des conférences. N'importe qui peut donner des chiffres, mais moi, j'ai expérimenté la plupart des mondes que nous avons… pris. (J'ai hésité avant de prononcer ce mot… mais Jamie n'a eu aucune réaction.) Il n'y a que trois planètes où je ne suis pas allée… non, quatre. Ils viennent d'en ouvrir une nouvelle…

Je m'attendais à ce que Jeb m'assaille de questions sur ce nouveau monde, ou sur d'autres, mais il s'est contenté de jouer avec les poils de sa barbe d'un air pensif.

— Pourquoi n'es-tu restée nulle part ? a demandé Jamie.

— Je n'ai jamais trouvé un endroit qui me convienne.

— Et la Terre ? Tu vas rester ici ?

L'optimisme du garçon était touchant. Je ne risquais guère de pouvoir changer d'hôte désormais, ni même de vivre ne serait-ce qu'un mois dans celui que j'occupais.

— La Terre est très… intéressante, ai-je murmuré. C'est, en même temps, le monde le plus hostile que j'aie connu.

— Plus hostile que la planète avec son air gelé et ses monstres à griffes ?

— D'une certaine manière, oui. (Comment lui expliquer que la Planète des Brumes vous attaquait de l'extérieur, alors que, ici, l'agression venait de l'intérieur ?)

L'agression ? s'est offusquée Melanie.

J'ai bâillé en guise d'intermède. *Je ne parle pas de toi*, lui ai-je précisé. *Je fais allusion à ces émotions violentes, comme des raz-de-marée qui vous submergent. Mais oui, tu m'as agressée. En m'injectant de force tes souvenirs.*

Message reçu cinq sur cinq ! a-t-elle répliqué, acerbe. Son esprit était focalisé sur le contact de cette jeune main dans la mienne. Une émotion naissait en elle, une émotion qui m'était inconnue. Quelque chose à la lisière de la colère, teinté d'envie et de désespoir.

Ça s'appelle la jalousie ! m'a-t-elle informée.

Jeb a bâillé de nouveau.

— J'ai été très égoïste. Tu dois être épuisée. Je t'ai fait marcher toute la journée et assaillie de questions la moitié de la nuit ! Je manque à tous mes devoirs d'hôte ! Allez, Jamie, laissons Gaby se reposer.

J'étais épuisée, c'était vrai. J'avais l'impression que la journée avait été particulièrement longue, et c'était peut-être le cas, à en croire Jeb.

— D'accord, oncle Jeb. (Jamie s'est levé d'un bond et a tendu la main au vieil homme pour l'aider à se relever.)

— Merci, gamin. (Jeb a poussé un grognement en se levant.) Et merci à toi aussi, a-t-il ajouté à mon intention. Cela fait longtemps que je n'avais pas eu une conversation aussi passionnante. C'est peut-être même la conversation la plus intéressante de ma vie. Repose tes cordes vocales, Gaby, parce que ma curiosité est insatiable. Ah! le voilà… presque à l'heure!

J'ai entendu des bruits de pas. Je me suis recroquevillée et me suis réfugiée dans la pièce, mais je me suis sentie encore plus vulnérable car le clair de lune éclairait la chambre.

C'était la première personne à venir dans ce couloir alors que l'endroit abritait de nombreux dortoirs.

— Désolé pour le retard, Jeb. J'ai parlé avec Sharon et après j'ai dû piquer du nez…

Cette voix… si douce, si affable. Mon estomac s'est soulevé dangereusement. Je regrettais qu'il soit plein.

— On ne s'est rendu compte de rien, Doc, a répondu Jeb. On a passé un moment très agréable ici. Un de ces jours, il faudra que tu lui demandes de te raconter ses histoires, c'est absolument génial. Mais pas ce soir. Elle est vannée. On se voit demain.

Le médecin a étalé une paillasse devant l'entrée de ma chambre, comme l'avait fait Jared.

— Tu veux bien garder ça pour moi? a demandé Jeb en déposant le fusil sur le matelas.

— Ça ne va pas, Gaby? s'est étonné Jamie. Tu trembles…

Je ne m'en étais pas aperçue. Mais tout mon corps tressautait spasmodiquement. Je n'ai rien répondu. Une boule dans ma gorge…

— Du calme, du calme, a dit Jeb d'une voix apaisante. J'ai demandé à Doc de tenir son tour de garde. Tu n'as pas d'inquiétudes à avoir. Doc est un homme de parole.

Le médecin a esquissé un sourire ensommeillé.

— Je ne vais pas te faire de mal. Gaby – c'est bien ainsi qu'il faut t'appeler? Je te le promets. Je vais juste monter la garde pendant que tu dors.

Je me suis mordu la lèvre, mais les tremblements n'ont pas cessé.

Apparemment, Jeb considérait que tout était réglé :

— Bonne nuit, Gaby. Bonne nuit, Doc. (Et il s'est éloigné dans le tunnel.)

Jamie a hésité, inquiet de me voir si apeurée.

— Doc est quelqu'un de bien, a-t-il chuchoté.

— Allez, mon garçon. Il est tard !

Jamie a rejoint Jeb au pas de course.

J'ai observé le médecin, une fois qu'avaient disparu Jeb et Jamie, à l'affût du moindre changement de comportement. Mais l'expression ensommeillée n'a pas quitté son visage, et il n'a pas approché la main de l'arme. Il s'est allongé sur la natte, ses pieds dépassant du matelas. Étendu par terre, il paraissait plus petit. Il était si maigre.

— Bonne nuit, a-t-il murmuré d'une voix traînante.

Bien sûr, je n'ai rien répondu. Je l'ai observé dans le clair de lune, surveillant les mouvements de sa cage thoracique. Leur rythme s'est fait plus lent, plus profond ; puis il s'est mis à ronfler.

C'était peut-être une feinte, mais si tel était le cas, je ne pouvais pas y faire grand-chose. Silencieusement, j'ai rampé à reculons vers le fond de la pièce, jusqu'à sentir le bord du matelas contre mes reins. Je m'étais promis de ne rien toucher dans cette chambre, mais je pouvais peut-être m'étendre sur le lit. Le sol était si dur, si rugueux…

Les ronflements du médecin étaient rassurants ; même si c'était une comédie pour abaisser mes défenses, au moins je savais exactement où Doc se trouvait dans les ténèbres.

Que je vive ou que je périsse, autant dormir tant que j'en avais l'occasion… J'étais « crevée comme une chambre à air », pour reprendre l'expression de Melanie.

J'ai fermé les yeux. Le matelas était un délice, la chose la plus douce que mon corps eût touchée depuis mon arrivée ici. Je me suis détendue, et j'ai plongé.

Il y a eu un bruit dans ma chambre. J'ai ouvert les yeux. Il y avait une ombre au-dessus de moi – quelqu'un ! – se découpant sur le plafond. Au-dehors, les ronflements de Doc continuaient, imperturbables, telle une psalmodie funèbre.

23.

La confession

L'ombre était gigantesque, confuse ; elle s'est penchée sur moi, immense, oscillant au-dessus de mon visage.

Je voulais hurler, mais le son restait bloqué dans ma gorge. Tout ce qui s'est échappé de ma bouche a été un faible gémissement.

— Chut… c'est moi ! a murmuré Jamie.

Quelque chose a roulé de ses épaules et est tombé au sol. Sans ce fardeau, j'ai reconnu sa silhouette dans le clair de lune.

J'ai hoqueté, et j'ai porté ma main à ma gorge, en manque d'air.

— Désolé. (Il s'est assis sur le bord du matelas.) C'est assez stupide, je le reconnais. Je ne voulais pas réveiller Doc. Il ne m'est pas même venu à l'esprit que je pouvais te faire une peur bleue. Ça va ? (Il m'a tapoté la cheville – la partie de mon corps la plus proche de lui.)

— Oui, ai-je soufflé, encore à court d'air.

— Désolé encore.

— Que fais-tu ici, Jamie ? Tu ne dors pas ?

— C'est pour ça que je suis ici. Impossible de fermer l'œil avec les ronflements d'oncle Jeb. Je n'en pouvais plus.

Je ne comprenais rien.

— Tu dors avec Jeb?

Jamie a bâillé et s'est penché pour dérouler sa paillasse sur le sol.

— Non, d'ordinaire je dors avec Jared. Il ne ronfle pas, lui. Comme tu le sais.

Je le savais.

— Pourquoi ne dors-tu pas dans la chambre de Jared? Tu as peur de dormir seul? (Je ne l'en aurais pas blâmé. Moi-même, j'étais constamment terrifiée, ici.)

— Peur? a-t-il grommelé. Non! C'est ici, la chambre de Jared. Notre chambre.

— Quoi? Jeb m'a installée dans la chambre de Jared?

Je n'en revenais pas! Jared allait me tuer. Non, il tuerait d'abord Jeb, et moi ensuite!

— C'est ma chambre aussi. Et j'ai dit à Jeb que tu pouvais la prendre.

— Jared va voir rouge!

— Je fais ce que je veux de ma chambre! a marmonné Jamie, revêche, puis il s'est mordu les lèvres. On ne lui dira rien. Il n'a pas besoin de le savoir.

J'ai hoché la tête.

— Entendu.

— Ça t'embête si je dors ici? Oncle Jeb est vraiment bruyant.

— Non, ça ne m'embête pas. Mais je crois que ce n'est pas une bonne idée.

Il s'est renfrogné, feignant d'être blessé.

— Pourquoi?

— Parce que c'est dangereux. Parfois, des gens passent me voir la nuit.

Il a écarquillé les yeux.

— Quoi?

— Jared avait le fusil. Alors ils sont partis.

— Qui ça?

— Je ne sais pas… Kyle, par exemple. Mais il y en a d'autres.

Il a hoché la tête.

— Raison de plus pour rester avec toi. Doc aura peut-être besoin d'aide.

— Jamie !

— Je ne suis plus un enfant, Gaby. Je peux veiller sur moi.

À l'évidence, il était inutile d'insister.

— Prends au moins le lit, ai-je dit, en m'avouant vaincue. C'est ta chambre.

— Non ! C'est toi l'invitée.

J'ai émis un grognement.

— Non. Le lit est pour toi.

— Pas question.

Il s'est étendu sur sa paillasse en croisant les bras sur la poitrine d'un air têtu.

Encore une fois, j'ai compris qu'il était inutile d'insister. Ce n'était pas la bonne approche avec Jamie. Je réglerais ça dès qu'il se serait endormi. Il avait le sommeil si lourd qu'il frôlait le coma. Melanie pouvait le trimbaler partout quand il était dans les bras de Morphée.

— Prends donc mon oreiller, a-t-il précisé en tapotant le coussin à côté de lui. C'est idiot de te pelotonner au bout du lit.

J'ai lâché un soupir, mais je me suis étendue sur l'oreiller.

— C'est bien. Maintenant, si tu veux bien me passer celui de Jared…

J'ai hésité, m'apprêtant à lui donner celui qui était sous ma tête ; il s'est levé d'un bond, s'est penché au-dessus de moi et a attrapé l'autre oreiller.

On est restés silencieux pendant un moment ; on entendait les ronflements du médecin.

— Doc a un joli ronflement, a murmuré Jamie.

— Il ne t'empêchera pas de dormir.

— Tu es fatiguée ?

— Oui.

— Ah…

J'ai attendu la suite, mais il n'a plus rien dit.

— Tu as quelque chose à me demander ? me suis-je enquise.

Il n'a pas répondu tout de suite. Il était en proie à un dilemme. J'ai attendu.

— Si je te pose une question, me diras-tu la vérité ?

À mon tour, j'ai hésité.

— Je ne sais pas tout, ai-je répondu en éludant la question.

— Ça, tu le sais, c'est sûr. Quand on marchait… Jeb et moi… il m'a dit des choses. Des choses qu'il pensait sur toi, mais je ne sais pas si c'est vrai.

Melanie s'est soudain fait présente dans ma tête.

Les chuchotements de Jamie étaient à peine audibles, le son de ma respiration couvrait ses mots.

— Oncle Jeb pense que Melanie est toujours vivante. Qu'elle est encore en toi.

Mon Jamie ! a gémi Melanie.

Je n'ai rien répondu, à aucun des deux.

— Je ne savais pas que cela pouvait se produire. C'est la vérité ?

Sa voix s'est brisée. Je l'ai entendu refouler un sanglot. Il n'était pas du genre à pleurer pour un rien, et je lui avais déjà fait du mal à deux reprises aujourd'hui. Un éperon m'a transpercé le milieu de la poitrine.

— Gaby, c'est la vérité ?

Dis-lui. Je t'en supplie, dis-lui que je l'aime !

— Pourquoi ne réponds-tu pas ? (Jamie pleurait à présent, mais s'efforçait de ne pas le montrer.)

J'ai rampé hors du lit pour me lover dans la portion de sol entre le matelas et sa paillasse, et j'ai passé mon bras autour de sa poitrine qui tressautait. J'ai enfoui ma tête dans ses cheveux, j'ai senti ses larmes, chaudes dans mon cou.

— Melanie est-elle toujours vivante, Gaby ? Dis-le-moi, je t'en prie.

Il était sans doute manipulé. Le vieux Jeb lui avait dit ça intentionnellement ; Jeb avait vu comme Jamie abattait mes défenses. Peut-être le patriarche cherchait-il une confirmation de son hypothèse et était-il prêt à se servir du garçon pour me tirer les vers du nez ? Que ferait-il lorsque ses doutes se trouveraient confirmés ? Comment allait-il utiliser cette information ? Je ne pensais pas qu'il me voulait du mal, mais pouvais-je me fier à mon jugement ? Les humains étaient fourbes, manipulateurs. Je ne pouvais imaginer quel plan machiavélique Jeb pouvait poursuivre puisque mon espèce était incapable d'en concevoir de semblables.

Le corps de Jamie tremblait à côté de moi.

Il souffre ! s'est écriée Melanie. Elle luttait en vain pour prendre les rênes.

Je ne pourrais rien lui reprocher si cela se révélait une grosse erreur car c'est moi qui parlais en ce moment, pas elle.

— Elle t'a promis qu'elle reviendrait, n'est-ce pas ? ai-je murmuré. Melanie a-t-elle manqué une seule fois à sa parole ?

Jamie a passé ses bras autour de ma taille et s'est blotti contre moi. Au bout d'un moment, il a chuchoté :

— Je t'aime, Mel.

— Elle t'aime aussi. Elle est si heureuse que tu sois ici, sain et sauf.

Le temps a passé. Mes larmes ont séché sur ma peau, laissant une trace salée.

— C'est pour tout le monde comme ça? a-t-il demandé après un long moment, alors que je le croyais endormi. Est-ce que les autres aussi restent?

— Non, ai-je répondu avec regret. Mais Melanie n'est pas comme les autres.

— Elle est forte et courageuse.

— Oui. Très.

— Tu crois que… (Il s'est interrompu pour renifler.) Tu crois que papa aussi est encore là?

J'ai dégluti, dans l'espoir de faire descendre la boule dans ma gorge. Mais ça n'a pas marché.

— Non, Jamie. Non, je ne pense pas. Il n'est pas comme Melanie.

— Pourquoi?

— Parce qu'il a demandé aux Traqueurs de te chercher. Enfin, c'est l'âme à l'intérieur qui l'a fait. Ton père n'aurait jamais laissé faire ça s'il était encore là. Ta sœur ne m'a jamais montré où était la cabane de Jared… Elle est même parvenue à me cacher ton existence pendant longtemps. Elle ne m'a fait venir ici qu'une fois qu'elle a été sûre que je ne te ferais pas de mal.

Je donnais trop d'informations! Quand j'ai eu fini de parler, je me suis aperçue que le médecin ne ronflait plus. Je n'entendais plus sa respiration. Quelle idiote je faisais!

— Oh…, a lâché Jamie.

J'ai murmuré tout bas dans son oreille, pour que le médecin ne puisse entendre:

— Oui. Elle est très forte.

Jamie se concentrait sur mes paroles, les sourcils froncés, et il s'est retourné vers l'ouverture. Il devait s'être rendu compte aussi que Doc ne dormait plus, parce qu'il s'est penché vers moi et m'a chuchoté à l'oreille:

— Pourquoi ne nous ferais-tu pas de mal? Ce n'est pas ça que tu veux?

— Non. Je ne veux pas te faire du mal.

— Pourquoi?

— Ta sœur et moi, on a passé beaucoup de temps ensemble. Elle m'a appris à te connaître. Et j'ai… commencé à t'aimer. Moi aussi.

— Et Jared?

J'ai serré les dents un instant, regrettant que le garçon ait fait le lien aussi vite.

— Bien sûr. Je ne veux pas qu'il arrive quelque chose à Jared.

— Il te hait, a lâché Jamie d'un ton douloureux.

— Oui. Tout le monde me hait. C'est compréhensible.

— Pas Jeb. Ni moi.

— Vous devriez me haïr. Il vous suffit d'ouvrir les yeux.

— Mais tu n'étais même pas là quand ils sont arrivés. Ce n'est pas toi qui as pris papa, maman ou Melanie. Tu étais encore dans l'espace.

— Certes, mais je suis l'un des leurs. Je fais ce que font toutes les âmes. J'ai occupé de nombreux hôtes avant Melanie et je n'ai pas hésité à voler leurs… existences. Encore et encore. C'est dans ma nature.

— Et Melanie, elle te hait?

J'ai réfléchi un moment.

— Moins qu'avant.

Non, je ne te hais pas. Plus du tout.

— Elle dit qu'elle ne me hait plus, ai-je murmuré d'une voix presque inaudible.

— Comment va-t-elle?

— Elle est heureuse d'être ici. Elle est si contente de te voir. Maintenant qu'elle te sait en bonne santé, elle se fiche qu'ils nous tuent.

Jamie s'est raidi dans mes bras.

— Ils ne vont pas te tuer. Pas si Mel est encore en vie !

Tu lui fais peur, m'a avertie Melanie. *Pourquoi lui dire ça ?*

Autant le préparer.

— Ils refuseront de croire que Melanie est encore là. Ils seront persuadés qu'il s'agit d'une ruse. Si je leur dis ça, je signe mon arrêt de mort. Parce que seuls les Traqueurs mentent.

Jamie a frissonné.

— Mais tu ne mens pas, je le sais, a-t-il déclaré après un silence.

J'ai haussé les épaules.

— Je ne les laisserai pas faire. (Sa voix, quoique basse, était pleine de détermination.)

J'étais terrorisée à l'idée de le voir impliqué dans cette histoire. Il vivait avec des barbares. Son jeune âge suffirait-il à le protéger quand il tenterait de me défendre ? J'en doutais. Il fallait que je le dissuade de cette folle entreprise, sans le braquer. Sinon il allait encore s'entêter.

Mais Jamie a repris la parole avant que je puisse ouvrir la bouche ; il était d'un calme d'airain, comme s'il venait d'entrevoir la solution.

— Jared réglera ça. Comme toujours.

— Jared ne te croira pas non plus. Il est plein de colère. C'est lui qui m'en veut le plus.

— Même s'il ne te croit pas, il protégera Melanie. Par principe de précaution.

— On verra ça… (Je me suis tue. Je reviendrais sur ce sujet plus tard, lorsque j'aurais trouvé le moyen de le convaincre en douceur.)

Jamie est resté silencieux, pensif. Finalement, sa respiration a ralenti, sa bouche s'est ouverte. J'ai attendu

qu'il soit profondément endormi et je l'ai porté doucement sur le lit. Il était plus lourd que dans mon souvenir, mais j'y suis parvenue. Il ne s'est pas réveillé.

J'ai reposé l'oreiller de Jared à sa place et je me suis
étendue sur la paillasse.

Je viens de prendre un gros risque. Mais j'étais trop
fatiguée pour m'inquiéter de ce qu'il adviendrait le lendemain. En quelques secondes, je dormais.

À mon réveil, les fissures au plafond étaient des traits
d'argent embrasés par les rayons du soleil, et quelqu'un
sifflotait.

Les sifflotements se sont soudain interrompus.

— Enfin ! a grommelé Jeb quand j'ai ouvert les yeux.

J'ai roulé sur le côté pour lui faire face. En bougeant,
la main de Jamie a glissé de mon bras. Sans doute, dans
la nuit, m'avait-il enlacée – enfin, pas moi, sa sœur.

Jeb s'est adossé au pilier de l'arche d'entrée, les bras
croisés sur sa poitrine.

— Bonjour. Bien dormi ?

Je me suis étirée, j'ai décidé que j'étais suffisamment
reposée avant d'acquiescer.

— Ne recommence pas à jouer les muettes, s'il te
plaît !

— Pardon, ai-je murmuré. Oui, j'ai bien dormi.
Merci.

Jamie a remué au son de ma voix.

— Gaby ? a-t-il demandé.

Bêtement, j'étais touchée de voir qu'il prononçait
mon diminutif humain au sortir du sommeil.

— Oui ?

Le garçon a battu des paupières et a écarté ses cheveux devant ses yeux.

— Oh… salut, oncle Jeb.

— Ma chambre n'était pas assez bien pour toi, garçon ?

— Tu ronfles trop fort, a répondu Jamie en bâillant.

— N'as-tu retenu aucune de mes leçons ? lui a demandé Jeb. Depuis quand laisse-t-on une invitée, et une dame qui plus est, dormir par terre ?

Jamie s'est redressé en regardant autour de lui, désorienté. Il a froncé les sourcils.

— Ne le dispute pas, ai-je répondu à Jeb. Il a insisté pour prendre la paillasse. C'est moi qui l'ai déplacé dans son sommeil.

— Mel faisait ça aussi, a renchéri Jamie.

Je lui ai fait les yeux ronds, pour lui signifier de ne pas aller plus loin.

Jeb a lâché un petit rire. J'ai regardé le vieil homme ; il avait la même expression que la veille : le visage satisfait de celui qui a placé toutes les pièces du puzzle. Il s'est approché et a donné un coup de pied dans le matelas.

— Tu as déjà raté les cours du matin. Sharon ne va pas être à prendre avec des pincettes aujourd'hui. Alors bouge-toi !

— Sharon est toujours énervée, de toute façon, s'est plaint Jamie tout en sortant du lit.

— Allez, mon garçon, dépêche-toi.

Jamie m'a regardée, puis il a tourné les talons et a disparu dans le couloir.

— Bien…, a lâché Jeb une fois que nous avons été seuls. Cette garde n'a plus de raison d'être, je pense. J'ai beaucoup de travail. Tout le monde a trop à faire ici pour jouer les sentinelles. Alors aujourd'hui, tu vas devoir me suivre pendant que je ferai mes corvées.

J'en suis restée ébahie. Il m'a observée sans sourire.

— Ne fais pas cette tête de souris effarouchée ! Tout se passera bien. (Il a tapoté son fusil.) Ma maison n'est pas faite pour les petites natures.

Que pouvais-je répondre à ça ? J'ai pris trois courtes inspirations pour me donner du courage. Mon sang battait dans mes oreilles et la voix de Jeb a paru assourdie.

— Allez, Gaby ! L'heure tourne.

Il a fait demi-tour et est sorti de la pièce à grands pas.

Je suis restée figée un instant, puis je me suis précipitée dans son sillage. Il ne plaisantait pas ; il avait déjà disparu à l'angle du tunnel. J'ai couru derrière lui, terrifiée à l'idée de croiser quelqu'un dans cette partie reculée des grottes. Jeb ne s'est même pas retourné quand je l'ai rejoint.

— Il est temps de semer dans la parcelle nord-est. Il faut d'abord travailler le sol. J'espère que cela ne te dérange pas de te salir les mains. Après, je trouverai une solution pour que tu puisses te laver, tu en as grand besoin. (Il a humé l'air avec ostentation, et a éclaté de rire.)

Je me suis sentie rougir, mais je n'ai pas relevé ses derniers mots.

— Je n'ai pas peur de me salir les mains, ai-je murmuré. (Autant que je m'en souvienne, la parcelle nord-est était à l'écart. Peut-être aurions-nous la chance d'être seuls ?)

Arrivés sur la grande place, nous avons croisé des humains. Tous me regardaient, toujours aussi hostiles. J'ai reconnu la plupart d'entre eux : la femme avec la natte poivre et sel que j'avais vue la veille quand elle arrosait les carottes ; le petit homme bedonnant, avec ses cheveux blonds clairsemés, les joues cramoisies ; la jeune femme au corps d'athlète et à la peau café au lait qui relaçait sa chaussure la première fois que je suis venue ici ; une autre femme à la peau sombre, avec de grosses lèvres, les paupières lourdes, que j'avais vue la veille dans la cuisine, à côté des deux enfants – leur mère peut-être ? On est passés devant Maggie ; elle a lancé un regard furieux à Jeb et m'a tourné le dos ostensiblement. Ensuite, nous avons croisé un homme à la peau pâle, l'air malade, avec des cheveux blancs – celui-là, je ne l'avais jamais vu. Puis il y a eu Ian.

— Salut, Jeb ! a-t-il lancé, enjoué. C'est quoi le programme pour toi ce matin ?

— Bêcher le sol de la parcelle nord-est.

— Tu veux un coup de main ?

— Tu n'as rien de mieux à faire ? a grommelé Jeb.

Ian a pris cette réponse pour un accord et nous a emboîté le pas. Le savoir derrière moi m'a donné la chair de poule.

Nous avons croisé un jeune homme à peine plus âgé que Jamie, ses cheveux bruns crépus ombraient son front chocolat comme une pelote de paille de fer.

— Bonjour, Wes, l'a salué Ian.

Wes nous a regardés passer en silence. Ian a lâché un rire en voyant son expression.

Puis il y a eu le médecin.

— Salut, Doc ! a encore lancé Ian.

— Bonjour, Ian, a répondu Doc. (Il avait dans les mains une grosse boule de pâte. Sa chemise était couverte de farine.) Bonjour, Jeb. Bonjour, Gaby.

— Bonjour, a répondu Jeb.

Je l'ai salué d'un mouvement de tête hésitant.

— À plus tard ! a lancé Doc en s'éloignant avec son fardeau.

— Alors comme ça, c'est « Gaby » ? s'est étonné Ian.

— C'est une idée à moi, a précisé Jeb. Ça lui va bien, non ?

— C'est bien trouvé, s'est contenté de répondre Ian.

Nous sommes enfin arrivés à la parcelle. J'ai aussitôt compris mon erreur.

Il y avait foule ! Cinq femmes et neuf hommes. Évidemment, tous se sont figés et ont pris un air maussade en me voyant.

— Ne fais pas attention à eux, m'a chuchoté Jeb.

Le vieil homme a suivi son propre conseil ; il s'est dirigé vers les outils adossés contre la paroi, a glissé le fusil dans une sangle à sa ceinture et s'est emparé d'une pioche et de deux bêches.

Je me suis soudain sentie vulnérable. Ian était juste dans mon dos. J'entendais son souffle. Les autres continuaient à me fixer, leurs outils en suspens. Les pioches et les pelles qui transperçaient la terre auraient tout aussi bien pu me transpercer. À voir leur expression, je n'étais visiblement pas la seule à qui cette idée avait effleuré l'esprit.

Jeb est revenu et m'a tendu une bêche. J'ai attrapé le manche usé, sentant le poids de la panne au bout. Après avoir vu la lueur assassine dans les yeux de mes voisins, j'avais du mal à considérer l'outil autrement que comme une arme. Je n'aimais pas cette pensée. Jamais je n'oserais brandir cet outil d'acier, même pour parer un coup.

Jeb a donné la pioche à Ian. Le fer pointu avait des airs de hallebarde dans ses mains. J'ai dû faire appel à toute ma volonté pour ne pas courir me mettre hors de sa portée.

— Commençons par le coin du fond.

Par chance, c'était la zone la moins peuplée de cette longue caverne ensoleillée. Ian fracassait le sol dur devant nous, je sortais les mottes et Jeb les pulvérisait avec le tranchant de sa bêche pour rendre la terre cultivable.

À voir suer Ian – qui a rapidement ôté sa chemise sous la chaleur ardente renvoyée par les miroirs – et à entendre les ahans de Jeb derrière moi, il était évident qu'on m'avait confié la tâche la plus facile. J'aurais préféré un travail plus ardu qui m'aurait permis d'oublier la présence des autres humains. Chacun des mouvements à la périphérie de mon champ de vision me faisait tressaillir.

Je ne pouvais faire le travail de Ian – je n'avais pas les muscles pour avoir raison de cette couche dure comme de la pierre – mais je pouvais aider Jeb, précouper les mottes avant de suivre Ian. Ç'a un peu accéléré le travail, et c'était suffisamment pénible pour me faire oublier ce qui se passait autour de moi.

Ian nous donnait de l'eau de temps en temps. Une femme – une petite blonde que j'avais vue la veille à la cuisine – apportait à boire aux autres, mais nous ignorait avec superbe. Ian prenait de l'eau pour nous trois à chaque fois. Cette attention à mon égard m'inquiétait. Ne voulait-il plus ma mort, ou était-ce une ruse ? L'eau avait toujours un drôle de goût, mélange de soufre et de moisissure, mais en plus, elle me paraissait suspecte. Je devenais paranoïaque !

Je travaillais dur, pour m'occuper les yeux et l'esprit ; je n'ai pas vu que nous étions arrivés au bout de la parcelle. Ian s'est arrêté et je l'ai imité. Il s'est étiré, a soulevé la pioche au-dessus de sa tête, et a fait craquer sa colonne endolorie. Je me suis reculée, mais il n'a pas remarqué ma frayeur. Tous les autres aussi s'étaient arrêtés de travailler. J'ai contemplé le sol fraîchement retourné. Toute la parcelle avait été bêchée.

— Bon travail, a déclaré Jeb d'une voix forte à l'intention du groupe. On sèmera demain.

Dans la salle s'est élevé le bruit des conversations, ponctué par le cliquetis des outils qu'on remisait. Certains bavardaient tranquillement, mais chez d'autres, on sentait de la tension, à cause de ma présence. Ian a tendu la main vers ma bêche. Je la lui ai donnée, sentant mon moral déjà bas tomber à zéro. Il ne faisait nul doute que j'étais incluse dans le « on » de Jeb. La journée de demain s'annonçait aussi éprouvante qu'aujourd'hui.

J'ai regardé le patriarche d'un air maussade, mais il m'a retourné un grand sourire. Il y avait de la malice dans ce sourire – il avait lu dans mes pensées ! Non seulement il savait mon embarras, mais il s'en réjouissait.

Il m'a fait un clin d'œil. Mon allié aliéné ! On ne pouvait attendre davantage de l'amitié chez les humains, ai-je pensé à nouveau.

— À demain, Gaby ! a lancé Ian en traversant la salle en riant.

Tout les autres nous regardaient, interloqués.

24.

La tolérance

C'est vrai que je ne sentais pas la rose !

J'avais perdu le compte des jours depuis mon arrivée ici. Une semaine ? Deux ? Tous ces jours passés à mariner dans les mêmes habits. Ma chemise était tellement incrustée de sel qu'on aurait dit un soufflet d'accordéon. Autrefois jaune pâle, elle était à présent de la même couleur pourpre que la roche volcanique, usée jusqu'à la trame et tout auréolée. Mes cheveux courts étaient rêches et crissants de poussière sous mes doigts ; je les sentais dressés en tous sens sur mon crâne, avec une sorte de crête au sommet, comme un cacatoès. Je ne m'étais pas regardée dans une glace depuis longtemps, mais j'imaginais très bien les deux nuances de pourpre – l'une due à la poussière de roche, l'autre aux coups.

J'étais donc d'accord avec Jeb ; oui, j'avais grand besoin d'un bain. Et de changer de vêtements, pour que l'effet du bain ne soit pas réduit à néant. Jeb m'a offert des vêtements appartenant à Jamie, le temps que les miens sèchent, mais je ne voulais pas déformer les rares affaires du garçon. Par chance, il ne m'a pas proposé les vêtements de Jared. J'ai fini par hériter d'une vieille chemise de flanelle de Jeb aux manches déchirées, et d'un pantalon de survêtement troué. Mes affaires de rechange dans une main, et dans l'autre une chose informe à l'odeur âcre (du savon à base de cactus fabrication maison), j'ai suivi Jeb dans la salle des deux rivières.

Une fois encore, nous n'étions pas seuls – nouvelle déception. Trois hommes et une femme, celle à la natte poivre et sel, emplissaient des seaux d'eau chaude dans le petit ruisseau. Des bruits d'éclaboussures résonnaient dans la salle de la baignoire.

— On va attendre notre tour, m'a annoncé Jeb.

Il s'est adossé contre le mur. Je me suis tenue raide comme un « i » à côté de lui, sentant les quatre paires d'yeux rivés sur moi, mais la présence de la rivière qui coulait sous le sol me préoccupait davantage encore.

Après une courte attente, trois femmes sont sorties de la salle de bains, leurs cheveux ruisselant sur leurs chemises – c'était la femme au corps d'athlète et à la peau café au lait, une jeune blonde que je n'avais pas encore vue, et la cousine de Melanie, Sharon. Leurs rires se sont brusquement interrompus quand elles nous ont vus.

— Bonsoir, mesdemoiselles, les a saluées Jeb en se touchant le côté du front, comme si c'était le bord d'un chapeau imaginaire.

— Salut, Jeb, a lâché la femme au teint caramel avec froideur.

Quant à Sharon et l'autre fille, elles nous ont ignorés ostensiblement.

— Parfait, Gaby, a déclaré Jeb une fois les trois femmes parties. C'est à ton tour.

Je l'ai regardé d'un air renfrogné puis me suis avancée avec précaution vers la salle obscure.

J'ai tenté de me souvenir de la topographie des lieux. Je savais que le bassin se trouvait à moins d'un mètre de la paroi. J'ai retiré mes chaussures pour pouvoir tâter le sol et repérer le bord du trou.

Il faisait si noir ! Je revoyais, en pensée, la surface d'encre de la baignoire, troublée par je ne savais quelles choses tapies dans ses profondeurs opaques. J'en avais des frissons. Mais plus j'attendais, plus le supplice durerait… J'ai donc posé les vêtements propres sur mes chaussures, pris le savon malodorant et avancé à tâtons jusqu'à arriver au bord du trou.

L'eau était fraîche comparée à la vapeur qui flottait dans la caverne. C'était agréable. Cela n'a en rien effacé mes appréhensions, mais j'ai apprécié la sensation sur mon corps. Cela faisait si longtemps que je ne connaissais que la touffeur. Je suis entrée dans le bassin tout habillée ; l'eau m'arrivait à la taille. Je sentais un courant courir sur mes chevilles. J'étais contente que l'eau ne soit pas stagnante – ç'eût été dommage de la souiller, sale comme j'étais.

Je me suis assise dans le bain d'encre pour m'immerger jusqu'aux épaules. J'ai frotté le savon sur mes vêtements, pensant que c'était le meilleur moyen de les nettoyer. Le savon était chaud au toucher.

J'ai retiré mes habits savonneux et les ai frottés sous l'eau. Puis je les ai rincés encore et encore jusqu'à ce qu'il ne subsiste plus une molécule de sueur ou de larmes. Je les ai essorés et les ai étalés sur le sol à côté de mes chaussures.

Le savon brûlait davantage encore sur ma peau nue, mais c'était supportable parce qu'il y avait à la clé le plaisir d'être propre. À la fin de mes ablutions, j'avais l'épiderme en feu et le cuir chevelu fourmillant. L'endroit où se trouvaient mes hématomes était redevenu sensible, preuve qu'ils n'avaient pas disparu. C'est avec soulagement que j'ai posé le savon acide et que je me suis rincée abondamment, comme je l'avais fait pour mes vêtements.

Avec un mélange de regret et de satisfaction, je suis sortie du bain. L'eau était une félicité, la sensation de propreté aussi, malgré les picotements. Mais j'en avais assez des ténèbres et de toutes les menaces que j'y imaginais. J'ai tâtonné dans le noir à la recherche des vêtements secs, je les ai rapidement enfilés et j'ai glissé mes pieds mouillés dans mes chaussures. J'ai ramassé mes habits sales d'une main, et le savon, délicatement, entre le pouce et l'index.

À ma sortie, Jeb a ri en voyant la façon dont je tenais le savon.

— Ça brûle, hein ! On essaie d'arranger ça. (Il a tendu la main, protégée par un pan de sa chemise, pour récupérer le savon.)

Je n'ai rien répondu ; nous n'étions pas seuls. Cinq personnes attendaient derrière nous ; toutes avaient participé au bêchage de la parcelle.

Ian était le premier d'entre eux.

— Tu as meilleure mine, m'a-t-il dit. (Impossible de savoir, à son ton, si c'était un compliment ou du sarcasme.)

Il a levé un bras, tendant ses longs doigts pâles vers mon cou. J'ai eu un mouvement de recul ; il a aussitôt retiré sa main.

— Je te présente mes excuses, a-t-il marmonné.

Des excuses pour quoi ? Pour m'avoir effrayée ? Ou pour avoir laissé ces marques disgracieuses sur mon cou ? Il ne s'excusait sûrement pas d'avoir voulu me tuer. Nul doute qu'il souhaitait toujours autant ma mort, mais je n'allais pas lui demander des éclaircissements. Je me suis mise à marcher et Jeb m'a emboîté le pas.

— Ça ne s'est pas si mal passé aujourd'hui, a dit Jeb alors que nous nous engagions dans le tunnel obscur.

— Pas si mal, ai-je concédé. (Après tout, je n'avais pas été assassinée. C'était toujours une petite victoire.)

— Demain, ça ira encore mieux. Il n'y a rien de plus beau que de semer. Voir toutes ces petites graines, apparemment desséchées et mortes, renfermer tant de vie. Cela me rappelle qu'un vieux bonhomme comme moi peut encore servir à quelque chose, ne serait-ce qu'à faire de l'engrais. (Jeb a ri de sa propre boutade.)

Une fois revenu dans la grande caverne, Jeb m'a pris le coude pour m'entraîner vers le tunnel à l'est et non vers celui à l'ouest.

— Ne me dis pas que tu n'as pas faim après tout ça ! Mon boulot n'est pas livreur de repas à domicile. Tu vas donc devoir manger avec tout le monde.

J'ai fait la grimace, mais je l'ai laissé me conduire à la cuisine.

C'était un bien que la nourriture soit toujours la même, parce que si, par miracle, un filet mignon s'était matérialisé devant moi, je n'en aurais pas profité à sa juste valeur. Je devais faire appel à toute ma concentration pour avaler chaque bouchée. Je ne voulais pas faire le moindre bruit dans le silence de mort qui s'était abattu à mon arrivée. Le réfectoire n'était pas bondé ; seules dix personnes étaient installées aux comptoirs, occupées à manger leur pain et à boire leur soupe. Mais ma présence avait interrompu encore une fois toutes les conversations. Combien de temps en serait-il ainsi ?

Réponse : quatre jours exactement !

C'est le temps qu'il m'a fallu aussi pour comprendre ce que tramait Jeb, ce que cachait sa métamorphose d'hôte attentif en contremaître bourru.

Le lendemain du bêchage, j'ai passé la journée à semer et à arroser la parcelle. Je me trouvais avec un groupe différent de la veille. Il devait exister des roulements pour les corvées. Maggie faisait partie du nouveau groupe, ainsi que la femme à la peau café au lait dont je ne connaissais pas le nom. Les gens œuvraient en silence – un silence artificiel, une protestation muette contre ma présence impie.

Ian travaillait avec moi, alors que ce n'était visiblement pas son tour… cela m'inquiétait.

J'ai dû, une fois de plus, prendre mon repas dans la cuisine. Par chance, Jamie était là et, grâce à lui, le silence n'a pas été total. Évidemment, il avait remarqué le soudain mutisme à notre arrivée, mais il l'a ignoré, agissant comme si lui, Jeb et moi étions les seules personnes présentes dans le réfectoire. Il nous a raconté sa journée de classe avec Sharon, se vantant d'avoir mis un peu le chahut, et se plaignant d'avoir été puni. Jeb l'a sermonné pour la forme. Les deux jouaient à merveille la comédie de la normalité. Mais moi, j'étais une piètre actrice. Lorsque Jamie m'a demandé comment s'était passée ma journée, je n'ai pu sortir un mot, et suis restée le nez plongé dans mon assiette. Ma réaction l'a rendu triste, mais il n'a pas insisté.

La nuit était une autre épreuve ; Jamie me faisait parler jusqu'à ce que je le supplie de me laisser dormir. Il avait officiellement demandé à réintégrer sa chambre ; il dormait du côté de Jared et voulait que je prenne son côté du matelas. C'était si proche des souvenirs de Melanie ; et elle approuvait cet arrangement.

Jeb aussi.

— Cela m'évite de trouver quelqu'un pour jouer les sentinelles. Garde le fusil à portée de main, gamin, et ne l'oublie pas dans la chambre !

J'avais protesté. Mais l'homme et le garçon n'avaient rien voulu entendre. Alors Jamie dormait avec l'arme au bord du lit, et je faisais des cauchemars de savoir cet engin de mort si près de nous.

Le troisième jour de corvée, j'ai travaillé à la cuisine. Jeb m'a montré comment préparer la pâte à pain, comment la façonner en rouleau et la laisser lever et, plus tard, comment entretenir le feu dans le gros four de pierre.

Au milieu de l'après-midi, il est parti.

— Je vais chercher un peu de farine, a-t-il marmonné en jouant avec la sangle qui retenait le fusil à sa ceinture.

Les trois femmes silencieuses qui pétrissaient la pâte à côté de nous n'ont pas relevé la tête. J'avais les bras dans le pétrin jusqu'aux coudes, mais j'ai commencé à m'essuyer en toute hâte pour le suivre.

Jeb a souri, en jetant un coup d'œil vers les femmes, et m'a fait non de la tête. Puis il a tourné les talons et a disparu.

Je me suis figée de terreur, incapable de respirer, et j'ai fixé les trois femmes : la jeune blonde, la femme à la natte poivre et sel et la mère aux grosses paupières. Dans un instant, elles allaient s'apercevoir qu'elles pouvaient me tuer. Pas de Jeb, pas de fusil, mes mains dans la pâte collante… j'étais une proie facile.

Mais les femmes ont continué à pétrir et à modeler les petits pains, visiblement inconscientes de ma situation. Après un moment interminable, j'ai recommencé à malaxer ma pâte. Mon immobilité les aurait alertées…

Jeb était parti depuis une éternité ! Peut-être devait-il la moudre lui-même, sa farine ! Ce devait être la seule explication possible…

— Tu en as mis un temps ! a déclaré la femme à la natte au retour du vieil homme. (Ce n'était donc pas simplement le fruit de mon imagination.)

Jeb a lâché son sac sur le sol. L'impact a fait un bruit mou.

— Il y a beaucoup de farine là-dedans. Tu veux essayer de le porter, Trudy ?

Trudy a reniflé d'un air dédaigneux.

— Et tu as été obligé de faire un tas de pauses en chemin.

— Exactement ! a répondu Jeb en souriant de toutes ses dents.

Mon cœur, qui battait à tout rompre, s'est un peu calmé.

Le lendemain, nous devions nettoyer les miroirs éclairant la salle des maïs. Jeb m'avait dit qu'il fallait accomplir cette tâche régulièrement, parce que si les réflecteurs étaient encrassés, ils ne diffusaient plus assez de lumière pour nourrir les plantations. Ian travaillait encore avec nous. C'est lui qui montait à l'échelle, pendant que Jeb et moi tenions la base. C'était compliqué, car Ian pesait lourd et l'échelle bricolée était branlante. À la fin de la journée, j'avais les bras tout engourdis.

Ce n'est qu'en retournant à la cuisine que j'ai remarqué que Jeb n'avait pas son fusil dans son étui de ceinture.

J'ai émis malgré moi un hoquet de stupeur. Mes genoux se sont mis à avoir la tremblote et mon corps s'est figé sur place.

— Que se passe-t-il, Gaby ? a demandé le patriarche, jouant l'innocent.

Je n'osais répondre en présence de Ian, qui regardait mon trouble avec intérêt.

Je me suis contentée de rouler des yeux d'un air de reproche, puis je me suis remise à marcher à côté de lui, en secouant la tête d'incrédulité. Jeb a poussé un gloussement.

— Quel est le problème ? a demandé Ian à Jeb, comme si je n'étais pas là.

— Je n'en sais rien. (Il n'existait pires menteurs que les humains ! Ils le faisaient tous avec une aisance confondante.)

Jeb était un tel maître en la matière que je me demandais si, en ne prenant pas son fusil ce jour-là, et en me laissant seule la veille, il ne cherchait pas simplement à me faire tuer sans avoir à se salir les mains ! Son amitié était peut-être uniquement le fruit de mon imagination… Juste un mensonge de plus…

C'était le quatrième jour que je mangeais dans la cuisine.

Jeb, Ian et moi nous sommes faufilés dans la longue pièce bondée, parmi une foule de gens qui se racontaient à voix basse les événements de la journée, et rien ne s'est passé.

Rien !

Le silence n'est pas tombé. Personne ne s'est arrêté de parler pour me lancer un regard assassin. Personne n'a prêté attention à nous.

Jeb m'a conduite vers une place libre, puis est parti chercher du pain pour nous trois. Ian s'est installé à ma droite, et s'est tourné vers la fille qui se trouvait à côté de lui – c'était la jeune femme blonde, elle s'appelait Paige.

— Comment ça va ? Vous vous en sortez sans Andy ? lui a-t-il demandé.

— Ça irait mieux si je me faisais moins de souci, a-t-elle répondu en se mordant les lèvres.

— Il va bientôt rentrer, lui a promis Ian. Jared est toujours revenu avec l'équipe au complet. Il est vraiment doué pour ça. Depuis qu'il est là, on n'a plus jamais eu de problèmes, plus un seul accident. Andy est entre de bonnes mains.

Ma curiosité a été piquée au vif quand j'ai entendu qu'il parlait de Jared. Melanie, en sommeil ces derniers jours, s'est instantanément réveillée. Mais Ian en est resté là. Il s'est contenté de tapoter l'épaule de Paige puis s'est tourné vers moi pour récupérer la nourriture que lui apportait Jeb.

Le patriarche s'est assis à ma gauche et a jeté un regard circulaire sur la salle, d'un air visiblement satisfait. Je l'ai imité, cherchant à comprendre ce qui le mettait ainsi en joie. L'ambiance était normale, comme si nous n'étions pas là. Aujourd'hui, donc, ma présence ne les dérangeait pas. Ils devaient s'être lassés d'interrompre leurs conversations chaque fois que j'apparaissais.

— Les choses s'apaisent, a commenté Ian.

— Je le savais. Ce sont des gens sensés.

J'ai froncé les sourcils.

— Pour l'instant ! a répliqué Ian en riant. Mais quand mon frère va revenir…

— C'est vrai.

Je notais que Ian se comptait parmi les gens « sensés ». Avait-il remarqué que Jeb n'avait plus son fusil ? La question me brûlait les lèvres, mais si Ian ne l'avait pas vu, il valait mieux ne rien dire.

Le repas s'est poursuivi sans incident. J'avais cessé, effectivement, d'être une bête curieuse.

À la fin, Jeb m'a dit que je méritais un peu de repos. Il m'a raccompagnée jusqu'à ma porte, jouant les hommes galants.

— Bon après-midi, Gaby, a-t-il lancé en tapotant le bord de son chapeau imaginaire.

J'ai rassemblé mon courage :

— Jeb, attendez…

— Oui ?

— Je… (Je cherchais une formulation polie.) C'est peut-être stupide de ma part, mais je croyais que nous étions amis.

J'ai scruté son visage, à la recherche d'un changement d'expression prouvant qu'il me jouait la comédie.
Il a continué à me regarder avec bienveillance. Mais je
ne connaissais rien aux ruses des humains.

— Bien sûr que nous sommes amis, Gaby.

— Alors pourquoi essayez-vous de me faire tuer ?

Ses sourcils se sont dressés de surprise.

— Pourquoi dis-tu ça ?

J'ai sorti mes preuves irréfutables :

— Vous n'avez pas pris votre arme aujourd'hui. Et
hier, vous m'avez laissée toute seule.

Jeb a souri jusqu'aux oreilles.

— Je croyais que tu détestais la vue de cette arme ?

Je suis restée de marbre, attendant la réponse.

— Gaby, si j'avais voulu que tu te fasses tuer, tu
n'aurais pas survécu une seule journée ici.

— Je sais, ai-je murmuré, gagnée par un embarras
inexplicable. C'est pourquoi je ne comprends pas.

Jeb est parti d'un grand éclat de rire.

— Bien sûr que je ne veux pas te voir morte ! C'est
là toute l'affaire, fillette. Je me suis arrangé pour qu'ils
s'habituent à ta présence, pour qu'ils acceptent la situation sans plus y penser. C'est comme ébouillanter une
grenouille.

Mon front s'est plissé devant cette comparaison far-
felue.

— Si tu jettes une grenouille dans une casserole
d'eau bouillante, a expliqué Jeb, elle saute hors de
l'eau. Mais si tu la plonges dans de l'eau tiède que tu
fais chauffer lentement, quand la grenouille comprend
ce qui lui arrive, c'est trop tard. C'est ainsi qu'on cuit
une grenouille. Il s'agit de faire monter la température
lentement.

Je suis restée pensive. C'est vrai que les humains
n'avaient pas fait attention à moi au repas de midi.

Jeb les avait acclimatés à ma présence. Cette pensée m'a soudain emplie d'espoir. Un fol espoir dans ma situation, mais il m'a néanmoins submergée, rendant le monde autour de moi plus lumineux et coloré.

— Jeb ?

— Oui ?

— Je suis la grenouille ou l'eau ?

Il a ri de bon cœur.

— À toi de le savoir. L'introspection est bénéfique pour l'âme. (Il a ri encore, cette fois plus fort, puis a tourné les talons en gloussant.) Sans jeu de mots, bien sûr.

— Attendez… J'ai encore une question à vous poser. Je peux ?

— Bien entendu. Tu as bien le droit de me poser quelques questions après les interrogatoires-fleuves que je t'ai fait subir !

— Pourquoi êtes-vous mon ami, Jeb ?

Il a pincé la bouche l'espace d'une seconde, réfléchissant à sa réponse.

— Tu sais que je suis de nature curieuse. (J'ai acquiescé.) J'ai beaucoup observé les âmes mais je ne leur ai jamais parlé. J'avais tant de questions, tant d'interrogations. En plus, j'ai toujours pensé que si on le veut vraiment, on peut s'entendre avec n'importe qui. J'aime soumettre mes théories à l'expérience. Et puis, tu es l'une des filles les plus chouettes qu'il m'ait été donné de rencontrer. C'est vraiment fascinant d'avoir une âme comme amie ; cela flatte mon ego, cela fait de moi un super-héros !

Il m'a lancé un clin d'œil, m'a fait une révérence, et s'en est allé.

Même si je connaissais, désormais, la stratégie de Jeb, sa mise en pratique n'a pas facilité mon existence.

Le patriarche n'a plus jamais pris son fusil. J'ignorais où il cachait son arme ; au moins Jamie n'avait plus besoin de dormir avec cet instrument de mort. En même temps, j'étais inquiète de savoir Jamie avec moi, sans défense ; mais il courait finalement moins de danger en n'étant pas armé. Personne n'aurait besoin de lui faire du mal puisqu'il ne représentait plus une menace. En outre, personne ne cherchait plus à me rendre visite.

Jeb me confiait quelques missions : aller chercher du pain en cuisine – car il était toujours affamé ; rapporter un seau d'eau et arroser un coin trop sec de la parcelle ; aller chercher Jamie en classe car il voulait lui parler ; vérifier si les pousses d'épinards sortaient ; porter un message pour Doc…

Chaque fois que je devais accomplir l'une de ces tâches élémentaires, j'en avais des sueurs froides. Je m'efforçais de me rendre invisible et marchais le plus vite possible dans les couloirs et les salles (mais sans courir). Je rasais les murs, les yeux baissés. Parfois, j'interrompais une conversation comme autrefois, mais, la plupart du temps, on ne faisait guère attention à moi. La seule fois où j'ai perçu un danger de mort, cela a été lorsque je suis venue chercher Jamie dans la classe de Sharon. Le regard que la jeune fille m'a lancé semblait annonciateur d'une attaque en règle. Mais elle a laissé partir Jamie d'un hochement de tête, après que j'eus murmuré humblement ma requête. Une fois seuls, Jamie m'a pris la main et m'a expliqué que Sharon traitait de la même façon quiconque la dérangeait pendant ses cours.

Le plus difficile a été d'aller trouver Doc, parce que Ian a insisté pour me montrer le chemin. J'aurais sans doute pu refuser son offre, mais Jeb n'y voyait pas d'inconvénient – autrement dit, il ne pensait pas que Ian allait me tuer. J'étais loin d'apprécier de jouer les cobayes pour vérifier sa théorie, mais le test semblait inévitable. Si Jeb se trompait, Ian trouverait tôt ou tard une opportunité pour mettre à exécution son projet. Alors je suis partie avec lui dans le tunnel obscur menant à l'aile sud – c'était pour moi le baptême du feu !

Arrivée à l'infirmerie, j'étais encore vivante. Doc a eu son message. Il n'a pas paru surpris de voir Ian m'accompagner. Peut-être était-ce le fruit de mon imagination, mais j'ai cru les voir échanger un regard entendu. Un instant, je me suis dit qu'ils allaient me sangler sur l'un des brancards ! Cet endroit continuait à me donner la chair de poule.

Mais Doc s'est contenté de me remercier et m'a laissée partir, comme s'il était très occupé. Je ne savais pas ce qu'il faisait au juste ; il y avait des livres ouverts sur son bureau, des piles de papiers, sur lesquels il y avait des croquis et des schémas.

Sur le chemin du retour, la curiosité l'a emporté sur la peur.

— Ian ? ai-je demandé. (C'était la première fois que je prononçais son prénom.)

— Oui ? (Il paraissait surpris que je m'adresse à lui.)

— Pourquoi ne m'as-tu pas encore tuée ?

— Voilà une question directe !

— Tu pourrais le faire, n'est-ce pas ? Jeb ne serait pas content, mais je doute qu'il te tue pour ça. (Mais qu'est-ce que je disais ? C'était comme si je l'encourageais à passer à l'acte ! Je me suis mordu la langue.)

— Je pourrais, oui, a-t-il répondu avec suffisance.

Il est resté silencieux un moment ; on n'entendait que l'écho de nos pas renvoyé par les parois.

— Cela ne me semble pas juste, a-t-il finalement déclaré. J'y ai beaucoup réfléchi. Et j'ai beau retourner le problème dans tous les sens, je n'arrive pas à trouver ça équitable. Ce serait comme exécuter un soldat pour les crimes de guerre d'un général. Je n'adhère pas à toutes les théories loufoques de Jeb. Ce serait bien d'y croire, bien sûr, mais ce n'est pas parce qu'on désire ardemment quelque chose que cette chose est réelle. Qu'il ait tort ou raison, toutefois, tu ne représentes pas un danger pour nous. Je dois le reconnaître, tu sembles sincèrement aimer ce garçon. C'est très troublant à voir… Bref, tant que tu ne constitues pas une menace pour nous, cela me semble cruel de te tuer. Tu n'es qu'une déracinée de plus ici.

J'ai songé à ce mot, « déracinée ». C'était peut-être la meilleure description de ma situation. Dans quel monde avais-je été à ma place ?

Comment Ian, pourtant humain, pouvait-il avoir tant de gentillesse en lui ? Je ne soupçonnais pas que la « cruauté » pouvait être un concept négatif pour lui.

Il a attendu en silence pendant que je réfléchissais à tout ça.

— Si tu ne veux pas me tuer, pourquoi alors m'as-tu accompagnée aujourd'hui ?

Il a pris encore un moment pour répondre.

— Je ne sais pas trop… Jeb pense que les choses se sont calmées, mais je n'en suis pas si sûr. Il y a encore des gens qui… Bref, Doc et moi, on essaie de veiller sur toi comme on peut. Par précaution. T'envoyer toute seule dans le tunnel sud, c'était tenter le diable à mes yeux. Mais Jeb est un expert en la matière. Il pousse toujours le bouchon le plus loin possible.

— Toi… toi et Doc… vous essayez de me protéger ?

— C'est un monde étrange, hein ?

Il m'a fallu quelques secondes pour articuler :

— Oui, le plus étrange de tous.

25.

La demande

Une autre semaine s'est écoulée, peut-être deux…
À quoi bon compter les jours ? Cela n'avait aucun sens
sous terre. En outre, la situation devenait de plus en
plus étrange.

Je travaillais avec les humains tous les jours, mais
pas toujours avec Jeb. Certains jours Ian était avec
moi, d'autres c'était Doc, d'autres encore c'était le
patriarche. Je faisais les semailles, pétrissais le pain, net-
toyais les comptoirs. Je portais l'eau, préparais la soupe
à l'oignon, faisais la lessive dans la baignoire et me
brûlais les mains avec le savon acide. Tout le monde faisait sa part du travail, et puisque je n'avais aucun droit
d'être ici, j'en faisais le double. Je ne pouvais gagner
ma place au soleil, je le savais, mais je m'efforçais de
rendre ma présence la moins gênante possible.

J'ai appris à connaître un peu mieux les humains
autour de moi, juste en les écoutant parler. Ne serait-
ce que leur prénom. La femme à la peau café au lait
s'appelait Lily, elle venait de Philadelphie. Elle prati-
quait l'humour à froid et s'entendait bien avec tout le
monde parce qu'elle était toujours d'humeur égale. Le
jeune homme noir aux cheveux crépus, Wes, la regardait beaucoup. Il n'avait que dix-neuf ans et avait fui

Eureka, dans le Montana. La mère aux paupières tombantes s'appelait Lucina ; elle avait deux fils, Isaiah et Freedom – Freedom était né ici, dans ces grottes, avec l'assistance de Doc. Je ne les voyais pas souvent, ces trois-là… la mère empêchait ses enfants de s'approcher de moi. L'homme au crâne dégarni et aux joues rouges était le mari de Trudy ; son nom était Geoffrey. Il était souvent avec un autre homme plus âgé, Heath, son ami d'enfance ; ils avaient tous les trois échappé à l'invasion. L'homme au teint pâle et aux cheveux blancs s'appelait Walter ; il était malade, mais Doc ne parvenait pas à trouver ce qui n'allait pas chez lui. Il n'y avait aucun moyen de le savoir, sans laboratoire ni analyses… Et même si Doc avait pu diagnostiquer son mal, il n'avait aucun médicament pour le soigner. Au vu des symptômes, Doc pensait qu'il s'agissait d'un cancer. Cela me faisait de la peine de voir quelqu'un mourir d'une maladie si facile à éradiquer par nos Soigneurs. Walter se fatiguait vite mais restait de bonne humeur. La femme blonde aux yeux très sombres qui avait apporté de l'eau aux autres lors de mon premier jour de travail dans la parcelle s'appelait Heidi. Il y avait aussi Travis, John, Stanley, Reid, Carol, Violetta, Ruth Ann… Je connaissais le nom de chacun. Ils étaient trente-cinq humains dans la colonie, en comptant les six partis en raid de ravitaillement. Vingt-neuf humains présents dans les grottes, plus un alien.

J'en ai appris un peu plus sur mes voisins.

Ian et Kyle partageaient une chambre dans le même couloir – la pièce fermée par deux véritable portes. Ian avait cohabité avec Wes dans une autre partie des grottes en signe de protestation à ma présence, mais il avait réintégré ses quartiers après deux nuits. Les autres salles à côté de ma chambre ont été un moment désertées. Jeb m'avait dit que les occupants des chambres avaient peur de moi, ce qui m'avait fait rire. Vingt-neuf crotales effrayés par une souris égarée !

Aujourd'hui, Paige était de retour dans la chambre voisine, qu'elle occupait d'ordinaire avec son compagnon, Andy, parti en expédition à son grand regret. Lily dormait avec Heidi dans la première salle, celle fermée par des rideaux à fleurs ; Heath dans la deuxième, celle fermée par des morceaux de carton ; Trudy et Geoffrey habitaient la troisième, celle dont l'entrée était occultée par une couverture à rayures ; Reid et Violetta occupaient la chambre après la mienne, leur intimité protégée par un tapis oriental usé jusqu'à la corde.

Il restait deux autres chambres dans ce couloir : celle de Doc et Sharon, et celle de Maggie, mais aucun des trois occupants n'était revenu les habiter.

Doc et Sharon étaient ensemble, et Maggie, dans ses rares moments de bonne humeur, disait qu'il avait fallu à Sharon la fin du monde pour trouver le gendre parfait – car toutes les mères souhaitaient que leurs filles épousassent un médecin !

Sharon n'était pas conforme aux souvenirs de Melanie. Étaient-ce les années passées à vivre avec Maggie l'Acariâtre qui l'avaient ainsi transformée ? Même si sa relation avec le médecin était toute récente, ce nouvel amour n'avait en rien adouci son caractère.

C'est par Jamie que j'avais appris la nouveauté de leur union. Sharon et Maggie faisaient attention à ce qu'elles disaient lorsque j'étais dans la même pièce qu'elles. Elles représentaient l'aile radicale de la protestation. Elles étaient les seules à montrer encore de l'hostilité à mon égard, et pas simplement de l'indifférence.

J'ai demandé à Jamie comment Maggie et Sharon avaient atterri ici. Avaient-elles trouvé Jeb toutes seules, ou suivi Jamie et Jared ? Le garçon a compris ma question cachée, à savoir : « L'expédition de Melanie avait-elle servi à quelque chose ? »

Jamie m'a dit que oui, que Melanie n'avait pas fait tout ça pour rien. Jared lui avait montré la dernière lettre de Melanie, en lui expliquant qu'elle avait été attrapée. (Jamie avait des difficultés à poursuivre, signe que la plaie était encore béante.) Après ça, Jared et Jamie étaient partis à leur tour à la recherche de Sharon. Maggie avait manqué de pourfendre Jared avec une épée pendant qu'il essayait de s'expliquer ; il s'en était fallu de peu.

Rapidement, Maggie et Jared avaient décrypté le rébus de Jeb. Et ils étaient arrivés aux grottes, tous les quatre, avant même que je ne quitte Chicago pour m'installer à San Diego.

Parler de Melanie avec Jamie était moins difficile que je ne l'aurais pensé. Elle était toujours présente dans nos conversations, elle apaisait le chagrin du garçon, soulageait ma gêne, même si elle ne disait pas grand-chose. Elle me parlait rarement désormais ; elle le faisait plutôt de façon subliminale ; je ne savais trop si c'était sa voix que j'entendais ou le fruit de mon imagination. Mais pour Jamie, elle faisait un effort. Quand j'entendais Melanie, c'était toujours en présence du garçon. Même quand elle ne disait rien, Jamie et moi sentions sa présence.

— Pourquoi Melanie est-elle si discrète désormais ? m'a demandé Jamie un soir. (Pour une fois, il ne m'assaillait pas de questions sur les Araignées et les Goûte-Feux.)

Nous étions tous les deux épuisés ; cela avait été une rude journée : arrachage complet des carottes ! J'avais les reins en compote.

— C'est difficile pour elle de parler, cela lui demande un grand effort, beaucoup plus que pour toi ou moi. Elle ne parle que lorsque c'est vraiment utile.

— Que fait-elle le reste du temps?

— Elle écoute, je suppose. Je n'en sais rien, en vérité.

— Tu l'entends en ce moment?

— Non.

J'ai poussé un bâillement et Jamie est resté silencieux. J'ai cru qu'il s'était endormi. J'ai commencé à sombrer moi aussi.

— Tu crois qu'elle va partir? Pour de bon? a murmuré soudain le garçon, sa voix chevrotant sur les derniers mots.

Je ne suis pas une menteuse; quand bien même aurais-je été maîtresse dans l'art de la duperie, je n'aurais pu mentir à Jamie. Les implications cachées de mes sentiments à son égard m'inquiétaient. Pourquoi le plus grand amour que je ressentais en neuf vies, mon premier véritable lien familial, mon premier instinct maternel, était-il pour une forme de vie étrangère? Pourquoi? Mieux valait chasser cette pensée de mon esprit.

— Je ne sais pas, ai-je répondu. (Et puis, parce que c'était la vérité, j'ai ajouté :) Mais j'espère qu'elle va rester.

— Tu l'aimes comme tu m'aimes moi? L'as-tu haïe comme elle t'a haïe?

— Je l'aime d'un amour différent de celui que j'ai pour toi. Et je ne l'ai jamais haïe, pas même au tout début. J'avais peur d'elle, et j'étais en colère, parce qu'à cause d'elle je ne pouvais être comme les autres âmes.

— Tu avais peur d'elle? (Cette idée l'amusait.)

— Ta sœur peut être terrifiante, tu sais? Souviens-toi de la fois où tu t'es trop éloigné dans le canyon et que tu es rentré tard. Tu te rappelles sa colère? Même Jared faisait le gros dos dans ces cas-là…

Le garçon a ri à ces souvenirs. J'étais contente de lui avoir fait oublier ses craintes.

Je voulais cohabiter en paix avec mes nouveaux compagnons ; je pensais être prête à tout pour y parvenir, faire les corvées les plus pénibles, les plus salissantes, mais je me trompais. J'avais moi aussi mes limites.

— J'ai eu une idée, a déclaré Jeb deux semaines après qu'une sorte de *statu quo* s'était installé concernant ma présence.

Je détestais quand Jeb disait ça…

— Tu te souviens que je t'ai dit, l'autre fois, que tu pourrais peut-être donner quelques cours ?

— Oui, ai-je répondu d'un ton glacial.

— Qu'en penses-tu ?

C'était tout réfléchi :

— Il n'en est pas question.

Devant ma réaction, une pointe de culpabilité m'a aussitôt traversée. Je n'avais jamais refusé un Emploi dans mes autres vies. Pour une âme, le bien du plus grand nombre passait avant toute considération. Mais cette fois, la situation était différente. Jamais mes congénères ne m'auraient proposé un travail « suicidaire » !

Jeb s'est renfrogné, joignant ses sourcils broussailleux au-dessus de ses yeux.

— Pourquoi donc ?

— Imaginez la réaction de Sharon, ai-je répondu d'une voix égale. (Ce n'était qu'un des arguments, mais c'était le plus parlant.)

Il a hoché la tête, les sourcils toujours froncés, reconnaissant le bien-fondé de ma remarque.

— Il faut œuvrer pour le bien commun, a-t-il grommelé.

— Le bien commun ? Me tuer, c'est effectivement œuvrer pour le bien commun !

— Gaby, il faut voir les choses à long terme ! a-t-il répliqué avec agacement, comme si ma réponse l'avait ébranlé. C'est pour nous l'occasion d'apprendre des tas de choses. Une occasion unique pour tous et ce serait dommage de la laisser passer.

— Je doute sincèrement que quiconque ait envie que je lui enseigne quoi que ce soit. Cela ne me dérange pas de vous raconter ce que je sais, à vous, ou à Jamie, mais...

— Je me fiche de leur avis! C'est bon pour eux, point. C'est comme choisir entre le chocolat et les épinards. Qu'est-ce qui est le plus utile? On doit en savoir le maximum sur l'univers, en particulier sur les nouveaux habitants de notre planète.

— En quoi cela pourrait-il vous aider, Jeb? Vous pensez que je sais quelque chose qui pourrait causer la perte des âmes? Renverser la vapeur? Jeb... c'est fini. Il n'y a plus rien à faire.

— Non, ce n'est pas fini. Pas tant que nous sommes là, a-t-il répondu avec un demi-sourire. Je ne m'attends pas à ce que tu trahisses les tiens et que tu nous donnes une super-arme. Je considère simplement que nous devrions en savoir plus sur le monde dans lequel on vit.

J'ai tressailli à la notion de traîtrise.

— Je ne pourrais vous donner une arme contre les âmes, même si je le voulais, Jeb! Nous n'avons pas de grandes faiblesses, pas de talon d'Achille – pas de super-ennemis dans l'espace qui pourraient venir à votre secours, pas de virus susceptibles de nous anéantir tout en vous épargnant. Je regrette.

— C'est bon, fillette, oublie ça. Inutile de te mettre la rate au court-bouillon! (D'un air facétieux, il m'a donné une petite tape sur le bras.) Mais tu pourrais être surprise... Je t'ai dit qu'on s'ennuyait ferme ici. Les gens pourraient apprécier tes histoires, plus que tu ne l'imagines.

Jeb reviendrait à la charge, évidemment. Il n'était pas du genre à s'avouer vaincu.

Je prenais mes repas avec Jeb, et avec Jamie s'il n'avait pas classe ou quelque corvée à finir. Ian était toujours à proximité, sans être réellement avec nous. J'avais du mal à accepter l'idée qu'il était mon garde du corps ; cela semblait trop beau pour être vrai, et par suite – connaissant la fourberie humaine – pure supercherie.

Quelques jours après que j'ai refusé de faire la classe aux humains « pour leur bien », Doc est venu s'asseoir à côté de moi un soir au réfectoire.

Sharon est restée à sa place habituelle, la plus éloignée de moi. Elle était seule ce jour-là, sans sa mère. Elle n'a pas relevé la tête lorsque Doc s'est dirigé vers moi. Ses cheveux roses étaient noués en chignon au-dessus de sa tête ; je voyais donc les tendons de son cou contractés de colère, ses épaules raides. J'ai eu envie de m'enfuir avant que Doc n'ait le temps de me parler, pour que personne ne puisse se dire qu'on avait tous les deux des secrets à partager.

Mais Jamie était avec moi, et il m'a serré la main quand il a remarqué mon air paniqué. Il avait, au fil des jours, développé un sixième sens étonnant concernant mes émotions intimes. J'ai lâché un soupir et je suis restée à ma place. Était-ce normal pour une adulte d'être ainsi sous l'influence d'un jeune garçon ?

— Quoi de neuf ? a demandé le médecin d'un ton léger en s'installant au comptoir à côté de moi.

Ian, à un mètre cinquante de moi, s'est tourné pour faire croire qu'il faisait partie de notre groupe.

Pour toute réponse, j'ai haussé les épaules.

— On a fait la soupe aujourd'hui, a déclaré Jamie. J'en ai encore les yeux qui piquent.

— Et moi, le savon ! a répliqué Doc en montrant ses mains cramoisies.

— D'accord, c'est toi qui as le plus souffert! a reconnu Jamie en riant.

Doc a fait une petite révérence, et s'est tourné vers moi.

— Gaby, j'ai une question à te poser. (J'ai soulevé les sourcils.) Je me demandais : parmi toutes les planètes où tu as vécu, quelle espèce est la plus proche des humains?

— Pourquoi cette question?

— Simple curiosité scientifique. Déformation professionnelle. Je pense, bien sûr, à vos Soigneurs. Où ont-ils appris leur médecine, à soigner le mal plutôt que traiter les symptômes, comme tu dis? (Doc parlait plus fort que nécessaire, sa voix douce portait davantage que de coutume. Plusieurs personnes ont tourné la tête vers nous – Trudy et Geoffrey, Lily, Walter…)

J'ai refermé les bras autour de moi, m'efforçant de me faire toute petite.

— Ce sont deux questions différentes, ai-je murmuré.

Doc a souri et, d'un geste, m'a enjoint de poursuivre.

Jamie m'a serré la main. J'ai poussé un nouveau soupir.

— Les Ours de la Planète des Brumes, je suppose.

— Le monde des monstres à griffes?

J'ai acquiescé.

— En quoi les Ours nous ressemblent-ils?

J'ai roulé des yeux : Jeb était derrière tout ça! Mais j'ai poursuivi.

— Ils sont proches des mammifères à bien des égards. Ils ont de la fourrure, le sang chaud. Leur sang n'est pas exactement le même que le vôtre, mais il remplit la même fonction. Ils ont des émotions similaires aux vôtres, le même besoin d'interactions sociales, de création…

— De création? (Doc s'est penché vers moi, fasciné – ou feignant de l'être.) Comment ça?

J'ai regardé Jamie.

— Toi, tu le sais. Raconte donc tout ça à Doc.

— Je pourrais me tromper.

— Tu ne risques pas.

Le garçon a regardé Doc, qui a hoché la tête.

— Hum… Ils ont des mains, des mains étranges, a commencé Jamie, aussitôt passionné. Avec des doubles articulations qui leur permettent de les plier dans les deux sens. (Il a plié les doigts, puis a tenté de faire pareil en arrière.) Une face est douce, comme ma paume, mais l'autre côté, c'est comme des rasoirs! Avec, ils coupent la glace, la sculptent. Ils ont construit des villes, avec des palais de cristal qui ne fondent jamais. C'est magnifique, pas vrai, Gaby? (Il s'est tourné vers moi pour que je reprenne le flambeau.)

J'ai hoché la tête et j'ai poursuivi pour lui :

— Ils voient un autre spectre de couleur… La glace est pleine d'arcs-en-ciel. Ils sont très fiers de leurs cités de cristal. Ils n'ont de cesse de les améliorer, de les embellir encore. J'ai connu un Ours qui s'appelait littéralement « Tisserand-de-Lumière », mais ça sonnait mieux dans leur langue, parce que la glace semblait savoir ce qu'il voulait et se laissait modeler selon ses rêves. Je l'ai rencontré une fois, et j'ai vu ses créations. C'est l'un de mes plus beaux souvenirs.

— Ils rêvent? a demandé Ian doucement.

J'ai esquissé un sourire amer.

— De façon moins vive que les humains.

— Comment vos Soigneurs connaissent-ils la physiologie des nouvelles espèces qu'ils colonisent? Quand ils sont arrivés ici, ils étaient parfaitement formés. Dès le début, j'ai vu des moribonds sortir de l'hôpital frais comme des gardons. (Doc a froncé les sourcils.

Le médecin haïssait les envahisseurs, comme tous ses frères humains, mais, en même temps, il enviait leur savoir.)

Je ne voulais pas répondre. Tout le monde nous écoutait, et ce n'était pas une histoire aussi agréable et anodine à raconter que celle des Ours sculpteurs. C'était le récit de la défaite des Hommes.

Doc attendait.

— Ils ont pris des échantillons, ai-je murmuré.

Ian a eu un grand sourire entendu.

— Les fameuses histoires d'enlèvements par les extraterrestres dont parlaient les journaux…

J'ai ignoré sa remarque.

— Possible, a repris Doc en pinçant les lèvres.

Le silence était aussi épais dans la salle qu'aux premiers jours de ma présence dans cette communauté.

— Vous connaissez l'histoire de votre évolution ? a demandé Doc. Quel a été le berceau de votre espèce ? L'endroit où vous êtes apparus ?

— Origine, ai-je répondu. On habite toujours cette planète. C'est là-bas que je suis née.

— Ce qui fait de toi un cas unique ? a lancé Jamie. Il est rare de rencontrer quelqu'un venant d'Origine, non ? La plupart des âmes natives d'Origine restent là-bas, pas vrai, Gaby ? (Il n'a pas attendu ma réponse. Je regrettais de lui avoir parlé si librement durant nos conversations nocturnes.) Alors, quand quelqu'un quitte Origine, il devient une sorte de… célébrité. Comme un membre d'une famille royale ou ce genre de choses.

J'ai senti mes joues s'empourprer.

— Origine est un endroit agréable, a poursuivi Jamie. Plein de nuages, avec tout un tas de couleurs. C'est la seule planète où les âmes peuvent vivre hors d'un hôte pendant très longtemps. Les hôtes sur Origine sont pas mal non plus ; ils ont des ailes, plein de tentacules et de grands yeux argentés.

Doc s'est penché en avant, le menton dans ses mains, fasciné.

— Sait-on comment la symbiose hôte-parasite est apparue ? Comment a commencé la colonisation ?

Jamie m'a regardé ; il était sec sur ce point.

— Cela a toujours été comme ça, ai-je répondu lentement, à contrecœur. Du moins, depuis que nous avons acquis une conscience pour pouvoir nous en rendre compte. Nous avons été envahis par une autre espèce : les Vautours, comme on les appelle ici – davantage pour leur personnalité que pour leur apparence. Ils étaient plutôt… malveillants. Puis nous avons découvert que nous pouvions nous lier à eux de la même façon qu'avec nos hôtes d'Origine. Une fois que nous avons pris le contrôle sur eux, nous nous sommes servis de leur technologie. Nous avons occupé leur planète en premier, puis il y a eu la Planète des Dragons, et le Monde d'Été – des endroits charmants où les Vautours avaient également perpétré leurs méfaits. La colonisation a commencé ainsi ; nos hôtes se reproduisaient beaucoup plus lentement que nous, et leur espérance de vie était très courte. Nous avons donc été contraints d'aller voir plus loin.

Je me suis tue, sentant tous les regards braqués sur moi. Seule Sharon s'évertuait à m'ignorer.

— Tu en parles comme si tu avais été présente, a remarqué Ian. Quand tout cela est-il arrivé ?

— Après l'ère des dinosaures mais avant la vôtre. Je n'étais pas là, mais j'ai des souvenirs de mon arrière-grand-mère.

— Quel âge as-tu donc ? a demandé Ian, ses yeux bleus brillant avec éclat.

— En années terrestres, je ne sais pas.

— Une estimation…

— Plusieurs millénaires, sans doute. (J'ai haussé les épaules.) Je ne sais combien de temps j'ai passé en hibernation.

Ian s'est penché en arrière, stupéfait.

— Tu n'es pas de la première jeunesse ! a soufflé Jamie.

— En fait, je suis plus jeune que toi. C'est comme si j'avais un an. Je suis encore une enfant.

Jamie a eu un petit sourire. Il aimait l'idée d'être plus mature que moi.

— Quelle est votre horloge interne ? a demandé Doc. Votre espérance de vie ?

— Il n'y a pas de limite. Tant que nous avons un hôte, nous pouvons vivre indéfiniment.

Un murmure a couru dans l'assistance – de la peur ? du dégoût ? J'aurais mieux fait de me taire. Ma réponse avait de quoi les impressionner.

— Super ! a lancé Sharon au fond de la pièce, sans relever la tête. (Un mot chargé de haine et de colère.)

Jamie a encore serré ma main, voyant dans mes yeux la panique. Cette fois, je l'ai repoussé doucement.

— Je n'ai plus faim, ai-je murmuré alors que je n'avais même pas touché à mon pain.

J'ai sauté de mon tabouret, et j'ai gagné la sortie en rasant le mur.

Jamie m'a emboîté le pas. Il m'a rattrapée sur la grande place et m'a tendu mon quignon de pain.

— C'était passionnant, vraiment. Cela leur a causé un choc, mais ils vont s'en remettre.

— C'est Jeb qui a envoyé Doc me tirer les vers du nez, n'est-ce pas ?

— Tes récits sont passionnants. Une fois que tous le sauront, ils en réclameront encore. Comme Jeb et moi.

— Mais si je ne veux pas ?

Jamie a froncé les sourcils.

— Personne ne t'y oblige, mais je crois que tu aurais tort. Tu aimes raconter tes histoires avec moi.

— Avec toi, ce n'est pas pareil. Toi, tu m'aimes bien. (J'aurais pu dire : « Toi, tu ne veux pas ma mort », mais cela l'aurait trop inquiété.)

— Une fois que les gens te connaîtront, ils t'aimeront aussi. Comme Ian et Doc.

— Ian et Doc ne m'aiment pas. Chez eux, c'est de la curiosité morbide !

— Crois ce que tu veux.

J'ai poussé un grognement. On était de retour dans notre chambre. J'ai ouvert le paravent et me suis laissée tomber sur le matelas. Jamie s'est assis, moins brutalement, à côté de moi et a ramené ses jambes contre sa poitrine.

— Ne le prends pas mal, Jeb a cru bien faire. (J'ai grogné encore.) Cela a donc été si terrible ?

— Doc va donc m'assaillir de questions à chaque repas.

Jamie a hoché la tête, penaud.

— Lui, ou Ian, ou Jeb.

— Ou toi.

— On veut tous savoir.

J'ai soupiré et me suis pelotonnée en chien de fusil.

— Jeb ne lâche jamais le morceau, pas vrai ?

— Rarement, a reconnu Jamie après un moment de réflexion.

J'ai poussé un soupir et mordu dans mon pain.

— Désormais, je mangerai ici.

— Ian te posera des questions demain quand vous planterez les épinards. Jeb n'y sera pour rien. C'est lui qui est curieux.

— Magnifique…

— Tu fais des progrès en sarcasme. Je pensais que les parasites… enfin, les âmes… n'aimaient pas ce genre d'humour à rebrousse-poil ? Juste les trucs joyeux.

— Ici, on apprend très vite.

Jamie a ri puis m'a pris la main.

— Tu te plais un peu avec nous, pas vrai ? Tu ne te sens plus abandonnée et misérable ?

Ses grands yeux chocolat brillaient.

J'ai posé sa main sur ma joue.

— Je suis bien ici, lui ai-je répondu.

Et c'était la vérité.

26.

Le retour

Sans jamais avoir donné mon accord, je me suis retrouvée professeur, conformément au souhait de Jeb.

Mes « cours » étaient informels. Je répondais aux questions tous les soirs après le dîner. J'ai découvert qu'en contrepartie, Ian, Doc et Jeb me laissaient tranquille la journée pour que je puisse me concentrer sur mon travail. Cela se passait toujours dans la cuisine ; j'aimais bien faire le pain tout en parlant. Cela me donnait une excuse pour prendre le temps de réfléchir avant de répondre à une question délicate ou pour regarder ailleurs lorsque je préférais détourner les yeux. Cela me semblait un bon compromis ; par mes paroles, je les choquais parfois, mais par mes actes, je leur faisais à manger.

Je ne voulais pas admettre que Jamie avait raison. Les gens ne pouvaient avoir de la sympathie pour moi. C'était impossible ; je n'étais pas l'une des leurs. Jamie m'aimait, mais c'était une réaction irrationnelle, tenant plus de la chimie des corps que de l'affectif. Jeb m'aimait bien aussi, mais Jeb était fou. Les autres n'avaient aucune raison de m'aimer.

Non, personne ne m'aimait. Mais les choses ont changé quand j'ai commencé à leur parler.

Le premier signe de cette évolution est apparu le lendemain matin, après que j'ai répondu aux questions de Doc la veille. Je me trouvais dans la salle de bains en train de faire la lessive avec Trudy, Lily et Jamie.

— Tu veux me passer le savon, Gaby, s'il te plaît? m'a demandé Trudy qui se trouvait à ma gauche.

Une décharge électrique m'a parcouru le corps en entendant mon prénom prononcé par une voix féminine. Éberluée, je lui ai donné le savon en silence, puis j'ai rincé mes mains pour apaiser les brûlures.

— Merci, a-t-elle ajouté.

— Il n'y a pas de quoi…, ai-je répondu d'une voix chevrotante.

Le lendemain, j'ai croisé Lily dans le couloir alors que j'allais retrouver Jamie.

— Salut, Gaby! a-t-elle dit en me faisant un petit signe de tête.

— Bonjour, Lily, ai-je répondu, la gorge serrée.

Bientôt, Ian et Doc ne furent plus les seuls à me poser des questions. Le plus actif de mes interlocuteurs était, contre toute attente, Walter, avec son teint de cadavre. Il était passionné par les Chauves-Souris du Monde des Chants. Heath, qui, d'ordinaire, laissait Trudy et Geoffrey parler pour lui, m'assaillait de questions pendant ces veillées. Le Monde de Feu le fascinait; même si cette planète n'était pas ma préférée, je devais tout lui raconter, car sa curiosité n'était jamais satisfaite. Lily s'intéressait à la technologie : comment fonctionnaient les vaisseaux qui nous transportaient de monde en monde? Qui les pilotait? Quelle était leur énergie de propulsion? C'est à Lily que j'ai expliqué le principe des cryocuves. Tous avaient vu ces caissons mais peu comprenaient précisément leur utilité. Wes, le timide, s'asseyait souvent à côté de Lily; il ne posait aucune question sur les autres planètes. Seule la Terre

l'intéressait. Comment tournait le monde à présent ? Pas
d'argent, pas de récompense en échange de travail…
Comment une telle société ne s'écroulait-elle pas ? J'ai
tenté de lui expliquer que ce n'était pas très différent
de la vie dans cette communauté souterraine. On travaillait tous sans argent et on partageait les produits de
notre labeur équitablement.

— Certes, m'a interrompu Jeb en secouant la tête.
Mais ici, c'est différent. J'ai un fusil pour pousser au
cul les tire-au-flanc.

Tous ont regardé Jeb, qui leur a fait un clin d'œil. Il
y a eu un rire général.

Jeb faisait partie de mon auditoire presque tous les
soirs. Il ne participait pas, se contentant d'écouter au
fond de la salle en souriant de temps en temps.

Il disait vrai en ce qui concernait les besoins de distraction ; curieusement, la situation me rappelait celle que
j'avais connue chez les Herbes-qui-Voient. Il y avait
un titre officiel là-bas pour ceux qui étaient chargés de
divertir les autres, de la même manière qu'il y avait des
Tuteurs, des Soigneurs ou des Traqueurs. J'appartenais
au groupe des Conteurs ; la transition avec mon Emploi
de professeur sur Terre n'avait pas été trop brutale
– professionnellement parlant tout au moins. C'était
très proche de ce qui se passait le soir dans la cuisine,
avec la bonne odeur de pain, en plus, qui flottait dans
la pièce. Tout le monde était rivé à sa chaise, comme
« planté » dans le sol. Mes histoires constituaient une
nouveauté pour eux, de quoi leur occuper l'esprit et
rompre la monotonie du quotidien – avec sa litanie de
corvées, ces mêmes trente-cinq visages, ces mêmes souvenirs des disparus et leur cortège de chagrin, de peur
et de regret. Alors, il y avait foule dans la cuisine le
soir. Seules Sharon et Maggie faisaient de la résistance
et brillaient par leur absence.

C'était ma quatrième semaine de cours lorsque la vie dans les grottes a soudain changé.

La cuisine était bondée, comme de coutume. Jeb et Doc étaient les seuls absents en plus des deux réfractaires. Sur le comptoir, à côté de moi, trônait une pile de pains en train de lever. Ils étaient prêts à aller au four, dès que la fournée précédente serait sortie. Trudy vérifiait la cuisson toutes les deux ou trois minutes.

Souvent, j'incitais Jamie à répondre pour moi quand il connaissait le sujet. J'aimais voir l'enthousiasme le gagner, sa façon d'agiter les mains pour illustrer ce qu'il racontait. Ce soir-là, Heidi voulait que l'on parle à nouveau des Dauphins ; j'ai donc demandé à Jamie de prendre ma place.

Les humains avaient toujours de la tristesse dans la voix quand ils m'interrogeaient sur notre dernière acquisition. Les Dauphins étaient, à leurs yeux, des compagnons d'infortune, connaissant, à leur tour, les premières années de l'Occupation. Les grands yeux sombres de Heidi, contrastant sous sa frange blonde, brillaient de compassion quand elle posait ses questions.

— Ils ressemblent davantage à de gigantesques libellules qu'à des poissons, n'est-ce pas, Gaby ? (Jamie semblait demander à chaque fois ma confirmation, sauf qu'il enchaînait sans attendre ma réponse.) Mais ils sont recouverts d'une peau cireuse, et munis de trois, quatre paires d'ailes, voire cinq selon leur âge. Ils peuvent ainsi voler dans l'eau – elle est beaucoup moins dense qu'ici. Ils ont cinq, sept ou neuf jambes, suivant leur sexe, n'est-ce pas, Gaby ? Il y a trois genres différents dans cette espèce. Ils ont vraiment de grandes mains avec des doigts très puissants qui leur permettent de construire toutes sortes de choses. Ils ont édifié des cités sous-marines avec des plantes très dures qui poussent là-bas. Cela ressemble à des arbres, mais ce n'est pas tout à fait ça non plus. Ils ne sont pas aussi développés que nous, c'est bien ça, Gaby ? Ils n'ont pas de vaisseaux spatiaux ni de téléphones. De ce point de vue, les humains sont plus avancés.

Trudy a sorti les pains ; je me suis empressée de glisser la nouvelle fournée dans la gueule béante du four. Il fallait un certain coup de main pour ne pas renverser la pile instable.

Pendant que je transpirais devant le feu, j'ai entendu un choc dans le couloir qui se répercutait en écho, provenant des grottes. Il était difficile, avec l'acoustique étrange qui régnait dans le réseau souterrain, de déterminer l'origine exacte de ce bruit.

— Hé ! a crié Jamie derrière moi. (Le temps de me retourner, il avait filé dans le couloir.)

Je me suis redressée et j'ai fait un pas vers la sortie, poussée par mon instinct maternel.

— Attends, s'est interposé Ian. Il va revenir. Parlenous encore des Dauphins.

Ian était assis sur le comptoir, à côté du four – une place où l'on avait toujours trop chaud. C'est ainsi qu'il s'est trouvé tout près de moi et qu'il a pu m'attraper le poignet. J'ai tressailli à ce contact et j'ai retiré mon bras. Mais je lui ai obéi.

— Que se passe-t-il ? ai-je demandé. (J'entendais une sorte de dispute. J'ai même cru reconnaître la voix excitée de Jamie.)

— Va savoir, a répondu Ian en haussant les épaules. Peut-être que Jeb… (Il a encore haussé les épaules, comme si cette question ne l'intéressait pas. Et pourtant, il y avait une étrange tension dans son regard.)

Tôt ou tard, j'allais savoir ce qui se passait, aussi ai-je commencé à expliquer les relations familiales incroyablement complexes des Dauphins, tout en aidant Trudy à ranger les pains brûlants dans des caisses en plastique.

— Six des neuf… grands-parents, appelons-les comme ça, restent avec les larves jusqu'à leur première phase de développement, pendant que les trois parents, avec l'aide de leurs propres grands-parents, ajoutent une nouvelle aile à leur demeure pour les jeunes lorsqu'ils seront devenus mobiles, ai-je expliqué, le regard rivé sur mes mains plutôt que sur mon auditoire, comme à mon habitude.

C'est alors que j'ai entendu un hoquet de stupeur au fond de la salle. Emportée dans mon élan, j'ai commencé ma phrase suivante :

— Les trois grands-parents restants, d'ordinaire, s'occupent de…

Plus personne ne m'écoutait. Toutes les têtes étaient tournées dans la même direction. J'ai suivi leur regard, en direction de l'entrée du réfectoire.

J'ai d'abord vu la fine silhouette de Jamie ; il tenait le bras de quelqu'un – quelqu'un couvert de poussière, de la tête aux pieds, de la même couleur que le pourpre des murs, quelqu'un de trop grand pour être Jeb… De toute façon, ce ne pouvait être lui. Car j'ai aperçu le visage de Jeb derrière Jamie. Malgré la distance, j'ai vu l'air pincé du patriarche, comme s'il était inquiet, une émotion qui ne lui était pas coutumière. Et j'ai vu aussi la joie qui irradiait du visage du garçon.

— Ça devait arriver un jour ou l'autre…, a marmonné Ian à côté de moi, d'une voix à peine audible par-dessus le crépitement des flammes.

L'homme couvert de poussière, auquel s'accrochait toujours Jamie, a fait un pas en avant. Il a levé une main lentement, comme un réflexe involontaire, et a serré le poing.

— Qu'est-ce que cela signifie, Jeb? a demandé l'homme. (C'était la voix de Jared, atone, monocorde, dénuée de toute inflexion.)

Mon cœur s'est serré. J'ai tenté de déglutir, mais une boule dans ma gorge m'en empêchait. Je ne parvenais pas plus à respirer.

Jared ! s'est écriée Melanie – un cri silencieux. Soudain elle était de retour dans ma tête, vibrante de vie. *Jared est rentré !*

— Gaby nous apprend des choses sur l'univers ! a répondu Jamie avec enthousiasme, inconscient de la fureur de Jared. (Il était sans doute trop excité pour s'en apercevoir.)

— « Gaby »? a répété Jared d'une voix grave, presque un feulement.

Il y avait d'autres silhouettes, noires de crasse, derrière lui dans le couloir. Je n'ai pris conscience de leur présence que lorsqu'elles ont fait écho à sa colère.

Une tête blonde s'est levée dans l'assistance pétrifiée. Paige a bondi sur ses pieds :

— Andy !

Elle s'est précipitée vers le groupe en bousculant tout le monde. L'un des hommes est passé devant Jared et a rattrapé Paige au moment où elle allait tomber sur Wes, emportée par son élan.

— Oh ! Andy ! (Elle a éclaté en sanglots. Le ton de sa voix était semblable à celui de Melanie.)

Le mouvement de Paige a dissipé la gêne momentanément. Certains se sont mis à parler à voix basse, d'autres se sont levés. Cela faisait du bien d'entendre ces bruits rompre le silence. Peu à peu, tout le monde est venu saluer les héros ; j'ai tenté de déchiffrer l'étrange expression de leurs visages, tandis qu'ils esquissaient des sourires forcés et me lançaient des regards furtifs. Après une longue et douloureuse introspection, j'ai compris… Je me suis retrouvée prisonnière dans une bulle hors du temps, congelée sur place. Ce qu'ils éprouvaient tous, c'était de la culpabilité.

— Ça va aller, Gaby, m'a chuchoté Ian.

J'ai tourné la tête vers lui. Se sentait-il coupable lui aussi ? Non. Je voyais juste de la méfiance, une couronne de ridules qui plissaient ses yeux lumineux rivés sur les nouveaux arrivants.

— C'est quoi ce bordel ? a tonné une voix.

Kyle – identifiable par sa corpulence en dépit du masque de poussière qui lui couvrait le visage – s'est frayé un chemin et s'est dirigé vers moi.

— Vous laissez le mille-pattes vous endormir avec ses sornettes ? Vous êtes tombés sur la tête ou quoi ? Ou alors les Traqueurs sont déjà passés ? Vous êtes tous devenus des parasites, c'est ça ?

Plusieurs personnes ont baissé les yeux, honteuses. Seuls quelques-uns ont gardé la tête haute, les épaules droites : Lily, Trudy, Heath, Wes… et le fragile Walter.

— Du calme, Kyle, a lâché ce dernier de sa voix souffreteuse.

Kyle l'a ignoré. Il a marché vers moi d'un air mauvais, les yeux du même bleu cobalt que son frère étincelants de rage. Malgré moi, mon regard dérivait vers Jared dans l'espoir de décrypter l'expression de son visage.

L'amour de Melanie m'inondait comme un lac furieux submergeant une vallée, m'empêchant de me concentrer sur le barbare qui approchait à grands pas.

Ian est entré dans mon champ de vision et s'est placé devant moi. J'ai tendu le cou pour continuer à observer Jared.

— Les choses ont changé pendant ton absence, frérot.

Kyle s'est figé, bouche bée.

— Les Traqueurs sont venus, c'est ça, Ian?

— Elle ne représente pas un danger pour nous.

Kyle a serré les dents et, du coin de l'œil, j'ai vu sa main plonger dans sa poche.

J'ai tressailli. Il allait sortir une arme! Les mots sont sortis tout seuls de ma bouche, dans un souffle :

— Ne reste pas devant lui, Ian.

Ian a ignoré ma remarque. J'étais surprise par ma soudaine inquiétude; je ne voulais pas que Ian soit blessé. Ce n'était pas un instinct de protection, cette pulsion organique que je pouvais ressentir pour Jamie, ou même pour Jared. Je considérais simplement que Ian n'avait pas à se mettre en danger pour me protéger.

La main de Kyle est ressortie; un pinceau lumineux s'est échappé de ses doigts. Il a pointé le faisceau sur le visage de Ian, qui n'a pas bougé.

— Alors quoi? Je ne comprends pas, a lâché Kyle en rangeant sa lampe dans sa poche. Tu n'es pas un parasite. Comment le mille-pattes a-t-il pu te convaincre de retourner ta veste?

— Calme-toi, on va tout te raconter.

— Non.

Ce n'était pas Kyle qui avait parlé, mais Jared, derrière lui. Je l'ai regardé s'approcher lentement de moi, fendant l'assistance silencieuse. Jamie s'accrochait toujours à sa main d'un air étonné; mais moi, je voyais l'expression de son visage malgré le masque de poussière. Même Melanie, pourtant grisée par la joie de le revoir sain et sauf, avait reconnu la haine ardente qui irradiait de son regard.

Jeb avait consacré ses efforts de persuasion sur les mauvaises personnes. Peu importait que Trudy ou Lily acceptent de me parler, peu importait que Ian s'interpose entre son frère et moi, que Sharon et Maggie ne tentent de raid kamikaze… le seul qu'il aurait fallu convaincre avait pris sa décision funeste :

— On se calmera plus tard, a lâché Jared entre ses dents. (Puis il a ajouté, sans s'assurer que le patriarche avait suivi le mouvement :) Jeb, donne-moi ton fusil.

Le silence qui est alors tombé était si dense que j'ai entendu mes tympans siffler sous la pression.

Dès que j'avais vu son visage, j'avais compris que c'était fini. Je savais ce qu'il me restait à faire ; Melanie était d'accord. Discrètement, j'ai fait un pas de côté et je me suis décalée pour que Ian ne se retrouve pas dans la ligne de mire. Et j'ai fermé les yeux.

— Je ne l'ai pas sur moi, a roucoulé Jeb.

Entre mes paupières, j'ai vu Jared se retourner pour vérifier la réalité des dires du vieil homme. Jared a lâché un souffle vibrant de fureur.

— D'accord, a-t-il marmonné. (Il a fait un nouveau pas vers moi.) Ce sera simplement plus long. Et plus douloureux. Tu ferais mieux d'aller chercher ton fusil.

— Jared, je t'en prie, il faut qu'on parle, a lancé Ian, en tentant de s'interposer, sachant déjà que c'était peine perdue.

— On a justement bien trop parlé ici, a grommelé Jared. Jeb m'a dit que c'était à moi de décider. Alors je décide.

Jeb s'est éclairci ostensiblement la gorge ; Jared s'est retourné vers le patriarche.

— Quoi ? C'est bien toi qui as imposé cette règle, non ?

— C'est vrai.

Jared m'a fait de nouveau face.

— Ian, écarte-toi.

— Mais…, a poursuivi Jeb. Si tu te souviens bien, la règle est que le choix revient à celui à qui appartient le corps.

Une veine s'est mise à battre sur le front de Jared.

— Et... ?

— Et il me semble qu'il y a quelqu'un ici qui est partie prenante, au moins autant que toi. Pour ne pas dire plus...

Jared a regardé devant lui fixement, le temps d'assimiler ces mots. Puis son front s'est plissé, signe d'une soudaine compréhension. Il a baissé les yeux vers le garçon accroché à son bras.

Toute joie s'était envolée du visage de Jamie ; sa face était pâle d'horreur.

— Tu ne peux pas faire ça, Jared, a hoqueté le garçon. Gaby est gentille. C'est mon amie ! Et Mel ! Tu y as pensé ? Tu ne peux pas tuer Mel ! Je t'en prie. Il faut que... que... (Il n'a pas pu aller plus loin.)

J'ai à nouveau fermé les yeux, tentant de chasser de mon esprit la vision de ce garçon terrifié. Je mourais d'envie de le prendre dans mes bras. Mais j'ai bandé mes muscles, pour m'empêcher de bouger. Ce n'était pas un service à lui rendre.

— Et comme tu peux le constater, a poursuivi Jeb d'un ton bien trop détaché pour être naturel, Jamie n'a pas l'air d'accord. Je pense qu'il a, autant que toi, voix au chapitre.

Le silence a duré si longtemps que j'ai fini par rouvrir les yeux.

Jared fixait Jamie, son visage habité d'une sourde horreur.

— Que s'est-il passé ? Qu'as-tu fais, Jeb ? a-t-il murmuré.

— Une explication s'impose, a répondu le vieil homme. Pose-toi un peu d'abord. Prends un bain, et on parlera de tout ça après.

Jared regardait le patriarche avec effarement, blessé par cette trahison manifeste. Je n'avais que des exemples humains en comparaison : César et Brutus, Jésus et Judas.

La tension a duré encore une longue minute, puis Jared a retiré la main de Jamie qui enserrait son bras.

— Allez viens, Kyle ! a aboyé Jared en tournant les talons et en sortant en trombe de la cuisine.

Kyle a lancé une grimace à son frère et a emboîté le pas à Jared.

Les autres membres de l'expédition ont suivi le mouvement en silence ; Paige s'est pelotonnée sous le bras d'Andy.

La plupart des autres humains, ceux qui avaient honte de m'avoir acceptée, ont quitté la pièce à leur tour. Seuls Jamie, Jeb, Ian à côté de moi, Trudy, Geoffrey, Heath, Lily, Wes et Walter sont restés.

Personne n'a pipé mot jusqu'à ce que les bruits de pas s'évanouissent totalement dans le couloir.

— Eh bien…, a soufflé Ian. C'était moins une ! Jolie trouvaille, Jeb.

— L'inspiration du désespoir. Mais nous ne sommes pas sortis d'affaire.

— Je le sais ! J'espère que tu as bien caché cette arme.

— Évidemment. Je savais que la confrontation était imminente.

— Sage précaution.

Jamie tremblait, seul au milieu de la pièce, abandonné de tous. En la présence de ces gens que je considérais comme mes amis, je me suis autorisée à m'approcher du garçon. Il s'est jeté dans mes bras et je lui ai tapoté le dos d'une main maladroite pour le tranquilliser.

— Tout va bien, ai-je menti dans un murmure. (Même un benêt aurait reconnu que je mentais, et Jamie était loin d'être idiot.)

— Il ne te fera pas de mal, a articulé le garçon d'une voix pâteuse en luttant contre les sanglots. Je ne le laisserai pas faire.

— Non, non.

J'étais effarée ; je sentais mon visage se creuser de rides d'angoisse. Pourquoi Jeb avait-il fait ça ? Si on m'avait tuée dès le premier jour, avant que Jamie ne me voie, ou pendant la première semaine, avant que Jamie et moi ne devenions amis. Si j'avais tenu ma langue à propos de Melanie... si... si... Mais on ne pouvait revenir en arrière. J'ai serré plus fort encore le garçon.

Melanie était aussi horrifiée que moi. *Mon chéri, mon pauvre petit chéri...*

Je t'avais dit que c'était une mauvaise idée de tout lui raconter, lui ai-je rappelé.

Que va-t-il lui arriver si nous mourons maintenant ?

Cela va être terrible. Il va être traumatisé, blessé à vie, détruit...

Assez ! m'a interrompue Melanie. *Je sais tout ça ! Que pouvons-nous faire pour éviter ça ?*

Ne pas mourir, je suppose.

Melanie et moi avons évalué nos chances de survie et le désespoir nous a gagnées.

Ian a donné une tape dans le dos de Jamie, j'ai senti l'onde de choc traverser nos deux corps.

— Tout n'est pas joué, gamin, a lancé Ian. On est là.

— Kyle et Jared sont sous le choc, c'est tout. (C'était la voix haut perchée de Trudy derrière moi.) Une fois qu'on leur aura expliqué, ils reviendront à la raison.

— Revenir à la raison ? Kyle ? a soufflé quelqu'un.

— On savait que ce moment arriverait tôt ou tard, a marmonné Jeb. Il faut juste tenir bon. Courber le dos. Laisser passer l'orage.

— Peut-être ferais-tu bien d'aller chercher ce fusil ? a suggéré Lily. La nuit promet d'être longue. Gaby peut rester avec Heidi et moi.

— Je crois qu'il vaudrait mieux la cacher ailleurs, a dit Ian. Peut-être dans les tunnels sud ? Je veillerai sur elle. Jeb, tu me donneras un coup de main ?

— Ils ne viendront pas la chercher chez moi, a proposé Walter d'une voix à peine audible.

Wes a repris aussitôt, sans écouter la remarque du vieil homme :

— Je viens avec toi, Ian. Ils sont six en face.

— Non ! ai-je lâché. Non. Ce n'est pas juste. Vous ne devez pas vous battre entre vous. Vous êtes tous chez vous ici. Vous êtes tous de la même famille. Je ne veux pas qu'on se batte pour moi.

J'ai écarté les bras de Jamie, et lui ai retenu les poignets quand il a voulu me serrer encore.

— J'ai besoin d'être seule une minute, lui ai-je dit en ignorant les regards des autres. Seule avec moi-même. (Je me suis tournée vers Jeb.) Et vous, il faut que vous preniez votre décision sans ma présence. Vous ne pouvez discuter librement devant l'ennemi.

— Ce n'est plus comme ça, a répondu Jeb.

— Donnez-moi un peu de temps pour réfléchir.

Je me suis éloignée de Jamie. Une main s'est posée sur mon épaule et j'ai sursauté.

Ce n'était que Ian.

— Ce n'est pas une bonne idée de traîner toute seule.

Je me suis penchée vers lui et j'ai tenté de parler tout doucement pour que Jamie ne puisse pas entendre.

— Pourquoi retarder l'inévitable ? Plus on attend, plus ce sera dur pour lui.

C'était l'évidence même ! J'ai plongé sous le bras de Ian et je me suis enfuie de la cuisine.

— Gaby, non ! a crié Jamie dans mon dos.

Quelqu'un l'a fait taire. Il n'y a eu aucun bruit de pas derrière moi. Ils avaient dû comprendre qu'il valait mieux me laisser partir.

Le couloir était sombre et désert. Avec un peu de chance, je pourrais traverser la grande place sans que l'on me voie.

Un secret me restait interdit depuis que j'arpentais ce dédale : le chemin de la sortie. J'avais l'impression d'avoir exploré chaque couloir, chaque passage. Où pouvait donc se trouver cette satanée sortie ? Cette question me taraudait à nouveau tandis que je m'enfonçais dans les replis obscurs du réseau souterrain. Et quand bien même la découvrirais-je, aurais-je le courage de partir ?

Qu'est-ce qui m'attendait dehors ? Le désert, les Traqueurs, les Soigneurs, les Tuteurs, ma vie d'avant qui à présent paraissait si fade ? Tout ce qui importait désormais pour moi était ici. Jamie. Jared, même s'il voulait me tuer. Jamais je ne me résoudrais à les quitter.

Et Jeb. Et Ian. J'avais des amis à présent. Doc, Trudy, Lily, Wes, Walter, Heath. Curieux humains, capables de passer outre ce que j'étais et de voir au-delà, de voir quelque chose qu'ils ne voulaient pas tuer… Peut-être était-ce juste de la curiosité, mais ils étaient bel et bien restés à mes côtés et avaient fait front face aux leurs. Je secouais la tête avec une incrédulité teintée d'admiration tandis que j'avançais à tâtons le long de la roche.

J'entendais les autres dans la caverne en face de moi. Je ne me suis pas arrêtée. Ils ne pouvaient me voir. Et j'ai trouvé la crevasse que je cherchais.

Après tout, je n'avais nulle part ailleurs où aller. Même si je connaissais le chemin vers la sortie, je serais quand même venue ici. C'était ma place. Et je me suis enfoncée dans les ténèbres.

27.

Le sursis

Je suis retournée dans ma prison.

Cela faisait des semaines que j'avais emprunté ce couloir ; je n'y étais plus revenue depuis le matin où Jeb m'avait libérée, après le départ de Jared. À mes yeux, tant que Jared serait ici, ma place serait dans ces recoins obscurs.

Il n'y avait pas de lumière bleue pour m'accueillir. J'étais certaine d'être tout près ; les derniers virages m'avaient paru familiers. Je faisais courir ma main sur la paroi le plus bas possible, cherchant à tâtons l'ouverture de ma cellule. Je ne savais pas encore si j'allais pouvoir y pénétrer mais au moins cela me donnerait un repère, la preuve que j'étais arrivée à destination.

En vérité, ma geôle ne pouvait plus m'accueillir.

Au moment où mes doigts ont touché les bords rugueux du trou, mon pied a heurté un objet et j'ai trébuché. J'ai tendu les bras devant moi pour amortir la chute et mes mains ont rencontré quelque chose qui a cédé dans un craquement.

Ce son m'a inquiétée ; qu'est-ce que c'était ? Peut-être m'étais-je trompée de virage ? Peut-être n'était-ce pas mon trou ? Peut-être étais-je chez quelqu'un ? J'ai passé en revue mon itinéraire, me demandant comment j'avais pu me tromper. En même temps, je m'attendais à subir les conséquences de ma maladresse et je suis restée tétanisée au sol.

Mais il ne s'est rien produit – pas de réaction, pas de bruit. Les ténèbres immobiles, la touffeur, l'humidité… comme toujours. Et ce silence qui me certifiait que j'étais seule.

Avec précaution, en tâchant de faire le moins de bruit possible, j'ai fait l'inventaire, à l'aveugle, de ce qui m'entourait.

Mes mains étaient coincées dans quelque chose. Je les ai soulevées. À tâtons, j'ai reconnu un carton, chapeauté d'une plaque de plastique que mes mains avaient perforée. J'ai exploré les entrailles de la boîte. Il y avait d'autres couches de plastique – des petits rectangles qui faisaient un vacarme de tous les diables quand je les bougeais. J'ai aussitôt retiré mes mains, terrifiée à l'idée de trahir ma présence.

Je croyais avoir trouvé l'entrée de ma geôle. En fouillant l'espace sur ma gauche, j'ai découvert une pile de cartons. J'ai cherché le sommet de la pile et, pour ce faire, j'ai dû me mettre debout. La pile était aussi haute que moi ! J'ai repéré ensuite la paroi de roche puis, en descendant, l'orée du trou, exactement à l'endroit où je pensais la trouver. J'ai voulu m'y engager pour m'assurer que c'était bien « mon » trou. Il me suffirait de sentir une seconde ce sol concave pour le reconnaître. Mais je n'ai pu passer l'ouverture. Ma geôle était pleine de cartons !

Coincée, j'ai battu en retraite dans le couloir. Je ne pouvais aller plus loin ; le passage était obstrué par une mystérieuse cargaison.

Au cours de mon exploration, mes mains ont rencontré un objet différent – un tissu rugueux, comme de la toile de jute. Un sac plein, lourd, qui a émis une sorte de crissement à l'intérieur lorsque je l'ai bougé. J'ai sondé le contenu du sac – les crissements m'inquiétaient moins que les bruits de plastique, car ils semblaient plus naturels et éveilleraient moins les soupçons.

Soudain, tout s'est éclairé. C'est l'odeur qui m'a mis sur la voie. Alors que je plongeais les doigts dans le matériau qui ressemblait à du sable, une odeur familière est montée du sac. Je me suis retrouvée dans ma petite cuisine de San Diego devant le placard à gauche de l'évier. Je revoyais clairement le sachet de riz, le verre doseur en plastique, les boîtes de conserve derrière…

Un sac de riz… J'étais donc au bon endroit. Jeb avait dit qu'ils utilisaient ma cellule comme garde-manger, et Jared revenait justement d'une grande expédition de ravitaillement. Le butin des pillards était rangé dans cette partie inutilisée du réseau.

Les pensées se sont bousculées dans ma tête.

Un, j'étais entourée de nourriture. Pas seulement de pain bis et de soupe à l'oignon, mais de vraie nourriture. Quelque part dans ces piles, j'en étais sûre, il y avait du beurre de cacahuètes, des cookies au chocolat, des chips. Des Cheetos !

Au moment même où j'imaginais trouver ces délices, les savourer, me sentir de nouveau repue pour la première fois depuis que j'avais quitté la civilisation, je me sentais honteuse de ces pensées coupables. Jared n'avait pas risqué sa vie, consacré des semaines d'efforts et de traques pour me nourrir, moi ! Ce trésor était pour les autres.

Peut-être n'était-ce pas là la totalité du larcin ? Et si Jared et Kyle venaient entreposer d'autres paquets ? S'ils me trouvaient ici, j'allais passer un mauvais quart d'heure…

Mais c'était un risque à courir. Je voulais être seule pour réfléchir.

Je me suis laissée glisser contre la paroi. Le sac de riz faisait un oreiller parfaitement honorable. J'ai fermé les yeux, ce qui était inutile dans ces ténèbres, et j'ai tenu conseil.

OK, Mel. Que fait-on maintenant ?

J'ai été soulagée de découvrir qu'elle était à l'écoute. Les problèmes lui donnaient toujours de la vigueur. C'est quand tout allait bien qu'elle s'évanouissait dans les limbes.

Définissons nos priorités, a-t-elle répondu. *Qu'est-ce qui est le plus important pour nous ? Rester en vie ? Ou le bien de Jamie ?*

Elle connaissait la réponse : *Jamie*, ai-je pensé en soupirant. Le bruit de ma respiration a résonné dans le couloir.

D'accord. On peut sans doute tenir un peu si nous laissons Jeb et Ian nous protéger. Mais est-ce un bien pour Jamie ?

Qu'est-ce qui lui fera le moins mal ? Nous voir baisser les bras et périr tout de suite ? Ou nous voir lutter et périr quand même, parce que c'est inévitable.

Elle n'aimait pas cette idée. Je la sentais s'agiter, cherchant une autre option.

S'enfuir, peut-être ? ai-je proposé.

Aucune chance. Et que fera-t-on une fois dehors ? Qu'allons-nous raconter à tes amis ?

Je me représentais le tableau. Comment expliquer tous ces mois d'absence ? Je pouvais mentir, inventer une histoire, ou dire que je ne me rappelais pas. Mais je voyais l'air sceptique de la Traqueuse, ses gros yeux brillants de suspicion, et je savais qu'elle me mettrait à nu.

Ils penseront que j'ai pris le pouvoir sur toi, a reconnu Melanie. *Alors ils te retireront de moi, mettront la Traqueuse à la place et elle reviendra ici…*

L'horreur de cette pensée nous a submergées.

Tu as raison, ai-je repris. *La fuite est inenvisageable.*

Oui, a-t-elle murmuré, l'émotion rendant ses pensées instables.

Alors la seule question est : mort lente ou rapide ? Qu'est-ce qui fera le moins souffrir Jamie ?

Tant que je me concentrais sur les données pratiques, je pouvais chasser tout pathos de notre conversation. Melanie s'efforçait d'en faire de même.

Je ne sais pas trop. D'un côté, en toute logique, plus nous partageons de moments tous les trois, plus dure sera la… séparation, pour lui. Et là encore, si nous abandonnons, si nous baissons les bras… il ne va pas aimer ça. Il aura l'impression que je l'ai trahi.

J'ai essayé d'envisager les deux options, tentant de rester objective.

Alors… une mort rapide… mais en vendant cher notre peau.

Un ultime combat, a-t-elle conclu.

Du courage. De l'héroïsme. J'ai tenté de me faire à cette idée. La violence contre la violence… Lever la main pour frapper quelqu'un. Je pouvais concevoir les mots, mais pas l'image mentale.

Tu peux le faire, m'a-t-elle encouragée. *Je t'aiderai.*

Non. Merci de ton offre, mais non. Il doit exister une autre voie.

Je ne te comprends pas, Gaby. Tu as tourné le dos aux tiens, tu es prête à mourir pour mon frère, tu es amoureuse de l'homme que j'aime et qui va nous tuer, et pourtant tu ne veux pas abandonner tes us et coutumes qui sont inapplicables ici.

C'est dans ma nature, Mel. Je peux tout changer, mais pas ça. Toi aussi tu t'accroches à ce que tu es. Laisse-moi cette liberté.

Mais si cela signifie…

Notre discussion a été interrompue. Il y a eu un bruit, un frottement de chaussures sur la roche, au bout du couloir.

Je me suis figée comme une statue ; seul mon cœur a continué de battre, et encore, avec des ratés. J'ai tendu l'oreille. Ce n'était malheureusement pas le fruit de mon imagination. Quelques secondes plus tard, les bruits ont recommencé. Des pas ! Venant dans notre direction !

Melanie est restée calme, comme chaque fois que j'étais au bord de la panique.

Lève-toi ! m'a-t-elle ordonné.

Pourquoi ?

Tu ne veux pas te battre, d'accord. Mais tu peux fuir. Il faut tenter quelque chose… pour Jamie.

J'ai recommencé à respirer, lentement, silencieusement. Sans bruit, je me suis penchée en avant, comme une coureuse de cent mètres dans les starting-blocks. L'adrénaline inondait mes muscles ; je les sentais vibrer. Je pouvais courir vite et distancer n'importe qui… mais pour aller où ?

— Gaby ? a murmuré quelqu'un. Gaby ? Tu es là ? C'est moi.

J'ai reconnu sa voix.

— Jamie ! ai-je soufflé. Que fais-tu ici ? J'ai besoin de rester seule.

Le soulagement était audible dans son ton qui a monté d'un cran :

— Tout le monde te cherche ! Enfin, Trudy, Lily et Wes. Seulement, les autres ne doivent pas le savoir. Personne ne doit se douter que tu as disparu. Jeb a repris son fusil. Ian est avec Doc. Dès que Doc aura un moment, il ira parler à Jared et à Kyle. Tout le monde écoute Doc. Alors tu n'as pas besoin de te cacher. Tout le monde a du travail et tu dois être fatiguée…

Tout en parlant, les doigts de Jamie ont trouvé mon bras, puis ma main.

— Je ne me cache pas vraiment, Jamie. Je t'ai dit que j'avais besoin de calme pour réfléchir.

— Tu pourrais réfléchir si Jeb était là, pas vrai ?

— Où veux-tu que j'aille ? Dans la chambre de Jared ? Ma place est ici.

— Plus maintenant. (J'ai reconnu l'entêtement naissant dans sa voix.)

— Pourquoi tout le monde est-il si occupé ? ai-je demandé pour changer de sujet. Que fait Doc ?

Jamie n'a pas répondu. Après un silence, j'ai touché sa joue.

— Tu devrais être avec Jeb. Dis aux autres d'arrêter de me chercher. Je vais rester encore un petit moment ici.

— Tu ne peux pas dormir là.

— Je l'ai déjà fait.

J'ai senti sa mâchoire trembler sous mes doigts.

— Alors je vais aller chercher des matelas et des oreillers.

— Un de chaque suffira.

— Je ne vais pas rester avec Jared alors qu'il a perdu la tête.

J'ai gémi en silence.

— Alors tu vas dormir avec Jeb le Ronfleur. Ce sont Jared et Jeb ta famille, pas moi.

— C'est à moi de décider !

Kyle pouvait me trouver ici… Le danger était réel, pour Jamie aussi. Mais cet argument était vain et ne ferait que conforter Jamie dans son rôle d'ange gardien.

— Entendu, mais demande d'abord la permission à Jeb.

— Plus tard. Je ne veux pas déranger Jeb ce soir.

— Que fait-il de si important ce soir ?

Jamie n'a pas plus répondu. Ce n'était pas une coïncidence. La première fois, il avait donc volontairement éludé ma question. Il me cachait quelque chose. Peut-être les autres aussi s'étaient-ils lancés dans la traque ? Peut-être le retour de Jared avait-il causé chez eux un électrochoc et, à présent, tous me haïssaient de nouveau comme au premier jour ? Je les revoyais dans la cuisine, baissant la tête, pleins de remords.

— Que se passe-t-il, Jamie ?

— Je n'ai pas le droit de te le dire, a-t-il marmonné. Et je vais obéir. (Il a refermé ses bras autour de moi et a pressé son visage contre mon épaule.) Tout va s'arranger, m'a-t-il promis d'une voix contrainte.

Je lui ai tapoté le dos, ai fait courir mes doigts dans ses cheveux hirsutes.

— D'accord, ai-je répondu pour lui dire que je respectais sa décision. (Après tout, moi aussi j'avais mes secrets.) Ne t'inquiète pas, Jamie. Quoi qu'il arrive, ce sera pour le mieux. Tout va bien aller pour toi. (Au moment où je prononçais ces mots, je voulais tant croire que ce serait le cas.)

— Je ne sais pas ce que je dois espérer, a-t-il murmuré.

Mon regard s'est égaré dans l'obscurité ; tandis que je cherchais à deviner ce qu'il ne voulait pas dire, j'ai aperçu une lueur au bout du tunnel – très faible, mais immanquable.

— Chut ! ai-je soufflé. Quelqu'un vient. Vite, cache-toi derrière les cartons.

Jamie a relevé la tête vers la lumière jaune qui gagnait en intensité de seconde en seconde. Je tendais l'oreille. Aucun bruit de pas.

— Je n'irai me cacher nulle part! Reste derrière moi, Gaby.

— Non!

— Jamie! a crié Jared. Je sais que tu es ici!

Mes jambes sont devenues comme de la guimauve. Jared… Pourquoi fallait-il que ce soit lui, entre tous les autres? Pourquoi n'avaient-ils pas choisi Kyle pour exécuter ma mise à mort? Cela aurait été tellement moins douloureux pour Jamie.

— Va-t'en! a répliqué Jamie.

La lumière jaune s'est redressée, traçant un cercle lumineux sur la paroi à l'orée du virage.

Jared est apparu, une lampe de poche à la main, balayant le sol de son faisceau. Il s'était lavé et portait une chemise d'un rouge passé qui m'était familière – celle qui était accrochée à la penderie de fortune dans la chambre que j'occupais depuis plusieurs semaines. Son visage aussi m'était familier; il arborait cette expression de dégoût qu'il avait chaque fois qu'il me regardait.

Le faisceau a attrapé mon visage et m'a aveuglée; j'ai compris que la lumière révélait un éclat argenté derrière mes yeux, car j'ai senti le sursaut de Jamie – une petite secousse, fugitive, et il m'a serrée plus fort.

— Écarte-toi du parasite! a rugi Jared.

— Tais-toi! a crié Jamie. Tu ne la connais pas! Laisse-la tranquille!

Il s'accrochait à moi alors que je tentais de lui faire lâcher prise.

Jared a chargé comme un taureau furieux. Il a attrapé Jamie par le col de sa chemise et l'a arraché à moi. Puis il s'est mis à le secouer comme un prunier.

— Tu es idiot ou quoi? Tu ne vois pas qu'elle se sert de toi?

Par réflexe, j'ai plongé pour me glisser entre eux. Comme je l'escomptais, Jared a lâché Jamie. Soudain, plus rien d'autre n'a compté. L'odeur de Jared assaillait mes sens, comme les contours de son torse sous mes mains.

— Laisse Jamie tranquille, ai-je dit. (J'aurais aimé, pour une fois, être plus hargneuse, comme le voulait Melanie – mes mains plus fermes, ma voix plus dure.)

Il a attrapé mes poignets d'une main et m'a projetée contre la paroi, loin de lui. Je n'ai rien vu venir. Le choc m'a coupé le souffle ; j'ai rebondi contre le mur et me suis écroulée par terre, tombant une fois encore sur les cartons. Il y a eu à nouveau des bruits d'emballage de plastique cédant sous mon poids.

Mon sang battait dans ma tête. Pendant un moment, j'ai vu des lumières bizarres flotter devant mes yeux.

— Espèce de lâche ! a hurlé Jamie. Elle ne ferait pas de mal à une mouche ! Pourquoi ne lui fiches-tu pas la paix ?

J'ai entendu les boîtes bouger, senti les mains de Jamie sur mon bras.

— Gaby ? Gaby ? Ça va ?

— Ça va, ai-je articulé, oubliant les coups de boutoir dans ma tête. (J'ai vu son visage inquiet dans le halo de la lampe que Jared avait dû lâcher.)

— Tu ferais mieux de partir, Jamie, ai-je murmuré. Va-t'en.

Jamie a secoué la tête.

— Écarte-toi de cette chose, Jamie !

Jared a saisi Jamie par les épaules et l'a forcé à se relever. La pile de cartons qu'il avait ébranlée s'est écroulée sur moi. Je me suis recroquevillée sous l'avalanche, me protégeant la tête de mes bras. Un colis, plus lourd que les autres, m'a heurtée entre les omoplates, m'arrachant un cri de douleur.

— Arrête de la frapper ! a crié Jamie.

Il y a eu un craquement, suivi d'un hoquet.

J'ai repoussé les cartons qui m'écrasaient et me suis relevée sur les coudes, chancelante.

Jared avait porté la main à son nez, un liquide sombre coulait entre ses doigts. Ses yeux étaient écarquillés de surprise. Jamie se tenait devant lui, les deux poings serrés, une grimace hideuse sur le visage.

L'expression de Jamie s'est métamorphosée lentement, à mesure que Jared le regardait, pétrifié. Le chagrin a trouvé son chemin – le chagrin et un sentiment de trahison si profond qu'on eût dit celui de Jared quand il était entré dans la cuisine.

— Tu n'es pas celui que je croyais, a murmuré Jamie. (Il regardait Jared comme si ce dernier se trouvait très loin, comme s'il y avait un mur entre eux et que Jamie se tenait seul d'un côté.)

Les yeux de Jamie ont commencé à s'embuer ; il a détourné la tête pour dissimuler sa faiblesse devant Jared et s'est éloigné à pas nerveux et maladroits.

On a fait ce qu'on a pu, a pensé Melanie avec tristesse. Son chagrin allait au garçon, mais elle brûlait encore de regarder l'homme. J'ai accédé à son souhait.

Jared nous tournait le dos. Il scrutait les ténèbres où Jamie avait disparu, sa main toujours sur le nez.

— Jamie ! a-t-il lâché. Jamie ! Reviens !

Pas de réponse.

Jared a jeté un coup d'œil dans ma direction. Je me suis recroquevillée, même si sa fureur semblait s'être dissipée. Il a ramassé la lampe et s'est élancé derrière le garçon, projetant d'un coup de pied furieux un carton qui encombrait son chemin.

— Je suis désolé ! Ne pleure pas, mon petit ! (Il s'est éloigné en courant, ses paroles d'excuses s'évanouissant en écho dans le tunnel.)

Pendant un long moment, je n'ai pas pu bouger. Je me concentrais sur l'air qui entrait et sortait de mes poumons. Une fois que j'ai pu de nouveau maîtriser ma respiration, j'ai entrepris de me relever. Il m'a fallu plusieurs secondes pour retrouver l'usage de mes jambes, mais elles restaient chancelantes, menaçant de céder sous mon poids. Je me suis adossée contre le mur et me suis laissée glisser jusqu'à mon oreiller plein de riz. Je me suis écroulée là et j'ai fait le point sur mon état.

Il n'y avait rien de cassé, sauf peut-être le nez de Jared. J'ai secoué lentement la tête. Jamie et Jared n'auraient pas dû se battre. Je leur causais tant de tourments et de chagrin… J'ai poussé un soupir avant de reporter mon attention sur mon corps. J'avais une grande zone douloureuse au milieu du dos, et tout un côté de mon visage était écorché et humide, là où j'avais heurté la paroi – ça collait un peu sous mes doigts. Ce devait être le plus gros des dommages. Le reste n'était qu'égratignures.

À cette pensée, une bouffée de soulagement m'a envahie.

J'étais vivante. Jared avait eu l'occasion de me tuer mais ne l'avait pas saisie. Il avait préféré retrouver Jamie pour s'expliquer, faire la paix avec lui. Quels que fussent leurs différends à cause de moi, il n'y avait sans doute rien d'irréparable.

Cela avait été une longue journée. La nuit était tombée depuis longtemps quand Jared et son groupe avaient fait irruption dans la cuisine, un coup de théâtre qui semblait remonter à des siècles. J'ai fermé les yeux et je me suis endormie sur mon riz.

28.

Le secret

C'était très troublant de se réveiller dans l'obscurité totale. Les dernières semaines, je m'étais habituée à ouvrir les yeux avec le soleil du matin. Au début, j'ai cru que c'était encore la nuit, mais avec la douleur qui traversait mon dos et mon visage, je me suis souvenue de l'endroit où je me trouvais.

À côté de moi, j'entendais le bruit assourdi d'une respiration ; je n'ai pas eu peur, car c'était le plus familier des sons. Jamie, évidemment, était revenu pour dormir avec moi.

Peut-être le changement de rythme de ma respiration l'a-t-il réveillé ? Peut-être nos horloges internes étaient-elles simplement synchronisées ? En tout cas, quelques secondes après mon éveil, Jamie s'extirpait des bras de Morphée dans un sursaut.

— Gaby ? a-t-il soufflé.

— Je suis là.

Il a poussé un soupir audible.

— Il fait vraiment noir ici.

— Oui,

— Tu crois que c'est l'heure du petit déjeuner ?

— Je n'en sais rien.

— J'ai faim. Allons voir.

Je suis restée silencieuse.

Il a compris ma réponse subliminale :

— Tu n'as aucune raison de te terrer ici, Gaby, a-t-il déclaré, voyant que le silence allait s'éterniser. J'ai parlé à Jared hier soir. Il m'a promis de te laisser tranquille.

Je me suis retenue de sourire.

— Viens avec moi, a insisté Jamie en prenant ma main.

— C'est vraiment ça que tu veux ? ai-je demandé d'une voix sourde.

— Oui. Tout va redevenir comme avant.

Mel ? Qu'est-ce que je fais ?

Je n'en sais rien. Elle était partagée. Elle était trop partie prenante ; elle voulait tant revoir Jared.

C'est de la folie.

Pas autant que le fait que tu meures d'envie comme moi de le voir.

— Entendu, Jamie. Mais cela risque de ne pas être comme avant. Alors, si les choses tournent mal, ne sois pas surpris.

— Tout ira bien, tu verras.

Il a ouvert la marche dans le tunnel obscur en me guidant par la main. Je me suis raidie au moment de pénétrer dans la grande caverne. Quelle allait être la réaction des gens ? Que leur avait-on dit pendant que je dormais ?

Mais le potager était désert… Pourtant, le soleil était déjà haut et se reflétait avec éclat dans les miroirs.

Jamie n'y a prêté aucune attention ; il scrutait mon visage et a grimacé quand la lumière a frappé ma joue gauche.

— Oh… ça va ? Ça ne fait pas trop mal ?

J'ai effleuré ma joue. La peau était rugueuse, incrustée de sable et de sang séché. Le contact de mes doigts réveillait une douleur sourde.

— Ça va, ai-je chuchoté. (La vue de cette caverne déserte me mettait mal à l'aise.) Où sont les autres ?

Jamie a haussé les épaules, sans quitter du regard ma joue blessée.

— Ils sont occupés ailleurs, je suppose. (Il avait parlé d'une voix forte.)

Je me suis souvenue de la veille, et du secret qu'il ne voulait pas me révéler. J'ai froncé les sourcils.

Que crois-tu qu'il nous cache ?

Je n'en sais pas plus que toi, Gaby.

Tu es humaine, toi. Tu es censée avoir de l'intuition, ce genre de choses !

Tu sais ce qu'elle me dit mon intuition ? Que nous ignorons encore beaucoup de choses concernant la vie dans ces grottes.

Une pensée guère rassurante, en effet…

Cela a presque été un soulagement que d'entendre des voix résonner dans le couloir menant à la cuisine. Je n'avais envie de voir personne – hormis Jared, évidemment, mais cette litanie de tunnels vides et silencieux associée à cette atmosphère de secret me rendait nerveuse.

La cuisine n'était pas même emplie à moitié, un phénomène improbable à cette heure de la matinée. Mais je l'ai à peine remarqué, trop assaillie que j'étais par cette odeur qui s'échappait des fourneaux.

— Oh ! a gémi Jamie. Des œufs brouillés !

Le garçon m'a tirée plus fort. Et j'ai pressé le pas bien volontiers. Nos estomacs grognaient d'impatience tandis que nous nous dirigions vers les cuisinières où Lucina se tenait, une louche à la main. D'ordinaire, chacun préparait son déjeuner, mais « d'ordinaire », il était constitué d'un simple morceau de pain rassis.

Elle a regardé le garçon, pas moi :

— C'était meilleur, il y a une heure.

— Je suis sûr qu'ils sont délicieux ! a répondu Jamie avec enthousiasme. Les autres ont mangé ?

— La plupart. Je suppose qu'ils ont apporté un plateau à Doc et à… (Lucina a laissé sa phrase en suspens, m'accordant pour la première fois un regard.)

Jamie lui a lancé un coup d'œil en coin ; elle a eu une mimique étrange, trop fugace pour que j'aie le temps de la déchiffrer, remplacée aussitôt par une autre expression, entre la curiosité et l'inquiétude, lorsqu'elle a remarqué les nouveaux hématomes sur mon visage.

— Il en reste beaucoup ? a demandé Jamie. (Son impatience paraissait un peu forcée à présent.)

Lucina s'est retournée et a tiré du four un grand plat métallique.

— C'est à discrétion. Il y en a encore plein. Tu as faim comment, Jamie ?

— Comme Kyle !

— Parfait, une part à la Kyle ! a lancé gaiement Lucina, mais ses yeux tristes contrastaient avec son sourire.

Elle a rempli un bol d'œufs brouillés, un peu trop cuits, et l'a tendu à Jamie.

Elle m'a lancé un nouveau regard et j'ai compris.

— Va donc t'asseoir, a-t-elle dit en le poussant vers le comptoir.

Il m'a regardée avec de grands yeux.

— Tu n'en veux pas ?

— Non, je n'ai pas… (Mais je n'ai pu aller plus loin, tant mon estomac gargouillait d'envie.)

— Gaby ? (Puis il s'est tourné vers Lucina, les bras croisés sur la poitrine.)

— Je prendrai du pain, ça ira, ai-je articulé en essayant de l'écarter.

— Non. Lucina, quel est le problème ? (Il la regardait fixement. Elle restait campée sur ses jambes.) Si tu n'as plus rien à faire ici, je vais prendre la suite, a-t-il dit en plissant les yeux avec une moue têtue.

Lucina a haussé les épaules, posé la louche sur le comptoir et s'est éloignée sans m'accorder un regard.

— Jamie, ai-je murmuré. Cette nourriture n'est pas pour moi. Jared et les autres ont risqué leur vie pour rapporter ces œufs. Du pain, ce sera très bien pour moi.

— Ne sois pas ridicule, Gaby ! Tu vis ici à présent, comme nous tous. Personne ne trouve rien à redire quand tu laves le linge ou que tu prépares le pain. En plus, ces œufs ne peuvent pas se garder. Si on ne les mange pas tout de suite, il faudra les jeter.

Je sentais tous les regards rivés sur moi dans mon dos.

— Il y en a certains qui préféreront encore ça, ai-je répondu à voix basse pour ne pas être entendue des autres.

— Oublie ça ! (Il a sauté par-dessus le comptoir, a rempli un plein bol d'œufs et me l'a tendu.) Et tu vas tout manger, jusqu'à la dernière bouchée !

J'ai regardé le bol. L'eau m'est venue à la bouche. J'ai repoussé le récipient de quelques centimètres et j'ai croisé les bras.

Jamie s'est renfrogné.

— D'accord. (Il a posé son propre bol sur le comptoir.) Si tu ne manges pas, je ne mange pas. (J'entendais son estomac grommeler d'indignation, et il a croisé les bras, comme moi.)

On s'est regardés un long moment sans rien dire, dans un concert de gargouillements de ventre, l'odeur des œufs nous chatouillant les narines. De temps à autre, Jamie jetait un coup d'œil à la nourriture. C'est cela qui m'a désarmée – son envie.

— Entendu... (J'ai poussé le bol vers lui, et ai attrapé le mien.)

Il a attendu que je prenne une première bouchée avant de toucher à ses œufs. J'ai étouffé un gémissement de plaisir au moment où le goût s'est épanoui dans ma bouche. Objectivement, ces œufs un peu froids et caoutchouteux n'étaient pas les meilleurs que j'eusse mangés, mais c'était un délice ! Ce corps que j'habitais était ancré dans le présent.

Jamie a eu le même flash de plaisir. Et il s'est mis à tout manger d'une traite, sans même prendre le temps de respirer. Je l'ai regardé, inquiète. N'allait-il pas s'étouffer ?

J'ai mangé plus lentement, espérant pouvoir le convaincre de prendre le reste de ma part quand il aurait fini la sienne.

Une fois nos estomacs apaisés, j'ai relevé la tête et remarqué l'ambiance qui régnait dans la cuisine.

Après des mois d'un régime constitué presque uniquement d'eau et de pain sec, la présence de ces œufs au menu aurait dû distiller dans la salle un air de fête. Et pourtant, c'était la morosité qui régnait. Les conversations se tenaient à voix basse. Était-ce dû à ce qui s'était passé la veille ? J'ai jeté un regard circulaire dans la pièce, essayant de comprendre.

Certains convives me regardaient, d'autres pas. Beaucoup parlaient doucement, d'un air grave. Contre toute attente, je ne voyais sur aucun visage de la colère, de la tension, du remords.

Non. Ce que je voyais, c'était de la tristesse. Le désespoir sur tous les visages.

J'ai repéré Sharon en dernier ; elle mangeait dans un coin, à l'écart comme de coutume. Elle se tenait si raide qu'elle ressemblait à un automate. Je n'ai pas vu tout de suite les larmes qui roulaient sur ses joues. Ses pleurs tombaient dans son bol et elle continuait à manger avec des gestes mécaniques.

— Doc a un problème ? ai-je demandé à Jamie dans un murmure, prise d'inquiétude.

Peut-être étais-je paranoïaque ? Peut-être tout cela était-il sans rapport avec moi ? La tristesse qui régnait dans cette salle semblait générée par un drame humain duquel j'étais exclue. Était-ce pour cette raison que tout le monde était aussi occupé ? Y avait-il eu un accident ?

Jamie a regardé Sharon et a lâché un soupir.

— Non, Doc va bien.

— Tante Maggie ? Elle est blessée ?

Il a secoué la tête.

— Où est Walter ? ai-je demandé, toujours à voix basse.

Une boule d'angoisse me serrait la gorge à l'idée que l'un de mes compagnons ici pût souffrir, même parmi ceux qui me détestaient.

— Je n'en sais rien. Mais je suis sûr qu'il va bien.

C'est alors que je me suis aperçue que Jamie avait la même tristesse dans les yeux.

— Que se passe-t-il, Jamie ? Qu'est-ce qui te tracasse ?

Jamie a baissé les yeux vers ses œufs et a recommencé à manger lentement, comme s'il se forçait, sans me répondre.

Il a terminé sa part en silence. J'ai voulu lui donner le reste de mes œufs, mais il m'a jeté un regard si féroce que je me suis empressée de les finir.

Nous avons déposé nos bols dans le grand bac en plastique où l'on rangeait la vaisselle sale. Il était plein. Je l'ai sorti de son logement sous le comptoir.

J'ignorais ce qui se passait aujourd'hui, mais faire la vaisselle ne devait pas m'attirer les foudres de mes compagnons.

Jamie m'a accompagnée, l'œil aux aguets. Je n'aimais pas ça. Je ne voulais pas qu'il joue les gardes du corps. Au moment où nous contournions le potager dans la grande caverne, mon vrai garde du corps nous a rejoints.

Ian était crasseux; une poussière blanchâtre le couvrait des pieds à la tête, formant des auréoles plus sombres aux endroits où il avait transpiré. Des traînées marron maculaient son visage, mais laissaient voir son épuisement. Comme les autres, il avait le moral au plus bas. Mais c'est la poussière qui a piqué ma curiosité. Elle n'était pas de la couleur des grottes. Ian était sorti ce matin.

— Ah, vous voilà! a-t-il lancé en nous rejoignant. (Il marchait d'un pas vif, de longues enjambées impatientes. Lorsqu'il est arrivé à notre hauteur, il n'a pas ralenti, mais m'a attrapé le bras et m'a fait presser l'allure.) Allons nous planquer un moment là-bas.

Il m'a entraînée dans l'étroit tunnel qui menait à la parcelle est, là où les maïs étaient presque mûrs. Il m'a fait marcher sur quelques mètres, juste assez pour que les ténèbres nous rendent invisibles de la grande caverne. J'ai senti la main de Jamie se poser doucement sur mon autre bras.

Après quelques instants, des voix graves ont résonné dans la vaste salle. Elles véhiculaient la même tristesse que les visages dans la cuisine. Les voix ont enflé, passant tout près de la bouche de notre cachette; la main de Ian s'est crispée sur la mienne, ses doigts serrant mes phalanges. J'ai reconnu la voix de Jared, et celle de Kyle. Melanie a lutté contre ma volonté, mais ma volonté était bien ténue. Nous étions toutes les deux impatientes de voir le visage de Jared. Heureusement que Ian était là pour nous retenir.

— … sais pas pourquoi on le laisse encore essayer. Ça ne sert à rien, disait Jared.

— Il était persuadé de réussir cette fois, a rectifié Kyle. Il était si sûr de lui… S'il trouve un jour, on sera bien contents…

— S'il trouve un jour ! a répété Jared avec sarcasme. Encore heureux qu'on ait rapporté ce cognac. À la vitesse où il biberonne, il aura vidé la caisse avant ce soir !

— Il va bientôt s'écrouler, a répondu Kyle, sa voix s'amenuisant au loin. J'aurais aimé que Sharon…

Et le reste est devenu incompréhensible.

Ian a attendu que les voix s'évanouissent totalement, puis quelques minutes encore, avant de relâcher mon bras.

— Jared m'a promis ! a murmuré Jamie.

— Ouais, mais pas Kyle, a répondu Ian.

Ils m'ont ramenée vers la lumière. Je ne savais que penser.

Ian a remarqué mon bac de bols sales.

— Pas de vaisselle pour l'instant. Laissons-leur le temps de se laver et de débarrasser le plancher.

Je mourais d'envie de savoir pourquoi Ian était si sale, mais, à l'instar de Jamie, j'étais certaine qu'il refuserait de me répondre. J'ai contemplé le tunnel qui menait aux deux rivières, perplexe.

Ian a soudain lâché un borborygme rageur.

Je me suis retournée vers lui, inquiète, et j'ai compris ce qui avait engendré cet accès de colère : il venait simplement de voir mon visage.

Il a tendu la main vers moi, comme pour me soulever le menton, mais je me suis reculée ; il n'a pas insisté.

— Cela me rend malade de voir ça, a-t-il lâché, et sa voix était blanche comme s'il était réellement pris de nausées. Et le pire, c'est que si je n'étais pas resté ici avec toi, ç'aurait pu être moi l'auteur de… ça.

J'ai secoué la tête.

— Ce n'est rien, Ian.

— Tu trouves ? a-t-il lâché avec sarcasme avant de se tourner vers Jamie. Tu devrais retourner à l'école. Mieux vaut reprendre une vie normale le plus vite possible.

Jamie a poussé un gémissement.

— Sharon ne va pas être à prendre avec des pincettes aujourd'hui.

Ian a souri.

— Il faut se serrer les coudes, gamin. Mais je suis d'accord avec toi, je n'aimerais pas être à ta place.

Jamie a poussé un soupir et a donné un coup de pied dans la poussière.

— Veille bien sur Gaby, a marmonné le garçon.

— Promis.

Jamie s'est éloigné en nous lançant des regards inquiets, puis il a disparu dans un autre tunnel.

— Donne-moi ça, a dit Ian en me prenant le bac de vaisselle des mains.

— Je peux le porter.

Il a souri de nouveau.

— Je me sens idiot à me trimbaler les mains vides pendant que tu es chargée comme un baudet. Appelle ça de la galanterie. Allez viens… trouvons-nous un endroit tranquille en attendant que la voie soit libre.

Ces paroles m'ont troublée et je lui ai emboîté le pas en silence. Pourquoi la galanterie s'appliquerait-elle à moi ?

Il a marché droit vers les maïs, puis s'est enfoncé dans la parcelle, au cœur des plants, là où les tiges nous mettaient à couvert ; il a posé la caisse de vaisselle et s'est étendu sur le sol.

— Effectivement, c'est tranquille ici, ai-je dit en m'asseyant en tailleur à côté de lui. Mais ne devrait-on pas plutôt être au travail ?

— Tu as travaillé trop dur, Gaby. Tu es la seule à n'avoir jamais pris un jour de repos.

— Cela m'occupe l'esprit, ai-je marmonné.

— Tout le monde prend un jour de repos. C'est bon pour toi aussi.

Je l'ai regardé avec curiosité. La lumière renvoyée par les miroirs jetait des ombres dédoublées dans la parcelle de maïs, zébrant son visage de stries. Sous les rides et la poussière, je devinais la lassitude.

— Tu n'as pas l'air d'avoir pris beaucoup de repos, toi non plus.

Il a plissé les yeux.

— Mais à présent, je me repose.

— Jamie ne veut pas me dire ce qui se passe, ai-je soufflé.

— Il a raison. Et moi non plus, je ne te le dirai pas. (Il a lâché un soupir.) C'est mieux pour toi.

J'ai fixé le sol du regard, la poussière pourpre, et mon estomac s'est contracté. Il n'y avait rien de pire à mes yeux que de ne pas savoir, mais peut-être manquais-je simplement d'imagination.

— Je sais que le moment est mal choisi puisque je refuse de mon côté de te répondre, a commencé Ian après un silence. Mais il y a une question qui me brûle les lèvres…

La moindre distraction était la bienvenue.

— Vas-y.

Il n'a pas parlé aussitôt ; alors je me suis mise à chercher une explication à son hésitation. Il baissait la tête, contemplant les traces de crasse maculant le dos de ses mains.

— Je sais que tu ne joues pas la comédie. Je le sais à présent. Alors je te croirai, quelle que soit ta réponse…

J'ai attendu encore pendant qu'il fixait les lignes de poussière sur sa peau.

— Au début, je n'adhérais pas à la théorie de Jeb, mais lui et Doc en sont tellement convaincus… (Il a soudain relevé la tête vers moi.) Gaby, je veux savoir… elle est encore là, avec toi ? La fille à qui appartenait ce corps ?

Ce n'était plus un secret – Jamie et Jeb savaient la vérité. Ce n'était pas non plus le grand secret qu'il fallait protéger. En outre, je savais que Ian n'irait rien raconter à ceux qui voulaient me faire la peau.

— Oui, lui ai-je répondu. Melanie est encore là.

Il a hoché lentement la tête.

— Quel effet ça fait ? Pour toi ? Pour elle ?

— C'est frustrant. Pour elle comme pour moi. Au début, j'aurais bien voulu qu'elle disparaisse, comme ç'aurait dû être le cas. Mais aujourd'hui, je me suis habituée à sa présence. (J'ai esquissé un sourire mi-figue mi-raisin.) Parfois c'est agréable d'avoir de la compagnie. C'est plus dur pour elle. Elle est prisonnière à bien des égards. Enfermée dans ma tête. Mais elle préfère encore cette captivité à l'oubli.

— J'ignorais qu'il y avait un choix possible.

— Il n'y en avait pas, du moins pas au début. Mais quand tes congénères ont découvert ce qui se passait, des phénomènes de résistance sont apparus. Cela semble être la clé de tout, l'élément déclencheur : savoir ce qui se passe. Les humains des premiers temps de la conquête, pris par surprise, ne se révoltaient pas.

— Alors si moi j'étais pris…

J'ai contemplé son expression féroce, cette flamme dans ses yeux brillants.

— Non, je ne pense pas que tu disparaîtrais. Mais les miens ont revu leurs copies. Quand ils attrapent des humains adultes, ils ne les proposent pas comme hôtes. Cela crée trop de problèmes. (J'ai esquissé un sourire attristé.) Des problèmes comme moi. Devenir émotionnellement perméable, avoir de la sympathie pour l'hôte, perdre tout discernement…

Ian est resté pensif un long moment ; il regardait parfois mon visage, parfois les maïs, parfois le néant.

— Que feraient-ils de moi, alors, s'ils m'attrapaient ? a-t-il finalement demandé.

— Ils procéderaient quand même à une insertion, je suppose. Pour récupérer des informations. Ils mettraient sans doute un Traqueur en toi.

Il a frissonné.

— Mais ils ne te garderaient pas comme hôte. Qu'ils trouvent ou non des informations, tu serais… éliminé.

Le mot avait eu du mal à sortir. Cette idée me donnait la nausée. Réaction étrange… D'ordinaire, c'étaient les exactions des Hommes qui me rendaient malade. Mais je n'avais jamais vu les choses du point de vue de l'hôte auparavant ; jamais, dans les autres mondes, je n'y avais été contrainte. Un corps qui présentait des défauts était mis au rebut, sans remords, comme une voiture hors d'état de rouler. À quoi bon conserver un véhicule en panne ? L'état de santé de l'esprit pouvait également décider de la viabilité d'un corps ; les addictions dangereuses, les pulsions malignes, les dysfonctionnements irréversibles pouvaient rendre un corps impropre à l'insertion ; ou, bien sûr, un esprit parfaitement sain mais présentant une résistance trop forte à l'éradication – cette dernière anomalie étant ici endogène.

Je n'avais jamais entrevu l'horreur de considérer un esprit rétif comme un vice de construction. Cette découverte me frappait de plein fouet aujourd'hui, quand je regardais les yeux brillants de Ian.

— Et s'ils t'attrapent, toi ?

— S'ils s'aperçoivent qui je suis, si tant est que quelqu'un se soucie encore de mon sort… (J'ai songé à la Traqueuse et j'ai eu le même frisson que Ian un peu plus tôt.) Ils me récupéreront et me logeront dans un nouvel hôte – un hôte jeune et parfaitement docile – en espérant que je parviendrai à me « retrouver ». Peut-être m'évacueront-ils de cette planète, pour me mettre à l'abri de mauvaises influences.

— Et tu pourrais te « retrouver » ?

J'ai soutenu son regard.

— Je suis moi-même. Je n'ai pas perdu mon identité pour Melanie. Je serais la même qu'à présent, si j'habitais un Ours ou une Fleur.

— Ils ne t'élimineront pas.

— Non. Pas une âme. Il n'existe pas de peine capitale au sein de notre espèce. Quoi qu'ils fassent, ce sera pour me sauver. J'ai longtemps cru que c'était la meilleure des choses, mais aujourd'hui, je suis la preuve vivante du contraire. Ce serait sans doute plus juste de m'éliminer. Je suis une traîtresse, après tout.

Ian s'est pincé les lèvres.

— Je dirais plutôt une expatriée. Tu ne t'es pas retournée contre eux. Tu as juste tourné le dos à leur société.

On est restés un moment silencieux. J'aurais aimé croire ses paroles. Une « expatriée »… si seulement je n'étais que ça…

Ian a poussé un grand soupir qui m'a fait sursauter.

— Quand Doc aura dessoûlé, on lui demandera d'examiner tes ecchymoses. (Il a tendu le bras et a posé sa main sous mon menton ; cette fois, je n'ai pas eu de mouvement de recul. Il m'a tourné la tête sur le côté pour examiner ma blessure.)

— Ce n'est rien, ai-je bredouillé. C'est moins grave qu'il n'y paraît.

— Je l'espère. C'est vraiment pas beau à voir. (Il a soupiré et s'est étiré.) Je suppose qu'on est restés suffisamment longtemps cachés. À l'heure qu'il est, Kyle doit être propre et dormir du sommeil du juste.

Ian n'a pas voulu que je lave la vaisselle dans la salle des deux rivières comme je le faisais d'habitude. Il a insisté pour qu'on s'installe dans la salle de bains, là où les ténèbres me rendraient invisible. J'ai frotté les bols et les couverts au bord du bassin, là où l'eau était peu profonde, pendant qu'au milieu de la baignoire il se débarrassait de la crasse générée par son mystérieux travail. Puis il m'a aidée à nettoyer les derniers plats.

Une fois la vaisselle terminée, il m'a escortée jusqu'à la cuisine qui commençait à se remplir pour le déjeuner. Des denrées plus périssables étaient au menu : pain de mie, fromage fondu, spires concentriques de tranches de mortadelle. Les gens dévoraient ces victuailles sans retenue, même si leur désespoir se lisait dans la courbure des épaules et l'absence de tout rire.

Jamie m'attendait, à sa place habituelle, derrière le comptoir. Deux piles de sandwichs trônaient devant lui, mais il n'y touchait pas et se tenait les bras croisés. Ian a regardé le garçon avec curiosité, mais est parti chercher son repas sans poser de questions.

J'ai levé les yeux au ciel devant l'air têtu de Jamie et j'ai mordu dans mon sandwich. Jamie a alors attaqué son déjeuner. Ian nous a rejoints et nous avons mangé tous les trois en silence. C'était si délicieux que cela ôtait toute envie de parler – pas question de rester la bouche vide, c'était trop bon !

Après deux sandwichs, je me suis arrêtée. Mais Jamie et Ian ont continué à manger jusqu'à ce que leur estomac demande grâce. J'ai cru que Ian allait s'écrouler de sommeil. Il luttait pour garder les yeux ouverts.

— Retourne à l'école, gamin, a-t-il dit à Jamie.

Jamie a observé Ian d'un air inquiet.

— Il vaudrait peut-être mieux que…

— Va à l'école, ai-je renchéri. (Je voulais que Jamie, pour sa sécurité, se tienne loin de moi aujourd'hui.)

— On se voit après, d'accord ? Ne te fais pas de souci, tout va bien se passer.

— C'est sûr. (Faisais-je des progrès en mensonge ou devenais-je sarcastique ?)

Une fois Jamie parti, je me suis tournée vers Ian qui dormait debout.

— Va te reposer. Ça va aller. Je vais aller me cacher quelque part, me faire toute petite. Au milieu des maïs, peut-être.

— Où as-tu dormi la nuit dernière ? a-t-il demandé, ses yeux étonnamment vifs derrière ses paupières lourdes.

— Pourquoi cette question ?

— Je peux dormir là-bas. Et tu te feras toute petite à côté de moi.

Nous chuchotions. Personne ne nous prêtait attention.

— Tu ne peux pas me surveiller nuit et jour.

— On parie ?

J'ai haussé les épaules, de guerre lasse.

— J'ai dormi dans mon trou. Là où j'étais prisonnière à mon arrivée.

Ian a froncé les sourcils ; il n'aimait pas cette idée. Mais il s'est levé et m'a accompagnée vers les réserves. La grande place était noire de monde à présent ; beaucoup s'occupaient du potager, le regard grave, la tête baissée.

Une fois seuls dans le tunnel obscur, j'ai tenté à nouveau de convaincre mon ange gardien.

— Ian, ça ne rime à rien. Plus longtemps je vivrai, plus Jamie aura mal à ma mort... Plus vite on en finit, mieux c'est pour lui.

— Ne raisonne pas comme ça, Gaby. Nous ne sommes pas des animaux. Ta mort n'est pas inévitable.

— Je ne te prends pas pour un animal, ai-je précisé doucement.

— Merci. Mais j'ai dit ça sans reproche. Ce serait même normal que tu penses ça.

Notre conversation a été brusquement interrompue : un halo bleu filtrait derrière un coude du tunnel.

— Chut ! a soufflé Ian. Attends-moi ici.

Il m'a serré doucement l'épaule pour m'inciter à ne plus bouger. Puis il s'est avancé, ne cherchant pas à dissimuler son arrivée. Et il a disparu dans le virage.

— Jared ? l'ai-je entendu dire, feignant la surprise.

Mon cœur s'est serré dans ma poitrine ; c'était davantage une douleur que de l'effroi.

— Je sais que le mille-pattes est avec toi, a répondu Jared. (Il a élevé la voix, pour que tout le monde, jusqu'à la grande place, l'entende.) Viens donc, parasite ! Approche ! Sors de ta cachette !

Sa voix était dure comme le métal, pleine de mépris.

29.

La trahison

Peut-être aurais-je dû m'enfuir de l'autre côté. Personne ne me forçait… Mais c'était Jared, même si son ton était glacial et plein de colère. Jared m'appelait… Melanie était encore plus impatiente que moi d'obéir, alors que je franchissais, d'un pas précautionneux, l'angle du tunnel pour entrer dans le halo bleu ; je me suis figée, hésitante.

Ian se tenait à un mètre devant moi, muscles bandés, prêt à réagir au moindre mouvement hostile de Jared.

Jared était assis par terre, sur l'une des paillasses qu'on avait laissées avec Jamie. Il semblait aussi épuisé que Ian, même si ses yeux restaient alertes.

— Pas de panique, a-t-il lancé à l'intention de Ian. Je veux juste parler au mille-pattes. J'ai promis au gosse de ne pas lui faire de mal et je tiendrai ma promesse.

— Où est Kyle ? a demandé Ian.

— Il ronfle. Ta chambre doit être en train de s'écrouler à cause des vibrations !

Ian est resté sur le qui-vive.

— Je ne mens pas, Ian. Et je ne vais pas tuer le parasite. Jeb a raison : peu importe comment on en est arrivés à cette situation ubuesque, mais on en est bel et bien là. Jamie a son mot à dire. Et comme le petit s'est fait totalement embobiner, je doute qu'il me donne le feu vert.

— Personne n'a été embobiné, a répliqué Ian.

Jared a levé la main, ne voulant pas discuter sur les termes.

— Bref, le mille-pattes n'a rien à craindre de moi. (Pour la première fois, Jared m'a regardée ; il me voyait pelotonnée contre le mur, tremblante.) Je ne te ferai pas de mal, m'a-t-il dit. Approche.

J'ai fait un pas timide en avant.

— Tu n'es pas obligée de lui parler, Gaby, m'a lancé Ian. Ce n'est pas une corvée imposée, ni un devoir moral. Tu as le choix !

Jared a froncé les sourcils, troublé par les paroles de Ian.

— Non, ai-je murmuré. Je vais lui parler. (J'ai fait un autre pas. Jared a tourné la main, paume en l'air, et a plié ses doigts à deux reprises pour m'inciter à m'approcher.)

J'ai marché lentement, avec un temps d'arrêt entre chaque pas. Je me suis arrêtée à un mètre de lui. Ian m'avait suivie comme une ombre et se tenait à côté de moi.

— J'aimerais lui parler en tête à tête, si cela ne te dérange pas, lui a précisé Jared.

Ian est resté campé sur ses jambes.

— Si, ça me dérange.

— C'est bon, Ian. Tout va bien. Va dormir un peu. Ça va aller. (Je l'ai poussé doucement par le bras.)

Ian a scruté mon visage, perplexe.

— C'est quoi ? Un suicide déguisé ? Pour épargner le gamin ?

— Non. Jared ne mentirait pas à Jamie là-dessus.

Jared s'est renfrogné en entendant son prénom, et mon ton plein de confiance.

— S'il te plaît, Ian. Je veux lui parler.

Ian m'a regardée un long moment, puis s'est tourné vers Jared, l'air mauvais. Chaque mot qu'il prononçait claquait comme un coup de fouet.

— Elle s'appelle Gaby, pas le parasite, ni le mille-pattes. Tu ne la touches pas. À la moindre marque sur elle, je t'en fais payer le double.

J'ai tressailli malgré moi.

Ian a tourné brusquement les talons et s'est éloigné dans les ténèbres.

Jared et moi sommes restés un moment silencieux, sondant l'espace noir où Ian avait disparu. C'est moi la première qui ai observé Jared. Puis il a tourné la tête pour soutenir mon regard. J'ai vite baissé les yeux.

— Eh ben… Il n'avait pas l'air de plaisanter, n'est-ce pas ? a lâché Jared.

La question n'appelait pas de réponse.

— Assieds-toi, a-t-il proposé en tapotant une portion de la paillasse à côté de lui.

J'ai réfléchi un moment, puis je me suis assise contre le même mur que lui, mais par terre, à coté de mon trou, laissant toute la longueur du matelas entre nous. Melanie n'a pas apprécié ; elle voulait se tenir près de lui, pour que je puisse sentir son odeur, la chaleur de son corps auprès du mien.

Mais je ne voulais pas de ça. Non par crainte qu'il me frappe – il ne paraissait pas en colère, juste las et méfiant –, simplement, je voulais garder une certaine distance. Ma poitrine se serrait à l'idée que Jared était si près de moi… si près et pourtant si haineux.

Il m'a observée, la tête inclinée sur le côté ; j'ai entraperçu son regard avant de baisser les yeux.

— Je suis désolé pour hier soir… pour ton visage. Je n'aurais pas dû faire ça.

J'ai regardé fixement mes mains, jointes sur mes cuisses, refermées en poings.

— Tu n'as aucune raison d'avoir peur de moi.

J'ai acquiescé sans relever les yeux.

— Je croyais que tu acceptais de me parler?

J'ai haussé les épaules. Je n'arrivais pas à parler dans cette atmosphère hostile.

Je l'ai entendu bouger. Il a glissé sur le matelas pour s'asseoir à côté de moi, exactement comme le souhaitait Melanie. C'était trop près! J'avais du mal à penser, du mal à respirer, mais je n'avais pas la force de m'écarter. Contre toute attente, Melanie s'est agacée. Être à côté de lui, c'était pourtant ce qu'elle voulait!

Quoi? ai-je demandé, troublée par l'intensité de son irritation.

Je n'aime pas le savoir à côté de toi! Cela ne me plaît pas. Je n'aime pas la façon dont toi aussi tu le veux à côté de toi.

Pour la première fois depuis que nous avions quitté la civilisation, j'ai senti émaner d'elle des ondes d'hostilité. Cela a été un choc. Ce n'était pas juste.

— J'ai une seule question, a annoncé Jared, interrompant notre discussion silencieuse.

J'ai relevé la tête puis j'ai tressailli, intimidée par les yeux froids de Jared et la rancœur de Melanie.

— Tu devines sans doute laquelle. Jeb et Jamie ont passé la nuit à tenter de me convaincre.

J'attendais patiemment, contemplant le sac de riz devant moi – mon oreiller de fortune de la veille.

— Je ne vais pas te faire de mal! a-t-il répété avec impatience en me soulevant le menton de sa main rugueuse, pour me forcer à le regarder.

Mon cœur a bondi à son contact. J'ai senti mes yeux s'embuer. J'ai battu des paupières.

— Gaby... (Il a dit mon nom lentement, comme si ses pensées étaient ailleurs.) Est-ce que Melanie est encore vivante ? Encore là, en toi ? Dis-moi la vérité.

Melanie a attaqué, avec la force primale d'un bélier. C'était physiquement douloureux, comme un coup de migraine, là où elle voulait percer une brèche.

Arrête ! Tu ne comprends pas ?

C'était si évident dans le frémissement de ses lèvres, dans les ridules au coin de ses yeux. Peu importait ce que moi ou Mel pouvions dire.

Je suis déjà une menteuse à ses yeux, lui ai-je dit. *Ce n'est pas la vérité qu'il veut... Il cherche une preuve, la preuve que je suis une menteuse, que je suis une Traqueuse ; il veut une bonne raison de me tuer !*

Melanie a refusé de répondre, comme de me croire. Il s'agissait de la réduire au silence.

Jared a regardé la sueur perler sur mon front, l'étrange frisson qui agitait ma colonne vertébrale ; il a plissé les yeux. Il tenait mon menton, m'empêchant de baisser la tête.

Jared, je t'aime, a hurlé Melanie. *Je suis ici !*

Mes lèvres n'ont pas bougé, mais je m'attendais à ce qu'il lise dans mes yeux.

Les secondes se sont éternisées, pendant qu'il attendait ma réponse. Avoir son regard rivé sur moi et lire ce dégoût en eux était une torture. Comme si la blessure n'était pas assez vive, Melanie continuait de m'attaquer de l'intérieur. Sa jalousie enflait, un flot aigre qui m'inondait, me polluait.

D'autres instants ont passé et des larmes ont perlé de mes yeux ; je ne pouvais plus les contenir. Elles ont roulé sur mes joues, puis sur la paume de Jared. Il est resté imperturbable.

Finalement, je n'en pouvais plus. J'ai fermé les yeux et tourné la tête d'un mouvement brusque. Au lieu de me frapper, il a baissé sa main.

Il a soupiré, frustré.

Je voulais qu'il s'en aille. J'ai regardé de nouveau mes mains en attendant qu'il parte. Les battements de mon cœur scandaient les secondes. Jared ne bougeait pas. Moi non plus. Il semblait s'être transformé en statue. Cette immobilité de pierre lui allait. Son expression d'airain aussi, cette glace dans ses yeux.

Melanie comparait ce nouveau Jared à l'ancien qu'elle avait connu. Elle se souvenait d'un jour, en particulier, pendant leur cavale...

— Assez ! gémissent ensemble Jared et Jamie.

Jared est avachi sur le canapé tandis que Jamie est allongé par terre à ses pieds. Ils regardent un match de basket sur la télévision grand écran. Les parasites qui vivent dans cette maison sont au travail et nous avons déjà rempli la Jeep de victuailles. Nous avons du temps devant nous.

Sur l'écran, deux joueurs sont en désaccord sur la ligne de touche et discutent poliment. Le cadreur est tout près et on entend ce qu'ils se disent :

— Je crois que j'ai été le dernier à toucher la balle, elle est à vous.

— Je n'en suis pas sûr. Je ne voudrais pas profiter indûment d'un avantage. On va demander aux arbitres de visionner le ralenti.

Les deux joueurs se serrent la main et se donnent des tapes amicales.

— C'est ridicule ! grogne Jared.

— Insupportable ! confirme Jamie en singeant à la perfection le ton de Jared. (Dans tous les domaines, le garçon cherche à ressembler à son héros.) Il n'y a rien d'autre ?

Jared fait défiler quelques chaînes jusqu'à tomber sur une compétition d'athlétisme. Les parasites organisent les Jeux olympiques à Haïti. Apparemment, ces Jeux les passionnent. Beaucoup de maisons arborent le drapeau aux cinq anneaux ; mais ce n'est plus comme avant. Tous les participants reçoivent une médaille. C'est pathétique.

Le cent mètres reste toutefois une course intéressante, malgré la présence des parasites. Les aliens gâchent moins les sports individuels que les disciplines où les compétiteurs se retrouvent en rivalité directe. Ils se donnent à fond quand ils sont chacun dans leur couloir.

— Mel, viens te détendre ! me lance Jared.

Je me tiens près de la porte côté jardin, par habitude, non parce que je suis sur le qui-vive. Les habitudes ont la vie dure, même si elles n'ont plus de raison d'être.

Je m'avance vers Jared. Il me fait asseoir sur lui et me cale la tête sous son menton.

— Tu es bien ?

— Oui. (Et c'est la vérité. Je suis bien, ici, avec lui, dans la maison des envahisseurs.)

Papa employait toutes sortes d'expressions plus ou moins loufoques, parfois on se demandait s'il ne parlait pas une autre langue ! L'une de ses préférées – après celle où il était question d'apprendre à une grand-mère à gober les œufs – était « sûr comme une maison ».

Un jour qu'il m'apprenait à faire du vélo, il avait répondu à ma mère qui s'inquiétait sur le pas de la porte : « Sois tranquille, Linda, la rue est sûre comme une maison ! » Un autre jour, il avait dit à Jamie, pour le convaincre de dormir sans veilleuse : « C'est sûr comme une maison, ici, il n'y a pas un monstre à des kilomètres à la ronde. »

Et une nuit, le monde avait viré au cauchemar, et cette expression était devenue d'une ironie sinistre pour Jamie et moi ; car justement les maisons étaient désormais les endroits les plus dangereux de la Terre.

Alors, plus tard, lorsqu'on voyait avec Jamie une voiture quitter le garage d'une maison isolée et qu'il fallait décider de prendre ou non le risque d'un raid éclair, le dialogue donnait ceci : « Tu crois que les parasites sont partis pour longtemps, Mel ? – Tu parles ! Cet endroit est sûr comme une maison ! Tirons-nous d'ici ! »

Et à présent, je suis installée dans le salon à regarder la télévision comme il y a cinq ans, lorsque papa et maman se trouvaient dans l'autre pièce, comme si je n'avais jamais passé une nuit de terreur, terrée avec Jamie (et une bande de rats) dans une bouche d'égout, pendant que les mille-pattes fouillent les alentours avec une lampe torche à la recherche de voleurs qui ont chipé un sachet de haricots secs et un bol de spaghettis.

Si nous avions vécu seuls, Jamie et moi, même pendant encore vingt ans, jamais nous n'aurions éprouvé ce sentiment… ce sentiment de sécurité… Plus que ça encore : cette sensation de bonheur. Sécurité et bonheur… Je croyais avoir perdu l'un et l'autre à jamais.

Jared accomplissait ce miracle sans même s'en rendre compte. Parce qu'il était Jared.

Je sentais son odeur, la chaleur de son corps contre moi.

Jared rendait tout sûr, heureux. Même les maisons.

Le miracle continue. Avec lui, je me sens en sécurité, a constaté Melanie en sentant la chaleur qui émanait de son bras à quelques centimètres du mien. *Alors qu'il ne sait même pas que je suis là.*

Je ne pouvais en dire autant. Aimer Jared me mettait en danger plus que tout.

Je me demandais si Melanie et moi l'aurions aimé s'il avait toujours été aussi sinistre, alors que celui qui berçait nos souvenirs avait un sourire intarissable – Jared le Magicien, le Faiseur de Joie, avec dans ses mains tant d'espoir et de miracles. L'aurions-nous suivi s'il avait toujours été aussi dur et cynique ? Si la mort de son père et de ses frères lui avait déjà momifié le cœur, comme la perte de Melanie venait à présent de le faire ?

Bien sûr que oui ! a lâché Melanie dans un soupir. *Je l'aurais aimé sous toutes ses formes. Même celle-ci, car tout cela, c'est lui.*

Ce n'aurait peut-être pas été le cas pour moi. L'aimerais-je aujourd'hui si le Jared des souvenirs était semblable au Jared d'ici et maintenant ?

Sans signe annonciateur, Jared s'est mis à parler, comme si nous avions été interrompus au beau milieu d'une conversation.

— Et donc, à cause de toi, Jeb et Jamie sont convaincus qu'une sorte de conscience peut subsister après avoir été… pris. Ils sont persuadés que Mel s'accroche toujours là-dedans.

Il a tapoté doucement mon crâne de son poing. J'ai tressailli ; il a aussitôt croisé les bras.

— Jamie croit que Mel lui parle. (Il a levé les yeux au ciel.) Ce n'est pas bien de mener le gamin en bateau comme ça, mais j'imagine que les questions d'ordre moral te passent au-dessus de la tête.

J'ai replié mes bras autour de mes jambes.

— Mais Jeb a marqué un point, même si ça me fait mal de le reconnaître. Tu n'es sans doute pas une Traqueuse. Dans ce cas, que viendrais-tu faire ici ? Tes petits copains ne savaient pas trop où aller ; ils ne paraissaient même pas suspicieux. Ils semblaient te chercher, toi, et pas nous. Alors peut-être ne savent-ils pas ce que tu fabriques ? Peut-être agis-tu en solo ? Peut-être es-tu une sorte d'espionne en mission secrète ? Ou bien…

Il m'était plus facile de l'ignorer quand il s'égarait dans des supputations aussi abracadabrantes. Je concen-

trais mon attention sur mes genoux. Ils étaient crasseux, comme d'habitude, maculés de traces pourpres
et noires.

— En tout cas, ils ont peut-être raison… à propos
de te tuer…

Aussitôt, un frisson m'a traversée. Contre toute
attente, ses doigts ont caressé la peau de mon bras pour
faire disparaître ma chair de poule.

— Personne ne va te faire de mal, a-t-il repris d'une
voix plus douce. Du moins, tant que tu ne nous causes
pas d'ennuis. (Il a haussé les épaules.) J'accepte leur
point de vue ; c'est tordu, délirant, mais effectivement
– va savoir ? – c'est peut-être « mal » de te tuer. Même
s'il n'y a aucune raison de… à part Jamie qui…

J'ai relevé la tête : son regard était intense, scrutant
ma réaction. Je n'aurais pas dû montrer mon intérêt ;
j'ai reporté mon attention sur mes genoux.

— Cela me fait peur de le voir aussi attaché à toi,
a murmuré Jared. J'aurais dû l'emmener avec moi.
Jamais je n'aurais cru… Je ne sais plus que faire à
présent. Il croit dur comme fer que Mel est vivante. Tu
imagines ce qu'il va ressentir quand tu…

J'ai noté qu'il avait dit « quand » et non « si ». Peu
importait sa promesse, il ne me donnait pas une grande
espérance de vie.

— Ce qui me surprend, c'est que tu aies pu embobiner Jeb, a-t-il repris, changeant de sujet. C'est un vieux
renard. Il sent la duperie à dix pas. Du moins jusqu'à
présent…

Il est resté silencieux et pensif pendant une minute.

— Tu n'es pas très loquace, pas vrai ?

Il y a eu un autre silence.

Les mots sont sortis de sa bouche d'un coup :

— Ce qui n'arrête pas de me torturer c'est : et s'il
avait raison ? Comment pourrais-je le savoir ? Je déteste

voir leur logique, leurs arguments, les voir marquer des points. Il doit y avoir une autre explication. Forcément.

Melanie se battait bec et ongles pour parler, mais c'était pour l'honneur. Elle savait qu'elle ne passerait pas. Je gardais mes bras croisés, mes lèvres closes.

Jared a bougé, s'est écarté du mur pour se tourner vers moi. J'ai observé son mouvement du coin de l'œil.

— Pourquoi es-tu ici ? a-t-il murmuré.

J'ai regardé son visage. Son expression était douce, gentille, presque comme dans le souvenir de Melanie. Je me suis sentie perdre tout contrôle ; mes lèvres se sont mises à trembler. Garder mes bras croisés nécessitait toute ma volonté. Je brûlais de toucher son visage. Moi, je le voulais. Et Melanie n'appréciait pas.

Si tu ne me laisses pas parler, alors tiens-toi, au moins ! persiflait-elle.

J'essaie ! Je suis désolée. C'était la vérité. Cela lui faisait mal. Nous souffrions toutes les deux – chacune à sa façon. Je ne savais laquelle de nous deux souffrait le plus à cet instant.

Jared me regardait avec curiosité alors que mes yeux s'emplissaient à nouveau de larmes.

— Pourquoi ? a-t-il répété doucement. Jeb prétend que tu es là pour moi et Jamie. C'est de la folie, non ?

Ma bouche s'est entrouverte ; je l'ai refermée aussitôt en me mordant la lèvre.

Jared s'est penché lentement vers moi et a pris mon visage entre ses deux mains. J'ai fermé les yeux.

— Tu ne veux pas me le dire ?

J'ai secoué la tête, une seule fois. Était-ce moi ou Melanie qui disait non ?

Ses mains ont glissé sous ma mâchoire. J'ai ouvert les yeux ; son visage était tout près du mien. Mon cœur s'est affolé, mon estomac s'est noué. J'ai voulu respirer, mais mes poumons ne m'obéissaient plus.

J'ai vu, dans ses yeux, ce qu'il allait faire ; je savais comment il allait s'approcher, je connaissais le goût de ses lèvres. Et pourtant, tout était nouveau pour moi. Une première fois plus marquante que tout le reste… sa bouche contre la mienne.

Je pensais qu'il voulait juste toucher mes lèvres, un doux baiser, mais tout s'est emballé dès que nos peaux sont entrées en contact. Sa bouche s'est faite rude et dure, ses mains ont enserré mon visage pendant que sa bouche remuait mes lèvres d'une façon urgente et étrangère. C'était si différent que dans mon souvenir, tellement plus fort. Ma tête oscillait, prise dans un tourbillon.

Mon corps se révoltait. Je ne maîtrisais plus rien. C'était mon corps qui tenait les rênes. Melanie n'était pas aux commandes non plus. Le corps était plus fort que nous deux. Le monde se réduisait à nos respirations, la mienne haletante, celle de Jared féroce – un feulement de fauve.

Mes bras ont échappé à mon contrôle. Ma main gauche a cherché son visage, sa nuque, mes doigts se sont enfouis dans ses cheveux.

Mais ma main droite a été plus rapide encore. Ma main « étrangère »…

Le poing de Melanie a percuté le maxillaire de Jared, éloignant son visage du mien. Chair contre chair, colère contre désir.

La force n'était pas suffisante pour le repousser bien loin, mais sitôt que nos lèvres n'ont plus été en contact, il s'est reculé, avec un rictus d'horreur devant mon expression tout autant horrifiée.

J'ai regardé fixement ma main refermée en poing, avec dégoût, comme s'il s'agissait d'un scorpion accroché à mon bras. J'ai eu un spasme de répulsion. J'ai serré mon poing dans ma main gauche, ne voulant plus que Melanie utilise mon corps pour accomplir des gestes violents.

J'ai relevé les yeux vers Jared. Il fixait ce poing que je tentais de contenir. Dans son regard, l'horreur a fait place à la surprise. En l'espace de cette seule seconde, j'ai pu lire en lui comme dans un livre ouvert.

Il ne s'attendait pas à ça. Et pourtant, il pensait s'être préparé à toutes les éventualités. Cela faisait peine à voir. C'était un test… Un test qu'il s'imaginait apte à évaluer. Un test dont le résultat lui paraissait écrit d'avance. Il en était certain. Mais il avait été pris de court.

Quel était le verdict ? Avais-je échoué ou réussi ?

La douleur dans ma poitrine n'était pas une surprise. Je savais déjà qu'avoir le « cœur brisé » n'était pas qu'une image.

Entre le combat ou la fuite, le choix était tout trouvé ; ce serait toujours l'évitement. Comme Jared se trouvait entre moi et la sortie du tunnel, j'ai roulé sur moi-même et j'ai plongé dans mon trou encombré de cartons.

Les boîtes se sont écrasées sous mon poids. Je me suis faufilée entre les piles, poussant les colis les plus légers, contournant les plus lourds. J'ai senti sa main sur mon pied, cherchant à m'attraper la cheville. J'ai donné une ruade et fait tomber un autre carton entre nous. Il a poussé un grognement et le désespoir a pris ma gorge dans un étau. Je ne voulais pas lui faire de mal, je ne voulais pas me battre. Tout ce que je voulais, c'était lui échapper.

Je n'ai entendu mes sanglots que lorsque je me suis retrouvée acculée au fond de la cavité. Je me suis arrêtée net. Entendre ma douleur, mon chagrin, me mortifiait.

Je me sentais si humiliée. J'étais horrifiée par mon comportement, par le fait que j'avais laissé la violence s'épanouir dans mon corps, même si je ne l'avais pas désiré. Mais ce n'était pas pour cette raison que je pleurais. Je pleurais parce qu'il s'agissait d'un test et que je n'étais qu'une imbécile, une stupide créature pétrie d'émotions, une sotte, une idiote ! Parce que, dans ma bêtise, j'avais voulu que ce baiser soit pour de vrai…

Melanie se tordait également de douleur. Ces deux souffrances se mêlaient en moi, et toutes mes sensations se brouillaient. J'avais l'impression de vivre une petite mort parce que ce baiser était faux, et elle, elle souffrait parce que ce même baiser avait paru réel. Jamais, malgré tout ce qu'elle avait perdu avec la fin de son monde, Mel ne s'était sentie trahie. Quand son père avait mené les Traqueurs jusqu'à ses enfants, elle avait su que ce n'était plus lui qui était aux commandes. Elle n'avait pas ressenti de trahison, mais du chagrin. Son père était mort. Mais Jared était en vie, et en pleine possession de son esprit…

Personne ne t'a trahie, idiote ! l'ai-je tancée. Je voulais qu'elle cesse de souffrir. Le poids supplémentaire de son chagrin était trop lourd pour moi. Le mien me suffisait amplement.

Comment a-t-il osé ? Comment ? a-t-elle lâché, pleine de colère.

On était en pleurs toutes les deux, inconsolables.

Un mot, un seul, nous a sorties des eaux de l'hystérie.

Jared se tenait dans l'ouverture ; sa voix d'ordinaire grave chevrotait curieusement ; on eût dit la voix d'un enfant :

— Mel ?

30.

La confusion

— Mel? a répété Jared, l'espoir faisant vibrer sa voix malgré lui.

J'ai lâché un sanglot. Le contrecoup.

— Tu sais qu'il était pour toi ce baiser, Mel. Tu le sais. Pas pour… l'autre… pour cette chose. Tu sais bien que ce n'est pas le parasite que j'embrassais.

Le sanglot suivant s'est mué en gémissement. Pourquoi ne pouvais-je me taire? Je tentais de retenir mon souffle, de ne plus respirer.

— Si tu es encore là, Mel… (Il s'est interrompu.)

Melanie détestait ce « si ». Un nouveau sanglot a jailli de mes poumons au moment où j'aspirais une goulée d'air.

— Je t'aime, a-t-il repris. Même si tu n'es plus là, même si tu ne peux pas m'entendre. Je t'aime.

J'ai retenu de nouveau ma respiration, me mordant les lèvres jusqu'au sang. La douleur physique ne suffisait pas à alléger mon tourment.

Tout était silencieux dans le tunnel, puis en moi aussi, cela a été le silence, alors que ma vue se brouillait. Je tendais l'oreille, à l'affût du moindre bruit, tout mon esprit focalisé sur cette quête de son. Mais, bizarrement, il n'y avait rien à entendre.

J'étais dans une position impossible. Tête en bas, le côté droit du visage plaqué contre le sol, les épaules tordues par une boîte écrasée, la droite plus haute que la gauche. Mes hanches formaient un angle oblique et mon mollet gauche était coincé contre le plafond. J'avais des fourmis dans les jambes. J'avais pris des coups dans mon combat avec les cartons et je sentais les hématomes enfler. Il faudrait que je convainque Ian et Jamie que je m'étais fait ça toute seule… Qu'allais-je raconter? Comment leur dire que Jared m'avait fait subir le test du baiser, comme on envoie une décharge électrique dans le cortex d'un rat de laboratoire pour étudier sa réaction?

Combien de temps allais-je devoir rester dans cette position? Je ne voulais pas bouger, de crainte de faire du bruit, mais j'avais l'impression que ma colonne vertébrale allait se briser d'un instant à l'autre. La douleur devenait insupportable. Je n'allais pas pouvoir tenir longtemps. Déjà, un gémissement montait dans ma gorge.

Melanie n'avait rien à me dire. Elle explorait en silence sa fureur et son soulagement. Jared s'était adressé à elle; il avait finalement reconnu son existence. Il lui avait dit qu'il l'aimait. Mais c'était moi qu'il avait embrassée. Il n'y avait aucune offense, s'efforçait-elle de se convaincre. Elle se répétait toutes les bonnes raisons pour lesquelles Jared avait fait ça. Elle essayait mais n'y parvenait pas. J'entendais tous ses tourments; toutefois ses pensées étaient purement réflexives. Elle ne me parlait pas; au sens le plus juvénile du terme, Melanie boudait.

Je lui en voulais, mais pas comme au début, lorsque j'avais peur d'elle et que je souhaitais qu'elle disparût de mon esprit. Non, je me sentais trahie, moi aussi. Comment pouvait-elle être en colère contre moi? Je n'y étais pour rien ! Cela ne tenait pas debout. Si j'étais tombée amoureuse de lui, c'était à cause des souvenirs que Melanie avait mis en moi, c'étaient ses propres souvenirs qui avaient réveillé l'instinct animal de ce corps ! Je regrettais sa souffrance, mais elle se fichait de la mienne. Elle s'en réjouissait même. Sale humaine !

Des larmes, moins nourries cette fois, roulaient en silence sur mes joues. L'hostilité de Melanie à mon égard me fendait le cœur.

Brusquement, la douleur dans mon dos s'est faite insupportable. La goutte d'eau…

Dans un cri, j'ai repoussé les cartons autour de moi.

Peu m'importait le bruit. Je voulais sortir de là. Je me suis juré que, moi vivante, plus jamais je n'entrerais dans ce trou ! Et ce n'était pas un serment en l'air.

C'était plus difficile de s'extirper de cette cavité que d'y entrer ! Je me tortillais, ahanais, ruais, et j'avais l'impression que la situation empirait, que j'étais tordue comme un bretzel. Je me suis remise à pleurer, comme une enfant terrorisée à l'idée de ne plus jamais pouvoir regagner la sortie.

Melanie a poussé un soupir agacé. *Accroche ton pied au rebord de l'ouverture et tire sur ta jambe !*

J'ai ignoré son conseil, trop occupée à passer mon torse autour d'un coin particulièrement pointu. J'avais l'impression d'avoir un couteau planté entre les côtes.

Ne sois pas si têtue ! a-t-elle grommelé.

C'est l'hôpital qui se moque de la charité !

D'accord. Elle a marqué un silence, puis a baissé les armes : *Je suis désolée. Je suis une humaine. Il est parfois difficile d'être juste. Parfois, on perd tout discernement, on réagit mal.* La rancœur était toujours là, mais elle faisait son possible pour pardonner et oublier que je n'avais fait qu'exprimer son amour à elle – c'était, du moins, son interprétation.

J'ai crocheté ma cheville contre le rebord du trou et j'ai tiré de toutes mes forces. Mon genou a rencontré le sol. Je m'en suis servi comme point d'appui pour sortir mes côtes du coin pointu. Cela a été plus facile, alors, d'extirper mon autre pied et de tirer avec les deux jambes. Finalement, mes mains ont trouvé un point d'appui, et j'ai pu me frayer un passage ; comme un fœtus se présentant par le siège, je suis sortie de la cavité, et suis tombée sur le matelas. Je suis restée au sol un moment, face contre terre, haletante. J'étais certaine que Jared était parti depuis longtemps, mais je n'ai pas relevé la tête pour m'en assurer. Je me contentais de respirer, de reprendre des forces.

J'étais seule. J'ai tenté de m'accrocher à cette consolation, d'oublier le chagrin de savoir Jared parti. Il valait mieux être seule. C'était moins humiliant.

Je me suis recroquevillée sur la paillasse, enfouissant mon visage dans le tissu. Je n'avais pas sommeil. J'étais juste épuisée. Le rejet de Jared, sa répulsion à mon égard étaient un poids si lourd à porter. J'ai fermé les yeux, tentant de penser à des choses qui ne me feraient pas monter les larmes aux yeux. N'importe quoi, plutôt que l'air effrayé de Jared quand il s'était écarté de moi.

Où était Jamie ? Savait-il où je me trouvais ? Était-il à ma recherche ? Ian devait dormir à l'heure qu'il était, il paraissait si fatigué. Kyle allait-il s'éveiller bientôt ? Allait-il se mettre à ma recherche ? Où était Jeb ? Je ne l'avais pas vu de la journée. Doc s'était-il réellement soûlé à mort ? Cela lui ressemblait si peu…

Je me suis réveillée lentement, mon estomac criant famine. Je suis restée étendue dans l'obscurité pendant quelques minutes, le temps de reprendre mes esprits. Était-ce la nuit ? Le jour ? Combien de temps avais-je dormi ?

Mon estomac m'intimait de bouger… Je me suis mise sur mes genoux. J'avais dû dormir un long moment pour être ainsi affamée – sauter un ou deux repas.

Peut-être y avait-il quelque chose à manger dans les réserves ? J'avais éventré une bonne partie des cartons, peut-être détruit le contenu de quelques-uns… J'avais causé assez de dégâts comme ça, inutile de jouer à présent les voleuses. Je préférais plutôt aller glaner quelques morceaux de pain en cuisine.

Je me sentais blessée aussi, en plus de mes héma-tomes… J'étais restée tout ce temps ici et personne ne s'était soucié de mon sort. Quelle pensée stupide ! Quelle fatuité ! Pourquoi quelqu'un se serait-il inquiété pour moi ? J'ai donc été soulagée et émue de trouver Jamie à la sortie du tunnel, dos à la grande caverne et à ses compagnons ; il m'attendait.

Mes yeux se sont illuminés ; les siens aussi. Il a bondi sur ses pieds, le visage rayonnant de joie et de soulagement.

— Tu vas bien ! a-t-il lancé. (J'espérais qu'il ne se trompait pas ; puis il est devenu un vrai moulin à paroles.) Ce n'est pas que je croyais que Jared avait menti, mais il a dit que tu préférais être seule ; et Jeb m'a interdit d'aller te voir ! Il m'a dit que je devais res-ter ici, là où il pouvait me voir et s'assurer que je ne tentais pas de filer pour te rejoindre ; mais quand même, même si je ne pensais pas que tu étais blessée ni rien, je voulais en être certain, tu comprends…

— Je vais bien, lui ai-je dit, mais j'ai tendu les mains vers lui, avide de réconfort.

Il s'est jeté contre moi et a refermé ses bras autour de ma taille ; à ma surprise, il pouvait poser sa tête sur mon épaule.

— Tu as les yeux rouges, a-t-il murmuré. Il a été méchant avec toi ?

— Non. (Après tout, les humains n'étaient pas volontairement cruels avec les rats de laboratoire. Ils cherchaient juste des informations.)

— J'ignore ce que tu lui as dit, mais je pense qu'il te croit à présent. À propos de Mel, je veux dire... Comment va-t-elle ?

— Cette nouvelle lui fait plaisir.

Il a hoché la tête, satisfait.

— Et toi ?

J'ai hésité un moment, cherchant à rester positive.

— Dire la vérité est pour moi plus facile que la cacher.

Cette réponse a semblé le satisfaire.

Derrière lui, la lumière dans le potager était rouge et faiblissante. Le soleil se couchait donc sur le désert.

— J'ai faim, ai-je dit en m'écartant.

— Je m'en doutais. Je t'ai gardé quelque chose de bon.

J'ai poussé un soupir.

— Du pain suffira.

— Allez, viens ! Ian dit que tu te sacrifies trop et que ça ne te rapporte rien de bon.

Je l'ai regardé, interloquée.

— Je crois qu'il a raison, a murmuré Jamie. Même si tu étais pour tous la bienvenue ici, c'est à toi de t'intégrer au groupe, à toi de décider d'être des nôtres.

— Jamais je ne serai des vôtres. Et je ne suis la bienvenue pour personne.

— Pour moi, si.

Je ne voulais pas batailler avec lui ; il croyait sincèrement à ses paroles, mais il se trompait. Ce qu'il voulait vraiment, c'était Melanie. Il ne parvenait pas à faire la distinction entre elle et moi. Ce qui était une erreur.

Trudy et Heidi faisaient cuire du pain dans la cuisine et partageaient une pomme juteuse d'un vert lumineux. Elles mordaient dans le fruit tour à tour.

— Ravie de te revoir ! a lancé Trudy, l'air sincère, en portant la main à ses lèvres pour finir sa bouchée.

Heidi m'a saluée d'un mouvement de tête, les dents plantées dans la pomme. Jamie m'a donné un coup de coude, d'un air innocent, pour me montrer que les gens m'aimaient bien. Qu'il s'agît d'une simple politesse ne lui effleurait pas l'esprit.

— Tu lui as gardé un repas ? a-t-il demandé.

— Bien sûr, a répondu Trudy. (Elle s'est penchée sous le four et s'est relevée avec un plateau dans les mains.) Je l'ai gardé au chaud. Ce doit être tout dur maintenant, mais ça reste mieux que le quotidien.

Sur le plateau, il y avait un grand morceau de viande rouge. L'eau m'est montée à la bouche ; la portion était gargantuesque.

— C'est bien trop…

— Il faut manger tout ce qui est périssable le premier jour, m'a encouragée Jamie. Tout le monde s'empiffre jusqu'à se rendre malade, c'est une tradition.

— Tu as besoin de protéines, a ajouté Trudy. On est à l'eau et au pain sec depuis trop longtemps ; je m'étonne, d'ailleurs, que personne ne soit tombé malade.

J'ai mangé ma portion de viande sous le regard de Jamie qui épiait mes gestes comme un faucon, s'assurant que je ne laissais rien. J'ai vidé mon assiette pour lui faire plaisir, même si mon estomac était sur le point d'exploser.

La cuisine s'était emplie à nouveau. Quelques personnes avaient des pommes dans les mains, tout le monde partageait les victuailles. Des regards curieux se sont posés sur l'ecchymose sur le côté de mon visage.

— Pourquoi y a-t-il tout ce monde ? ai-je demandé à voix basse. (Il faisait nuit dehors, l'heure du dîner était passée depuis longtemps.)

Jamie m'a regardée une seconde.

— Pour t'écouter. Suivre tes cours... (À son ton, c'était une évidence.)

— Tu plaisantes ?

— Je t'ai dit que ce serait comme avant.

J'ai jeté un regard circulaire dans la longue pièce. Tout le monde n'était pas présent. Pas de Doc, ce soir, et aucun des membres de l'expédition de ravitaillement, et, par conséquent, pas de Paige non plus. Jeb, Ian, Walter étaient absents aussi. D'autres manquaient à l'appel : Travis, Carol, Ruth Ann. Mais ils étaient plus nombreux que je l'aurais imaginé après une journée aussi étrange.

— On peut revenir aux Dauphins, là où on en était ? a demandé Wes, interrompant mon décompte de l'auditoire. (Il était évident qu'il avait fait l'effort d'« ouvrir le bal », mais qu'il n'était que moyennement intéressé par les liens familiaux complexes que tissait cette espèce d'une planète lointaine.)

Tout le monde me regardait. Apparemment, la vie avait moins changé que je ne le croyais.

J'ai pris le plateau de pain que portait Heidi et je l'ai glissé dans le four, derrière moi. J'ai commencé à parler en leur tournant le dos.

— Hum... Où en étions-nous ? Ah oui, les trois grands-parents restants... Ils servent, par tradition, la communauté, la famille comme ils la conçoivent. L'équivalent sur Terre serait les travailleurs, ceux qui rapportent le pain, assurent la survie matérielle de la famille. Ce sont, pour la plupart, des fermiers. Ils cultivent une sorte de plante dont ils extraient la sève.

Et la vie a repris son cours.

Jamie a tenté de me convaincre de ne pas dormir dans le tunnel des réserves, mais il n'y croyait pas lui-même. Il n'y avait pas d'autre place pour moi, telle était la vérité. Avec son entêtement habituel, il a insisté pour dormir avec moi. Jared n'a sans doute pas apprécié, mais je ne l'ai pas vu cette nuit-là, ni la suivante.

C'était bizarre… Reprendre les corvées habituelles avec ces six hommes rentrés d'expédition. J'avais l'impression d'être revenue au début de mon séjour ici, lorsque Jeb avait imposé ma présence aux autres. Des regards hostiles, des silences ténébreux. C'était plus dur pour eux que pour moi, parce que moi, j'avais déjà vécu ça. Tandis qu'eux étaient surpris par la façon dont tous les autres me traitaient, ils tombaient des nues : par exemple, quand j'ai apporté un seau d'eau fraîche pour tous ceux qui travaillaient sur la parcelle de maïs. Andy a roulé des yeux incrédules lorsqu'il a entendu Lily me remercier. Ou encore quand j'attendais mon tour pour la salle de bains avec Trudy et Heidi et que Heidi jouait avec mes cheveux qui me tombaient sur les yeux. Je comptais les couper, mais Heidi voulait me trouver une coiffure, et elle relevait çà et là une mèche. Brandt et Aaron – Aaron était l'aîné sur l'expédition ; j'ignorais jusqu'à son existence avant son retour – étaient sortis de la salle de bains et nous avaient trouvées là, Trudy riant aux éclats en voyant Heidi me confectionner une choucroute hideuse. Les deux hommes avaient verdi dans l'instant et étaient passés devant nous les mâchoires crispées.

Certes, c'étaient des peccadilles, comparées à l'attitude de Kyle… Kyle qui rôdait ; même s'il avait, à l'évidence, l'ordre de me laisser tranquille, son air mauvais laissait deviner ses envies de meurtre. J'étais toujours accompagnée lorsque je le croisais. Était-ce pour cette raison qu'il s'était contenté de me lancer un regard assas-

sin, en serrant les poings de rage ? Cela ravivait mes terreurs des premiers jours. J'aurais pu y succomber, me
terrer de nouveau, éviter toutes les salles communes,
raser les murs, mais le deuxième soir, j'ai appris une
nouvelle qui a relégué au second plan mon inquiétude
quant aux pulsions meurtrières de Kyle.

Pour mon deuxième cours, ce soir-là, la cuisine était
pleine de nouveaux. Étaient-ce mes histoires qui avaient
attiré ces gens ou les barres de chocolat que Jeb distri-
buait ? J'ai décliné l'offre du patriarche, expliquant à
Jamie que je ne pouvais mastiquer et parler en même
temps ; j'étais presque certaine qu'il allait en mettre de
côté pour moi, têtu comme il était. Ian était de retour,
à sa place habituelle, près du four. Andy était là aussi,
l'air méfiant, à côté de Paige. Aucun autre membre
de l'expédition n'était présent ; pas trace de Jared évidemment. Doc non plus n'était pas là. Était-il toujours
soûl, ou terrassé par une belle gueule de bois ? Ce soir
encore, Walter était absent.

Geoffrey, le mari de Trudy, m'a posé des questions
pour la première fois. J'étais ravie de constater – même
si j'ai fait mon possible pour ne rien laisser paraître –
qu'il avait rejoint les rangs des humains tolérant ma
présence. Mais j'ai eu du mal à répondre à ses questions ; elles étaient aussi délicates que celles de Doc.

— Je ne sais pas grand-chose des Soigneurs, Geoffrey, ai-je avoué. Je ne suis jamais allée voir un Soigneur depuis mon… arrivée. Je n'ai jamais été malade.
Tout ce que je sais, c'est que nous optons pour une planète uniquement si nous sommes en mesure de maintenir nos hôtes en parfaite santé. On doit être capables de
tout soigner – de la simple coupure à une fracture ou
encore une maladie quelconque. La vieillesse est désormais la seule cause de mortalité. Un corps humain,

même parfaitement entretenu, ne peut durer indéfiniment. Il peut aussi survenir des accidents, mais ce doit être assez rare. Les âmes sont, par nature, prudentes.

— Prudentes ou pas, elles peuvent toujours tomber sur des humains armés ! a marmonné quelqu'un. (J'étais occupée à retourner les pains, alors je n'ai pas reconnu la voix dans mon dos.)

— C'est vrai, ai-je répondu d'un ton égal.

— Alors tu ne sais pas ce qu'ils utilisent pour soigner les maladies, a insisté Geoffrey. Quelles sortes de médicaments ?

J'ai secoué la tête.

— Je regrette. Je ne sais pas. Je ne m'y suis pas intéressée quand j'avais accès à l'information. Je croyais que ce genre de choses allait de soi. La bonne santé était garantie sur toutes les autres planètes où j'avais vécu jusqu'alors.

Les joues de Geoffrey se sont empourprées. Il a baissé la tête avec une moue de colère. Qu'avais-je dit de mal ?

Heath, assis à côté de Geoffrey, lui a tapoté le bras. Un silence épais régnait dans la salle.

— Heu… et pour les Vautours ? a articulé Ian, avec un effort évident pour changer de sujet. Je ne sais pas si j'ai raté cette partie, mais je ne me souviens pas que tu aies expliqué en quoi ils étaient « malveillants ».

Je ne l'avais effectivement pas dit, mais j'étais certaine qu'il s'en contrefichait. C'était juste la première question qui lui était venue à l'esprit.

Mon « cours » s'est terminé plus tôt que d'habitude. Les questions étaient lentes à venir, et la plupart du temps elles émanaient de Jamie et de Ian. Les questions de Geoffrey avaient assombri l'atmosphère.

— On doit se lever tôt demain, on a les pieds de maïs à arracher, a déclaré Jeb après un autre long silence.

Ces mots ont donné le signal du départ. Les gens se sont levés de leurs sièges et étirés, en parlant à voix basse. Mais ce n'étaient pas les bavardages habituels.

— Qu'est-ce que j'ai dit de mal ? ai-je demandé à Ian.

— Rien. C'est juste qu'ils pensent beaucoup à la mort en ce moment, a-t-il répondu en soupirant.

Mon esprit humain a fait un saut entre deux zones cognitives, ce que les Hommes appellent une « intuition ».

— Où est Walter ? ai-je soufflé.

Ian a encore soupiré.

— À l'infirmerie. Il est au plus mal.

— Pourquoi personne ne me l'a dit ?

— Les choses ont été assez difficiles pour toi dernièrement, alors…

J'ai secoué la tête avec agacement.

— Qu'est-ce qu'il a ?

Jamie s'était approché de moi. Il m'a pris la main.

— Walter s'est brisé des os. Ils sont si fragiles…, m'a-t-il répondu à voix basse. Doc dit que c'est le cancer. Il est au stade terminal.

— Cela doit faire longtemps qu'il souffre, mais il n'a rien dit, a ajouté Ian.

J'ai tressailli.

— On ne peut rien faire ? Rien du tout ?

Ian a secoué la tête, en gardant ses yeux brillants rivés sur les miens.

— Pas chez nous. Même si nous n'étions pas coincés ici, personne ne pourrait rien pour lui. On n'a jamais su soigner ce genre de cancer.

Je me suis mordu la lèvre pour m'empêcher de dire l'idée qui me traversait l'esprit. Bien sûr… il n'y avait rien à faire pour Walter. Ces humains préféraient mourir après une lente et douloureuse agonie plutôt que de troquer leur esprit contre une panacée. Maintenant, je le savais…

— Il t'a réclamée, a poursuivi Ian. Du moins, il a dit ton prénom, plusieurs fois. C'est difficile de savoir ce qu'il voulait. Doc le garde soûl pour atténuer la douleur.

— Doc s'en veut d'avoir bu autant d'alcool juste avant, a ajouté Jamie. Mais il ne pouvait pas savoir…

— J'aimerais voir Walter. À moins que cela n'embête les autres…

Ian a froncé les sourcils et poussé un grognement.

— C'est sûr que ça va faire des mécontents. (Il a secoué la tête.) Mais tant pis. Si ce sont les dernières volontés de Walt…

— Tu as raison, ai-je bredouillé. (« Les dernières volontés de Walt »… j'en avais les larmes aux yeux.) Si c'est ce que veut Walt, alors peu importe ce qu'en pensent les autres, même si ça les rend furieux…

— Ne t'inquiète pas. Je ne laisserai personne t'embêter, a répondu Ian en serrant les dents.

Tout à coup, l'impatience m'a gagnée. S'il y avait eu une horloge, j'aurais regardé l'heure qu'il était. Le temps n'avait guère de signification sous terre, mais, soudain, j'avais la sensation que chaque seconde comptait.

— Il est trop tard pour y aller tout de suite ? Tu crois qu'on va le réveiller ?

— Il ne dort pas bien. Allons-y, on verra bien.

Je me suis mise aussitôt en route, tirant Jamie par la main. Le temps filait comme de l'eau, une eau vive et implacable… Je pressais l'allure. Ian m'a rattrapée sans trop de difficultés, avec ses grandes jambes.

Il y avait du monde dans la grande salle baignée par le clair de lune. J'étais si souvent en compagnie de Ian et de Jamie que personne n'a fait attention à nous.

Personne sauf Kyle. Il s'est figé quand il a vu son frère à côté de moi. Et quand il a remarqué la main de Jamie glissée dans la mienne, il a eu une grimace de dégoût.

Ian a encaissé la réaction de son frère et lui a retourné la même mimique et, ostensiblement, il a pris mon autre main. Kyle a fait semblant d'avoir un spasme, comme s'il était sur le point de vomir, et nous a tourné le dos.

Une fois dans les ténèbres du tunnel sud, j'ai voulu lâcher la main de Ian, mais il tenait bon.

— Tu n'aurais pas dû le narguer, ai-je murmuré.

— Kyle a tort. Être dans l'erreur est une habitude chez lui. Il lui faudra plus de temps que les autres pour se rendre à l'évidence, mais cela ne lui donne pas droit, pour autant, à un traitement de faveur.

— Il me fait peur. Il est inutile de lui fournir de nouvelles raisons de me haïr.

Ian et Jamie m'ont serré la main plus fort. Ils ont parlé en même temps.

Jamie : « N'aie pas peur. » Ian : « Les ordres de Jeb sont limpides. »

— Quels ordres ?

— Si Kyle ne veut pas suivre les règles, il sera banni, a répondu l'adulte.

— Mais ce n'est pas juste. C'est chez lui, ici.

Ian a grogné.

— S'il veut continuer à vivre dans cette communauté, il doit apprendre à mettre de l'eau dans son vin.

Nous sommes restés silencieux tout le reste du trajet. Je me sentais coupable… Toujours le même cocktail émotionnel : culpabilité, peur et chagrin. Pourquoi étais-je venue ici ?

Parce que c'est là ta place, contre toute attente, a murmuré Melanie. Elle sentait la chaleur des mains de Jamie et de Ian refermées sur les miennes, leurs doigts entrelacés avec les miens. *Nulle part ailleurs tu ne recevrais ça…*

Nulle part, ai-je reconnu, me sentant encore plus déprimée. *Mais ce n'est pas chez moi pour autant. À l'inverse de toi, je reste une étrangère.*

Ils ne peuvent avoir l'une sans l'autre. Il leur faut prendre le lot.

Inutile de me le rappeler…

J'étais un peu surprise de l'entendre si clairement. Elle s'était faite si discrète ces deux derniers jours, toute recueillie, recluse dans l'attente et l'espoir de revoir Jared. Comme moi, finalement…

Peut-être est-il avec Walter ? Peut-être est-ce là qu'il est depuis son retour ? a songé Melanie avec ardeur.

Ce n'est pas pour cette raison que nous allons rendre visite à Walter.

Bien sûr que non. Je percevais sa contrition, mais il était évident que Walter comptait moins à ses yeux qu'aux miens. Naturellement, elle était triste qu'il se meure, mais elle avait accepté cette issue. Pas moi… Walter était mon ami, pas celui de Melanie. Il était l'un de mes rares alliés ici.

L'infirmerie était éclairée par l'une de ces lampes bleues qui m'avaient paru si mystérieuses à mon arrivée. (Je savais à présent qu'elles fonctionnaient avec des capteurs solaires ; on les déposait, la journée, dans un coin ensoleillé pour les recharger.) Par réflexe, on a tous ralenti le pas, pour nous approcher lentement du seuil. Je détestais cette pièce. Dans ce clair-obscur, hantée par ces étranges ombres bleues, cette salle était encore plus inquiétante. Il y régnait une odeur nouvelle – un mélange de pourriture, d'alcool et de vomi.

Deux des lits étaient occupés. Les pieds de Doc dépassaient de l'un ; j'ai reconnu aussitôt ses ronflements. Sur l'autre lit, squelette vivant, Walter nous observait.

— Tu te sens d'avoir de la visite, Walt? a murmuré Ian.

Walter a acquiescé dans un gémissement; ses lèvres étaient affaissées sur son visage creusé, et sa peau avait un éclat cireux dans la pénombre.

— Tu as besoin de quelque chose? ai-je chuchoté. (J'ai lâché Ian et Jamie; mes mains sont restées en suspens, indécises, devant le moribond.)

Ses yeux sondaient l'obscurité. J'ai fait un pas vers lui.

— Je peux faire quelque chose pour toi?

Ses yeux ont enfin trouvé mon visage. Ses prunelles, malgré les vapeurs éthyliques et la douleur, se sont rivées sur les miennes.

— Te voilà enfin, a-t-il articulé. (Sa voix était un souffle sifflant.) Je savais que tu viendrais si je tenais le coup suffisamment longtemps. Oh, j'ai tellement de choses à te dire, Gladys.

31.

La veillée

Passé le premier instant de surprise, je me suis retournée pour voir s'il y avait quelqu'un derrière moi.

— Gladys était sa femme, a murmuré Jamie de façon quasi inaudible. Elle a été prise par les parasites.

— Gladys, a repris Walter, ne prêtant pas attention à ma réaction. Qui aurait cru que j'aurais un cancer ? Quels étaient les risques ? Jamais été malade de ma vie… (Sa voix s'est éteinte mais ses lèvres ont continué à bouger. Il était trop faible pour lever la main ; ses doigts glissaient sur les draps, vers le bord du matelas – vers moi.)

Ian m'a fait signe d'avancer.

— Qu'est-ce que je fais ? ai-je soufflé. (La transpiration qui perlait sur mon front était sans lien avec la touffeur de l'air.)

— … Grand-père est mort centenaire, marmonnait Walter, d'une voix de nouveau audible. Personne n'a jamais eu de cancer dans ma famille, pas même des cousins. Ce n'est pas ta tante Regan qui a eu un cancer de la peau ?

Il me regardait avec intensité et bienveillance, attendant une confirmation. Ian m'a donné une petite pichenette dans le dos.

— Heu…

— À moins que ce ne soit la tante de Bill…

J'ai jeté un regard paniqué vers Ian, qui m'a répondu d'un haussement d'épaules.

— Au secours ! ai-je articulé en silence.

Il m'a fait signe de prendre les doigts tremblants de Walter.

La peau du malade était du parchemin translucide. Je voyais ses veines bleues battre sous sa peau. J'ai soulevé sa main doucement, me rappelant que ses os étaient fragiles comme du verre. Ils étaient bien trop légers aussi, comme s'ils étaient creux.

— Ah, Gladys… Cela a été dur sans toi. C'est un bon endroit, ici. Tu vas t'y plaire, même après ma mort. Il y a plein de gens à qui parler ; je sais que tu aimes avoir de la compagnie… (Sa voix s'est éteinte de nouveau, et ses lèvres ont continué à se mouvoir en silence, formant des mots pour sa femme ; ses yeux se sont fermés et sa tête a basculé sur le côté. Il lui parlait encore.)

Avec une serviette, Ian a essuyé le visage luisant de Walter.

— Je ne suis pas très bonne pour… jouer la comédie, ai-je chuchoté à Ian, en surveillant les soliloques silencieux de Walter pour être sûre qu'il ne m'entendait pas. Je ne veux pas lui faire de la peine.

— Ne dis rien. Laisse-le parler. Il n'est pas assez lucide pour s'en rendre compte.

— Je lui ressemble ?

— Pas du tout. Je l'ai vue en photo. C'était une rousse potelée.

— Laisse, je vais le faire, ai-je dit en prenant la serviette pour éponger le front de Walter. (M'occuper les mains m'apaisait toujours l'esprit.)

Walter continuait à marmonner. J'ai cru l'entendre dire :

— Merci, Gladys, c'est gentil.

Je n'avais pas remarqué que les ronflements de Doc avaient cessé. J'ai sursauté en entendant sa voix familière juste derrière moi.

— Comment va-t-il ?

— Il délire, a répondu Ian. C'est le cognac ou la douleur ?

— La douleur, je dirais. Je donnerais mon bras droit pour avoir de la morphine ici.

— Va savoir, Jared fera peut-être un nouveau miracle ? a suggéré Ian.

— Peut-être, a soupiré Doc.

Je continuais d'éponger le visage cireux de Walter, tendant l'oreille, mais les deux hommes n'ont plus fait allusion à Jared.

Il n'est pas ici ! a murmuré Melanie.

Oui. Il est parti chercher de quoi soulager Walter.

Tout seul !

J'ai songé à notre dernière rencontre. Le baiser, le test… *Il a sans doute voulu prendre du recul, pour faire le point.*

J'espère qu'il n'est pas parti se convaincre à nouveau que tu es une Traqueuse ayant des talents d'actrice !

C'est toujours une éventualité.

Melanie a poussé un gémissement silencieux.

Ian et Doc bavardaient à voix basse ; pour l'essentiel, Ian tenait celui-ci informé des derniers événements.

— Qu'est-il arrivé à Gaby ? Son visage ? a murmuré Doc.

— Comme d'habitude, a répondu Ian avec raideur.

Doc a poussé un grognement agacé.

Ian lui a raconté mon dernier cours et les questions de Geoffrey.

— C'est dommage, effectivement, que Melanie n'ait pas été habitée par un Soigneur, a lâché Doc.

J'ai chancelé sous le choc, mais je leur tournais le dos. Sans doute ne s'étaient-ils aperçus de rien.

— On peut s'estimer heureux qu'il s'agisse de Gaby, a murmuré Ian pour ma défense. Elle seule…

— Je sais, l'a interrompu Doc, de bonne grâce comme à son habitude. J'aurais dû dire : c'est dommage que Gaby ne se soit pas intéressée à la médecine.

— Je suis désolée, ai-je chuchoté. (J'avais, jusqu'à présent, profité des bienfaits de la bonne santé sans me poser de questions.)

Ian a posé sa main sur mon épaule.

— Tu n'as rien à te reprocher.

Jamie était bien silencieux. Je me suis retournée et l'ai aperçu, endormi sur le lit de Doc.

— Il est tard, a précisé Doc. Walt ne va aller nulle part cette nuit. Allez donc prendre un peu de repos.

— On va revenir, a promis Ian. Dis-nous si tu as besoin de quelque chose, pour Walter ou pour toi.

J'ai reposé la main du malade en la tapotant douce-ment. Il a ouvert les yeux d'un coup, et m'a regardée avec une nouvelle intensité.

— Tu t'en vas ? a-t-il soufflé. Tu dois vraiment par-tir ? Déjà ?

J'ai repris sa main.

— Non, rien ne presse.

Il a souri et fermé les yeux de nouveau. Ses doigts se sont rivés aux miens avec une force fragile.

Ian a lâché un soupir.

— Tu peux y aller si tu veux, lui ai-je dit. Cela ne me dérange pas. Ramène aussi Jamie dans sa chambre. Je vais rester ici…

— Attends, a répondu Ian en jetant un regard circu-laire dans la pièce.

Il a pris le lit de camp à côté de lui et l'a approché du lit de Walter. J'ai soulevé mon bras, sans lâcher la main de Walter, pour que Ian puisse installer les deux sommiers côte à côte. Puis il m'a soulevée de terre, comme si je ne pesais pas plus lourd qu'une plume, et m'a déposée sur le matelas. J'en ai eu le souffle coupé ; je ne m'attendais pas à ce que Ian me touche ainsi, avec naturel, comme si j'étais une humaine.

Et pendant tout ce temps, Walter ne m'avait pas quittée des yeux.

Ian a désigné du menton ma main dans celle de Walter.

— Tu penses pouvoir dormir comme ça ?

— Oui. Sans problème.

— Dors bien alors. (Il m'a souri, puis il a pris Jamie dans ses bras.) Allons-y, gamin.

J'ai entendu ses pas s'éloigner dans le couloir.

Doc a bâillé et s'est assis derrière son bureau, confectionné avec des caisses et une porte d'aluminium ; il avait pris la lampe avec lui. Le visage de Walter était dans l'ombre et cela me rendait nerveuse. C'était comme s'il était déjà parti dans l'Autre-Monde. Je tentais de me rassurer au contact de ses doigts mêlés aux miens.

Doc a consulté des documents en fredonnant doucement. Je me suis laissé bercer par ces sons.

Au matin, Walter m'a reconnue.

Il ne s'est réveillé que lorsque Ian est venu me chercher ; il fallait arracher les pieds de maïs dans la parcelle est. J'ai promis à Doc de lui rapporter un petit déjeuner avant de me rendre au travail. En tout dernier, j'ai détaché mes doigts engourdis de ceux de Walter.

Le vieil homme a alors ouvert les yeux.

— Gaby, a-t-il murmuré.

— Walter ? (J'ignorais s'il m'avait vraiment reconnue, ou s'il se souvenait des événements de la veille.

Sa main happait l'air vide ; je lui ai alors tendu ma main gauche, celle dans laquelle le sang circulait encore.)

— Tu es venue me voir. C'est gentil. Je sais que… maintenant que les autres sont de retour… que ce doit être dur pour toi… Oh !… ton visage…

Il semblait avoir du mal à bouger les lèvres pour parler, et son regard allait et venait entre moi et le néant. Comment, dans son état, pouvait-il se soucier de mon sort ?

— Tout va bien, Walter. Et toi, comment te sens-tu ?

— Ah ! a-t-il lâché dans une plainte. Couci-couça… Doc ?

— Je suis là.

— Il te reste quelque chose à boire ?

— Bien sûr.

Doc était déjà prêt. Il a porté un verre aux lèvres de Walter et a versé lentement le liquide brun dans sa bouche. Walter a grimacé à chaque goulée qui lui brûlait la gorge. Quelques gouttes ont roulé sur son menton et sont tombées sur son oreiller. L'odeur m'a piqué les narines.

— Ça va mieux ? a demandé Doc après avoir vidé le verre dans le gosier du vieil homme.

Walter a grogné. Ce n'était pas un oui. Il a fermé les yeux.

— Encore ? a demandé Doc.

Walter a grimacé et a lâché une plainte.

— Que fait Jared ? a grommelé Doc en sourdine.

Je me suis raidie en entendant son nom. Melanie s'est agitée puis a replongé dans les profondeurs de mon esprit.

Le visage de Walter s'est affaissé. Sa tête a basculé en arrière.

— Walter ? ai-je murmuré.

— La douleur est si forte qu'il s'est évanoui. Laissons-le tranquille, a répondu Doc.

J'avais un nœud dans la gorge.

— Qu'est-ce que je peux faire ?

La voix de Doc était sans espoir.

— Comme moi... c'est-à-dire rien. Je ne sers absolument à rien.

— Ne dis pas ça, Doc, a murmuré Ian. Ce n'est pas ta faute. Le monde n'est plus ce qu'il était. Personne ne s'attend à ce que tu fasses des miracles.

Je me suis voûtée. Non, leur monde n'était plus le même.

Un doigt a tapoté mon bras.

— Allons-y, a chuchoté Ian.

J'ai acquiescé et j'ai lâché la main de Walter. Le vieil homme a ouvert les yeux, un regard aveugle.

— Gladys ? Tu es là ?

— Oui, je suis là, ai-je répondu, ne sachant que faire, tandis que ses doigts s'accrochaient à nouveau aux miens.

Ian a haussé les épaules.

— Je vais vous chercher à manger... pour tous les deux...

Et il est parti ; j'ai attendu, de plus en plus troublée par la confusion de Walter. Il ne cessait de répéter : « Gladys... Gladys... » mais il n'en demandait pas plus, ce qui m'allait très bien. Au bout d'une demi-heure, je n'en pouvais plus d'attendre. Je sondais le silence dans le tunnel, impatiente d'entendre les pas de Ian. Pourquoi mettait-il autant de temps ?

Doc était à son bureau, le regard vague, les épaules basses.

Enfin j'ai entendu quelque chose... Ce n'était pas des bruits de pas.

— Qu'est-ce que c'est? ai-je demandé à Doc dans un souffle. (Walter était de nouveau silencieux. Peut-être avait-il perdu connaissance? Je ne voulais pas le réveiller.)

Doc a tourné la tête vers moi, tendant l'oreille.

C'était un bruit bizarre. Une trépidation, une pulsation rapide. Elle a grandi un moment, puis s'est évanouie.

— C'est étrange, a lâché Doc. On dirait un... (Il s'est interrompu, les sourcils froncés.)

Nous sommes restés immobiles, aux aguets. C'est pourquoi nous avons perçu les bruits de pas alors qu'ils étaient encore loin. Mais ce n'étaient pas les pas réguliers que j'espérais. C'étaient des pas rapides... précipités... quelqu'un qui courait.

Doc a senti tout de suite qu'il y avait un problème. Il est sorti dans le couloir pour aller à la rencontre de Ian. J'aurais aimé savoir ce qui se passait, mais je ne voulais pas réveiller Walter en retirant ma main trop vivement. J'ai tendu l'oreille.

— Brandt, c'est toi? a lâché Doc sous le coup de la surprise.

— Où il est? Où il est? demandait l'autre, à bout de souffle. (Les bruits de pas ont repris, un peu moins impatients.)

— De quoi parles-tu? a lancé Doc.

— Le mille-pattes! Où il est? a lancé Brandt dans un sifflement, au moment de pénétrer dans la pièce.

Brandt n'était pas une armoire à glace comme Kyle ou Ian. Il n'avait que dix centimètres de plus que moi, mais il était trapu comme un rhinocéros. Il a balayé la salle du regard; ses petits yeux perçants se sont arrêtés sur mon visage, puis sur la forme endormie de Walter, pour revenir finalement sur moi, comme deux tisons ardents.

Doc a arrêté Brandt in extremis, au moment où il allait charger, en posant ses doigts fins sur son épaule massive.

— Quelle mouche te pique ?

Avant que Brandt ne réponde, le son étrange est revenu, faible puis assourdissant, puis faible à nouveau. Nous sommes tous restés figés de stupeur. Les pulsations, à leur paroxysme, se chevauchaient dans un staccato qui secouait l'air.

— Qu'est-ce que c'est ? a demandé Doc d'une voix blanche. Un hélicoptère ?

— Oui, a soufflé Brandt. C'est la Traqueuse… Celle de l'autre fois, celle qui cherchait le mille-pattes. (Il m'a désignée d'un coup de menton.)

Ma gorge s'est nouée dans l'instant. Ma trachée était si serrée que je n'arrivais plus à respirer. L'air me manquait. Tout s'est mis à tourner.

Non. Pas ça ! Pas maintenant !

Pourquoi fait-elle du zèle, celle-là ? a pesté Mel. *Pourquoi ne nous fiche-t-elle pas la paix ?*

On ne peut pas la laisser faire. Il faut les protéger !

Mais comment ? Comment l'arrêter ?

Je ne sais pas. Tout est ma faute !

C'est la mienne aussi, Gaby. Nous sommes toutes les deux responsables.

— Tu en es sûr ? a demandé Doc.

— Kyle l'a observée aux jumelles, quand elle était en vol stationnaire. C'est bien la même que l'autre fois.

— Elle nous a repérés ? a demandé Doc avec horreur. (Il s'est tourné en sursaut vers la sortie.) Où est Sharon ?

Brandt a secoué la tête.

— Non. C'était juste un vol de reconnaissance. L'hélico est parti de Picacho Peak, puis a sillonné le coin, secteur par secteur. Elle a survolé à plusieurs reprises l'endroit où l'on a abandonné la voiture.

— Où est Sharon ? a répété Doc.

— Elle est avec les gosses et Lucina. Ils vont bien. Les garçons ont fait leurs sacs au cas où il faudrait évacuer cette nuit. Mais Jeb dit que c'est peu probable.

Doc a lâché un soupir puis a marché jusqu'à son bureau. Il s'est appuyé, les épaules voûtées, comme s'il était essoufflé après une longue course.

— Alors, il y a plus de peur que de mal, finalement.

— Exact. Mais il va falloir se montrer discrets pendant quelques jours. (Brandt me jetait des regards furtifs tout en scrutant la pièce.) Tu n'as pas une corde quelque part ? (Il a soulevé un pan de drap dépassant d'un lit, songeur.)

— Une corde ? a répété Doc.

— Pour le mille-pattes. C'est Kyle qui m'envoie. Il faut l'attacher.

Je me suis contractée par réflexe ; mes mains ont serré les doigts de Walter et le moribond a gémi. Je me suis efforcée de les relâcher, tout en surveillant Brandt. Il attendait la réponse de Doc.

— Tu es venu attacher Gaby ? a répété Doc d'un ton glacial. Et en quoi ce serait nécessaire ?

— Allez, Doc. Ne sois pas idiot. Tu as de gros puits de lumière ici et tout un tas d'instruments en Inox. (Brandt a désigné une armoire métallique.) Dès que tu auras le dos tourné, le parasite va faire des signaux à la Traqueuse.

J'ai hoqueté de stupeur ; tout le monde l'a entendu dans la pièce.

— Tu vois ! a lâché Brandt. J'ai deviné ses plans en moins de deux !

Je préférais me terrer dans un trou de souris plutôt que de devoir supporter le regard de la Traqueuse avec ses yeux globuleux… et Brandt pensait que je voulais la guider jusqu'ici? La faire venir ici pour qu'elle tue Jamie, Jared, Jeb, Ian?… J'en avais le souffle coupé.

— Tu peux partir tranquille, Brandt, a articulé Doc. Je vais surveiller Gaby.

Brandt a levé un sourcil.

— Qu'est-ce qui vous est arrivé à tous, les gars? À toi, à Ian, à Trudy et à tous les autres? On dirait que le parasite vous a hypnotisés. Même si vous n'avez pas les yeux dans le vague, je m'interroge.

— Interroge-toi tant que tu veux. Mais sors d'ici.

Brandt a secoué la tête.

— J'ai un boulot à faire.

Doc a marché vers Brandt et s'est posté entre lui et moi. Il a croisé les bras sur sa poitrine.

— Tu ne toucheras pas à un seul de ses cheveux.

Les pulsations de l'hélicoptère se sont de nouveau fait entendre au loin. On est tous restés immobiles jusqu'à ce que le bruit s'évanouisse.

Brandt a secoué de nouveau la tête mais n'a rien dit; il s'est rendu au bureau du médecin et a tiré la chaise. Il l'a transportée jusqu'à l'armoire métallique, l'a posée brutalement sur le sol et s'est assis avec humeur. Les pieds se sont arqués sous son poids en émettant un couinement. Brandt s'est penché, les mains sur ses genoux, et m'a regardée fixement, tel un vautour attendant qu'un lapin agonisant cesse de bouger.

Doc a claqué les mâchoires de rage. Le bruit sec a résonné dans la pièce.

— Gladys, a murmuré Walter, émergeant du sommeil. Tu es là…

Trop tendue par la présence de Brandt, je me suis contentée de tapoter la main du malade. Ses yeux voilés ont cherché les miens, contemplant un autre visage.

— Cela fait mal, Gladys. Un mal de chien.

— Je sais, ai-je murmuré. Doc ?

Il était déjà à mes côtés, la bouteille à la main.

Les pales de l'hélicoptère se sont fait entendre en sourdine, quelque part dans le ciel. Il était loin, mais il était toujours là. Doc a tressailli et quelques gouttes de cognac sont tombées sur mon bras.

Cela a été une journée horrible. La pire que j'ai vécue sur cette planète, même en comptant ma première journée dans ces grottes, ou mon dernier jour de marche dans le désert qui a failli m'être fatal.

L'hélicoptère tournait dans le ciel encore et encore. Parfois, il s'écoulait une heure sans qu'il se fasse entendre. Je pensais que c'était fini. Mais le son hideux revenait ; et je voyais en pensée le visage obstiné de la Traqueuse, ses yeux protubérants sondant le désert morne à la recherche de traces humaines. J'ai tenté de la chasser de mon esprit, de me concentrer sur les souvenirs que je gardais de la litanie morne et rocailleuse, comme pour m'assurer qu'elle ne pouvait rien voir d'autre, comme si je pouvais la convaincre de s'en retourner.

Brandt ne me quittait pas des yeux. Je sentais son regard suspicieux rivé sur moi. J'ai été soulagée lorsque Ian est arrivé avec, à la fois, les petits déjeuners et les déjeuners. Il était couvert de poussière. Sans doute avait-il travaillé avec les autres pour préparer l'évacuation ? Lorsque Brandt lui a expliqué la raison de sa présence dans la pièce, le visage de Ian s'est froncé de colère. À cet instant, il ressemblait comme deux gouttes d'eau à son frère. Ian a alors installé un lit à côté de moi et s'est assis dessus, pour boucher la vue de Brandt.

L'hélicoptère, la scrutation haineuse de Brandt, tout ça n'était rien… Un jour ordinaire – si une telle notion pouvait encore avoir un sens –, l'un ou l'autre auraient été insupportables. Mais aujourd'hui, ce n'étaient que des peccadilles.

Vers midi, Doc avait donné à Walter les dernières gouttes d'alcool. Quelques minutes plus tard, le moribond se tordait de douleur en gémissant, la bouche béante en quête d'air. Ses doigts meurtrissaient les miens, mais si je retirais ma main, ses gémissements se muaient en hurlements. Je me suis absentée une fois pour me rendre aux latrines ; Brandt m'a suivie comme une ombre ; Ian lui a donc emboîté le pas. Lorsque nous sommes revenus – en courant sur pratiquement tout le chemin du retour –, les hurlements de Walter n'avaient plus rien d'humain. Le visage de Doc était tout pâle. J'ai dit quelques mots à Walter et il s'est un peu calmé, croyant que son épouse était auprès de lui. C'était un mensonge facile, un mensonge juste. Brandt manifestait son agacement avec force soupirs, mais il avait tort… rien n'importait plus que la douleur de Walter.

Les plaintes, les spasmes ont continué toutefois et Brandt faisait les cent pas dans la salle, pour se tenir le plus loin possible des gémissements du mourant.

Jamie est passé me voir, avec de quoi manger pour quatre, alors que le ciel au-dessus de la passoire de roche virait à l'orange. Je ne voulais pas qu'il assiste à ça. J'ai demandé à Ian de le raccompagner aux cuisines pour qu'il mange là-bas – je lui ai fait promettre de rester avec lui toute la nuit pour l'empêcher de revenir ici en catimini. Walter ne pouvait s'empêcher de crier lorsqu'il bougeait par mégarde sa jambe brisée. Ses cris étaient à la limite du supportable. Je ne voulais pas que cette nuit de cauchemar se grave à jamais dans la mémoire de Jamie. C'était bien assez que ce soit le cas pour moi et Doc… et pour Brandt, peut-être (même s'il tentait de chasser Walter de ses pensées en se bouchant les oreilles, en chantonnant nerveusement, en tournant comme un lion en cage).

Doc n'essayait pas de prendre de la distance avec la souffrance hideuse de Walter ; au contraire, il souffrait avec lui. À chaque cri, le visage du médecin se creusait davantage, comme des coups de serpe tailladant sa chair.

Je ne m'attendais pas à découvrir autant de compassion chez un humain, en particulier chez Doc. Après cette communion de la douleur, mon regard sur le médecin a changé à jamais. Comment croire encore que cet homme pût être quelqu'un de cruel, un tortionnaire ? Quels propos avaient pu me conduire à un pareil jugement sur sa personne ? Quelqu'un avait-il dit des paroles en ce sens ? Non. Je ne crois pas. C'était ma propre terreur qui m'avait poussée à de telles conclusions.

Plus jamais je ne me méfierais de Doc. Mais cette pièce resterait sinistre à mes yeux.

Avec les dernières lueurs du jour, la rumeur de l'hélicoptère s'est enfin évanouie. Nous sommes restés dans la pénombre, n'osant allumer la lumière. Après quelques heures de silence, nous nous sommes autorisés à croire que la traque était finie pour la journée. Brandt a été le premier à le penser ; il en avait assez aussi de cette salle de souffrance.

— C'est normal qu'ils aient abandonné, a-t-il marmonné. Il n'y a rien à voir la nuit ! Je m'en vais. J'emporte la lumière avec moi, Doc, pour que le petit mille-pattes de Jeb ne puisse rien tenter d'idiot.

Doc n'a rien dit ; il n'a pas même relevé la tête.

— Je t'en prie, Gladys, fais que ça s'arrête ! Que ça cesse ! suppliait Walter. (Je lui ai épongé le front tandis qu'il m'écrasait la main.)

Le temps a semblé ralentir et s'arrêter. La nuit noire paraissait sans fin. Les cris de Walter devenaient une litanie, de plus en plus douloureuse.

Melanie était si loin. Elle se savait impuissante. Je me serais bien cachée aussi si Walter n'avait eu besoin de moi. J'étais seule dans mon esprit – c'est ce que j'avais tant désiré. Et pourtant je me sentais si seule.

Finalement, l'aube grise a pâli par les trous dans la voûte. Je flottais à la surface du sommeil, les plaintes de Walter m'empêchant de sombrer dans ses eaux. J'entendais Doc ronfler derrière moi. J'étais heureuse qu'il pût prendre un peu de repos.

Je n'ai pas entendu Jared arriver. J'étais occupée à murmurer des paroles sans suite pour rassurer Walter.

— Je suis là, je suis là, répondais-je quand il appelait sa femme. Tout va bien. Calme-toi. (Des mots futiles, mais je ne pouvais rester silencieuse. Et j'avais l'impression que ma voix l'apaisait.)

Je ne sais combien de temps Jared m'a observée. Il devait être là depuis un bon moment. J'étais certaine que sa réaction première avait dû être la colère. Mais quand il a parlé, il était parfaitement calme.

— Doc… (J'ai entendu le lit grincer derrière moi.) Réveille-toi…

J'ai libéré ma main de celle de Walter, confuse, hagarde, pour me tourner vers Jared.

Ses yeux étaient posés sur moi pendant qu'il secouait l'épaule du médecin. Il m'était impossible de décrypter son regard dans cette pénombre. Son visage était un masque de marbre.

Melanie s'est réveillée en sursaut. Elle a épié ses traits, dans l'espoir de découvrir ses pensées.

— Gladys ! Ne t'en va pas. Reste ! s'est écrié Walter.

Doc s'est levé d'un bond, manquant de renverser son lit de camp.

Je me suis tournée vers Walter, offrant de nouveau ma main meurtrie à ses doigts avides.

— Là… je suis là, Walter. Je ne vais nulle part. C'est promis. Je reste avec toi.

Le moribond s'est tu un moment, gémissant en sourdine comme un petit enfant. J'ai encore éponge son front humide ; ses sanglots se sont mués en soupir.

— Qu'est-ce que cela signifie ? a murmuré Jared.

— C'est le meilleur antalgique que j'ai, a répondu Doc d'une voix lasse.

— Eh bien, moi, je t'ai trouvé mieux qu'une Traqueuse apprivoisée.

Mon estomac s'est noué et Melanie a craché sa colère : *Stupide entêté ! Il ne te croirait pas si tu lui disais que le soleil se couche à l'ouest !*

Mais Doc était trop épuisé pour relever la pique à mon encontre.

— Tu as trouvé quelque chose !

— De la morphine… je n'en ai pas beaucoup. Je l'aurais apportée plus tôt si la Traqueuse ne m'avait pas coincé dehors avec son hélico.

Doc, dans l'instant, était totalement réveillé. Je l'ai entendu fouiller dans un sac avec ravissement.

— Jared, tu es un faiseur de miracles !

— Doc, attends…

Mais Doc m'avait rejointe, son visage rayonnant d'excitation malgré la fatigue. Ses mains préparaient déjà une petite seringue. Il a enfoncé la minuscule aiguille dans le creux du coude de Walter. J'ai détourné le visage. Cela me semblait si agressif de percer ainsi la peau de quelqu'un.

Mais je ne pouvais nier les résultats. En moins d'une minute, le corps de Walter s'est détendu, masse de chair amollie sur le fin matelas. Sa respiration s'est faite ample, régulière. Sa main s'est relâchée, libérant la mienne.

J'ai massé mes doigts endoloris, tentant de faire revenir le sang dans les veines. Une armada de fourmis s'est égaillée sous ma peau.

— Doc, ça ne suffira pas… il n'y en a pas assez, a murmuré Jared.

J'ai contemplé le visage de Walter, enfin en paix. Jared me tournait le dos, mais j'ai vu la surprise sur le visage de Doc.

— Pas assez pour quoi? Je ne compte pas en garder pour les coups durs, Jared. Je suis sûr qu'elle nous manquera, et peut-être plus tôt qu'on ne le pense, mais je ne peux pas laisser Walter souffrir comme ça alors que j'ai le moyen de le soulager!

— Ce n'est pas ce que j'ai voulu dire. (Il avait ce ton monocorde comme chaque fois qu'il avait mûrement réfléchi à un problème.)

Doc a froncé les sourcils.

— Il y a de quoi arrêter la douleur pendant trois ou quatre jours, pas plus. Si tu lui donnes par petites doses…

Je ne comprenais pas où Jared voulait en venir, mais Doc a tout de suite saisi…

— Ah…, a-t-il lâché dans un soupir. (Il s'est tourné de nouveau vers Walter; j'ai vu des larmes toutes fraîches couler sur ses joues. Il a ouvert la bouche pour parler, mais aucun son n'en est sorti.)

— Tu ne peux pas le sauver. Il faut abréger ses souffrances, Doc.

— Je sais. (Sa voix s'est brisée, comme s'il retenait un sanglot.)

Que se passe-t-il? ai-je demandé. Puisque Melanie s'était réveillée, autant qu'elle éclaire ma lanterne.

Ils vont faire mourir Walter, a-t-elle répondu avec détachement. *Il y a assez de morphine pour le tuer par overdose.*

Mon hoquet de stupeur a résonné dans le silence de la pièce. Mais je n'ai pas osé relever la tête pour voir comment les deux hommes avaient réagi. Mes larmes coulaient au moment où je me suis effondrée sur l'oreiller de Walter.

Non, ai-je pensé. *Pas encore! Non.*

Tu préfères le voir mourir en hurlant?

C'est juste que... cela m'est insupportable. C'est si absolu, si définitif. Je ne reverrai plus jamais mon ami.

Combien de tes anciens amis as-tu revus, Vagabonde?

Je n'ai jamais eu d'amis comme lui auparavant.

Les souvenirs de mes camarades sur les autres planètes se brouillaient dans ma tête; les âmes étaient tellement semblables, presque interchangeables. Walter était si différent – unique. Lorsqu'il serait mort, personne ne pourrait le remplacer.

J'ai pris la tête du moribond dans mes bras et l'ai bercée, mes larmes coulant sur son menton. J'ai tenté de les retenir mais ça coulait comme d'une fontaine.

Je sais. Encore une nouvelle expérience, a murmuré Melanie; il y avait de la compassion dans son ton. De la compassion pour moi... Ça aussi, c'était une première.

— Gaby? a articulé Doc.

J'ai secoué la tête, incapable de parler.

— Je crois que tu es restée ici suffisamment longtemps, a repris le médecin. (J'ai senti sa main, légère et chaude sur mon épaule.) Il est temps d'aller te reposer.

J'ai encore secoué la tête, pleurant en silence.

— Tu es à bout. Va te laver, te dégourdir les jambes. Manger un peu.

Je l'ai regardé.

— Walter sera encore là lorsque je reviendrai?

Il a plissé les yeux.

— C'est vraiment ce que tu veux ?

— Je veux lui dire au revoir. C'est mon ami.

Il a tapoté mon bras.

— Je sais, Gaby. Je sais. Moi aussi. Rien ne presse. Va prendre l'air et reviens. Walter va dormir tranquillement pendant ce temps.

J'ai scruté son visage fatigué. Doc me disait la vérité.

J'ai acquiescé et j'ai reposé doucement la tête de Walter sur l'oreiller. Peut-être que si je prenais un peu de recul je trouverais le moyen de gérer la situation ? Mais comment ? Je n'avais aucune expérience des adieux…

Parce que je l'aimais, parce que c'était plus fort que moi, je devais regarder Jared avant de m'en aller. Mel le voulait aussi, mais aurait bien voulu m'exclure du processus.

Il m'observait. J'avais la sensation que ses yeux étaient posés sur moi depuis un long moment. Son visage était impassible en surface, mais je discernais la surprise, la suspicion. J'en avais plus qu'assez. Pourquoi aurais-je joué la comédie maintenant, même si j'étais une menteuse patentée ? À quoi bon ? Walter n'allait pas se relever pour moi. Je ne risquais plus de lui raconter des sornettes.

J'ai soutenu le regard de Jared pendant une longue seconde, puis j'ai tourné les talons pour m'enfuir dans le couloir obscur qui restait plus chaleureux que son visage.

32.

L'embuscade

Les grottes étaient silencieuses; le soleil ne s'était pas encore levé. Sur la grande place, les miroirs formaient des rectangles gris contre le ciel de l'aube.

Mes quelques vêtements de rechange se trouvaient encore dans la chambre de Jared et Jamie. Je m'y suis glissée discrètement, heureuse de savoir Jared avec Doc à l'infirmerie.

Jamie dormait à poings fermés, replié en chien de fusil dans le coin supérieur du matelas. D'ordinaire, il ne dormait pas aussi pelotonné, mais c'était sans doute dû à la situation. Ian occupait le reste de l'espace, bras et jambes en croix, les pieds et les mains dépassant de chaque côté du lit.

Sans savoir pourquoi, j'ai trouvé cette image comique. J'ai dû mettre mon poing dans ma bouche pour m'empêcher d'éclater de rire; j'ai vite ramassé mon short et mon vieux tee-shirt et je me suis enfuie dans le couloir en gloussant.

Tu frôles l'hystérie, ma pauvre, m'a lancé Melanie. *Tu as besoin de dormir.*

Plus tard! Quand Walter… Je n'ai pas pu finir ma phrase. Cela m'a dégrisée dans l'instant. Fini les gloussements.

Courant toujours, je me suis précipitée vers la salle de bains. J'avais confiance en Doc, mais il pouvait toujours changer d'avis. Ou Jared pouvait plaider sa cause… Je n'avais donc pas toute la journée devant moi.

J'ai cru entendre un bruit dans mon dos, au moment de traverser le carrefour où se rejoignaient, comme autant de tentacules d'une pieuvre, les tunnels menant aux quartiers de repos. Je me suis retournée, mais je n'ai vu personne. Les gens se réveillaient. Bientôt, ce serait l'heure du petit déjeuner, suivi d'une autre journée de labeur.

Après les corvées habituelles, il leur faudrait encore bêcher la parcelle est. Peut-être aurais-je le temps de leur donner un coup de main… plus tard…

J'ai emprunté le chemin familier menant aux rivières souterraines. Chaque fois que je tentais de me concentrer sur un sujet – Walter, Jared, le petit déjeuner, les corvées, le bain –, d'autres pensées venaient me parasiter. Melanie avait raison. Il fallait que je dorme. Elle était aussi confuse que moi. Ses pensées tournaient autour de Jared, mais de façon anarchique.

Je m'étais habituée au *modus operandi* de la salle de bains. Le noir absolu ne me dérangeait plus. Il y avait tant d'endroits dans ces grottes où régnait l'obscurité… Je passais la moitié de la journée dans le noir. Et j'étais venue dans cette pièce tant de fois. Il n'y avait aucun monstre tapi au fond de l'eau, prêt à me happer.

Toutefois, je n'avais pas le temps de traîner dans le bain. Les autres allaient bientôt se lever et certains commençaient leur journée par des ablutions. Je me suis mise à l'œuvre sans attendre : je me suis d'abord lavée, puis j'ai nettoyé mes vêtements. J'ai frotté ma chemise avec énergie pour enlever la crasse ; j'aurais bien voulu pouvoir laver aussi ma mémoire, effacer les traces de ces deux derniers jours.

Mes mains étaient en feu après cet exercice ; mes égratignures, en particulier, étaient des braises ardentes. J'ai passé mes doigts dans l'eau, mais le soulagement a été infime. Avec regret, je suis sortie du bain pour m'habiller.

J'avais laissé mes vêtements secs sur des pierres au fond de la pièce. J'ai heurté une pierre en m'approchant, suffisamment fort pour me faire mal au pied. J'ai entendu le caillou rouler sur le sol, rebondir contre la paroi et tomber dans le bassin. Le *plouf !* m'a fait sursauter, même s'il était faible comparé à la rumeur de la rivière souterraine dans l'autre pièce.

Je glissais mes pieds dans mes tennis élimées quand quelqu'un s'est présenté à l'entrée de la pièce.

— Toc ! Toc ! a lancé une voix familière dans l'obscurité.

— Bonjour, Ian. J'ai terminé. Tu as bien dormi ?

— Ian dort encore, a répondu la voix. Mais il va se réveiller bientôt, alors on a intérêt à ne pas traîner.

Des épieux de glace m'ont transpercé les reins. Je ne pouvais plus bouger. Ni respirer.

J'avais remarqué cette particularité, puis l'avais oubliée, durant la longue absence de Kyle : non seulement les deux frères se ressemblaient, mais ils avaient la même voix – quand Kyle faisait l'effort de parler posément.

Je suffoquais. J'étais prise au piège dans ce trou noir et Kyle me bloquait la sortie.

Pas un bruit ! a ordonné Melanie dans ma tête.

Ça, je pouvais faire. Je n'avais plus assez d'air pour crier, de toute façon.

Écoute !

J'ai obéi, tâchant de me concentrer en dépit de la peur qui fourmillait sous mon crâne comme autant d'aiguilles s'enfonçant dans mon cerveau.

Je n'entendais rien. Kyle attendait-il une réponse de ma part ? Ou s'était-il introduit sans bruit dans la pièce ? J'ai tendu l'oreille, mais le grondement de la rivière couvrait les autres sons.

Vite ! Prends une pierre ! a ordonné Melanie.

Pour quoi faire ?

Je me suis vue écraser un gros caillou sur la tête de Kyle.

Je ne pourrai jamais faire ça !

Alors nous allons mourir ! a-t-elle crié. *Moi, je peux ! Laisse-moi faire !*

Il doit bien exister une autre solution…, ai-je gémi. Mais j'ai forcé mes genoux à se plier. Mes mains ont fouillé le sol dans le noir ; l'une a trouvé une grosse pierre, l'autre une poignée de petits cailloux.

Fuir ou combattre ?

En désespoir de cause, j'ai tenté de libérer Melanie, de la laisser prendre les commandes… mais je ne parvenais pas à trouver la porte de sa cellule. Mes mains restaient obstinément sous mon contrôle, crispées sur cette pierre et ces cailloux dont je ne me servirais jamais comme arme.

Un bruit. Des bruits d'éclaboussures… Quelque chose était entré dans le ru qui drainait le bassin en aval pour alimenter les latrines dans l'autre pièce. À quelques mètres.

Rends-moi mes mains !

Je ne sais pas comment faire ! Prends-les, toi ! Prends-les !

Je me suis mise à ramper vers la sortie, en rasant le mur. Melanie aussi s'efforçait de trouver la sortie

– dans mon esprit – mais elle non plus ne parvenait pas à trouver le chemin.

Un autre son ! Pas dans le ruisseau. Sur le seuil, cette fois ! Une respiration. Je me suis figée.

Où est-il ?

Je n'en sais rien !

Encore une fois, le brouhaha de la rivière couvrait tous les sons. Kyle était-il seul ? Ou quelqu'un bloquait-il la sortie pendant qu'il jouait les rabatteurs ? Où se trouvait Kyle ? Où ? Tout près ?

Mes poils se sont dressés sur ma peau. Il y avait des variations de pression dans l'air, comme si je sentais les ondes silencieuses de son souffle. La sortie… Il y avait quelqu'un… Je me suis éloignée à reculons pour mettre de la distance entre moi et cette respiration.

Kyle ne pouvait attendre comme ça jusqu'à la saint-glinglin ! Il savait que le temps lui était compté. Quelqu'un pouvait arriver à tout moment. Les probabilités étaient toutefois de son côté. Rares seraient ceux qui voudraient s'interposer, et beaucoup considéreraient ma mort comme un mal nécessaire. Et parmi les braves qui auraient le courage de s'interposer, ils n'étaient qu'une petite poignée à être de taille à l'arrêter. Seul Jeb, avec son fusil, avait une réelle chance de l'emporter. Jared, certes, était aussi fort que Kyle, mais il ne s'interposerait pas, vu les circonstances actuelles.

Encore un bruit ! C'était quoi ? Le raclement d'un pied sur le seuil ? Ou était-ce le fruit de mon imagination ? Combien de temps ce face-à-face silencieux allait-il durer ? Je ne savais si j'étais piégée là depuis quelques secondes ou déjà plusieurs minutes…

Tiens-toi prête. Melanie savait que le *statu quo* tirait à sa fin. Elle voulait que je serre plus fort ma pierre.

Mais mon premier choix serait la fuite. Je ferais une piètre combattante, même si je me résolvais à recourir à la violence. Kyle pesait deux fois plus lourd que moi, et avait une bien plus grande allonge !

J'ai levé ma main tenant les petits cailloux et me suis tournée vers le passage du fond menant aux latrines. Si je pouvais lui faire croire que je tentais de me cacher là-bas, en espérant d'improbables secours… J'ai lancé les gravillons et me suis reculée dans la direction opposée.

Il y a eu de nouveau une respiration sur le seuil. Et un léger bruit de pas se dirigeant vers mon leurre. Le plus silencieusement possible, j'ai avancé en rasant la paroi.

Et s'ils sont deux ?

On verra bien.

J'avais presque atteint la sortie. Si je pouvais rejoindre le tunnel, j'étais sauvée – à la course, j'étais plus rapide que lui.

J'ai entendu un bruit de pas, très distinctement cette fois, dérangeant le cours d'eau au fond de la pièce. J'ai accéléré l'allure.

Il y a alors eu un grand *splash !* derrière moi, déchirant le silence. Une gerbe d'eau est retombée sur moi et a aspergé le mur. J'ai été saisie.

Il arrive par le bassin ! Cours !

J'ai hésité une seconde de trop. De gros doigts se sont refermés sur ma cheville. J'ai donné une ruade en m'élançant comme une sprinteuse, mais j'ai trébuché et je suis tombée. Sous le choc, ses doigts ont glissé sur ma peau. Il a attrapé ma chaussure. D'un coup de pied, je la lui ai abandonnée.

J'étais par terre. Mais lui aussi. Cela me donnait le temps de ramper, droit devant, en m'écorchant les genoux sur le sol râpeux.

Kyle a lâché un grognement, et sa main a saisi mon talon nu. Mais il n'avait pas de prise. J'ai pu me libérer.

Je me suis mise à courir avant même d'être relevée, fonçant droit devant moi, tête baissée ; à tout instant, je risquais la chute, tant mon corps était incliné – presque parallèle au sol. Mais je suis parvenue à garder mon équilibre, par pure volonté.

Kyle n'avait pas d'acolyte. Personne ne bloquait la sortie. J'ai piqué un sprint, l'espoir et l'adrénaline bouillonnant dans mes veines. Je me suis engouffrée dans la salle des deux rivières avec une obsession : atteindre le tunnel. J'entendais le souffle de Kyle derrière moi, mais pas trop près. À chaque foulée, je poussais de toutes mes forces sur mes jambes pour prendre de la vitesse et le distancer.

Soudain, une pointe de douleur a déchiré ma jambe, comme si elle s'était rompue en deux.

Par-dessus le bruit de la rivière, j'ai entendu deux pierres rouler au sol : la mienne, que je venais de lâcher, et celle que Kyle avait lancée pour me faire tomber. Ma jambe s'est dérobée sous moi ; j'ai perdu l'équilibre, emportée dans un mouvement tournant, et me suis retrouvée par terre, sur le dos. Déjà, il était sur moi.

Sa masse m'a écrasée au sol ; ma tête, projetée en arrière, a violemment heurté la roche. C'était fini.

Hurle !

C'est une sirène stridente qui est sortie de ma bouche, si puissante qu'elle nous a surpris tous les deux. Je n'imaginais pas avoir autant d'air dans les poumons. Quelqu'un avait dû m'entendre ! *Pourvu que ce quelqu'un soit Jeb – Jeb et son fusil.*

Kyle a lâché un borborygme haineux. Sa main, grande comme un battoir, s'est plaquée sur mon visage. Sa paume occultait ma bouche, mon nez, étouffant mon cri.

Il a brusquement roulé sur le côté. Je ne m'attendais tellement pas à ce mouvement que je n'ai pas eu la présence d'esprit de tenter de m'échapper. Il m'a tirée et m'a entraînée avec lui dans une roulade cauchemardesque où je me retrouvais alternativement sous lui et sur lui. J'étais étourdie, tout tournait autour de moi, mais j'ai compris ce qui se passait quand mon visage a touché l'eau.

Sa main a appuyé sur ma nuque, pour me plonger la tête dans le petit ruisseau qui alimentait le bassin dans l'autre pièce. Il était trop tard pour reprendre ma respiration. J'avais déjà bu la tasse.

Mon corps a paniqué quand l'eau est entrée dans mes poumons. Ses soubresauts étaient plus violents que Kyle ne s'y attendait. Ma cage thoracique était soulevée de spasmes et se tordait, et sa main glissait sur ma nuque. Il a relâché un instant la pression pour tenter de trouver une meilleure prise, et par pur instinct de survie, je me suis reculée vers lui au lieu de m'échapper par l'avant, comme c'était prévisible. Je n'avais bougé que d'une quinzaine de centimètres, mais cela a suffi à me faire sortir le menton de l'eau ; j'ai pu cracher et avaler une goulée d'air.

Il a bandé ses muscles pour me plonger à nouveau la tête sous la surface, mais je me suis tortillée en tous sens et suis parvenue à reculer encore un peu sous lui, si bien que son propre poids, qui me plaquait au sol, grevait ses efforts pour me ramener la tête dans la rivière. Je hoquetais encore à cause de l'eau présente dans mes poumons ; c'étaient des mouvements réflexes, des spasmes de survie.

— Crève ! a grogné Kyle.

Il s'est soulevé et j'ai tenté de ramper pour lui échapper.

— Pas même en rêve ! a-t-il lâché entre ses dents.

C'était la fin. Je le savais.

Il y avait quelque chose de bizarre avec ma jambe blessée. Elle était engourdie et ne me répondait plus. Je ne parvenais à me mouvoir qu'avec mes deux bras et ma jambe valide. Et ma toux continuelle ne facilitait pas la coordination des mouvements ! Je ne parvenais même pas à crier.

Kyle a attrapé mon poignet et m'a relevée brusquement. Ma jambe a cédé sous le poids de mon corps et je suis tombée contre lui.

Il a pris mes deux poignets dans sa main et a refermé son autre bras autour de ma taille. Il m'a soulevée et m'a portée sur sa hanche comme un gros sac de farine. Je me suis débattue, fouettant l'air de ma jambe intacte.

— Finissons-en.

Il a sauté par-dessus le petit ruisseau et m'a transportée vers la rivière. Un nuage de vapeur chaude a enveloppé mon visage.

Il allait me jeter dans la gueule du siphon, là où l'eau bouillante disparaissait sous terre !

— Non, non ! ai-je crié, mais je n'avais plus de voix.

Je donnais des ruades furieuses, en proie à la panique. L'un de mes genoux a heurté un pilier de pierre qui soutenait la voûte ; j'ai crocheté la concrétion avec mon pied dans l'espoir de lui faire lâcher prise. Il m'a détachée d'une secousse impatiente et a continué à avancer.

Au moins, cela l'avait fait desserrer son étreinte ; j'ai pu accomplir un mouvement de plus. Cela avait marché une fois. Je ne risquais rien à tenter le coup. Au lieu d'essayer de me libérer, je me suis retournée et ai refermé mes cuisses autour de sa taille, verrouillant ma cheville valide sur ma jambe abîmée. J'ai serré les dents pour oublier la douleur, n'ayant qu'une idée en tête : tenir !

— Ne me touche pas ! Saleté de…

Il a tenté de me repousser. En me tortillant, j'ai pu libérer un poignet. J'ai refermé aussitôt mon bras autour de son cou et ai empoigné une grosse touffe de cheveux. S'il me jetait dans la rivière, il tombait avec moi.

Kyle a pesté, a cessé momentanément de lutter contre ma jambe le temps de me donner un coup de poing dans le flanc.

J'ai hoqueté de douleur, le souffle coupé, mais j'ai agrippé sa nuque de mon autre main.

Il a refermé ses deux bras autour de moi, comme s'il voulait m'embrasser, et non me tuer. Il a saisi ma taille et m'a repoussée de toutes ses forces.

Ses cheveux ont commencé à s'arracher, mais il a serré les mâchoires et poussé plus fort encore.

J'entendais l'eau bouillante rugir tout près, juste sous moi. Le courant vomissait d'épais nuages de vapeur ; pendant une minute, je n'ai plus vu le visage de Kyle, déformé de rage, comme celui d'une bête furieuse.

Ma jambe blessée allait céder. J'ai tenté de m'accrocher à lui, mais la force brute l'emportait. Il allait se libérer d'un instant à l'autre ; j'allais tomber dans le siphon hurlant, disparaître sous terre.

Jared ! Jamie ! Cette pensée, cette douleur nous appartenaient à toutes les deux, à Melanie et moi. Ils ne sauraient jamais ce qui m'était arrivé. Ian. Jeb. Doc. Walter. Pas d'au revoir.

Kyle, soudain, a bondi en l'air et est retombé brutalement au sol. La secousse a eu l'effet escompté : mes jambes se sont décrochées.

Mais avant qu'il ait eu le temps d'en tirer profit, il y a eu un autre effet, imprévu celui-là : un grand bruit. Assourdissant. J'ai cru que la grotte s'effondrait sur nous. Mais c'est le sol qui se dérobait.

Kyle, surpris, est tombé à la renverse, m'entraînant avec lui. La roche sous nos pieds, dans un craquement sinistre, croulait.

Le poids de nos deux corps avait fait céder le pourtour fragile du trou. Kyle, déséquilibré, reculait, tentant de trouver sous son pied une portion de sol ferme, mais la roche cédait à chacun de ses pas. L'effondrement était plus véloce que lui.

Un pan entier du sol a disparu sous son talon, et Kyle a chuté à plat dos. Entraîné par mon poids, sa tête a heurté violemment un pilier de pierre. Son bras m'a lâchée, amorphe.

Le sol grinçait d'une façon sinistre. Je le sentais vibrer sous le corps de Kyle.

J'étais étendue sur son torse, nos jambes emmêlées pendant dans le vide; les volutes de vapeur nous enveloppaient comme une couverture humide.

— Kyle?

Pas de réponse.

Je n'osais pas bouger.

Il faut que tu t'éloignes de lui. Vous êtes trop lourds tous les deux. Pas de gestes brusques. Sers-toi du pilier pour te hisser. Écarte-toi de ce trou!

Tremblante de terreur, la peur oblitérant toute pensée, j'ai obéi à Melanie. J'ai lâché les cheveux de Kyle et j'ai rampé sur son corps inerte, m'agrippant au pilier comme à une bouée. La stalagmite semblait solide, mais le sol grognait à chacun de mes mouvements.

J'ai continué à ramper. Derrière le pilier, la roche semblait stable, mais j'ai poursuivi ma progression à quatre pattes, vers la sortie et la sécurité du tunnel.

Il y a eu un autre craquement; je me suis retournée. L'une des jambes de Kyle s'était enfoncée et était désormais invisible; un nouveau bloc s'était effondré et cette fois je l'ai entendu percuter la rivière dessous. Le sol continuait de crouler sous son poids.

Il va tomber dans le trou ! ai-je compris.

Tant mieux ! a lâché Melanie.

Mais…

S'il tombe là-dedans, il ne pourra plus nous tuer, Gaby. C'est lui ou nous.

Je ne peux pas.

Mais si ! Lève-toi et marche ! Sors d'ici. Tu veux vivre, oui ou non ?

Oui. Je voulais vivre.

Je pouvais être débarrassée de Kyle à jamais. Une fois Kyle disparu, il y avait de grandes chances pour que plus personne ne cherche à me faire du mal. Du moins, parmi les gens d'ici. Il restait la Traqueuse comme menace, certes… mais peut-être se lasserait-elle et abandonnerait-elle un jour ses recherches ; je pourrais alors, enfin, vivre en paix avec les humains que j'aimais.

Ma jambe me lançait. La douleur remplaçait l'engourdissement ; un liquide chaud coulait sur mes lèvres. Je l'ai goûté par réflexe, avant de comprendre qu'il s'agissait de mon sang.

Va-t'en, Vagabonde ! Je veux vivre. J'ai moi aussi mon mot à dire !

Les vibrations du sol parvenaient jusqu'à moi. Une autre portion de la dalle a disparu dans la rivière. Le corps inerte de Kyle a glissé de quelques centimètres vers l'abîme.

Laisse-le !

Melanie savait de quoi elle parlait. C'était son monde. Ses règles.

J'ai regardé l'homme qui allait mourir – l'homme qui voulait ma mort. Inconscient, Kyle avait perdu son air de bête sauvage. Son visage était détendu, en paix.

La ressemblance avec son frère était alors frappante.

Non ! a protesté Melanie.

En rampant, j'ai fait demi-tour et me suis dirigée vers lui, lentement, tâtant le sol avec soin à chacun de mes mouvements. Je n'osais pas dépasser le pilier, alors j'ai crocheté mon pied autour – ma bouée de sauvetage, encore – et me suis étendue pour passer ma main sous le bras de Kyle.

J'ai tiré de toutes mes forces, à tel point que j'ai cru me déboîter l'épaule, mais son corps n'a pas bougé d'un centimètre. J'entendais un crissement, comme des grains de sable s'écoulant dans le goulot d'un sablier – le sol qui continuait de se désagréger.

Je me suis encore arc-boutée, sans plus d'effet qu'à la première tentative, sinon celui d'amplifier les crissements sinistres. Remuer son corps ne faisait qu'accélérer le processus.

Comme je le craignais, un gros pan de roche s'est effondré dans la rivière, et l'équilibre instable a été rompu ; le corps de Kyle, inexorablement, a commencé à glisser vers l'abîme.

— Non ! ai-je hurlé. (J'avais retrouvé ma voix !)

Je me suis plaquée contre le pilier et je l'ai retenu comme j'ai pu, en crochetant, de l'autre côté, mes mains à son torse de taureau. J'avais l'impression qu'on m'arrachait les deux bras.

— Au secours ! ai-je hurlé à pleins poumons. À l'aide ! À l'aide !

33.

Le mensonge

Un autre *splash!*, un nouveau bloc tombant dans la rivière. Le poids de Kyle était une torture pour mes bras.

— Gaby? Gaby!

— Au secours! Le sol! Kyle! Au secours!

J'avais le visage plaqué contre le pilier, les yeux tournés vers l'entrée de la salle. Il y avait de la lumière par là-bas… c'était l'aurore. Je n'en pouvais plus… mes bras…

— Gaby? Où es-tu?

Ian est apparu sur le seuil, le fusil dans la main, le canon dressé, prêt à faire feu. Son visage était un masque de colère comme celui qu'arborait si souvent son frère.

— Attention! lui ai-je crié. Le sol s'effondre! Je ne peux plus le retenir!

Il lui a fallu deux longues secondes pour assimiler cette situation improbable. Il s'attendait à voir une tout autre scène : Kyle essayant de me tuer. Mais celle-ci s'était jouée quelques minutes plus tôt.

Il a alors lâché le fusil et s'est avancé vers moi à grandes enjambées.

— Couche-toi. Il faut répartir les pressions!

Il s'est mis à quatre pattes et a trotté vers moi, ses yeux brillant dans la lumière du matin.

— Tiens bon…

Pour toute réponse, j'ai poussé un gémissement.

Il a réfléchi une autre seconde puis s'est glissé derrière moi, me plaquant davantage encore contre le pilier. Il avait les bras plus longs que les miens. Malgré la présence de mon corps, il est parvenu à refermer solidement les mains sur son frère.

— Un… deux… trois ! a-t-il grogné.

Rassemblant ses forces, il a traîné Kyle sur la roche jusqu'à un endroit plus stable. Dans la manœuvre, je me suis retrouvée le visage écrasé contre la roche, sur mon côté blessé, ce qui était une chance dans mon malheur puisque je n'étais plus à un hématome près sur ce profil !

— Je vais le hisser par la droite. Tu peux te dégager ?

— Je vais essayer.

J'ai lâché Kyle petit à petit, pour être certaine que Ian tenait bien son frère. Un éclair de douleur m'a traversée au moment où mes épaules ont cessé d'être étirées. Je me suis ensuite glissée entre Ian et le pilier, en veillant à ne pas m'aventurer sur la zone fragile de la dalle. J'ai rampé à reculons sur un mètre, prête à attraper Ian si jamais il commençait à glisser dans le trou.

Ian a traîné son frère inconscient par à-coups pour lui faire contourner la colonne, centimètre par centimètre. De nouveaux morceaux du sol sont tombés dans la rivière, mais les fondations du pilier tenaient bon. Une passerelle s'est formée à partir de la stalagmite, large de cinquante centimètres.

Ian a reculé comme moi, tirant son frère par secousses. Il lui fallait rassembler toutes ses forces pour parvenir à le faire bouger. Enfin, après une minute d'efforts acharnés, nous avons atteint l'entrée du couloir; Ian et moi étions à bout de souffle.

— Qu'est-ce... qui s'est... passé?

— Nos poids... c'était trop lourd... ça s'est effondré.

— Que faisais-tu au bord du trou? Avec Kyle?

J'ai baissé la tête, m'efforçant de reprendre mon souffle.

Eh bien, dis-lui!

Et que va-t-il se passer?

Tu le sais bien. Kyle a violé les règles. Jeb va le tuer ou le jeter dehors. Peut-être que, avant, Ian fichera une raclée à cette ordure. Je me réjouis d'avance du spectacle. Et je veux être aux premières loges!

Melanie ne pensait pas ce qu'elle disait – enfin, je crois. Elle était très en colère contre moi d'avoir risqué notre vie pour sauver l'homme qui avait voulu nous tuer.

Exactement! lui ai-je répondu. *Et s'ils bannissent Kyle à cause de moi... ou pire, s'ils le tuent...* J'en ai eu des frissons. *Tu ne vois pas l'absurdité de tout ça? Il est l'un des vôtres!*

Nous pouvons avoir un avenir ici, Gaby – toi et moi. Et tu es prête à tout mettre en péril.

C'est ma vie autant que la tienne. Et je suis comme ça...

Melanie a poussé un gémissement dégoûté.

— Gaby? a insisté Ian.

— Rien, je ne faisais rien du tout...

— Tu ne sais pas mentir, tu en as conscience, n'est-ce pas?

J'ai baissé la tête et lâché un soupir.

— Que t'a-t-il fait?

— Rien, ai-je menti encore avec obstination.

Ian a posé sa main sous mon menton et m'a relevé le visage.

— Tu saignes du nez. (Il m'a tourné la tête.) Et il y a aussi du sang dans tes cheveux.

— Je… j'ai dû me cogner sur quelque chose en tombant.

— Des deux côtés du crâne ?

J'ai haussé les épaules.

Ian m'a fixée un long moment. L'obscurité du tunnel occultait la brillance de ses yeux.

— On ferait bien d'emmener Kyle chez Doc, ai-je murmuré. Il s'est sérieusement cogné la tête en tombant.

— Pourquoi le protèges-tu ? Il a voulu te tuer !

C'était une affirmation, pas une question. La colère de Ian s'est lentement muée en horreur. Il tentait d'imaginer ce qui s'était passé au bord du trou, je le voyais à son regard.

Devant mon silence têtu, il a articulé d'une voix à peine audible :

— Il a voulu te jeter dans la rivière. (Un frisson a traversé tout son corps.)

Ian avait encore son bras autour de Kyle. (À bout de forces, il s'était laissé tomber au sol dans cette position.) Dans un sursaut de dégoût, Ian a repoussé son frère ; il s'est rapproché et m'a serrée contre lui. Je sentais sa poitrine se soulever sous ma joue, son souffle court, encore haletant.

C'était étrange.

— Je ferais mieux de le ramener là-bas, et de le jeter moi-même dans le trou.

J'ai secoué la tête et eu l'impression qu'on me donnait des coups de marteau à l'intérieur du crâne.

— Non…

— Ça nous fera gagner du temps. Les règles de Jeb sont très claires. Ici, on ne s'entre-tue pas ! Sinon, gare aux conséquences ! Il y aura donc un jugement.

J'ai voulu m'écarter de lui, mais il m'a serrée plus fort. Ce n'était pas effrayant, rien à voir avec ce que j'éprouvais quand Kyle me tenait, mais c'était dérangeant… cela me mettait mal à l'aise.

— Non. Tu ne peux pas faire ça, parce que personne n'a enfreint les règles. Le sol s'est effondré, c'est tout.

— Gaby…

— C'est ton frère.

— Il connaissait les risques. C'est mon frère, certes, mais il est responsable de ses actes et toi tu es… tu es mon amie.

— Il n'a rien fait. C'est un humain, ai-je murmuré. Il est chez lui ici. Pas moi.

— On a déjà discuté de ça. Ta définition de l'« humain » n'est pas la même que la mienne. Pour toi, c'est une tare. Pour moi, c'est un honneur. Et selon mes critères, tu es humaine, et pas lui. Pas après ce qu'il a fait.

— Être humain n'est pas un défaut. J'ai appris à vous connaître. Mais c'est ton frère, Ian.

— C'est justement ce qui me fait honte.

J'ai voulu m'écarter ; cette fois, il m'a lâchée. Peut-être à cause du gémissement de douleur qui m'a échappé quand j'ai bougé ma jambe.

— Ça va ?

— Oui, je crois. Il faut trouver Doc. Mais je ne suis pas sûre de pouvoir marcher. Il… je me suis fait mal à la jambe en tombant.

Il a lâché un grognement étouffé.

— Quelle jambe ? Fais-moi voir.

J'ai voulu étendre ma jambe blessée – c'était la droite. J'ai poussé un nouveau cri de douleur. Ian a commencé à tâter ma cheville, à bouger doucement mon pied pour tester l'articulation.

— Plus haut. Là. (J'ai pris sa main et je l'ai posée derrière ma cuisse, juste au-dessus du genou. J'ai gémi à nouveau quand il a pressé la zone endolorie.) Il n'y a rien de cassé. Mais ça fait mal.

— C'est le muscle qui a pris un coup. Comment est-ce arrivé ?

— Une pierre… j'ai dû atterrir sur une pierre en tombant.

Il a poussé un profond soupir.

— D'accord… Je t'emmène chez Doc.

— D'abord Kyle ! C'est plus urgent que moi.

— De toute façon, il faut que je trouve quelqu'un pour me donner un coup de main ; je ne peux pas porter Kyle aussi loin. En revanche, toi, je peux… (Il s'est interrompu.) Attends. Juste une seconde…

Il s'est retourné brusquement et est reparti dans la salle des rivières. Ma décision était prise, en fait. Je voulais d'abord voir Walter. Doc avait promis de m'attendre. La première dose de morphine faisait-elle encore effet ? J'avais le tournis. Tout allait de mal en pis et j'étais à bout de forces. L'adrénaline, qui m'avait donné un coup de fouet, se décomposait, me laissant ivre de fatigue.

Ian est revenu avec le fusil. J'ai froncé les sourcils. Quand je pense que j'avais, plus tôt, regretté l'absence de cette arme – je ne me reconnaissais plus…

— Allons-y.

Sans hésitation, il m'a mis l'arme dans les mains. Elle reposait sur mes deux paumes ouvertes, mais je ne parvenais pas à refermer mes doigts dessus. Ce n'était finalement que justice… c'était à moi de porter cet instrument de mort.

Ian a lâché un petit rire.

— Comment peut-on avoir peur de toi…

Il m'a soulevée comme un fétu de paille et s'est mis en marche avant même que je me sois accrochée à lui. Je faisais mon possible pour alléger le contact avec les parties douloureuses de mon corps – l'arrière de mon crâne, et le creux de mon genou.

— Pourquoi tes vêtements sont-ils tout mouillés ? m'a-t-il demandé.

Dans la flaque de lumière projetée par une des petites ouvertures ménagées au plafond, je l'ai vu sourire… un sourire chargé de regret.

— Je ne sais pas, ai-je ânonné. La vapeur sans doute.

On a de nouveau plongé dans l'obscurité.

— Il te manque une chaussure.

— Ah bon ?

Nous avons traversé un autre pinceau de lumière et ses yeux étaient d'un bleu saphir. Il avait un air grave à présent, et scrutait mon visage.

— Je suis heureux qu'il ne te soit rien arrivé. Rien de pire, j'entends. Très heureux.

Je n'ai pas répondu. Je ne voulais rien dire qu'il puisse utiliser contre Kyle.

Jeb nous a trouvés juste avant que nous atteignions la grande caverne. J'ai remarqué, malgré la pénombre, l'éclair de curiosité dans ses yeux lorsqu'il m'a vue dans les bras de Ian, le visage en sang, le fusil dans mes mains ouvertes.

— Tu avais donc raison, a constaté Jeb. (La curiosité était forte, mais son courroux plus encore. Ses mâchoires étaient crispées sous sa barbe broussailleuse.) Je n'ai pas entendu de coup de feu. Et Kyle ?

— Il est inconscient, me suis-je empressée de répondre. Il faut prévenir les autres. Une partie du sol de la salle des rivières s'est effondrée. Je ne sais pas si le reste est solide. Kyle s'est cogné la tête un grand coup en tentant de s'échapper. Il a besoin de Doc.

Jeb a levé si haut les sourcils qu'ils ont touché le bandana noué sur son front.

— C'est la version officielle, a précisé Ian. Et elle ne veut pas en démordre.

Jeb a ri.

— Laisse-moi te débarrasser !

Je lui ai rendu le fusil bien volontiers. Il a ri encore en voyant mon air soulagé.

— Je vais demander à Andy et Brandt de me donner un coup de main pour ramener Kyle. On vous retrouve chez Doc.

— Garde-le bien à l'œil lorsqu'il se réveillera, a lâché Ian d'un ton glacial.

— Compte sur moi.

Jeb s'est éclipsé pour trouver de l'aide et Ian m'a emportée à grands pas vers l'infirmerie.

— Kyle est peut-être gravement blessé…, ai-je dit. Il faudrait que Jeb se presse.

— Kyle a la tête dure, plus dure que toutes les pierres.

Le tunnel menant au fief de Doc m'a paru plus long que d'habitude. Peut-être Kyle allait-il mourir, malgré mes efforts. Ou peut-être s'était-il réveillé et déjà lancé à ma poursuite ? Et Walter ? Dormait-il ou était-il… Et ma Traqueuse ? Avait-elle jeté l'éponge ou était-elle de nouveau en chasse, maintenant que le jour était revenu ?

Et Jared ? Sera-t-il avec Doc ? a ajouté Melanie à ma litanie de questions. *Sera-t-il encore furieux quand il te verra ? Va-t-il enfin me reconnaître ?*

Quand nous avons atteint l'infirmerie, au bout du tunnel sud, baignée par le soleil du matin, Jared et Doc étaient toujours à la même place, comme s'ils n'avaient pas bougé d'un pouce pendant mon absence. Ils se tenaient côte à côte, devant le bureau de fortune du médecin. Le silence régnait à notre arrivée. Ils ne parlaient pas ; ils regardaient Walter dormir.

Ils se sont levés d'un bond lorsque Ian m'a déposée sur le lit de camp à côté de Walter. Il a étendu ma jambe droite avec de grandes précautions.

Walter ronflait. Un son si doux à mes oreilles, si rassurant.

— Que s'est-il passé encore ? a lâché Doc avec humeur. (Il s'est penché au-dessus de moi ; déjà il épongeait le sang sur mes joues.)

Jared s'était figé. Il veillait à ne rien laisser transparaître.

— Kyle ! a déclaré Ian, au moment où je disais :

— Le sol s'est…

Doc nous a regardés tour à tour, perdu.

Ian a soupiré et roulé des yeux. D'un geste automatique, il a posé sa main sur mon front.

— Le sol s'est écroulé, devant le siphon, a repris Ian. Kyle est tombé et s'est cogné la tête. Gaby a sauvé ce misérable. Elle dit qu'elle est tombée aussi, quand le sol a cédé. (Ian a regardé Doc d'un air entendu.) Elle aurait heurté « quelque chose » dans sa chute, a-t-il repris d'un ton sarcastique, qui lui aurait entaillé l'arrière du crâne. Son nez est en sang, mais il n'est pas cassé, je crois. (Ian poursuivait la liste des dommages, comme un infirmier faisant son rapport.) Elle a aussi un muscle abîmé derrière la cuisse. Là. (Il a touché la zone au-dessus du creux du genou.) Encore une séquelle de sa chute… Les genoux sont salement écorchés, le visage aussi, mais il est possible que ce soit moi qui lui ai fait ça, quand j'ai extirpé Kyle du trou. Je n'aurais pas dû me donner cette peine, si j'avais su….

— Autre chose ? s'est enquis Doc.

À cet instant, ses doigts, palpant mes flancs, ont touché l'endroit où Kyle m'avait frappée ; j'ai hoqueté de douleur.

Il a soulevé ma chemise et j'ai entendu Ian et Jared hoqueter à leur tour.

— Laisse-moi deviner, a repris Ian d'un ton glacial. Tu t'es aussi fait ça en tombant.

— Exactement, ai-je confirmé, le souffle court, car Doc explorait encore mon flanc et je retenais mes gémissements.

— Tu as peut-être une côte cassée, a murmuré Doc. Je ne peux rien te donner contre la douleur, je regrette.

— Aucun problème, Doc, ai-je articulé. Ça ira. Comment va Walter ? Il ne s'est pas réveillé ?

— Non. La morphine l'a assommé.

Doc a pris ma main et a commencé à faire jouer mon poignet, puis mon coude.

— Tout va bien.

Il m'a regardée avec des yeux gentils.

— Oui. Ça va aller. Il va simplement te falloir du repos. Je veillerai sur toi. Maintenant, tourne la tête.

J'ai obéi ; j'ai grimacé de douleur pendant qu'il examinait la blessure à l'arrière de mon crâne.

— Il n'est pas question qu'elle reste ici, a annoncé Ian.

Je ne pouvais voir Doc, mais j'ai aperçu le regard noir qu'a lancé Jared.

— Ils amènent Kyle, a expliqué Ian. Je ne veux pas les savoir dans la même pièce.

— C'est sans doute plus prudent, a reconnu Doc.

— Je vais lui trouver un endroit. Il faudra que tu gardes Kyle ici jusqu'à ce qu'on décide quoi faire de lui.

J'ai voulu protester, mais Ian a posé ses doigts sur mes lèvres.

— Entendu. Je le sanglerai au lit si tu veux.

— Si c'est nécessaire. On peut déplacer Gaby maintenant ? a demandé Ian en jetant un regard nerveux vers le tunnel d'accès.

Doc a hésité.

— Non, ai-je marmonné derrière les doigts de Ian. Walter… Je veux rester ici avec Walter.

— Tu as fait le plein de sauvetage de vies pour aujourd'hui. Il est temps de t'occuper de toi, Gaby, a murmuré Ian, sa voix empreinte de douceur et de tristesse.

— Je veux… je veux lui dire au revoir…

Ian a acquiescé. Puis il s'est tourné vers Jared.

— Je peux te faire confiance ?

Le visage de Jared s'est empourpré de colère. Ian a levé la main en signe d'apaisement.

— Je ne veux pas la laisser sans protection pendant que j'essaie de lui trouver un endroit sûr. J'ignore si Kyle sera revenu à lui lorsqu'ils l'amèneront. Si Jeb le tue tout de suite, Gaby va paniquer. Toi et Doc, en revanche, vous serez capables de le retenir. Et je ne veux pas que Doc soit seul et que Jeb soit obligé de l'abattre.

— Doc ne sera pas seul, a répondu Jared en serrant les dents.

Ian a hésité.

— Elle a vécu un enfer, ces deux derniers jours. Ne l'oublie pas.

Jared a acquiescé, les mâchoires toujours aussi crispées.

— Je ne bougerai pas d'ici, a précisé Doc.

Ian a regardé le médecin.

— Très bien, a lâché Ian avant de se pencher vers moi. (Ses yeux lumineux ont cherché les miens.) Je reviens vite. N'aie pas peur.

— Je n'ai pas peur.

Il s'est penché encore et a posé ses lèvres sur mon front.

J'étais la première surprise, mais j'ai entendu distinctement Jared hoqueter de stupeur. Je suis restée bouche bée. Ian tournait déjà les talons et sortait en courant de l'infirmerie.

Doc a poussé un petit sifflement entre ses dents.

— Eh bien…

Les deux hommes m'ont regardée. J'étais si fatiguée, j'avais mal partout. Peu m'importait ce qu'ils pensaient…

— Doc…, a commencé Jared d'un ton d'urgence, mais du bruit dans le couloir l'a interrompu.

Cinq hommes tentaient de se faufiler par l'ouverture. Jeb ouvrait la marche, tenant la jambe gauche de Kyle. Wes suivait avec la jambe droite, et derrière, Andy et Aaron fermaient le convoi, s'époumonant à soutenir le torse. La tête de Kyle était renversée en arrière et reposait sur l'épaule d'Andy.

— Putain qu'il est lourd ! a grogné Jeb.

Jared et Doc se sont levés pour donner un coup de main. Après quelques minutes d'efforts, avec force jurons et grognements, Kyle était installé sur un lit à un mètre de moi.

— Depuis combien de temps est-il inconscient, Gaby ? m'a demandé Doc. (Il a soulevé la paupière de Kyle, laissant la lumière frapper sa pupille.)

— Heu… (J'ai tenté de faire une rapide estimation.) Depuis que je suis ici, plus les dix minutes environ qu'il a fallu à Ian pour me ramener ici, et peut-être cinq minutes encore avant ça.

— Au bas mot vingt minutes.

— Oui. Cet ordre de grandeur.

Pendant que nous échangions nos informations, Jeb avait déjà établi sa propre prophylaxie. Personne n'a fait attention à lui lorsqu'il s'est approché du lit de Kyle. Personne… jusqu'à ce qu'il verse une bouteille d'eau sur le visage de Kyle.

— Jeb ! s'est interposé Doc.

Mais Kyle s'est mis à hoqueter. Il a battu des paupières et a gémi.

— Que s'est-il passé ? Où a filé le mille-pattes ? (Il a voulu se relever pour regarder autour de lui.) Le sol… il s'est mis à bouger…

En entendant la voix de Kyle, mes mains ont agrippé, par réflexe, le montant de mon lit. Une bouffée de panique m'a envahie. Ma jambe me lançait. Je pouvais peut-être me sauver à cloche-pied ? Pas très vite, mais…

— Du calme, tout va bien, a murmuré quelqu'un. (Non, pas « quelqu'un »… J'aurais reconnu cette voix entre toutes.)

Jared s'est placé entre mon lit et celui de Kyle, dos à moi, son regard rivé sur le grand costaud. Kyle roulait la tête de droite à gauche en gémissant.

— Tu es en sécurité, a repris Jared à voix basse. (Il ne me regardait pas.) N'aie pas peur.

J'ai poussé un long soupir.

Melanie brûlait de le toucher. Sa main était si proche.

Non, je t'en prie, lui ai-je dit. *J'ai pris assez de coups comme ça pour aujourd'hui !*

Il ne te frappera pas.

Pas sûr ! Je ne veux pas courir ce risque !

Melanie a soupiré à son tour ; elle avait tant envie d'aller vers lui. C'était si douloureux de résister, parce que moi aussi, je me languissais de lui.

Laisse-lui du temps, ai-je plaidé. *Laisse-le s'habituer à nous. Il faut attendre qu'il soit convaincu.*

Elle a soupiré à nouveau.

— Putain de nom de Dieu! a lancé Kyle. (Je me suis raidie et j'ai tourné la tête vers lui, par instinct de survie. J'ai alors vu ses yeux brillants, dans le creux du coude de Jared, vrillés sur moi.) Le mille-pattes est encore là! Il n'est pas tombé dans le trou!

34.

L'enterrement

J'ai vu Jared plonger. Avec un impact sourd, son poing a percuté le visage de Kyle.

Les yeux du géant se sont révulsés et sa tête est retombée inerte sur l'oreiller.

Pendant quelques instants, un silence a régné dans la pièce.

— Hum…, a finalement lâché Doc. D'un point de vue médical, je ne suis pas sûr que c'était la meilleure des choses à faire, vu son état…

— Mais à moi, ça m'a fait du bien.

Doc a esquissé un pâle sourire.

— Allez. Ce n'est pas quelques minutes de plus dans les pommes qui vont le tuer.

Doc a soulevé à nouveau la paupière de Kyle, pris son pouls.

— Que s'est-il passé? (C'était Wes. Il était tout près de moi et me parlait dans un murmure.)

— Kyle a essayé de tuer le mille-pattes, a répondu Jared avant que j'aie eu le temps de répondre. Ça t'étonne?

— Kyle n'a rien fait, ai-je marmonné.

Wes a regardé Jared.

— Les mille-pattes sont plus doués pour l'altruisme que pour le mensonge ! a fait remarquer Jared.

— Tu tiens vraiment à être désagréable ? (Ma patience était plus qu'à bout. Je n'avais pas dormi de la nuit. Ma jambe me faisait souffrir, mais j'avais plus mal encore à la tête. À chaque inspiration, mes côtes imploraient grâce. Bref, j'étais d'une humeur de dogue !) Parce que si c'est le cas, bravo ! Tu y réussis parfaitement !

Jared et Wes m'ont regardée avec de grands yeux. Et je suis certaine que tous les autres dans la salle faisaient de même. À part Jeb, peut-être, le maître de la dissimulation.

— Je suis une « femme », ai-je poursuivi d'une voix lasse. J'en ai ma claque que vous m'appeliez le mille-pattes !

Jared a battu des paupières, interdit. Puis son visage s'est durci aussitôt.

— Parce que tu occupes un corps de femme ?

Wes s'est tourné vers Jared.

— Parce que j'en suis une ! ai-je rétorqué.

— Selon quels critères ?

— Les mêmes que les tiens ! Dans mon espèce, je suis celle qui porte les enfants. Ça te suffit comme critère ?

Ça l'a fait taire. Une soudaine satisfaction m'a envahie.

Bien joué ! a approuvé Melanie. *Il s'est comporté comme un goujat.*

Merci.

Entre filles, il faut se serrer les coudes.

— Tu ne nous as jamais raconté ça, Gaby, s'est étonné Wes tandis que Jared cherchait une contre-attaque. Comment ça marche chez vous ?

Wes a soudain pâli en s'apercevant qu'il avait parlé tout haut.

— Je veux dire, tu n'es pas obligée de répondre. Je ne voulais pas être indiscret.

J'ai ri. (Je changeais bien trop vite d'humeur à mon goût. Une vraie girouette.)

— Non, ça n'a rien d'indiscret. Nous avons une façon de perpétuer l'espèce beaucoup moins élaborée que la vôtre. (J'ai ri encore et j'ai piqué un fard. Je me souvenais très clairement de la façon dont les humains s'y prenaient.)

Tu peux penser à autre chose ?

Ce sont « tes » souvenirs !

— Alors ? s'impatientait Wes.

J'ai poussé un soupir.

— Très peu d'âmes choisissent de devenir… Mères. Celles qui, comme moi, ont ce potentiel s'appellent des « Pas-encore-Mères ». (Chez les âmes, il n'y avait pas de rapports maternels, aucune Mère ne restait en vie ; il ne subsistait d'elles que leur souvenir.)

— Et tu as ce potentiel ? a demandé Jared avec raideur.

Je savais que tout le monde écoutait. Même Doc avait cessé d'ausculter Kyle.

Je n'ai pas voulu répondre.

— Ça ressemble un peu à ce qui se passe dans vos ruches ou vos fourmilières. Il y a beaucoup de membres asexués dans la famille, et puis, la reine…

— La reine ? a répété Wes en me regardant d'un drôle d'air.

— Non, pas une reine comme ça. Mais il n'y a qu'une Mère pour cinq ou dix mille individus de mon espèce. Parfois moins encore. Il n'y a pas de règles strictes.

— Pour combien de bourdons ? s'est enquis Wes.

— Oh non, il n'y a pas de bourdons. Non, comme j'ai dit, c'est beaucoup plus simple que ça.

Ils attendaient l'explication. J'ai dégluti. Je n'aurais pas dû aborder ce sujet. Maintenant, je ne voulais pas aller plus loin. Était-ce vraiment grave si Jared continuait à m'appeler le « mille-pattes » ?

Ils me regardaient tous. Je me suis renfrognée, mais j'ai parlé :

— Les Mères se scindent. Une sorte de « désolidarisation cellulaire », vous diriez, mais notre structure interne est différente de la vôtre. Chaque « cellule » devient une nouvelle âme. Et chacune garde un peu de la mémoire de la Mère ; c'est cette partie des Mères qui subsiste.

— Combien de divisions ? a demandé Doc. Combien de jeunes ?

— Environ un million, ai-je répondu avec un haussement d'épaules.

Leurs yeux, déjà grands ouverts, se sont écarquillés davantage encore. J'ai tenté de ne pas me sentir blessée quand Wes s'est écarté de moi d'un air dégoûté.

Doc a lâché un sifflement. Il était le seul à vouloir que je continue. Aaron et Andy étaient troublés. Ils n'avaient jamais assisté à mes « cours » dans la cuisine. Jamais ils ne m'avaient entendu parler autant.

— Quand cela se produit-il ? Il y a un facteur déclenchant ? a demandé Doc.

— Non, c'est un choix. C'est la seule façon dont nous acceptons de mourir. Une sorte de marché. Une vie contre une nouvelle génération.

— Tu pourrais choisir de le faire maintenant, de te diviser, comme ça, par simple décision ?

— Ce serait un peu compliqué, mais oui, ce serait possible.

— Qu'est-ce qui serait compliqué ?

— Prendre la décision. Le processus est douloureux.

— Douloureux ?

Il n'y avait pas de quoi s'étonner pourtant. C'était pareil chez les humains.

Les hommes ont la mémoire courte ! a raillé Mel.

— Ça fait très mal, ai-je expliqué. On garde tous en mémoire les souffrances de nos Mères.

Doc se caressait le menton, fasciné.

— Je me demande quelle voie a empruntée l'évolution pour arriver à ça… une société de type ruche avec des reines qui se suicident et…

Il n'a pas terminé sa phrase, perdu dans ses pensées.

— L'altruisme ? a murmuré Wes.

— Oui. C'est une possibilité, a lâché Doc, pensif.

J'ai fermé les yeux. Pourquoi avais-je parlé ? J'avais le vertige. Était-ce simplement la fatigue ou les coups sur la tête ?

— Oh ! Pardon, Gaby ! a lancé Doc. Tu as dormi encore moins que moi. On va te laisser te reposer.

— Ça va…, ai-je marmonné sans ouvrir les yeux.

— C'est le bouquet, a lâché quelqu'un d'une voix sourde. On a chez nous une reine pondeuse ! Elle peut se transformer d'un moment à l'autre en un million de petits aliens !

— Chut !

— Ils ne pourraient pas vous faire de mal, ai-je répondu en gardant toujours les paupières closes. Sans corps hôtes, ils mourraient rapidement. (J'ai grimacé, en concevant cette image insupportable : un million de petites âmes sans défense, de petits bébés argent, se tordant de douleur.)

Les autres sont restés silencieux, mais leur soulagement était palpable dans l'air.

J'étais si fatiguée. Au diable Kyle, même s'il se trouvait à un mètre de moi ! Au diable ses deux sbires qui attendaient son réveil pour passer à l'action ! Tout ce que je voulais, c'était dormir.

Évidemment, c'est à ce moment-là que Walter s'est réveillé.

— Oohh ! a-t-il gémi. Gladys ? Tu es là ?

Avec un gémissement semblable, j'ai roulé sur le côté. Un éperon de douleur a traversé ma jambe blessée. Je ne pouvais pas bouger. Alors j'ai tendu le bras vers lui, cherché sa main.

— Je suis là, ai-je murmuré.

— Ah !… a soupiré Walter de soulagement.

Doc a fait taire les protestations qui commençaient à s'élever parmi les nouveaux venus :

— Gaby l'a tranquillisé pendant qu'il souffrait le martyre ! Elle lui a apporté la paix et le sommeil ! Il lui a écrasé la main pendant des heures. Et vous, qu'avez-vous fait pour lui ?

Walter a encore gémi. Un son grave, guttural, mais qui s'est rapidement mué en cri de douleur.

Doc a tressailli.

— Aaron, Andy, Wes… Vous voulez bien aller chercher Sharon, s'il vous plaît ?

— Tous les trois ?

— Dehors ! a traduit Jeb.

Les trois hommes se sont exécutés sans piper.

— Gaby, a chuchoté Doc dans mon oreille. Il souffre. Je ne peux le laisser revenir complètement à lui.

J'ai tenté de me montrer forte.

— Il vaut mieux qu'il ne me reconnaisse pas. Il vaut mieux qu'il croie que Gladys est ici.

J'ai soulevé les paupières. Jeb se tenait à côté de Walter, qui semblait encore dormir.

— Au revoir, Walter, a articulé Jeb. On se retrouve sur l'autre rive.

Il a reculé d'un pas.

— Tu es un brave homme. Tu nous manqueras, a murmuré Jared.

Doc fouillait de nouveau dans le paquet de doses de morphine. J'entendais le bruit du sac en papier.

— Gladys? a sangloté Walter. Ça fait si mal.

— Là... là... cela ne va pas durer. Doc va te soulager.

— Gladys?

— Oui?

— Je t'aime, Gladys. Je t'ai aimée toute ma vie.

— Je le sais, Walter. Je... je t'aime aussi. Tu sais combien je t'aime.

Walter a soupiré.

J'ai fermé les yeux quand Doc s'est penché sur le mourant avec sa seringue.

— Dors bien, cher ami, a murmuré Doc.

Les doigts de Walter se sont détendus, puis dépliés lentement. Je les ai tenus dans ma main. C'est moi à présent qui m'accrochais à lui.

Les minutes se sont écoulées; tout était silencieux, hormis le bruit de ma respiration. Elle était saccadée, traversée de spasmes, et se muait en sanglots étouffés.

Quelqu'un a posé la main sur mon épaule.

— C'est fini, Gaby, a déclaré Doc d'une voix grave. Il a cessé de souffrir.

Il a pris ma main libre et m'a fait rouler doucement, pour m'installer dans une position moins douloureuse. Maintenant que je ne risquais plus de réveiller Walter, mes sanglots se faisaient plus bruyants. J'ai posé ma main sur mon flanc, où la douleur se propageait.

— Allez, vas-y. Ça te démange..., a marmonné Jared.

De quoi parlait-il? Je voulais ouvrir les yeux mais n'en avais plus la force.

Quelque chose m'a piquée. Je ne me rappelais pas m'être fait mal au bras. En particulier à cet endroit, dans le creux du coude.

De la morphine, a chuchoté Melanie.

Je sombrais déjà. Je voulais lutter, mais je ne le pouvais pas. Le grand voyage avait commencé.

Personne ne m'a dit au revoir, ai-je pensé avec tristesse. Jared, c'est normal, mais Jeb… Doc… Et Ian qui n'était même pas là…

Personne ne va mourir, m'a-t-elle promis. *C'est juste le marchand de sable qui passe.*

À mon réveil, le plafond au-dessus de moi était éclairé par les étoiles. Il y en avait des milliers… Où étais-je ? Il n'y avait pas de zones opaques dans mon champ de vision. Pas même de plafond. Juste des étoiles, encore et encore…

Le vent caressait mon visage. Il y avait l'odeur de la poussière et une autre senteur, que je ne parvenais à définir. Il manquait quelque chose aussi. L'odeur de champignon. Et celle du soufre. Et l'air était curieusement sec.

— Gaby ? a chuchoté quelqu'un, en touchant ma joue – celle sans hématomes.

Mes yeux ont trouvé le visage de Ian, blanc sur le clair des étoiles, penché au-dessus de moi. Sa main sur ma peau était plus fraîche que la brise ; c'était plutôt agréable. Où me trouvais-je ?

— Gaby ? Tu es réveillée ? Ils ne peuvent attendre plus longtemps.

— Quoi ? ai-je chuchoté à mon tour.

— Ils ont déjà commencé. Je me suis dit que tu voudrais être là.

— Elle revient à elle? (C'était la voix de Jeb.)

— Qu'est-ce qui a commencé?

— Les funérailles de Walter.

J'ai tenté de me redresser mais mon corps était comme de la guimauve. La main de Ian s'est posée sur mon front pour me faire tenir tranquille.

J'ai tourné la tête pour tenter de voir sous sa main…

J'étais dehors.

Dehors!

Sur ma gauche, un monticule de rochers formait une montagne miniature, couverte de broussailles. Sur ma droite, le désert s'étendait à l'infini, se perdant dans les ténèbres. Plus loin, en contrebas, j'ai aperçu un groupe d'humains, visiblement mal à l'aise. Je savais pourquoi. Ils se sentaient vulnérables à l'air libre.

J'ai voulu à nouveau me lever. Je voulais m'approcher pour voir ce qu'ils faisaient. Mais la main de Ian m'en a encore empêchée.

— Doucement… N'essaie pas de te lever.

— Aide-moi…

— Gaby? (C'était la voix de Jamie.)

Je l'ai aperçu, ses cheveux sautant sur sa tête tandis qu'il courait vers moi.

Sous mes doigts, j'ai senti le rebord d'un matelas. Comment étais-je arrivée ici – endormie sous les étoiles?

— Ils n'ont pas attendu, a expliqué Jamie. Cela va bientôt être fini.

— Aide-moi à me lever.

Jamie s'est penché pour prendre ma main, mais Ian a secoué la tête.

— C'est bon, je la prends.

Ian a glissé ses bras sous moi en veillant à ne pas toucher les zones les plus douloureuses. Il m'a soulevée et ma tête a tangué comme un bateau dans la tempête.

— Qu'est-ce que Doc m'a fait ? me suis-je plainte.

— Il t'a donné le reste de morphine pour pouvoir t'examiner sans te faire mal. Tu avais besoin de dormir, de toute façon.

Je me suis renfrognée.

— Quelqu'un pouvait en avoir plus besoin que moi.

— Chut !

J'ai entendu une voix grave au loin. J'ai tourné la tête : le groupe d'humains se tenait à l'entrée d'une grotte s'ouvrant au pied de la pile instable de rochers. Les gens se tenaient en ligne.

C'était la voix de Trudy.

— Walter a toujours vu le bon côté des choses. Il savait voir la lumière au fond d'un puits. Ça, ça va me manquer.

J'ai vu une silhouette s'avancer dans la grotte ; j'ai reconnu Trudy, à sa natte poivre et sel qui ondulait sous ses pas. Elle a jeté une poignée de sable dans l'obscurité. Les grains ont crissé en disparaissant.

Elle a repris sa place dans le groupe, auprès de son mari. Geoffrey s'est avancé à son tour.

— Va retrouver ta Gladys. Tu seras plus heureux qu'ici. (Geoffrey a lancé sa poignée de poussière.)

Ian m'a portée jusqu'au groupe. Je pouvais à présent distinguer ce qu'il y avait dans la grotte : un grand trou noir, autour duquel se tenait la communauté au complet.

Tout le monde était là. Pas un ne manquait.

Kyle s'est avancé à son tour.

J'ai tremblé, et Ian m'a serrée doucement contre lui.

Kyle n'a pas regardé dans notre direction. J'ai vu son visage de profil ; son œil droit était quasiment fermé par un hématome.

— Walter, tu es mort humain, a déclaré Kyle. C'est le vœu de chacun de nous. (Il a jeté sa poignée de poussière dans le trou et réintégré le groupe.)

Jared se tenait à côté de lui. Il a marché jusqu'à la tombe de Walter.

— Il était la bonté même. Le meilleur d'entre nous. (Il a jeté son sable.)

Jamie s'est avancé à son tour; Jared lui a tapoté l'épaule en le croisant.

— Walter était gentil, a déclaré Jamie. Il n'avait pas peur de mourir, il n'avait pas peur de vivre et il n'avait pas peur de croire. Il prenait ses propres décisions et elles étaient sages.

(Jamie a jeté sa poignée et est revenu à sa place, en me fixant des yeux pendant tout le trajet.)

— À toi, m'a-t-il chuchoté en venant se poster à côté de moi.

Une pelle à la main, Andy s'avançait déjà.

— Attends! a soufflé Jamie. (Sa voix basse a résonné dans le silence.) Gaby et Ian n'ont rien dit.

Une rumeur de désapprobation a parcouru l'assistance. J'avais le tournis. Le sol se soulevait autour de moi.

— Un peu de respect pour le mort! a lancé Jeb d'une voix plus forte que celle de Jamie – trop forte pour moi.

Mon instinct premier était de faire signe à Andy d'avancer avec sa pelle et de demander à Ian de me ramener sur mon matelas. C'était une cérémonie humaine. Je n'y avais pas ma place.

Mais, moi aussi, je pleurais Walter; et j'avais quelque chose à dire.

— Ian, aide-moi à prendre du sable.

Ian s'est accroupi pour que je puisse prélever ma poignée de poussière. Il m'a posée sur sa cuisse pour pouvoir collecter la sienne. Puis il s'est relevé et m'a portée jusqu'à la fosse.

Je ne voyais pas le fond du trou. Il faisait sombre au pied du monticule et la tombe paraissait très profonde.

Ian a parlé le premier.

— Walter était le meilleur et le plus intelligent des hommes qu'il m'ait été donné de rencontrer. (Il a jeté sa poignée de sable ; un long moment s'est écoulé avant que les grains heurtent le fond de la fosse.)

Ian m'a alors regardée.

C'était le silence complet sous le ciel nocturne. Même le vent était tombé. J'ai parlé doucement, juste un murmure, mais je savais que tous m'entendaient.

— Il n'y avait pas de haine dans ton cœur, Walter. Ton existence était la preuve vivante que nous étions dans l'erreur. Nous n'avions aucun droit de vous prendre votre monde. J'espère que les contes de fées des humains sont vrais, que tu vas retrouver ta Gladys.

J'ai laissé les grains couler entre mes doigts et j'ai attendu que chacun tinte, en rencontrant le corps de Walter, invisible au fond de la fosse.

Andy a commencé à combler le trou dès que Ian s'est reculé. Chaque pelletée de sable faisait un bruit mou et puissant en heurtant le fond de l'excavation. Chaque impact me faisait tressaillir.

Aaron est passé devant nous avec une autre pelle. Ian m'a ramenée vers le groupe pour laisser les deux hommes accomplir leur besogne. Les chocs des outils résonnaient en écho. On a fendu le groupe pour rejoindre notre coin d'ombre ; autour de nous, on s'enlaçait, on se murmurait des paroles de réconfort.

Alors que Ian était sur le point de me déposer sur mon matelas, j'ai rouvert les yeux et je l'ai regardé pour la première fois avec attention ; il avait le visage maculé de cette poussière blanchâtre, les traits fatigués, les yeux bouffis. J'avais déjà vu Ian dans cet état, une fois… mais quand ? Impossible de m'en souvenir… Et puis une autre question a rompu le fil de mes pensées, quand Ian m'a étendue sur la paillasse : et maintenant ? Qu'étais-je censée faire dehors ? Dormir ? J'ai aperçu Doc ; il se tenait juste derrière nous ; Ian et lui se sont agenouillés à côté de moi.

— Comment te sens-tu ? m'a demandé le médecin en tâtant déjà mon flanc.

Je voulais m'asseoir, mais Ian m'a retenue par l'épaule.

— Bien. Je crois même pouvoir marcher…

— Inutile de forcer. Donnons à cette jambe quelques jours encore pour se remettre. (Doc m'a soulevé la paupière gauche d'un geste automatique, et a braqué le faisceau de sa lampe sur ma pupille. De mon œil droit, j'ai vu le reflet brillant qui a couru sur son visage. Il a cligné des yeux sous le reflet, et s'est reculé de quelques centimètres. La main de Ian, sur mon épaule, n'a pas bougé. Cela m'a surprise.)

— Ça ne facilite pas le diagnostic, a lâché Doc. Comment va la tête ?

— Un peu groggy. À cause de la morphine, pas à cause des coups. Je n'aime pas trop ça. Je préfère sentir la douleur… je crois.

Doc a grimacé. Ian aussi.

— Quoi ? ai-je demandé.

— Je vais encore devoir t'endormir, Gaby. Je suis désolé.

— Mais pourquoi ? Je n'ai pas si mal. Je ne veux pas…

— On doit te ramener à l'intérieur, m'a interrompue Ian, en chuchotant, comme s'il ne voulait pas que les autres entendent. (Leurs voix résonnaient en sourdine derrière nous, se réverbérant sur les rochers.) On a promis que… que tu serais inconsciente.

— Vous n'avez qu'à me bander les yeux comme l'autre fois.

Doc a sorti la petite seringue de sa poche. J'étais déjà abattue, mais là, c'était le coup de grâce. Je me suis reculée, cherchant refuge auprès de Ian. Sa main sur mon épaule s'est faite plus ferme :

— Tu connais trop bien les grottes, a murmuré Doc. Ils ont peur que tu devines…

— Mais où pourrais-je aller ? ai-je murmuré avec désespoir. Même si je savais où est la sortie, pourquoi m'en irais-je maintenant ?

— Cela les rassure, a expliqué Ian.

Doc a pris mon poignet ; je me suis laissé faire. J'ai détourné la tête au moment où l'aiguille s'est enfoncée dans ma peau ; j'ai regardé Ian. Ses yeux étaient dans la pénombre. Il a grimacé en voyant que je me sentais trahie.

— Pardon…, a-t-il murmuré.

C'est la dernière chose que j'ai entendue.

35.

Le tribunal

J'ai poussé un grognement. Ma tête me tournait et j'avais la nausée.

— Enfin ! a lancé quelqu'un avec soulagement. (Ian, bien sûr.) Tu as faim ?

J'ai réfléchi à cette question et j'ai eu un haut-le-cœur sonore.

— Oh, oublie ça. Désolé encore. On était obligés. Tout le monde est devenu paranoïaque quand on t'a sortie de la grotte.

— Ce n'est pas grave.

— Tu veux de l'eau ?

— Non.

J'ai ouvert les yeux, tentant de m'acclimater à la pénombre. Deux étoiles brillaient dans une fissure au-dessus de moi. C'était encore la nuit. Ou avais-je dormi pendant vingt-quatre heures ?

— Où suis-je ?

La forme des fissures m'était étrangère. Je n'avais jamais vu ce plafond.

— Dans ta chambre.

J'ai cherché le visage de Ian dans l'obscurité, mais je ne distinguais qu'un ovale noir. Avec mes doigts, j'ai tâté la chose sur laquelle j'étais étendue. Un vrai matelas ! Il y avait un oreiller sous ma tête. Ma main, par inadvertance, a touché la sienne. Il m'a attrapé les doigts avant que j'aie eu le temps de les retirer.

— À qui est cette chambre ?

— À toi.

— Ian…

— C'était la nôtre, à Kyle et à moi. Kyle n'est pas là… Il est consigné à l'infirmerie en attendant qu'on décide de son sort. Et moi, je peux m'installer avec Wes.

— Je ne veux pas prendre ta chambre. Et que veux-tu dire par « en attendant qu'on décide de son sort » ?

— Je t'ai dit qu'il y aurait un jugement.

— Quand ?

— Pourquoi veux-tu le savoir ?

— Parce que s'il y a un procès, je veux être présente. Pour expliquer.

— Pour mentir.

— C'est pour quand ? ai-je insisté.

— Tout à l'heure, à l'aube. Et je ne t'y emmènerai pas.

— Alors j'irai toute seule. Je sais que je pourrai marcher dès que je n'aurai plus le tournis.

— Tu es sérieuse ?

— Oui. Ce n'est pas équitable si je ne peux pas m'exprimer.

Ian a poussé un soupir. Il a lâché ma main et s'est levé lentement. J'ai entendu ses jointures craquer. Depuis combien de temps était-il assis dans le noir, à attendre que je me réveille ?

— Je reviens. Tu n'as peut-être pas faim, mais moi j'ai l'estomac dans les talons.

— Tu as eu une longue nuit.

— Oui.

— Si le jour se lève, je ne resterai pas ici à t'attendre.

Il a émis un petit rire triste.

— Je n'en doute pas. Je reviendrai donc avant l'aube. Et je t'aiderai à aller là où tu veux.

Il a penché l'un des panneaux qui servaient de portes, est sorti de la pièce et a remis le battant en place. J'ai froncé les sourcils. Cela serait difficile de faire pareil à cloche-pied. J'espérais que Ian reviendrait à temps.

En attendant son retour, j'ai contemplé les deux étoiles et laissé le monde arrêter sa giration. Vraiment, je n'aimais pas les drogues humaines. Berk ! Mon corps se révoltait, mais les coups de boutoir dans mon crâne me faisaient souffrir davantage encore.

Le temps passait avec une lenteur infinie, mais je ne me suis pas rendormie. J'avais dormi la majeure partie des dernières vingt-quatre heures. Je devais être affamée… mais je préférais attendre que mon estomac cesse ses sauts de cabri avant de tenter le sort.

Ian est revenu avant le jour, comme il l'avait promis.

— Tu te sens mieux ? a-t-il demandé en se faufilant entre les panneaux.

— Oui. Je crois. Je n'ai pas encore osé bouger la tête.

— Tu crois que c'est toi qui réagis mal à la morphine, ou le corps de Melanie ?

— C'est Mel. Elle ne supporte pas la plupart des antalgiques. Elle a découvert ça quand elle s'est cassé le poignet il y a dix ans.

Il est resté pensif un moment.

— C'est bizarre. Avoir affaire à deux personnes à la fois.

— Oui, c'est bizarre.

— Tu n'as toujours pas faim ?

J'ai esquissé un sourire.

— J'ai cru sentir une odeur de pain… Oui. Je pense que les nausées sont derrière moi.

— J'espérais que tu dirais ça.

Son ombre s'est approchée de moi. Il a cherché ma main, puis m'a écarté les doigts et a placé dans ma paume un objet familier.

— Tu m'aides à me lever ? ai-je demandé.

Il a passé son bras doucement autour de mes épaules et m'a relevée comme on relève un manche à balai, pour éviter de tordre mon torse douloureux. Je sentais quelque chose d'étrange et de rigide contre ma peau.

— Merci, ai-je articulé le souffle coupé. (La tête me tournait un peu. J'ai porté la main à mon côté. Quelque chose collait à ma peau, sous ma chemise.)

— J'ai des côtes cassées, alors ?

— Doc n'en sait trop rien. Il t'a soignée comme il a pu.

— Il a fait du zèle…

— Oui.

— Je m'en veux… parce que, au début, je ne l'aimais pas, ai-je reconnu.

Ian a ri de bon cœur.

— Le contraire m'eût étonné ! Je me demande même comment tu peux nous aimer tous.

— C'est grâce à toi, ai-je marmonné en mordant dans mon morceau de pain. (J'ai mâché mécaniquement et j'ai avalé ma bouchée, attendant qu'elle tombe dans mon estomac.)

— Ce n'est pas très ragoûtant, je sais, a dit Ian.

J'ai haussé les épaules.

— C'est juste pour tester, pour voir si la nausée est définitivement passée.

— Peut-être que quelque chose de plus appétissant passerait mieux ?

Je l'ai regardé, intriguée, mais je ne pouvais voir son visage. J'ai entendu un craquement de Cellophane et puis une odeur… et j'ai compris.

— Des Cheetos ! Pour moi ? Vrai de vrai ?

Il en a porté un à mes lèvres et j'ai mordu dedans avec bonheur.

— J'en rêvais depuis si longtemps…

Ma remarque l'a fait rire. Il m'a mis le sachet dans les mains.

Je l'ai vidé en un éclair, puis j'ai fini mon morceau de pain, profitant du bon goût qui imprégnait encore ma langue. Il m'a tendu une bouteille d'eau, devançant mes désirs.

— Merci. Pas seulement pour les Cheetos. Pour tant de choses…

— Tu es plus que la bienvenue ici, Gaby.

J'ai contemplé ses yeux sombres et indigo, tâchant de discerner ce qu'il ne disait pas. Il y avait autre chose que de la simple courtoisie dans ces paroles. Et puis, je me suis rendu compte que je pouvais distinguer la couleur de ses iris. J'ai levé la tête vers les fissures au-dessus de moi. Les étoiles s'étaient évanouies, le ciel pâlissait. Le jour se levait… L'aube !

— Tu es certaine de vouloir y aller ? m'a demandé Ian, offrant déjà ses mains pour me soulever.

J'ai acquiescé.

— Tu n'as pas besoin de me porter. Mes jambes sont plus stables.

— On va voir ça…

Il m'a aidée à me mettre sur mes pieds, en gardant son bras autour de ma taille et en passant le mien autour de son cou.

— Prête ? Comment ça va ?

J'ai fait un pas vacillant. Cela faisait mal, mais c'était supportable.

— Génial ! Allons-y.

À mon avis, Ian t'apprécie un peu trop…

Trop ? Je ne m'attendais pas à ce que Melanie se manifeste, en tout cas pas aussi distinctement. Ces derniers temps, elle ne parlait que lorsque Jared était dans les parages.

Je suis là aussi, non ? Et il s'en fiche complètement…

Bien sûr que non ! Avec Jamie et Jeb, il est notre plus ardent défenseur.

Je ne parlais pas de ça.

De quoi parles-tu alors ?

Mais elle était partie.

Le trajet a duré longtemps. C'était vraiment très loin. Je pensais que le procès aurait lieu sur la grande place ou dans la cuisine – les deux lieux où tout le monde se rassemblait d'ordinaire. Mais nous avons traversé la parcelle est et avons continué à marcher vers la grande salle obscure que Jeb appelait le « terrain de sport ». Je n'y avais pas mis les pieds depuis que Jeb m'avait fait faire le tour du propriétaire. L'haleine soufrée de la source m'a accueillie.

À l'inverse de la plupart des cavernes, le terrain de sport était beaucoup plus large que haut. Je m'en rendais compte à présent parce qu'on avait suspendu les lampes bleues cette fois, au lieu de les laisser par terre. Le plafond se trouvait à moins de un mètre au-dessus de ma tête – la hauteur d'une pièce d'une maison. Mais je ne parvenais pas à distinguer les murs ; ils étaient si loin qu'ils se perdaient dans la pénombre. Je ne voyais pas la source non plus, mais je l'entendais couler à gros bouillons.

Kyle était assis dans une flaque de lumière, ses grands bras repliés autour de ses jambes. Son visage était un masque de cire. Il n'a pas relevé la tête à notre arrivée claudicante.

De part et d'autre de lui se tenaient Jared et Doc, debout, les bras le long du corps, telles deux sentinelles.

Jeb était à côté de Jared, son fusil calé sur l'épaule. Il paraissait détendu, mais je savais qu'il pouvait très vite changer d'humeur. Jamie tenait la main de… non, c'est Jeb qui lui tenait la main… le poignet, plus précisément… et Jamie ne semblait guère apprécier. Quand il m'a vue, toutefois, il m'a adressé un large sourire et un coucou enthousiaste de la main. Il a pris une grande inspiration et a regardé Jeb avec insistance. De guerre lasse, le patriarche l'a lâché.

Sharon flanquait Doc, et tante Maggie sa fille…

Ian m'a entraînée vers la frange de ténèbres qui ourlait le tableau. Nous n'étions pas seuls à l'occuper. Je distinguais une série de silhouettes, mais aucun visage.

C'était curieux ; pendant tout le trajet, Ian avait semblé me porter sans effort. Mais à présent, il était exténué. Son bras autour de mes hanches était mou. J'ai avancé en sautillant pour le soulager jusqu'à ce qu'il repère un endroit qui lui convenait. Il m'a déposée au sol et s'est assis à côté de moi.

— Aïe ! ai-je entendu quelqu'un murmurer.

Je me suis retournée. J'ai uniquement reconnu Trudy dans la pénombre. Elle s'est approchée de moi. Geoffrey et Heath l'ont imitée.

— Tu es dans un sale état. Tu souffres beaucoup ?

J'ai haussé les épaules.

— Ça va.

Ian avait-il fait exprès de ne plus me soutenir à notre arrivée, pour montrer l'étendue de mes blessures ? Pour charger Kyle ? Je l'ai regardé en fronçant les sourcils ; il jouait l'innocent.

Wes et Lily sont arrivés et ont rejoint mon petit groupe d'alliés. Brandt a fait son entrée quelques instants plus tard, puis Heidi, et puis Andy et Paige. Aaron est arrivé en dernier.

— Tout le monde est là, a-t-il annoncé. Lucina reste avec les gosses. Elle ne veut pas qu'ils assistent à ça. Elle dit de commencer sans elle.

Aaron s'est installé à côté d'Andy. Il y a eu un moment de silence.

— Très bien, a lancé Jeb d'une voix de stentor pour être entendu de tous. Voilà comment on va procéder. On vote à la majorité. Comme de coutume, je me réserve un droit de veto si je suis en désaccord avec la majorité, parce que je suis...

— ... « chez moi » ! ont conclu en chœur plusieurs voix.

Quelqu'un a ri, mais il s'est vite arrêté. Il n'y avait rien d'amusant. Un humain allait être jugé pour avoir tenté de tuer un « envahisseur ». C'était un jour à marquer d'une pierre blanche pour chacun d'entre eux.

— Qui veut parler contre Kyle ? a demandé Jeb.

Ian a voulu se lever.

— Non !... ai-je soufflé en le retenant par le bras.

Il a repoussé ma main et s'est levé.

— Les faits sont assez éloquents, a-t-il répondu. (J'aurais voulu bondir pour lui plaquer la main sur la bouche, mais sans aide, j'étais clouée au sol.) Mon frère a été prévenu. Il connaissait parfaitement les règles de Jeb sur ce point. Gaby est l'une des nôtres, les mêmes règles et les mêmes droits s'appliquent à elle. Jeb a clairement dit à Kyle que s'il ne pouvait vivre avec elle ici, c'est lui qui devait s'en aller. Kyle a décidé de rester. Il savait alors ce qu'il encourait s'il tentait de la tuer.

— Elle est toujours en vie ! a grogné Kyle.

— C'est pourquoi je ne réclame pas ta mort, Kyle, a répliqué Ian. Mais tu ne peux plus vivre parmi nous. Pas tant que tu as des envies de meurtre.

Ian a regardé son frère un long moment avant de se rasseoir à côté de moi.

— Mais il pourrait se faire attraper… Dieu seul sait alors ce qui pourrait se passer ! a protesté Brandt en se levant. Il pourrait les conduire ici… Ils débarqueront alors en masse…

Un murmure a parcouru l'assemblée.

Kyle s'est tourné vers Brandt.

— Ils ne m'auront jamais vivant !

— Alors c'est une condamnation à mort, a lancé quelqu'un.

— Tu peux te faire avoir comme les autres, Kyle ! disait Andy au même moment

— Pas tous à la fois ! est intervenu Jeb pour mettre un peu d'ordre.

— J'ai déjà survécu dehors ! a lancé le géant avec humeur.

Une autre voix est montée de l'obscurité.

— C'est trop risqué. (Je ne parvenais pas à reconnaître les auteurs de toutes ces interventions.)

Et une autre encore :

— Kyle n'a rien fait de mal !

Jeb a fait un pas vers l'intervenant, fulminant.

— Il a violé mes règles !

— Elle n'est pas l'une des nôtres, a protesté quelqu'un d'autre.

Ian s'est levé à son tour.

— Hé ! a crié Jared. (Sa voix était si puissante que tout le monde a sursauté.) Ce n'est pas le procès de Gaby ! Quelqu'un a-t-il quelque chose à reprocher à Gaby, quelque chose de concret ? Si c'est le cas, demandez un autre procès. Mais nous savons tous qu'elle n'a fait de mal à personne ici. En réalité, elle a sauvé la vie de Kyle ! (Kyle s'est recroquevillé quand Jared l'a désigné du doigt, comme s'il avait reçu un coup.) Quelques instants après qu'il a tenté de la jeter dans la rivière, elle a risqué sa vie pour lui éviter une mort horrible. Elle savait pourtant qu'en le laissant tomber dans le trou, elle assurait sa sécurité. Mais elle l'a sauvé ! Lequel d'entre vous aurait fait la même chose ? Qui aurait porté secours à son ennemi juré ? Il a voulu la tuer et pourtant, elle ne témoigne même pas contre lui.

J'ai senti tous les regards se braquer sur moi. Jared s'est tourné vers moi.

— Gaby, veux-tu déposer à charge contre lui ?

Je l'ai regardé avec de grands yeux, éberluée de l'entendre prendre ma défense, mais surtout de l'entendre me parler, à moi, en utilisant mon nom. Melanie aussi était sous le choc. Elle était transportée par la douceur du regard qu'il posait sur nous, la gentillesse de son visage – tout ce qui lui avait tant manqué. Mais c'était mon prénom qu'il avait utilisé…

Il m'a fallu quelques instants pour retrouver l'usage de la parole.

— C'est un malentendu…, ai-je murmuré. Nous sommes tous les deux tombés lorsque le sol s'est écroulé. Il ne s'est rien passé de plus. (J'espérais qu'en parlant bas le mensonge serait moins évident, mais c'était un vœu pieux. Ian a gloussé ostensiblement. Je lui ai donné un coup de coude, mais cela ne l'a pas arrêté.)

Jared a eu un grand sourire.

— Vous voyez ! Elle essaie même de le disculper !

— Elle « essaie », c'est bien le mot, a ajouté Ian.

— Rien ne prouve que le mille-pattes ment ! a lancé Maggie avec hargne en faisant un pas vers Kyle. Il dit peut-être la vérité en faisant semblant de mentir !

— Maggie, est intervenu Jeb.

— Tais-toi Jebediah ! Laisse-moi parler ! Nous n'avons rien à faire ici. Aucun humain n'a été agressé à ce que je sache ! Le mille-pattes n'accuse même pas Kyle ! Nous perdons tous notre temps ici !

— Je suis d'accord, a renchéri Sharon.

Doc lui a lancé un regard attristé.

Trudy a bondi.

— On ne peut garder un meurtrier parmi nous et attendre qu'il réussisse son coup !

— « Un meurtrier ». Ce terme est bien exagéré, a persiflé Maggie. On parle de « meurtre » quand un humain tue un autre humain !

Ian a refermé son bras autour de mes épaules. Je me suis aperçue que je tremblais lorsque j'ai senti son corps immobile contre le mien.

— Le terme « humain » aussi est bien souvent exagéré, Maggie, a répliqué Jared, en lui jetant un regard noir. Pour pouvoir se revendiquer « humain », il faut être capable de montrer un peu de compassion, de miséricorde.

— Votons ! a lancé Sharon avant que sa mère ait le temps de répondre. Que ceux qui pensent que Kyle doit rester ici lèvent la main ! Ceux qui pensent qu'il s'agit d'un simple « malentendu »… (Elle a regardé Ian d'un air de défi, en reprenant mon terme.)

Des mains se sont levées. J'ai vu Jared se renfrogner à mesure que Jeb comptait les voix.

J'ai voulu lever la main, mais Ian m'en a empêchée en me serrant contre lui. Je me suis débattue… Je voulais voter… J'ai dressé ma paume comme je pouvais. Mais ma voix, de toute façon, était inutile.

— Vingt et un… vingt-deux… vingt-trois… d'accord, a conclu Jeb, c'est une majorité manifeste.

Je n'ai pas tourné la tête pour voir qui votait contre moi… dans mon petit coin, mes amis gardaient les bras croisés sur la poitrine d'un air revêche ; c'était ça l'important.

Jamie s'est éloigné de Jeb pour venir se faufiler entre Trudy et moi. Il a passé son bras autour de moi, sous celui de Ian.

— Peut-être les tiens ont-ils raison après tout, a-t-il lancé suffisamment fort pour être entendu. Il vaut mieux décider pour nous.

— Chut ! ai-je soufflé.

— Parfait, a annoncé Jeb. (Tout le monde était silencieux. Le patriarche a regardé longuement Kyle, puis moi, puis Jared.) D'accord. Je m'incline, pour cette fois, devant la décision du plus grand nombre.

— Jeb ! ont lancé ensemble Ian et Jared.

— Ma maison, mes règles, leur a rappelé Jeb. N'oubliez jamais ça. Alors écoute-moi bien, Kyle – et ça vaut pour toi aussi, Mag : si quiconque essaie encore de faire du mal à Gaby, il n'aura pas droit à un procès ; il ira droit dans la tombe, sans passer par la case prison ! (Il a tapé la crosse de son fusil pour étayer ses dires.)

J'ai tressailli.

Maggie a lancé un regard noir à son frère. Kyle a hoché la tête, comme s'il acceptait les termes du marché.

Jeb a regardé l'assistance, observant tour à tour chacun d'entre eux, à l'exception de notre petit groupe.

— La séance est levée ! a lancé le patriarche. Et maintenant… qui veut faire une partie ?

36.

La confiance

L'atmosphère s'est détendue, une rumeur plus enjouée a parcouru l'assemblée.

J'ai interrogé Jamie du regard. Il a haussé les épaules.

— Jeb essaie de rétablir une situation normale. Cela a été deux jours pénibles. L'enterrement de Walter…

J'ai grimacé.

J'ai vu Jeb faire un grand sourire à Jared. Après quelques instants de résistance, Jared a lâché un soupir en levant les yeux au ciel. Il a tourné les talons et a quitté la salle en courant.

— Jared a rapporté un nouveau ballon ? a demandé quelqu'un.

— Génial ! s'est exclamé Wes, à côté de moi.

— Jouer au football ! a maugréé Trudy entre ses dents.

— Pourquoi pas. Si cela permet d'évacuer les tensions…, a répondu Lily.

Elles parlaient à voix basse, mais j'entendais les autres voix, plus loin, plus fortes :

— Vas-y doucement cette fois avec la balle, a lancé Aaron à Kyle, en lui tendant la main pour l'aider à se lever.

Kyle a accepté l'offre et s'est levé lentement. Une fois dressé de toute sa hauteur, il touchait presque les lampes.

— Le dernier ballon avait une faiblesse, a répliqué Kyle avec un sourire. Un défaut de fabrication.

— Je nomme Andy comme capitaine ! a crié quelqu'un d'autre.

— Et moi, Lily ! a répliqué Wes en se levant et en s'étirant.

— Andy et Lily !

— Oui, Andy et Lily !

— Je prends Kyle, a lancé aussitôt Andy.

— Alors moi, je prends Ian, a contre-attaqué Lily.

— Jared.

— Brandt.

Jamie s'est levé et s'est mis sur la pointe des pieds pour paraître plus grand.

— Paige.

— Heidi.

— Aaron.

— Wes.

La sélection a continué. Jamie a rayonné de fierté quand Lily l'a choisi dans son équipe alors qu'il restait encore plusieurs adultes. Même Maggie et Jeb ont été sélectionnés. Il y avait parité exacte, jusqu'à ce que Lucina revienne avec Jared, accompagnée de ses deux garçons qui bondissaient d'excitation. Jared avait dans les mains un ballon flambant neuf ; il l'a tenu à bout de bras et Isaiah, l'aîné, s'est mis à sauter dans l'espoir de le faire tomber de la main de l'adulte.

— Gaby ? a demandé Lily.

J'ai secoué la tête et j'ai désigné ma jambe.

— Ah oui, c'est vrai.

Je suis plutôt bonne au foot, a grommelé Mel. *Enfin, je l'étais…*

Je peux à peine marcher !

— Je vais rester sur le banc pour cette fois, a déclaré Ian.

— Non ! a protesté Wes. Ils ont Kyle et Jared. On est fichus sans toi !

— Va jouer, Ian, lui ai-je dit. Je vais…. tenir le score.

Il m'a regardée, les lèvres pincées.

— Je ne suis pas vraiment d'humeur à m'amuser.

— Ils ont besoin de toi, Ian.

Il a reniflé d'un air de dédain.

— Allez, Ian ! l'a pressé Jamie.

— J'ai très envie de voir le match, ai-je dit. Mais si une équipe a un trop gros avantage sur l'autre, c'est moins drôle.

— Gaby, tu es vraiment la plus mauvaise menteuse que j'aie jamais rencontrée !

Mais il s'est levé et a commencé à s'étirer les muscles avec Wes.

Paige a installé les buts : deux lanternes au sol à chaque bout de la salle.

J'ai voulu me lever – j'étais au milieu du terrain. Personne ne m'a remarquée dans la faible lumière. L'atmosphère avait changé, il y avait de l'excitation dans l'air. Jeb avait raison. Cette partie était nécessaire, même si la proposition m'avait paru saugrenue de prime abord.

Je suis parvenue à me mettre à quatre pattes ; j'ai ramené ma jambe valide sous moi, pour prendre appui dessus et tenter de me relever. Le temps de déplacer ma jambe, mon genou blessé a supporté tout le poids de mon corps. J'ai serré les dents pour étouffer un cri de douleur. Puis j'ai essayé de me lever. Mais je n'avais aucun équilibre…

Des mains puissantes m'ont rattrapée juste avant que je ne m'écroule face contre terre. J'ai relevé les yeux, un peu honteuse, pour remercier Ian.

Mais les mots sont restés bloqués dans ma gorge ; c'était Jared qui me tenait dans ses bras.

— Tu aurais dû demander de l'aide.

— Je… (J'ai dégluti.) Oui, j'aurais dû. Je ne voulais pas…

— Attirer l'attention ? (C'était une vraie question, pas une raillerie.)

J'ai claudiqué en direction de la sortie, en m'appuyant sur son épaule.

— Ce n'est pas ça, ai-je répondu. Mais je ne voulais pas qu'on m'aide par courtoisie, que quelqu'un se sente obligé de le faire. (Ce n'était pas très clair, mais il a compris l'idée générale.)

— Je ne pense pas que cela aurait dérangé Jamie ou Ian de te donner un coup de main.

J'ai tourné la tête pour les regarder. Dans la faible lumière, personne n'avait encore remarqué que j'étais partie. Ils se faisaient des passes avec la tête ; Wes s'est pris le ballon en pleine figure et tout le monde a ri.

— Ils s'amusent tellement… Je ne voulais pas les déranger.

Jared m'a observée. Je me suis aperçue que je souriais en regardant Jamie.

— Tu es très attachée à ce garçon.

— Oui.

Il a hoché la tête.

— Et à l'adulte ?

— Ian est… Ian me croit. Il veille sur moi. Il est si gentil… pour un humain. (« Presque autant qu'une âme », aurais-je aimé dire. Mais cela n'aurait pas sonné comme un compliment ici.)

Jared a émis un grognement.

— « Pour un humain ». Voilà une précision à laquelle je n'aurais pas pensé…

Il m'a déposée à côté de l'entrée. Il y avait un petit banc bien plus confortable que la roche nue.

— Merci, ai-je dit. Jeb a fait le bon choix, tu sais.

— Je ne suis pas de cet avis. (Le ton de Jared était plus doux que ses mots.)

— Merci aussi pour… pour tout à l'heure. Tu n'étais pas obligé de prendre ma défense.

— Je n'ai dit que la stricte vérité.

J'ai regardé le sol.

— C'est vrai que je n'ai fait de mal à personne ici. Du moins pas volontairement. Mais je t'ai fait du mal en venant ici. Et à Jamie aussi. Je regrette tellement.

Il s'est assis à côté de moi, l'air pensif.

— Pour tout dire… (Il a hésité à poursuivre.) Le gamin va mieux depuis que tu es là. Je ne l'avais plus entendu rire depuis longtemps.

On a écouté son rire cristallin qui s'élevait au-dessus de celui des adultes.

— C'est gentil de me dire ça. C'était ma grande inquiétude. J'avais tellement peur d'avoir causé des dégâts irréparables.

— Pourquoi ça t'inquiétait ?

Je l'ai regardé, perdue.

— Pourquoi aimes-tu ce petit ? a-t-il demandé, sa voix toujours chargée de curiosité, mais sans être inquisitrice.

Je me suis mordu les lèvres.

— Tu peux me le dire. Je ne vais pas… J'ai… (Les mots n'arrivaient pas à sortir.) Tu peux me le dire, s'est-il contenté de répéter.

La tête baissée, j'ai répondu :

— En partie parce que Melanie l'aime. (Je n'ai pas levé les yeux pour voir s'il avait tressailli en entendant ce prénom.) J'ai les mêmes souvenirs qu'elle. Émotionnellement, c'est un facteur très puissant… Et puis j'ai rencontré Jamie en chair et en os… Comment pourrais-je ne pas l'aimer ? Il fait partie de moi. Chaque parcelle de mon corps l'aime, chaque cellule. J'ignorais qu'un hôte pouvait avoir une telle influence sur moi. Peut-être est-ce particulier aux corps humains… Peut-être est-ce particulier à Melanie…

— Elle te parle ? (Il gardait un ton neutre, mais je percevais son émotion.)

— Oui.

— Souvent ?

— Quand elle le veut. Quand ce qui se passe à l'extérieur l'intéresse.

— Aujourd'hui, par exemple ?

— Non, pas beaucoup. Elle m'en veut à mort, en fait.

Il a lâché un rire sous le coup de la surprise.

— Elle t'en veut ? Pourquoi ?

— Parce que je… (Je m'aventurais en terrain dangereux.) Comme ça, pour rien.

Il a reconnu le mensonge et a aussitôt fait le lien :

— Oh, pour Kyle. Elle voulait qu'on lui fasse la peau ! (Il a encore ri.) Évidemment !

— Elle peut se montrer assez violente, parfois, ai-je reconnu, en souriant pour adoucir le reproche dans mes paroles.

Mais Jared n'y a rien vu de péjoratif.

— Ah oui ? Comment ça ?

— Elle veut que je me défende, que je rende coup pour coup. Mais je… je ne peux pas. Je ne sais pas me battre.

— C'est le moins qu'on puisse dire. (Il a touché mon visage tuméfié du bout du doigt.) Je suis désolé de t'avoir fait ça.

— N'importe qui aurait eu la même réaction à ta place. Je sais ce que tu as ressenti.

— Mais toi, tu n'aurais pas…

— Si j'étais humaine, j'aurais agi comme toi. En plus, je ne pensais pas à ça. Je faisais allusion à mes rapports avec ma Traqueuse.

Jared s'est raidi.

J'ai souri à nouveau pour le rassurer.

— Mel voulait que je l'étrangle. Elle hait vraiment cette Traqueuse. Et je n'arrive pas à le lui reprocher.

— Elle te cherche encore. Apparemment, elle a dû rendre l'hélicoptère. C'est déjà ça.

J'ai fermé les yeux et serré les poings. J'ai dû faire appel à toute ma volonté pour retrouver une respiration normale.

— Je n'avais pas peur d'elle auparavant, ai-je murmuré. Je ne sais pas pourquoi elle me terrifie autant maintenant. Où est-elle ?

— Ne t'inquiète pas. Hier, elle sillonnait la grande route de long en large. Elle ne te retrouvera pas.

J'ai acquiescé, voulant y croire.

— Peux-tu entendre Mel, en ce moment ? a-t-il demandé doucement.

J'ai fermé les yeux.

— Je sens sa présence. Elle nous écoute. Attentivement.

— Tu entends ses pensées ? (Il parlait avec un filet de voix à peine audible.)

C'est ta chance, ai-je dit à Mel. *Que veux-tu que je lui dise ?*

Pour une fois, elle se montrait prudente. La situation la déconcertait. *Pourquoi ? Pourquoi te croit-il maintenant ?*

J'ai ouvert les yeux ; Jared me regardait avec intensité, retenant son souffle.

— Elle veut savoir ce qui t'a fait changer d'avis…
pourquoi tu nous crois, à présent.

Il est resté silencieux un moment.

— Une accumulation de détails. Tu as été si… si
gentille avec Walter. Je croyais que seul Doc pouvait
avoir autant de compassion. Et tu as sauvé la vie de
Kyle, tu es revenue le chercher alors que n'importe
qui l'aurait laissé tomber dans le trou pour sauver sa
peau… d'autant plus qu'il a voulu te tuer… Et puis, tu
ne sais pas mentir ; à ce point, c'est terrifiant ! (Il a ri
de nouveau.) Longtemps, je me suis dit que c'étaient
autant de faux-semblants faisant partie d'un vaste
piège. Peut-être demain me réveillerai-je de nouveau
avec cette certitude…

Mel et moi avons frémi.

— Mais quand ils t'ont attaquée aujourd'hui, je me
suis rebiffé. J'ai vu en eux tout ce que je ne voulais
pas voir chez moi. Je me suis rendu compte qu'en mon
for intérieur je te croyais, que je le niais par pure obstination. Par cruauté. Je te crois, en fait, depuis… depuis
la première nuit où tu t'es interposée pour me protéger
de Kyle. (Il a lâché un autre rire, comme si Kyle ne
pouvait représenter un danger.) Mais je suis meilleur
menteur que toi. Je parviens même à me mentir à moi-
même.

— Elle espère que tu ne changeras pas d'avis. Elle a
peur que tu ne reviennes en arrière.

Il a fermé les yeux.

— Mel…

Mon cœur tambourinait dans ma poitrine. C'était la
joie de Melanie qui l'emballait, pas la mienne. Il devait
avoir deviné que je l'aimais. Après ses questions à propos de Jamie, il devait avoir compris.

— Dis-lui que… que ça n'arrivera pas.

— Elle t'entend.

— Comment ça se passe ? Quelle sorte de connexion avez-vous ?

— Elle entend ce que j'entends, voit ce que je vois.

— Ressent ce que tu ressens ?

— Oui.

Son nez s'est froncé. Il a touché mon visage, doucement, une caresse.

— Tu n'imagines pas comme je regrette...

Ma peau s'est mise à brûler à son contact. C'était une bonne chaleur, mais ses mots brûlaient encore plus. Bien sûr, il était désolé de l'avoir frappée, elle, Melanie. Cela ne devait pas me mettre ainsi dans tous mes états...

— Allez, Jared ! Viens !

On a relevé la tête. C'était Kyle. Il semblait parfaitement à l'aise ; jamais on n'aurait dit qu'il avait joué sa vie quelques instants plus tôt. Peut-être était-il certain de l'issue du procès ? Peut-être était-il d'une nature optimiste ? En tout cas, j'étais totalement invisible à côté de Jared.

Pour la première fois, je me suis aperçue que tout le monde nous observait.

Jamie avait un sourire satisfait. Ce rapprochement entre Jared et moi lui faisait plaisir. Avait-il raison de s'en réjouir ?

Comment ça ?

Que voit-il quand il nous regarde ? Sa famille. Sa famille à nouveau réunie...

C'est bien le cas, non ?

Avec une pièce rapportée qui, en plus, n'est pas la bienvenue.

Mais mieux acceptée de jour en jour.

Espérons-le...

Je te comprends, a admis Melanie. *Je suis heureuse que Jared sache que j'existe encore, mais je n'aime pas qu'il te touche.*

Et moi, j'aime bien trop ça… Ma peau fourmillait, là où Jared m'avait effleurée. *Je suis désolée.*

Je ne t'en veux pas. Enfin, je sais que je ne devrais pas t'en vouloir.

Merci, Mel.

Jamie n'était pas le seul à nous regarder.

Jeb avait un petit sourire intrigué.

Sharon et Maggie nous observaient avec des yeux étincelants d'outrage. Les deux femmes avaient exactement la même expression, à tel point que Sharon, malgré sa peau lisse et ses cheveux roses, paraissait aussi vieille que sa mère.

Ian était inquiet. Il avait les yeux plissés, et semblait sur le point de venir à ma rescousse pour s'assurer que Jared ne me tourmentait pas. Je lui ai adressé un sourire pour le rassurer. Il ne m'a pas souri en retour, mais je l'ai vu lâcher un grand soupir.

Je ne pense pas que c'est ça qui l'inquiète, a dit Mel.

— Tu l'écoutes en ce moment ? (Jared s'était levé, mais scrutait toujours mon visage.)

Sa question m'a empêchée de demander à Mel ce qu'elle voulait dire.

— Oui, ai-je répondu.

— Que dit-elle ?

— Elle a remarqué que les autres n'apprécient pas ton changement d'état d'esprit à mon égard. (J'ai désigné la tante et la cousine de Melanie. Elles m'ont tourné le dos avec une synchronisation exemplaire.)

— Ce sont deux vieilles acariâtres !

— Très bien ! a lancé Kyle en se tournant vers le ballon qui trônait au milieu d'une flaque de lumière. On gagnera sans toi !

— J'arrive ! (Jared m'a lancé un regard plein de regret – enfin, à Mel et moi – et est parti en courant rejoindre son équipe.)

Je n'étais pas la meilleure marqueuse qui soit. Il faisait sombre et j'avais du mal à distinguer la balle de mon banc. Je ne voyais d'ailleurs guère plus les joueurs, sauf lorsqu'ils traversaient une zone éclairée. Je me fiais aux réactions de Jamie, selon ses cris de victoire ou ses lamentations. Les secondes étant plus fréquentes que les premiers.

Tout le monde jouait. Maggie gardait le but dans l'équipe d'Andy et Jeb était le goal de celle de Lily. Tous les deux étaient très bons. Je voyais leurs silhouettes grâce aux lampes qui faisaient office de poteaux de but ; ils virevoltaient avec grâce, comme s'ils avaient dix ans de moins. Jeb n'avait pas peur de plonger pour arrêter un tir, mais Maggie était plus efficace sans avoir recours à de telles acrobaties. Elle semblait un aimant qui attirait le ballon. Chaque fois que Ian ou Wes tirait… *tchac !* la balle atterrissait dans ses mains.

Trudy et Paige ont quitté la partie après une demi-heure de jeu et sont passées devant moi, bavardant comme deux écolières excitées. Qui aurait cru qu'on avait commencé la matinée par un procès ? Mais j'étais heureuse de voir que ce moment pénible appartenait au passé.

Les deux femmes ne sont pas restées longtemps absentes. Elles sont revenues les bras chargés de barres de céréales. La partie s'est arrêtée. Jeb a sifflé la mi-temps et tout le monde s'est rué vers les friandises, pour petit-déjeuner.

Au début, cela a été une vraie mêlée au milieu du terrain, pendant la distribution des victuailles – presque une foire d'empoigne.

— Tiens, Gaby! a lancé Jamie en s'extirpant du groupe, les mains pleines de barres énergétiques, une bouteille d'eau sous chaque bras.

— Merci. Tu t'es bien amusé?

— Ouais! Dommage que tu n'aies pas pu jouer.

— La prochaine fois.

— Tiens…

Arrivée de Ian, les mains pleines aussi de barres de céréales.

— Je t'ai pris de vitesse! a lancé Jamie.

— Oh…, a articulé Jared en arrivant en troisième position. (Lui aussi avait des friandises plein les mains.)

Ian et Jared ont échangé un long regard.

— Où est passée toute la bouffe? a crié Kyle. (Il était juché sur une caisse retournée, et sondait la salle du regard, à la recherche du coupable.)

— Attrape! a répondu Jared en lançant les barres une à une, comme des couteaux.

Kyle les a saisies au vol et s'est approché pour voir si Jared n'en gardait pas pour lui.

— Tiens, a dit Ian en lui donnant la moitié de sa part, sans regarder son frère. Maintenant, tire-toi!

Kyle a ignoré sa remarque. Pour la première fois de la journée, le géant m'a regardée. Ses iris restaient dans l'ombre. Son visage étant en contre-jour, je ne parvenais pas à décrypter son expression.

Je me suis recroquevillée; ma cage thoracique a protesté contre ce mouvement brusque et j'en ai eu le souffle coupé.

Jared et Ian, protecteurs, m'ont couvert de leur stature, comme deux rideaux de scène.

— Tu as entendu ce que Ian t'a dit? a lancé Jared.

— Je peux dire quelque chose d'abord? (Il me scrutait dans l'interstice entre les deux hommes.)

Personne n'a répondu.

— Je ne regrette rien, m'a dit Kyle. Je pense toujours avoir fait ce que je devais faire.

Ian a poussé son frère. Kyle est revenu à la charge.

— Attends, je n'ai pas fini !

— Si, tu as fini ! a lancé Jared. (Il avait les poings serrés ; la peau à la jointure de ses doigts pâlissait.)

Tout le monde regardait la confrontation. Un grand silence est tombé dans la salle ; toute la joie de la partie s'était envolée.

— Non, je n'ai pas fini, a repris Kyle en levant les mains dans un geste d'apaisement. Je ne crois pas que j'avais tort, mais une chose est sûre : tu m'as sauvé la vie. Je ne sais pas pourquoi, mais tu l'as fait. Alors, je te dois une vie. Je ne te tuerai donc pas et nous serons quittes.

— Pauvre crétin ! a lâché Ian.

— Qui a le béguin pour le mille-pattes, frérot ? Qui est le crétin ici ?

Ian a levé les poings et s'est avancé.

— Je vais te répondre, Kyle ! suis-je intervenue en haussant la voix plus que je ne l'aurais voulu. (Mais j'ai obtenu l'effet escompté : Ian, Jared et Kyle m'ont regardée bouche bée, oubliant pour un temps leur querelle.)

D'un coup, j'ai ressenti une bouffée de panique. Je me suis éclairci la gorge.

— Je ne t'ai pas laissé tomber dans le trou parce que… parce que je ne suis pas comme toi. Et je n'ai pas dit : « Comme les humains. » Car il y en a plusieurs ici qui auraient réagi de la même façon que moi. Il y a des gens bien ici. Des gens comme ton frère, comme Jeb, comme Doc. Je dis que je ne suis pas comme toi, en tant qu'individu.

Kyle m'a regardée pendant une minute puis s'est mis à glousser.

— Houla ! a-t-il lâché, en ricanant toujours. (Il a tourné les talons, ayant reçu le message cinq sur cinq, et est parti vers les bouteilles d'eau.) Une vie contre une vie. On est quittes ! a-t-il lancé sans se retourner.

Je n'étais pas certaine de son serment. Pas certaine du tout. Les humains étaient experts dans l'art du mensonge.

37.

Les rivalités

Des combinaisons gagnantes sont peu à peu apparues dans les équipes : Jared et Kyle ensemble ; ou Jared avec Ian… Jared semblait ne pouvoir être mis en échec, jusqu'à ce que je voie les deux frères jouer ensemble…

Au début, il y avait une certaine gêne, en particulier pour Ian, d'être partenaires, mais au bout d'un moment, ils ont retrouvé leurs marques – de vieux réflexes de jeu acquis bien avant que je ne débarque sur cette planète.

Kyle savait ce que Ian allait faire avant qu'il esquisse le moindre geste, et inversement. Sans avoir besoin de se parler, ces deux-là se disaient tout sur le terrain. Même lorsque Jared choisissait tous les meilleurs joueurs – Brandt, Andy, Wes, Aaron, Lily et Maggie dans les buts –, l'équipe de Kyle et Ian était victorieuse.

— C'est bon ! C'est bon ! a lancé Jeb en attrapant la balle d'une main. Tout le monde connaît les gagnants du jour. Je déteste jouer les rabat-joie, mais on a du pain sur la planche… et pour être honnête, je suis sur les rotules.

Il y a eu quelques protestations d'usage, quelques plaintes, mais beaucoup plus de rires. Personne ne semblait vraiment agacé qu'on mette fin à la partie. Quand j'ai vu plusieurs joueurs se laisser tomber par terre pour reprendre leur souffle, j'ai compris que Jeb n'était pas le seul à être à bout de forces.

Les gens ont quitté le « terrain de sport » par groupes de deux ou trois. Je me suis blottie d'un côté de la sortie pour leur laisser la place ; ils se rendaient sans doute à la cuisine. L'heure du déjeuner devait être passée depuis longtemps, mais il était difficile d'évaluer le temps dans cette salle obscure. À travers les trouées dans le flot humain, j'ai observé les deux frères.

À la fin de la partie, Kyle a levé le bras pour taper dans la main de Ian, mais le cadet l'a ignoré. Kyle a rattrapé son frère et l'a retourné de force. Ian a repoussé la main de Kyle. J'ai cru qu'ils allaient se battre, et c'est ce qui a failli se produire. Kyle a donné un uppercut dans le ventre de Ian. Ian a encaissé le coup facilement, et je me suis rendu compte que Kyle n'avait pas mis de force dans son coup. Kyle a éclaté de rire et, profitant de son allonge supérieure, il a frotté du poing les cheveux de Ian. Ian a repoussé Kyle, mais cette fois avec un demi-sourire aux lèvres.

— Bien joué, frérot ! a lancé Kyle. Tu n'as pas perdu la main.

— Tu es un tel crétin, Kyle.

— Tu as les méninges, j'ai le style. C'est équitable, non ?

Kyle a donné un autre faux coup de poing à Ian. Cette fois, Ian lui a attrapé le poignet et lui a fait une clé de bras. À présent, Ian riait vraiment tandis que Kyle jurait avec bonne humeur.

Ce petit jeu me paraissait très violent ; j'ai grimacé malgré moi. Mais en même temps, cela a ravivé en

moi l'un des souvenirs de Melanie : trois chiots roulant dans l'herbe, en aboyant à qui mieux mieux, les
babines retroussées pour dévoiler les crocs, comme
s'ils allaient s'égorger mutuellement.

Oui, ils jouent, m'a confirmé Melanie. *Les liens entre
frères sont profonds.*

C'est une bonne chose. Si Kyle ne nous tue pas…

Si…, a répété Melanie, laconique.

— Tu as faim ?

J'ai levé la tête et mon cœur a cessé de battre l'espace
d'une douloureuse seconde : apparemment, Jared me
croyait toujours.

J'ai secoué la tête. Cela m'a donné le temps de
reprendre mes esprits.

— Je ne sais pas pourquoi. Je n'ai rien fait pourtant,
sinon d'être restée assise là, mais je suis vannée.

Il m'a offert sa main.

Reprends-toi ! a lancé Melanie. *C'est juste de la courtoisie.*

Je le sais bien !

J'ai tenté d'empêcher ma main de trembler quand je
l'ai tendue pour prendre la sienne.

Il m'a mise debout sur mes jambes avec précaution.
(Sur « ma » jambe, devrais-je dire.) J'oscillais, perchée
sur un pied, ne sachant comment procéder. Il hésitait
aussi. Il me tenait encore la main, mais il y avait un
grand espace entre nous deux. J'allais être ridicule à traverser toute la caverne en sautant à cloche-pied. Je me
suis sentie rougir de honte. Mes doigts s'enroulaient
autour des siens, même si je n'étais guère habituée à
leur contact.

— Où va-t-on ?

— Ah… (J'ai froncé les sourcils.) Je n'en sais trop
rien… J'imagine qu'il y a toujours une paillasse dans
le couloir des réserves.

Il a froncé les sourcils à son tour, n'aimant pas plus que moi cette idée. Puis des bras puissants se sont glissés sous mes aisselles et m'ont soulevée.

— Je vais l'emmener là où est sa place, a déclaré Ian.

Le visage de Jared s'est fermé, comme lorsqu'il me regardait et qu'il ne voulait pas que je sache ses pensées – sauf qu'il regardait Ian, cette fois.

— On était justement en train d'en parler... Elle est fatiguée. Peut-être qu'à l'infirmerie... ?

J'ai secoué la tête en même temps que Ian. Après ces jours pénibles passés là-bas, je ne voulais pas y retourner ; d'autant plus que cette pièce m'avait terrorisée lors de ma première visite ; à mes yeux, l'infirmerie avait toujours des airs de salle de torture. Et puis il y avait le lit de Walter là-bas, vide...

— J'ai un meilleur endroit pour elle, a répondu Ian. Ces lits de camp sont plus durs que le rocher et elle a des bleus partout.

Jared tenait toujours ma main. Sentait-il avec quelle force il me serrait les doigts ? La pression devenait désagréable, mais il semblait ne pas s'en rendre compte. Et je n'allais pas me plaindre...

— Pourquoi ne vas-tu pas déjeuner avec les autres, Ian ? a suggéré Jared. Tu dois être affamé. J'emmènerai Gaby à l'endroit que tu as prévu pour elle.

Ian a lâché un petit rire.

— Pour la faim, ça va... et honnêtement, Jared, Gaby a besoin d'un peu plus qu'une main pour marcher. Je ne suis pas sûr que tu sois encore habitué, pour lui offrir ça... Regarde.

Ian s'est penché et m'a prise dans ses bras. J'ai hoqueté de douleur quand mes côtes ont été sollicitées. Jared n'a pas lâché ma main. Mes doigts devenaient rouge tomate.

— Elle a fait assez d'exercice pour aujourd'hui, a lancé Ian. Vas-y toi, va déjeuner !

Les deux hommes se sont regardés, tandis que mes doigts viraient à l'indigo.

— Je peux la porter, a finalement articulé Jared.

— Ah oui ? (Il m'a tendue, à bout de bras, vers Jared.)

Une offrande.

Jared a scruté mon visage un long moment. Puis, dans un soupir, il a lâché ma main.

Aïe ! Ça fait mal… a gémi Melanie. Elle ne faisait pas allusion au sang qui revenait dans mes doigts, mais à la pointe de douleur qui avait transpercé ma poitrine.

Pardon. Je n'y peux rien.

Jared est à moi !

Je sais. C'est plus fort que moi.

Aïe !

Je suis désolée.

— Je vais t'accompagner, a lancé Jared tandis que Ian, avec un petit sourire triomphal, m'emmenait vers la sortie. Je voudrais te parler.

— À ta guise, a répondu Ian.

Jared n'a pas dit un mot tandis que nous longions le tunnel noir. Il était si silencieux que je n'étais même pas sûre qu'il était encore avec nous. Mais quand nous sommes entrés dans la lumière baignant la parcelle de maïs, j'ai vu qu'il était toujours à nos côtés.

— Quel est ton avis pour Kyle ? a-t-il finalement demandé.

— Il se targue d'être un homme de parole ! a répliqué Ian avec sarcasme. D'ordinaire, je lui ferais confiance. Mais dans cette situation, je vais le garder à l'œil.

— Parfait.

— Tout va bien se passer, Ian, suis-je intervenue. Je n'ai pas peur.

— Tu n'as aucune raison d'avoir peur. Je te promets que plus personne, jamais, ne tentera de te faire du mal. Tu es désormais en sécurité.

J'avais du mal à détacher mon regard du sien quand il avait cette intensité. Comment ne pas le croire ?

— Oui, a répondu Jared. Tu seras en sécurité.

Il parlait juste derrière l'épaule de Ian. Je ne voyais pas son visage.

— Merci, ai-je murmuré.

Personne n'a parlé jusqu'à ce que Ian s'arrête devant les panneaux rouge et gris qui fermaient l'entrée de sa chambre.

— Tu veux bien les retirer ? a-t-il demandé à Jared en désignant les battants.

Jared n'a pas bougé. Ian s'est tourné vers Jared. À nouveau son visage était fermé à double tour.

— « Ta » chambre ? C'est ça, ton endroit idéal ?

— C'est la chambre de Gaby dorénavant.

Je me suis mordu les lèvres. Je voulais dire à Ian que cela ne pouvait être « ma » chambre, mais Jared a commencé son interrogatoire :

— Où va dormir Kyle ?

— Avec Wes, pour le moment.

— Et toi ?

— Je ne sais pas trop encore.

Les deux hommes se sont regardés en chiens de faïence.

— Ian, c'est…, ai-je commencé.

— Oh…, m'a interrompue Ian, comme s'il avait oublié ma présence, comme si je ne pesais pas plus lourd qu'une plume dans ses bras. Tu es épuisée, bien sûr. Jared, tu veux bien ouvrir cette porte, s'il te plaît ?

Sans un mot, Jared a tiré le battant rouge, avec plus d'énergie que nécessaire, et l'a posé sur le gris.

J'ai vu la chambre de Ian pour la première fois, maintenant que les rayons du zénith filtraient par les étroites fentes du plafond. Elle n'était pas aussi claire que celle de Jamie et Jared, ni aussi haute. Elle était plus petite, mieux proportionnée. De forme ronde, un peu comme mon trou, mais dix fois plus grande. Il y avait deux matelas fins par terre, le long de chaque paroi, ménageant une large allée centrale. Contre le mur du fond, une longue étagère ; sur la partie gauche, une pile de vêtements, deux livres, un jeu de cartes. Le côté droit était totalement vide, mais des traces dans la poussière gardaient le souvenir d'objets.

Ian m'a déposée avec précaution sur le matelas de droite, installant ma jambe le plus confortablement possible, et a glissé un oreiller sous ma nuque. Jared se tenait sur le seuil.

— Tout va bien ? m'a demandé Ian.

— Oui.

— Tu as vraiment l'air épuisée.

— Je ne devrais pas. Je n'ai fait que dormir ces derniers temps.

— Ton corps a besoin de repos pour panser ses plaies.

J'ai hoché la tête. J'avais effectivement beaucoup de mal à garder les yeux ouverts.

— Je t'apporterai à manger plus tard. Je me charge de tout.

— Merci. Ian ?

— Oui ?

— C'est ta chambre, ai-je marmonné. Ta place… Tu vas dormir ici…

— Cela ne te dérange pas ?

— Pourquoi donc ?

— C'est sans doute préférable. Ainsi, je pourrai veiller sur toi. Dors maintenant.

— D'accord.

Mes paupières se fermaient déjà. Il m'a tapoté la main, puis je l'ai entendu se lever. Quelques secondes plus tard, le battant crissait contre la roche.

Tu sais ce que tu es en train de faire ? s'est exclamée Melanie.

Quoi ? Qu'ai-je fait encore ?

Gaby, tu es quasiment humaine ! Tu devrais savoir comment Ian va interpréter ton invitation…

Mon invitation ? J'ai enfin saisi le fil de ses pensées. *Non, ce n'est pas ça. C'est juste que c'est sa chambre. Il y a deux lits. Il n'y a pas assez de place dans ces grottes pour que je puisse avoir une chambre rien que pour moi. C'est normal que l'on partage. Ian a très bien compris.*

Tu crois ? Gaby, ouvre les yeux ! Il est en train de… comment puis-je t'expliquer ça ? De ressentir pour toi ce que tu ressens pour Jared. Tu ne le vois pas ?

L'espace d'un instant, je n'ai pu répondre.

C'est impossible, ai-je pensé.

— Après ce qui s'est passé ce matin, comment crois-tu que Aaron ou Brandt vont réagir ? a demandé Ian à voix basse, de l'autre côté de la porte.

— Tu parles de la promesse de Kyle ? a répondu Jared.

— Oui. Ils n'avaient pas à intervenir auparavant. Pas tant que Kyle allait le faire pour eux. Mais maintenant…

— Je vois ce que tu veux dire. J'irai leur parler.

— Et ça suffira ? s'est inquiété Ian.

— J'ai leur ai sauvé la vie plus d'une fois. Ils me doivent bien ça. Si je le leur demande comme un service personnel, ils se tiendront tranquilles.

— Tu serais prêt à risquer sa vie là-dessus ?

Il y a eu un silence.

— On va garder un œil sur elle, a finalement déclaré Jared.

Un autre silence.

— Tu vas déjeuner ? a demandé Jared.

— Je vais rester ici un moment… et toi ?

Jared n'a rien répondu.

— Tu as quelque chose à me dire ? Vas-y, je t'écoute.

— Cette fille… cette fille à l'intérieur…, a articulé lentement Jared.

— Oui ?

— Ce corps ne lui appartient pas.

— Explique-toi…

La voix de Jared s'est durcie :

— N'y touche pas.

Il y a eu un petit rire.

— Jaloux ?

— Ce n'est pas la question.

— Ah oui ?

— Gaby fait plus ou moins équipe avec Melanie. C'est comme si elles étaient amies. Mais, à l'évidence, c'est Gaby qui décide. Si tu étais à la place de Melanie, que ressentirais-tu ? Si tu étais celle qui était « occupée » ? Si tu étais pris au piège et que quelqu'un disait quoi faire à ton corps ? Si tu ne pouvais t'exprimer par toi-même ? Ne voudrais-tu pas que tes souhaits, autant que tu puisses les formuler, soient respectés ? Au moins par les autres humains ?

— D'accord. D'accord. Un point pour toi. Je m'en souviendrai.

— Comment ça, tu t'en souviendras ?

— Je veux dire que j'y réfléchirai.

— C'est tout réfléchi ! a répliqué Jared. (Au simple son de sa voix, je me représentais son expression – les dents serrées, les mâchoires crispées.) Le corps et la personne enfermés là-dedans sont à moi !

— Tu penses que Melanie ressent toujours pour toi…

— Melanie est à moi pour la vie ! Et pour la vie, je suis à elle.

Oui, pour la vie.

Melanie et moi, nous étions aux deux extrémités du spectre des émotions. Elle était extatique et moi au trente-sixième dessous.

— Et si tu étais à sa place ? a demandé Ian d'une voix à peine audible. Si c'était toi qui étais coincé dans un corps humain et perdu sur une planète étrangère, abandonné de tes propres congénères ? Si tu étais quelqu'un de bien, de si bon que tu aies tenté de sauver la vie de ton hôte, que tu aies failli mourir pour le ramener chez les siens ? Si c'était toi qui t'étais retrouvé assailli par une bande de sauvages, pleins de haine, qui ne pensent qu'à t'étriper, encore et toujours. (Pendant un moment, il n'a pas pu poursuivre.) Et si tu faisais tout ce que tu pouvais pour sauver tous ces gens malgré leur inimitié… Ne mériterais-tu pas d'avoir une vie à toi, rien qu'à toi ? Ce ne serait que justice aussi, non ?

Jared n'a pas répondu. Mes yeux se sont embués de larmes. Ian me tenait donc en si grande estime ? Il pensait vraiment que j'avais droit à avoir une vie ici ?

— Un point pour moi ? s'est enquis Ian.

— Je vais y réfléchir.

— Fais donc !

— Il n'empêche que…

Ian l'a interrompu d'un soupir.

— Ne te mets pas martel en tête. Gaby n'est pas tout à fait humaine, malgré son corps. Elle ne semble pas réagir aux contacts physiques comme les autres humains.

Jared a éclaté de rire.

— C'est ça ton explication ?

— Quoi ? Qu'y a-t-il de drôle ?

— Elle est tout à fait sensible aux contacts physiques, crois-moi, l'a informé Jared avec une soudaine gravité. Elle est assez humaine pour ça. Du moins son corps est humain.

Je me suis sentie rougir. Ian est resté silencieux.

— Jaloux ?

— En réalité, oui. Je le suis, a répondu Ian d'une voix blanche. Comment tu sais ça ?

Jared s'est fait pudique.

— J'ai fait une… une sorte d'expérience.

— Une expérience ?

— Cela ne s'est pas passé comme je l'avais prévu. Mel m'a frappé. (Je l'ai senti sourire à l'évocation de ce souvenir, et en pensée, je voyais ses pattes-d'oie se friper au coin de ses yeux.)

— Melanie… t'a frappé ?

— Je suis sûr que ce n'était pas Gaby. Tu aurais dû voir son visage… Quoi ? Du calme, Ian ! Du calme !

— Tu ne t'es pas posé une seule seconde la question du choc que ça a dû lui faire ? a lâché Ian, plein de courroux.

— À qui ? À Mel ?

— Non. Pauvre idiot ! À Gaby !

— À Gaby ? a répété Jared, éberlué.

— C'est bon. Tire-toi ! Va manger quelque chose. Et oublie-moi un moment.

Ian n'a pas laissé à Jared le temps de répondre. Il a écarté la porte avec humeur, s'est faufilé dans sa chambre en silence et a remis le battant en place.

Il s'est retourné et a croisé mon regard. Il était surpris de me trouver réveillée, et peinée aussi. Ses yeux se sont mis à étinceler, puis lentement se sont éteints.

Il a tendu l'oreille. J'ai écouté aussi, mais Jared était parti. Ian a attendu encore un moment, puis a poussé un soupir. Il s'est laissé tomber sur le matelas en face de moi.

— Je suppose qu'on a été moins discrets qu'on ne le pensait, a-t-il articulé.

— Le son porte, dans ces grottes, ai-je répondu à mi-voix.

Il a hoché la tête.

— Alors? a-t-il demandé au bout d'un moment. Qu'en penses-tu?

38.

La sensation

— Ce que j'en pense ?

— Oui. De la discussion que Jared et moi avons eue à l'instant, a précisé Ian. De ce qu'on s'est dit…

Je n'en savais rien… J'étais la première perdue !

D'une certaine manière, Ian voyait les choses comme moi, de mon point de vue d'« étrangère ». Il pensait que j'avais droit à une vie à moi.

Mais il était « jaloux » ? Avais-je bien entendu ? Jaloux de Jared ?

Il savait qui j'étais : une petite créature insérée à l'arrière du cerveau de Melanie. Une sorte de mille-pattes, comme ils disaient tous. Et pourtant, tous, même Kyle, pensaient que Ian avec le béguin pour moi. Pour « moi » ? C'était impossible.

Ou alors, il voulait savoir ce que je pensais de la petite expérience de Jared, ce que j'avais ressenti… Qu'est-ce qu'il attendait au juste, que je lui donne des détails anatomiques ? J'ai eu un frisson.

Ou bien il voulait savoir ce que je pensais de Melanie… ou ce que pensait Melanie de leur conversation… ou si je considérais moi aussi, comme Jared, que Melanie avait des droits…

Je ne savais que répondre à toutes ces questions.

— Je n'en sais rien.

Ian a hoché la tête, pensif.

— C'est compréhensible.

— Parce que tu es prêt à tout comprendre.

Il m'a souri. Son regard pouvait être si chaud et pénétrant parfois, même si ses iris étaient bleus comme la
glace. Et, à cet instant, ses yeux étaient deux braises,
deux braises bleues et ardentes.

— Je tiens beaucoup à toi, Gaby.

— Je commence juste à m'en rendre compte. Je dois
être un peu lente d'esprit.

— C'est une surprise pour moi aussi.

Nous sommes tous les deux restés songeurs.

Il s'est pincé les lèvres.

— Et je suppose que c'est une chose dont tu ne sais
pas non plus que penser.

— Non, je ne sais pas…

— Ce n'est pas grave. Tu n'as pas eu beaucoup
de temps pour y songer. Et cela doit te paraître bien
étrange.

J'ai acquiescé.

— Oui. Plus qu'étrange. Impossible, je dirais.

— Il faut que je sache quelque chose, a articulé Ian
après un moment de silence.

— Si je connais la réponse.

— C'est une question délicate.

Il ne me l'a pas posée tout de suite. Il s'est d'abord
penché vers moi et m'a pris la main. Il l'a tenue entre
ses deux paumes pendant un moment, puis il a fait
glisser ses doigts sur mon bras, du poignet jusqu'à
l'épaule. Puis, tout aussi lentement, il a fait redescendre
ses doigts. Il regardait ma peau plutôt que mon visage,
observant la chair de poule qui y naissait dans le sillage
de sa caresse.

— Que ressens-tu ? Est-ce agréable ou désagréable ?

Désagréable ! s'est exclamée Melanie.

Mais cela ne fait pas mal ! ai-je protesté.

Ce n'est pas ce qu'il te demande ! Quand il dit « agréable », ça veut dire... Ah, j'ai l'impression de parler à une enfant !

Je n'ai pas encore un an, je te rappelle ! Quel âge j'ai exactement ? Je tentais de me souvenir de la date.

Mais Melanie ne se laissait pas distraire : *Quand il dit « agréable », il veut dire : est-ce pareil qu'avec Jared ?* Le souvenir qu'elle a convoqué était antérieur à mon séjour dans les grottes. J'étais de retour dans le canyon magique, au coucher du soleil. Jared se tenait derrière moi et ses mains suivaient le contour de mes bras, des épaules aux poignets. Tout mon corps frissonnait à ce simple contact. *Est-ce « agréable » comme ça ?*

Oh...

— Gaby ?

— Melanie répond « pas agréable », ai-je murmuré.

— Et toi, tu dis quoi ?

— Je... je n'en sais rien.

Quand j'ai osé lever les yeux vers lui, son regard était étonnamment doux.

— Je sais que tout cela doit être très troublant pour toi. Tu dois être totalement perdue.

Il était si compréhensif...

— Oui. Je suis perdue.

Il a recommencé à caresser mon bras.

— Tu veux que j'arrête ?

J'ai hésité.

— Oui. Ce que tu fais... ça m'empêche de réfléchir. Et Melanie est vraiment en colère contre moi. Ça aussi, ça m'empêche de réfléchir.

Je ne suis pas en colère contre toi mais contre lui ! Dis-lui de partir.

Ian est mon ami. Je ne veux pas qu'il s'en aille.

Je me suis redressée et j'ai croisé les bras sur ma poitrine.

— Elle ne te laisse pas une minute tranquille, n'est-ce pas ?

J'ai ri de bon cœur.

— Ça ne risque pas !

Ian a incliné la tête, et m'a regardée d'un drôle d'air.

— Melanie Stryder ?

Nous avons toutes les deux sursauté.

Ian a poursuivi :

— J'aimerais parler à Gaby en privé, si cela ne te dérange pas. Y a-t-il un moyen pour que tu nous laisses seuls ?

Dis-lui qu'il n'en est pas question ! Pas même en rêve ! Il ne manque pas d'air ! Décidément, ce type me sort par les yeux.

J'ai froncé le nez.

— Qu'a-t-elle dit ?

— Elle a dit non et… (J'ai essayé de rapporter ses paroles le plus gentiment possible.) Et qu'elle ne t'aime pas.

Ian a ri.

— C'est son droit le plus entier. Et je le respecte. Bon, qui ne tente rien n'a rien, n'est-ce pas ? (Il a lâché un soupir.) C'est sûr qu'en se sachant écouté, ça limite les choses.

Quelles choses ? a grogné Mel.

J'ai grimacé. Je n'aimais pas sentir sa colère. Elle était tellement plus violente que la mienne.

Tu t'y feras…

Ian a posé sa main sur mon visage.

— Je vais te laisser réfléchir à tout ça, d'accord ? Pour que tu puisses savoir réellement ce que tu éprouves.

Je tentais d'être objective en ce qui concernait cette main… Elle était douce. C'était agréable. Pas comme lorsque Jared me touchait. Mais pas comme quand c'était Jamie non plus. C'était… différent.

— Il va me falloir un peu de temps. Je n'y comprends rien, tu sais.

— Je sais, a-t-il répondu en m'adressant un sourire.

Au moment où il m'a souri, je me suis aperçue que je voulais qu'il m'aime. Pour le reste – la main sur le visage, les caresses sur le bras –, je n'en savais trop rien. Mais je voulais qu'il m'apprécie, ça oui, et qu'il pense à moi en bien. Voilà pourquoi il était si difficile de lui dire la vérité.

— Ce n'est pas vraiment moi que tu désires, ai-je murmuré. C'est juste ce corps… elle est jolie, pas vrai ?

Il a hoché la tête.

— Oui. Melanie est une jolie fille. Plus que ça. Belle. (Il a avancé la main pour caresser ma joue blessée, effleurer de ses doigts ma chair meurtrie.) Malgré ce que j'ai fait à son visage.

D'ordinaire, j'aurais réfuté cette affirmation. Je me serais empressée de lui rappeler que ces blessures n'étaient pas de son fait. Mais j'étais si troublée que je ne parvenais plus à articuler un mot.

Pourquoi ? Parce qu'il trouvait Melanie « belle » ?

Je suis piégée, à cause de toi ! me suis-je écriée en pensée. Je ne savais plus qui croire.

Ian a relevé les cheveux qui couvraient mon front.

— Mais, malgré sa beauté, elle reste une étrangère pour moi. Elle n'est pas celle à qui je tiens.

Ses paroles m'ont fait du bien, ce qui était plus troublant encore.

— Ian, tu ne peux pas continuer dans cette voie. Personne ici ne peut me dissocier de Melanie. Ni toi, ni Jamie, ni Jeb. (La vérité est sortie d'un coup, plus brutale que je ne l'aurais voulu.) Tu ne peux avoir ces sentiments pour moi. Si tu me tenais dans la main, tu serais dégoûté. Tu me jetterais par terre et tu m'écraserais sous ton pied.

Son front pâle s'est creusé, ses sourcils se sont rejoints au-dessus de son nez.

— Non, pas si je savais que c'est toi.

J'ai eu un rire amer.

— Comment pourrais-tu me reconnaître ? Tu ne sais pas nous différencier.

Il a fait la moue.

— C'est juste ce corps…, ai-je répété.

— Ce n'est pas vrai. Ce n'est pas le visage, mais les expressions que tu y mets ; ce n'est pas la voix, c'est ce que tu dis. Ce n'est pas la plastique de ce corps, c'est ce que tu fais avec. C'est *toi* qui es belle.

Il s'est approché tout en parlant ; il s'est agenouillé devant le lit où j'étais assise et m'a pris la main à nouveau dans les siennes.

— Je n'ai jamais rencontré quelqu'un comme toi.

J'ai soupiré.

— Ian… Et si j'habitais le corps de Maggie ?

Il a grimacé, puis a éclaté de rire.

— D'accord. C'est une bonne question. Je n'en sais rien.

— Ou celui de Wes ?

— Mais tu es une femme… toi aussi.

— J'ai toujours demandé à habiter mon équivalent sur la planète où j'arrivais. Cela me semblait plus normal. Mais j'aurais pu être insérée dans un homme et j'aurais fonctionné tout aussi bien.

— Mais ce n'est pas le cas.

— C'est là où je veux en venir… le corps et l'âme. Dans mon cas, ce sont deux entités différentes.

— Je ne voudrais pas du premier sans la deuxième.

— Allons, sans cette chair, tu ne voudrais pas de moi !

Il a touché à nouveau ma joue et a laissé sa main sur mon visage, le pouce sous mon menton.

— Mais ce corps fait partie de toi, non ? Il fait partie de ce que tu es. Et, à moins que tu ne changes d'avis et ne décides de nous quitter, ce corps restera le tien, jusqu'à la fin.

Jusqu'à la « fin ». Oui. Je mourrais dans ce corps. L'échéance inéluctable.

Et moi je ne vivrai plus jamais dans mon corps ! s'est lamentée Melanie.

Ni l'une ni l'autre n'avions prévu ça, n'est-ce pas ?

Non. Mais toi et moi, on ne pensait avoir aucun avenir.

— Encore une conversation interne ? a deviné Ian.

— Nous devisions sur notre statut d'être mortel.

— Tu peux vivre éternellement si tu nous quittes.

— Oui, je pourrais. (J'ai lâché un soupir.) Vous autres, les Hommes, avez l'espérance de vie la plus courte parmi les espèces que j'ai connues, à l'exception des Araignées. Vous avez si peu de temps…

— Je crois que… (Ian s'est interrompu et s'est penché vers moi ; je ne voyais plus que ses yeux, du noir et du saphir, auréolés de blanc.) Je crois que tu devrais profiter du peu de temps que tu as. Que tu devrais vivre tant que tu es en vie…

Je n'ai rien vu venir. Ian m'était moins familier que Jared. Melanie a compris avant moi. Une seconde avant que ses lèvres ne touchent les miennes !

Non !

Ce n'était pas comme embrasser Jared. Avec Jared, il n'y avait pas de pensée, seulement du désir. Aucune maîtrise. Une étincelle au-dessus d'un bidon d'essence.

La déflagration était inévitable. Avec Ian, je ne savais trop ce que je ressentais. Tout était troublé, confus.

Ses lèvres étaient douces et chaudes. Il les pressait légèrement sur les miennes, me butinait avec délicatesse.

— Agréable ou pas ? a-t-il murmuré sur mes lèvres.

Dégueu ! Dégueu !

— Je… je ne peux pas réfléchir.

Les lèvres de Ian ne me quittaient pas.

— Agréable, je dirais…

Sa bouche s'est plaquée sur la mienne avec davantage de force. Il a attrapé ma lèvre inférieure entre les siennes et l'a aspirée doucement.

Melanie voulait le frapper. Elle était encore plus courroucée que lorsque Jared avait procédé à son « expérience ». Elle brûlait de repousser Ian et de lui donner des coups de pied au visage. Cette image était horrible. Le contraste avec la douceur du baiser était si violent !

— Je t'en prie…, ai-je soufflé.

— Oui ?

— Je t'en prie, arrête. Je ne peux plus penser. Je t'en prie.

Il s'est redressé aussitôt et a posé ses mains sur ses cuisses.

— D'accord, a-t-il articulé sur un ton prudent.

J'ai pressé mes mains sur mon visage, pour étouffer la colère de Melanie.

— Au moins, personne ne m'a frappé, a lancé Ian.

— Elle voulait que je fasse bien pire que ça. Berk ! Je n'aime pas quand elle est en colère. Cela me fait mal. Mal à la tête. Sa fureur est si… horrible.

— Pourquoi ne l'a-t-elle pas fait ?

— Parce que je n'ai pas perdu le contrôle. Elle parvient à prendre les rênes quand je suis… submergée par l'émotion.

Je me frottais le front, sous le regard de Ian.

Calme-toi, la suppliais-je. *Il ne me touche plus.*

Il a oublié que j'existe ? Il s'en fiche ou quoi ? Je suis là. JE SUIS LÀ ! ! !

C'est ce que j'ai tenté de lui expliquer.

Et toi ? Tu as oublié Jared ?

Elle m'a jeté à l'esprit ses souvenirs, comme elle l'avait fait au début, mais cette fois, c'étaient autant de coups. Des milliers d'uppercuts : ses sourires, ses regards, ses lèvres sur les miennes, ses mains sur ma peau...

Bien sûr que non ! Dois-je te rappeler que tu ne voulais pas que je sois amoureuse de lui ?

— Elle te parle ? m'a demandé Ian.

— Elle me hurle dessus ! ai-je précisé.

— Je le vois à présent ! Je vois quand tu es en conversation avec elle. Je ne l'avais pas remarqué auparavant.

— Parfois, elle est plus calme.

— Melanie... je suis désolé. Je sais que ça doit être insupportable pour toi.

À nouveau, je me suis vue envoyer mon pied dans son nez parfait, je l'ai vu exploser comme celui de Kyle. *Dis-lui qu'il aille au diable !*

La violence des images m'a fait tressaillir.

— J'en conclus qu'elle ne veut pas de mes excuses..., a articulé Ian avec un sourire mi-figue mi-raisin.

J'ai confirmé de la tête.

— Alors comme ça, elle peut prendre les commandes quand tu es submergée par l'émotion...

— Parfois, par surprise, quand l'émotion est trop forte... alors mes défenses volent en éclats... Mais cela lui a été plus difficile dernièrement. C'est comme si une porte s'était fermée entre nous. J'ignore pourquoi. Je voulais qu'elle prenne les rênes quand Kyle… (Je me suis interrompue brusquement et j'ai serré les dents.)

— … quand Kyle a tenté de te tuer, a-t-il terminé pour moi. Tu voulais la laisser agir ? Pourquoi ?

Je l'ai regardé.

— Pour te défendre, c'est ça ?

Je n'ai pas répondu.

— D'accord, a-t-il répondu en soupirant. Ne me raconte rien. Et pourquoi penses-tu qu'une porte s'est fermée ?

— Je l'ignore. Peut-être à cause du temps qui passe. Plus ça va, plus c'est compliqué.

— Mais elle a déjà brisé ses chaînes pour frapper Jared.

— C'est vrai. (J'ai tremblé en revoyant mon poing frapper la mâchoire.)

— Parce que l'émotion était trop forte ?

— Oui.

— Qu'a-t-il fait ? Il t'a juste embrassée ?

J'ai acquiescé.

Ian a chancelé. Il a plissé les yeux sous le choc.

— Quoi ? ai-je demandé. Que se passe-t-il ?

— Quand Jared t'a embrassée, tu as été… submergée par l'émotion…

Je l'ai observé. Il avait l'air blessé ; je n'aimais pas ça. Melanie était aux anges. *Exactement ! Rien qu'avec un baiser !*

Ian a poussé un soupir.

— Et quand je t'ai embrassée, tu n'étais pas sûre d'aimer ça. Tu n'as pas été émue.

— Oh… (Ian était jaloux ! Quel monde bizarre !) Je suis désolée.

— Ne le sois pas. Je t'ai dit que je te donnerais du temps et cela ne me dérange pas d'attendre que tu mettes de l'ordre dans tes pensées. Pas du tout.

— Quel est le problème alors ?

Ian a pris une profonde inspiration.

— J'ai vu comme tu aimais Jamie. Ça se voyait comme le nez au milieu de la figure ! J'aurais dû voir que tu aimais Jared aussi. Peut-être ai-je préféré être aveugle. C'est pourtant logique ; tu es venue ici pour ces deux-là. Tu les aimes tous les deux, comme Melanie. Jamie comme un frère et Jared comme…

Il a détourné les yeux et a levé la tête, le regard perdu par-delà les murs. J'ai détourné le regard aussi. Un rayon de soleil touchait la porte.

— Quelle est la part de Melanie ?

— Je ne sais pas. C'est important ?

Il a répondu d'une voix presque inaudible :

— Oui. Ça l'est pour moi. (Sans me regarder, sans même se rendre compte de ce qu'il faisait, Ian m'a pris la main.)

Il est resté silencieux pendant un long moment. Même Melanie ne disait rien. C'était gentil de sa part.

Puis, comme si un interrupteur avait été actionné, Ian est redevenu égal à lui-même. Il a ri.

— Le temps œuvre pour moi. (Il m'a souri.) Nous allons passer le reste de notre vie ici. Un jour ou l'autre, tu vas ouvrir les yeux et te demander ce que tu as bien pu trouver à Jared !

Dans tes rêves ! a raillé Melanie.

J'ai ri avec lui, heureuse de le voir retrouver sa bonne humeur.

— Gaby ! Gaby ? Je peux entrer ?

C'était la voix de Jamie qui résonnait dans le couloir, accompagnée par le son trépidant de ses pas.

— Bien sûr, Jamie.

Je tendais déjà la main vers lui avant qu'il ne se faufile entre les deux battants. Cela faisait longtemps que

je ne l'avais pas vu. Inconsciente ou convalescente…
Le temps avait filé…

— B'jour, Gaby, b'jour, Ian. (Jamie était tout sourires, ses cheveux en bataille ondulaient à chacun de ses pas. Il s'est dirigé vers ma main tendue, mais Ian était sur son passage. Il s'est donc installé sur le bord du matelas et a posé la main sur mon pied.)

— Comment tu te sens?

— Mieux.

— Tu n'as toujours pas faim? Il y a du bœuf et du maïs au menu! Je peux t'en rapporter si ça te dit.

— Ça va pour le moment. Et toi? Ça fait longtemps que je ne t'ai pas vu.

Jamie a roulé des yeux.

— Sharon m'a puni.

J'ai esquissé un sourire.

— Qu'est-ce que tu as fait?

— Rien du tout! (Je n'étais pas dupe. Il clamait un peu trop fort son innocence.) Au fait, à midi, Jared disait qu'il n'était pas juste que tu doives quitter la chambre que tu occupais. Selon lui, nous manquions à tous nos devoirs d'hôtes. Il a proposé que tu reviennes dormir avec moi! C'est super, non? Je lui ai demandé si je pouvais aller t'annoncer la nouvelle et il a dit oui. C'est lui qui m'a dit où je pouvais te trouver…

— Le contraire m'eût étonné! a raillé Ian en sourdine.

— Alors Gaby? Tu es contente? On va partager de nouveau la même chambre!

— Et Jared, où va-t-il dormir?

— Laisse-moi deviner, a lancé Ian. Je parie que la chambre est assez grande pour trois. Je me trompe ou non?

— Hé, comment tu as deviné?

— Oh, pur hasard.

— Alors, c'est d'accord, Gaby? Ce sera comme avant… tous les trois ensemble…

À ces mots, j'ai eu l'impression qu'une lame de rasoir m'ouvrait le ventre. Une douleur nette, chirurgicale.

Jamie m'a vue pâlir.

— Oh, non… je veux dire avec toi aussi. Ce sera bien. Tous les quatre.

J'ai voulu sourire pour chasser la douleur; mais le mal était fait.

Ian a serré ma main.

— Tous les quatre, ai-je ânonné. Oui, ce sera bien.

Jamie a rampé sur le matelas, contournant Ian comme un ver de terre, pour passer ses bras autour de mon cou.

— Excuse-moi. Ne sois pas triste.

— Tout va bien.

— Je t'aime aussi, tu sais.

Elles étaient si vives, si fortes, les émotions sur cette planète – des traits qui vous transperçaient de part en part! Jamie ne m'avait jamais dit « je t'aime ». Une nouvelle chaleur a nimbé tout mon corps.

Oui… si fortes, a confirmé Melanie, elle aussi transpercée.

— Tu vas revenir, dis? m'a suppliée Jamie.

Je ne pouvais lui répondre tout de suite.

— Que veut Mel? a-t-il demandé.

— Vivre avec vous, ai-je murmuré. (Nul besoin de la consulter pour le savoir.)

— Et toi?

— Non, toi, dis-moi : tu veux que je vive avec toi?

— Je le veux, Gaby. S'il te plaît, dis oui.

J'hésitais.

— S'il te plaît.

— Si c'est vraiment ce que tu veux, Jamie, c'est d'accord.

— Youpi! s'est exclamé Jamie en me crevant le tympan. Génial! Je vais aller le dire à Jared! Et je te rapporte à manger, d'ac?

— D'accord.

— Tu as besoin de quelque chose, Ian?

— Oui, gamin… que tu dises à Jared qu'il ne manque pas de culot.

— Quoi?

— Oublie ça. Va chercher à manger pour Gaby.

— Tout de suite! Et je demanderai à Wes qu'il nous passe son lit supplémentaire. Kyle pourra revenir ici et tout redeviendra normal!

— Parfait, a dit Ian. (Je n'avais pas besoin de le regarder pour connaître l'expression de son visage.)

— Parfait, ai-je murmuré, et j'ai senti le fer du trait me transpercer à nouveau.

39.

L'attente

Parfait, ai-je grommelé en pensée. *Bienvenue dans le meilleur des mondes !*

Ian m'a rejointe pour le déjeuner, un sourire plaqué sur son visage, essayant de me remonter le moral… encore une fois.

Je trouve que tu verses un peu trop dans le sarcasme, ces derniers temps, a lancé Melanie.

Message reçu.

Je ne l'avais pas entendue de toute la semaine. Nous nous évitions à présent. Nous n'étions plus de bonne compagnie, ni mutuellement ni pour les autres.

— Salut, Gaby, a lancé Ian en sautant sur le comptoir à côté de moi. Il avait dans la main un bol de soupe à la tomate. Le mien trônait devant moi, froid et presque intact. Je tripotais un bout de pain, le mettant consciencieusement en charpie.

Je n'ai rien répondu.

— Allez… (Il a posé sa main sur mon genou. L'agacement de Melanie a été bien mou. À force, elle s'était habituée.) Ils vont rentrer aujourd'hui. Avant ce soir, c'est sûr.

— Ça fait trois jours que tu me dis la même chose…

— Cette fois, j'ai un bon pressentiment. Ne fais pas la tête… on croirait un humain ! m'a-t-il taquinée.

— Je ne fais pas la tête. (C'était la vérité. J'étais si inquiète que cela m'embrumait l'esprit. Je n'avais plus aucune énergie pour le reste.)

— Ce n'est pas le premier raid auquel Jamie participe.

— Me voilà rassurée ! (Encore du sarcasme. Mel avait raison. Cela devenait une habitude.)

— Il est avec Jared, Geoffrey et Trudy. Et Kyle est ici. (Ian a lâché un rire.) Ils ne risquent donc pas d'aller au-devant des problèmes !

— Je préférerais qu'on parle d'autre chose.

— D'accord.

Il a reporté son attention sur sa soupe et m'a laissée bouder. Ian était vraiment gentil : toujours à exaucer mes moindres souhaits, même quand je ne savais pas trop moi-même ce que je voulais. Il faisait tant d'efforts pour me faire oublier mon inquiétude que c'en était touchant, même si je ne voulais surtout pas avoir la tête ailleurs. Je tenais à m'inquiéter ! C'était la seule chose que je faisais correctement ces temps-ci.

Un mois s'était écoulé depuis que j'avais emménagé dans la chambre de Jared et de Jamie. Pendant trois semaines, nous avions vécu ensemble tous les quatre. Jared couchait sur un matelas adossé à la tête de lit où Jamie et moi dormions.

Je m'y étais faite – tout au moins à cet ordonnancement du coucher. Maintenant, j'avais du mal à dormir dans cette chambre vide. Ce silence… Leur souffle dans l'obscurité me manquait.

Je ne m'étais pas encore habituée à me réveiller à côté de Jared. Il me fallait toujours un moment pour répondre à son bonjour. Il n'était pas plus à l'aise que moi, mais il restait courtois. Nous étions tous les deux très courtois.

C'était presque une figure imposée :

« Bonjour, Gaby. Bien dormi ?

— Bien, merci.

— Et Mel ?

— Elle est en pleine forme. Merci pour elle. »

Jamie était sur un petit nuage doré et sa joie mettait de la couleur au quotidien. Il parlait souvent de Melanie, s'adressait à elle… Cela devenait chaque jour un peu plus facile ; ma vie s'adoucissait.

On était heureuses, Melanie et moi.

Et puis, voilà une semaine, Jared était parti pour une nouvelle expédition – on manquait d'outils, il fallait remplacer ceux qui étaient cassés – et il avait emmené Jamie avec lui.

— Tu es fatiguée ? m'a demandé Ian.

Je me suis aperçue que je me frottais les yeux.

— Non, je ne crois pas.

— Tu dors mal.

— C'est trop silencieux.

— Je pourrais dormir avec toi… Tout doux, Mel ! j'ai dit « dormir », pas autre chose, s'est-il empressé d'ajouter en me voyant grimacer. (Ian savait reconnaître les coups de crocs de Mel.)

— Je croyais qu'ils devaient rentrer aujourd'hui ? ai-je répliqué.

— Tu as raison. Il n'y a sans doute aucune raison de modifier l'organisation.

J'ai lâché un soupir.

— Tu devrais peut-être prendre ton après-midi pour te reposer, a-t-il proposé.

— Ne sois pas ridicule. J'ai de l'énergie à revendre !

Il a souri, comme si j'avais dit quelque chose qui lui faisait plaisir, qu'il espérait entendre.

— Parfait. Tu vas pouvoir me donner un coup de main alors.

— Bien sûr. Pour faire quoi ?

— Je vais te montrer. Tu as fini de manger ?

J'ai hoché la tête.

Il m'a prise par la main et m'a fait sortir de la cuisine. Encore une fois, c'était un geste si habituel que Melanie a à peine protesté. Il a obliqué vers l'aile est.

— Pourquoi va-t-on par là ? (La parcelle de culture n'avait pas besoin d'entretien. Nous l'avions justement arrosée ce matin.)

Ian n'a pas répondu. Mais il souriait toujours à pleines dents.

Il m'a conduite dans le tunnel, on a dépassé la parcelle pour emprunter le couloir qui ne menait qu'à un seul endroit. J'ai entendu l'écho d'une voix et des impacts sporadiques qui me sont restés un moment mystérieux. Puis l'odeur du soufre m'a aidée à faire le lien…

— Oh, Ian, je ne suis pas d'humeur…

— Tu as dit que tu avais de l'énergie à revendre.

— Pour travailler. Pas pour jouer au football !

— Mais Lily et Wes vont être déçus. Je leur ai promis un deux contre deux. Ils ont travaillé si dur ce matin qu'ils peuvent bien se détendre cet après-midi.

— Ne cherche pas à me faire culpabiliser, ai-je répliqué en abordant le dernier coude du conduit. (J'apercevais le halo des lampes bleues, des ombres mouvantes.)

— Tous les moyens sont bons, m'a-t-il taquinée. Allez, Gaby, ça te fera du bien.

Il m'a traînée jusqu'au terrain de sport, où Lily et Wes se faisaient des passes d'un bout à l'autre de la salle.

— Salut, Gaby ! Salut, Ian ! a lancé Lily.

— Lily est avec moi ! a prévenu Wes.

— Tu ne vas pas me laisser perdre ? m'a soufflé Ian.

— Tu peux très bien les battre sans moi.

— Ce serait quand même un forfait dans l'équipe. La honte, l'infamie.

— Ça va, d'accord, ai-je cédé de guerre lasse. Je joue.

Ian m'a serrée dans ses bras ; avec un peu trop d'enthousiasme au goût de Melanie.

— Tu es la fille que je préfère dans tout l'univers connu !

— C'est trop d'honneur, ai-je murmuré d'un ton revêche.

— Prête à être ridiculisée, Gaby ? a lancé Wes. Tu as peut-être gagné notre planète, mais tu vas perdre cette partie !

Ian a ri, mais je suis restée silencieuse. La boutade me mettait mal à l'aise. Comment Wes pouvait-il plaisanter avec ça ? Les humains me surprendraient toujours.

Et Melanie n'échappait pas à la règle. Elle était aussi inquiète que moi, mais l'idée de jouer au football l'excitait comme une écolière.

On n'a pas pu jouer la dernière fois, m'a-t-elle expliqué. Je sentais son envie de courir, par plaisir et non par nécessité. Elle avait toujours aimé la course. *Rester prostrée dans un coin ne les fera pas revenir plus vite. Il vaut mieux se changer les idées.* Elle pensait déjà stratégie, évaluait ses adversaires…

— Tu connais les règles ? a demandé Lily.

J'ai acquiescé.

— Je m'en souviens.

Par réflexe, j'ai replié une jambe et tiré sur la cheville derrière moi, pour étirer les muscles. C'était un geste familier pour mon corps. J'ai répété la manœuvre avec l'autre jambe, celle qui avait été blessée. Elle a tenu bon, à ma grande joie. L'hématome dans le creux du genou n'était plus qu'une ombre jaune. Je n'avais pas mal à la poitrine, ce qui tendait à prouver que je n'avais pas eu de côtes cassées.

J'avais aperçu mon visage en briquant les miroirs, deux semaines plus tôt. L'ecchymose sur ma joue était violette, et grande comme la paume de ma main, bordée d'une dizaine de déchirures. Cette cicatrice inquiétait particulièrement Melanie.

— Je vais à l'arrière, a annoncé Ian, tandis que Lily reculait et que Wes allait et venait derrière la balle.

Un duel équipes mixtes. Melanie adorait ça. C'était une compétitrice dans l'âme.

Dès l'engagement – Wes a fait une passe en retrait pour Lily et a sprinté vers l'avant pour me prendre de vitesse et recevoir le ballon de Lily – il n'y avait plus le temps de penser ! Il fallait sentir et réagir. J'ai vu Lily se ramasser, armer son tir pour réaliser la passe. J'ai coupé la trajectoire de Wes, le prenant de vitesse, intercepté la balle et je l'ai renvoyée sur Ian. Et j'ai foncé aussitôt vers les buts adverses. Lily était trop remontée. Je l'ai débordée. La passe de Ian a été d'une précision parfaite. La balle m'est tombée dans les pieds au moment où j'arrivais à la hauteur du premier poteau symbolisé par une lampe bleue. Et j'ai marqué mon premier but.

C'était agréable – le travail des muscles, la saine transpiration, celle qui venait de l'exercice et non de la simple touffeur, le jeu d'équipe avec Ian. On se complétait à merveille. J'étais rapide et lui était un orfèvre des passes. Wes a cessé de fanfaronner lorsque Ian a marqué notre troisième but.

Lily a arrêté la partie quand on est arrivés à vingt et un buts. Elle était essoufflée. Pas moi. Je me sentais bien, les muscles chauds et détendus.

Wes voulait une revanche, mais Lily était à bout de forces.

— Reconnais-le. Ils sont meilleurs.

— On a été roulés !

— Personne n'a dit qu'elle était cul-de-jatte !

— Mais personne n'a dit non plus que c'était une pro !

C'était drôle… ça m'a fait sourire.

— Ne sois pas mauvais perdant ! a lancé Lily en pinçant l'estomac de Wes. Il a attrapé sa main et l'a attirée à lui. Elle a ri, l'a repoussé, mais Wes l'a ramenée de force et lui a plaqué un baiser vigoureux.

Ian et moi, on a échangé un regard.

— Pour toi, je serais prêt à perdre tout le temps ! a répliqué Wes avant de lâcher Lily.

La peau café au lait de Lily s'était colorée d'un soupçon de rose. Elle nous a regardés furtivement, pour voir notre réaction.

— Et maintenant, a repris Wes, je m'en vais chercher des renforts ! On va voir comment ta petite surdouée tient le choc contre Kyle. (Il a lancé la balle à l'autre bout de la salle. Je l'ai entendue tomber dans l'eau.)

Ian est parti la récupérer, tandis que je regardais Lily avec curiosité.

Elle a éclaté de rire devant mon expression, d'un air un peu hautain, ce qui n'était pas son habitude.

— Ça va… je sais…

— Depuis combien de temps ?

Elle a fait une grimace.

— Pardonne-moi, me suis-je reprise aussitôt. Ça ne me regarde pas.

— Pas de problème. Ce n'est pas un secret… Comment quelqu'un pourrait-il avoir un secret ici ? C'est juste nouveau pour moi. C'est d'ailleurs un peu ta faute, a-t-elle ajouté avec un sourire taquin.

Je me suis néanmoins sentie coupable. Et gênée.

— Qu'ai-je fait ?

— Rien, m'a-t-elle assuré. C'est la réaction de Wes envers toi qui m'a surprise. Je pensais que c'était quelqu'un d'égoïste, superficiel. Je n'avais jamais fait attention à lui auparavant. Je sais, il est bien trop jeune pour moi, mais qu'est-ce que ça peut faire ? (Elle a encore ri.) La vie, c'est comme l'amour… ça trouve toujours un chemin. Rien ne l'arrête.

— Oui, les chemins en apparence les plus inattendus, a renchéri Ian. (Je ne l'avais pas entendu s'approcher. Il a passé un bras autour de mes épaules.) Et en même temps les plus évidents. Tu sais que Wes n'avait d'yeux que pour toi ?

— Je n'avais rien remarqué.

— Tu es bien la seule ! (Ian a éclaté de rire puis s'est tourné vers moi.) Alors, Gaby, et si on faisait un petit « un contre un » en attendant que les autres rappliquent ?

J'ai senti Melanie transportée de joie.

— D'accord.

Il m'a laissé l'engagement et a reculé pour protéger les buts. Mon premier tir a fusé entre lui et le poteau. Un à zéro ! J'ai foncé sur lui au moment où il remettait la balle en jeu ; interception, tir : deux à zéro !

Il te laisse gagner ! a grommelé Melanie.

— Allez, Ian, joue !

— Mais c'est ce que je fais !

Dis-lui qu'il joue comme une fille.

— Tu joues comme une fille.

Il a ri. Je lui ai chipé encore la balle. Il fallait que je l'aiguillonne davantage si je voulais qu'il se réveille ! Une idée m'est venue, une inspiration de génie. Je me suis empressée de tirer. Le ballon est passé entre ses poteaux. Ce serait sans doute le dernier but que j'allais marquer...

Mel n'était pas contente de ma trouvaille : *Non, c'est une très mauvaise idée !*

Je te parie que ça va marcher !

J'ai ramené le ballon au centre du terrain et j'ai annoncé l'enjeu :

— Si tu gagnes, tu pourras dormir dans ma chambre pendant qu'ils ne sont pas là. (J'avais besoin d'une vraie nuit de sommeil.)

— Le premier arrivé à dix ! a lancé Ian. (Il a tiré si fort que la balle a rebondi contre le mur derrière mes buts et est revenue jusqu'à nous.)

J'ai regardé Lily.

— C'était à côté ?

— Non, en plein dedans.

— Trois-un ! a annoncé Ian.

Il lui a fallu à peine un quart d'heure pour marquer neuf buts, mais au moins je me suis dépensée. Je suis même parvenue à en marquer un autre, ce dont je n'étais pas peu fière. J'étais totalement hors d'haleine quand il m'a subtilisé le ballon pour m'asséner le coup de grâce.

Et lui n'était pas même essoufflé.

— Dix-quatre ! J'ai gagné.

— Bien joué.

— Fatiguée ? a-t-il demandé avec une innocence un peu surfaite. (Il s'est étiré les membres d'un geste théâtral.) Moi, j'irais bien me coucher tout de suite.

J'ai grimacé de douleur.

— Du calme, Mel, a-t-il lancé. Tu sais que je plaisante. Inutile de mordre.

Lily nous a regardés, interdite.

— La Melanie de Jared empêche notre amour, a expliqué Ian en me lançant un clin d'œil complice.

Elle a levé les sourcils, incrédule.

— C'est embêtant, effectivement.

— Pourquoi Wes met-il si longtemps à revenir ? s'est demandé Ian, ignorant la réaction de Lily. On va voir ce qu'il fiche ? J'en profiterai pour boire un coup.

— Moi aussi, j'ai soif, ai-je répondu.

— Rapporte donc quelques bouteilles, a lancé Lily, presque couchée par terre.

Au moment où nous nous enfoncions dans le tunnel, Ian a passé son bras autour de ma taille.

— Melanie ne devrait pas te faire souffrir quand elle est en colère contre moi. Tu n'y es pour rien. Ce n'est pas juste.

— Depuis quand les humains sont-ils justes ?

— Un point pour toi.

— En outre, elle serait très contente de te faire mal si je la laissais faire.

Il est parti d'un grand rire.

— C'est bien pour Wes et Lily, tu ne trouves pas ?

— Oui. Ils ont l'air heureux. Cela fait plaisir à voir.

— Oui. Wes a enfin conquis la fille de son cœur. Ça donne de l'espoir. (Il m'a lancé un clin d'œil.) Tu crois que Melanie te ferait passer un mauvais quart d'heure si je t'embrassais maintenant ?

Je me suis raidie.

— Sans doute.

Tu n'as pas idée !

— C'est même certain.

Ian a soupiré.

C'est alors que les cris de Wes ont résonné à l'autre bout du tunnel, s'amplifiant à chaque mot.

— Ils sont revenus ! Gaby, ils sont revenus !

La seconde suivante, je courais déjà. Derrière moi, Ian marmonnait quelque chose à propos de regrets et de gâchis.

J'ai failli renverser Wes dans ma précipitation.

— Où ça ? Où sont-ils ?

— Sur la grande place.

Je suis repartie au pas de course. J'ai fait irruption dans la grande salle, mes yeux fouillant l'espace tous azimuts. Il m'a été facile de les repérer. Jamie se tenait en tête d'un groupe, près de l'entrée du tunnel nord.

— Hé, Gaby ! a-t-il lancé en agitant les bras.

Trudy lui tenait le bras pendant que je me précipitais vers lui, comme si elle voulait l'empêcher de courir vers moi.

J'ai saisi ses épaules à pleines mains et je l'ai attiré contre moi.

— Oh, Jamie !

— Je t'ai manqué ?

— À peine. Où sont les autres ? Tout le monde est rentré ? Tout le monde va bien ? (Je ne voyais que Jamie et Trudy. Le reste du groupe était composé de Lucina, Ruth Ann, Kyle, Travis, Violetta, Reid ; ils avaient interrompu leur travail pour venir les accueillir.)

— Oui. Tout le monde est rentré. Sains et saufs, m'a rassuré Trudy.

J'ai balayé la salle du regard.

— Où sont-ils ?

— Ils se lavent… déchargent…

Je voulais proposer mon aide – n'importe quel prétexte était bon pour pouvoir m'approcher de Jared, le voir de mes propres yeux – mais c'était inutile ; jamais ils n'accepteraient de me montrer l'entrée des grottes par laquelle ils faisaient passer les vivres.

— Toi aussi, tu as besoin d'un bon bain, ai-je déclaré à Jamie en ébouriffant ses cheveux crasseux.

— Il doit aller s'allonger…

— Trudy ! a marmonné Jamie en lui jetant un regard noir.

Trudy a détourné la tête.

— T'allonger ? ai-je répété en observant Jamie. (Il ne semblait pas fatigué. Ses yeux étaient vifs et ses joues se sont empourprées sous leur hâle. Je l'ai observé une nouvelle fois et mon regard s'est arrêté sur sa jambe droite.)

Il y avait une déchirure dans son jean, au-dessus du genou. Le tissu autour était maculé d'une tache rouge sombre, presque noire, et des traces descendaient en lignes verticales jusqu'au bas du pantalon.

Du sang ! s'est écriée Melanie.

— Jamie ! Que s'est-il passé ?

— Bravo, Trudy !

— Elle l'aurait vu tôt ou tard. Allez, viens, on parlera en chemin.

Trudy a passé son bras sous l'aisselle du garçon et l'a aidé à avancer à cloche-pied.

— Jamie, dis-moi ce qui est arrivé ! (J'ai passé mon bras sous son autre aisselle, tentant de soulager au maximum le poids sur sa jambe blessée.)

— C'est idiot. Et entièrement ma faute. Et ça aurait pu m'arriver ici.

— Raconte-moi.

— Je suis tombé avec un couteau dans la main.

J'ai frissonné d'horreur.

— Ce n'est pas le chemin de l'infirmerie, ai-je bredouillé en le voyant se diriger vers les chambres. Il faut t'emmener voir Doc !

— On en vient. On y est allés dès notre arrivée.

— Qu'a-t-il dit ?

— Tout va bien. Il a nettoyé la plaie, m'a fait un pansement et m'a dit d'aller m'allonger.

— Et tu as marché depuis là-bas ! Pourquoi n'es-tu pas resté à l'infirmerie ?

Jamie a pâli et s'est tourné vers Trudy, comme un acteur se tournant vers son souffleur.

— Jamie sera mieux dans son lit, a-t-elle répondu.

— Oui. Je serai bien mieux, s'est-il empressé de répéter. Ces lits de camp sont des horreurs !

Je les ai regardés tour à tour, puis me suis retournée. Le groupe s'était dissous. J'entendais leurs voix au loin, dans le tunnel sud.

Il se passe quelque chose… s'est inquiétée Melanie.

Je me suis aperçue que Trudy était une piètre menteuse comme moi. Quand elle avait dit que les autres déchargeaient et se lavaient, elle avait eu un ton faux. Et elle avait regardé furtivement derrière elle, vers le tunnel menant chez Doc.

— Salut, gamin ! Salut, Trudy ! a lancé Ian en nous rattrapant.

— Bonjour, Ian ! ont-ils répondu en chœur.

— Qu'est-ce que tu as ?

— Je suis tombé sur un couteau, a répondu Jamie en baissant la tête.

Ian a éclaté de rire.

— Je ne vois pas ce qu'il y a de drôle, ai-je répliqué d'un ton glacial. (Melanie, folle d'inquiétude, brûlait de lui fiche une claque. J'ai chassé cette pulsion de mon esprit.)

— Cela aurait pu arriver à n'importe qui, pas vrai ? a reconnu Ian en donnant un petit coup de poing dans le bras de Jamie.

— Tout juste.

— Où sont les autres?

J'ai observé Trudy du coin de l'œil.

— Euh… ils finissent de décharger des trucs. (Cette fois, elle a regardé ostensiblement vers le tunnel sud. Le visage de Ian s'est durci; j'y ai vu de la colère un instant. Puis Trudy a vu que je la regardais.)

Fais diversion! a murmuré Melanie.

— Tu as faim? ai-je demandé à Jamie.

— Oui.

— Tu as toujours faim! l'a taquiné Ian. (Son expression s'est radoucie. Il était meilleur dissimulateur que Trudy.)

Une fois arrivés dans notre chambre, Jamie s'est étendu sur le grand matelas avec un plaisir évident.

— Tu es sûr que ça va aller? ai-je demandé.

— Ce n'est rien. Je t'assure. Doc a dit que ce serait guéri dans quelques jours.

J'ai acquiescé, mais je n'étais pas convaincue.

— Je vais aller me débarbouiller, a murmuré Trudy en s'en allant.

Ian s'est adossé contre le mur, bien décidé à ne pas bouger.

Quand tu mens, garde la tête baissée, ça se voit moins! a suggéré Melanie.

— Ian? ai-je articulé en ne quittant pas des yeux la jambe blessée de Jamie. Tu veux bien aller nous chercher à manger? Je meurs de faim aussi.

— Oui. Rapporte-nous à manger! a répété Jamie.

Je sentais le regard de Ian sur moi, mais je n'ai pas relevé la tête.

— D'accord. Je reviens dans une seconde, a-t-il précisé volontairement.

J'ai gardé les yeux baissés, comme si j'examinais la blessure pourtant invisible sous le pansement, jusqu'à ce que les pas de Ian s'évanouissent dans le couloir.

— Tu m'en veux ? a articulé Jamie.

— Bien sûr que non.

— Je sais que tu ne voulais pas que j'y aille.

— Tu es là maintenant, c'est tout ce qui compte. (J'ai tapoté son bras d'un geste automatique. Puis je me suis levée, laissant pendre mes cheveux devant mon visage pour cacher mes yeux.)

— Je reviens tout de suite, j'ai oublié de dire quelque chose à Ian.

— Quoi ? (Il était surpris par mon ton.)

— Tu es sûr que ça va aller si je te laisse tout seul ?

— Oui, bien sûr, a-t-il répondu, pris de court par ma question.

Je suis sortie de la pièce avant qu'il ait eu le temps de réagir.

Le couloir était désert. Ian était hors de vue. Il avait déjà des soupçons, c'était évident. Et il avait vu que j'avais remarqué la gêne de Trudy. Il n'allait pas tarder à revenir.

J'ai traversé la grande place à pas vifs, mais sans courir, avec l'air affairé. Il n'y avait pas grand-monde : Reid, qui disparaissait dans le passage menant à la salle de bains, Ruth Ann et Heidi, qui bavardaient près du couloir est, Lily et Wes, de dos, qui se tenaient les mains. Personne ne faisait attention à moi. J'ai marché droit devant, feignant d'ignorer le tunnel sud pour m'y engager furtivement au moment où je le dépassais.

Dès que je me suis retrouvée dans le boyau obscur, je me suis mise à courir.

Un pressentiment me disait que l'histoire se répétait. C'était comme l'autre fois, lorsque Jared et les autres étaient rentrés d'expédition et que tout le monde était triste, que Doc s'était soûlé et que l'omerta était tombée autour de moi. Cela recommençait ! Quelle était cette chose que je ne devais pas savoir, cette chose que même Ian me cachait ? Un frisson glacé m'a traversée et j'ai eu la chair de poule. Peut-être valait-il mieux rester dans l'ignorance…

Si, tu veux savoir ! Nous le voulons toutes les deux.

J'ai peur.

Moi aussi.

Je courais le plus silencieusement possible dans le couloir noyé de ténèbres, en aveugle.

40.

L'horreur

J'ai ralenti le pas quand j'ai entendu des voix. Ce ne pouvait être Doc, j'étais encore trop loin de l'infirmerie, mais d'autres personnes qui en revenaient. Je me suis plaquée contre la paroi. J'avais le souffle court après mon sprint. Je me suis couvert la bouche pour étouffer le bruit.

— Pourquoi on continue à faire ça ? se plaignait quelqu'un.

Je n'ai pas reconnu la voix. Quelqu'un que je ne connaissais pas bien. Violetta peut-être ? Il y avait la même inflexion sinistre que la fois précédente. Mon pressentiment ne m'avait pas trompée !

— Doc ne voulait pas... C'est Jared qui a insisté.

Ça, c'était Geoffrey ! Il y avait de la révolte contenue dans son ton. Geoffrey faisait partie de l'expédition, avec Trudy. Ils ne se séparaient jamais, ces deux-là.

— Je croyais qu'il était contre.

Travis, cette fois ? Sans doute...

— Oui, mais il est motivé maintenant, a répliqué Geoffrey (Sa voix était basse mais vibrante de colère.)

Ils sont passés à moins de cinquante centimètres du renfoncement où je m'étais cachée. J'ai retenu mon souffle.

— C'est de la boucherie, a chuchoté Violetta. Ça ne marchera jamais.

Ils avançaient lentement, d'un pas alourdi par le désespoir.

Personne n'a répondu. Ils sont restés longtemps silencieux. Leurs pas ont diminué au loin, mais je ne pouvais attendre qu'ils s'évanouissent tout à fait pour sortir de ma cachette ; Ian était peut-être déjà sur mes traces...

J'ai repris ma progression en rasant le mur et me suis mise à courir dès qu'on ne risquait plus de m'entendre.

À l'orée du virage suivant, j'ai aperçu le halo de lumière filtrant de l'infirmerie. J'ai réduit l'allure – un petit trot discret. Sitôt que je serais sortie du coude, j'aurais un bon angle de vue sur l'intérieur de la pièce. Je me suis engagée dans le virage. La lumière grandissait à chacun de mes pas.

Je marchais à présent avec prudence, posant un pied devant l'autre sans bruit. Pendant un moment, j'ai craint de m'être trompée. Il ne se passait rien d'anormal, c'était mon imagination qui me jouait des tours. Mais alors que j'arrivais aux abords du domaine de Doc, dont l'entrée projetait un rectangle de lumière blanche sur la paroi opposée, j'ai entendu des sanglots étouffés.

Je me suis approchée, longeant le mur sur la pointe des pieds.

Les sanglots continuaient. Il y avait un autre bruit, comme un contrepoint sourd qui leur répondait.

— Là, là... (C'était la voix de Jeb, lourde d'émotion.) C'est fini, Doc. C'est fini. Ne le prends pas trop à cœur.

Il y a eu des bruits de pas ; plusieurs personnes qui se déplaçaient dans la salle. Des froissements de vêtements. J'avais l'impression que l'on nettoyait quelque chose.

Il y avait aussi une odeur bizarre… étrangère… une odeur métallique, mais avec quelque chose d'organique… Jamais je ne l'avais sentie ici et pourtant, j'avais l'impression qu'elle ne m'était pas inconnue.

Je n'osais passer la tête dans l'ouverture.

Qu'est-ce qu'on risque? a lancé Mel. *Au pire, qu'ils nous demandent de partir…*

Tu as raison.

Si c'était là le « pire » à craindre des humains, mon point de vue sur eux avait bien changé.

J'ai pris une profonde inspiration – encore cette odeur dans les narines, étrange, dérangeante – et j'ai passé le seuil de l'infirmerie.

Personne n'a remarqué ma présence.

Doc était agenouillé par terre, son visage dans les mains, les épaules traversées de soubresauts. Jeb se tenait derrière, lui tapotant le dos.

Jared et Kyle posaient un brancard de fortune à côté de deux lits tirés au milieu de la pièce. Le visage de Jared était fermé – le masque était revenu depuis qu'il était parti.

Les lits n'étaient pas vides; dans chacun, on distinguait une forme, cachée sous les couvertures vertes. Longue, irrégulière, avec des creux et des bosses familières.

La table d'opération, confectionnée par Doc, trônait à la tête de ces deux lits, dans une mare de soleil. Le plateau scintillait de scalpels en acier Inox et d'une collection d'instruments de chirurgie antédiluviens dont l'utilité me demeurait mystérieuse.

Plus lumineux encore que ces ustensiles, j'ai vu, éparpillés, des segments de cylindres argentés, gauchis, vrillés… des grappes déchiquetées de filaments moirés et, partout autour, des flaques d'un liquide argent vif, sur les couvertures, le sol, les murs…

Mon hurlement a déchiré le silence de la pièce. Tout a tremblé. Les murs se sont mis à tourner autour de moi, m'empêchant de trouver la sortie. Ces murs, souillés d'argent, se dressaient devant moi, quelle que soit la direction vers laquelle je me tournais.

Quelqu'un a crié mon nom, mais je n'ai pas reconnu la voix. Mon hurlement était trop fort dans mes oreilles. Il explosait sous mon crâne. Le mur de roche, l'argent dégoulinant, tout m'a heurtée de plein fouet et je me suis écroulée au sol. Des mains puissantes m'ont maintenue là.

— Doc, à l'aide !

— Qu'est-ce qu'elle a ?

— Une crise ?

— Qu'a-t-elle vu ?

— Rien… rien. Les corps étaient couverts !

Mensonges ! Les corps étaient nus, hideusement offerts, gisant dans des contorsions obscènes sur la table d'opération. Mutilés, démembrés, déchirés…

J'avais même reconnu le segment antérieur d'un enfant, avec ses antennes frontales encore visibles. Un bébé ! Un bébé qu'on avait déchiqueté sur une table, qui baignait dans son propre sang.

Mon ventre se soulevait, des nuées acides me labouraient la gorge.

— Gaby ? Gaby, tu m'entends ?

— Elle est consciente ?

— Je crois qu'elle va vomir.

La voix disait vrai ; mon estomac s'est retourné. On m'a soutenu la tête pendant que je me vidais.

— Qu'est-ce qu'on peut faire, Doc ?

— Tenez-la. Empêchez-la de se blesser.

Je toussais, me tortillais en tous sens.

— Lâchez-moi ! suis-je parvenue à articuler entre deux spasmes. Ne me touchez pas ! Vous êtes des monstres ! Des barbares !

J'ai poussé un nouveau hurlement, en me débattant pour échapper à ces mains qui m'entravaient.

— Du calme, Gaby ! Du calme. Tout va bien. (C'était la voix de Jared. Pour une fois, que ce soit lui ou un autre ne faisait nulle différence.)

— MONSTRES ! ai-je hurlé à m'en déchirer les cordes vocales.

— Elle a une crise d'hystérie, a expliqué Doc. Tenez-la.

Un éclair cinglant a traversé mon visage. On m'avait giflée.

Il y a eu un cri de stupeur, loin de la mêlée.

— Qu'est-ce que vous faites ? a rugi Ian.

— Elle a une crise de nerfs, ou quelque chose de ce genre, Ian. Doc tente de lui faire reprendre ses esprits.

Mes oreilles tintaient, mais ce n'était pas à cause de la claque. C'était l'odeur – l'odeur du sang argent dégouttant de la table d'opération –, l'odeur de la mort chez nous les âmes. La pièce s'est mise à se tordre, à se refermer sur moi, comme si j'étais dans le ventre d'un ver géant. La lumière dessinait d'étranges formes, convoquant les horreurs de mon passé. Un Vautour déployant ses ailes, un monstre à griffes abattant ses lourdes pinces. Doc, tout sourires, approchant de moi ses mains dégoulinantes d'argent. La pièce a effectué une autre rotation, avec une lenteur d'airain, et tout a viré au noir.

Je ne suis pas restée longtemps inconsciente. Quelques secondes, tout au plus. J'étais bien trop lucide à mon réveil ; l'oubli aurait été si doux.

On me déplaçait. J'étais ballottée de droite à gauche. Il faisait trop noir. Je n'y voyais rien. Heureusement, l'odeur hideuse s'était estompée. L'air rance et moisi des caves était une bénédiction !

On m'avait déjà transportée ainsi la première semaine, après que Kyle m'avait frappé. Je reconnaissais ce contact ; j'étais dans les bras de Ian.

— Je pensais qu'elle avait deviné ce qu'on faisait, murmurait Jared. Apparemment, j'avais tort.

— Tu crois que c'est ça ? a répliqué Ian d'un ton sec. Qu'elle a eu peur en voyant Doc tenter d'extraire des âmes ? Qu'elle a eu peur pour elle ?

Jared est resté silencieux un long moment.

— Tu as une autre interprétation ?

Ian a lâché un grognement.

— Oui, j'en ai une autre. Même si je suis écœuré de voir que tu as ramené d'autres cobayes pour Doc… Particulièrement maintenant… même si, moi aussi, ça me révulse que tu puisses faire ça, ce n'est pas ça qui l'a mise dans cet état. Comment peux-tu être aussi aveugle ? Tu imagines le choc qu'elle a eu en entrant dans cette pièce ?

— Les corps étaient couverts…

— Pas les bons corps, Jared ! Oh, je suis sûr que Gaby serait toute retournée de voir un cadavre humain. Elle est si gentille, si douce. La violence, la mort, ça ne fait pas partie de son monde. Mais songe à son horreur lorsqu'elle a vu ces reliques sur la table !

Il lui a fallu un moment pour comprendre.

— Oh…

— Oui. Si toi ou moi assistions à une vivisection sur des humains, et que nous découvrions des cadavres découpés, déchirés, avec du sang partout, on aurait la même réaction qu'elle. Et encore, nous avons déjà vu ça, avant l'invasion, dans des films d'horreur. Mais je suis prêt à parier que pour elle, c'est une première fois, dans toutes ses vies.

J'ai eu un nouveau haut-le-cœur. À cause des paroles de Ian qui ravivaient le souvenir; la vue du carnage, l'odeur.

— Lâchez-moi, ai-je murmuré. Posez-moi à terre.

— Je ne voulais pas te réveiller. Je suis désolé. (Les derniers mots étaient prononcés avec ferveur; Ian s'excusait pour tout le reste aussi.)

— Lâchez-moi.

— Tu ne vas pas bien. Je vais te ramener jusqu'à ta chambre.

— Non. Laisse-moi ici.

— Gaby…

— Pose-moi! ai-je crié. (J'ai poussé sur sa poitrine tout en ruant des pieds pour me libérer. La férocité de ma réaction l'a saisi. Il a lâché prise et je suis tombée accroupie au sol.)

Je me suis relevée aussitôt et me suis enfuie.

— Gaby!

— Laisse-la.

— Toi, ne me touche pas! Gaby! Reviens!

Il y a eu un bruit de lutte derrière moi, mais je ne me suis pas retournée. Bien sûr, ils se battaient… c'étaient des humains. La violence était leur plaisir.

Je n'ai pas cessé de courir quand j'ai retrouvé la lumière. J'ai traversé la grande place sans un regard pour tous ces monstres. Je sentais leurs yeux rivés sur moi… grand bien leur fasse!

Peu m'importait aussi où j'allais. Je voulais juste être seule. Seule. J'ai évité les tunnels où il y avait du monde, et je me suis enfoncée dans le premier que j'ai trouvé désert.

C'était le tunnel est. C'était la seconde fois que je courais dans ce conduit ce jour-là. La première fois, ivre de joie, cette fois emplie d'horreur. J'avais du mal à me souvenir de ce que je ressentais plus tôt, quand le groupe était revenu d'expédition. Tout était noir et sinistre à présent, même leur retour. La moindre pierre semblait nimbée d'une aura maléfique.

Mais j'avais pris le bon chemin. Personne ne risquait de venir par ici. L'endroit était désert.

J'ai couru jusqu'à l'extrémité du boyau, et j'ai débouché sur le terrain de sport, plongé dans l'ombre. Comment avais-je pu jouer avec ces barbares ? Comment avais-je pu croire ces sourires sur leurs visages, sans voir la bête immonde qui se cachait dessous ?

J'ai continué à avancer jusqu'à patauger dans les eaux grasses de la source. J'ai reculé, les bras tendus, à la recherche du mur. Dès que mes doigts ont rencontré la surface rugueuse de la roche, je me suis tapie au pied de la paroi, dans un trou du rocher.

On n'avait pas pensé à ça. Doc ne ferait pas de mal à une mouche. Il tentait simplement de sauver…

Sors de ma tête ! ai-je hurlé.

Au moment où je la bâillonnais pour ne pas entendre ses justifications, je me suis aperçue à quel point elle s'était affaiblie au cours de tous ces mois d'entente entre nous. C'est moi qui me montrais amicale et coopérative, qui l'encourageais à « s'émanciper ».

C'était si facile de la réduire au silence. Presque trop… Ç'aurait dû être comme ça depuis le début.

Je me retrouvais enfin seule avec moi-même ! Et avec cette douleur et cette horreur qui seraient miennes à jamais. J'aurais toujours cette image de cauchemar devant les yeux. Je ne m'en libérerais pas. Elle ferait partie de mon être.

Je ne savais comment expulser mon chagrin. Je ne pouvais, à la manière des humains, pleurer la mort de ces âmes dont je ne connaîtrais jamais le nom, cet enfant découpé en morceaux sur la table d'opération.

Le chagrin n'existait pas sur Origine. J'ignorais comment manifester ma douleur, alors j'ai opté pour le *modus operandi* des Chauves-Souris aveugles dans le Monde des Chants. Cela me semblait approprié, ici, dans cette obscurité totale. Les Chauves-Souris célébraient leurs morts par le silence : elles cessaient de chanter pendant des semaines, jusqu'à ce que la douleur de ce silence soit pire que celle causée par la perte de leurs congénères. J'avais perdu quelqu'un là-bas. Un ami, tué dans un accident, la chute d'un arbre une nuit…. On l'a retrouvé trop tard, trop tard pour l'extraire du corps écrasé de son hôte. Spirale… Ascension… Harmonie… c'étaient les mots qui auraient formé son nom dans cette langue. Du moins, une approximation. Il n'y avait pas d'horreur dans sa mort, juste du chagrin, du regret. C'était un simple accident.

Les gargouillis de la rivière étaient bien loin de la perfection de nos chants. Dans cette cacophonie, je pourrais m'abîmer dans le deuil.

J'ai refermé mes bras autour de mes épaules et j'ai pleuré pour l'enfant, et pour l'autre âme qui était morte à ses côtés. Mes congénères. Ma famille. Les miens. Si j'avais découvert la façon de sortir de ce labyrinthe souterrain, si j'avais prévenu la Traqueuse, aujourd'hui ces deux âmes ne baigneraient pas dans leur sang, déchiquetées, leurs restes mêlés.

Je voulais sangloter, me lamenter. Mais c'était la façon humaine. Alors j'ai serré les lèvres et me suis recroquevillée dans le noir, gardant mon chagrin à l'intérieur.

Mais ils sont venus me déranger, troubler mon deuil.

Il leur a fallu quelques heures pour me trouver. J'entendais l'écho de leurs voix migrant par les boyaux souterrains. Ils m'appelaient, me cherchaient, espéraient une réponse. Devant le silence, ils ont apporté des lumières – pas les faibles lanternes solaires qui n'auraient pu percer les ténèbres au fond desquelles je me terrais, mais ces lances qui crachaient des jets jaunes aveuglants. Ils balayaient l'espace de droite à gauche, chaque faisceau comme autant de pendules de lumière. Même avec ces puissantes torches électriques, il leur avait fallu fouiller trois fois la pièce avant de me trouver. Ne pouvaient-ils me laisser tranquille ?

Quand la lumière m'a frappée, j'ai entendu leur soupir de soulagement.

— Elle est là ! Va dire aux autres qu'ils peuvent rentrer. Elle n'est pas sortie, finalement !

Je connaissais cette voix, mais je n'ai pas mis de nom dessus. Juste un monstre, parmi d'autres monstres…

— Gaby ? Gaby ? Ça va ?

Je n'ai pas levé la tête, ni ouvert les yeux, ni répondu. Je pleurais mes morts.

— Où est Ian ?

— Tu crois qu'on devrait aller chercher Jamie ?

— Il ne doit pas se lever avec sa jambe.

Jamie. J'ai frémi en entendant son nom. Mon Jamie. Un monstre aussi, comme les autres. Jamie. C'était une telle douleur de penser à lui.

— Où est-elle ?

— Par ici, Jared ! Elle est… prostrée.

— On ne l'a pas touchée.

— Donne-moi la lampe ! a ordonné Jared. Maintenant, sortez d'ici. Tous. Fin de l'alerte ! Laissez-lui de l'air, d'accord ?

Il y a eu des bruits de pas, mais ils n'ont pas été très loin.

— Sérieusement, les gars. Vous gênez. Allez-vous-en.

Les bruits ont recommencé, timides au début, puis plus volontaires. Les pas se sont éloignés, et évanouis tout à fait.

Jared a attendu que le silence soit complet.

— C'est bon, Gaby, il n'y a plus que toi et moi.

Il attendait une réponse de ma part.

— Écoute, j'imagine que ça a dû te causer un choc. On n'a jamais voulu que tu voies ça. Je suis désolé.

Il était « désolé » ? C'était une idée de lui, selon Geoffrey ! Il voulait m'arracher de Mel à coups de bistouri, me découper, repeindre les murs de mon sang. Il m'aurait patiemment coupée en un million de rondelles si cela avait pu lui rendre sa jolie monstresse !

Il est resté silencieux un long moment, attendant toujours une réaction de ma part.

— Tu veux rester seule, j'ai l'impression. Entendu. Je peux m'arranger pour qu'on te laisse tranquille, si c'est ça que tu veux.

Je n'ai pas bougé.

Il a touché mon épaule. Je me suis recroquevillée contre la paroi pour rompre ce contact.

— Pardon, a-t-il marmonné.

Je l'ai entendu se lever et la lumière, cramoisie derrière mes paupières, a faibli.

Il a rencontré quelqu'un à l'entrée de la salle.

— Où est-elle ?

— Elle veut rester seule. Laisse-la tranquille.

— Ne te mets pas encore une fois en travers de mon chemin.

— Tu crois que tu peux la consoler ? Toi, un humain ?

— Je n'ai pas participé à cette...

— Pas cette fois, c'est vrai, a répondu Jared en baissant la voix. Mais tu es l'un d'entre nous, Ian. Tu es son ennemi. Tu as entendu ce qu'elle a dit ? Nous sommes des monstres. C'est ainsi qu'elle nous voit désormais. Elle n'a pas besoin de toi.

— Donne-moi cette lampe !

Il y a eu un silence. Plusieurs secondes se sont écoulées puis j'ai entendu des pas lents s'approcher. Finalement, le faisceau est revenu sur moi, embrasant de nouveau le rideau de mes paupières.

Je me suis mise en boule, craignant encore le contact d'une main.

Il y a eu un soupir, puis le froissement d'un pantalon – assez loin de moi, contrairement à ce que je craignais.

Dans un clic, la lumière s'est éteinte.

J'ai attendu pendant un long moment. J'étais certaine que Ian allait parler, mais il est resté aussi silencieux que moi.

Finalement, je me suis lassée d'attendre et je suis retournée à mon deuil. Ian ne m'a pas interrompue. J'étais assise dans un trou noir, au milieu de la terre, et je pleurais deux âmes perdues, avec un humain à mes côtés.

41.

La disparition

Ian est resté assis dans l'obscurité avec moi pendant trois jours.

Il ne m'a quittée que quelques minutes de temps en temps pour aller nous chercher de la nourriture et de l'eau. Au début, Ian mangeait, mais pas moi. Et puis, lorsqu'il a compris que mes privations étaient volontaires, il a jeûné avec moi.

Je profitais de ses courtes absences pour assouvir des besoins naturels, grâce à la proximité de la rivière souterraine. À mesure que mon jeûne s'éternisait, mes besoins se faisaient moins pressants.

Je m'endormais malgré moi, mais je veillais à ce que le somme ne soit jamais effectué dans une position confortable. Le premier jour, je me suis éveillée la tête sur les genoux de Ian. Dans un sursaut, je me suis éloignée de lui. Ma réaction de rejet a été si violente qu'il n'a jamais réitéré son geste. Après ça, je m'écroulais à même le sol et, à mon réveil, je me remettais en boule, murée dans ma bulle de silence.

— Gaby, s'il te plaît, a murmuré Ian le troisième jour. (Du moins, je pensais que c'était le troisième jour ; j'ai perdu la mesure du temps dans ces ténèbres muettes. C'était la première fois qu'il parlait.)

Sans avoir besoin d'ouvrir les yeux, je savais qu'un plateau de nourriture trônait devant moi. Il l'a approché jusqu'à ce que le rebord touche ma jambe. Je me suis reculée.

— Je t'en prie. Mange quelque chose.

Il a posé la main sur mon bras, mais l'a retirée tout de suite quand il m'a sentie tressaillir.

— Je t'en supplie, ne me hais pas. Je m'en veux tellement. Si j'avais su, j'aurais empêché ça. Ça ne serait pas arrivé.

Il n'aurait jamais pu les arrêter. Il était seul contre tous. Et comme l'avait dit Jared, il n'y voyait pas d'objections avant. J'étais l'ennemi. Même chez les plus compatissants des humains, la miséricorde se bornait à leur propre espèce.

Doc n'aurait jamais infligé de la souffrance intentionnellement à une autre personne. Je me demandais même s'il n'aurait pas tourné de l'œil devant une scène de torture, sensible comme il l'était. Mais l'agonie d'un ver, d'un mille-pattes ? Pourquoi se soucierait-il des souffrances indicibles d'une créature étrangère ? Pourquoi avoir des scrupules, s'il tuait un bébé alien, lentement, en le coupant morceau par morceau, puisqu'il n'avait pas de bouche humaine pour hurler ?

— J'aurais dû te prévenir, a murmuré Ian.

Cela aurait-il changé l'horreur de l'événement ? Qu'on me raconte la torture plutôt que de la voir de mes propres yeux ? La douleur aurait-elle été moins forte ?

— Mange, je t'en prie.

Le silence est retombé. On est restés assis, immobiles, pendant une heure peut-être.

Ian s'est levé et est parti discrètement.

Je ne comprenais rien à mes émotions. À cet instant, je détestais ce corps auquel j'étais liée. Pourquoi le départ de Ian me rendait-il triste? Pourquoi était-ce douloureux de retrouver cette solitude que j'avais tant désirée? Je voulais que le monstre revienne, voilà la vérité, et ce n'était pas normal, pas bien du tout.

Je ne suis pas restée seule longtemps. Peut-être Ian avait-il été le chercher? Ou bien avait-il attendu le départ de mon ange gardien pour entrer en scène?... mais ses petits sifflements étaient reconnaissables entre tous... Jeb!

Le bruit s'est arrêté à un mètre de moi; il y a eu un *clic!* assourdissant. Le faisceau jaune m'a brûlé les yeux. J'ai battu des paupières.

Jeb a posé la lampe, le faisceau dirigé vers le plafond. Il dessinait un cercle sur la voûte qui renvoyait à son tour un halo tout autour de nous.

Jeb s'est adossé contre le mur à côté de moi.

— Tu comptes te laisser mourir de faim? C'est ça, le plan?

J'ai regardé les pierres par terre.

Pour être tout à fait honnête, je savais que mon deuil était terminé. J'avais pleuré mes morts. Je n'avais connu ni cet enfant ni l'autre âme, même si nous avions, un moment, cohabité dans ces grottes de malheur. Je ne pouvais pleurer des étrangers pour le restant de mes jours. Et maintenant, la colère avait remplacé le chagrin.

— Si tu veux mourir, il existe des méthodes plus rapides et efficaces.

Comme si je ne le savais pas!

— Donne-moi à Doc, alors! ai-je rétorqué.

Jeb n'était pas surpris de m'entendre parler. Il a hoché la tête en silence, comme s'il s'attendait à cette réplique de ma part.

— Tu crois qu'on va abandonner sans se battre, Vagabonde? (La voix de Jeb était grave et sérieuse –

une première.) Nous avons un instinct de survie plus prononcé que ça ! Bien sûr que nous voulons trouver le moyen de récupérer nos esprits ! Demain, la victime pourrait être n'importe lequel d'entre nous. Nous avons perdu tellement de gens que nous aimions... Ce n'est pas facile. Doc est ravagé de chagrin chaque fois, tu l'as vu de tes propres yeux. Mais c'est notre réalité, Gaby. C'est notre monde. Nous avons perdu la guerre. Nous sommes au bord de l'extinction. Alors nous essayons par tous les moyens de survivre.

Pour la première fois, Jeb me parlait comme si j'étais une âme et non une humaine. J'avais la sensation que la distinction avait toujours été évidente pour lui, qu'il la dissimulait par pure courtoisie.

Ses paroles n'étaient pas dénuées de fondement, je ne pouvais le nier. Le choc était passé. Je retrouvais mon discernement. Les âmes, par nature, savaient reconnaître la vérité.

Certains de ces humains étaient capables de voir la situation de mon point de vue ; Ian, tout au moins. Moi aussi, je pouvais me mettre à leur place. Ils étaient des monstres, mais des monstres qui avaient quelque raison de perpétrer des monstruosités...

Certes, la violence était toujours la solution la plus évidente à leurs yeux. Ils ne pouvaient imaginer une autre réponse. Avais-je le droit de les en blâmer ? Ils étaient limités par leurs gènes.

Je me suis éclairci la gorge, mais ma voix demeurait rauque, faute d'utilisation.

— Déchiqueter des bébés ne sauvera personne, Jeb. Et maintenant, ils sont tous morts, les miens comme les vôtres.

Il est resté un moment silencieux.

— On ne peut distinguer vos jeunes de vos adultes...

— C'est ce que j'ai vu !

— Les tiens n'épargnent pas non plus nos bébés.

— On ne les torture pas. Nous ne causons jamais de souffrance intentionnellement.

— Vous faites pire que ça. Vous nous effacez !

— Et vous, vous faites les deux !

— C'est vrai, oui. Parce que nous y sommes contraints. Nous devons continuer le combat. Nous n'avons pas d'autre choix : essayer et essayer encore. Sinon, autant s'asseoir dans un coin et se laisser mourir. (Il m'a regardée en levant un sourcil d'un air entendu.)

« Comme toi », semblait-il dire.

En lâchant un soupir, j'ai pris la bouteille d'eau que Ian avait laissée à mes pieds et j'ai bu une longue gorgée. Puis je me suis éclairci la gorge à nouveau.

— Vous n'y arriverez jamais, Jeb. Vous pouvez nous couper en rondelles, encore et encore, vous ne ferez que sacrifier des êtres pensants, dans les deux espèces. Nous ne voulons pas tuer, mais nos corps sont solides. Nos liens paraissent fins comme des cheveux, mais ils sont plus résistants que vos tissus. C'est ce qui s'est passé aujourd'hui, n'est-ce pas ? Doc a extrait deux de mes congénères en les découpant en morceaux, et leurs filaments ont tranché le cerveau de leurs hôtes.

— Comme un morceau de gruyère.

J'ai tressailli en concevant cette image en pensée.

— Cela me rend malade aussi, a repris le patriarche. Doc n'en peut plus. Chaque fois qu'il croit réussir, c'est une boucherie. Il a beau prendre le problème dans tous les sens, chaque tentative se solde par un carnage. Les âmes sont insensibles à nos sédatifs comme à nos poisons.

Ma voix a chevroté d'horreur.

— Évidemment ! Notre métabolisme est totalement différent du vôtre.

— Une fois, l'un des tiens a semblé comprendre ce qui se passait. Avant que Doc ait eu le temps d'endormir l'humain, le machin lui a déchiré le cerveau de l'intérieur. Bien sûr, on ne l'a su que lorsque Doc l'a ouvert. De l'extérieur, le gars avait simplement paru tomber dans les pommes.

J'étais surprise… impressionnée aussi. Cette âme devait être très courageuse. Je n'avais pas eu le cran de faire ça, même quand j'avais cru, au début, qu'ils allaient me torturer pour que je leur dise comment détacher une âme de son hôte. Je n'imaginais pas qu'ils essayaient d'obtenir des réponses en charcutant les leurs ; cette méthode d'investigation était tellement barbare et vaine qu'à aucun moment je n'avais pensé qu'ils la pratiquaient régulièrement.

— Jeb, nous sommes des créatures de taille relativement modeste ; nous dépendons entièrement de nos hôtes. Nous n'aurions pas survécu aussi longtemps sans un système de défense efficace.

— Je ne vous nie pas le droit d'avoir ces défenses. Je te dis simplement que nous allons continuer le combat, chaque fois que nous en aurons l'occasion. Nous ne voulons faire de mal à personne. Mais c'est le prix à payer. Car la lutte n'a pas de fin.

On s'est regardés en silence.

— Pourquoi ne demandes-tu pas à Doc de me couper en rondelles ? À quoi d'autre puis-je bien vous être utile ?

— Allons, Gaby. Ne sois pas ridicule. Les humains ne sont pas aussi logiques que ça. Nous avons une palette de nuances bien plus riche que vous entre le bien et le mal. En particulier vers le mal.

J'ai acquiescé d'un air sardonique, mais Jeb a poursuivi :

— Nous mettons l'individu au premier plan. C'est sans doute déplacé, si on raisonne froidement. Combien de personnes Paige, par exemple, serait-elle prête à sacrifier pour sauver la vie d'Andy ? Ça n'a aucun sens si on considère que tous les humains sont égaux. Il se trouve que tu es appréciée ici, en tant qu'individu. Certes, c'est tout aussi idiot du point de vue général de l'humanité. Mais des gens ici te feraient passer avant nombre d'humains. Et je fais partie de ce groupe, je le reconnais. Je te considère comme une amie, Gaby. Bien entendu, ça ne peut pas marcher si tu me hais.

— Je ne te hais pas, Jeb, mais…

— Mais ?

— Mais je ne vois pas comment je peux encore vivre ici en sachant que vous massacrez les miens dans la pièce à côté. Et, à l'évidence, je ne peux pas partir, non plus. Tu vois le problème se profiler ? Quel choix vous reste-t-il sinon de m'offrir au bistouri de Doc ? (J'ai frissonné malgré moi.)

— C'est un argument imparable. Nous ne pouvons te demander de vivre avec nous dans ces conditions.

Mon estomac s'est contracté.

— Si j'ai le choix, je préférerais que tu me tires une balle dans la tête.

Jeb a éclaté de rire.

— Oh, comme tu y vas ! Personne ne tire sur ses amis, ni ne les découpe en morceaux. Je sais que tu ne mens pas, Gaby. Si tu dis que nous n'y arriverons pas de cette façon, nous allons revoir notre stratégie. Je vais dire aux gars d'arrêter de ramener des âmes ici pour le moment. De toute façon, Doc est à bout. Il ne pourra pas supporter d'autres échecs.

— Mais toi, tu peux me mentir. Et je n'y verrai que du feu.

— Tu dois me faire confiance. Parce que je ne te tirerai pas une balle dans la tête, ni ne te laisserai mourir de faim. Alors mange, fillette. C'est un ordre.

J'ai pris une profonde inspiration pour m'éclaircir les idées. Étions-nous parvenus à un accord ? Ce n'était pas très clair. C'était la grande confusion dans ce corps. J'aimais bien trop les gens d'ici. C'étaient des amis. Des amis monstrueux que je ne pouvais voir sous leur vrai jour à cause du voile de l'affect.

Jeb a pris une grosse tranche de pain de maïs au miel et me l'a mise dans les mains.

La tartine s'est brisée dans ma paume, parsemant mes doigts de morceaux collants. J'ai poussé un nouveau soupir et j'ai léché les débris.

— Voilà qui est mieux ! On va sortir de cette impasse, fillette. On va trouver une solution. Il faut être positif.

— Être positif ? ai-je répété entre deux bouchées, en secouant la tête d'incrédulité.

Il n'y avait que Jeb pour…

Ian est arrivé. Quand il a vu la nourriture dans ma main, son expression m'a emplie de remords. C'était de la joie et du soulagement.

Non, je n'avais fait de mal à personne délibérément – jamais – mais j'avais fait souffrir Ian en voulant me faire souffrir moi-même. Les vies humaines étaient si intimement mêlées. C'était ingérable !

— Tu es là, Jeb, a-t-il dit à voix basse en s'asseyant devant nous. Jared a deviné que tu étais avec Gaby.

Je me suis déplacée vers lui ; mes bras étaient tout ankylosés. Et j'ai posé ma main sur la sienne.

— Pardon, ai-je murmuré.

Il a tourné la main pour serrer mes doigts.

— Tu n'as pas besoin de t'excuser.

— J'aurais dû le savoir. Jeb avait raison. Bien sûr que la guerre continue pour vous. Comment pourrais-je vous le reprocher ?

— Avec toi ici, c'était différent. On aurait dû arrêter.

Mais ma présence ici n'avait fait que rendre le problème plus urgent. Comment m'arracher de ce corps et ramener Melanie ? Comment m'effacer pour lui rendre sa place ?

— Tous les coups sont permis. La guerre ne connaît pas de loi, ai-je murmuré en m'efforçant de sourire.

Il a répondu à mon sourire.

— L'amour non plus… Il ne faut pas oublier ses classiques.

— Bien, passons à la suite, a ajouté Jeb. Car je n'ai pas terminé.

Je l'ai regardé, intriguée. Qu'y avait-il encore ?

— Avant tout, reste calme. (Il a pris une grande inspiration.) Pas de panique, d'accord ?

Je me suis figée et j'ai serré plus fort la main de Ian.

— Tu vas lui dire ? s'est étonné Ian en jetant un regard inquiet au patriarche.

— Quoi ? ai-je hoqueté. Me dire quoi ?

Jeb avait de nouveau ce visage impénétrable de joueur de poker.

— Il s'agit de Jamie.

En entendant ce nom, le monde s'est écroulé autour de moi.

Depuis trois longues journées, j'étais redevenue Vagabonde, une âme parmi les Hommes. Gaby était soudain de retour, une âme troublée par des émotions humaines irrépressibles !

Je me suis levée d'un bond, entraînant Ian avec moi, ma main rivée à la sienne, puis j'ai été prise de vertige ; tout s'est mis à tourner.

— Doucement. J'ai dit : « Pas de panique. » Jamie va bien. Il se faisait juste un sang d'encre à ton sujet. Il a appris ce qui s'est passé et il ne cessait de demander à te voir – tu connais ce gamin, toujours à penser aux autres. Mais ce n'était pas une bonne idée, à mon avis. Je suis venu ici pour te demander de lui rendre visite. Mais tu ne peux y aller dans cet état. Tu as une tête de déterrée. Tu risques de lui faire peur. Assieds-toi et mange encore un peu.

— Et sa jambe ? ai-je demandé.

— Il y a une petite infection, a murmuré Ian. Doc ne veut pas qu'il bouge, sinon il serait venu te rejoindre il y a longtemps. Il a même fallu que Jared le sangle sur son lit, sinon il aurait désobéi.

Jeb a acquiescé.

— Jared a failli venir ici pour te ramener de force, mais je lui ai demandé de me laisser te parler d'abord. Si tu tombais dans les pommes devant le petit, cela lui ferait plus de mal que de bien.

Mon sang s'est glacé. C'était possible ça, chez les humains ?

— Vous l'avez soigné ?

— Il n'y a rien à faire, a répondu Jeb avec un haussement d'épaules fataliste. Le gamin est costaud. Il va se battre.

— Comment ça « il n'y a rien à faire » ?

— C'est une infection bactérienne, a répondu Ian. On ne trouve plus d'antibiotiques.

— Parce que ça ne marche pas ! Les bactéries sont plus futées que vos médicaments. Il y a mieux à faire, forcément.

— Nous n'avons rien d'autre, a répondu Jeb. Le gamin est en pleine forme. Il faut attendre.

— Attendre ? (J'étais hébétée.)

— Mange quelque chose, a insisté Ian. Tu vas l'inquiéter s'il te voit comme ça.

Je me suis frotté les yeux, tentant de clarifier mes pensées.

Jamie était malade. Et ils n'avaient rien pour le soigner. Il fallait donc laisser l'infection évoluer, voir si son corps allait la vaincre ou…

— Non…, ai-je soufflé.

Je me tenais au bord de la tombe de Walter, j'écoutais le crissement des grains de sable tombant dans le trou béant.

— Non…, ai-je gémi, chassant ce souvenir.

Je me suis retournée comme un automate et j'ai marché à grands pas vers la sortie.

— Attends ! a lancé Ian. (Mais il ne m'a pas retenue. Il a laissé sa main dans la mienne et m'a emboîté le pas.)

Jeb m'a rejointe et m'a glissé de la nourriture dans la main.

— Mange ! Fais-le pour le gamin.

J'ai avalé une bouchée tout rond, sans goûter.

— Je savais qu'elle allait mal réagir, a grommelé Jeb.

— Pourquoi lui as-tu raconté, alors ? a répliqué Ian, agacé.

Jeb est resté silencieux. Pourquoi ce mutisme ? L'état de Jamie était-il plus critique encore que ce que j'imaginais ?

— Il est à l'infirmerie ? ai-je demandé d'une voix blanche.

— Non, non, rassure-toi, m'a répondu Ian. Il est dans votre chambre.

Je n'ai ressenti aucun soulagement. J'étais trop inquiète pour ça.

Pour Jamie, je serais retournée dans cette salle de torture, même si elle empestait encore le sang des miens.

J'ai à peine vu les salles que nous avons traversées ; je n'ai pas même remarqué qu'il faisait jour. Je gardais la tête baissée, je ne voulais pas croiser les yeux des autres humains qui s'arrêtaient sur notre passage pour m'observer. Je voulais simplement mettre un pied devant l'autre jusqu'à ce que je rejoigne Jamie.

Un petit groupe de personnes étaient massées devant l'entrée de la chambre. Le paravent de soie était ouvert, et ils tendaient le cou pour voir à l'intérieur. Je les connaissais tous… des amis à moi – des amis de Jamie. Que faisaient-ils là ? Jamie était-il donc si malade qu'il exigeait une surveillance continuelle ?

— Gaby, a articulé Heidi. Gaby est ici.

— Laissez-la entrer, a dit Wes. (Il a donné une tape dans le dos de Jeb.) Bon travail.

J'ai fendu le petit groupe de gens sans les regarder. Ils se sont écartés pour me laisser passer ; ils avaient vu que je marchais droit devant moi, comme une aveugle. L'effort qu'il me fallait déployer pour avancer phagocytait tous mes autres sens.

Il faisait clair dans la pièce au plafond haut. Il n'y avait pas grand-monde dans la chambre ; Doc ou Jared avaient fait sortir les gens. J'ai vaguement perçu la présence de Jared, adossé contre le mur du fond, ses mains jointes dans son dos – il se tenait ainsi quand il était inquiet. Doc était agenouillé auprès du grand lit où se trouvait Jamie, exactement à l'endroit où je l'avais laissé.

Le visage de Jamie était rouge et luisant de transpiration. La jambe droite de son jean avait été coupée, et le bandage retiré de sa blessure. L'entaille était moins grande que je ne m'y attendais. Moins horrible aussi.

Juste une coupure de cinq centimètres, avec les bords bien nets. Mais le pourtour était violet, et la peau enflée, suintante.

— Gaby…, a soufflé Jamie en me voyant. Tu vas bien. Tant mieux. (Il a poussé un long soupir.)

Je me suis jetée à genoux à côté de lui, entraînant Ian avec moi. J'ai touché le front du garçon. Il était brûlant. Mon coude frottait contre le bras de Doc, mais je l'ai à peine remarqué. Doc s'est reculé. Je ne me suis pas retournée pour voir si son visage exprimait de l'aversion ou du remords.

— Jamie, mon bébé, comment te sens-tu ?

— Idiot, a-t-il répondu dans un sourire. Totalement idiot. Tu y crois, à ça ? (Il a désigné sa jambe.) Il y avait une chance sur un million.

J'ai trouvé une serviette sur son oreiller et je lui ai tamponné le front.

— Tu vas guérir ! ai-je promis. (Je ne m'attendais pas à entendre une telle ardeur dans ma voix.)

— Bien sûr. Ce n'est rien du tout. Mais Jared ne voulait pas me laisser aller te voir. (Il a eu soudain l'air grave.) J'ai appris pour… Gaby, je voulais…

— Chut ! Oublie ça. Si j'avais su que tu étais malade, je serais venue bien plus tôt.

— Je ne suis pas vraiment malade. C'est juste une infection de rien du tout. Mais je suis content que tu sois là. Je détestais ne pas savoir comment tu allais.

Je ne pouvais chasser la boule qui montait dans ma gorge. Mon Jamie, un monstre ? Jamais.

— Alors comme ça, tu faisais la classe à Wes le jour où on est rentrés ? a lancé Jamie en changeant de sujet, l'air hilare. J'aurais bien voulu voir ça ! Je parie que Melanie a adoré ça !

— Oui, elle a apprécié.

— Elle va bien ? Pas trop inquiète ?

— Bien sûr qu'elle est inquiète, ai-je murmuré, regardant ma main passer la serviette sur le front du garçon comme si c'était une autre qui avait cette attention.

Melanie.

Où était-elle ?

J'ai fouillé mon esprit, cherchant sa voix familière. Il n'y avait que le silence, partout. Pourquoi n'était-elle pas avec moi ? La peau de Jamie était brûlante sous mes doigts. Ce contact, cette chaleur maligne auraient dû lui procurer la même angoisse qu'à moi.

— Ça ne va pas ? a demandé Jamie. Gaby ?

— Je suis fatiguée. Excuse-moi, Jamie. J'ai la tête ailleurs.

Il m'a observée avec application.

— Tu as une sale tête.

Où était Melanie ? Qu'avais-je fait ?

— C'est parce que je ne me suis pas lavée depuis un moment.

— Je vais bien, Gaby. Tu devrais aller manger un morceau. Tu es toute pâle.

— Ne t'inquiète pas pour moi.

— Je vais te rapporter à manger, a annoncé Ian. Tu as faim, gamin ?

— Euh non, pas trop.

J'ai regardé fixement Jamie. Le petit était toujours affamé…

— Envoie quelqu'un, ai-je dit à Ian en serrant sa main plus fort.

— D'accord. (Son visage restait impassible, mais je sentais en lui à la fois la surprise et l'inquiétude.) Wes, tu veux bien aller chercher à manger ? Pour Gaby et pour Jamie aussi. Je suis certain que l'appétit lui sera revenu à ton retour.

J'ai observé le visage du garçon. Il était cramoisi, mais son regard était vif. Je pouvais l'abandonner quelques minutes…

— Jamie, cela ne te dérange pas si je vais me débarbouiller? Je me sens si sale.

Il a froncé les sourcils en entendant ma voix de fausset.

— Bien sûr que non.

J'ai entraîné Ian encore une fois avec moi en me levant.

— Je reviens tout de suite. Promis, juré, cette fois!

Il a souri faiblement. J'ai senti un regard braqué sur moi quand je suis sortie de la pièce. Doc? Jared? Peu m'importait.

Dans le couloir, il ne restait plus que Jeb. Les autres étaient partis – rassurés, peut-être? Le patriarche a incliné la tête sur le côté, comme s'il tentait de comprendre ce que j'avais en tête. Il n'en revenait pas de me voir quitter Jamie si vite, et si brusquement. Lui aussi avait noté la fausseté de mon explication.

J'ai pressé le pas sous la pression de ses yeux inquisiteurs, en tirant Ian derrière moi. J'ai entraîné mon chevalier servant jusqu'à l'endroit où tous les tunnels des dortoirs se rejoignaient. Au lieu de me diriger vers la grande place, je l'ai conduit dans l'un des tunnels obscurs, au hasard. L'important, c'était qu'il soit désert.

— Gaby…

— J'ai besoin de toi, Ian.

— Tout ce que tu veux. Tu le sais.

Je me suis arrêtée; j'ai mis mes mains de chaque côté de son visage et j'ai regardé ses yeux. Je voyais à peine leur couleur bleue dans l'obscurité.

— Je veux que tu m'embrasses, Ian. Maintenant. Tout de suite.

42.

L'électrochoc

Ian en est resté bouche bée.

— Tu veux que… ?

— Je t'expliquerai après. Ce n'est pas juste pour toi, mais je t'en prie, embrasse-moi.

— Cela ne va pas te mettre mal ? Melanie ne va pas te le faire payer ?

— Ian ! ai-je gémi. S'il te plaît !

Encore déconcerté, il a posé ses mains sur mes hanches et m'a attirée contre lui. Il avait l'air si inquiet… Je n'étais pas sûre que ça allait marcher. Je n'avais pas besoin qu'on me conte fleurette mais lui, peut-être avait-il besoin d'un peu de romantisme ?

Il a fermé les yeux et s'est penché vers moi, un mouvement automatique. Ses lèvres se sont plaquées doucement contre les miennes, puis il s'est redressé avec la même expression inquiète.

Rien.

— Non, Ian. Embrasse-moi vraiment. Comme si… comme si tu voulais que Melanie te gifle. Tu comprends ?

— Non. Que se passe-t-il ? Je veux savoir.

J'ai passé mes bras autour de son cou. C'était bizarre. Je ne savais pas trop si c'était comme ça qu'on faisait. Je me suis hissée sur la pointe des pieds et j'ai attiré son visage à moi, jusqu'à sentir ses lèvres sur les miennes.

Cela n'aurait pas fonctionné avec une autre espèce. Un autre esprit n'aurait pas si facilement été dominé par le corps. Les autres espèces avaient des priorités bien mieux sériées. Mais Ian était humain, et son corps l'a emporté.

J'ai bougé mes lèvres sur les siennes, me suis agrippée à son cou plus fort quand sa réaction première a été de me repousser. Je me souvenais comment sa bouche avait butiné la mienne la première fois... J'ai tenté de l'imiter. Ses lèvres se sont ouvertes sur les miennes, et j'ai senti une onde de triomphe me traverser. J'ai attrapé sa lèvre inférieure entre mes dents et j'ai entendu un son sourd et animal s'échapper de sa gorge.

Et puis la suite est venue toute seule. L'une des mains de Ian s'est refermée sur ma joue et mon menton, pendant que l'autre se plaquait dans le creux de mes reins, me serrant si fort contre lui que j'avais du mal à respirer. Je suffoquais et lui aussi. Nos souffles se sont mêlés. J'ai senti la paroi rencontrer mon dos, se plaquer à moi. Il s'en servait pour me presser contre lui encore plus fort. La moindre parcelle de moi était unie à lui.

Nous n'étions plus que tous les deux, soudés l'un à l'autre, indissociables.

Juste lui et moi.

Personne d'autre.

Personne.

Ian a senti le moment où je me suis abandonnée. Il devait attendre cet instant... Finalement, il n'était pas si dominé par son corps! Il s'est reculé dès que mes muscles se sont relâchés, mais il a gardé son visage tout près du mien, la pointe de son nez effleurant le mien.

Mes bras sont retombés ; Ian a pris une profonde ins-piration. Lentement, il m'a lâchée et a posé ses mains sur mes épaules.

— Maintenant, explique-toi.

— Elle n'est pas là, ai-je chuchoté, encore haletante. Je ne sais pas où elle est. Même maintenant, elle est introuvable.

— Qui ça ? Melanie ?

— Je ne l'entends plus ! Ian, comment puis-je reve-nir vers Jamie ? Il va se rendre compte que je mens ! Comment lui dire que j'ai perdu sa sœur ? Ian, il est malade ! Je ne peux lui dire ça maintenant ! Ça va l'affoler, l'empêcher de guérir. Je…

Ian a posé ses doigts sur mes lèvres.

— Chut ! Du calme. Réfléchissons… Quand l'as-tu entendue pour la dernière fois ?

— Oh, Ian… C'était juste après que j'ai vu… à l'infirmerie. Elle a voulu prendre leur défense, alors je lui ai crié dessus… et je… je l'ai fait partir ! Je ne l'ai plus entendue depuis. Je ne sais plus où elle est !

— Du calme, a-t-il répété. Toi, que veux-tu réelle-ment ? Je sais que tu ne veux pas faire de la peine à Jamie, mais il va s'en sortir, dans un cas comme dans l'autre. Alors, réfléchis. N'est-ce pas mieux pour toi si… ?

— Non. Je ne peux pas effacer Melanie ! Ce ne serait pas bien ! Cela ferait de moi un monstre comme eux !

— D'accord ! Calme-toi. Il faut donc la retrouver.

J'ai hoché la tête avec ardeur.

— Alors il faut vraiment la mettre en pétard.

— Je ne te comprends pas.

Enfin, j'avais peur de comprendre…

Embrasser Ian était une chose… Ç'aurait même pu être plaisant, si je n'avais pas été aussi rongée d'angoisse. Mais aller plus loin, vers quelque chose de plus « élaboré » ? Est-ce que je… Mel allait voir rouge si je me servais de son corps ? Était-ce la seule façon de la faire sortir du bois ? Et Ian dans tout ça ? C'était vraiment injuste envers lui.

— Je reviens tout de suite, a promis Ian. Ne bouge pas !

Il m'a plaquée contre la paroi pour étayer son ordre, et s'est enfui dans le couloir.

Il était difficile d'obéir. Je brûlais de le suivre pour savoir où il allait et ce qu'il allait faire. Nous devions en parler d'abord… je devais réfléchir. Mais le temps pressait. Jamie m'attendait, avec une foule de questions auxquelles je ne pourrais me soustraire. Non, ce n'était pas moi qu'il attendait ; c'était Melanie. Qu'avais-je fait ? Et si Mel avait disparu pour toujours ?

Mel ! Mel ! Reviens ! Jamie a besoin de toi. Pas de moi. C'est toi qui comptes ! Il est malade, Mel. Tu entends ? Il est malade !

Je me parlais toute seule. Personne ne m'entendait.

Mes mains tremblaient de peur, de tension. Je ne pouvais attendre ici plus longtemps. Je sentais l'angoisse monter, me soulever comme une bulle. J'allais exploser…

Enfin, il y a eu des bruits de pas. Et des voix. Ian n'était pas seul. Je ne comprenais plus rien.

— Il faut voir ça comme une expérience, disait Ian.

— Tu es fou ? a répondu Jared. Si c'est une blague, elle n'est pas drôle !

Mon estomac s'est contracté. Mettre Melanie en colère, c'était donc ça qu'il avait en tête.

Une bouffée de chaleur m'est montée aux joues, intense comme la fièvre de Jamie. Comment Ian pouvait-il me faire ça ? Je voulais m'enfuir, aller me cacher quelque part où personne ne me trouverait cette fois, quel que soit le nombre de mes poursuivants et leur stock de lampes torches. Mais je chancelais sur mes jambes ; je ne pouvais pas bouger.

Ian et Jared sont arrivés à la jonction en étoile des tunnels. Le visage de Ian était fermé ; il avait une main sur l'épaule de Jared, et le guidait dans le labyrinthe. Jared lançait des regards furieux à Ian.

— Par là ! a indiqué Ian, en poussant Jared dans ma direction. (Je me suis plaquée contre la paroi.)

Jared m'a aperçue ; il a vu mon air mortifié et s'est arrêté net.

— Gaby, que se passe-t-il ?

J'ai lancé à Ian un regard chargé de reproche, et j'ai voulu trouver les yeux de Jared.

Mais je n'en ai pas eu la force. J'ai baissé la tête.

— J'ai perdu Melanie, ai-je murmuré.

— Perdu ?

J'ai hoché la tête, misérable.

— Où ça ? Comment ? a demandé Jared en haussant la voix.

— Je ne sais pas trop. Je l'ai fait taire… D'ordinaire, elle revient toujours, mais cette fois, je ne l'entends plus… et Jamie qui…

— Elle est morte ? a-t-il articulé d'une voix blanche.

— Je ne sais pas. Je n'arrive pas à la trouver.

Il a pris une profonde inspiration.

— Et pourquoi Ian veut-il que je t'embrasse ?

— Pas m'embrasser « moi », ai-je dit d'une voix à peine audible. Elle. Melanie. Jamais je ne l'ai vue aussi en colère que lorsqu'on s'est embrassés. Elle était remontée à la surface d'un seul coup. Peut-être que… Mais non. C'est trop te demander. Je la retrouverai toute seule.

Je regardais toujours le sol. J'ai vu ses pieds s'approcher de moi.

— Tu penses que si je t'embrasse…

Je n'arrivais même pas à acquiescer. J'ai tenté de déglutir.

Des mains familières ont caressé mon cou, mes épaules. Mon cœur a battu si fort que je me suis demandé s'il l'entendait cogner.

J'étais très gênée de le forcer à me toucher comme ça. Peut-être se disait-il que c'était un subterfuge de ma part, que c'était mon idée et non celle de Ian?

Ian était-il encore ici, à nous regarder? Cela devait lui faire mal, non?

Une main, comme je m'y attendais, a continué à descendre le long de mon bras, jusqu'à mon poignet, traçant sur ma peau une ligne de feu. L'autre s'est refermée en coupe sous mon menton, comme prévu, et a attiré mon visage vers le sien.

Sa joue a frotté la mienne – encore ce contact de feu sur ma peau – et sa bouche s'est approchée de mon oreille.

— Melanie, je sais que tu es là. Reviens. Reviens-moi.

Sa joue a reculé lentement et son menton a pivoté pour que ses lèvres entrent en contact avec les miennes.

Il voulait m'embrasser doucement. Il faisait des efforts, ça se voyait. Mais ses belles intentions sont parties en fumée, comme la première fois.

Le feu était partout, parce qu'il était partout. Ses mains exploraient ma peau, la zébrant de flammes. Ses lèvres embrassaient chaque parcelle de mon visage. La paroi rocheuse a heurté mon dos brutalement, mais je n'ai pas eu mal. Je ne sentais plus rien, j'étais un point ardent.

Mes doigts plongeaient dans ses cheveux, l'attirant encore à moi plus fort, alors qu'il était impossible d'être plus près l'un de l'autre. Mes pieds ont quitté le sol et mes jambes se sont refermées autour de sa taille, la paroi dans mon dos me soutenant. Sa langue s'enroulait à la mienne, et mon esprit tout entier, jusqu'au plus infime recoin, était emporté par un tsunami.

Il a approché de nouveau sa bouche de mon oreille :

— Melanie Stryder ! (J'ai cru qu'il m'avait crevé les tympans.) Je t'interdis de me laisser. Tu m'aimes ou non ? Alors prouve-le. Prouve-le ! Nom de Dieu, Mel ! Reviens !

Sa bouche avide est revenue se plaquer sur la mienne.

Ohhh !... a-t-elle gémi dans ma tête.

Je n'ai pas pensé à la saluer. J'étais en feu.

Le feu s'est frayé un chemin jusqu'à elle, jusqu'à son antre où elle s'était abîmée, presque sans vie.

Mes mains ont saisi la chemise de Jared, l'ont ouverte. C'était leur idée, pas la mienne. Mes doigts voulaient son corps. Je n'avais rien décidé. Les mains de Jared, dans mon dos, étaient brûlantes.

Jared ? a-t-elle murmuré. Elle tentait de s'orienter, de retrouver le chemin vers la surface, mais notre esprit était si confus à cet instant…

Je sentais les muscles de l'abdomen de Jared se contracter sous mes paumes.

Jared ? Où es-tu ? se lamentait Melanie, en pleine lutte.

Je me suis décollée de la bouche de Jared pour reprendre mon souffle, et ses lèvres ont plongé dans ma gorge. J'ai enfoui mon visage dans ses cheveux, dans leur odeur enivrante.

Jared ! Non ! NON !

J'ai laissé Mel couler dans mes bras. C'était précisément ce que je voulais, même si je n'y prêtais plus aucune attention à présent. Les mains sur le ventre de Jared se sont soudain faites dures, rageuses. Les doigts se sont refermés sur sa peau, les ongles plantés dans sa chair, et les bras l'ont repoussé violemment.

— Non! a-t-elle crié par ma bouche.

— Mel? Mel!

— Tu as perdu la tête?

Il a gémi de bonheur.

— Je savais que tu pouvais y arriver! Oh, Mel!

Il l'a embrassée à nouveau, a butiné ces lèvres qu'à présent elle contrôlait, et nous avons goûté toutes les deux les larmes qui coulaient sur les joues de Jared.

Elle l'a mordu.

Jared a eu un sursaut et je suis tombée lourdement au sol, comme un sac.

Il s'est mis à rire.

— C'est tout Mel, ça! Elle est encore là, Gaby?

— Oui.

Nom de Dieu, Gaby! hurlait-elle dans ma tête.

Où étais-tu passée? Tu n'as pas idée de ce que j'ai dû faire pour te retrouver!

C'est ça, je vois que tu as beaucoup souffert.

Oh, je vais souffrir… Je sentais l'angoisse m'étreindre à nouveau, comme juste avant que…

Troublée, elle explorait mes pensées, rapide comme l'éclair. *Jamie?*

C'est ce que j'essaie de te dire! Il a besoin de toi.

Pourquoi n'es-tu pas avec lui, dans ce cas?

Parce qu'il est un peu jeune pour voir ce genre de choses.

Elle a fouillé plus avant ma mémoire. *Houlà, Ian aussi! Je suis contente d'avoir raté ça!*

J'étais si inquiète. Je ne savais pas comment faire…

C'est bon. Allons-y.

— Mel? a demandé Jared.

— Elle est là. Elle est furieuse contre moi. Elle veut voir Jamie.

Jared a passé son bras autour de moi et m'a aidée à me relever.

— Tu peux piquer toutes les crises que tu veux, Mel, tant que tu restes avec nous.

Combien de temps suis-je partie ?

Trois jours.

Sa voix a faibli.

Où étais-je ?

Je n'en sais rien.

Je ne me souviens de rien... de rien du tout.

On a eu un frisson.

— Ça va ? s'est enquis Jared.

— Plus ou moins.

— C'était elle, tout à l'heure ? Quand elle m'a parlé ?

— Oui.

— Est-ce qu'elle peut... Est-ce que tu veux bien la laisser recommencer ?

J'ai poussé un soupir. J'étais vraiment épuisée.

— Je peux essayer. (J'ai fermé les yeux.)

Tu peux passer au-dessus de moi ? lui ai-je demandé. *Tu peux lui parler ?*

Je... Comment ? Par où ?

J'ai tenté de me faire la plus petite possible à l'intérieur de ma tête.

— Allez, viens, ai-je murmuré. Par ici.

Melanie a rassemblé toutes ses forces, mais il n'y avait pas de chemin vers la sortie.

Les lèvres de Jared se sont plaquées sur les miennes, très fort. J'ai ouvert les yeux sous le choc. Ses yeux pailletés d'or étaient ouverts aussi.

Elle a rejeté notre tête en arrière.

— Arrête ça, Jared ! Ne la touche pas !

Jared a souri, les yeux ourlés de ses délicieuses ridules en éventail.

— Salut, chérie.

Ce n'est pas drôle.

J'ai tenté de reprendre mon souffle.

— Elle n'est pas contente du tout.

Il a passé son bras autour de moi. Autour de nous. On a rejoint la jonction des tunnels. Personne dans la salle. Aucune trace de Ian.

— Je te préviens, Mel, a lancé Jared, toujours avec un grand sourire taquin. Tu n'as pas intérêt à nous fausser encore une fois compagnie. Sinon, j'emploierai les grands moyens pour te ramener, que ça te plaise ou non.

Mon estomac s'est crispé.

Dis-lui que je l'étrangle s'il ose te toucher encore !

Il y avait de l'humour dans son ton.

— Elle profère des menaces de mort en ce moment, ai-je dit à Jared. Mais je crois qu'elle plaisante.

Il a éclaté de rire. Le soulagement le grisait.

— Tu es tellement sérieuse, Gaby…

— Tes plaisanteries ne sont pas drôles. Pas pour moi.

Jared a ri de plus belle.

Désolée, Gaby, a dit Melanie. *Je sais que tu souffres. Je vais tenter de ne pas le montrer à Jamie.*

Merci de m'avoir ramenée.

Je ne veux pas t'effacer, Melanie. Je regrette de ne pouvoir te donner davantage.

Merci.

— Que dit-elle ?

— Rien. On fait la paix.

— Pourquoi n'a-t-elle pas pu parler, tout à l'heure, quand tu lui en as offert la possibilité ?

— Je l'ignore, Jared. Il n'y a pas assez de place pour nous deux. Je ne peux pas m'extraire totalement. Ce n'est pas comme s'empêcher de respirer… mais plutôt comme d'empêcher son cœur de battre. C'est plus difficile. Je ne parviens pas à me retirer.

Il n'a rien répondu, et une pointe de douleur a traversé ma poitrine. Il aurait tant voulu que je sache disparaître ! Rien ne l'aurait rendu plus heureux.

Melanie savait que j'avais raison ; elle voulait me réconforter, cherchait les mots pour soulager mon tourment, mais n'en trouvait aucun.

Mais Ian serait à ramasser à la petite cuillère. Et Jamie. Et Jeb... tous seraient tristes. Tu as tant d'amis ici.

C'est gentil de dire ça.

J'étais heureuse de retrouver notre chambre. J'avais besoin de m'occuper l'esprit sinon j'allais fondre en larmes. Et ce n'était pas le moment de m'apitoyer. Il y avait des affaires plus urgentes que de soigner mon petit cœur meurtri.

43.

L'angoisse

Je suppose que, de l'extérieur, j'étais impassible comme une statue. Mes mains étaient jointes devant moi, mon visage était un masque sans expression, mon souffle trop léger pour agiter ma poitrine.

Mais à l'intérieur, j'explosais en miettes, comme si mes atomes se repoussaient les uns les autres.

Avoir ramené Melanie à la vie n'avait pas sauvé Jamie pour autant. Je demeurais impuissante.

Le couloir devant la chambre était bondé. Jared, Kyle, Ian étaient revenus bredouilles de leur raid de la dernière chance. Une glacière pleine de glace, voilà tout ce qu'ils avaient rapporté après trois jours d'expédition où ils avaient risqué leur vie. Trudy préparait des compresses qu'elle posait sur le front de Jamie, son cou, sa poitrine.

La glace contenait la fièvre, l'empêchait de monter en flèche. Mais quand la glacière serait vide ? Combien de temps avions-nous ? Une heure ? Davantage ? Combien de temps avant que l'agonie reprenne ?

Je voulais lui mettre moi-même cette glace sur le corps, mais je ne pouvais pas bouger. Au moindre mouvement, j'allais me désintégrer.

— Plus rien ? a murmuré Doc. Vous avez essayé les…

— On a cherché partout, l'a interrompu Kyle. Ce n'est pas comme la morphine, ou la dope. Les gens avaient alors de bonnes raisons de les cacher. Mais les antibiotiques, personne n'en gardait sous les matelas. Il n'y en a plus, Doc.

Jared regardait le garçon au visage cramoisi, sans dire un mot.

Ian se tenait à côté de moi.

— Ne fais pas cette tête, m'a-t-il murmuré. Il va s'en sortir. C'est un petit gars costaud.

Je ne pouvais articuler un mot. Je comprenais à peine ce qu'on me disait.

Doc s'est agenouillé à côté de Trudy, a récupéré de l'eau glacée dans un bol et l'a versée dans la bouche du garçon. On a tous entendu les bruits de déglutition, des sons contraints, douloureux. Mais il n'a pas ouvert les yeux.

Jamais plus je ne pourrais bouger. J'étais pétrifiée, j'allais me fondre dans la paroi de roche. Je voulais être une pierre. Une pierre morte.

S'ils creusaient un trou pour Jamie dans le désert, ils devraient me mettre dedans avec le petit.

Belle consolation ! a grogné Melanie.

J'étais désespérée, mais elle, elle était pleine de fureur.

Ils ont essayé.

Il ne s'agit pas d'essayer, mais de réussir ! Jamie ne mourra pas ! Il faut qu'ils repartent.

Pour chercher quoi ? Même s'ils trouvent une boîte de vos vieux antibiotiques, ils risquent d'être périmés. Et de toute façon, ils ne sont efficaces qu'une fois sur deux. Et encore. Votre médecine ne peut rien pour

Jamie. Il lui faut mieux que ça. Quelque chose qui fonctionne…

Mon souffle s'est amplifié à mesure que j'entrevoyais la solution.

Il a besoin de ma *médecine !* ai-je réalisé.

Mel et moi sommes restées saisies devant cette évidence. Devant tant de simplicité.

Mes lèvres de pierre ont bougé :

— Jamie a besoin de vrais médicaments. Ceux que les âmes utilisent. Il faut lui en apporter.

Doc a froncé les sourcils.

— Nous ne connaissons pas les effets de ces produits, et encore moins comment ils agissent.

— Quelle importance ? (Un peu de la colère de Melanie filtrait dans ma voix.) Ils fonctionnent. Ils peuvent le sauver.

Jared m'a regardée fixement. Je sentais les yeux de Ian rivés sur moi. Ceux de Kyle, également. Tout le monde m'observait. Mais je ne voyais que Jared.

— On ne peut pas en récupérer, Gaby, a déclaré Jeb d'un ton déjà empreint de fatalisme. On ne peut aller que dans des endroits déserts. Ça grouille d'âmes comme toi dans un hôpital. Vingt-quatre heures sur vingt-quatre. Il y a des yeux partout. Nous n'aiderons pas Jamie si on se fait prendre.

— C'est sûr, a renchéri Kyle avec âpreté. Les mille-pattes seront très contents de s'occuper de lui quand ils nous trouveront ici. Et de faire de lui l'un des leurs. C'est ça ta lumineuse idée ?

Je me suis tournée vers le géant plein de morgue. Mon corps s'est tendu et a esquissé un pas en avant. Ian a posé la main sur mon épaule pour me retenir. Je ne pensais pas être capable du moindre geste agressif envers Kyle, mais je me trompais peut-être. Je n'étais plus vraiment moi-même.

Quand j'ai parlé de nouveau, ma voix était plate, atone.

— Il doit exister un moyen.

Jared a acquiescé.

— Un endroit plus petit, peut-être. Le fusil ferait trop de bruit, mais si on est en nombre pour les contenir, avec des couteaux, on pourrait…

— Non. (J'ai écarté les bras et levé les paumes en l'air en signe d'incrédulité.) Non. Ce n'est pas ça du tout. Il ne s'agit pas de tuer…

Plus personne ne m'écoutait. Jeb discutait avec Jared.

— Ce n'est pas possible, mon gars. Quelqu'un, forcément, appellerait les Traqueurs. Même si nous parvenons à sortir vivants d'un raid comme celui-là, on est bons pour avoir toute la cavalerie à nos trousses. Avec la précipitation, on risque de commettre des erreurs. Ils pourraient alors suivre notre trace, nous retrouver.

— Hé ! Je n'ai pas…

Ils ne m'écoutaient toujours pas.

— Moi non plus, je ne veux pas que le petit meure, a lancé Kyle, mais nous ne pouvons risquer la vie de tous pour une seule personne. La mort fauche l'un d'entre nous de temps en temps ; c'est dans l'ordre des choses. On ne va pas tout fiche en l'air parce qu'un gamin passe l'arme à gauche.

J'avais envie de l'étrangler, de l'empêcher de respirer pour qu'il ne puisse plus articuler un mot. Moi, pas Mel ! C'était moi qui voulais voir son visage virer au violet ! Melanie ressentait la même chose, mais j'étais, pour une bonne part, à l'origine de cette pulsion meurtrière.

— Il faut le sauver ! ai-je crié.

— On ne peut pas aller là-bas et leur demander gentiment des médocs ! m'a répondu Jeb.

C'est alors qu'une autre évidence s'est imposée à moi, tout aussi lumineuse.

— Vous non. Mais moi, oui !

Le silence est tombé dans la pièce.

Le plan était parfait – d'une perfection extatique ! Quand j'ai parlé, c'était à moi que je m'adressais, à moi et à Melanie. Elle aussi était impressionnée. Ça marcherait ! Nous pouvions sauver Jamie.

— Ils ne se douteront de rien. Même si je suis une piètre menteuse, ils n'auront pas de soupçons. Ils ne vont pas chercher en moi des mensonges. Une âme ne ment pas ! Je suis l'une des leurs ! Ils feront tout pour m'aider. Je dirai que je me suis blessée en faisant une randonnée ou quelque chose comme ça… et puis, une fois seule, je prendrai le maximum de médicaments possible. Réfléchissez ! Je rapporterai de quoi soigner tout le monde ici. Pour des années ! Et Jamie sera sauvé ! Pourquoi n'y ai-je pas pensé plus tôt ? J'aurais pu sauver aussi Walter…

J'ai relevé la tête, les yeux brillants. C'était tellement évident. Tellement simple.

J'étais si sûre de moi qu'il m'a fallu un long moment avant de comprendre l'expression de leurs visages. Heureusement que Kyle était là pour abréger le suspense !

La haine. La suspicion. La peur.

Même Jeb ne parvenait pas à dissimuler ses doutes. Ses yeux brillaient de méfiance.

Tous ces visages exprimaient la même chose : non.

Ils sont fous ou quoi ? Ils ne voient pas que cela pourrait les aider ?

Ils ne me croient pas. Ils pensent que je vais leur faire du mal, faire du mal à Jamie !

— Je vous en conjure, ai-je articulé. C'est la seule façon de le sauver.

— Sacrément patient, l'animal ! a lâché Kyle. En voilà un qui sait attendre son heure, vous ne trouvez pas ?

Encore une fois, la même envie de l'étrangler.

— Doc…, ai-je supplié.

Il m'a répondu sans oser me regarder :

— Même si on pouvait te laisser sortir, Gaby, je ne pourrais me servir de médicaments que je ne connais pas. Jamie est solide. Son corps va se défendre et…

— Les gars et moi, on va y retourner, a murmuré Ian. On va chercher encore. On ne reviendra pas les mains vides cette fois.

— C'est peine perdue. (Les larmes inondaient mes yeux. J'ai regardé la seule personne qui pouvait ressentir la même douleur que moi.) Jared… toi, tu sais. Tu sais que je ne ferais jamais de mal à Jamie. Tu sais que je peux y arriver. S'il te plaît…

Il a soutenu mon regard un long moment. Puis il a contemplé les autres, un à un. Jeb, Doc, Kyle, Ian, Trudy. Puis les autres encore, qui se tenaient sur le seuil avec la même suspicion que Kyle : Sharon, Violetta, Reid, Geoffrey, Heath, Heidi, Andy, Aaron, Wes, Lily, Carol. Mes amis comme mes ennemis, tous se méfiaient. Il a regardé ensuite un autre rang que je ne pouvais apercevoir. Puis il s'est tourné vers Jamie. On aurait entendu une mouche voler dans la chambre.

— Non, Gaby, a-t-il répondu avec calme. Non.

Il y a eu un soupir de soulagement dans l'assistance.

Mes genoux ont cédé. J'ai rejeté la main de Ian quand il a voulu m'empêcher de tomber et j'ai rampé vers Jamie, poussant Trudy du coude. Tout le monde me regardait en silence. J'ai pris la compresse sur son front et l'ai remplie à nouveau de glace. Je n'ai regardé aucun de ces regards rivés sur moi. J'étais aveugle, de toute façon. Les larmes brouillaient ma vue.

— Jamie, Jamie…

Je ne pouvais que prononcer son nom en sanglotant et tâter spasmodiquement la compresse, pour être prête à la changer dès que la glace aurait fondu.

Je les ai entendus partir, un à un. Leurs voix, pour la plupart courroucées, se sont évanouies dans le couloir. Je ne comprenais même pas ce qu'ils disaient.

Jamie, Jamie…

Jamie, Jamie…

Ian s'est agenouillé à côté de moi après le départ des autres.

— Je sais que tu es sincère, Gaby, mais ils te tueront si tu tentes cette folie, a-t-il chuchoté. Après ce qui s'est passé à l'infirmerie, ils ont peur que tu aies de bonnes raisons de vouloir nous détruire. De toute façon, Jamie va s'en sortir. Aie confiance.

J'ai détourné la tête ; il s'est éloigné.

— Désolé, gamin, a soufflé Jeb au passage de Ian.

Jared était parti. Je ne l'avais pas entendu s'en aller, mais je sentais qu'il n'était plus là. Sa réaction était normale. Il aimait moins Jamie que Mel et moi. Il venait de le prouver. Il n'avait pas sa place ici.

Doc est resté figé d'impuissance. Je l'ai ignoré.

Le jour déclinait ; il a viré à l'orange, puis au gris. La glace avait fondu. Jamie est redevenu bouillant sous mes mains.

— Jamie, Jamie… (Ma voix chevrotait mais je ne pouvais m'arrêter.) Jamie…

La nuit est entrée dans la pièce. Je ne voyais plus le visage du petit. Serait-il en vie à l'aube ? Avais-je vu pour la dernière fois son visage, son visage vivant ?

Son nom n'était qu'un murmure inaudible sur mes lèvres, qui se mêlait aux ronflements de Doc au fond de la chambre.

Je passais encore et encore le linge humide sur son corps. En s'évaporant, l'eau tiède le rafraîchissait. La fièvre est un peu tombée. Je commençais à croire qu'il ne mourrait pas ce soir-là. Mais je ne pourrais le maintenir ainsi *ad vitam aeternam*. Inexorablement, Jamie m'échapperait. Demain. Ou le jour d'après. Et je mourrais aussi. Je ne vivrais pas sans Jamie.

Jamie, Jamie… gémissait Melanie.

Jared ne nous croit pas. Cette pensée nous était commune et simultanée.

Le silence était total. Je n'ai rien entendu. Pas le moindre bruit.

Et soudain, Doc a poussé un cri. Le son était curieusement étouffé, comme s'il criait avec la tête sous l'oreiller.

Je ne parvenais pas à distinguer ce qui se passait dans l'obscurité. Doc était une masse noire et semblait remuer bizarrement. Il était bien trop grand, et avait bien trop de bras, aussi. C'était terrifiant. Je me suis penchée sur Jamie pour le protéger. Je ne pouvais m'enfuir et le laisser sans défense. Mon cœur faisait des soubresauts dans ma poitrine.

Puis les bras qui fouettaient l'air se sont immobilisés. Les ronflements de Doc ont repris, plus forts et plus profonds que précédemment. Il s'est effondré sur le sol et la forme noire s'est scindée. Une seconde silhouette s'est détachée de celle de Doc et s'est dressée dans les ténèbres.

— Allons-y ! a chuchoté Jared. Nous n'avons pas de temps à perdre.

Mon cœur a failli exploser.

Il te croit !

Je me suis levée d'un bond, forçant mes genoux engourdis à se réveiller.

— Qu'as-tu fait à Doc?

— Du chloroforme. Cela ne va pas durer longtemps.

Je me suis tournée vers Jamie et j'ai versé de l'eau tiède partout sur lui, trempant les draps, le matelas. Il n'a pas bougé. Cela le tiendrait au frais jusqu'au réveil de Doc.

— Suis-moi.

J'ai emboîté le pas à Jared. On a avancé en silence, au petit trot, l'un juste derrière l'autre, se touchant presque. On rasait les murs.

Jared s'est arrêté à l'orée de la grande place baignée par le clair de lune. La salle était déserte.

Je distinguais enfin le visage de Jared. Il avait le fusil en bandoulière dans son dos et un couteau à la ceinture. Il a tendu les mains; il y avait un tissu noir dans ses paumes. J'ai compris aussitôt.

— Oui. Bande-moi les yeux. Vite!

Il a hoché la tête et s'est approché avec le tissu; j'ai fermé les yeux – je les aurais fermés de toute façon, même s'il n'avait pas apporté de bandeau.

Il a fait un nœud rapidement, bien serré. Il m'a fait tourner rapidement sur moi-même… plusieurs tours.

Puis ses mains m'ont saisie.

— Ça suffit.

Il m'a attrapée et soulevée du sol. J'ai étouffé un cri de surprise au moment où il m'a jetée sur son épaule comme un sac de farine. Je me suis retrouvée la tête et le torse pendant sur son dos, à côté du fusil, les jambes plaquées contre sa poitrine. Il marchait à grands pas. Je rebondissais sur son épaule, mon visage frottait contre sa chemise à chaque enjambée.

J'avais perdu tout sens de l'orientation; je n'essayais même pas de me repérer. Je me concentrais sur ses pas. Vingt, vingt et un, vingt-deux, vingt-trois…

Son corps suivait les inclinaisons du conduit. Une descente… puis une montée… Surtout, ne pas se laisser distraire !

Quatre cent douze, quatre cent treize, quatre cent quatorze…

J'ai su quand nous étions sortis ; l'odeur du sable, la brise du désert. L'air était chaud, alors qu'il était près de minuit.

Il m'a reposée à terre.

— Le sol est plat. Tu crois que tu peux courir les yeux bandés ?

— Oui.

Il m'a pris le coude et m'a fait avancer. Ce n'était pas facile. Il me rattrapait de temps en temps quand je trébuchais. Au bout d'un moment, j'ai commencé à m'habituer à mes foulées aveugles et je gardais mon équilibre malgré les petits accidents du terrain. On a couru ainsi jusqu'à être hors d'haleine.

— Si on arrive… à la Jeep… nous pourrons filer.

La Jeep ? Une bouffée de nostalgie m'a gagnée. Mel n'avait pas revu la Jeep depuis son voyage désastreux à Chicago. Elle ignorait que le véhicule existait encore.

— Et si nous n'y parvenons pas ?

— Ils nous attraperont… et nous tueront. Ian… a raison… sur ce point.

J'ai tenté d'accélérer l'allure. Pas pour sauver ma peau, mais parce que j'étais la seule à pouvoir sauver celle de Jamie. J'ai trébuché encore.

— Je vais… t'enlever ce bandeau… tu iras plus vite.

— Tu es sûr ?

— Ne regarde pas autour de toi, d'accord ?

— Promis.

Il a défait le nœud derrière. Au moment où le tissu a quitté mes yeux, j'ai baissé la tête vers le sol.

Cela faisait une énorme différence. Le clair de lune était brillant, le sable pâle et luisant. Jared a lâché mon bras et est reparti en courant beaucoup plus vite. Je pouvais le suivre facilement à présent. Mon corps était à l'aise dans les courses de fond. Je suis entrée dans mon rythme préféré, un peu au-dessus de quatre minutes au kilomètre. Je n'allais pas pouvoir garder cette allure jusqu'à la saint-glinglin, mais je continuerais d'avancer quoi qu'il arrive, quitte à ramper.

— Tu entends quelque chose ?

J'ai tendu l'oreille. Juste nos doubles foulées sur le sable.

— Non.

Il a acquiescé d'un grognement.

Voilà pourquoi il avait volé le fusil. Sans cette arme, ils ne pouvaient nous arrêter.

On a couru une heure encore. J'ai ralenti l'allure ; lui aussi. J'avais la bouche en feu.

Soudain, il a posé sa main sur mes yeux ; cela m'a surpris parce que je n'avais pas relevé la tête.

— On est sortis d'affaire, maintenant. Continue d'avancer.

Bandant toujours mes yeux, il m'a fait marcher sur quelques mètres. Nos pas ont soudain résonné. Il y avait un plafond au-dessus de nous. Le sol n'était plus plat.

— Monte.

Sa main s'est retirée.

Il faisait presque aussi sombre que lorsqu'il me couvrait les yeux. Une autre grotte. Pas très profonde. Si je me retournais, j'étais certaine d'apercevoir la sortie, mais je m'en suis bien gardée.

La Jeep se dressait devant moi ; elle était conforme à mes souvenirs, même si je ne l'avais jamais vue de mes propres yeux. J'ai enjambé la portière pour m'asseoir sur le siège passager. Jared était déjà au volant. Il s'est penché pour me remettre le bandeau. Je n'ai pas bougé pour lui faciliter la tâche.

Le rugissement du moteur me terrifiait. Il était si fort ! Et il y avait tant de gens à nos trousses…

On a fait une petite marche arrière, puis le vent a fouetté mon visage. Il y avait un drôle de bruit derrière la Jeep, Mel n'en avait pas le souvenir.

— On va à Tucson. On n'a jamais fait de raid là-bas, c'est bien trop près. Mais nous n'avons plus le temps. Je sais où il y a un petit hôpital, un peu à la périphérie de la ville.

— Pas le St. Mary, au moins ?

Il a senti la panique dans ma voix.

— Non. Pourquoi ?

— Je connais quelqu'un là-bas.

Il est resté silencieux un moment.

— On pourrait te reconnaître ?

— Non. Personne ne connaît mon visage. À l'inverse de vous, nous ne lançons pas d'avis de recherche contre des gens.

— Parfait.

Mais sa remarque éveillait en moi des questions. Mon apparence posait un problème. Avant que j'aie eu le temps de formuler mes inquiétudes, il a pris ma main et l'a refermée sur un petit objet.

— Garde ça à portée de main.

— C'est quoi ?

— S'ils devinent que tu es avec nous, s'ils veulent insérer quelqu'un d'autre dans le corps de Mel, mets cette pilule dans la bouche et mords un grand coup.

— Du poison ?

— Oui.

Je suis restée pensive un moment. Et puis j'ai éclaté de rire. C'était l'influx de trop pour mes nerfs.

— Je suis sérieux, Gaby ! Si tu n'es pas prête à le faire, je fais demi-tour.

— Je peux le faire. (J'ai tenté de me calmer.) C'est tellement évident. C'est pour ça que je ris.

— Je ne vois pas ce qu'il y a de drôle.

— Ah bon ? Je n'ai jamais été capable de faire ça, pas même pour mes propres… enfants. La peur m'a toujours fait reculer. Mais je suis prête à le faire pour un seul enfant d'une espèce étrangère. (J'ai encore ri.) C'est tellement absurde. Mais ne t'inquiète pas. Je saurai mourir pour protéger Jamie.

— Je compte sur toi.

Il y a eu un long silence, puis je me suis souvenue du problème de mon apparence.

— Jared, je ne peux pas entrer dans un hôpital… pas dans cet état.

— On a des vêtements plus présentables… avec des voitures moins voyantes… C'est là où nous allons. Encore cinq minutes.

Ce n'est pas ce que je voulais dire, mais il avait raison. Mes habits ne faisaient pas l'affaire non plus. J'ai attendu avant de lui parler du reste. Il fallait d'abord que je me regarde sous toutes les coutures.

Il a arrêté la Jeep et retiré mon bandeau.

— Tu peux relever les yeux, a-t-il dit alors que je baissais la tête par réflexe. Il n'y a aucun indice révélateur dans le secteur. Au cas où les tiens découvriraient notre cache.

Ce n'était pas une grotte, mais un éboulis rocheux. La terre et les graviers sous les blocs les plus gros avaient été déblayés, pour ménager des espaces couverts invisibles de l'extérieur.

La Jeep était déjà garée dans l'une des caches. J'étais si près des rochers que j'ai dû passer par l'arrière de la Jeep pour m'extraire du véhicule. Il y avait quelque chose attaché au pare-chocs – des chaînes et deux vieux morceaux de bâche en lambeaux.

— Par ici, a indiqué Jared en m'entraînant dans une crevasse étroite. Il a écarté une bâche couverte de poussière et fouillé dans une pile. Il a sorti un tee-shirt, propre et neuf, avec encore son étiquette. Il l'a arrachée et me l'a lancé. Puis il a exhumé du tas un pantalon en toile. Il a vérifié la taille et me l'a donné.

— Enfile ça.

J'ai hésité pendant qu'il me regardait, se demandant où était le problème. J'ai rougi. Enfin, il s'est retourné. J'ai retiré ma chemise et enfilé en toute hâte le tee-shirt.

Je l'ai entendu s'éclaircir la gorge.

— Je… je vais chercher la voiture, a-t-il dit en s'éloignant.

J'ai retiré mon bas de survêtement déchiré et j'ai passé le pantalon de toile tout neuf. Mes chaussures étaient en piteux état, mais ça ne se voyait pas trop. En outre, c'étaient des chaussures confortables, ce qui était précieux en soi. Je pouvais toujours dire que j'avais une tendresse particulière pour ces vieilles baskets.

Un autre bruit de moteur a rompu le silence – moins tonitruant que celui de la Jeep. Je me suis retournée : une modeste berline sortait de l'ombre. Elle a obliqué vers moi et j'ai vu les morceaux de bâche traînant derrière les roues arrière. J'ai compris leur utilité.

Jared s'est penché pour ouvrir la portière côté passager. Il y avait un sac à dos sur le siège. Vide. J'ai hoché la tête. Ce serait utile, bien sûr.

— Allons-y.

Je me suis penchée pour me regarder dans le rétro-viseur.

Ça n'allait pas du tout. J'ai tiré sur mes cheveux, mais les mèches n'étaient pas assez longues. J'ai passé mon doigt sur ma joue en faisant la grimace.

— Jared. Je ne peux pas y aller avec une tête comme ça. (J'ai montré la grande cicatrice barrant ma joue.)

— Quoi ?

— Aucune âme n'aurait une blessure comme ça. On l'aurait soignée. Ils vont se demander où j'étais, se poser des questions.

Ses yeux se sont élargis puis il a plissé les paupières.

— Tu aurais peut-être dû y penser avant que je te sorte de là-bas. Si nous revenons maintenant, ils vont croire que c'était un piège de ta part pour connaître le chemin.

— Il n'est pas question de rentrer sans les médicaments pour Jamie !

Il a durci le ton pour me rendre la pareille :

— Qu'est-ce que tu proposes, alors ?

— J'ai besoin d'une pierre, ai-je répondu en soupirant. Tu vas devoir me frapper. Encore une fois.

44.

La médecine des âmes

— Gaby…

— On n'a pas le temps de tergiverser. Je l'aurais bien fait moi-même, mais je ne me frapperais pas suivant le bon angle. Il n'y a pas d'autre moyen.

— Je… je ne peux pas…

— Même pour Jamie ? (J'ai plaqué le plus fort possible le côté indemne de mon visage contre l'appuie-tête et j'ai fermé les yeux.)

Jared tenait dans sa main la pierre que j'avais trouvée. Il la soupesait en silence.

— Il te suffit d'arracher les premières couches de l'épiderme. Juste pour cacher la cicatrice. Allez, Jared, il faut se dépêcher. Fais-le pour Jamie.

Dis-lui que je lui ordonne de le faire. Et de ne pas y aller de main morte !

— Mel dit qu'il le faut. Elle te demande de frapper un bon coup. Pour ne pas devoir t'y reprendre à deux fois.

Un silence.

— Fais-le, Jared !

Il a pris une grande inspiration, comme s'il avait été en apnée depuis longtemps. J'ai senti l'air bouger, j'ai fermé les yeux.

Ça a fait un son creux. Cela a été ma première sensation, puis la douleur est montée…

J'ai lâché un gémissement. Je voulais pourtant ne rien laisser paraître. Je savais que ça allait rendre les choses plus pénibles encore pour lui. Mais c'était involontaire. Une réaction du corps. Des larmes ont perlé dans mes yeux et j'ai toussé pour cacher un sanglot. Ma tête sonnait comme un carillon.

— Gaby ? Mel ? Pardon !

Ses bras nous ont entourées, nous ont serrées contre lui.

— Ça va, ai-je marmonné. On va bien. Toutes les deux. Tu as réussi ?

Sa main a soulevé mon menton pour me tourner la tête.

Il a lâché un hoquet de stupeur.

— Je t'ai arraché la moitié du visage. Je suis désolé.

— Non, c'est parfait. Parfait. Allons-y maintenant.

— Oui. (Sa voix chevrotait encore, mais il m'a installée au fond de mon siège, a bouclé soigneusement ma ceinture de sécurité et a passé la marche avant.)

L'air frais fouettait mon visage ; ça faisait mal, comme des milliers d'aiguilles – les joies de la climatisation !

J'ai ouvert les yeux. On longeait un lit à sec, aplani artificiellement. Il serpentait devant nous, disparaissant derrière un buisson. Je ne voyais pas grand-chose.

J'ai baissé le pare-soleil et ouvert le miroir. Sous le clair de lune, mon visage apparaissait en noir et blanc. Noir du côté droit, avec des traînées sombres qui maculaient mon menton, et plus bas le col de mon tee-shirt tout propre.

Mon estomac s'est contracté.

— Beau travail…

— Ça fait mal ?

— Pas trop, ai-je menti. De toute façon, ça va passer. On est loin de Tucson ?

Au moment où je prononçais ces mots, j'ai aperçu la route goudronnée devant nous. C'est drôle comme la vue de ce ruban noir m'a emplie de panique. Jared s'est arrêté, veillant à rester caché par les buissons. Il est descendu de voiture, a ôté les bâches et les chaînes accrochées au pare-chocs et les a rangées dans le coffre. Il est revenu au volant et sorti du couvert après s'être assuré que la nationale était déserte. Il s'est penché vers le tableau de bord pour allumer les phares.

— Attends, ai-je murmuré. (Je ne pouvais parler plus fort. Je me sentais totalement vulnérable.) Laisse-moi conduire.

Il m'a regardée.

— Je ne peux pas être venue à pied à l'hôpital. Cela va paraître louche. Je dois conduire. Toi, tu te caches derrière et tu m'indiques le chemin. Tu as de quoi te couvrir ?

— D'accord, a-t-il répondu en ralentissant. (Il a enclenché la marche arrière pour regagner les fourrés.) Je vais me cacher. Mais si tu m'emmènes ailleurs, je…

Oh ! Melanie était outrée.

— Oui. Tue-moi, ai-je dit d'une voix atone.

Il n'a rien répondu. Il est descendu de voiture en laissant le moteur tourner. Je me suis glissée derrière le volant. J'ai entendu le capot du coffre claquer.

Jared s'est installé sur la banquette arrière avec une grosse couverture sous le bras.

— Prends à droite, a-t-il ordonné.

La voiture était équipée d'une boîte de vitesses automatique, mais cela faisait longtemps que je n'avais pas conduit. Je manquais d'assurance. Je roulais avec prudence, ravie de voir que je savais encore tenir un volant.

La route était quasiment déserte. Je me suis engagée sur la chaussée, et mon cœur s'est mis à cogner dans ma poitrine devant cet espace à découvert qui s'ouvrait autour de moi.

— Les phares ! a lancé Jared, allongé sur la banquette arrière.

J'ai cherché à tâtons l'interrupteur et j'ai allumé les phares. Ils étaient si brillants qu'on les voyait à des kilomètres à la ronde !

Nous n'étions pas loin de Tucson, j'apercevais un halo orange à l'horizon.

— Roule donc un peu plus vite.

— Je suis pile à la vitesse autorisée.

Il y a eu un petit silence.

— Les âmes ne dépassent jamais les limitations de vitesse ?

— Nous suivons scrupuleusement toutes les lois, le code de la route inclus ! ai-je répliqué avec un rire un peu hystérique.

Les lumières dans le ciel se sont faites plus nettes. Je distinguais à présent chaque point lumineux. Un panneau vert m'a indiqué les sorties possibles.

— Prends Ina Road.

J'ai obéi. Pourquoi parlait-il à voix basse ? Nous aurions pu crier à tue-tête que personne ne nous aurait entendus !

C'était étrange de pénétrer dans cette ville inconnue : voir ces maisons, ces immeubles, ces magasins éclairés. Je me savais cernée, vulnérable. J'imaginais ce que devait ressentir Jared. Son ton, pourtant, demeurait étrangement calme. Certes, il avait déjà fait des dizaines d'expéditions en terre étrangère.

Nous croisions d'autres voitures désormais. Quand leurs phares frappaient le pare-brise, je grimaçais de terreur.

Ce n'est pas le moment de flancher, Gaby. Tu dois être forte pour Jamie. Il faut que tu y arrives, sinon tout est perdu.

J'y arriverai !

Je me suis concentrée sur Jamie et mes mains se sont faites plus fermes sur le volant.

Jared m'a dirigée à travers la ville endormie. C'était un tout petit Centre de Soins ; sans doute n'était-ce autrefois qu'un simple cabinet médical regroupant plusieurs médecins. Il y avait de la lumière aux fenêtres. J'ai aperçu une femme derrière un comptoir. Elle n'a pas levé les yeux au passage de mes phares. Je me suis garée au bout du parking.

J'ai passé le sac à dos sur mes épaules. Il avait déjà servi, mais il était en bon état. Parfait. Il restait encore une chose à faire.

— Vite ! Donne-moi le couteau.

— Gaby... Je sais que tu aimes Jamie, mais franchement, je ne pense pas que tu pourrais t'en servir. Tu n'as rien d'une amazone.

— Ce n'est pas contre eux, mais contre moi. J'ai besoin d'une blessure.

— Mais tu es déjà blessée ! Ça suffit !

— Il me faut une entaille comme celle de Jamie. Je n'en connais pas assez sur l'art de soigner. Je dois savoir exactement quoi faire. Je l'aurais fait plus tôt, mais je ne n'étais pas sûre de pouvoir conduire.

— Non, Gaby. Pas encore.

— Donne-moi ce couteau ! On va trouver ça bizarre si je ne sors pas de la voiture.

Jared a pris sa décision dans la seconde. Jeb disait qu'il était le meilleur en expédition, parce qu'il réagissait vite et bien. J'ai entendu l'acier glisser contre le cuir de l'étui.

— Fais attention. Ne va pas trop profond.

— Tu veux le faire ?

Il a eu un mouvement de recul.

— Non.

— D'accord.

J'ai pris le couteau – une horreur de couteau ! Un manche épais, une lame tranchante comme un rasoir se terminant par une pointe acérée.

Je devais me concentrer. Ne pas être lâche. Le bras, pas la jambe… C'est le seul temps de réflexion que je me suis accordé. Mes genoux étaient tout égratignés. Je ne voulais pas avoir à cacher ça aussi.

J'ai tendu mon bras gauche ; ma main tremblait. Je me suis plaquée contre la portière, j'ai tourné la tête pour pouvoir mordre l'appuie-tête. Je tenais le couteau dans ma main droite, avec maladresse mais détermination. J'ai pressé la pointe sur la peau de mon avant-bras pour être certaine de ne pas rater mon coup. Et j'ai fermé les yeux.

J'entendais la respiration de Jared s'accélérer. Vite, sinon il allait m'arrêter !

Dis-toi que tu as une bêche dans la main. Que tu veux fendre le sol…

J'ai enfoncé le couteau dans mon bras.

L'appuie-tête a étouffé mon cri, mais celui-ci est resté audible. J'ai lâché le couteau. Il est resté planté un moment dans ma chair – une vision cauchemardesque – avant de retomber au sol.

— Gaby ! a soufflé Jared.

Je ne pouvais pas lui répondre. Pas encore. J'étais occupée à contenir un cri de douleur qui montait dans ma gorge. J'avais été bien avisée de ne pas faire ça avant de prendre le volant.

— Fais-moi voir !

— Reste ici, ai-je hoqueté. Ne bouge pas !

J'ai entendu la couverture bruisser derrière moi malgré mes consignes. J'ai plaqué mon bras contre ma poitrine et j'ai ouvert la portière. J'ai senti la main de Jared dans mon dos au moment où je m'extirpais de la voiture – ce n'était pas pour me retenir, mais pour m'encourager.

— Je reviens vite, ai-je lancé, les mâchoires crispées, et j'ai refermé la portière d'un coup de pied.

J'ai traversé le parking en chancelant, entre nausée et panique, chacune tentant de prendre le contrôle de mon corps. La douleur était supportable… ou en tout cas, je la percevais moins. J'étais en état de choc. Trop de douleurs physiques, émotionnelles, se télescopaient. Mon sang coulait entre mes doigts. Je n'étais pas sûre de pouvoir les bouger encore. Je n'osais pas essayer.

L'infirmière derrière le comptoir – la quarantaine, une peau chocolat et quelques mèches blanches dans ses cheveux noirs – s'est levée d'un bond en me voyant passer les portes automatiques.

— Doux Jésus ! (Elle a attrapé un microphone et ses mots ont résonné au plafond, amplifiés :) Soigneuse Tisse-le-Feu est demandée à la réception pour une urgence !

— Non, ce n'est rien, ai-je répondu calmement, mais je chancelais sur mes jambes. Tout va bien. C'est juste un petit accident.

Elle a posé le microphone et a accouru vers moi. Ses bras se sont refermés autour de mes épaules pour m'empêcher de tomber.

— Eh bien, ma pauvre, que vous est-il arrivé ?

— C'est entièrement ma faute, ai-je marmonné. Je bivouaquais dans le désert… Je suis tombée sur une pierre… J'avais un couteau à la main… Je venais de dîner et je rangeais mes affaires…

Mes hésitations semblaient dues au choc. Il n'y avait aucune suspicion dans les yeux de la femme, ni de l'amusement, comme c'était le cas de Ian quand je mentais devant lui. Juste de la sollicitude.

— Ce n'est vraiment pas de chance ! Comment vous appelez-vous ?

— Aiguilles-de-Verre, ai-je répondu en reprenant un nom très répandu quand je vivais chez les Ours.

— D'accord, Aiguilles-de-Verre. Ah ! Voilà la Soigneuse. Elle va s'occuper de vous.

Je n'avais plus du tout peur. La femme m'a tapoté gentiment le dos. Elle était si douce, si compatissante. Jamais elle ne me ferait du mal.

La Soigneuse était plutôt jeune ; ses cheveux, sa peau, ses yeux avaient la même couleur caramel. Cela faisait un curieux effet monochromatique. Elle portait une blouse marron qui renforçait encore cette impression.

— Bonjour. Je suis la Soigneuse Tisse-le-Feu. Je vais vous réparer tout de suite. Que s'est-il passé ?

J'ai à nouveau raconté mon histoire pendant que les deux femmes me conduisaient vers la première porte du couloir. Elles m'ont allongée sur une table d'auscultation couverte d'un voile de papier.

La pièce m'était familière. Je n'avais été qu'une seule fois dans un lieu similaire, mais Melanie avait beaucoup de souvenirs d'enfance. La rangée d'armoires blanches, l'évier où la Soigneuse se lavait les mains, les murs immaculés…

— Commençons par le début ! a lancé Tisse-le-Feu d'un ton enjoué.

Elle a ouvert la porte d'une des armoires. J'ai tendu la tête pour ne rien rater de ses faits et gestes. C'était crucial. L'armoire était emplie de rangées de boîtes blanches de forme cylindrique. Elle en a pris une, sans hésitation. Elle savait laquelle elle voulait. Il y avait une étiquette sur la boîte, mais je n'ai pas réussi à la lire.

— D'abord, Stop Douleur ! Ce serait le bienvenu, non ?

J'ai vu de nouveau l'étiquette au moment où elle a dévissé le capuchon. Il y avait deux mots écrits dessus… *Stop Douleur*. C'était ça le nom ?

— Ouvrez la bouche, Aiguilles-de-Verre.

J'ai obéi. Elle a posé sur ma langue une minuscule pastille carrée qui s'est dissoute aussitôt. Ça n'avait aucun goût. J'ai dégluti par automatisme.

— Ça va mieux ? a demandé la Soigneuse.

— Oui.

C'était la vérité. Déjà ma voix était redevenue claire, mes idées aussi. Je n'avais plus de mal à me concentrer. La douleur avait disparu, comme par enchantement. J'ai battu des paupières, stupéfaite.

— Je sais que vous vous sentez mieux, mais ne bougez pas, s'il vous plaît. Vos blessures ne sont pas traitées.

— Bien sûr.

— Bleu-Céleste, pouvez-vous nous apporter un peu d'eau ? Elle a la bouche desséchée.

— Tout de suite, Soigneuse.

L'infirmière est sortie de la pièce.

Tisse-le Feu s'est tournée de nouveau vers ses armoires à pharmacie. Elle a ouvert une autre porte – encore des boîtes blanches. Elle en a pris une sur la gauche, et une autre sur la droite.

Comme si elle voulait me faciliter la tâche, elle a énoncé les noms des médicaments :

— Du Tout Propre, Intérieur et Extérieur… du Réparateur Universel… du Scellement… et, ah ! oui, du Tout

Lisse. Ce serait dommage d'avoir une cicatrice sur un si joli minois, n'est-ce pas ?

— Euh, oui…

— Ne vous inquiétez pas. Vous allez être comme neuve !

— Merci.

— Mais je vous en prie. Tout le plaisir est pour moi.

Elle s'est penchée vers moi avec, à la main, l'une des boîtes cylindriques. Quand elle a retiré le couvercle, cela a fait un *pop !* Dessous, il y avait la buse d'un aérosol. Elle m'a aspergé le poignet, couvrant mon entaille d'une fine mousse inodore.

— Soigneur… Ce doit être un métier plein de satisfaction. (Mon ton était parfait. Intéressé, mais pas trop.) Je n'ai pas mis les pieds dans un Centre de Soins depuis mon insertion. C'est vraiment un Emploi passionnant.

— Oui, je l'apprécie beaucoup.

— Que faites-vous au juste en ce moment ?

Elle a souri. Ça ne devait pas être la première âme curieuse qu'elle rencontrait.

— Je mets du Tout Propre Extérieur pour éliminer les corps étrangers de la blessure. Ça tue tous les microbes qui pourraient infecter l'organisme.

— Du Tout Propre…, ai-je répété.

— Et maintenant du Tout Propre Intérieur, au cas où quelque chose se serait immiscé dans votre système. Inhalez ceci, s'il vous plaît.

Elle avait dans la main un autre objet cylindrique, une fine bouteille avec une pompe mécanique cette fois, au lieu d'une buse d'aérosol. Elle a vaporisé un nuage devant moi. J'ai inspiré. L'air avait un goût de menthe.

— Et maintenant, le Réparateur, a poursuivi Tisse-le-Feu en dévissant le capuchon d'un autre cylindre.

(Dessous, j'ai vu un petit tuyau terminé par une pomme d'arrosage.) Cela incite les tissus à se rejoindre, à pousser dans le bon sens.

Elle a versé un peu du liquide transparent dans la plaie, puis a serré entre ses doigts les lèvres de l'entaille. J'ai senti le contact, mais je n'ai pas eu mal.

— Je vais refermer ça avant de continuer. (Elle a pris un autre conteneur. Celui-ci renfermait un tube de pommade. Elle en a étalé une noisette sur son doigt. C'était visqueux et translucide.) C'est comme un adhésif, a-t-elle expliqué. Ça colle tout et ça permet au Réparateur de faire son travail. (D'un geste rapide, elle a étalé le produit sur ma blessure.) C'est fini. Vous pouvez bouger à présent. Votre bras est réparé.

Je l'ai levé pour regarder le travail. J'apercevais une fine ligne rose sous la pommade. Le sang était encore moite sur ma peau, mais le flot était arrêté. À l'aide d'une lingette, la Soigneuse m'a rapidement nettoyé le bras.

— Tournez le visage par ici, s'il vous plaît. Mouais… pas de chance. Vous avez heurté cette pierre juste dans le plus mauvais angle. Ce n'est pas joli joli.

— Oui. C'était une mauvaise chute.

— Dieu merci, vous avez réussi à conduire.

Elle versait du Réparateur sur ma joue, le faisant pénétrer avec le bout de ses doigts.

— J'adore voir ce produit agir… C'est déjà beaucoup moins vilain. Bon, passons aux bords de la plaie. (Elle a souri, satisfaite.) Une autre couche, peut-être. Je veux qu'on ne voie plus rien. (Elle a œuvré sur ma joue une minute encore, puis s'est redressée.) Parfait !

— Voici de l'eau, Tisse-le-Feu, a annoncé l'infirmière en revenant dans la salle.

— Merci, Bleu-Céleste.

— Prévenez-moi si vous avez besoin d'autre chose, je suis à la réception.

— Merci.

Bleu-Céleste est repartie. Venait-elle de la Planète des Fleurs ? Les fleurs bleues étaient rares – cela pouvait faire un beau nom.

— Vous pouvez vous asseoir à présent. Comment vous sentez-vous ?

Je me suis redressée.

— Bien. Très bien.

C'était la vérité. Jamais, depuis longtemps, je ne m'étais sentie aussi en forme. Le passage si rapide de la souffrance au confort était enivrant.

— Comme il se doit. Parfait. Saupoudrons à présent un peu de Tout Lisse.

Elle a dévissé le dernier flacon et versé une poudre iridescente dans sa paume. Elle l'a étalée sur ma joue puis en a appliqué une autre pincée sur mon poignet.

— Vous aurez toujours une petite ligne sur votre bras, s'est-elle excusée. Comme sur votre cou. C'était profond… (Elle a haussé les épaules. D'un geste machinal, elle a relevé mes cheveux pour examiner ma cicatrice.) C'est du beau travail. Qui était votre Soigneur ?

— Heu… Face-au-Soleil, ai-je répondu, donnant le nom de l'un de mes anciens étudiants. J'étais à Eureka, dans le Montana. Je n'aimais pas le climat. Je suis descendue vers le sud.

Tant de mensonges… Une boule d'angoisse s'est formée dans mon ventre.

— Moi, je viens du Maine, a-t-elle déclaré, sans rien remarquer de suspect dans ma voix. (Tout en parlant, elle nettoyait le sang qui avait coulé dans mon cou.) Il faisait trop froid pour moi. Quel est votre Emploi ?

— Je suis… serveuse. Dans un restaurant mexicain… à Phoenix. J'adore la cuisine épicée.

— Moi aussi. (Elle ne me regardait pas bizarrement. Elle m'essuyait la joue à présent.) Très joli. N'ayez aucune inquiétude, Aiguilles-de-Verre. Votre visage est superbe.

— Merci, Soigneuse.

— Je vous en prie. Vous voulez boire un peu ?

— Oui, avec plaisir.

Je me suis retenue. Il ne fallait pas que je me jette sur ce verre comme la misère sur le monde. Mais je n'ai pu m'empêcher de le boire tout entier. C'était trop bon.

— Vous en voulez encore ?

— Je… oui, ce serait très gentil de votre part. Merci.

— Je reviens tout de suite.

Dès qu'elle a franchi la porte, je me suis laissée glisser de la table d'auscultation. Le papier a crissé sous moi. Je me suis figée, saisie d'effroi. La Soigneuse n'est pas revenue en courant. Je n'avais que quelques secondes. Il avait fallu plusieurs minutes à Bleu-Céleste pour rapporter le verre d'eau. Avec un peu de chance, la Soigneuse ne serait pas plus rapide. Peut-être le distributeur d'eau fraîche était-il à l'autre bout du bâtiment ? Peut-être…

J'ai ôté mon sac à dos et ouvert la poche. J'ai commencé par la deuxième armoire, là où il y avait des piles de Réparateur. J'ai tout pris, versant les flacons pêle-mêle au fond du sac.

Et si on me surprenait ? Qu'allais-je leur dire ? Quel mensonge inventer ?

J'ai volé ensuite les deux sortes de Tout Propre dans la première armoire. Il y avait, derrière, une seconde rangée de produits. J'en ai pris la moitié. Je suis passée ensuite au Stop Douleur, deux piles de chaque. J'allais m'intéresser au Scellement quand les étiquettes de la rangée voisine ont attiré mon attention.

« Refroidisseur ». Contre la fièvre ? Il n'y avait pas de mode d'emploi, juste le nom. J'ai pris la pile. Rien ici ne pouvait faire de mal à un corps humain. C'était une évidence.

J'ai attrapé toutes les boîtes et deux bouteilles de Tout Lisse. Je ne voulais pas tenter le sort. J'ai refermé les armoires discrètement, j'ai passé mes bras sous les sangles du sac. Je me suis adossée contre la table, faisant à nouveau crisser le papier. Je devais me calmer.

La Soigneuse ne revenait toujours pas.

J'ai consulté l'horloge. Cela faisait une minute. Il était si loin, ce distributeur ?

Deux minutes.

Trois minutes.

Mes mensonges s'étaient-ils vus comme le nez au milieu de la figure ?

Des gouttes de sueur ont commencé à perler sur mon front. Je les ai essuyées nerveusement.

Et si elle revenait avec un Traqueur ?

J'ai pensé à la petite pilule dans ma poche et je me suis mise à trembler. Oui… pour Jamie…

J'ai entendu des pas s'approcher dans le couloir – deux personnes !

45.

La victoire

Tisse-le-Feu et Bleu-Céleste ont poussé la porte de conserve. La Soigneuse m'a tendu un grand verre d'eau. Elle paraissait moins fraîche que la première fois, sans doute parce que j'avais moi-même les mains glacées par la peur. L'infirmière avait quelque chose pour moi aussi. Elle m'a tendu un objet plat et rectangulaire, muni d'une poignée.

— J'ai pensé que vous aimeriez vous regarder, a déclaré Tisse-le-Feu avec un sourire chaleureux.

La tension dans mon corps s'est évanouie. Il n'y avait ni suspicion ni peur. Juste un élan de gentillesse de la part de ces âmes qui vouaient leur existence à soigner leurs semblables.

Bleu-Céleste m'avait apporté un miroir !

J'ai levé la glace devant mon visage et j'ai étouffé un cri de stupeur.

C'était le visage immaculé que j'avais à San Diego – ce visage que je croyais alors inaltérable. Une peau lisse et parfaite, un teint de pêche, même sur le côté droit. Si j'y regardais de plus près, la joue droite était un tout petit peu plus rosée que la gauche.

C'était le visage de Vagabonde, l'âme. Sa place était ici, du côté de la civilisation, là où ni la violence ni l'horreur n'existaient.

Voilà pourquoi il était si facile de mentir à ces créatures douces et affables. Parce qu'il m'était naturel de leur parler, parce que je comprenais leur mode de communication, leurs règles. Les mensonges auraient pu être vrais – auraient dû être vrais. J'aurais dû avoir un Emploi, une utilité pour la société des âmes, que ce soit en faisant des conférences à l'université ou en étant serveuse dans un restaurant. Une vie paisible, facile, dédiée au bien du plus grand nombre.

— Qu'en pensez-vous ? a demandé la Soigneuse.

— C'est absolument parfait. Merci beaucoup.

— Cela a été un plaisir de vous soigner.

Je me suis regardée à nouveau, apercevant les défauts derrière le glacis de la perfection. Mes cheveux étaient sales, et avaient grand besoin d'une coupe. Ils étaient ternes ; le savon *made in Jeb* et la nourriture parcimonieuse en étaient la raison. Même si la Soigneuse avait nettoyé le sang dans mon cou, il était encore marbré de crasse pourpre.

— Je pense qu'il est temps que je plie la tente. J'ai grand besoin d'un bain.

— Vous faites souvent du camping ?

— Oui… dernièrement… durant tous mes temps libres. Je… j'ai le désert dans la peau.

— Il faut être très courageux. Moi, je n'ose pas quitter le confort de la ville.

— Pas courageux… différent.

Dans le miroir, mes yeux avaient leur iris noisette. Trois cercles concentriques : gris sombre à la périphérie, lentille d'eau au milieu et caramel autour de la pupille. Et derrière, en filigrane, un miroitement argent qui renvoyait la lumière, illuminait l'iris…

Jamie ! a lancé Melanie avec impatience. Je me sentais si bien ici. Elle apercevait l'autre chemin qui s'offrait à moi, l'autre vie, et cela la terrorisait.

Je sais qui je suis, l'ai-je tranquillisée.

J'ai battu des paupières et me suis tournée vers les visages amicaux à côté de moi.

— Je vous remercie, ai-je répété. Je crois que je ferais mieux de rentrer.

— Il est très tard. Vous pouvez dormir ici si vous voulez.

— Je ne suis pas fatiguée. Je me sens en pleine forme.

— C'est l'effet du Stop Douleur, a répondu Tisse-le-Feu en souriant.

Bleu-Céleste m'a accompagnée jusqu'au hall de réception. Elle a posé la main sur mon épaule au moment où je passais les portes vitrées.

Mon cœur s'est mis à cogner dans ma poitrine ; avait-elle remarqué le renflement suspect de mon sac ?

— Et prudence, désormais, a-t-elle lancé en me tapotant le bras.

— Promis. Plus de randonnée dans le noir.

Elle a souri et est partie vers son bureau.

J'ai veillé à garder une allure tranquille pendant que je traversais le parking. Mais j'avais une grande envie de courir. Et si la Soigneuse ouvrait les armoires que j'avais pillées ? Combien de temps lui faudrait-il pour comprendre ?

La voiture était toujours là, dans sa flaque d'ombre entre deux lampadaires. Elle semblait vide. Mon souffle s'est accéléré. Il fallait qu'elle paraisse vide, bien sûr… Mais je n'ai repris une respiration normale que lorsque j'ai vu une forme, sur la banquette arrière, sous la couverture.

J'ai ouvert la portière et j'ai posé mon sac sur le siège passager ; les boîtes ont tinté à l'intérieur – un carillon rassurant. Je me suis installée au volant et j'ai refermé la portière. Il était inutile d'enclencher le verrouillage centralisé. Je me suis donc retenue.

— Ça va ? a murmuré Jared dès que la portière a claqué. (Sa voix chevrotait d'inquiétude.)

— Chut ! ai-je soufflé sans bouger les lèvres. Attends.

Je suis passée devant l'entrée éclairée du Centre de Soins et j'ai répondu au salut de Bleu-Céleste.

— Tu t'es fait des amis ?

Nous avions rejoint l'obscurité de la rue. Personne ne me regardait plus. Je me suis laissée aller au fond de mon siège. Mes mains se sont mises à trembler. Je pouvais m'y autoriser, maintenant que c'était fini. Maintenant que j'avais réussi.

— Toutes les âmes sont mes amies, lui ai-je expliqué en parlant cette fois à un volume normal.

— Tu es sûre que ça va ?

— J'ai été soignée.

— Tu me montres ?

J'ai tendu mon bras gauche pour qu'il puisse contempler la fine ligne rose.

Il a eu un hoquet de surprise.

La couverture a bruissé ; il a enjambé la console centrale et s'est installé sur le siège avant, en récupérant le sac à dos.

Quand nous sommes passés sous un lampadaire, il a encore eu un hoquet de surprise.

— Ton visage !

— Soigné aussi. Évidemment.

Il a levé une main, et l'a gardée en suspens, n'osant toucher ma joue.

— Ça fait mal ?

— Bien sûr que non. C'est comme si rien n'était arrivé.

Ses doigts ont effleuré ma peau toute neuve. Ça picotait, parce que c'étaient « ses » doigts qui me touchaient. Puis il est revenu au but premier de notre expédition.

— Ils se sont doutés de quelque chose ? Tu penses qu'ils vont appeler les Traqueurs ?

— Non. Je t'avais dit qu'ils ne se méfieraient pas. Ils n'ont même pas examiné mes yeux. Je souffrais, ils m'ont soignée. C'est tout.

— Qu'as-tu rapporté ? a-t-il demandé en ouvrant le sac à dos.

— Ce qu'il faut pour Jamie. À condition de revenir à temps… (Par réflexe, j'ai jeté un regard sur l'horloge de bord.) Et ce qu'il faut pour l'avenir. Je n'ai pris que les produits dont je comprenais l'utilité.

— On reviendra à temps, a-t-il promis. (Il a examiné les boîtes.) Tout Lisse ?

— Ce n'était pas vital. Mais tu as vu comme c'est efficace…

Il a hoché la tête et recommencé à fouiller dans le sac. Il lisait les noms à voix basse :

— Stop Douleur ? Ça marche ?

— C'est rien de le dire ! ai-je répliqué en riant. Vas-y, plante-toi le couteau dans le bras, je vais te montrer… Je plaisante !

— Je sais.

Il me regardait d'un drôle d'air. Il avait les yeux écarquillés, comme si quelque chose le troublait.

— Quoi ? Je sais que ma blague était lamentable mais…

— Tu l'as fait. (Il avait un ton émerveillé.)

— C'était l'idée, non ?

— Oui, mais je ne pensais pas que tu y arriverais.

— Ah bon ? Alors pourquoi m'as-tu laissée essayer ?

— Je me disais qu'il valait mieux mourir en tentant l'impossible que de vivre sans le petit, a-t-il répondu dans un murmure.

Pendant un moment, j'ai eu la gorge serrée. Mel aussi était trop émue pour parler. À cet instant, nous étions une famille. Tous les quatre.

J'ai dégluti pour chasser cette pensée. Inutile de s'accrocher à de vains espoirs.

— Cela a été très facile. N'importe lequel d'entre vous aurait pu le faire. Il suffit de rester naturel. La Soigneuse a vu que j'avais une cicatrice sur la nuque et elle n'a pas cherché plus loin. C'est vrai que la tienne est trop grossière. On voit que c'est « fait maison ». Mais avec les médicaments que j'ai pris, Doc pourra arranger ça et ça passera comme une lettre à la poste.

— Je doute quand même qu'on puisse « rester naturel ».

— C'est plus facile pour moi, je le reconnais. Je savais ce qu'ils attendaient de moi. (J'ai lâché un rire amer.) Je suis l'une des leurs, après tout. Si tu me faisais confiance, je pourrais t'offrir tout ce que tu veux en ce monde. (J'ai encore ri. Certes, la tension qui se dissipait me rendait euphorique, mais la situation avait quelque chose de comique ; Jared avait-il compris que ce n'était pas une image ? Que j'étais réellement prête à tout pour lui ?)

— J'ai confiance en toi, a-t-il annoncé doucement. Je sais désormais que tu ne veux que notre bien, à moi, à Jamie, à tous…

— Merci.

— Tu l'as fait…, a-t-il répété, encore plein d'émerveillement.

— On va sauver Jamie.

Jamie va vivre ! s'est réjouie Mel. *Merci, Gaby. Merci.*

Je donnerais tout pour eux, lui ai-je répondu. Et j'ai poussé un soupir. Parce que c'était la vérité.

Arrivés sur la piste, nous avons fixé les bâches au pare-chocs et Jared a pris le volant. Il connaissait le chemin et il roulait beaucoup plus vite que je ne l'aurais fait. Il m'a fait descendre avant de glisser la voiture dans sa cache sous l'éboulis. Je m'attendais à entendre le métal crisser contre la roche, mais Jared a garé la voiture sans rayer la peinture.

Puis on a sauté dans la Jeep et fendu la nuit. Jared riait, triomphant, tandis que nous nous enfoncions dans le désert. Et le vent emportait ses rires.

— Où est le bandeau ? ai-je demandé.

— Pourquoi ?

Je l'ai regardé.

— Gaby, si tu voulais nous trahir, c'était le soir où jamais. Plus personne ne peut le nier : tu es l'une des nôtres dorénavant.

J'ai médité sur ce dernier point.

— Il en reste quelques-uns à convaincre. Cela les rassurerait si…

— Ces quelques-uns, il faut les oublier.

J'ai secoué la tête, imaginant le comité d'accueil qui nous attendait.

— Le retour ne va pas être facile. Tu imagines ce qu'ils croient en ce moment. Ils s'attendent à…

Il n'a pas répondu et a plissé les yeux.

— Jared… si… s'ils ne veulent rien entendre… s'ils sont armés et que…, me suis-je mise à bredouiller, sentant une bouffée d'angoisse m'envahir. Il faut d'abord donner à Jamie du Stop Douleur. Pose la pastille sur sa langue. Puis passe au Tout Propre Intérieur. C'est un vaporisateur. Il suffit d'inspirer. Ensuite, il faudra que Doc…

— Hé ! Tu seras là pour nous guider.

— Je veux que tu saches comment faire.

— Non, Gaby. Cela ne va pas mal tourner. Je descends le premier qui voudra te faire du mal.

— Jared...

— N'aie pas peur. Je viserai bas... et tu les remettras sur pied avec tes poudres de perlimpinpin.

— Si c'est une blague, ce n'est pas drôle.

— Je suis sérieux.

— Où est le bandeau?

Il a pincé les lèvres.

Mais j'avais ma vieille chemise, celle que m'avait donnée Jeb. Cela ferait tout aussi bien l'affaire.

— Cela les convaincra de nous laisser entrer, ai-je dit en roulant la chemise. Et plus vite on sera entrés, plus vite on soignera Jamie. (J'ai noué le bandeau de fortune sur mes yeux.)

On est restés silencieux un moment. La Jeep rebondissait sur le terrain inégal. Je me souvenais de ces nuits où Melanie se trouvait à ma place...

— Je nous ramène directement aux grottes. Il y a un endroit où cacher la Jeep pour un jour ou deux. Cela nous fera gagner du temps.

J'ai acquiescé. Le temps... la clé de tout.

— On y est presque, a-t-il déclaré.

On a roulé une minute encore, puis Jared a poussé un soupir :

— Ils nous attendent...

Je l'ai entendu farfouiller à côté de moi. Un cliquetis de métal. Il avait récupéré le fusil sur la banquette arrière.

— Ne tire sur personne.

— Je ne promets rien.

— Stop! a crié quelqu'un. (Le son a porté dans la vastitude du désert.)

On s'est arrêtés.

— C'est nous ! a lancé Jared. Regarde ! C'est moi ! Toujours moi !

Il y a eu un silence hésitant.

— Écoute-moi bien, vieux. On a les médocs pour Jamie et on est pressés. Alors, content ou pas, je vais mettre la Jeep à l'abri et j'entre.

On a avancé de nouveau. Le bruit du moteur a changé et a résonné au-dessus de moi.

— C'est bon, Gaby. R.A.S. Allons-y.

J'avais déjà le sac sur mes épaules. Je suis descendue de la Jeep prudemment, ne sachant trop où étaient les parois. Jared m'a pris les mains.

— Allez, hop ! (Il m'a de nouveau jetée sur son épaule.)

Il me tenait moins bien qu'à l'aller – avec seulement un seul bras. Il devait avoir le fusil dans l'autre main. Je n'aimais pas ça.

Mais je l'ai remercié de cette précaution quand j'ai entendu des bruits de pas venir dans notre direction.

— Jared ! Espèce de crétin ! a hurlé Kyle. Quelle mouche t'a piqué ?

— Du calme, Kyle, a lancé Jeb.

— Elle est blessée ? s'est enquis Ian.

— Écartez-vous de mon chemin, a répondu Jared calmement. Je suis pressé. Gaby va très bien, mais elle a insisté pour avoir les yeux bandés. Comment va Jamie ?

— Il est bouillant.

— Gaby a ce qu'il faut. (Son pas s'accélérait. Le chemin descendait.)

— Je peux la porter, proposa Ian.

— Elle est très bien là.

— Je vais bien, Ian, ai-je assuré.

Le chemin remontait à nouveau. Jared continuait à la même allure, malgré mon poids.

Une rumeur haineuse s'est élevée en crescendo; nous étions arrivés dans la grande caverne!

— Hors de mon chemin! a rugi Jared. Où est Doc? Avec Jamie?

Je n'ai pas entendu la réponse. Jared aurait pu s'arrêter pour me déposer au sol, mais il ne voulait pas perdre une seconde.

Les voix se sont tues derrière nous lorsque nous nous sommes engagés dans l'étroit tunnel. Je me représentais le trajet au fil des coudes et des intersections. Nous sommes arrivés dans le troisième couloir des dortoirs. Mentalement, je pouvais presque compter les portes invisibles que nous dépassions.

Jared s'est arrêté brutalement et m'a descendue de son épaule dans le même mouvement. Dès que mes pieds ont touché le sol, il a ôté le bandeau de mes yeux.

Notre chambre était éclairée par plusieurs lampes bleues. Doc se tenait tout droit, comme s'il venait de se lever d'un bond. À genoux, à côté de lui, Sharon tenait une compresse au-dessus du front de Jamie. Son visage était méconnaissable, déformé par la fureur. Maggie se relevait de l'autre côté du lit.

Jamie gisait sur le matelas, écarlate, les yeux clos, sa poitrine bougeant à peine.

— Toi! a craché Sharon en se relevant. (Comme une tigresse, elle s'est jetée sur Jared pour le griffer au visage.)

Jared a attrapé les mains de la jeune femme et lui a tordu les bras dans le dos.

Maggie semblait sur le point d'imiter sa fille, mais Jeb s'est interposé.

— Lâche-la! a crié Doc.

Jared a ignoré la remarque.

— Gaby… soigne-le!

Doc s'est avancé pour se placer entre Jamie et moi.

— Doc…, ai-je bredouillé. (La tension, qui se cris-
tallisait autour de la forme immobile de Jamie, me terrifiait.) J'ai besoin de ton aide. Je t'en prie. Pour Jamie.

Doc n'a pas bougé, le regard rivé sur Sharon qui se
débattait dans les bras de Jared.

— Doc… s'il te plaît, a dit Ian. (La petite pièce m'a
soudain paru pleine de monde quand Ian est entré et
a posé ses mains sur mes épaules. J'avais la sensation
d'étouffer.) Tu ne vas pas laisser le gamin mourir pour
ménager ton ego ?

— Ce n'est pas une question d'ego. On ignore les
effets qu'auront sur lui ces substances étrangères !

— Il ne peut aller plus mal de toute façon.

— Doc…, ai-je insisté. Regarde mon visage.

Doc et tous les autres ont relevé les yeux vers moi.
Jeb, Ian et même Maggie ont eu un hoquet de surprise.
Maggie a détourné aussitôt la tête, furieuse de m'avoir
montré de l'intérêt.

— Comment est-ce possible ?

— Je vais te montrer. S'il te plaît. Jamie n'a pas
besoin de souffrir.

Doc a hésité. Puis il a poussé un long soupir.

— D'accord. Ian a raison, Jamie est au plus mal.
Que ce soit ça qui le tue ou autre chose… (Le médecin
a haussé les épaules avec fatalisme, puis a reculé d'un
pas pour me laisser passer.)

— Non ! a hurlé Sharon.

Personne n'a fait attention à elle.

Je me suis agenouillée près de Jamie, tout en ouvrant
mon sac à dos. J'ai fouillé jusqu'à trouver du Stop Douleur. Quelqu'un a allumé une lampe blanche pour éclairer le visage du garçon.

— Je peux avoir de l'eau, Ian ?

J'ai dévissé le couvercle et attrapé, entre le pouce
et l'index, une minuscule pastille rectangulaire. J'ai

fait pression sur le menton pour ouvrir la bouche de Jamie ; sa peau était brûlante ! J'ai déposé la pastille sur sa langue et ai attrapé le bol d'eau que Ian me tendait.

Avec précaution, j'ai fait couler un peu d'eau dans sa bouche pour faire descendre le médicament dans la gorge. J'ai entendu Jamie déglutir. Un son de valve douloureux, contraint.

Paniquée, j'ai cherché l'aérosol. Dès que j'ai mis la main dessus, j'ai ôté le capuchon et appuyé sur la valve pour vaporiser le produit devant son visage. J'ai attendu, observant sa poitrine. Inspire !

J'ai touché son front ; il était si chaud ! J'ai fouillé le sac, à la recherche du Refroidisseur, priant pour qu'il soit simple d'emploi. J'ai dévissé le couvercle ; à l'intérieur, une myriade de pastilles bleu ciel. J'ai poussé un soupir de soulagement et en ai placé une sur la langue de Jamie. J'ai repris le bol et ai versé encore un peu d'eau dans sa bouche.

Il a avalé plus vite cette fois. Une autre main s'est posée sur le visage du petit. De longs doigts osseux… Doc.

— Doc, vous avez un couteau pointu ?

— J'ai un scalpel. Tu veux que je rouvre la blessure ?

— Oui… pour que je puisse la nettoyer.

— J'avais bien pensé à ça… pour la drainer… mais la douleur…

— Il ne va rien sentir maintenant.

— Son visage… regardez…, a murmuré Ian en se penchant au-dessus du garçon.

Les joues de Jamie n'étaient plus écarlates, mais avaient retrouvé leur hâle naturel. Son front était encore luisant, mais ce n'était que de la transpiration résiduelle. Doc et moi avons tâté son front en même temps.

Ça marche ! Oui ! Une bouffée de joie nous a traversées, Mel et moi.

— C'est absolument prodigieux, a soufflé le médecin.

— La fièvre est retombée, mais l'infection est peut-être encore dans sa jambe. Doc, tu peux m'aider pour la blessure ?

— Sharon, tu veux bien me…, a-t-il commencé par automatisme. Kyle, tu veux bien me donner ce sac, juste à tes pieds ?

Je me suis déplacée à croupetons pour me placer juste devant la plaie enflammée. Ian a orienté la lampe pour que j'y voie plus clair. Doc et moi avons plongé la main dans nos sacs respectifs en même temps. Doc a sorti un scalpel en Inox – à la vue de cet instrument, un frisson m'a traversée – et moi, l'aérosol de Tout Propre Extérieur.

— Il ne va vraiment rien sentir ? a demandé le médecin.

— Hé ! Que se passe-t-il ? a lancé Jamie. (Il avait les yeux grands ouverts, et regardait tout le monde. Puis il m'a aperçue.) Salut, Gaby. Qu'est-ce que vous fichez tous ici ?

46.

Le cercle

Jamie a voulu s'asseoir dans le lit.

— Tout doux, gamin. Comment te sens-tu ? a demandé Ian en ramenant les épaules de Jamie sur le matelas.

— Bien… Très bien. Pourquoi y a-t-il autant de monde ici ? Je ne me souviens de rien…

— Tu as été très malade. Ne bouge pas avant qu'on ait fini de te soigner.

— Je peux avoir à boire ?

— Bien sûr. Tiens…

Doc regardait Jamie avec de grands yeux.

J'avais moi-même du mal à parler tant la joie me nouait la gorge.

— C'est le Stop Douleur. C'est très efficace.

— Pourquoi Jared tord-il le bras de Sharon ? a demandé Jamie à voix basse.

— Parce qu'elle est de mauvaise humeur, a répondu Ian dans un chuchotement théâtral.

— Ne bouge pas, Jamie, a ordonné Doc. On va nettoyer la plaie. D'accord ?

— D'accord, a répondu le garçon, guère rassuré. (Il venait de voir le scalpel dans la main du médecin.)

— Dis-moi si tu sens ça ? a dit Doc.

— Si ça fait mal, ai-je précisé.

D'un geste rapide et précis, Doc a tranché les chairs malades. On a tous regardé Jamie. Il avait le nez au plafond.

— Ça fait bizarre… mais pas mal.

Doc a hoché la tête et, d'un nouveau coup de bistouri, il a réalisé une entaille perpendiculaire à la première. Un sang rouge et jaune sombre a coulé de la plaie.

J'ai répandu du Tout Propre dans le X sanglant. Dès que la mousse a touché le pus, les marbrures jaunes ont été traversées de bulles, comme si elle crépitaient en silence, et ont commencé à disparaître, telles des traces de savon se dissolvant dans l'eau. J'entendais le souffle court de Doc à côté de moi.

— Regarde ça.

Par précaution, j'ai envoyé une seconde giclée de produit. La peau autour de la plaie avait perdu son aspect enflammé. Il ne subsistait plus que le rouge du sang humain.

— Réparateur Universel, maintenant.

J'ai trouvé le flacon *ad hoc* et j'ai introduit la petite pomme d'arrosage dans la plaie. Le liquide transparent a recouvert les chairs à vif et s'est mis à luire. Le sang s'arrêtait de couler chaque fois qu'une goutte touchait les tissus. J'ai versé la moitié du flacon, ce qui était sans doute bien trop.

— Très bien. Maintenant, Doc, referme les bords de la plaie.

Le médecin était sans voix. Il s'est exécuté en pinçant la blessure avec les deux mains. Jamie a ri.

— Ça chatouille !

Doc a roulé des yeux.

J'ai étalé sur le X le Scellement. Les lèvres se sont soudées pour ne laisser qu'une fine croix rose sur la peau.

— Je peux voir ? a demandé Jamie.

— Laissez-le regarder. On a presque fini.

Le garçon s'est redressé sur les coudes, les yeux scintillants de curiosité. Ses cheveux sales et moites étaient collés sur son crâne, mais ce n'était plus un signe inquiétant ; Jamie avait bonne mine.

— Tu vois, je mets de ce produit… (J'ai étalé une poignée de poudre brillante sur la cicatrice.) Et presque tout disparaît. Comme ça… (Je lui ai montré mon avant-bras.)

Jamie a ri.

— Mais les cicatrices, c'est bien ; ça plaît aux filles ! Où as-tu eu ces machins, Gaby ? C'est magique !

— Jared m'a emmenée en expédition…

— C'est vrai ?

Doc a porté à son nez quelques grains de poudre pour en humer l'odeur.

— Il fallait la voir, a lancé Jared. Elle a été incroyable.

J'ai été surprise d'entendre sa voix derrière moi. Par réflexe, j'ai cherché la redoutable Sharon. J'ai juste entrevu l'éclair rose de ses cheveux disparaissant dans le couloir, Maggie sur ses talons.

Comme c'était triste. Et terrifiant. Être ainsi emplie de haine et ne pouvoir se réjouir de la guérison d'un enfant. Comment pouvait-on se gâter le cœur à ce point ?

— Elle est entrée dans le cabinet médical, a marché tout droit vers les envahisseurs et leur a demandé de soigner ses blessures, avec un aplomb sidérant. Dès qu'ils ont eu le dos tourné, elle les a dévalisés et ils n'y ont vu que du feu ! (Jared racontait l'histoire de façon plaisante et enjouée, et Jamie était aux anges ; il avait un grand sourire aux lèvres.) Elle est revenue avec des médicaments pour nous tous ; on a de quoi tenir un

siège ! Elle a même fait un signe au mille-pattes derrière son comptoir en partant. (Jared riait aux éclats.)

Je n'aurais pu faire ça pour eux, a dit Melanie, brusquement chagrine. *Tu es plus précieuse pour la communauté que je ne le serai jamais.*

Chut ! ai-je répliqué. L'heure n'était ni à la tristesse
ni à la jalousie, mais seulement à la joie. *Sans toi, je ne
serais pas ici et jamais je n'aurais pu les aider. Tu l'as
donc sauvé, toi aussi.*

Jamie me regardait avec de grands yeux.

— Ce n'était pas un exploit, vraiment, lui ai-je dit.
(Il a pris ma main et j'ai serré la sienne. Mon cœur s'est
soulevé de bonheur et d'amour.) C'était même très
facile. Je suis un mille-pattes, après tout.

— Oh ! pardon. Je ne voulais pas…, a commencé
à bredouiller Jared. (Je l'ai arrêté d'un geste, et d'un
sourire.)

— Comment as-tu expliqué la cicatrice sur ton
visage ? a demandé Doc. Ils ne se sont pas posé de questions ?

— J'étais obligée, bien sûr, d'avoir des blessures
fraîches. Il ne fallait pas éveiller leurs soupçons. Je leur
ai dit que j'étais tombée avec un couteau à la main.
(J'ai donné un coup de coude complice à Jamie.) Ça
peut arriver à n'importe qui, pas vrai ?

J'étais sur un petit nuage. Tout semblait illuminé de
l'intérieur – les visages, les vêtements, même les murs.
Des murmures traversaient l'assistance – on se posait
des questions – mais tout ça n'était qu'ondes cristal-
lines à mes oreilles, comme le tintement d'une cloche.
Rien ne paraissait réel, sinon ce petit cercle de gens que
j'aimais. Jamie, Jared, Ian et Jeb. Même Doc s'insérait
parfaitement dans ce tableau.

— Des blessures fraîches ? a répété Ian d'une voix
monocorde.

Je l'ai regardé, surprise de voir de la colère dans ses yeux.

— C'était nécessaire. Je devais dissimuler mon ancienne cicatrice. Et apprendre comment soigner Jamïe.

Jared a soulevé mon poignet gauche et a passé son doigt sur la fine ligne rose.

— C'était horrible, a-t-il articulé, toute liesse envolée. Elle était à deux doigts de se trancher la main. J'ai cru qu'elle resterait infirme toute sa vie.

— Tu t'es coupée toute seule ? s'est exclamé Jamie.

— Ne t'affole pas. Ce n'était pas si terrible que ça. Et je savais qu'on me soignerait rapidement.

— Il fallait voir ça, poursuivait Jared, en caressant toujours mon bras.

Les doigts de Ian ont effleuré ma joue. C'était doux et j'ai lové mon visage dans sa paume. Pourquoi tout était si chaleureux, si bon ? Était-ce le Stop Douleur ou la joie d'avoir sauvé Jamie ?

— Les raids, c'est fini pour toi, a murmuré Ian.

— Allons, Ian, elle sortira encore ! a rétorqué Jared avec surprise. Elle a été absolument fabuleuse. Il fallait être là pour le voir. Ce n'est que le début. Ça nous ouvre tant de possibilités…

— Des possibilités ? (La main de Ian a glissé sur mon cou, mon épaule, et il m'a attirée à lui, m'éloignant de Jared.) À quel prix pour elle ? Tu l'as presque laissée s'amputer ! (Ses doigts, par réflexe, se serraient spasmodiquement sur le haut de mon bras.)

La colère n'avait pas droit de cité dans cette lumière.

— Non, Ian. Cela ne s'est pas passé comme ça. C'était mon idée. Il n'y avait pas d'autre solution.

— Évidemment que c'était ton idée ! a grommelé Ian. Tu ferais n'importe quoi pour… Tu n'as pas de limites quand il s'agit de ces deux-là. Mais Jared n'aurait pas dû te laisser faire.

— Je n'avais pas le choix ! s'est défendu Jared. Tu avais un meilleur plan ? Tu crois qu'elle aurait été plus heureuse sans blessure, mais sans Jamie aussi ?

J'ai tressailli à cette idée. La voix de Ian s'est faite moins hostile.

— Non. Mais je ne comprends pas comment tu as pu rester assis et la regarder se faire ça. Quel homme pourrait…

— Un homme qui a le sens pratique, l'a interrompu Jeb.

On a tous levé les yeux. Jeb se tenait devant nous, un carton dans les bras.

— C'est pourquoi personne n'égale Jared pour nous rapporter ce dont nous avons besoin. Parce qu'il fait ce qui doit être fait, et regarde ce qu'il faut supporter de voir. Même quand regarder est encore plus douloureux qu'agir. Bien, je sais qu'on est plus près du petit déjeuner que du dîner, mais je me suis dit que certains d'entre vous auraient peut-être une petite fringale, a poursuivi Jeb, changeant habilement de sujet. Jamie ? Tu as faim ?

— Heu… je n'en sais rien. Je sens que j'ai le ventre vide et en même temps je me sens bien…

— C'est l'effet du Stop Douleur, ai-je déclaré. Tu devrais manger.

— Et boire ! a ajouté Doc. Il faut te réhydrater.

Jeb a laissé tomber le carton sur le matelas.

— L'instant mérite d'être fêté, non ? Alors allez-y, les enfants, servez-vous !

— Ouah ! a lancé Jamie en fouillant dans le carton empli de repas lyophilisés pour randonneurs. Des spaghettis bolognaise ! Génial !

— Et du poulet mariné à l'ail, a ajouté Jeb. J'avais oublié le goût de l'ail, mais grâce à mon haleine je vais vous en faire profiter pendant plusieurs jours !

Jeb avait tout prévu : les bouteilles d'eau, les réchauds… Les gens se sont rassemblés, se pressant les uns contre les autres. Je me suis retrouvée coincée entre Jared et Ian, et j'ai pris Jamie sur mes genoux. Même s'il était un peu grand pour ça, il n'a pas émis de protestation. Il devait sentir à quel point Mel et moi avions besoin de le sentir sain et sauf dans nos bras.

La lumière a paru grandir encore, enveloppant dans sa bulle toute l'assistance regroupée pour ce dîner improvisé. Comme si nous étions une grande famille. Tout le monde attendait que Jeb prépare le repas. La peur avait fait place au soulagement, aux bonnes nouvelles. Même Kyle était le bienvenu dans le groupe.

Melanie était heureuse. Elle savourait la présence de son Jamie sur nos cuisses, et le contact de Jared qui caressait mon poignet. Et elle n'était pas dérangée par le bras de Ian autour de mon cou.

Toi aussi, tu es sous l'effet du Stop Douleur, l'ai-je taquinée.

Non, ce n'est pas le médicament. Ni pour toi ni pour moi.

Tu as raison. C'est la joie. Je n'ai jamais été aussi heureuse.

Mon bonheur perdu.

Pourquoi l'amour humain me paraissait-il tellement plus précieux que celui de mes congénères ? Parce qu'il était exclusif, capricieux ? Les âmes offraient leur amour sans restriction. Avais-je besoin de relever un plus grand défi ? Cet amour humain était truffé de pièges ; il était sans règles, sans lois ; il pouvait être offert sans rien exiger en retour, comme avec Jamie, ou alors obtenu, avec le temps, après de longs efforts, comme avec Ian, ou être immédiat, déchirant et animal, comme avec Jared.

L'amour des Hommes était peut-être tout simplement plus fort… Était-ce là le secret ? Ces humains pouvaient haïr avec une telle ardeur… À l'autre bout du spectre, pouvaient-ils aimer avec une ardeur égale ?

Pourquoi avais-je tant besoin de cet amour ? Tout ce que je savais, à présent, c'est que l'amour que je recevais valait mille fois les risques et les souffrances qu'il m'avait coûtés. L'amour était encore plus exaltant que je ne l'imaginais.

Il était Tout.

Lorsque le repas a été terminé, il était très tard, ou plutôt très tôt. Tout le monde tombait de sommeil. Bon nombre ont regagné leurs pénates d'un pas traînant. La pièce a paru s'agrandir d'un coup.

Les autres ont pris leurs aises à mesure que de la place se libérait. Peu à peu, tout le monde s'est retrouvé allongé. J'ai terminé la tête posée sur l'estomac de Jared ; sa main caressait mes cheveux de temps à autre. Le visage de Jamie reposait contre ma poitrine, ses bras enroulés autour de mon cou. L'un de mes bras était passé sur ses épaules. La tête de Ian était posée sur mon ventre, et il tenait mon autre main sur sa joue. Je sentais les longues jambes de Doc étendues à côté des miennes, ses pieds contre mes hanches. Doc dormait ; je l'entendais ronfler. Je crois même qu'une partie du corps de Kyle me touchait.

Jeb était étendu sur le lit. Il a eu un renvoi aillé, ce qui a fait rire Kyle.

— La nuit se termine bien mieux que je ne l'imaginais, a annoncé Jeb, songeur. J'aime quand on fait la nique au pessimisme. Merci, Gaby.

J'ai acquiescé, à moitié endormie.

— La prochaine fois qu'elle part en expédition…, a lancé Kyle de l'autre côté de Jared. (Un grand bâillement a interrompu sa phrase.) Je veux en être.

— Elle ne sortira plus, a répliqué Ian. (J'ai senti son corps se contracter. Je lui ai caressé le visage pour le détendre.)

— Bien sûr que non, ai-je murmuré pour Ian. Je n'irai nulle part sauf si on a besoin de moi. Cela ne me dérange pas de rester ici.

— Il n'est pas question de te garder prisonnière, Gaby. Ce n'est pas ce que je voulais dire. Tu peux aller où bon te semble. Faire du jogging sur la nationale, si ça t'amuse. Mais partir en expédition, pas question. Je veux te savoir en sécurité.

— On a besoin d'elle, a dit Jared d'un ton un peu trop dur à mon goût.

— On s'en est sortis jusque-là sans problème.

— Sans problème ? Jamie serait mort sans elle. Elle peut faire des choses qui nous sont impossibles.

— C'est une personne, Jared. Pas un outil.

— Je le sais. Je n'ai pas dit que…

— C'est à Gaby de décider, à mon avis, a lancé Jeb, coupant court à la dispute naissante. (Il m'avait volé les mots de la bouche.)

Ma main serrait Ian pour l'empêcher de se relever, tandis que je sentais le corps de Jared bouger sous ma tête, s'apprêtant à se redresser. Les paroles du patriarche ont figé net les deux hommes.

— Tu ne peux pas lui demander de décider, a protesté Ian.

— Pourquoi pas ? Elle a une tête, non ? Ce n'est pas à toi de penser pour elle.

— Je vais te montrer pourquoi elle n'est pas en mesure de décider, a grommelé Ian. Gaby ?

— Oui, Ian ?

— Tu veux partir en expédition ?

— Si je peux être utile, bien sûr que j'irai.

— Ce n'est pas ce que je te demande, Gaby.

Je suis restée silencieuse un moment, tentant de me remémorer sa question et de comprendre en quoi je n'y avais pas répondu.

— Tu vois, Jeb ? Elle ne prend jamais en compte ses propres désirs, son propre bien-être ni même sa propre santé. Elle est prête à faire tout ce qu'on lui demande, même si elle doit y laisser la vie. Ce n'est pas juste de lui demander de choisir, elle n'a pas le même libre arbitre que nous. Nous, nous prenons le temps de penser à nous, pas elle.

Un ange est passé. Personne n'a répondu à Ian. Le silence s'est éternisé jusqu'à ce que je me sente obligée de parler.

— Ce n'est pas vrai, ai-je déclaré. Je pense à moi, au contraire : j'aime me rendre utile. Cela compte aussi, non ? Cela m'a rendue heureuse d'aider Jamie ce soir. J'ai bien le droit de trouver du bonheur de la façon dont je l'entends, non ?

Ian a soupiré.

— Vous voyez…

— Je ne peux quand même pas lui interdire de le faire si elle en a envie ! a répliqué Jeb. Elle n'est plus notre prisonnière.

— Mais nous ne devons pas le lui demander.

Jared n'a pas dit un mot. Jamie non plus ; le garçon devait s'être endormi. Mais Jared était réveillé ; sa main traçait des courbes et des spirales sur ma joue. Des runes de feu.

— Vous n'avez pas à demander, ai-je dit. C'est moi qui propose. Ce n'était pas aussi terrifiant, au contraire. Les autres âmes sont très gentilles. Je n'ai pas peur d'elles. C'est même presque trop facile.

— Facile? Te couper le…

J'ai tout de suite arrêté Ian.

— Il y avait urgence. Cela ne se reproduira plus. (J'ai marqué un court silence.) Pas vrai?

Ian a grogné.

— Si elle y va, j'y vais aussi, a-t-il déclaré d'un ton las. Il faut bien que quelqu'un la protège d'elle-même.

— Et moi, je protégerai les autres d'elle! a lancé Kyle en gloussant. (Il y a eu un impact.) Aïe!

J'étais trop fatiguée pour lever la tête et voir qui avait frappé Kyle.

— Et moi, mon boulot, ce sera de tous vous ramener vivants, a murmuré Jared.

47.

Le service actif

— C'est trop facile. Ce n'est même plus drôle, s'est plaint Kyle.

— C'est toi qui as voulu venir.

Les deux hommes se trouvaient à l'arrière de la camionnette, occupés à trier les denrées non périssables et les articles de toilette que j'avais rapportés du magasin. C'était le milieu de la journée, le soleil brillait sur Wichita. Il faisait moins chaud que dans le désert de l'Arizona, mais le degré d'hygrométrie était plus élevé. Des essaims de moucherons et d'aoûtats tourbillonnaient dans l'air moite.

Jared roulait vers la nationale, à la sortie de la ville, veillant à ne pas dépasser la vitesse autorisée.

— Tu n'en as pas assez de faire les boutiques, Gaby ? m'a demandé Ian.

— Non. Ça ne me dérange pas.

— Tu dis toujours ça. Existe-t-il quelque chose sur Terre qui te dérange ?

— Oui… Être loin de Jamie, par exemple. Et être dehors, ça, je n'aime pas beaucoup. En particulier la journée. C'est comme de la claustrophobie, mais à l'envers. Tout est trop grand, trop vaste. Cela ne te fait rien, à toi ?

— Parfois. On ne sort pas souvent de jour.

— Au moins, elle a pu se dégourdir les jambes, elle ! a grommelé Kyle. Je ne vois pas pourquoi vous l'écoutez se plaindre.

— Parce que ça nous change, a répliqué Ian. D'ordinaire, c'est toi qui n'arrêtes pas de geindre !

C'était reparti… Ces deux-là ne pouvaient s'empêcher de se chercher des poux dans la tête. J'ai examiné la carte.

— Oklahoma City ensuite ? ai-je demandé à Jared.

— Oui, et quelques petites villes en chemin, si tu te sens d'attaque, a-t-il répondu sans quitter la route des yeux.

— Je suis prête.

Jared restait toujours concentré durant un raid. Il ne se détendait jamais tout à fait. Il ne plaisantait pas comme Ian ou Kyle quand je revenais victorieuse d'une mission. Une « mission », ce terme me faisait sourire. On aurait dit un exploit. En réalité, c'était juste une visite dans un magasin. J'avais fait ça des centaines de fois à San Diego, quand je n'avais que moi à nourrir.

Comme disait Kyle, c'était trop facile pour être excitant. Je poussais mon chariot dans les allées. Je lançais des sourires aux âmes, qui me souriaient en retour, et je remplissais mon Caddie avec de la nourriture à longue durée de conservation. Je prenais quelques articles au rayon frais pour les garçons dans la camionnette – des sandwichs sous Cellophane, ce genre de choses. Et quelques douceurs aussi. Ian adorait la glace à la menthe et aux pépites de chocolat, Kyle les caramels mous, et Jared tout ce qu'on lui offrait – comme s'il avait tiré un trait, des années plus tôt, sur les envies matérielles et avait décidé de prendre ce que la vie lui donnait, sans en demander davantage. C'était une autre raison expliquant qu'il était sans pareil en chef d'expédition ;

il voyait les priorités sans se laisser contaminer par ses désirs personnels.

De temps en temps, dans de petites villes, quelqu'un pouvait m'aborder. J'avais mon texte tout prêt. J'aurais même pu duper un humain, c'est dire…

« Bonjour ! Nouvelle en ville ?

— Oui. J'arrive tout juste.

— Qu'est-ce qui vous amène à Byers ? »

Je veillais toujours à consulter la carte avant de sortir de la camionnette, pour connaître le nom de la bourgade.

« Mon compagnon voyage beaucoup. Il est photographe.

— Comme c'est intéressant ! Un artiste ! C'est vrai qu'il y a beaucoup de jolis paysages ici… »

À l'origine, c'était moi la photographe. Mais annoncer que j'avais déjà un partenaire m'évitait bien des palabres avec les hommes.

« Je vous remercie infiniment de votre aide.

— Tout le plaisir est pour moi. À très bientôt, alors ! »

J'avais été contrainte de m'adresser à un pharmacien, à Salt Lake City ; depuis, je savais ce qu'il me fallait.

Je lui avais adressé un sourire contrit :

« Je ne suis pas sûre de me nourrir convenablement. Je ne parviens pas à éviter les cochonneries. Ce corps adore les sucreries…

— Il faut vous montrer raisonnable, Mille-Pétales. Je sais qu'il est facile de se laisser aller à la tentation, mais il faut faire attention à ce que vous mangez. En attendant, prenez donc des compléments alimentaires pour les protéines. »

« Forme et Santé ». Un titre si évident sur le flacon ! C'était idiot de ma part de poser la question.

« Vous préférez goût fraise ou chocolat ?

— Je peux essayer les deux ? »

Et l'âme aimable, nommée Né-sur-Terre, m'a donné les deux flacons.

Ce n'était pas un grand exploit. La seule peur, la seule sensation de danger, c'est lorsque je songeais à la pilule de cyanure que je gardais dans une poche à portée de main. Au cas où.

— Tu devrais prendre des vêtements neufs dans la prochaine ville, a annoncé Jared.

— Encore ?

— Ceux que tu portes ont l'air défraîchis.

— Entendu. (Je n'aimais pas le gâchis, mais les pantalons et chemisiers qui s'amoncelaient au fil des jours ne seraient pas perdus pour tout le monde à notre retour. Lily et Paige avaient la même taille que moi ; elles seraient ravies d'avoir quelque chose de nouveau à se mettre. Les hommes, en expédition, ne songeaient guère à rapporter des vêtements. La vie ou la mort se jouait à chaque raid. Les considérations esthétiques n'étaient pas une priorité pour eux. Ni les savons doux ni les shampooings que je m'évertuais à récupérer dans chaque boutique.)

— Tu devrais aussi te laver, a annoncé Jared. (Il a lâché un soupir.) Cela veut dire une chambre d'hôtel cette nuit.

Auparavant, ils n'avaient jamais fait très attention à leur apparence. Bien sûr, c'était à moi qu'incombait d'avoir une tenue irréprochable puisque je devais me faire passer, même de tout près, pour l'un des membres de la société des âmes. Les hommes pouvaient se contenter de porter des jeans et des tee-shirts sombres, des vêtements pas trop salissants et passe-partout, lors des rares moments où ils se retrouvaient à découvert.

Tous détestaient dormir dans des motels, sombrer dans l'inconscient en plein terrain ennemi. Rien ne les terrifiait davantage. Ian disait qu'il préférait avoir affaire à un Traqueur armé jusqu'aux dents.

Kyle refusait tout de go. Il dormait dans la camionnette la journée, et la nuit il montait la garde.

Pour moi, c'était aussi facile que de faire les courses dans les magasins. Je m'occupais de signer le registre, je bavardais avec le réceptionniste. Je lui racontais mon histoire de compagnon photographe et lui parlais de l'ami qui nous accompagnait – au cas où quelqu'un nous aurait vus entrer à trois dans la même chambre. J'empruntais des noms courants provenant de planètes anodines. Parfois nous provenions tous les trois de la Planète des Chauves-Souris – Gardien-des-Mots, Barde-du-Chant-des-Œufs, Accroche-Ciel –, parfois de la Planète des Herbes-qui-Voient – Mille-Yeux-Vifs, Celui-qui-regarde-vers-la-surface, Seconde-Aurore. Je changeais de noms chaque fois, pour que personne ne puisse suivre notre trace. Cela rassurait Melanie. Elle avait l'impression d'être l'héroïne d'un film d'espionnage.

Le plus délicat, la partie qui me déplaisait vraiment – mais je me gardais bien de le dire devant Kyle qui était prompt à douter de moi –, c'était de prendre sans rien donner en retour. À San Diego, je faisais les boutiques sans scrupules. Je prenais ce dont j'avais besoin, jamais rien de plus. Puis je passais plusieurs jours par semaine à l'université pour faire profiter la communauté de mon expérience. C'était un Emploi guère contraignant, mais je le prenais à cœur. Je faisais ma part également des corvées incontournables. Une journée par mois, je ramassais les ordures et balayais les rues. Comme tout le monde.

Et aujourd'hui, je prenais tout et ne donnais rien en retour. Cela me mettait mal à l'aise. Je me sentais égoïste, indigne.

Ce n'est pas pour toi. C'est pour les autres, me rappelait Mel quand je broyais du noir.

C'est mal quand même. Même toi, tu le sens, n'est-ce pas ?

Pense à autre chose… C'était ça, sa solution !

J'étais heureuse de nous savoir sur le retour, après une longue expédition. Le lendemain, nous nous rendrions à notre cache, un camion que nous gardions à une journée de route de nous, et nous viderions la camionnette pour la dernière fois. Encore quelques villes, encore quelques jours. L'Oklahoma, le Nouveau-Mexique, et puis cap sur l'Arizona.

Home sweet home. Enfin.

Lorsque nous dormions dans des motels plutôt qu'entassés à l'arrière de la camionnette, nous arrivions de nuit et partions toujours avant l'aube pour que les âmes ne puissent faire de nous une description précise. Une précaution superflue, selon moi.

Jared et Ian commençaient à se ranger à mon avis. Parce que la collecte de la journée avait été bonne – Kyle n'aurait pas beaucoup de place dans la camionnette pour dormir ! – et parce que Ian pensait que j'étais fatiguée, on a fait halte plus tôt que de coutume. Le soleil n'était pas encore couché lorsque je suis revenue dans l'habitacle avec la carte magnétique pour notre chambre.

Le petit motel était calme. On s'est garés juste devant notre chambre ; Jared et Ian ont rejoint la chambre en cinq ou six pas, en gardant les yeux au sol. Dans leur nuque, une fine cicatrice factice. Jared portait une valise à moitié vide. Personne n'a fait attention à eux, ni à moi.

Sitôt à l'intérieur, on a tiré les rideaux ; une fois dans la pénombre, les garçons se sont détendus.

Ian s'est allongé sur le lit qu'il allait partager avec Jared et a allumé la télévision. Jared a posé la valise sur la table, et a sorti le dîner : des pilons de poulet que j'avais demandés à l'épicerie. Je me suis installée à la fenêtre pour contempler le coucher du soleil.

— Pour tout ce qui est divertissement, on était quand même plus doués que vous, m'a taquinée Ian.

Sur le téléviseur, deux âmes donnaient leur texte, leurs corps dans une posture irréprochable. Il n'était pas difficile de comprendre ce qui se passait, car les intrigues étaient en nombre limité. Dans cette histoire, deux âmes se retrouvaient après une longue séparation. Le mâle avait passé un long séjour parmi les Herbes-qui-Voient, mais il avait choisi d'émigrer chez les humains, supputant que sa compagne, qu'il avait connue autrefois sur la Planète des Brumes, serait peut-être attirée par ces hôtes à sang chaud. Et, miracle des miracles, il l'avait retrouvée…

Tout finissait toujours bien.

— Il faut voir à qui cela s'adresse…

— Exact. Je regrette qu'ils ne passent pas des épisodes de vieilles séries humaines. (Il a feuilleté le programme.) J'en aurais bien regardé un ou deux.

— Ils sont trop dérangeants. Ils ont été remplacés par des programmes moins violents… c'était obligatoire.

— *La Petite Maison dans la prairie* ? Violent ?

J'ai ri. J'avais vu ce feuilleton à San Diego et Mel le connaissait depuis l'enfance.

— On y excuse la violence. Dans un épisode, un petit garçon donnait un coup de poing à la brute de service, et son geste était montré comme un acte d'héroïsme. On voyait du sang et…

Ian a secoué la tête d'incrédulité, mais a reporté son attention sur l'histoire de l'ex-Herbe-qui-Voit. Il riait aux mauvais moments, aux passages qui se voulaient émouvants.

J'ai regardé par la fenêtre, cherchant une distraction plus passionnante que l'intrigue du feuilleton.

De l'autre côté de la route, il y avait un petit parc, bordé d'un côté par une école, et de l'autre par un pré où paissaient des vaches. Quelques jeunes arbres, une aire de jeux pour enfants à l'ancienne, avec un bac à sable, une cage à poules, un toboggan et un de ces tourniquets qu'on actionnait avec les mains. Bien sûr, il y avait une balançoire – le seul agrès utilisé pour l'heure.

Une petite famille profitait de la fraîcheur du soir. Le père avait des cheveux bruns avec des mèches argent ; la mère paraissait plus jeune. Ses cheveux roux étaient ramenés en queue-de-cheval qui sautillait dans son dos à chacun de ses pas. Il y avait un petit garçon d'à peine un an. Le père poussait l'enfant sur la balançoire, pendant que la maman, devant, se penchait pour lui embrasser le front à chaque va-et-vient ; l'enfant riait tellement qu'il avait le visage rouge comme une tomate. Cela faisait rire aussi la femme ; je voyais ses épaules se soulever, ses cheveux danser dans son dos.

— Que regardes-tu, Gaby ? m'a demandé Jared.

Il n'y avait pas d'inquiétude dans sa voix parce que, sans m'en rendre compte, je souriais aussi.

— Une scène que je n'ai jamais vue, dans toutes mes vies. Ce que je vois là-bas, c'est l'espoir.

Jared s'est placé derrière moi pour regarder au-dehors par-dessus mon épaule.

— De quoi parles-tu ? (Son regard balayait les alentours sans s'arrêter sur la famille.)

J'ai attrapé son menton et l'ai pointé dans la bonne direction. Il n'a pas eu de mouvement de recul au contact de ma main, et cela m'a fait chaud au cœur.

— Là, regarde…

— Je dois regarder quoi?

— L'espoir d'une survie… Une première pour une espèce hôte.

— Où ça? a-t-il demandé en plissant les yeux.

Ian était derrière nous; il nous écoutait.

— Tu ne vois pas? ai-je dit en désignant la mère riant avec l'enfant. Regarde comme elle aime son petit…

À cet instant, la mère a attrapé l'enfant et l'a serré contre elle, lui couvrant le visage de baisers. Il gloussait de joie en battant des pieds et des bras. C'était un bébé et non un adulte miniature comme ç'eût été le cas si l'un des miens s'était trouvé à l'intérieur.

— Le bébé est « humain »? a bredouillé Jared. Comment est-ce possible? Pourquoi? Pour combien de temps?

J'ai haussé les épaules.

— C'est la première fois que j'en vois un… je ne sais pas. Elle ne l'a pas donné pour qu'il soit hôte. Et je ne pense pas qu'on va l'y contraindre. La maternité est quasi sacrée pour mes congénères. Si elle ne veut pas… (J'ai secoué la tête.) J'ignore comment la situation va être gérée. Cela ne se passe nulle part ailleurs. Les émotions de ces corps sont plus fortes que la logique.

J'ai regardé Jared et Ian tour à tour. Ils observaient la famille biespèce, bouche bée.

— Non, ai-je murmuré. Personne ne forcera les parents s'ils veulent garder l'enfant. Regardez-les…

Le père entourait la mère et l'enfant dans ses bras. Il regardait le fils biologique de son hôte avec une tendresse évidente.

— C'est la première planète où nous avons affaire à la naissance de bébés. Votre mode de reproduction n'est pas le plus simple de l'univers, ni le meilleur en termes de rendement. Je me demande si c'est ça qui vous différencie des autres… ou l'extrême vulnérabilité de vos petits… Partout ailleurs, la reproduction fait intervenir des œufs ou des graines. Beaucoup de parents ne voient jamais leur progéniture. Est-ce pour cette raison que… (Je n'ai pas terminé ma phrase, les questions se bousculant dans ma tête.)

La mère a tourné la tête vers son compagnon et l'a embrassé sur la bouche. L'enfant a poussé de petits cris de plaisir.

— Un jour peut-être, les miens et les vôtres vivront en paix. Ce serait étrange, non ?

Les deux hommes ne parvenaient pas à quitter du regard cette scène miraculeuse.

La famille est finalement partie. La mère a épousseté son jean pour se débarrasser du sable pendant que le père soulevait le garçon. Puis ils s'en sont allés tous les trois, l'enfant, entre ses parents, se balançant au bout de leurs bras.

J'ai entendu Ian déglutir dans mon dos – pour ravaler un sanglot ?

On est restés silencieux toute la soirée, chacun perdu dans ses pensées, habités par cette scène. On s'est couchés tôt pour pouvoir nous lever aux aurores.

Je dormais seule dans le lit du fond. Je n'étais pas à l'aise. Les deux hommes corpulents étaient à l'étroit ; Ian avait tendance à s'étaler en dormant, et Jared lui donnait régulièrement des coups de coude pour lui faire reprendre sa place. Ils auraient été plus à l'aise si l'un ou l'autre avait partagé mon lit – je dormais toute recroquevillée dans un coin ; peut-être était-ce une réaction aux grands espaces que nous traversions le jour, ou simplement l'habitude de dormir en boule sur la banquette arrière ? En tout cas, je ne savais plus dormir de tout mon long.

Mais je savais pourquoi aucun des deux hommes ne me demandait de partager ma couche. La première

fois que nous avions dormi dans une chambre d'hôtel
– parce que je les avais convaincus qu'il était vital que
je me douche –, j'avais entendu les deux hommes parler de moi pendant que j'étais dans la salle de bains.

— … pas juste de lui demander de choisir, disait
Ian. (Il chuchotait, mais je l'entendais malgré le bruit
du ventilateur de la salle de bains.)

— Pourquoi pas ? C'est plus juste, en tout cas, que
de lui imposer avec qui elle va dormir. Et c'est plus
poli, tu ne trouves pas ?

— Pour quelqu'un d'autre, peut-être. Mais ça va
mettre Gaby sur le gril. Elle voudra tant nous faire
plaisir à tous les deux qu'elle va se retrouver en plein
dilemme.

— Tu ne serais pas encore jaloux ?

— Pas cette fois. Je sais simplement comment elle
fonctionne.

Il y a eu un silence. Ian avait raison. Il me connaissait décidément très bien. Il avait deviné que je choisirais de dormir avec Jared – s'il y avait le moindre
espoir que cela puisse lui faire plaisir – mais que je
passerais la nuit à m'inquiéter, à me demander si Jared
n'était pas agacé de me savoir là et si Ian n'était pas
trop blessé que j'aie fait ce choix.

— Ça va ! a lancé Jared. Mais si tu essaies de te
glisser dans son lit cette nuit, je te réduis en bouillie.

Ian a lâché un petit rire.

— Sans vouloir faire le malin, Jared, tu ne crois pas
que si c'est ça que j'avais en tête, je m'y prendrais autrement ?

Même si je me sentais coupable d'avoir un grand lit
pour moi toute seule, cette organisation était sans doute
préférable pour tout le monde.

Nous n'avons plus eu besoin de louer une chambre
d'hôtel. Les jours ont passé de plus en plus vite, comme

si les secondes s'accéléraient, maintenant que nous étions sur le chemin du retour. Je ressentais dans mon corps une sensation étrange, une force, un appel, qui m'attirait vers l'ouest. Nous étions tous impatients de retrouver nos grottes obscures et bondées.

Même la vigilance de Jared faiblissait…

Il était tard ; aucune lueur ne subsistait dans le ciel par-delà les montagnes à l'ouest. Derrière nous, Ian et Kyle se relayaient pour conduire le camion de déménagement chargé de notre butin, Jared et moi ouvrions le convoi, à bord de la camionnette. Responsables de notre précieuse cargaison, les deux hommes devaient rouler avec encore plus de prudence que Jared. Dans le rétroviseur, la lueur de leurs phares s'était lentement évanouie, puis avait totalement disparu au sortir d'un virage.

C'était la dernière ligne droite. Tucson était derrière nous. Dans quelques heures, je reverrais Jamie. On déchargerait les précieuses provisions, au milieu de toute la communauté, souriant aux anges. On ne revenait pas les mains vides !

Ma première expédition ! ai-je réalisé.

Pour une fois, notre retour n'apporterait que de la joie. Nous ne ramenions aucun otage avec nous.

Toutes mes pensées étaient tournées vers notre arrivée. La route ne filait pas trop vite de part et d'autre de nous. Si cela n'avait tenu qu'à moi, j'aurais bien appuyé sur le champignon…

Les phares du camion ont réapparu derrière nous.

— Ce doit être Kyle au volant, ai-je déclaré. Ils nous rattrapent !

Puis des éclairs rouges et bleus ont percé la nuit. Ils se reflétaient dans les rétroviseurs, projetant des points de couleur sur le toit, les sièges, nos visages figés, le tableau de bord où l'aiguille du compteur indiquait que nous roulions trente kilomètres à l'heure au-dessus de la vitesse autorisée.

Alors le son d'une sirène a déchiré le silence du désert.

48.

Le contrôle routier

Les lumières rouges et bleues tournaient en rythme avec les mugissements de la sirène.

Avant que les âmes arrivent ici, ces flashes lumineux et ces sons rageurs avaient une signification explicite : la loi, les gardiens de l'ordre, la répression.

Il en était de même aujourd'hui. Les âmes avaient leurs gardiens de l'ordre, leurs représentants de la loi : les Traqueurs !

Les sirènes retentissaient moins aujourd'hui. La police n'intervenait que pour des accidents de la route ou d'autres situations d'urgence, pas pour faire respecter la loi. Les serviteurs de l'État avaient rarement des véhicules équipés de sirène, hormis les ambulanciers et les sapeurs-pompiers.

Cette voiture basse et effilée, derrière nous, n'était pas conçue pour intervenir lors d'un quelconque accident de la circulation. C'était un véhicule de poursuite. Je n'en avais jamais vu auparavant, mais son rôle était évident.

Jared était tétanisé, son pied toujours enfoncé sur la pédale de l'accélérateur. Il cherchait une solution. Comment les distancer dans cette camionnette bringuebalante ? Comment les semer ? Où se cacher dans cette plaine aride à la végétation rabougrie ? Comment fuir dans le désert sans les mener jusqu'aux autres, sans les condamner tous ? Nous étions si près ! Ils dormaient tous sur leurs deux oreilles, inconscients du danger...

Après deux secondes d'intense réflexion, Jared a poussé un long soupir.

— Je suis vraiment désolé, Gaby, a-t-il murmuré. J'ai tout fait foirer.

— Jared ?

Il a pris ma main et a lâché la pédale des gaz. La camionnette a ralenti.

— Tu as ta pilule ? a-t-il soufflé.

— Oui.

— Mel peut m'entendre ?

Oui... Sa pensée était un sanglot.

— Oui. (Ma voix aussi.)

— Je t'aime, Mel. Pardonne-moi.

— Elle t'aime. Plus que tout au monde.

Il y a eu un silence, douloureux.

— Gaby, je... je t'aime aussi. Tu es quelqu'un de bien. Tu méritais mieux que ce que je t'ai donné. Mieux que tout ça.

Il avait quelque chose de minuscule dans ses doigts, bien trop petit pour être létal.

— Attends ! ai-je hoqueté.

Il ne pouvait mourir.

— Gaby, on ne peut pas courir le risque. On ne peut les distancer dans cette camionnette. Si nous essayons de fuir, ils seront des milliers à nos trousses. Pense à Jamie !

On était presque à l'arrêt, on obliquait déjà vers le bas-côté.

— Laisse-moi essayer, l'ai-je supplié. (J'ai plongé la main dans ma poche à la recherche de la pilule. Je l'ai tenue entre le pouce et l'index.) Laisse-moi tenter de les berner, si ça ne marche pas, je l'avale.

— Tu n'as jamais menti à un Traqueur !

— Laisse-moi essayer. Vite ! (J'ai débouclé ma ceinture de sécurité, me suis penchée pour ôter la sienne.) Échangeons de place ! Vite, avant qu'ils nous voient.

— Gaby…

— Un essai. Un seul. Dépêche-toi !

Il a été prompt à réagir. Avec adresse, il a quitté son siège et s'est glissé sur le mien pendant que je me faufilais derrière le volant.

— Ceinture ! ai-je ordonné. Ferme les yeux. Et tourne la tête de l'autre côté.

Il s'est exécuté. Il faisait sombre, mais je savais que sa cicatrice factice serait visible de ma fenêtre.

J'ai bouclé ma ceinture et laissé aller ma tête en arrière.

Mentir avec mon corps, c'était ça la clé du succès… Il s'agissait de bien coordonner ses mouvements. L'imitation. Comme les acteurs de séries télévisées, mais en mieux. Comme une humaine.

— Aide-moi, Mel, ai-je murmuré.

Je ne peux t'aider à jouer l'âme parfaite, Gaby. Mais tu peux le faire. Sauve-le. Je t'en sais capable.

Une âme parfaite. Je ne pouvais être que moi-même.

Il était tard. J'étais fatiguée. Pour cette partie, il me suffisait d'être naturelle.

J'ai laissé mes paupières se fermer, mon corps s'avachir dans le siège.

Le chagrin. Je pouvais jouer le chagrin. Je le sentais déjà monter…

Ma bouche s'est contractée en une grimace douloureuse.

La voiture des Traqueurs ne s'est pas garée derrière nous, comme Mel s'y attendait. Elle s'est arrêtée de l'autre côté de la nationale, sur le bas-côté, en contre-sens. Une lumière aveuglante a jailli de la portière. J'ai battu des paupières dans le faisceau du projecteur, levant la main pour protéger mes pupilles avec une lenteur délibérée. Fugitivement, j'ai vu le reflet de mes iris éclairer la route au pied des Traqueurs.

Une portière a claqué. Des bruits de pas. On traversait la chaussée. Il n'y avait pas eu de sons de graviers. Le Traqueur était sorti de la portière côté passager. Ils étaient au moins deux dans le véhicule. Mais un seul s'est approché pour m'interroger. C'était bon signe ; ils n'étaient pas sur leurs gardes.

Le miroitement de mes yeux était un talisman. Une boussole qui ne pouvait qu'indiquer le nord, l'étoile polaire – une loi de l'univers.

Non, mentir avec mon corps n'était pas la clé. Dire la vérité avec ma chair suffisait. J'avais quelque chose en commun avec le bébé humain dans le parc : j'étais un cas unique.

Le Traqueur a occulté le faisceau et j'ai retrouvé l'usage de la vue.

C'était un homme. La quarantaine, sans doute. Ses traits étaient contradictoires : des cheveux tout blancs, mais un visage lisse. Il portait un tee-shirt et un short ; il avait un gros pistolet à la ceinture. Une main reposait sur la crosse, l'autre tenait une lampe électrique. Il ne l'a pas allumée.

— Vous avez un problème, m'dame ? a-t-il articulé en s'approchant de la camionnette. Vous rouliez bien trop vite. C'est dangereux.

Ses yeux couraient sur moi. Il a décrypté aussitôt mon expression – par chance, une expression ensommeillée. Il a scruté les ténèbres sur la route, devant, derrière, m'a de nouveau observée, puis a sondé les alentours une seconde fois.

Il était tendu. Aussitôt, j'ai eu les mains moites, mais je me suis efforcée de cacher ma peur.

— Je suis vraiment désolée, me suis-je excusée dans un soupir plein de lassitude. (J'ai jeté un regard vers Jared, comme pour vérifier que je ne l'avais pas réveillé.) Je… enfin, je crois… je me suis endormie. Je ne me suis pas rendu compte que j'étais si fatiguée.

J'ai esquissé un sourire plein de remords. Ma prestation manquait de naturel. Je me regardais trop, comme nos acteurs de sitcoms.

Les yeux du Traqueur ont de nouveau observé la route avant de revenir vers nous. Cette fois, son regard s'est arrêté sur Jared. Mon cœur s'est mis à cogner dans ma cage thoracique. J'ai serré plus fort la pilule.

— C'était stupide de ma part de conduire aussi longtemps sans dormir. Irresponsable, ai-je dit rapidement en souriant de nouveau. J'espérais pouvoir rejoindre Phoenix. Vraiment, mille excuses.

— Quel est votre nom, m'dame ?

Son ton n'était pas sec, mais il était dépourvu de chaleur. Il parlait à voix basse, toutefois, comme moi.

— Feuilles-au-Dessus, ai-je répondu, reprenant le nom que j'avais donné à notre dernier hôtel. (Allait-il vérifier mes dires ? Il allait peut-être m'interroger sur mes allées et venues…)

— Vous étiez une Fleur Suspendue ? a-t-il avancé. (Ses yeux ne cessaient de surveiller la route.)

— Oui.

— Ma compagne aussi. Vous aussi étiez sur l'île ?

— Non, me suis-je empressée de répondre. Sur le continent. Dans le Delta.

Il a hoché la tête, l'air déçu.

— Vous pensez que je devrais retourner à Tucson ? ai-je demandé. Je suis parfaitement réveillée à présent. Ou peut-être est-ce plus prudent de dormir ici quelques heures avant de…

— Non ! m'a-t-il interrompue.

J'ai sursauté et la pilule m'a échappé des doigts. Elle est tombée au sol avec un cliquetis audible. Je me suis sentie pâlir, comme une lumière qu'on vient de débrancher.

— Je ne voulais pas vous effrayer, s'est-il excusé, tandis que son regard poursuivait ses va-et-vient. Mais il ne vaut mieux pas s'attarder ici.

— Pourquoi ? suis-je parvenue à articuler. (Mes doigts s'agitaient fébrilement dans l'air – ma pilule !)

— Il y a eu une disparition récemment.

— Une disparition ?

— C'est peut-être un accident… mais c'est peut-être aussi… (Le Traqueur a marqué une hésitation.) Il y a peut-être des humains dans le secteur.

— Des humains ? me suis-je étonnée un peu trop fort. (Il a entendu la peur dans ma voix et l'a interprétée de la seule manière possible à ses yeux.)

— On n'a aucune preuve, Feuille-au-Dessus. Pas le moindre indice. N'ayez pas peur. Mais vous devriez poursuivre votre route jusqu'à Phoenix sans tarder inutilement.

— Bien sûr. Ou retourner à Tucson ? C'est plus près et…

— Il n'y a pas de danger. Ne changez rien à vos projets.

— Si vous le dites…

— J'en suis certain. Simplement, ne vous aventurez pas dans le désert, Ancienne Fleur. (Il a souri. Cela a égayé ses traits, lui a donné un air gentil. Comme les autres âmes à qui j'avais eu affaire. Il n'avait pas peur *de* moi, mais *pour* moi. Il ne se demandait pas si je lui racontais des mensonges. Et il aurait été, d'ailleurs, bien incapable d'en reconnaître un. Une gentille âme, comme toutes les autres.)

— Je ne comptais pas m'y aventurer. (Je lui ai retourné son sourire.) Mais je vais faire attention. Je ne vais pas m'endormir cette fois, promis. (J'ai regardé le désert qui s'étendait derrière la fenêtre de Jared, l'air inquiet, pour convaincre le Traqueur que la peur allait me tenir éveillée. Mon visage s'est tendu quand j'ai aperçu deux lueurs de phares dans le rétroviseur.)

J'ai senti Jared se raidir au même moment, mais il n'a pas bougé.

Je me suis retournée vers le Traqueur.

— J'ai ça qui peut vous aider…, a-t-il commencé, toujours souriant, en fouillant le fond de sa poche.

Son expression n'avait pas changé. Je m'efforçais d'empêcher les muscles de mes joues de se contracter, mais je n'y parvenais pas totalement.

Dans le rétroviseur, la lueur grandissait…

— On ne doit pas en abuser, a poursuivi le Traqueur en fouillant son autre poche cette fois. C'est sans danger, bien entendu, sinon les Soigneurs ne nous les donneraient pas ; mais si on en prend trop souvent, cela perturbe les cycles de sommeil… Ah ! le voilà… tenez…

Les phares ont ralenti en s'approchant.

Roulez ! Roulez ! ai-je supplié en pensée. *Ne vous arrêtez pas !*

Pourvu que ce soit Kyle au volant ! a ajouté Mel, comme une prière.

Ne vous arrêtez pas. Roulez !

— M'dame ?

J'ai battu des paupières, tentant de retrouver mes esprits.

— Rester éveillée, vous dites ?

— Respirez ça un coup, Feuille-au-Dessus.

Il avait un petit aérosol dans la main. Il a envoyé un nuage de produit devant mon visage. Je me suis penchée, docile, et ai inspiré un grand coup, tout en surveillant les phares dans le rétroviseur.

— C'est parfum pamplemousse, a annoncé le Traqueur. C'est agréable, vous ne trouvez pas ?

— Oui, très. (Tous mes sens étaient en alerte.)

Le gros camion a encore ralenti et s'est arrêté sur la route derrière nous.

Non ! avons-nous crié, Mel et moi, de concert. J'ai fouillé le sol des yeux une fraction de seconde, dans le vain espoir de repérer la minuscule pilule. Je ne distinguais pas même mes pieds !

Le Traqueur a jeté un regard sur le camion et lui a fait signe d'avancer.

J'ai regardé le camion aussi, avec un sourire figé. Je ne voyais pas qui était au volant. Mes yeux renvoyaient la lumière des phares, comme deux petits faisceaux.

Le camion a hésité.

Le Traqueur leur a de nouveau fait signe, de façon plus autoritaire cette fois.

— Allez-y ! Circulez ! a-t-il marmonné.

Roule ! Roule !

À côté de moi, Jared serrait les poings.

Lentement, le lourd véhicule s'est ébranlé et s'est avancé entre le véhicule des Traqueurs et le nôtre. Le projecteur de la voiture de patrouille a fait apparaître deux silhouettes, deux visages de profil, regardant droit devant. Le conducteur avait un nez écrasé.

Mel et moi avons poussé un soupir de soulagement. Kyle…

— Comment vous sentez-vous ?

— Parfaitement réveillée, ai-je répondu au Traqueur.

— Cela va vous tenir en forme pour quatre heures environ.

— Merci.

Le Traqueur a lâché un petit rire.

— C'est moi qui vous remercie, miss Feuille-au-Dessus. Quand on vous a vue foncer comme ça sur la route, on a cru avoir affaire aux humains. J'ai eu une bonne suée et ce n'était pas la chaleur, c'est moi qui vous le dis !

J'ai frissonné.

— Ne vous inquiétez pas, a-t-il repris. Vous êtes en totale sécurité. Si vous voulez, on peut vous suivre jusqu'à Phoenix…

— Ça ira. Inutile de vous donner cette peine.

— J'ai été ravi de faire votre connaissance. Je vais pouvoir annoncer à ma compagne, à la fin de mon service, que j'ai rencontré une ancienne Fleur Suspendue, comme elle ! Ça va lui faire plaisir.

— Souhaitez-lui de ma part : « Grand soleil et grand jour ! » (C'était la traduction terrestre d'une salutation commune sur la Planète des Fleurs.)

— Je n'y manquerai pas. Je vous souhaite bon voyage.

Il a reculé d'un pas et le projecteur m'a de nouveau frappée de plein fouet. J'ai battu des paupières nerveusement.

— Éteins ça, Hank ! a lancé le Traqueur en mettant sa main en visière. (L'obscurité est revenue d'un coup. J'ai esquissé un autre sourire vers ledit Traqueur Hank, invisible dans l'ombre.)

J'ai démarré le moteur d'une main tremblante.

Les Traqueurs ont été plus vifs. Le bolide noir avec sa barre incongrue de gyrophares a rugi. Il a fait demi-tour et s'est éloigné à toute allure, dans le sillage rouge de ses feux arrière. En quelques instants, les Traqueurs avaient disparu.

Je me suis engagée sur la chaussée. Mon cœur pulsait le sang dans mes veines par à-coups. Je sentais mon pouls battre sous mes doigts.

— Ils sont partis…, ai-je murmuré en claquant brusquement des dents.

J'ai entendu Jared déglutir difficilement.

— Il s'en est fallu de peu, a-t-il articulé.

— J'ai cru que Kyle allait tout gâcher.

— Moi aussi.

On chuchotait tous les deux, incapables de parler normalement.

— Le Traqueur t'a crue, a-t-il déclaré entre ses dents serrées par l'anxiété.

— Oui.

— Moi, je n'aurais pas été dupe. Tu n'as pas fait beaucoup de progrès en mensonges !

J'ai haussé les épaules. Comme j'avais le corps tout raide, c'est tout mon torse qui s'est soulevé.

— Ils ne pouvaient pas ne pas me croire. Étant donné ce que je suis… mentir est impossible. Inconcevable.

— Incroyable… et merveilleux.

Son compliment m'a un peu apaisée.

— Les Traqueurs ne sont pas si différents des autres âmes, ai-je murmuré pour moi-même. Il ne sont pas plus dangereux.

Jared a hoché la tête, l'air songeur.

— Y a-t-il un prodige que tu ne puisses accomplir sur cette planète ?

Je ne savais trop que répondre à ça.

— Le fait que tu sois avec nous va tout changer, a-t-il poursuivi dans un souffle, s'adressant à lui-même.

Ces mots attristaient Mel, mais ne la mettaient pas en colère cette fois. Elle s'était résignée.

Tu peux les aider. Les protéger mieux que moi, a-t-elle soupiré.

Les feux rouges ne m'ont pas inquiétée quand ils sont apparus à l'horizon. Des signaux familiers, un réconfort. J'ai accéléré, juste quelques kilomètres à l'heure au-dessus de la vitesse autorisée, pour les rattraper.

Jared a sorti une lampe de poche de la boîte à gants. J'ai compris ce qu'il voulait faire. Les rassurer.

Il a braqué la lumière sur ses yeux au moment où nous les avons dépassés. Kyle a hoché la tête, soulagé. Ian était penché, inquiet, derrière son épaule, les yeux braqués sur moi. Je lui ai fait un petit signe ; il m'a adressé un grand sourire.

Nous approchions de notre sortie secrète.

— Je vais jusqu'à Phoenix ?

Jared a réfléchi.

— Non. On peut tomber sur eux en revenant et ils risquent de nous arrêter à nouveau. Je ne pense pas qu'ils nous suivent. Ils s'occupent de ce qui se passe sur la route.

— Non, ils ne nous filent pas. (C'était pour moi une évidence.)

— Rentrons à la maison, alors.

— Oui, à la maison…

On a coupé les phares. Kyle, derrière nous, nous a imités. Nous allions emmener les deux véhicules jusqu'aux grottes, les décharger rapidement pour pouvoir les remettre dans leur cachette avant l'aube.

J'ai songé au chemin pour sortir des grottes. Le « grand mystère » que je n'étais jamais parvenue à élucider. Jeb était rusé comme un renard !

Exactement comme l'itinéraire qu'il avait donné à Mel – ces lignes inscrites au dos de l'album photo.

Elles ne menaient pas du tout à sa retraite souterraine. Mais contraignaient le visiteur à errer devant son bastion, afin de lui laisser le temps de décider s'il devait ou non offrir l'hospitalité.

— Que s'est-il passé, selon toi ? a demandé Jared en rompant le fil de mes pensées.

— Comment ça ?

— Cette disparition dont le Traqueur a parlé.

J'ai regardé droit devant moi.

— Il doit s'agir de moi.

— Tu es de l'histoire ancienne, Gaby. En plus, ils ne surveillaient pas la nationale avant notre départ. C'est tout nouveau. C'est nous qu'ils cherchent. Ici !

Il a plissé les yeux. Moi, je les ai écarquillés.

— Qu'ont-ils fait, nom de Dieu ! a-t-il lancé en abattant son poing sur le tableau de bord. (J'ai fait un bond.)

— Qui ça ? Jeb et les autres ?

Il s'est contenté de scruter le désert d'un air furieux.

Je ne comprenais pas. Pourquoi les Traqueurs chercheraient-ils des humains sous prétexte qu'une personne avait disparu ? Il pouvait s'agir d'un simple accident. Pourquoi mettaient-ils ça sur leur compte ?

Et pourquoi Jared était-il aussi en colère ? Les autres dans les grottes ne feraient rien qui pût éveiller la curiosité. Ils n'étaient pas stupides. Ils ne sortiraient jamais sauf en cas d'absolue nécessité…

Mais peut-être avaient-ils jugé justement qu'il y avait urgence…

Doc et Jeb auraient-ils profité de mon absence pour faire d'autres expériences ?

Jeb avait seulement promis de ne plus massacrer des Hommes et des âmes tant que j'étais sous son toit. Était-ce ça leur compromis ?

— Ça va ? m'a demandé Jared à brûle-pourpoint.

J'avais la gorge trop serrée pour articuler un son. J'ai secoué la tête. Les larmes coulaient sur mes joues.

— Tu veux que je conduise ?

J'ai encore secoué la tête. J'y voyais bien assez.

Il n'a pas insisté.

Je pleurais encore en silence lorsque nous avons atteint la petite montagne qui abritait notre grand réseau souterrain. C'était en fait une simple colline, une levée de roches volcaniques comme il y en avait des milliers, parsemée de créosotiers et de cactus. Les centaines de conduits d'aération étaient invisibles, perdus dans le dédale caillouteux. Quelque part, une colonne de fumée devait s'élever des cuisines, noire contre le ciel noir.

Je suis sortie de la camionnette et me suis adossée au capot, pour m'essuyer les yeux. Jared est venu à côté de moi. Il a hésité, puis a posé une main sur mon épaule.

— Je suis désolé. Je ne savais pas. Je n'étais pas au courant de leur projet. Ils n'auraient pas dû…

Mais il disait ça uniquement parce que cela avait, apparemment, mal tourné.

Le camion a pilé derrière moi. Les deux portières ont claqué ; les deux hommes se sont précipités vers nous.

— Que s'est-il passé ? a demandé Kyle.

Ian a vu mon visage, les larmes sur mes joues, la main de Jared sur mon épaule, et il m'a serrée contre sa poitrine. Je ne sais pas pourquoi, j'ai éclaté en sanglots en m'accrochant à son cou.

— C'est fini. Tu as été géniale. C'est fini.

— Ce n'est pas la rencontre avec les Traqueurs qui la met dans cet état, Ian, a expliqué Jared, d'une voix blanche, la main encore sur mon épaule, même s'il devait se pencher pour ne pas perdre le contact avec moi.

— Ah bon ?

— Ils ne surveillaient pas la nationale pour rien. Je crois que Doc a… œuvré durant notre absence.

J'ai frissonné, et, pendant un moment, j'ai senti le goût du sang des miens au fond de ma gorge.

— Pourquoi est-ce que… (La fureur de Ian lui ôtait les mots de la bouche.)

— Bravo ! a lâché Kyle d'un air dégoûté. Quelle bande d'idiots ! On est partis à peine deux semaines et ils mettent tous les Traqueurs en état d'alerte ! Il leur suffisait de nous demander d'en ramener un si…

— Tais-toi, Kyle, a lancé Jared. Ce n'est ni le moment ni le lieu. On doit vider le camion, et vite ! On ignore combien d'entre eux sont à nos trousses. Commençons à décharger et allons demander un coup de main.

J'ai repoussé Ian pour aider à la manutention. Les larmes ne cessaient de couler. Ian, resté à côté de moi, m'a pris des mains le carton de soupes en boîtes que j'avais soulevé pour me mettre dans les bras un carton de pâtes, plus léger.

On a descendu la sente pentue ; Jared ouvrait la marche. L'obscurité totale ne me dérangeait pas. Je ne connaissais pas bien le chemin, mais il était sans chausse-trappes. Tout droit, une descente, puis une montée…

On était au bas de la pente lorsqu'une voix familière a résonné au loin et s'est perdue en écho contre les parois du tunnel.

— Les voilà ! criait Jamie. Ils sont revenus !

J'ai tenté de sécher mes larmes, mais elles ne cessaient de couler.

Une lumière bleue a grandi, bondissant avec son porteur. Et Jamie est apparu.

Son visage chéri…

J'ai voulu reprendre contenance pour l'accueillir, feindre la joie pour ne pas l'inquiéter. Mais Jamie était déjà inquiet. Son visage était pâle, les traits tendus, ses yeux ourlés de rouge. Ses joues sales gardaient la trace de pleurs.

— Jamie? ai-je articulé en même temps que Jared, en posant mon carton au sol.

Jamie a couru vers moi et s'est jeté dans mes bras.

— Oh, Gaby! Gaby! a-t-il sangloté. Wes est mort! Mort! La Traqueuse l'a tué!

49.

La question

J'ai tué Wes !

Mes mains rouges et égratignées, après le déchargement express, paraissaient enduites de son sang !

West était mort par ma faute ! J'étais aussi responsable que si j'avais moi-même appuyé sur la détente.

On s'est retrouvés tous les cinq dans la cuisine, une fois le camion vide ; on mangeait les produits frais que j'avais rapportés du dernier magasin : du fromage, du pain, du lait. J'écoutais Jeb et Doc nous expliquer ce qui s'était passé.

J'étais assise un peu à l'écart, la tête dans les mains, trop abasourdie, trop contrite pour poser des questions. Jamie était installé à côté de moi. Il me tapotait de temps en temps l'épaule.

Wes était déjà enterré dans la grotte à côté de Walter. Il était mort quatre jours plus tôt, la nuit où Jared, Ian et moi avions regardé la famille jouer dans le square. Je ne verrais plus jamais mon ami, ni n'entendrais sa voix…

Mes larmes, une à une, tombaient à terre, et les tapes de Jamie marquaient ce tempo funeste.

Andy et Paige étaient absents.

Ils avaient ramené le camion et la camionnette dans leur cache. Ils prendraient la Jeep pour revenir jusqu'à l'abri sous l'éboulis, et feraient le reste du chemin à pied. Ils ne seraient pas rentrés avant l'aube.

Lily n'était pas là non plus.

— Elle est… elle ne va pas bien, a chuchoté Jamie quand il m'a vue la chercher du regard. (Je ne voulais pas en savoir davantage. J'imaginais très bien.)

Aaron et Brandt aussi manquaient à l'appel.

Brandt avait désormais une cicatrice rose sous la clavicule gauche. La balle avait manqué son cœur et ses poumons d'un cheveu et s'était arrêtée dans l'omoplate. Doc avait utilisé presque tout le stock de Réparateur pour soigner la plaie. Brandt était désormais tiré d'affaire.

La balle qu'avait reçue Wes était mieux ajustée. Elle avait transpercé le front et lui avait arraché l'arrière de la calotte crânienne. Doc n'aurait rien pu faire, même s'il avait été sur place, avec un baril de Réparateur à disposition.

Brandt, qui arborait désormais, à sa ceinture, le trophée commémoratif de sa rencontre, était avec Aaron. Ils se trouvaient dans le tunnel où nous aurions dû entreposer notre butin si celui-ci n'avait pas été réquisitionné pour un autre usage car l'endroit, aujourd'hui, faisait office de prison.

Comme si la mort de Wes n'était pas assez cher payée…

Les effectifs de la communauté étaient redevenus exactement les mêmes qu'avant mon arrivée dans ces grottes, ce qui était peut-être le plus monstrueux… Trente-cinq êtres vivants. Wes et Walter étaient morts, mais moi, j'étais là.

Plus une Traqueuse…

Ma Traqueuse !

Si j'avais roulé tout droit jusqu'à Tucson, si j'étais restée à San Diego, si j'avais quitté cette planète pour un autre monde, si je m'étais faite Mère comme toutes les autres après cinq ou six existences, si... si... si je n'étais pas venue ici, si je n'avais pas donné à la Traqueuse les indices qu'elle réclamait, Wes serait encore en vie ! Cela lui avait pris plus longtemps que moi pour décoder les signes, mais une fois qu'elle avait résolu l'énigme, elle avait utilisé les grands moyens... Elle avait pris un 4×4 pour rallier les jalons, labourant le sol fragile du désert, se rapprochant un peu plus à chaque passe...

Il fallait agir, tenter de l'arrêter.

J'avais tué Wes.

C'est moi qu'ils ont attrapée en premier lieu, Gaby. C'est moi qui les ai conduits jusqu'ici, pas toi.

J'étais trop misérable pour lui répondre.

En plus, si nous n'étions pas venues, Jamie serait mort à l'heure qu'il est. Et Jared ! Car sans toi, ce soir, lui aussi serait mort.

La mort... partout... dans les deux camps... la mort à chaque horizon.

Pourquoi me pourchasse-t-elle ainsi ? me suis-je lamentée. *Je n'ai fait de mal à personne, à aucune âme. J'en ai même sauvé quelques-unes, en convainquant Doc de suspendre ses expériences. Pourquoi cette ténacité ?*

Pourquoi l'ont-ils faite prisonnière ? a persiflé Mel. *Pourquoi ne l'ont-ils pas tuée, tout de suite ? Ou lentement. Ils pouvaient bien la torturer à petit feu, en ce qui me concerne ! Pourquoi ce monstre est-il encore en vie ?*

La peur a soulevé mon estomac. La Traqueuse était vivante ! La Traqueuse était ici !

Je n'aurais pas dû être ainsi terrorisée.

Certes, sa disparition avait de quoi inquiéter tout le monde ; tous les Traqueurs allaient être sur le pied de guerre. Il ne pouvait rien nous arriver de pire ! Elle avait fait entendre sa voix quand elle était à ma recherche ! Elle avait tenté par tous les moyens de convaincre les autres Traqueurs qu'il y avait des humains cachés dans cette portion du désert. Personne n'avait pris ses dires au sérieux. Ils étaient tous partis, sauf elle…

Et à présent, on venait de rapporter sa disparition. Cela changeait la donne…

Son véhicule avait été transporté loin d'ici, de l'autre côté de Tucson. Sa fin devait paraître semblable à la mienne : on avait déchiré son sac et disséminé les débris à proximité du 4 × 4, déchiqueté la nourriture qui s'y trouvait. Cela suffirait-il à berner les Traqueurs ?

On savait, d'ores et déjà, que ce n'était pas le cas. À l'évidence, ils avaient des doutes. Ils enquêtaient. Les fouilles allaient peut-être même s'intensifier…

Mais pourquoi avoir peur de la Traqueuse en personne ? Cela n'avait aucun sens. Physiquement, elle ne représentait pas une menace : elle était encore plus chétive que Jamie. J'étais plus forte, plus rapide. J'étais entourée d'amis et d'alliés, et elle, au tréfonds de ces grottes, était toute seule. Deux armes à feu, le fusil et le Glock – l'arme qui avait fait saliver Ian d'envie, l'arme qui avait tué mon ami Wes –, étaient braquées sur elle. Elle était encore en vie pour une seule raison – et plus pour longtemps…

Jeb pensait que je voudrais peut-être lui parler. Voilà l'explication de leur clémence.

Maintenant que j'étais de retour, elle était condamnée à mourir dans les heures à venir.

Pourquoi donc pensais-je être en position de faiblesse ? Pourquoi étais-je certaine que ce serait elle qui sortirait victorieuse de notre confrontation ?

Je ne savais encore si je voulais lui parler ou non. Du moins, c'est ce que j'ai dit à Jeb.

Mais en vérité, je n'en avais aucune envie, évidemment. J'étais terrifiée à l'idée de voir à nouveau son visage, un visage qui resterait inflexible devant moi.

Mais si je leur disais que je ne voulais pas m'entretenir avec elle, Aaron allait l'abattre sur-le-champ. Cela revenait à signer son arrêt de mort, à presser moi-même la détente.

Pis encore, Doc tenterait de l'arracher à son hôte. J'ai revu, dans un frisson, le sang argent maculant les mains de mon ami.

Melanie a remué, mal à l'aise, tentant d'échapper aux tourbillons dans ma tête.

Gaby... Il se contenteront de la tuer. Ne panique pas.

C'était censé me rassurer ? Je ne pouvais chasser cette vision d'horreur : Brandt, le pistolet à la main ; le corps de la Traqueuse s'écroulant lentement au sol, la flaque rouge grandissant autour d'elle…

Tu n'es pas obligée de regarder.

Cela n'empêchera pas tout ça d'arriver…

Les pensées de Mel devenaient un flot impétueux. *Elle doit mourir, non ? Elle a tué Wes ! On ne peut la laisser vivre…*

Elle avait raison, bien entendu. La Traqueuse ne pouvait rester en vie. Prisonnière, elle n'aurait de cesse de tenter de s'échapper. Et si elle s'enfuyait, c'était la fin de tout le clan.

Bien sûr, elle avait tué Wes. Il était si jeune, si aimé. Sa mort avait laissé une crevasse rouge. Je comprenais la justice humaine. Une vie pour une vie.

Et moi aussi, je voulais la voir morte.

— Gaby ? Gaby ?

Jamie me secouait le bras. Il m'a fallu un moment pour reprendre pied avec la réalité.

— Gaby ? a répété Jeb.

J'ai levé les yeux. Il était devant moi. Son visage était sans expression, un masque de cire – signe qu'il était en proie à une grande émotion.

— Les garçons veulent savoir si tu as des questions à poser à la Traqueuse.

J'ai plaqué une main sur mon front pour bloquer les images qui surgissaient.

— Et si je n'en ai pas ?

— Ils en ont assez de jouer les sentinelles. La situation est assez pénible comme ça. Ils préféreraient être avec leurs amis.

J'ai hoché la tête.

— D'accord. Je vais aller la voir tout de suite dans ce cas, ai-je dit en me relevant. (J'ai serré les poings pour cacher mes tremblements.)

Tu n'as pas de questions à lui poser !

J'en trouverai une en chemin.

Pourquoi retarder l'inévitable ?

C'est plus fort que moi.

Tu veux la sauver ! m'a accusée Melanie.

C'est impossible.

Exact. Tu ne peux rien pour elle. Et toi aussi, tu souhaites sa mort. Alors laisse-les lui régler son compte.

J'ai grimacé à cette idée.

— Gaby ? Ça ne va pas ? s'est enquis Jamie.

J'ai hoché la tête en silence, craignant que ma voix ne me trahisse.

— Rien ne t'oblige à y aller, m'a dit Jeb.

— Ça va aller, ai-je répondu dans un murmure.

Jamie a serré ma main, mais je me suis dégagée.

— Reste ici, Jamie.

— Je viens avec toi.

Pour lui, j'ai retrouvé mon assurance.

— Non. Pas question.

On s'est regardés un moment, et pour une fois, je suis sortie victorieuse de la joute. Le garçon a relevé le menton d'un air têtu, mais s'est rassis.

Ian aussi voulait m'accompagner, mais je l'ai arrêté d'un seul regard. Jared m'a observée avec une expression indéchiffrable.

— Elle n'arrête pas de se plaindre, m'a annoncé Jeb à voix basse tandis que nous nous dirigions vers la geôle. Elle ne fait pas profil bas, comme tu le faisais toi. Il lui manque toujours quelque chose – de l'eau, à manger, un oreiller… Elle nous menace beaucoup aussi. « Mes collègues vont tous vous faire la peau ! » Ce genre de choses. C'est particulièrement pénible pour Brandt. Il est à deux doigts de craquer.

Cela ne m'étonnait guère.

— Mais elle ne cherche pas à s'échapper. Beaucoup de paroles mais pas beaucoup d'action. Dès qu'on sort les armes, elle bat en retraite.

Je me suis ratatinée en pensée.

— Elle tient sacrément à la vie, celle-là, a murmuré Jeb pour lui-même.

— Tu es sûr que c'est l'endroit le plus sûr pour la garder ? ai-je demandé au moment où nous nous engagions dans le tortueux tunnel noir qui menait aux réserves.

Jeb a émis un petit rire.

— Tu n'as jamais su trouver le chemin vers la sortie, m'a-t-il rappelé. Souvent une chose n'est jamais mieux cachée que sous les yeux de tous.

— Elle est plus motivée que je ne l'étais, ai-je répliqué d'une voix monocorde.

— Les garçons l'ont à l'œil. Ne t'inquiète pas.

On était presque arrivés. Le tunnel décrivait une épingle à cheveux pour revenir sur lui-même.

Combien de fois avais-je passé ce virage, en faisant courir ma main sur la paroi intérieure du V pour me guider, comme je le faisais en ce moment ? Jamais je n'avais longé la paroi extérieure. Le sol était trop inégal, hérissé de cailloux sur lesquels je trébuchais. Tenir la corde était le chemin le plus sûr et le plus court.

Quand ils m'ont montré pour la première fois que le V n'était pas un V mais un Y, une patte-d'oie menant à un autre tunnel, je me suis sentie idiote. Jeb avait raison : les meilleures cachettes se trouvaient parfois à découvert. Lorsque, au plus profond du désespoir, je songeais à m'enfuir, pas un seul instant je n'avais imaginé que la sortie puisse se trouver tout près. C'était mon oubliette, ma prison. Forcément l'endroit le plus reculé, le plus profond du réseau souterrain…

Même Mel, pourtant plus rusée que moi, n'avait jamais supposé qu'ils me gardaient captive à quelques pas de la sortie.

Et il n'y avait pas qu'une seule sortie, mais deux ! La seconde, toutefois, était petite et étroite… une ouverture au sol qu'on ne pouvait franchir qu'en rampant. Je n'avais pas repéré ce passage parce que dans les cavernes de Jeb on se déplaçait debout. Je ne m'attendais pas à trouver une sortie à ras de terre. En outre, jamais je n'avais exploré les abords de l'infirmerie, cet endroit me donnant le malaise dès mon arrivée.

La voix, familière même si elle semblait appartenir à un autre monde, a rompu le fil de mes pensées.

— Je me demande comment vous pouvez être encore en vie en mangeant cette nourriture infecte ! Berk !

J'ai entendu un objet en plastique rebondir au sol et aperçu un halo bleu aux abords du dernier virage.

— J'ignorais que les humains avaient la patience de faire mourir quelqu'un en l'affamant ! C'est une méthode un peu trop sophistiquée pour des créatures primaires telles que vous !

— Je dois dire que Brandt et Aaron m'impression-nent. Ils font preuve d'un calme olympien, a gloussé Jeb en sourdine.

Nous sommes entrés dans la lumière. Les deux hommes étaient assis, arme à la main, au plus loin de la Traqueuse qui faisait les cent pas, au fond du tunnel. Ils étaient soulagés de nous voir.

— Enfin! a grogné Brandt. (Il avait les traits tirés par le chagrin.)

La Traqueuse s'est figée.

Je ne m'attendais pas à ce qu'elle soit gardée dans ces conditions.

Elle n'était pas enfermée dans mon trou exigu, mais presque libre de ses mouvements dans sa portion de tunnel, qu'elle pouvait arpenter de long en large. Au sol, au fond du conduit, un matelas et un oreiller. Un plateau en plastique gisait de guingois contre le mur; des racines de jicama étaient répandues par terre, à côté d'un bol de soupe renversé. Il y avait un peu de liquide tout autour, mais pas beaucoup. Cela expliquait le bruit que j'avais entendu. Elle avait jeté son repas par terre, mais après en avoir avalé la majeure partie.

En découvrant ces conditions de détention plus que décentes, mon estomac s'est pincé.

On croit rêver! a marmonné Melanie. Elle était aussi choquée que moi.

— Tu veux parler une minute avec elle? m'a demandé Brandt, et l'éperon de douleur m'a de nouveau traver-sée.

« Elle »? Pour Brandt j'étais toujours le « parasite », le « mille-pattes ». Que Jeb se réfère à la Traqueuse comme à une personne était prévisible, mais Brandt?

— Je veux bien.

— Fais attention, m'a prévenue Aaron. C'est une teigne.

Les autres n'ont pas bougé. J'ai avancé toute seule vers le fond du tunnel.

J'ai dû faire un effort pour soutenir son regard. J'ai eu l'impression de sentir deux rayons glacés courir sur mon visage.

La Traqueuse faisait une moue dédaigneuse qui lui déformait tout le visage. Je n'avais jamais vu une âme utiliser une expression aussi vilaine.

— Tiens, voilà Melanie! a raillé la Traqueuse. Tu te décides enfin à me rendre visite! Pourquoi t'a-t-il fallu tout ce temps?

Je n'ai pas répondu. Je marchais vers elle lentement, tentant de me convaincre que la haine qui vibrait dans mon corps n'était pas la mienne.

— Tes petits copains pensent que je vais te parler? Te dire tous mes secrets parce que tu transportes une âme lobotomisée et bâillonnée? Même si tes yeux brillent, on ne me la fait pas!

Elle a lâché un rire de crécelle.

Je me suis arrêtée à deux bons mètres d'elle. Mon corps entier, chaque cellule, voulait s'enfuir. Elle n'avait aucun geste agressif envers moi, mais je restais tétanisée. Elle n'avait rien en commun avec le Traqueur sur la route. Avec elle, je n'avais pas cette sensation de sécurité que je ressentais avec tous mes autres congénères. Encore une fois, j'ai été assaillie par l'étrange sensation qu'elle vivrait longtemps après ma mort.

Ne sois pas ridicule. Pose-lui tes questions. Tu en as trouvé quelques-unes?

— Alors? Que veux-tu me demander? La permission de me tuer de tes propres mains, c'est ça, Melanie?

— Ici, on m'appelle Gaby.

Elle a eu un léger recul lorsque j'ai ouvert la bouche pour parler, comme si elle s'attendait à ce que je me mette à hurler. Ma voix, basse et égale, l'avait davantage troublée que des cris.

Elle me regardait de ses gros yeux globuleux. Son visage était sale, maculé de poussière ocre et de traces de sueur séchée. Hormis cela, il était intact. Pas une ecchymose. Encore une fois, mon estomac s'est serré.

— Gaby ? a-t-elle répété d'une voix monocorde. Alors, qu'est-ce que tu attends, Gaby ? Tes amis t'ont donné le feu vert, n'est-ce pas ? Tu veux faire ça à mains nues ou avec mon arme ?

— Je ne suis pas ici pour vous tuer.

— Pour m'interroger, alors ? Où sont tes instruments de torture humaine ? a-t-elle lancé avec un sourire sardonique.

— Je ne vais pas vous faire de mal.

Son trouble s'est vu un instant, mais elle a vite renfilé son masque de dédain.

— Pourquoi me gardent-ils en vie alors ? S'imagineraient-ils que je puisse être « domestiquée », comme ta petite âme de compagnie ?

— Non. Ils… ils voulaient simplement attendre mon retour avant de vous tuer. Au cas où je voulais vous parler avant.

Elle a froncé la bouche, plissé ses gros yeux.

— Et tu as quelque chose à me dire ?

J'ai dégluti.

— Je me posais une question… (Celle-là même à laquelle j'avais été incapable de répondre.) Pourquoi ? Pourquoi ne m'avez-vous pas laissée pour morte, comme les autres ? Pourquoi avez-vous mis tant d'ardeur à me retrouver ? Je n'ai fait de mal à personne. Je voulais juste vivre selon mon choix.

Elle s'est dressée sur la pointe des pieds pour hisser son visage à hauteur du mien. Il y a eu du mouvement derrière moi, mais je n'ai pas entendu grand-chose d'autre, parce qu'elle me hurlait au visage.

— Parce que j'avais raison ! Raison ! Regarde-les donc ! Ce nid d'assassins, tapis dans l'ombre, prêts à mordre comme des serpents. Je le savais ! C'est pire encore que ce que j'imaginais. Je savais que tu étais partie les retrouver ! Tu es l'une des leurs ! Je leur avais dit qu'il y avait danger. Je les avais prévenus !

Elle s'est tue, haletante, et a reculé d'un pas, en regardant derrière moi. Je n'ai pas tourné la tête pour voir ce qui l'effrayait. C'était comme l'avait dit Jeb : « Dès qu'on sort les armes, elle bat en retraite. » J'ai encore scruté son visage pendant qu'elle reprenait son souffle.

— Mais les autres Traqueurs ne vous ont pas écoutée. Alors vous êtes venue me chercher toute seule. Pourquoi ?

La Traqueuse n'a pas répondu. Elle a reculé encore d'un pas, son visage distordu par le doute. Pendant un instant, elle paraissait une petite chose fragile, comme si mes paroles avaient désintégré sa carapace.

— Ils vont vous chercher, mais au final, ils ne vous croiront jamais, ai-je déclaré en regardant chacun de mes mots faire leur effet. (Voir son désespoir me redonnait force.) Et ils ne pousseront pas plus loin les recherches. Et s'ils ne vous retrouvent pas, ils baisseront vite les bras. Et nous, nous serons prudents, comme toujours. Ils ne nous trouveront jamais.

Je voyais pour la première fois de la peur dans ses yeux. Elle savait, à son grand effroi, que j'avais raison. Et je me suis sentie rassurée pour mon « nid » d'humains, pour ma famille. Oui, j'avais raison. Ils ne risquaient rien. Et pourtant, j'avais, moi, toujours aussi peur.

Je n'avais plus de questions à poser. Quand je partirais, elle mourrait. Attendraient-ils que je sois assez

loin pour ne pas entendre le coup de feu ? Y avait-il un
endroit suffisamment éloigné dans ces grottes ?

J'ai regardé son visage plein de colère et de peur, et
j'ai su à quel point je la haïssais. Jamais, de toutes mes
futures vies, je ne voulais revoir ce visage.

Et, paradoxalement, c'était cette même haine qui
m'interdisait de la laisser mourir…

— Je ne sais pas comment vous sauver, ai-je chuchoté pour ne pas que les humains m'entendent. (Pourquoi avais-je l'impression de mentir ?) Je ne vois aucun
moyen de…

— Pourquoi voudrais-tu me sauver ? Tu es l'une des
leurs ! (Mais une étincelle d'espoir avait flambé dans
ses yeux. Jeb avait raison. Elle n'était que posture, arrogance. Ce qu'elle voulait plus que tout, c'était vivre.)

J'ai hoché la tête devant cette accusation, mais j'avais
l'esprit ailleurs. Je cherchais une idée.

— Et pourtant je ne veux pas… je ne veux pas
que…

Comment finir ma phrase ? Je ne veux pas que quoi ?
Que la Traqueuse meure ? Non. Ce n'était pas la vérité.

Je ne voulais pas la haïr ? Ne pas la haïr au point de
souhaiter sa mort, c'était ça la vérité ? Je ne voulais pas
qu'elle meure parce que je la haïssais. Je ne voulais pas
qu'elle meure à cause de ma haine.

Si, vraiment, je ne voulais pas qu'elle meure, étais-je
capable de trouver un moyen de la sauver ? Ma haine
n'allait-elle pas oblitérer la solution ? Qui serait responsable alors de sa mort, moi ou ma haine ?

Tu es folle ! a protesté Melanie.

La Traqueuse avait tué mon ami, brisé le cœur de
Lily. Elle avait mis ma famille en danger. Tant qu'elle
vivrait, elle représenterait une menace pour nous. Pour
Ian, pour Jamie, pour Jared. Elle était prête à tout pour
les voir tous morts.

Voilà qui est mieux…, a approuvé Melanie.

Mais si elle meurt alors que j'avais les moyens de la sauver… Que devrais-je alors penser de moi ?

Il faut être pragmatique, Gaby. C'est la guerre. Il n'y a qu'une question à se poser : dans quel camp es-tu ?

Tu le sais bien.

Oui. Alors tu as ta réponse.

Mais… mais si je peux faire les deux ? Lui sauver la vie et assurer la sécurité de tous ?

J'ai eu un violent haut-le-cœur au moment où j'ai entrevu la solution que je m'étais efforcée d'occulter.

L'unique rempart que j'avais édifié entre Melanie et moi s'est écroulé dans l'instant.

Non ! s'est écriée Mel. *Non !*

J'aurais pourtant dû me douter que la réponse allait m'apparaître… la réponse qui expliquait mon étrange prémonition concernant ma confrontation avec la Traqueuse.

Je pouvais la sauver. Évidemment. Mais cela aurait un coût pour moi. Une sorte de troc. Comment Kyle avait-il formulé ça ? Une vie contre une vie ?

La Traqueuse m'a regardée de ses yeux chargés de venin.

50.

Le sacrifice

La Traqueuse scrutait mon visage tandis que Mel et moi nous nous disputions.

Non, Gaby, non !

Ne sois pas ridicule, Mel. L'intérêt de ce choix est évident ! N'est-ce pas ce que tu voulais ?

J'avais beau, toutefois, songer au *happy end*, je ne pouvais oublier l'horreur intrinsèque de ma décision. C'était le secret que j'étais censée protéger au prix de ma vie. L'information ultime que j'avais tenté de cacher désespérément, malgré la torture que cela représentait pour moi.

Je m'attendais à ce genre de souffrance : une crise de conscience, aggravée par mon amour pour ma famille humaine. Je m'y attendais, mais cela restait très douloureux.

Je ne pourrais plus prétendre être une simple déracinée après ça. Non, je serais une pure traîtresse.

Pas pour elle, Gaby ! Pas pour elle ! se lamentait Melanie.

Pourquoi attendre qu'ils attrapent une autre âme ? Une âme innocente que je n'aurais aucune raison de haïr ? Tôt ou tard, il faudra bien que je saute le pas.

Pas maintenant ! Attends encore ! Réfléchis !

Mon estomac s'est soulevé. Je me suis pliée en deux et j'ai dû prendre une grande inspiration pour faire passer le spasme. J'ai été à deux doigt de vomir.

— Gaby? s'est inquiété Jeb derrière moi.

Je pourrais la laisser mourir, Mel, si elle était une de ces âmes innocentes. Je pourrais les laisser la tuer, alors, parce que je serais convaincue, sans doute possible, que c'est la meilleure décision.

Mais c'est un être détestable, Gaby. On la hait tous!

Tout juste. Et je me méfie de moi, de ma partialité. Regarde comme je me suis voilée la face, comment je n'ai pas voulu voir la solution…

— Gaby? Ça ne va pas?

— Ça va, Jeb, ai-je répondu, le souffle court. (Je ne m'attendais pas à ce que ma voix en soit si affectée.)

La Traqueuse nous a regardés tour à tour, ne sachant que penser. Puis elle a reculé, pour se réfugier contre le mur. J'ai reconnu l'attitude, je savais exactement ce qu'elle ressentait à cet instant; j'avais déjà vécu ça.

Une main s'est posée doucement sur mon épaule et m'a fait pivoter.

— Que se passe-t-il, fillette? a insisté Jeb.

— Il me faut une minute encore, ai-je dit sans pouvoir respirer. (J'ai regardé droit dans ses yeux bleu délavé pour lui dire la vérité.) J'ai encore une dernière question à lui poser. Mais il me faut une minute pour moi, pour trouver le courage. Vous voulez bien m'attendre?

— Bien sûr, on peut attendre encore un peu. Fais une pause.

J'ai hoché la tête et me suis éloignée à pas vifs. La terreur, au début, ankylosait mes jambes, mais à chaque pas, la raideur se dissipait. Lorsque je suis passée devant Aaron et Brandt, je courais presque.

Les deux hommes ont échangé un regard étonné.

— Que s'est-il passé ? a demandé Aaron.

Je ne savais trop où me cacher. Mes pieds, comme en pilotage automatique, m'emmenaient dans le dédale souterrain vers ma chambre à coucher. J'espérais qu'elle serait déserte.

Il faisait sombre dans le tunnel ; le clair des étoiles ne parvenait pas à filtrer par les fissures au plafond. Je n'ai vu Lily que lorsque j'ai trébuché contre elle.

J'ai failli ne pas reconnaître son visage tuméfié par les larmes. Elle était recroquevillée au sol, au beau milieu du passage. Elle a ouvert de grands yeux, ne me reconnaissant pas.

— Pourquoi ? a-t-elle bredouillé.

Je l'ai regardée sans un mot.

— Je disais que la vie comme l'amour, ça trouve toujours un chemin. Que rien ne l'arrête… Mais pourquoi la vie et l'amour devraient-ils continuer ? À quoi bon ?

— Je ne sais pas, Lily. Je ne sais pas.

— À quoi bon ? a-t-elle répété pour elle-même, son regard vitreux passant au travers de moi.

Je l'ai contournée avec précaution et me suis rendue dans ma chambre. J'avais moi aussi une question… et une réponse à trouver.

À mon grand soulagement, il n'y avait personne dans la pièce. Je me suis jetée à plat ventre sur le matelas où je dormais d'ordinaire avec Jamie.

Quand j'avais dit à Jeb que j'avais encore une dernière question à poser, c'était vrai. Mais la question n'était pas pour la Traqueuse. Elle était pour moi.

Et la question était : allais-je le faire, maintenant que j'avais trouvé la solution ?

Je pouvais sauver la vie de la Traqueuse. Je savais comment procéder. Et cela ne mettrait personne en danger ici – personne, à l'exception de moi. C'était la part du marché.

Pas question! Melanie tentait de se montrer inflexible.

S'il te plaît, laisse-moi réfléchir.

C'est tout réfléchi!

C'est inévitable, Mel. Il n'y a pas d'autre solution. J'aurais dû m'en rendre compte depuis longtemps. C'est tellement évident.

Non!

Je me souvenais de notre conversation lorsque Jamie était malade. Quand nous nous étions réconciliés. Je lui avais dit que je ne l'effacerais pas et que je regrettais de ne pouvoir lui donner davantage…

Ce n'était pas un mensonge, je n'avais simplement pas fini ma phrase. Je ne pouvais pas lui donner davantage et… rester en vie.

Le vrai mensonge, il avait été pour Jared. Je lui avais dit, quelques instants plus tard, que j'ignorais comment m'effacer moi-même. Dans le contexte, c'était la vérité. Je ne savais comment disparaître, ici, à l'intérieur de Melanie. La solution, alors, ne m'était pas venue à l'esprit.

Je n'avais jamais considéré cette option viable – l'ultime trahison pour toutes les âmes habitant cette planète.

Une fois que les humains sauraient que j'avais cette possibilité, celle pour laquelle ils avaient perpétré tous les massacres, je devrais payer.

Gaby, non!

Quoi? Tu ne veux pas être libre?

Il y a eu un long silence.

Je ne te demande pas ça, a-t-elle déclaré finalement. *Je ne le ferai pas pour toi. Et encore moins pour cette Traqueuse!*

Ce n'est pas toi qui me le demandes. Je me porte volontaire.

Pourquoi? a-t-elle demandé d'un ton proche du sanglot. Cela m'a émue. Je croyais, au contraire, l'entendre exulter de joie.

En partie à cause d'eux. De Jared et Jamie. Je peux leur offrir le monde… tout ce dont ils ont rêvé. Je peux te rendre à eux. Cette évidence te serait apparue un jour ou l'autre… Va savoir? Jared me l'aurait peut-être demandé. Et tu sais que je n'aurais pas refusé.

Ian a raison. Tu es toujours prête à te sacrifier! Tu n'as pas de limites. Il t'en faut pourtant.

Ah, Ian…, ai-je gémi. Un nouveau spasme m'a traversée, une pointe de douleur, tout près du cœur.

Tu vas lui prendre tout son monde. Tous ses rêves.

Cela ne marchera jamais avec Ian. Pas dans ce corps, même s'il l'aime. Ce corps ne l'aime pas.

Gaby, je… Melanie cherchait ses mots. Et la joie chez elle ne venait toujours pas. Une nouvelle bouffée d'émotion m'a envahie. *Je ne peux pas te laisser faire ça. Tu comptes plus que ça. À une échelle plus générale, tu leur es plus précieuse que moi. Toi, tu peux les aider. Tu peux les sauver. Je n'ai pas ce pouvoir. Tu dois rester ici!*

Je ne vois pas d'autre solution, Mel. Pourquoi ne m'en suis-je pas rendu compte plus tôt? Mystère! Cela me paraît si évident à présent. Je dois me retirer, bien sûr. Je dois te rendre aux tiens. Je sais déjà, depuis longtemps, que nous avions tort, nous les âmes, de venir ici. Je n'ai donc pas d'autre choix aujourd'hui que de m'en aller. Vous avez survécu jusqu'ici sans moi; vous y parviendrez encore. Vous avez tant appris sur les âmes avec moi. Vous allez désormais les aider. Tu ne vois pas ce qui se profile? C'est le happy end *au bout de la ligne droite. C'est ainsi que doit se terminer l'histoire. Je peux leur rendre l'espoir. Je peux*

*leur donner... peut-être pas un avenir... mais ça...
l'espoir... Ça, je le peux.*

Non, Gaby, non.

Elle pleurait, devenait incohérente. Ses regrets m'ont
tiré des larmes. Je ne pensais pas compter autant que ça
pour elle. Je ne m'étais pas rendu compte qu'on s'aimait si fort toutes les deux.

Même si Jared ne me l'avait jamais demandé, même
si Jared n'avait jamais existé... Une fois ce chemin
découvert, je devais le suivre jusqu'au bout. Parce que
j'aimais Melanie.

Pas étonnant que, sur Terre, le taux de réussite soit
si faible chez les hôtes résistants. Une fois qu'on apprenait à aimer son hôte humain, l'âme était piégée. On ne
pouvait vivre aux dépens d'un être qu'on aimait. Pas
une âme. Aucune âme ne pouvait vivre ainsi.

J'ai roulé sur le matelas et, à la lueur des étoiles,
j'ai regardé mon corps. Mes mains étaient sales et écor-
chées, mais elles restaient belles malgré les ecchymoses.
La peau était jolie, couleur miel, presque pâle sous les
astres. Les ongles étaient rongés, mais ils avaient l'air
sains, bien roses, avec une demi-lune blanche à leur
base. J'ai agité les doigts, regardant les muscles tirer
les phalanges, esquissant des mouvements gracieux. Je
les ai laissés danser au-dessus de moi ; ils se muaient en
formes fluides et noires devant les étoiles.

Je les ai fait glisser dans mes cheveux qui descendaient à présent presque jusqu'aux épaules – Mel aurait
apprécié cette longueur. Après une cure aux shampooings d'hôtel et aux vitamines « Forme et Santé », ils
avaient retrouvé leur lustre et leur douceur d'autrefois.

J'ai étendu mes bras le plus loin possible pour étirer mes tendons ; j'ai entendu quelques articulations
craquer. Ils étaient puissants. Ces bras-là pouvaient me

hisser au flanc d'une montagne, ils pouvaient porter de lourdes charges, bêcher tout un champ. Mais ils restaient doux. Ils pouvaient tenir un enfant, réconforter un ami, donner de l'amour… mais tout ça n'était pas pour moi.

J'ai pris une grande inspiration. Des larmes ont perlé au coin de mes yeux, ont roulé sur mes tempes et se sont perdues dans mes cheveux.

J'ai bandé les muscles dans mes jambes ; je percevais leur force, leur vivacité. Je voulais courir, avoir devant moi l'horizon pour piquer un sprint, voir quelle vitesse je pouvais atteindre. Je voulais faire ça pieds nus, pour sentir la terre sous moi. Je voulais entendre le vent siffler dans mes cheveux ; je voulais qu'il pleuve, humer l'odeur de la pluie se mêlant à l'air.

J'ai remué lentement les pieds, d'avant en arrière… pointes, talons, pointes, talons… au rythme de ma respiration. C'était agréable.

J'ai suivi les contours de mon visage de l'extrémité de mes doigts. Le contact était chaud, chaud et doux. J'étais contente d'avoir rendu à Melanie son visage d'antan. J'ai fermé les yeux et caressé mes paupières.

J'avais vécu dans bien des corps, mais jamais je n'en avais autant aimé un. Jamais je ne m'étais autant attachée. Et évidemment, c'était celui que je devais abandonner.

Quelle ironie ! J'en ai ri. J'ai senti l'air de mes poumons monter dans ma gorge en petites boules véloces. Rire, c'était comme une brise fraîche ; ça nettoyait mon corps sur son passage, apaisait les meurtrissures. Aucune espèce ne disposait de ce cicatrisant miracle.

J'ai touché mes lèvres ; je me suis souvenue du baiser avec Jared, et de celui avec Ian. Peu de monde avait l'occasion d'embrasser des êtres si beaux. J'avais eu, finalement, beaucoup de chance.

Mais cela avait été si court! Un an, tout au plus. Je n'en étais pas même certaine. Le temps d'une révolution de cette petite planète bleue autour de son soleil anodin. La plus courte de mes vies.

La plus courte et la plus importante, la plus poignante. Une vie qui m'avait changée à jamais. Qui m'enchaînait à jamais à cette étoile, à cette planète, à ma petite famille d'étrangers.

Encore un peu de temps… ce serait trop demander?

Non, a murmuré Mel. *Ce ne serait que justice.*

On ne sait jamais combien de temps on a devant soi, ai-je répondu dans un murmure.

Mais dans mon cas, je le savais. Précisément. Et je ne pouvais en demander davantage. Mon sablier était vide.

C'était la fin. Je devais faire mon devoir, être en paix avec moi-même pour le peu de temps qu'il me restait à vivre.

Avec un grand soupir qui a paru me traverser de la tête aux pieds, je me suis levée.

Aaron et Brandt n'attendraient pas éternellement. Et j'avais quelques questions supplémentaires à poser. Mais cette fois, les questions étaient pour Doc.

Les grottes étaient en deuil, toutes les têtes étaient baissées. Il m'a été facile de me faufiler sans être importunée. Personne ne se souciait de ce que je pouvais faire, à l'exception de Jeb, Brandt et Aaron – mais ils n'étaient pas là.

Je n'avais ni l'horizon ni la pluie, mais j'avais le long tunnel sud. Il faisait trop sombre pour courir à pleine vitesse, mais je me suis lancée dans un trot soutenu. C'était agréable de sentir mes muscles chauffer.

Doc devait se trouver là-bas… seul, sans doute. Pauvre Doc.

Il dormait à l'infirmerie depuis la nuit où l'on avait sauvé Jamie. Sharon ayant repris ses affaires et emménagé chez sa mère, Doc ne voulait plus dormir dans sa chambre vide.

Une haine tenace. Sharon préférait détruire son bonheur et celui de Doc, plutôt que de lui pardonner de m'avoir laissée soigner Jamie.

Sharon et Maggie n'étaient plus que des ombres dans les grottes. Elles évitaient tout le monde à présent, et plus seulement moi. Quand je ne serais plus là, resteraient-elles encore toutes les deux murées dans leur bastion de rancœur?

Quelle perte de temps dans une vie si courte! Quel gâchis!

Pour la première fois, le tunnel sud m'a paru bien court. Avant d'en avoir parcouru la moitié, j'ai vu de la lumière filtrer de l'infirmerie. Doc était là.

J'ai ralenti le pas avant d'arriver. Je ne voulais pas l'effrayer, lui faire craindre qu'il y avait une urgence.

Il a quand même sursauté quand je suis apparue sur le seuil, un peu essoufflée.

Il s'est levé d'un bond; le livre qu'il lisait lui est tombé des mains.

— Gaby? Que se passe-t-il?

— Tout va bien, Doc.

— Quelqu'un a besoin de mes services?

— Oui, moi. (J'ai esquissé un pâle sourire.)

Il a fait le tour de son bureau pour s'approcher, avec de grands yeux curieux. Il s'est arrêté à cinquante centimètres de moi et a haussé un sourcil.

Son long visage n'était que douceur et affection. Il n'y avait rien d'inquiétant. Et dire qu'à mon arrivée, je l'avais pris pour un monstre…

— Tu es un homme de parole, ai-je commencé.

Il a hoché la tête et ouvert la bouche pour parler, mais je l'ai arrêté d'un geste.

— Et ce que je vais te demander va exiger de toi un grand sacrifice.

Il attendait la suite, les yeux plissés. J'ai pris une grande inspiration, j'ai senti mes poumons se gonfler.

— Ce que tu as tenté de découvrir en tuant toutes ces personnes… Je sais comment il faut faire… Je sais comment retirer une âme de vos corps sans blesser l'un ou l'autre. Cela n'a rien d'extraordinaire. Toutes les âmes doivent savoir le faire, en cas d'urgence. J'ai même accompli cette procédure moi-même, lorsque j'étais un Ours.

J'ai regardé Doc, guettant sa réaction. Ça a pris un moment. Lentement, ses yeux se sont écarquillés.

— Pourquoi me dis-tu ça ? a-t-il soufflé.

— Parce que… je vais te montrer comment faire. (J'ai encore levé la main pour qu'il me laisse poursuivre.) Mais je veux quelque chose en échange. Je te préviens, ça ne va pas être facile pour toi d'accéder à ma requête, pas plus qu'il ne va m'être facile de te révéler ce secret.

Son visage s'est durci. Je n'avais jamais vu cette expression chez lui.

— Donne tes conditions.

— Tu peux les tuer… ces âmes que tu vas retirer. Tu dois me donner ta parole, me faire le serment que tu vas leur offrir un sauf-conduit pour une autre vie. Ce ne sera pas sans danger… Il va te falloir trouver des cryocuves et mettre ces âmes sur des navettes spatiales. Tu devras les envoyer vers un autre monde. Mais elles ne pourront plus jamais vous faire du mal. Lorsqu'elles atteindront leur nouvelle planète, vos petits-enfants seront morts.

Ces conditions pouvaient-elles atténuer mes remords ? Peut-être, si Doc les suivait à la lettre.

Je le voyais réfléchir à toute vitesse au fil de mes explications. Qu'allait être sa réponse ? Il ne semblait pas en colère, mais ses yeux étaient encore écarquillés.

— Tu veux sauver la Traqueuse, a-t-il deviné.

Je n'ai pas répondu, parce qu'il ne pourrait comprendre mon point de vue : je voulais, au contraire, qu'ils tuent cette Traqueuse. C'était bien là tout le problème. J'ai donc poursuivi mes explications...

— Elle sera la première – le cobaye. Je veux être sûre, tant que je suis là, que tu vas suivre toutes mes instructions. C'est moi qui procéderai à la séparation. Une fois qu'elle sera en sécurité, je t'apprendrai comment faire.

— Sur qui ?

— Sur des âmes kidnappées. Comme avant. Je ne peux te promettre que les esprits humains vont revenir. J'ignore si l'effacement est réversible. Mais on en aura une petite idée avec la Traqueuse.

Doc a battu des paupières. Ses neurones s'activaient.

— Comment ça « tant que je suis là » ? Que veux-tu dire ? Tu t'en vas ?

Je l'ai regardé, impassible, attendant qu'il saisisse. Mais il était perdu.

— Tu ne mesures pas ce que je te donne ? ai-je murmuré.

Enfin, la compréhension est venue, comme un coup de fouet.

J'ai enchaîné aussitôt, avant qu'il ne puisse dire un mot :

— J'ai autre chose à te demander, Doc. Je ne veux pas être envoyée sur une autre planète. Je ne vais nulle part. C'est ma planète, ici, vraiment. Et en même temps, je n'y ai pas ma place. Alors mon souhait... Je sais que cela risque d'en choquer certains, ne leur dis rien si tu penses qu'ils ne pourront l'accepter. Mens, au besoin ! Mon souhait serait d'être enterrée avec Walt et Wes. Tu peux faire ça pour moi ? Je ne prendrai pas beaucoup de place. (J'ai esquissé un autre sourire.)

Non ! hurlait Melanie. *Non ! non !...*

— Non, Gaby, a objecté Doc.

— Je t'en prie, Doc, ai-je insisté en grimaçant sous les cris de Melanie qui devenaient de plus en plus forts. Je ne pense pas que Wes ou Walt auraient été contre le fait que je leur tienne compagnie.

— Ce n'est pas de cela dont je parle ! Je ne peux pas te tuer, Gaby. Non ! J'en ai marre de la mort, de tuer mes amis. J'en suis malade ! (Ses mots ont fini en sanglots.)

J'ai posé ma main sur son bras maigre, l'ai caressé.

— Parfois des gens meurent ici. C'est dans l'ordre des choses. (Kyle avait dit quelque chose comme ça. C'était drôle de me retrouver à citer Kyle deux fois dans la même nuit !)

— Et Jared ? Et Jamie ? a bredouillé Doc.

— Ils auront Melanie. Tout ira bien pour eux.

— Et Ian ?

— Il sera mieux sans moi..., ai-je soufflé.

Doc a secoué la tête en s'essuyant les yeux.

— Il faut que je réfléchisse. Donne-moi du temps, Gaby.

— On n'en a pas beaucoup. Les autres ne vont pas m'attendre *ad vitam aeternam* ; ils vont tuer la Traqueuse.

— Je ne parle pas de ça, Gaby. Je suis d'accord pour cette part du marché. Mais je ne crois pas que je pourrai te tuer.

— Il faut prendre tout le lot ou rien, Doc. Et tu dois prendre ta décision maintenant. Et... (Je me suis aperçue que j'avais encore une exigence.) Tu ne devras parler à personne de la dernière clause de notre accord. À personne. Voilà mes conditions, c'est à prendre ou à laisser. Veux-tu, oui ou non, apprendre à retirer une âme d'un corps humain ?

Doc a encore secoué la tête.

— Attends… attends…

— Tu connais déjà la réponse, Doc. Cela fait si longtemps que tu cherches, que tu espères…

Il secouait la tête, aphone, encore et encore. Je n'ai pas prêté attention à ce geste de refus ; nous savions l'un comme l'autre qu'il avait accepté le marché.

— Je vais aller voir Jared, maintenant, ai-je annoncé. On va faire un raid éclair pour récupérer des cuves. Tiens les autres à l'écart. Dis-leur la vérité. Dis-leur que je vais t'aider à faire sortir la Traqueuse de ce corps.

51.

Les préparatifs

Jared et Jamie m'attendaient dans ma chambre, inquiets. Jared avait dû parler avec Jeb.

— Tout va bien ? m'a-t-il demandé, tandis que Jamie me sautait dans les bras.

Je ne savais que dire. Moi-même je ne connaissais pas la réponse.

— Jared, j'ai besoin de ton aide.

Jared s'est levé aussitôt. Jamie s'est reculé pour scruter mon visage ; j'ai évité son regard. Je n'étais pas certaine de pouvoir faire bonne figure.

— Je t'écoute.

— Je dois partir en expédition. J'ai besoin de bras.

— Pour porter quoi ? (Il était déjà mentalement en route, tous ses sens en alerte.)

— Je t'expliquerai en chemin. On n'a pas beaucoup de temps.

— Je peux venir ? a demandé Jamie.

— Non ! avons lancé en chœur Jared et moi.

Jamie s'est renfrogné et est allé s'asseoir en tailleur sur le matelas. Il a posé son menton dans les mains et a boudé ostensiblement. Je n'ai pas osé le regarder dans les yeux avant de quitter la chambre. J'avais tant envie de le serrer dans mes bras et de tout oublier.

Jared m'a emboîté le pas.

— Par là? m'a-t-il demandé en me voyant prendre la direction du tunnel sud. Pourquoi?

— Je… (Il était inutile de lui mentir ou d'éluder sa question.) Je ne veux rencontrer personne. Surtout pas Jeb, Aaron, ou Brandt.

— Pourquoi?

— Je ne veux pas leur donner d'explications. Pas encore.

Il est resté silencieux, tentant de comprendre ce que j'avais en tête.

J'ai changé de sujet :

— Tu sais où est Lily? Elle ne devrait pas rester toute seule. Elle semble…

— Ian est avec elle.

— C'est bien. C'est le plus gentil de tous.

Ian aiderait Lily. Il saurait exactement quoi faire. Mais qui aiderait Ian quand… J'ai secoué la tête pour chasser cette pensée.

— Quelle est cette chose qu'il est si urgent d'aller chercher?

J'ai pris une grande inspiration.

— Des caissons cryogéniques.

Le conduit était plongé dans le noir. Je ne pouvais distinguer les traits de son visage. Ses pas sont restés réguliers; il n'a plus rien dit pendant plusieurs minutes. Quand il a repris la parole, j'ai compris qu'il se concentrait sur notre raid – ne pas se disperser, d'abord organiser la mission avant d'assouvir sa curiosité.

— Où allons-nous trouver ça?

— Les cuves vides sont stockées derrière les Centres de Soins. Comme il arrive plus d'âmes qu'il n'en part, il y a du surplus. Personne ne les garde; personne ne remarquera s'il en manque quelques-unes.

— Tu en es sûre? Comment sais-tu tout ça?

— J'en ai vu à Chicago, des tas et des tas. Même le petit centre à Tucson en avait un stock, rangées dans des caisses et empilées à côté de l'entrée de service.

— Si les cuves étaient emballées, comment peux-tu être certaine que…

— Tu n'as pas encore remarqué la clarté de notre étiquetage ?

— Je ne te mets pas en doute… je veux juste m'assurer que tu as bien réfléchi à tout.

Le double sens de ses mots ne m'a pas échappé.

— Oui, j'ai bien réfléchi.

— Alors en route.

Doc était déjà parti annoncer ma décision à Jeb. Il avait dû quitter l'infirmerie juste après ma visite. Je me demandais comment la nouvelle était prise… J'espérais qu'ils n'auraient pas la sottise d'en parler devant la Traqueuse. Allait-elle déchiqueter le cerveau de son hôte si elle apprenait ce qui se tramait ? Allait-elle mesurer l'étendue de ma traîtrise envers mon peuple ? Comprendre que je m'apprêtais à donner aux Hommes la clé de leur liberté… sans condition ?

Car c'était bien ce que j'allais faire… Quand je serais morte, qui me disait que Doc tiendrait sa promesse ?

Il essaierait de la tenir, ça, j'en étais certaine. Je lui faisais confiance sur ce point. Mais il n'aurait peut-être pas le courage d'aller jusqu'au bout… Qui allait pouvoir lui prêter main-forte ? Qui ?

On s'est faufilés dans le boyau qui débouchait sur le flanc sud du volcan, à mi-pente. L'horizon, à l'orient, pâlissait, soulignant d'un liseré rose la frontière entre ciel et terre.

Pendant la descente, je regardais où je mettais les pieds. C'était nécessaire : il n'y avait pas de sentier, et les pierres étaient instables. Mais même s'il y avait eu une route pavée, j'aurais gardé les yeux baissés. Je me tenais voûtée aussi, comme si je portais un fardeau invisible sur les épaules.

Une traîtresse ! Pas une déracinée, une vagabonde. Une simple traîtresse. Je livrais mes paisibles frères et sœurs aux mains avides et colériques de ma famille d'adoption.

Mes humains avaient toutes les raisons de détester les âmes. C'était la guerre, et j'allais leur offrir l'arme fatale : le moyen de tuer en toute impunité.

Cette pensée me hantait tandis que nous traversions le désert au pas de course – nous devions courir, car les Traqueurs étaient de sortie ; il ne fallait pas nous trouver à découvert quand le jour serait levé.

De ce point de vue, ma décision était moins un sacrifice qu'un troc indigne : armer tous les humains contre la vie d'une seule âme. Si tel était le cas, il était encore temps de faire machine arrière. La Traqueuse ne méritait pas que l'on condamne tous les autres. Même elle serait d'accord sur ce point.

Du moins, je l'imaginais. Un doute soudain m'a assaillie. La Traqueuse ne paraissait pas aussi – comment avait dit Jared ? – « altruiste ». Pas aussi altruiste que les autres âmes. Peut-être considérait-elle sa vie comme plus précieuse que celle de ses congénères ?

Mais il était trop tard pour changer d'avis. La vie de la Traqueuse n'était plus le seul enjeu. Ne fût-ce que parce que le problème se poserait à nouveau. Les humains continueraient à tuer toutes les âmes qui se trouveraient sur leur route si je ne leur offrais pas une solution. Mieux encore, j'allais sauver Melanie, et ça, cela valait le prix à payer. J'allais sauver Jared et Jamie aussi. Le fait que cette Traqueuse répugnante allait survivre par la même occasion comptait si peu dans l'addition !

Les âmes n'avaient rien à faire ici. Les humains méritaient de garder leur monde. Je ne pouvais le leur rendre, mais je pouvais leur donner ça. Si seulement je pouvais être certaine qu'ils ne se montreraient pas cruels…

Je devais faire confiance à Doc, et croiser les doigts.

Et peut-être arracher la même promesse chez quelques amis, par sécurité.

Combien de vies humaines allais-je sauver ? Combien d'âmes allais-je sauver ? La seule, à coup sûr, qui était perdue, c'était moi.

J'ai poussé un long soupir. Malgré notre course, Jared l'a entendu. À la périphérie de mon champ de vision, je l'ai vu tourner la tête vers moi, le regard inquisiteur, mais j'ai gardé les yeux baissés.

On est arrivés à la cache de la Jeep avant que le soleil ne sorte des montagnes, mais le ciel était déjà bien bleu. On s'est réfugiés dans la petite grotte au moment où les premiers rayons transmutaient en or le sable du désert.

Jared a attrapé deux bouteilles d'eau cachées sous le siège de l'auto et m'en a lancé une. Adossé contre la paroi, il a vidé la moitié de la sienne à grandes lampées puis s'est essuyé la bouche du revers de la main avant de parler.

— Je sais que tu étais pressée de partir, mais nous sommes coincés ici jusqu'à la nuit, même si tu as prévu un raid éclair.

J'ai avalé une gorgée.

— Ça ira. Je suis sûre qu'ils vont nous attendre, maintenant.

Il a de nouveau scruté mon visage.

— J'ai vu ta Traqueuse, a-t-il annoncé, guettant ma réaction. Elle est… énergique.

— Et bruyante.

Il a souri et roulé des yeux.

— Elle n'a pas l'air satisfaite du service.

J'ai baissé les yeux.

— Je ne vois pas de quoi elle se plaint. Ça pourrait être pire, ai-je marmonné avec une pointe de jalousie.

— C'est vrai.

— Pourquoi êtes-vous si gentils avec elle ? Elle a tué Wes, quand même.

— C'est ta faute.

Je l'ai regardé, surprise. Il avait le coin des lèvres retroussé. Il me taquinait.

— Ma faute ?

Son sourire s'est évanoui.

— Ils ne voulaient pas se comporter comme des monstres. Pas une fois encore. Ils ont voulu se racheter, avec un peu de retard certes, et en se trompant de bénéficiaire. Je ne pensais pas que cela te blesserait. J'ai cru au contraire que tu apprécierais notre mansuétude.

— C'est vrai. (Je ne voulais pas qu'ils fassent souffrir qui que ce soit.) La gentillesse est toujours préférable. C'est juste que… (J'ai lâché un soupir.) Mais maintenant que je sais pourquoi, ça va mieux.

Leur gentillesse était pour moi, pas pour elle. Je me suis sentie délivrée d'un poids.

— Ce n'est jamais agréable de découvrir que l'on s'est comportés comme des monstres. Il vaut mieux se montrer trop aimables qu'être contrits après coup. (Jared a souri de nouveau et a bâillé. Je l'ai aussitôt imité, involontairement.)

— Cela a été une rude nuit, a-t-il commenté. Et la suivante ne va pas être plus facile. On ferait bien de dormir.

Cette suggestion était la bienvenue. Il avait évidemment une foule de questions à me poser concernant les raisons de ce raid. Il avait déjà dû assembler quelques éléments de réponse… et je n'avais aucune envie d'en discuter.

Je me suis étendue sur une portion de sable à côté de la Jeep. À ma stupéfaction, Jared s'est allongé juste à côté de moi ! Il s'est encastré derrière moi.

— Attends..., a-t-il dit en passant ses doigts sous ma joue pour me soulever le visage. (Il a passé son bras sous ma nuque pour me faire un oreiller. Et son autre bras s'est refermé sur ma taille.)

Il m'a fallu un temps avant de pouvoir articuler un mot.

— Merci.

Il a encore bâillé. Je sentais son souffle chaud dans mon cou.

— Repose-toi, Gaby.

En me tenant ainsi « enlacée » (c'était du moins le cas vu de l'extérieur), Jared s'est vite endormi, comme à son habitude. J'ai tenté de me détendre malgré la présence de son bras autour de moi, mais ça m'a pris un petit moment...

Il me tenait dans ses bras... Cela voulait-il dire qu'il avait déjà tout compris ?

Mes pensées s'emmêlaient, s'effilochaient. Jared avait raison. La nuit avait été longue. Et pourtant encore trop courte... Le reste de mes jours et de mes nuits allait s'envoler comme des fétus de paille au vent.

Quand j'ai repris conscience, Jared me secouait. La lumière dans la caverne avait faibli et viré à l'orange. Le soleil se couchait.

Jared m'a aidée à me relever et m'a mis dans la main une barre de céréales – elle provenait du stock que nous laissions dans la Jeep. On a mangé et bu notre eau en silence. Jared avait son air grave et concentré.

— Tu es toujours pressée ? m'a-t-il demandé en grimpant dans la voiture.

Non. J'aurais voulu que le temps s'arrête pour toujours...

— Oui… (Ça ne servait à rien de remettre au lendemain. La Traqueuse et son hôte allaient mourir si nous tardions trop, et je serais toujours face à ce même choix cornélien.)

— Alors, cap sur Phoenix ! En toute logique, ils ne devraient pas remarquer notre passage. Pourquoi des humains voleraient-ils des caissons de cryogénisation ? À quoi ça pourrait bien leur servir ?

Les questions m'étaient en fait destinées. J'ai senti son regard posé sur moi, mais j'ai continué à regarder droit devant moi, comme si de rien n'était.

Lorsque nous avons changé de véhicule et atteint la nationale, il faisait nuit noire. Jared a attendu quelques minutes dans la berline, tous feux éteints, au bord de la route. Dix voitures sont passées. Puis Jared s'est engagé sur la chaussée.

Le voyage pour Phoenix a été très court, bien que Jared n'ait jamais dépassé la vitesse autorisée. C'est le temps qui s'accélérait.

On s'est fondus dans le flot de voitures, avalant les kilomètres de bitume qui contournaient la grande ville. J'ai aperçu le Centre de Soins au loin. On est sortis de la nationale dans le sillage d'un autre véhicule, sans à-coups ni précipitation.

Jared s'est engagé sur le parking.

— Et maintenant, par où ?

— Voyons si cette allée fait le tour du bâtiment. Les cryocuves seront entreposées sur l'aire de livraison.

Jared conduisait doucement. Il y avait beaucoup d'âmes, qui entraient ou sortaient du bâtiment, certaines en blouse – des Soigneurs. Personne ne nous prêtait attention.

La route longeait la façade puis contournait l'angle nord du bâtiment.

— Regarde ! Des camions ! C'est par là.

On est passés entre deux rangées de bâtiments bas. Plusieurs poids lourds, livrant sans doute du matériel médical, étaient garés sur les quais de déchargement. J'ai regardé les caisses empilées. Toutes parfaitement étiquetées.

— Continue d'avancer… on en prendra quelques-unes en repartant. Regarde ça… Réparateur Universel, Refroidisseur; Immobilisant? Je me demande à quoi ça sert.

Tous ces médicaments étaient étiquetés et laissés sans surveillance. C'était de bon augure. Ma famille ne se trouverait pas dépourvue quand je ne serais plus là. « Quand je ne serais plus là. » Désormais, cette issue assombrissait toutes mes pensées.

On a contourné un autre bâtiment. Jared roulait un peu plus vite et regardait droit devant lui. Il y avait quatre personnes déchargeant un camion à quai. C'est la précision de leurs mouvements qui a attiré mon attention. Ils manipulaient les petites caisses avec précaution et les déposaient avec un soin infini sur la rampe de béton qui leur arrivait à la taille.

Je n'avais nul besoin de lire une étiquette pour savoir ce qu'elles contenaient, mais l'un des livreurs a fait pivoter une caisse pour l'ajuster sur la pile et j'ai aperçu les lettres noires.

— On y est. Ils déchargent des cuves occupées en ce moment. Les vides ne doivent pas se trouver loin… Là-bas! Dans ce hangar! Il y en a des piles… Je parie que les autres hangars fermés en sont pleins à craquer.

Jared a continué de rouler à la même allure tranquille et a tourné à l'angle de la construction.

Il a poussé un grognement étouffé.

— Qu'y a-t-il? ai-je demandé.

— Regarde…

Il a désigné du menton le panneau sur la façade du bâtiment.

C'était la maternité…

— Au moins, tu sauras toujours où en trouver.

Il m'a jeté un regard perplexe puis a reporté son attention sur la route.

— On va attendre un peu. Je crois qu'ils avaient presque fini.

Jared a fait encore une fois le tour du Centre de Soins, puis s'est garé au fond du parking principal, loin des lumières.

Il a coupé le moteur et s'est tassé sur son siège. Il s'est penché pour me prendre la main. Je savais ce qu'il allait dire et je m'étais préparée.

— Gaby?

— Oui?

— Tu vas sauver la Traqueuse, n'est-ce pas?

— Oui.

— Parce que, à tes yeux, c'est bien de le faire?

— C'est l'une des raisons.

Il est resté silencieux un moment.

— Tu sais comment faire sortir une âme d'un corps sans tuer l'hôte?

Mon cœur s'est mis à battre fort et j'ai dû m'y prendre à deux fois avant de pouvoir répondre.

— Oui. Je l'ai déjà fait. Une situation d'urgence. Pas sur cette planète.

— Où ça? Quelle situation d'urgence?

Je n'avais jamais raconté cette histoire lors de mes « cours », pour des raisons évidentes. C'était pourtant l'une des meilleures – de l'action, du suspense… Jamie l'aurait adorée. J'ai poussé un soupir et j'ai commencé mon récit à voix basse.

— C'était quand j'étais Ours, sur la Planète des Brumes. J'étais avec un ami, Piège-de-Lumière, et un guide… je ne me souviens plus de son nom. Là-bas, je m'appelais Tête-dans-les-Étoiles. J'avais déjà une certaine réputation…

Jared a lâché un petit rire.

— On traversait le quatrième champ de glace pour voir l'une des plus célèbres cités de cristal. Une sorte de pèlerinage.. C'était un voyage en théorie sans danger, c'est pourquoi nous n'étions que trois.

« Les monstres à griffes aiment creuser des trous et s'enterrer sous la neige. Pour se camoufler, tu vois. Tendre un piège.

« Un instant, il n'y avait rien, juste le néant blanc de la neige. Et l'instant suivant, c'est comme si le champ entier explosait dans le ciel.

« Un monstre à griffes est grand comme une baleine bleue. Et celui-là était particulièrement gros. Alors que nous autres les Ours ne dépassions pas la taille d'un bison.

« Je ne voyais plus le guide. Le monstre avait jailli entre nous, face à Piège-de-Lumière et à moi. Les Ours sont plus rapides que ces Léviathans belliqueux, mais celui-là avait l'avantage de la surprise. Ses pinces, hérissées de griffes, énormes, dures comme de la pierre, ont fendu l'air et coupé en deux Piège-de-Lumière avant que j'aie eu le temps de réagir.

Une voiture a traversé lentement le parking. Je me suis tue, le temps que la menace s'éloigne.

— J'ai hésité. J'aurais dû m'enfuir, mais mon ami était en train de mourir. À cause de ce moment d'hésitation, je serais morte aussi si l'attention du monstre n'avait pas été détournée. J'ai découvert, plus tard, que notre guide – j'aimerais quand même bien me rappeler son nom ! – avait attaqué la queue de la bête, pour nous donner une chance de nous enfuir. L'attaque du monstre avait soulevé un mini-blizzard. Le rideau de neige en suspension pouvait faciliter notre fuite. Le guide ne savait pas que Piège-de-Lumière ne pouvait plus courir.

« Le monstre s'est retourné pour attaquer le guide, et dans son mouvement, sa deuxième patte antérieure gauche nous a heurtés, et j'ai été projetée dans les airs. La partie supérieure de Piège-de-Lumière est retombée à côté de moi. Son sang rougissait la neige et…

J'ai eu un frisson.

— Ma réaction a été totalement illogique, parce que je n'avais aucun corps à disposition pour Piège-de-Lumière. On était au milieu de rien, entre deux villes très éloignées. Impossible de rejoindre l'une ou l'autre en courant. C'était, en plus, cruel de le sortir de là sans antidouleur. Mais je ne pouvais le laisser mourir dans sa moitié d'Ours.

« Je me suis servie du tranchant de ma main, le côté avec lequel on coupe la glace. Cela faisait un scalpel grossier. C'était de la boucherie. J'espérais que Piège-de-Lumière, du fond de son agonie, ne sentait plus rien.

« En utilisant mes doigts internes, j'ai recueilli Piège-de-Lumière dans le cerveau de l'Ours. Il semblait encore en vie. Je n'ai pas pris le temps de m'en assurer. Je l'ai mis dans ma poche ventrale à œufs, entre mes cœurs les plus chauds. Cela devait l'empêcher de mourir congelé. Mais il ne pouvait survivre que quelques minutes hors d'un corps. Et où trouver un hôte dans ce désert blanc ?

« J'ai pensé partager mon corps avec lui, mais je craignais de ne pouvoir rester consciente pendant la procédure d'insertion. Et sans médicaments pour refermer la plaie, je serais morte rapidement. Avec ses multiples cœurs, un Ours se vide très vite de son sang.

« La bête a rugi et j'ai senti le sol trembler quand son énorme patte s'est abattue. J'ignorais où était notre guide, et même s'il était encore en vie. Je ne savais pas combien de temps il allait falloir au monstre pour nous trouver, à demi enterrés sous la neige. J'étais juste à côté de l'Ours sectionné en deux. Le rouge du sang allait attirer le regard de la bête. Et puis il m'est venu cette idée folle.

J'ai interrompu mon récit pour lâcher un petit rire.

— Je n'avais pas un Ours à offrir à Piège-de-Lumière. Je ne pouvais utiliser mon corps. Le guide était mort ou s'était enfui. Mais il restait un autre hôte sur cette glace.

« C'était de la folie, mais le sort de Piège-de-Lumière passait avant tout. Nous n'étions pas même des amis proches, mais je savais qu'il s'éteignait inexorablement, entre mes deux cœurs. Cela m'était insupportable.

« J'ai entendu le monstre rugir encore et je me suis mise à courir vers le son. J'ai bientôt distingué son épaisse fourrure blanche. J'ai couru droit sur sa troisième patte de gauche et j'ai sauté le plus haut possible sur sa cuisse. J'étais assez douée en saut. À l'aide de mes six mains, côté tranchant, je me suis hissée sur le flanc de la bête. Elle grognait, se tortillait, mais en vain. On aurait dit un chien courant après sa queue. Les monstres à griffes ont de très petits cerveaux, une intelligence limitée.

« Je me suis frayée un chemin sur le dos du Léviathan et j'ai remonté sa double colonne vertébrale en m'accrochant avec mes lames. Il ne m'a fallu que quelques secondes pour parvenir jusqu'à la tête. Mais c'était là que les vraies difficultés commençaient. Mes pics à glace étaient longs comme tes avant-bras, à peu près. La peau de la bête était deux fois plus épaisse. J'ai frappé le plus fort possible, perforant la première couche d'épiderme. L'animal a poussé un grand cri et a fait une ruade. J'ai failli tomber.

« J'ai planté quatre de mes mains dans sa chair. La bête hurlait, se tordait de douleur. Avec les deux autres, je me suis évertuée à agrandir la plaie à grands coups de serpe. La peau était si épaisse, si dure, que je me demandais si je parviendrais à la traverser.

« Le monstre est devenu fou de rage. Il se débattait si fort que pendant un moment, j'ai dû m'arrêter de creuser pour me cramponner. Mais le temps était compté pour Piège-de-Lumière. J'ai enfoncé à nouveau mes mains dans le trou et ai tenté encore de l'agrandir.

« Et soudain la bête s'est jetée en arrière contre la glace. Si nous ne nous étions pas trouvés au-dessus de son repaire, au-dessus de son trou, j'aurais été écrasée. Le choc m'a étourdie, mais ce mouvement de défense du monstre m'a facilité la tâche. Mes lames étaient déjà plantées dans le cou de la bête. Quand j'ai heurté le sol, le poids du monstre a enfoncé davantage mes couteaux dans sa peau. Plus profond que nécessaire.

« On était tous les deux sonnés ; je suffoquais sous le poids ; je me rappelais que je devais faire quelque chose... mais quoi ? La bête a roulé sur elle-même, confuse. L'air froid m'a remis les idées en place et je me suis souvenue de Piège-de-Lumière.

« En le protégeant du froid dans la partie molle de mes mains, je l'ai sorti de ma poche pour le glisser dans le cou du monstre. La bête s'est relevée et a de nouveau rué ; cette fois j'ai été éjectée. Pour insérer Piège-de-Lumière, j'avais besoin de mes mains et je ne pouvais plus me cramponner, tu vois ? Le monstre était furieux. La blessure dans sa nuque ne pouvait le tuer, mais elle le rendait fou de rage.

« La neige était retombée et je me retrouvais totalement à découvert, sans compter que j'étais couverte du sang du monstre. C'est une couleur très voyante qui n'existe pas sur cette planète. Il a levé ses pinces et a foncé sur moi. J'ai cru que c'était la fin ; ma seule consolation, c'était de savoir que j'avais tout tenté.

« Et les pinces se sont abattues dans la neige… mais à côté de moi. Incroyable. Il m'avait manqué ! J'ai relevé la tête vers la face hideuse et j'ai failli… éclater de rire. Enfin si j'avais pu, car les Ours ne connaissent pas le rire. Mais c'était la même sensation. Parce que cette face monstrueuse, énorme, était déformée par l'effarement, la surprise, le chagrin. Aucune bête à griffes n'aurait pu concevoir cette expression.

« Il avait fallu un petit temps à Piège-de-Lumière pour se lier au monstre – il était si vaste ; mon ami avait dû s'étendre jusqu'aux limites de lui-même. Mais à présent, il avait le contrôle de la bête. Il était confus et lent, il n'y avait pas beaucoup de neurones à disposition, mais il y en avait assez pour me reconnaître, se souvenir que j'étais son amie.

« J'ai été obligée de le monter jusqu'à la cité de cristal pour tenir sa blessure fermée jusqu'à ce qu'on trouve un Soigneur. Cela a fait toute une histoire. Pendant un temps, on m'a appelée Celle-qui-Chevauche-la-Bête. Je n'aimais pas ça. Je leur ai demandé de revenir à mon nom précédent.

Tout le temps de mon récit, je regardais droit devant moi, vers les lumières du Centre de Soins, vers les silhouettes des âmes traversant leur halo. J'ai tourné la tête pour la première fois vers Jared. Il me regardait avec de grands yeux, bouche bée.

C'était vraiment l'une de mes meilleures histoires. Il fallait que je demande à Mel de la raconter à Jamie quand je serais…

— Ils doivent avoir fini de décharger, ai-je dit rapidement. Allons faire ce pour quoi on est venus et rentrons à la maison.

Jared m'a regardée pendant un long moment encore, puis a secoué la tête.

— Oui, allons en finir, Vagabonde, Tête-dans-les-Étoiles, Celle-qui-Chevauche-la-Bête. Voler quelques caisses laissées à l'abandon doit être dans tes cordes, pas vrai ?

52.

La séparation

On a rapporté notre butin par l'accès sud, même si cela voulait dire que la Jeep devrait être emmenée avant l'aube. Je craignais qu'en empruntant l'entrée principale, la Traqueuse ne nous entende arriver. J'ignorais si elle entrevoyait mon projet, mais je ne voulais pas courir le risque de la voir se tuer et tuer son hôte. L'événement qu'avait vécu Jeb, ce prisonnier qui soudain s'était effondré mort, sans aucune trace ou indice extérieur du séisme qui avait éclaté sous son crâne, hantait mes pensées.

L'infirmerie n'était pas vide. Au moment où je m'extirpais du conduit, j'ai trouvé Doc qui installait ses instruments pour l'opération. Son bureau était débarrassé ; sur le plateau, une lampe au propane – la source de lumière la plus vive dont nous disposions – attendait d'être allumée. Les scalpels luisaient dans le halo bleu de la lampe solaire.

Je savais que Doc finirait par accepter mes conditions, mais le voir ainsi s'affairer m'a rendue nerveuse. À moins que ce ne fût le souvenir de la boucherie, lorsque je l'avais surpris les mains couvertes du sang argent des miens ?

— Vous voilà enfin ! a-t-il lancé avec soulagement. (Il s'inquiétait pour nous, comme chaque fois que quelqu'un quittait la sécurité des grottes.)

— On t'a apporté un cadeau, a déclaré Jared en sortant à son tour du passage.

Il s'est relevé et a tendu vers lui une boîte à bout de bras, lui mettant l'étiquette sous le nez d'un geste théâtral.

— Du Réparateur ! s'est écrié Doc. Où avez-vous eu ça ?

— On en a deux caisses. Et on a trouvé un moyen plus simple de renouveler nos stocks, sans que Gaby ait besoin de s'ouvrir les bras.

Doc n'a pas ri à la plaisanterie de Jared ; il s'est tourné vers moi et m'a regardée avec intensité. On devait avoir la même pensée à cet instant : « Ça tombe bien parce que Gaby ne sera bientôt plus là. »

— Vous avez les caissons ? a-t-il demandé avec gravité.

Jared a senti la tension. Il m'a regardée d'un air indéfinissable.

— Oui, ai-je répondu. On en a dix. On ne pouvait en mettre davantage dans la voiture.

Pendant que je parlais, Jared tirait la corde derrière lui. Dans un cliquetis de cailloux, la deuxième caisse de Réparateur est apparue, suivie des cryocuves. Les caissons tintaient au sol comme du métal, mais ils étaient en fait construits dans un matériau inconnu sur Terre. Je lui avais dit que les cuves pouvaient être traitées sans précautions particulières ; elles étaient conçues pour résister à bien pire que d'être traînées dans un conduit rocheux. Elles luisaient au sol, brillantes et immaculées comme au premier jour.

Doc en a détaché une et l'a retournée en tous sens.

— Dix ? (Le nombre le surprenait. Était-ce trop, à ses yeux, ou pas assez ?) Comment s'en sert-on ? C'est compliqué ?

— Non. C'est un jeu d'enfant. Je vais te montrer.

Doc a acquiescé et observé l'objet extraterrestre. Je sentais le regard de Jared posé sur moi.

— Qu'ont dit Jeb, Brandt et Aaron ? ai-je demandé.

Doc a levé les yeux vers moi.

— Ils sont d'accord avec… tes termes du marché.

J'ai hoché la tête, guère convaincue.

— Je dois être certaine que c'est la vérité, sinon je ne te montre rien.

— C'est normal.

Jared nous regardait tour à tour, perdu.

— Que lui as-tu dit ? s'est enquis Doc.

— Juste que nous allions sauver la Traqueuse. (Je me suis tournée vers Jared, mais sans le regarder dans les yeux.) Doc m'a promis que si je lui montrais comment on pratique une séparation, vous laisseriez les âmes que vous aurez libérées avoir une autre vie sur une autre planète. Que vous ne les tueriez pas.

Jared a acquiescé, pensif, et s'est adressé à Doc :

— Je suis d'accord aussi sur ces conditions. Et je veillerai à ce que les autres les respectent. Vous avez un plan pour envoyer ces âmes sur une autre planète, je suppose ?

— Ce sera plus dangereux que ce qu'on a fait ce soir, ai-je répondu. Ce sera exactement l'inverse. En ajouter aux piles au lieu d'en voler.

— D'accord.

— Tu as décidé quand on commence ? a demandé Doc. (Il tentait de prendre un ton nonchalant, mais je sentais bien son impatience.)

Cela signifiait qu'il était pressé d'avoir la solution d'une énigme qui le tenait en échec depuis si longtemps, non pas qu'il était pressé de me tuer, me suis-je convaincue.

— Je dois ramener la Jeep, a annoncé Jared. Vous pouvez m'attendre ? J'aimerais être là.

— Bien sûr, a répondu Doc.

— Je n'en ai pas pour longtemps, a promis Jared en se faufilant dans le boyau.

J'en étais certaine. En un éclair, il serait revenu. Doc et moi sommes restés silencieux jusqu'à ce que Jared soit sorti du conduit de l'autre côté.

— Tu lui as annoncé pour… Melanie ? m'a-t-il demandé doucement.

J'ai secoué la tête.

— Je pense que Jared entrevoit où tout ça mène. Il a dû deviner mon projet.

— Mais pas dans sa totalité. Il n'accepterait jamais que…

— Il n'a rien à dire. C'est à prendre ou à laisser, Doc.

Le médecin a soupiré. Après un silence, il s'est étiré et a tourné la tête vers le tunnel.

— Je vais parler à Jeb, organiser les préparatifs.

Il a pris une bouteille sur la table. Du chloroforme. J'étais certaine que les âmes avaient un meilleur produit. Il faudrait que j'essaie de trouver ça avant que je…

— Qui est au courant ?

— Juste Jeb, Aaron et Brandt. Ils veulent tous assister à l'opération.

Cela ne m'étonnait pas ; Aaron et Brandt se méfiaient.

— N'en parle à personne d'autre. Pour ce soir.

Doc a acquiescé en silence et a disparu dans le couloir obscur.

Je me suis assise contre le mur, au plus loin du lit de camp qui allait faire office de table d'opération. Ce serait bientôt mon tour d'y prendre place.

Alors que j'essayais de chasser ces pensées sinistres, j'ai soudain réalisé que je n'avais pas entendu Melanie depuis que… Quand m'avait-elle parlé pour la dernière fois ? Quand j'avais fait ma proposition à Doc ? J'avais été passablement étonnée qu'elle n'ait pas poussé de hauts cris quand on avait dormi enlacés à côté de la Jeep.

Mel ?

Pas de réponse.

Ce n'était pas normal. J'ai eu une bouffée de panique. Elle était bel et bien là dans ma tête, mais elle m'ignorait. Pourquoi ?

Mel ? Que se passe-t-il ?

Pas de réponse.

Tu es en colère contre moi ? Je suis désolée pour l'autre jour, à côté de la Jeep. Je n'ai rien fait… Ce n'est pas juste…

Elle m'a interrompue, exaspérée : *Oh, arrête ! Je ne suis pas en colère contre toi. Laisse-moi tranquille.*

Pourquoi refuses-tu de me parler ?

Pas de réponse.

Je me suis concentrée sur elle, espérant capter la direction générale de ses pensées. Elle a tenté de me repousser, de remettre le mur en place, mais il avait perdu toute solidité depuis qu'on l'avait fait crouler. Et j'ai entrevu ce qu'elle avait en tête.

Je me suis efforcée de garder un ton égal : *Tu as perdu l'esprit ?*

Je ne te le fais pas dire, a-t-elle répliqué avec ironie.

Tu crois qu'en disparaissant tu pourras me faire changer d'avis ?

Je ne vois pas ce que je peux faire d'autre pour t'arrêter. Si tu as une meilleure idée, je suis preneuse.

Je ne comprends pas, Melanie. Tu ne veux pas revenir auprès des tiens ? Tu ne veux pas retrouver Jared ? Jamie ?

Elle a remué, ébranlée par mon argument. *Si, mais...
je ne peux pas...* (Elle a pris un moment pour rassembler son courage.) *Je ne veux pas que tu meures pour
moi, Gaby. Ça m'est insupportable.*

J'ai senti sa souffrance et les larmes me sont montées aux yeux.

*Je t'aime aussi, Mel. Mais il n'y a pas de place pour
nous deux ici. Dans ce corps, dans cette grotte, dans
cette vie...*

Je ne suis pas d'accord.

*Cesse de chercher à t'oblitérer, d'accord ? Parce que
si tu me convaincs que tu peux y parvenir, je demande
à Doc de m'extraire aujourd'hui même. Ou je préviens
Jared. Et tu imagines ce qu'il va faire...*

Moi, en tout cas, je l'imaginais très bien et ça m'a
fait sourire, malgré mes larmes.

*Tu te souviens ? Il a dit qu'il était prêt à tout pour te
garder ici.*

J'ai pensé très fort à ses baisers brûlants dans le
couloir... à ses autres baisers, lors d'autres nuits, dans
les souvenirs de Melanie. Je me suis sentie rougir
comme une écolière.

Tu tapes sous la ceinture !

Tous les coups sont permis !

Je n'abandonne pas pour autant.

Je t'ai prévenue. Terminé, ton silence.

On a pensé à autre chose, à des sujets qui ne blessaient pas. Par exemple : dans quel monde envoyer la
Traqueuse ? Mel optait pour la Planète des Brumes, à
cause de mon récit de la veille ; moi, je trouvais la Planète des Fleurs plus adéquate. Il n'y avait pas plus douce
planète dans l'univers. La Traqueuse avait besoin de
passer une longue vie indolente, à se gorger de soleil.

On a visionné mes souvenirs, les plus agréables.
Les châteaux de glace, la musique nocturne, les soleils

multicolores. C'était à ses yeux comme un conte de fées. Mel m'a raconté les siens : des souliers de vair, des pommes empoisonnées, des sirènes qui voulaient prendre la vie des marins…

Bien sûr, on n'a pas eu le temps de tout raconter.

Ils sont revenus tous ensemble. Jared était passé par l'entrée principale. Il avait mis si peu de temps… peut-être s'était-il contenté de faire le tour du volcan et de cacher la Jeep sous la saillie du versant nord.

J'ai entendu leurs voix, graves et basses ; j'ai su, à leur ton, que la Traqueuse était avec eux. Le premier coup de ma fin avait sonné.

Non…

Regarde bien ce que je fais. Il te faudra peut-être les aider à le refaire, quand je…

Non !

Ce n'était pas contre mes instructions qu'elle s'insurgeait, juste contre ma dernière pensée.

C'était Jared qui portait la Traqueuse. Il est entré en premier, les autres suivaient. Aaron et Brandt avaient leurs armes levées, au cas où elle feignait d'être inconsciente et s'apprêtait à leur sauter dessus avec ses petites mains. Jeb et Doc fermaient la marche ; je savais que Jeb n'allait pas me quitter des yeux. Avait-il déjà tout compris ? Sa perspicacité était redoutable.

Je me suis concentrée sur ma tâche.

Jared a déposé la Traqueuse inerte sur le lit avec une douceur rare. Plus tôt, cela m'aurait agacée ; à présent, cela me touchait. Sa douceur était pour moi une façon de me montrer qu'il aurait dû me traiter ainsi dès mon arrivée.

— Doc ? Où est le Stop Douleur ?

— Je vais le chercher, a-t-il répondu dans un murmure.

J'ai contemplé le visage de la Traqueuse en attendant ; à quoi ressemblerait-il quand l'âme serait partie ? Restait-il quelque chose d'abord ? L'hôte allait-il se révéler une coquille vide ou l'ancienne propriétaire allait-elle réintégrer les murs ? Ce visage allait-il me paraître moins hideux quand une autre conscience brillerait dans ces yeux ?

— Tiens. (Doc m'a donné la boîte.)

J'ai sorti une des minuscules pastilles et lui ai rendu le flacon.

Je répugnais à toucher la Traqueuse, mais je me suis forcée ; rapidement, j'ai tiré sur son menton pour lui ouvrir la bouche et ai posé le médicament sur sa langue. Elle avait une petite tête. Par contraste, mes mains paraissaient gigantesques. Sa petite taille m'avait toujours étonnée. Ce corps n'avait pas le physique de l'Emploi.

Je lui ai refermé la bouche. Ses lèvres étaient humides. Le Stop Douleur allait vite se dissoudre.

— Jared, tu veux bien la mettre sur le ventre ?

Il a fait ce que je demandais ; encore une fois avec beaucoup de douceur. Au moment *ad hoc*, Doc a allumé la lampe à propane. La salle s'est retrouvée éclairée comme en plein jour. J'ai levé les yeux, par réflexe, vers le plafond. Doc avait bouché les plus gros trous avec des bâches pour éviter les fuites de lumière. Il n'avait pas chômé pendant notre absence.

Un grand silence régnait. J'entendais la respiration égale de la Traqueuse. Je percevais le souffle plus rapide des hommes autour de moi. Quelqu'un a changé d'appui et le sable a crissé sous sa semelle. Leurs regards exerçaient une pression palpable sur ma peau.

J'ai dégluti avant de parler.

— Doc, il me faut du Réparateur, du Tout Propre, du Scellement et du Tout Lisse.

— Tout est là.

J'ai relevé les cheveux bruns et rêches de la Traqueuse, pour exposer la fine ligne rose à la base de la nuque. J'ai regardé sa peau chocolat et j'ai hésité.

— Doc... tu veux bien ouvrir... je... je n'y arrive pas.

— Bien sûr, Gaby.

J'ai regardé fixement ses mains quand il s'est approché de l'autre côté du lit. Il a posé un assortiment de cylindres blancs à côté de l'épaule de la Traqueuse. Le scalpel a brillé dans la lumière, m'éblouissant un instant.

— Tiens-lui les cheveux.

J'ai obéi, et soulevé des deux mains toutes les mèches gênantes.

— J'aurais aimé désinfecter avant, a marmonné Doc, se sentant mal préparé.

— Ce n'est pas nécessaire. On a du Tout Propre.

— Je sais. (Il a soupiré. Ce qu'il regrettait, c'était la procédure normale, les gestes médicaux qui permettent de se concentrer, de rester serein.)

— De quelle longueur as-tu besoin? m'a-t-il demandé, tenant en suspens le scalpel à un centimètre au-dessus de la peau.

Je percevais, par rayonnement, la chaleur des autres corps derrière moi, qui jouaient des coudes pour ne rien rater du spectacle. Ils veillaient à ne pas nous toucher, Doc et moi.

— La taille de la cicatrice, ça suffira.

Doc n'en était pas convaincu.

— Tu es sûre?

— Oui... Oh! attends!

Doc s'est reculé.

Je me suis aperçue que l'on procédait à l'envers. Je n'étais pas Soigneur. Je n'avais pas été formée pour ça.

Mes mains tremblaient. Je ne parvenais pas à détacher les yeux de la nuque de la Traqueuse.

— Jared, tu peux aller chercher l'un des caissons?

— Bien sûr.

J'ai entendu quelques pas, puis un tintement métallique au moment où il a pris l'une des cuves.

— Et maintenant?

— Il y a un cercle sur le couvercle. Appuie dessus.

J'ai entendu le mécanisme s'éveiller dans un bourdonnement. Les hommes derrière moi ont eu un mouvement de recul.

— Parfait. Sur le côté, il devrait y avoir une manette… une sorte de bouton. Tu le vois?

— Oui.

— Visse-le à fond.

— D'accord.

— De quelle couleur est le voyant sur le couvercle?

— Il… il passe du pourpre au bleu… il est bleu clair maintenant.

J'ai pris une grande inspiration. Au moins les cryocuves fonctionnaient.

— Parfait. Ouvre le couvercle en attendant.

— Comment je fais?

— Le loquet en haut.

— Vu! (J'ai entendu le clic de la serrure et le ronron du mécanisme.) C'est glacé!

— C'est un peu le but.

— Comment ça marche? Quelle est la source d'énergie?

J'ai lâché un soupir.

— Quand j'étais Araignée, je connaissais la réponse. À présent, je n'en sais plus rien. Vas-y, Doc, tu peux y aller, je suis prête.

— C'est parti, a murmuré Doc en entaillant la peau d'un geste vif et adroit, presque gracieux. (Le sang a coulé le long du cou, et taché la serviette que Doc avait placée sous la tête.)

— Un peu plus profond. Juste sous le…

— Oui, je vois. (Doc avait le souffle court à cause de l'excitation du moment.)

La lame argentée est ressortie, luisante, de son bain rouge.

— Parfait. Tiens les cheveux à présent.

Doc a échangé sa place avec moi. L'entaille était parfaite. Doc était exemplaire dans son Emploi. Il aurait fait un bon Soigneur.

Je n'ai pas cherché à lui cacher ce que je faisais. Mais mes mouvements étaient trop infimes pour qu'il puisse les remarquer et les décrypter. Il ne pourrait répéter la procédure sans mes explications.

J'ai glissé un doigt le long de l'arête dorsale de la petite créature argentée. Une fois mon doigt presque entièrement enfoncé, je me suis frayé un chemin vers les antennes frontales, effleurant au passage les filaments de connexion, tendus comme des cordes de harpe, qui s'enfonçaient dans les couches profondes du cerveau.

Puis, par une rotation, j'ai glissé mon doigt sous le segment antérieur du corps, pour explorer, sur la face ventrale, l'autre ligne de liens aussi raides et nombreux que les poils d'une brosse de chiendent.

J'ai tâté avec précaution la base de chaque filament, la minuscule zone de jonction à peine plus grosse qu'une tête d'épingle. J'ai descendu ainsi mon doigt, doucement, le long de la ligne. J'aurais pu compter les brins – c'était le deux cent dix-septième – mais il existait une méthode plus rapide : il s'agissait de repérer la protubérance caractéristique de ce point de jonction… une perle plutôt qu'une tête d'épingle. C'était doux et chaud au toucher.

Je l'ai pressée doucement, en la massant. Gentillesse et douceur, c'était toujours la voie avec les âmes. Jamais la brutalité.

— Détends-toi, ai-je soufflé.

Même si l'âme ne pouvait m'entendre, elle m'a écoutée. Les filaments se sont relâchés, sont devenus tout mous. J'ai senti la créature frémir pendant qu'ils se rétractaient, la lente vibration du corps qui les absorbait. Le processus n'a pas duré plus de deux ou trois battements de cœur. J'ai retenu mon souffle. Enfin, j'ai senti l'âme onduler sous mes caresses. Libérée.

Je l'ai laissée sortir toute seule, puis j'ai replié doucement mes doigts sur son corps fragile et minuscule. Je l'ai soulevée, ver d'argent et de lumière, maculé de sang humain, et l'ai recueillie dans mes mains en coupe.

Comme elle était belle. L'âme, dont je ne connaîtrais jamais le nom, se tortillait comme une onde de cristal, un ruban délicat et magnifique.

Je ne pouvais haïr la Traqueuse sous cette forme. Un amour presque maternel m'a envahie.

— Dors bien, petite chose, lui ai-je murmuré.

Je me suis tournée vers le faible bourdonnement de la cryocuve, qui se trouvait juste à ma gauche. Jared me la présentait ouverte, inclinée vers moi, pour que je puisse glisser, sans heurt, la petite âme dans l'air glacé et l'installer au fond du réceptacle. J'ai ensuite refermé avec précaution le couvercle.

J'ai pris le caisson des mains de Jared, et l'ai pressé contre ma poitrine. Les flancs de la cuve étaient à la même température que la pièce. Je l'ai serrée dans mes bras, comme une mère protégeant son petit.

J'ai regardé l'étrangère sur la table d'opération. Doc saupoudrait du Tout Lisse sur la plaie déjà cicatrisée. On faisait une bonne équipe, l'un s'occupant de l'âme, l'autre du corps.

Doc m'a regardée, les yeux pleins d'émerveillement.

— C'est incroyable.

— Bon travail, Doc.

— Quand penses-tu qu'elle va se réveiller? a-t-il demandé.

— Tout dépend de la quantité de chloroforme qu'elle a inhalé.

— Pas beaucoup.

— Et si elle n'a pas été effacée complètement. Il faut attendre.

Devançant mes pensées, Jared a soulevé délicatement le corps de la femme et l'a déposé, à plat dos, sur un autre lit plus propre. Ce geste de tendresse ne m'a pas troublée. Cette tendresse était pour une humaine, pour Melanie.

Doc l'a rejoint, a vérifié le pouls, soulevé les paupières. Il a braqué le faisceau de sa lampe de poche et a regardé les pupilles se contracter. Il n'y a eu aucun reflet. Jared et Doc ont échangé un long regard.

— Elle l'a fait… pour de vrai…, a soufflé Jared.

— Oui, a confirmé Doc.

Je n'avais pas remarqué que Jeb s'était glissé à côté de moi.

— Tu as de vrais doigts de fée, fillette, m'a-t-il chuchoté à l'oreille.

J'ai haussé les épaules.

— J'imagine que ça se bouscule pas mal dans ta tête.

Je n'ai rien répondu.

— Moi aussi, je suis en plein dilemme.

Aaron et Brandt parlaient derrière moi, pleins d'excitation. Il n'y avait pas de dilemme chez eux.

— Quand on va dire ça aux autres…

— Pense à ce que…

— Il faudrait aller en chercher d'autres…

— Pas plus tard que maintenant. Allons-y…

— Tout doux, les gars, les a interrompus Jeb. On ne prend aucune âme tant que ce caisson n'a pas été envoyé dans l'espace. C'est bien ça le marché, Gaby?

— Exact, ai-je confirmé d'une voix ferme en serrant la cuve contre moi.

Brandt et Aaron ont échangé un regard amer.

J'allais avoir besoin de nouveaux alliés. Jared, Jeb et Doc n'étaient que trois, même s'ils étaient des membres influents de la communauté. Il leur fallait du renfort.

Je savais ce que cela signifiait.

Je devais parler à Ian.

Aux autres aussi, bien sûr, mais Ian devait être le premier informé. Mon cœur s'est serré à cette idée, comme s'il se ratatinait dans ma poitrine. J'avais accompli bien des choses désagréables depuis que j'avais rejoint les humains, mais jamais je n'avais ressenti un tel remords, cette pointe brûlante qui me transperçait. Décider d'échanger ma vie contre celle de la Traqueuse était un choix douloureux, déchirant, mais cela restait supportable parce qu'il s'inscrivait dans un schéma plus général qui était bien fondé. Mais dire adieu à Ian était un coup de rasoir au cœur; cela brouillait mes belles perspectives, parasitait tout. J'aurais aimé trouver un moyen, n'importe lequel, de lui éviter cette souffrance, celle-là même que je ressentais à l'idée de le perdre. Mais il n'y en avait aucun.

La seule épreuve plus terrible encore serait de dire adieu à Jared. Cette douleur-là serait de l'acide, du vitriol dans mon ventre, parce qu'elle ne serait pas partagée. Sa joie de retrouver Melanie l'emporterait largement sur le petit regret que lui causerait ma disparition.

Quant à Jamie… Lui dire au revoir m'était tout simplement inconcevable.

— Gaby ! a appelé Doc qui se trouvait au chevet de l'hôte.

Je me suis empressée de le rejoindre. Avant même d'arriver auprès du lit, j'ai vu la petite main, qui pendait dans le vide, se serrer spasmodiquement.

— Ah, a articulé la voix familière de la Traqueuse. Ah…

Un silence d'airain régnait dans l'infirmerie. Tout le monde me regardait, comme si j'étais experte en résurrection humaine.

J'ai donné un coup de coude à Doc, ayant toujours dans les bras la cryocuve.

— Parle-lui ! ai-je soufflé.

— Hem… Bonjour… Vous m'entendez ? Vous êtes en sécurité désormais. Vous comprenez ce que je dis ?

— Ah…, a encore gémi la femme.

Ses yeux se sont ouverts et se sont posés sur Doc. Il n'y avait pas de souffrance dans les traits de son visage – l'effet du Stop Douleur, évidemment. Ses yeux étaient d'un noir d'ébène. Elle a jeté un regard circulaire dans la pièce jusqu'à ce que son regard s'arrête sur moi. Elle m'a reconnue et a fait la moue. Elle a détourné la tête vers Doc.

— Ça fait du bien d'avoir de nouveau toute sa tête ! a-t-elle déclaré d'une voix forte et claire. Merci tout le monde !

53.

Le suicide

L'hôte de la Traqueuse s'appelait Lacey. Un prénom tout en douceur, en délicatesse. Lacey… Ce nom était tout aussi inapproprié que ce corps miniature ! Qui irait appeler un pitbull « Titi » ?

Lacey était aussi bruyante que la Traqueuse, et aussi geignarde.

— Je suis désolée d'être un tel moulin à paroles, expliquait-elle sans nous laisser d'autre choix que de l'écouter, mais j'ai été mise en quarantaine pendant si longtemps, sans jamais avoir voix au chapitre. Alors maintenant je me rattrape, il faut que je sorte tout ce que j'ai sur le cœur.

Quelle chance ! J'étais presque contente de devoir tirer ma révérence.

J'avais la réponse à mes craintes précédentes : oui, ce visage était aussi hostile avec une autre conscience aux commandes. Parce que cette conscience, au final, n'était pas si différente de celle du précédent locataire.

— C'est pourquoi nous ne t'aimons pas, m'a-t-elle expliqué ce premier soir, en employant encore le « nous » au présent. Quand elle a compris que tu entendais Melanie comme elle m'entendait moi, ça lui a fait peur. Elle craignait que tu n'aies deviné. C'était son secret,

son secret sinistre. (Elle a poussé un rire de crécelle.)
Elle ne parvenait pas à me faire taire ! C'est pour cela
qu'elle est devenue Traqueuse ; elle espérait trouver le
moyen d'étouffer les hôtes rétifs. Elle a donc demandé
à suivre ton cas, pour voir comment tu t'en sortais. Elle
était jalouse de toi. C'est pathétique, non ? Elle voulait être forte comme toi. Cela nous a fichu un sacré
coup quand on a cru que Melanie avait gagné. Mais
j'ai deviné que ce n'était pas le cas. Que c'était toi qui
l'avais matée. Reste à savoir ce que tu es venue faire
ici... Pourquoi tu aides les rebelles...

J'ai expliqué, à contrecœur, que Melanie et moi
étions amies. Elle n'a évidemment pas apprécié la nouvelle.

— Pourquoi ?

— Parce c'est quelqu'un de bien.

— Mais pourquoi elle t'aime bien, toi ?

Pareil.

— Elle dit que c'est pour la même raison.

Lacey a reniflé avec dédain.

— Tu lui as lavé le cerveau, c'est ça ?

*Houlà ! Elle est pire encore que la première ver-
sion.*

*Oui, pire. Voilà pourquoi la Traqueuse était aussi
antipathique. Tu imagines avoir ça dans la tête à longueur de temps ?*

Je n'ai pas été la seule à essuyer les critiques de
Lacey. Jeb y a eu droit aussi :

— On ne peut pas vivre ailleurs que dans ces grottes ?
C'est si crasseux ! Il n'y a pas une maison dans le coin,
une vraie maison ? Et puis c'est quoi cette histoire de
« chambre commune », de « corvées quotidiennes » ?
Je ne comprends pas. Je vais devoir travailler ? Visiblement, il va falloir que je mette les points sur les i...

Jeb lui a fait faire le traditionnel tour du propriétaire le lendemain, tentant de lui expliquer, en dissimulant son agacement, la façon dont s'organisait la vie dans cet endroit. Lorsqu'ils sont passés devant moi, tandis que je mangeais en cuisine avec Ian et Jamie, le patriarche m'a lancé un regard noir, me reprochant visiblement d'avoir empêché Brandt et Aaron de la tuer lorsque c'était encore possible.

La visite de Lacey a suscité davantage d'intérêt que la mienne. Tout le monde voulait voir de ses propres yeux la miraculée. Peu leur importait que cette humaine soit pénible. Elle était la bienvenue. Plus que ça même… Encore une fois, je me suis sentie un peu jalouse. Mais c'était idiot. Elle était humaine. Elle représentait l'espoir. Elle appartenait à ce monde. Elle y demeurerait, longtemps après que je l'aurai quitté.

Tu as de la chance de partir! a murmuré Melanie, acide.

Expliquer à Ian et à Jamie ce qui s'était passé s'est révélé moins difficile que je ne l'imaginais.

Parce que, pour des raisons différentes, ils ne se doutaient de rien. Aucun des deux ne s'est dit que cette nouvelle connaissance pour la communauté sonnait ma fin.

Que Jamie ne fasse pas le lien de causalité était compréhensible. Plus que quiconque, il nous avait acceptées, Mel et moi, comme un tout. Il pouvait, grâce à sa jeunesse, son esprit ouvert, concevoir notre personnalité gémellaire. Il nous considérait comme deux personnes dans un seul corps. Mel, à ses yeux, était parfaitement tangible, parfaitement réelle. Comme elle l'était pour moi. Elle ne lui manquait plus parce qu'il l'avait retrouvée. Il ne pouvait donc imaginer la nécessité de notre séparation.

Les raisons pour lesquelles Ian ne se doutait de rien restaient en revanche plus mystérieuses. Était-il aveuglé par les nouvelles perspectives qui s'ouvraient ? Pris dans le tourbillon des possibles qui allaient tournebouler la communauté ? Tous étaient terrorisés à l'idée d'être attrapés, d'être effacés… Mais maintenant ce n'était plus irréversible. Il y avait un retour, une résurrection envisageable. Ian ne s'étonnait pas que j'aie voulu sauver la Traqueuse ; c'était conforme à l'idée qu'il se faisait de moi. Peut-être n'avait-il pas voulu aller chercher plus loin.

Ou alors, il n'avait pas eu le temps d'y réfléchir ; car un événement imprévu était survenu. Un événement inquiétant.

— J'aurais dû le tuer il y a des années ! grommelait-il en préparant nos affaires pour le raid. (Mon dernier raid, mais j'évitais d'y penser.) Non, ma mère aurait dû le noyer à la naissance !

— C'est ton frère.

— Arrête cette rengaine ! Cela me met encore plus en pétard.

Tout le monde était en colère contre Kyle. Jared serrait les dents et ses lèvres formaient une ligne pincée en travers de son visage. Jeb, maussade, caressait son fusil plus souvent encore que d'habitude.

Jusqu'alors, Jeb était excité comme une puce ; il comptait nous accompagner pour cette expédition ; la première fois qu'il sortait depuis mon arrivée ! Il se faisait une joie à l'idée de voir l'aire de décollage des vaisseaux. Mais il n'en était plus question, et cela le rendait d'une humeur de dogue.

— Je suis coincé ici avec cette harpie, marmonnait-il en frottant encore le canon de son arme. (Il n'appréciait pas particulièrement la nouvelle recrue.) Je vais rater le meilleur !

On savait tous, à présent, où était Kyle. Dès qu'il avait vu comment la Traqueuse extraterrestre s'était métamorphosée comme par magie en Lacey l'humaine, il avait quitté l'infirmerie en catimini. Je m'attendais à le voir à la tête du groupe exigeant la mort de la Traqueuse. (C'est pourquoi je ne me séparais jamais du caisson et que je ne dormais que d'un œil, une main posée sur le couvercle.) Mais il demeurait introuvable. Et Jeb, en l'absence de Kyle, avait tôt fait d'apaiser les esprits belliqueux.

Jared avait alors découvert que la Jeep n'était plus dans sa cache. Et Ian avait fait le rapprochement entre les deux disparitions:

— Il est parti chercher Jodi, a grogné Ian. Évidemment !

Espoir et tourment. Je leur avais donné le premier, Kyle le second. Allait-il précipiter leur fin à tous avant même qu'ils aient le temps de profiter du cadeau ?

Jared et Jeb voulaient ajourner le raid tant que Kyle n'était pas revenu sain et sauf. Il en avait au moins pour trois jours de voyage, si Jodi vivait toujours dans l'Oregon, s'il parvenait à la retrouver.

Il existait un autre endroit, une autre grotte où se replier. Un lieu beaucoup plus petit, sans eau – une retraite forcément provisoire. Devait-on évacuer tout le monde ou attendre ? Jeb hésitait.

Mais moi, j'étais pressée. J'avais vu comment les autres regardaient la cryocuve, j'avais surpris des messes basses. Plus je gardais la Traqueuse ici, plus les risques grandissaient. Maintenant que j'avais fait la connaissance de Lacey, je commençais à plaindre la Traqueuse. Elle méritait plus encore une vie agréable parmi les Fleurs.

Ironie du sort : Ian, mon allié fidèle, avait convaincu Jeb de lancer l'expédition dans l'immédiat. Le malheureux ne voyait toujours pas qu'il précipitait l'issue finale.

Mais je lui étais reconnaissante de m'aider à les convaincre ; on avait le temps de faire l'aller-retour avant qu'il ne faille prendre une décision eu égard au coup de folie de Kyle. Reconnaissante aussi qu'il ait repris ses fonctions de garde du corps. J'avais confiance en Ian ; il veillerait sur le caisson mieux que personne. Il était le seul à comprendre que cette petite boîte était une vie, une vie fragile. Il pouvait penser à la créature à l'intérieur comme à une âme sœur, une créature digne d'être aimée. Il était mon preux chevalier, mon champion. Je lui étais si reconnaissante de ce qu'il faisait pour moi, et pour son aveuglement qui le préservait, pour l'instant, du chagrin.

Il fallait faire vite, au cas où Kyle se faisait prendre. Nous sommes repartis pour Phoenix, vers l'une des nombreuses bourgades qui gravitaient autour de la mégapole. Il y avait un spacioport au sud-est d'une ville appelée Mesa, avec plusieurs Centres de Soins à proximité. C'était la configuration idéale : je voulais mettre toutes les chances de leur côté avant de les quitter. Si on capturait un Soigneur, nous pourrions alors avoir accès à sa mémoire par l'intermédiaire de l'hôte. Quelqu'un qui comprenne tous les médicaments et leurs usages. Quelqu'un qui puisse le mieux parer à l'imprévu. Doc allait adorer ça. Je l'imaginais en train de l'assaillir de questions.

Mais d'abord, le vaisseau…

J'étais triste que Jeb rate ça, mais il aurait d'autres occasions. Il faisait nuit ; le ballet des navettes, atterrissant et décollant, était ininterrompu, formant deux lignes mouvantes entre terre et ciel.

Je conduisais la vieille camionnette ; les autres se cachaient à l'arrière. (C'était Ian le gardien du caisson.)

J'ai contourné l'aire en restant loin du terminal bondé. Repérer les grands vaisseaux blancs interstellaires a été un jeu d'enfant. Ils décollaient à une fréquence moindre que les navettes intercontinentales, courtes et trapues. Les bâtiments étaient tous à quai, aucun n'était sur le départ.

— Tout est étiqueté, ai-je expliqué aux autres. Surtout, évitez les vaisseaux en partance pour la Planète des Chauves-Souris, et encore plus celle des Herbes-qui-Voient ! Les Herbes se trouvent à seulement un système solaire d'ici, le voyage ne dure que dix ans. C'est trop peu. Les Fleurs sont les plus éloignées… les Dauphins, les Ours, les Araignées sont tous à un siècle d'ici. Envoyez les caissons uniquement vers ces destinations.

Je roulais lentement, près des appareils effilés.

— Ce sera facile. Ça fourmille de véhicules de livraison ; on va se fondre dans le lot. Là-bas ! Un transporteur de cuves ! C'est exactement le même camion que l'on a vu au Centre de Soins, Jared. Une seule personne s'occupe des caissons… il les installe sur un chariot… pour les charger sur… (J'ai ralenti, pour mieux observer la scène.) Oui. Sur ce vaisseau là-bas. Il les glisse dans l'écoutille. Je vais faire le tour et je m'approcherai quand il aura disparu dans le vaisseau.

J'ai poursuivi ma route, suivant la scène dans les rétroviseurs. Il y avait un petit écriteau à côté de la passerelle qui reliait l'appareil au terminal. J'ai souri en décryptant les lettres inversées. « Planète des Fleurs. » La chance était de notre côté !

J'ai fait lentement demi-tour quand le manutentionnaire a disparu dans la carlingue.

— Préparez-vous, ai-je soufflé en me garant dans l'ombre de l'appareil voisin.

On était à moins de cinq mètres du camion. Quelques mécaniciens s'affairaient sous le nez de l'engin, et d'autres, un peu plus loin, sur le vieux tarmac. Je ne serais qu'une silhouette parmi d'autres dans la nuit.

J'ai coupé le moteur et suis descendue de la cabine, m'efforçant de prendre un air décontracté, comme si je faisais un travail routinier. J'ai contourné la camionnette, entrouvert les portes arrière. La cryocuve était au bord, le voyant rouge allumé sur le dessus, signe qu'elle était occupée. Je l'ai soulevée avec précaution et j'ai refermé la porte.

J'ai marché d'un pas vif et tranquille vers le hayon arrière du camion. Mais j'avais le souffle court. C'était bien plus dangereux qu'à l'hôpital et cela m'inquiétait. Les humains seraient-ils prêts à prendre ces risques ?

Je serai là. Je le ferai moi-même, comme toi. Si tant est qu'on survive ce coup-ci.

Merci, Mel.

Je me suis interdit de regarder derrière moi pendant que je déposais la cuve sur la pile la plus proche dans le fourgon. Sur les centaines, cet ajout passerait inaperçu.

— Au revoir, ai-je murmuré. Je te souhaite plus de chance avec ton prochain hôte.

Je suis repartie vers la camionnette d'un pas le plus détaché possible.

Ils étaient tous silencieux dans l'habitacle lorsque je suis sortie, en marche arrière, de l'ombre du vaisseau. J'ai enclenché la première et pris la direction par laquelle nous étions venus, mon cœur tambourinant dans ma poitrine. Dans les rétroviseurs, aucune silhouette n'est apparue dans l'écoutille arrière. Personne n'est sorti de l'appareil. Puis le vaisseau s'est fondu parmi les autres.

Ian a grimpé sur le siège passager.

— Cela n'a pas paru trop difficile.

— On a eu beaucoup de chance. La prochaine fois, il vous faudra peut-être attendre plus longtemps avant qu'une occasion se présente.

Ian a posé sa main sur la mienne.

— Tu es notre porte-bonheur.

Je n'ai rien répondu.

— Tu te sens soulagée maintenant qu'elle est sauvée ?

— Oui.

J'ai vu sa tête se tourner brusquement vers moi ; il avait reconnu le mensonge dans ma voix. Je n'ai pas osé le regarder.

— Allons maintenant attraper quelques Soigneurs, ai-je marmonné.

Ian est resté songeur le temps du court trajet jusqu'au Centre de Soins.

Je pensais que cette seconde phase du raid serait le vrai défi, le grand danger. La tactique : si les conditions le permettaient, j'attirerais un Soigneur ou deux hors du bâtiment en prétextant avoir un ami blessé à l'arrière de la camionnette. Un tour vieux comme le monde mais qui fonctionnerait à merveille avec les âmes naïves.

En fait, je n'ai même pas eu besoin d'entrer dans le bâtiment. Je me suis garée sur le parking au moment où deux Soigneurs d'une quarantaine d'années terrestres, un homme et une femme, dans leurs blouses de praticien, montaient dans une voiture. Ils avaient terminé leur service et rentraient chez eux. La voiture était garée loin des portes d'entrée. Il n'y avait personne alentour.

Ian a fait un signe de tête. Je me suis arrêtée juste derrière leur véhicule. Ils se sont retournés, surpris. J'ai ouvert la portière et suis descendue de la camionnette. Ma voix chevrotait malgré moi, pleine de sanglots, mon visage était blême de remords ; cela a aidé à les induire en erreur.

— Mon ami est à l'arrière… Je ne sais pas ce qu'il a…

Dans la seconde, ils se sont montrés pleins de sollicitude… comme prévu. Je me suis dépêchée d'aller ouvrir les portes arrière, et ils m'ont suivie. Ian était passé par l'autre côté. Jared, à l'intérieur, se tenait prêt avec le chloroforme.

J'ai détourné la tête.

Cela n'a pris que quelques secondes. Jared a hissé les corps inconscients à l'arrière et Ian a refermé les portes. Ian a eu un temps d'arrêt en voyant mon visage en pleurs puis il a sauté derrière le volant.

Je me suis installée sur le siège passager. Il a pris ma main.

— Pardon, Gaby. Je sais que c'est dur pour toi.

— Oui. (Il n'avait pas la moindre idée à quel point c'était douloureux, et encore moins pour quelle raison.)

Il a serré mes doigts.

— Au moins, tout s'est bien passé. Tu continues à nous porter bonheur.

Cela s'était trop bien passé. Ces deux missions avaient été trop rapides, trop parfaites. Le destin m'emportait dans sa course.

Ian a rejoint la nationale. Après quelques minutes, j'ai aperçu une lumière familière au loin. J'ai pris une profonde inspiration et me suis essuyé les yeux.

— Ian, je peux te demander un service ?

— Tout ce que tu veux.

— Je veux un hamburger.

— Pas de problème, a-t-il dit en riant.

On a changé nos places sur le parking et j'ai roulé jusqu'au micro pour commander.

— Qu'est-ce que tu veux ? lui ai-je demandé.

— Rien. Ça m'a fait tout drôle que tu demandes quelque chose pour toi. C'est la première fois, je crois. Il me faut un peu de temps pour m'en remettre.

Je n'ai pas souri. Pour moi, c'était le dernier repas du condamné, la dernière cigarette avant l'échafaud. Les grottes seraient désormais mon tombeau.

— Et toi, Jared ?

— Le double de ce que tu prendras.

Alors j'ai commandé trois cheeseburgers, trois grandes frites et deux milk-shakes à la fraise.

Une fois ma commande récupérée, on a de nouveau échangé nos places avec Ian pour que je puisse manger pendant qu'il conduisait.

— Berk ! a-t-il lancé quand il m'a vue tremper une frite dans mon milk-shake.

— Tu devrais essayer. C'est délicieux. (Je lui ai tendu une frite dégoulinante.)

En réprimant une grimace, il a ouvert la bouche. Il a mâchonné d'un air pénétré.

— Intéressant…

J'ai ri.

— Melanie trouve ça dégoûtant. (C'était la raison pour laquelle c'était devenu une habitude. C'était drôle, avec le recul, de voir tout ce que je pouvais faire pour l'agacer.)

En réalité, je n'avais pas très faim. Je voulais juste sentir une dernière fois l'odeur, le goût sur mes papilles. Juste une fois. Ian a terminé la moitié de mon hamburger.

Nous sommes rentrés sans incident. Pas de trace des Traqueurs. Peut-être avaient-ils opté pour la thèse de la coïncidence ? Peut-être considéraient-ils l'événement inévitable : à trop errer dans le désert, il finissait par vous arriver malheur. On avait un dicton comme ça sur la Planète des Brumes. « Tous les champs de glace mènent au ventre d'un monstre à griffes. » La traduction était grossière. Cela sonnait mieux en langage ours.

Tout le monde nous attendait.

J'ai fait bonne figure pour mes amis : Trudy, Geoffrey, Heath, Heidi. Ils étaient de moins en moins nombreux. Plus de Walter. Plus de Wes. Et pas de Lily. Tout cela me rendait triste. Peut-être ne voulais-je plus rester sur cette planète des pleurs, environnée de tous ces morts. Peut-être le néant et l'oubli étaient-ils préférables ?

J'étais triste aussi, même si c'était mesquin, de voir Lucina au côté de Lacey, en compagnie de Reid et Violetta. Ils parlaient gaiement, lui posaient des questions. Lacey tenait le petit Freedom sur sa hanche. Il ne paraissait pas particulièrement enchanté, mais il était si fier d'être avec les adultes qu'il ne gigotait pas.

On ne m'avait jamais autorisée à m'approcher de l'enfant, mais Lacey était déjà l'une des leurs. On lui faisait confiance.

On est allés directement dans le tunnel sud, Jared et Ian portant chacun un Soigneur. Ian avait l'homme et il suait à grosses gouttes. Jeb a chassé tous les curieux et nous a emboîté le pas.

Doc nous attendait à l'infirmerie, se frottant les mains, comme s'il se les lavait sous un robinet imaginaire.

Le temps continuait sa course folle ! La lampe était déjà allumée. Les Soigneurs ont reçu du Stop Douleur et ont été allongés, à plat ventre, sur les lits. Jared a montré à Ian comment activer les cryocuves. Ils ont préparé les caissons ; Ian a grimacé devant le froid mordant. Doc se tenait au-dessus de la femme, scalpel à la main, médicaments à proximité.

— Gaby ? a-t-il demandé.

Mon cœur s'est serré.

— Tu me le promets, Doc ? Tous les termes du contrat ? Tu le jures sur ta propre vie ?

— Oui. Je respecterai tous les termes du marché, Gaby. Je te le jure.

— Jared ?

— Oui. Plus de massacres, jamais.

— Ian ?

— Je protégerai les tiens jusqu'à la mort, Gaby.

— Jeb ?

— C'est ma maison. Quiconque ne respectera pas cet accord sera chassé.

J'ai hoché la tête, les larmes aux yeux.

— Alors, c'est décidé. Finissons-en.

Doc, de nouveau excité comme un enfant, a ouvert la nuque de la Soigneuse jusqu'à apercevoir le corps argent de l'âme. Il a posé le scalpel.

— Et maintenant ?

J'ai posé ma main sur la sienne.

— Suis l'arête dorsale. Tu la sens ? Familiarise-toi avec la forme des segments. Ils deviennent de plus en plus petits vers la section antérieure. Très bien, maintenant, tout au bout il y a trois petits renflements, comme des moignons. Tu les as ?

— Oui, a-t-il soufflé.

— Bien. Ce sont les antennes frontales. C'est ton point de repère. À présent, tout doucement, tu passes ton doigt sous le corps. Il faut trouver les faisceaux de filaments sur la face ventrale. Ils sont fins et durs, comme des cordes de harpe.

Il a hoché la tête.

Je l'ai guidé pour la troisième partie de la manipulation, lui ai expliqué comment reconnaître le bon brin. On n'avait pas le temps de compter les filaments un à un, avec tout ce sang qui coulait. J'étais certaine que l'hôte de la Soigneuse, si elle s'en sortait, pourrait parfaire l'instruction de Doc, je ne voulais donc pas prendre de risques. Je l'ai aidé à trouver le nodule plus gros que les autres.

— Maintenant, frotte-le doucement, en appuyant légèrement. Masse-le.

— Ça bouge ! s'est écrié Doc.

— C'est parfait. Cela veut dire que tu t'y prends bien. Laisse-lui le temps de se rétracter. Laisse-la rouler sur elle-même, remonter toute seule, puis recueille-la dans ta paume.

— C'est fait, a-t-il déclaré d'une voix blanche.

Je me suis tournée vers Ian.

— Donne-moi ta main.

J'ai senti les doigts de Ian se refermer autour des miens. J'ai replié sa paume en coupe et l'ai approchée de la table d'opération.

— Donne l'âme à Ian… tout doucement.

Ian ferait un parfait assistant. Quand je ne serais plus là, personne ne veillerait aussi bien que lui sur mes petits congénères.

Doc a déposé l'âme dans la main de Ian et s'est occupé aussitôt de soigner le corps de l'humain.

Ian regardait le petit ruban argent se tortiller dans sa paume, avec, dans les yeux, davantage d'émerveillement que de répulsion. Cela me faisait chaud au cœur de voir ça.

— Elle est jolie, a-t-il murmuré à ma grande surprise. (Malgré ses sentiments pour moi, il avait été conditionné pour voir un parasite, un mille-pattes, un monstre. Avoir été contraint de nettoyer les restes déchiquetés des miens ne l'avait guère préparé à reconnaître notre beauté.)

— Je trouve aussi, ai-je soufflé. Glisse-la dans ta cuve.

Ian a gardé sa main en coupe un instant encore, comme s'il voulait que son corps se souvienne de cette image et de ce contact. Puis, avec d'infinies précautions, il l'a fait glisser dans l'air froid.

Jared lui a montré comment verrouiller le couvercle.

Je me suis sentie libérée d'un poids.

C'était fait. Il était trop tard pour faire marche arrière. Finalement, cela n'avait pas été si terrible ; j'étais sûre que ces quatre humains prendraient soin des âmes quand je ne serais plus là.

— Attention ! s'est écrié Jeb en braquant son fusil derrière nous.

On s'est retournés vers le danger ; Jared a lâché sa cuve vide pour s'élancer vers le Soigneur ; il était assis dans le lit, et nous regardait, éberlué. Ian, par chance, a eu le réflexe de serrer son caisson contre lui.

— Le chloroforme, vite ! a crié Jared en sautant sur le Soigneur pour le plaquer sur le lit, mais il était trop tard.

Le Soigneur me regardait droit dans les yeux, avec une expression d'enfant effaré. Je savais pourquoi ses yeux étaient rivés sur moi : les rayons de la lampe rebondissaient entre ses iris et les miens, projetant des diamants lumineux partout dans la pièce.

— Pourquoi ? a-t-il articulé.

Puis son visage s'est figé ; son corps s'est effondré sur le lit, inerte. Deux filets de sang ont coulé de ses narines.

— Non ! ai-je hurlé en me précipitant vers la dépouille, sachant que tout était joué. Non !

54.

L'amnésie

— Elizabeth? ai-je demandé. Anne? Karen? Comment vous appelez-vous? Allez, je sais que vous vous en souvenez.

Le corps de la Soigneuse était toujours inerte sur le lit. Cela faisait longtemps, trop longtemps. Plusieurs heures? Je n'avais pas encore dormi, bien que le soleil fût haut dans le ciel. Doc était grimpé au sommet pour retirer les bâches et les rayons plongeaient librement dans l'infirmerie, rassurants et chauds. Je me suis écartée de la femme sans nom pour que la lumière frappe son visage.

Je lui ai touché la joue, doucement, j'ai caressé ses cheveux châtains parsemés de mèches blanches.

— Julie? Brittany? Angela? Patricia? Je me rapproche? Je vous en prie, faites-moi un signe…

À l'exception de Doc, qui dormait au fond de la salle, tout le monde était parti. Certains pour aller enterrer l'hôte qui avait péri. J'ai tressailli en songeant à son effarement juste avant de s'effondrer.

« Pourquoi? » me demandaient ses yeux.

J'aurais tant aimé que l'âme attende ma réponse, j'aurais pu tenter de lui expliquer mes raisons. Peut-être même aurait-il compris? Après tout, qu'y avait-il de plus important que l'amour ? Pour une âme, il était au centre de tout.

« Par amour », telle aurait été ma réponse.

Peut-être, s'il avait attendu, aurait-il pu me croire. Et s'il avait réellement compris, il aurait laissé vivre le corps humain, j'en suis certaine.

Cette requête lui aurait néanmoins paru saugrenue. Ce corps était *son* corps, et non une entité séparée. En mettant fin à ses jours, il ne pensait pas commettre un suicide *et* un meurtre. Il ne prenait qu'une vie, la sienne. Et peut-être, finalement, était-ce la vérité…

Au moins, les âmes avaient survécu. Les voyants des deux cuves luisaient. Je ne pouvais avoir une plus grande preuve de la parole des humains. Ils avaient épargné la vie du Soigneur.

— Marie ? Margaret ? Susan ? Jill ?

Doc dormait. J'étais seule, et pourtant la tension ne s'était pas dissipée avec le départ des autres. Elle comprimait encore l'air autour de moi.

Car la femme ne s'était pas réveillée. Elle n'avait pas bougé. Elle respirait, son cœur battait, mais elle n'avait aucune réaction malgré les efforts de Doc.

Était-il trop tard ? Avait-elle définitivement disparu ? Était-elle aussi morte que le corps de l'homme ?

Était-ce le cas pour tous les êtres humains, à l'exception de quelques-uns, des empêcheurs de tourner en rond, des résistants, comme Lacey, l'hôte de la Traqueuse, ou comme Melanie ? Tous les autres étaient-ils perdus ?

Et si Lacey était une exception ? Si Melanie ne pouvait pas non plus revenir au monde ?

Je ne suis pas perdue ! Je suis toujours là ! Mais la voix de Melanie n'était pas si assurée. Elle s'inquiétait aussi.

Oui, tu es là. Et tu y resteras, lui ai-je promis.

Avec un soupir, j'ai réitéré mes efforts auprès de l'endormie. Des efforts vains ?

— Je sais que vous avez un nom. Est-ce Rebecca ? Alexandra ? Olivia ? Ou plutôt quelque chose de plus court comme Jane ? Jean ? Joan ?

C'était mieux que rien, pensais-je avec amertume. Au moins, je leur avais donné le moyen de se porter secours, si l'un d'entre eux était pris. Ils pouvaient sauver les résistants, à défaut des autres.

Mais cela semblait bien peu.

— Vous ne m'aidez pas beaucoup, ai-je murmuré. (J'ai pris sa main dans les miennes en la frottant doucement.) Faites un effort, je vous en prie. Mes amis vont être très tristes. Ils ont besoin d'une bonne nouvelle. En plus, Kyle n'est toujours pas rentré… Cela va être compliqué d'évacuer tout le monde, mais si, en plus, il faut vous transporter… Je sais que vous voulez nous aider. C'est votre famille ici. Ils sont de votre espèce. Ils sont très gentils. Du moins, pour la plupart. Vous les aimerez…

Le visage restait un masque vide. Elle était très jolie endormie, ses traits étaient harmonieux, d'une symétrie parfaite sur son visage ovale. Elle avait environ quarante-cinq ans… peut-être moins, peut-être un peu plus. Difficile à dire dans cette immobilité.

— Ils ont besoin de vous, ai-je continué d'un ton suppliant. Vous pouvez leur être d'un grand secours. Vous en savez tellement plus qu'eux. Doc a tout tenté. Il mérite ce coup de pouce. C'est un brave homme. Vous avez été longtemps Soigneuse, il doit bien vous rester un peu de cette dévotion pour le bien des autres, non ? Doc vous plaira beaucoup, je crois. Vous vous appelez Sarah ? Emily ? Kristin ?

J'ai caressé sa joue, mais je n'ai senti aucune réaction. Alors, j'ai pris de nouveau sa main molle dans la mienne. J'ai regardé le ciel à travers les ouvertures dans le plafond. Et mes pensées ont vagabondé.

— Je me demande ce qu'ils vont faire si Kyle ne revient pas. Combien de temps pourront-ils se cacher ? Devront-ils trouver un autre refuge, loin d'ici ? Ils sont si nombreux, cela ne va pas être facile d'en trouver un aussi grand. J'aurais aimé pouvoir les aider, mais à présent, même si je reste avec eux, je leur suis inutile. Peut-être vont-ils rester ici, après tout. Peut-être Kyle ne va-t-il pas tout fiche en l'air ?

J'ai lâché un petit rire las en évaluant les probabilités de cet événement. Kyle fonçait tête baissée. On aurait peut-être encore besoin de moi... Si les Traqueurs étaient de nouveau en chasse, il leur faudrait une paire d'yeux au-dessus de tout soupçon pour sortir du bois. Et on ne serait pas fixés sur cette éventualité avant un bon moment... Soudain le soleil m'a paru plus chaud sur ma peau. Kyle, avec son impétuosité et son égoïsme, m'offrait involontairement un répit. Combien de temps faudrait-il attendre pour être certain que la communauté ne courait aucun danger ?

— Je me demande quel effet cela fait d'avoir froid. Je ne me souviens même plus de cette sensation. Et la pluie ? Il doit bien pleuvoir ici, de temps en temps ? Avec tous ces trous au-dessus de nos têtes, on doit vite patauger dans la boue. Où dorment-ils alors ? (J'ai soupiré.) Peut-être le verrai-je de mes propres yeux. Mais je n'y mettrais pas ma main à couper. Et vous ? Vous n'êtes pas curieuse de voir tout ça ? Si vous vous réveilliez, vous pourriez avoir toutes les réponses. Moi, je suis curieuse. Je vais poser la question à Ian. C'est drôle d'imaginer ces changements. Ce lieu paraît si immuable. Mais finalement, c'est comme partout ; un jour, l'aurore se lève sur la fin de l'été...

Ses doigts ont bougé un court instant.

J'ai été prise de court, parce que mon esprit s'était déconnecté de la réalité pour plonger dans cette mélancolie qui était ma compagne ces derniers jours.

J'ai baissé la tête vers la femme ; aucun changement. La main dans la mienne était molle, son visage un masque de cire. Peut-être était-ce un effet de mon imagination.

— Ai-je dit quelque chose qui vous intéressait ? De quoi parlais-je ? (J'ai fouillé ma mémoire en fixant des yeux ce visage figé.) De la pluie. C'est ça ? Ou était-ce l'idée que tout allait changer ? Le changement ? Une bonne dose vous attend, pas vrai ? Mais pour ça, il faut d'abord sortir des bras de Morphée.

Son visage demeurait immobile, sa main inerte.

— D'accord, vous n'êtes pas intéressée par le changement… Remarquez, je vous comprends. Moi aussi j'aimerais que rien ne change. C'est pareil pour vous ? Vous voudriez que chaque aurore ressemble à la précédente ?

Si je n'avais pas scruté aussi intensément son visage, jamais je n'aurais remarqué l'infime frémissement des paupières.

— Vous aimez les aurores d'été, c'est ça ? ai-je demandé.

Ses lèvres ont bougé.

— Aurore ?

Sa main s'est mise à trembler.

— C'est votre nom ? Aurore ? C'est un joli nom.

Sa main s'est refermée en poing et ses lèvres se sont entrouvertes.

— Allez, Aurore. Je sais que vous pouvez le faire. Ouvrez les yeux, Aurore. Allez !

Ses paupières ont battu.

— Doc! ai-je crié derrière mon épaule. Doc, réveille-toi!

— Hein?

— Je crois qu'elle revient! (Je me suis de nouveau tournée vers la femme.) Accrochez-vous, Aurore. Vous pouvez y arriver. Allez, Aurore, allez! Ouvrez les yeux.

Son visage a grimacé. Avait-elle mal?

— Apporte le Stop Douleur, Doc. Vite!

La femme a serré ma main et ses yeux se sont ouverts. Son regard ne s'est pas posé sur nous au début, mais a erré dans la pièce ensoleillée. Ce devait être une vision étrange et inattendue pour elle.

— Vous allez vous en sortir, Aurore. Ça va aller. Vous m'entendez, Aurore?

Ses yeux se sont posés sur moi, ses iris se sont rétractés. Elle détaillait mon visage. Puis elle s'est reculée. Une plainte de terreur s'est échappée de sa gorge.

— Non, non… plus ça. Plus ça…

— Doc!

Il était là, de l'autre côté du lit, comme lors de l'opération.

— Tout va bien, madame. Personne ne va vous faire du mal.

La femme fermait les yeux de peur et s'était recroquevillée.

— Je crois qu'elle s'appelle Aurore.

Doc m'a regardée puis a froncé les sourcils.

— Gaby…, a-t-il soufflé. Tes yeux…

J'ai battu des paupières, aveuglée, puis j'ai réalisé que les rayons du soleil éclairaient mes iris.

— Oh…

J'ai lâché la main de la femme.

— S'il vous plaît… non…, suppliait la femme. Ne recommencez pas…

— Allons, du calme, a murmuré Doc. Aurore ? Tout le monde ici m'appelle Doc. On ne va rien vous faire. Vous allez vous rétablir.

Je me suis écartée, pour me réfugier dans l'ombre.

— Ne m'appelez pas comme ça ! a sangloté la femme. Ce n'est pas mon nom. C'est le sien, le sien ! Ne m'appelez plus jamais comme ça.

Je m'étais trompée !

Mel a voulu me réconforter. *Ce n'est pas ta faute. Aurore pouvait être un nom humain.*

— Bien sûr, je vous le promets, a répondu Doc. Comment vous appelez-vous ?

— Je… je ne sais pas ! a-t-elle gémi. Que s'est-il passé ? Qui suis-je ? Ne me faites pas devenir à nouveau quelqu'un d'autre…

Elle s'est tortillée sur le lit.

— Du calme. Rien de tout ça ne va vous arriver, je vous l'assure. Et vous allez bientôt vous souvenir de votre propre nom. Tout va revenir.

— Qui êtes-vous ? a-t-elle demandé. Et elle ? Qui est-ce ? Elle est comme j'étais moi avant. J'ai vu ses yeux !

— Je m'apelle Doc. Je suis humain, comme vous. Regardez. (Il a approché son visage de la lumière.) Vous et moi sommes nous-mêmes. Il y a plein d'humains ici. Ils vont tous être très heureux de vous accueillir.

Elle s'est recroquevillée de nouveau.

— Des humains ? J'ai peur des humains !

— Non… pas vous… C'était la personne qui occupait votre corps qui avait peur des Hommes. C'était une âme, vous vous souvenez. Mais rappelez-vous, avant ça, avant qu'elle ne soit en vous… Vous étiez humaine alors, et vous l'êtes redevenue.

— Je n'arrive pas à me souvenir de mon nom ! a-t-elle insisté avec terreur.

— C'est passager.

— Vous êtes médecin ?

— Oui.

— Je l'étais aussi… Enfin, elle… C'était une Soigneuse. C'est comme un médecin. Elle s'appelait Aurore-d'Été-qui-Chante. Et moi, qui suis-je ?

— On le saura bientôt.

Je me suis dirigée vers la sortie. Trudy pourrait aider Doc… ou Heidi… Quelqu'un qui ait un visage rassurant.

— Elle n'est pas humaine, a chuchoté la femme en me voyant m'éclipser.

— C'est une amie ; n'ayez pas peur. Elle m'a aidé à vous ramener.

— Où est Aurore-d'Été-qui-Chante ? Elle était effrayée… Il y avait des humains qui…

J'en ai profité pour sortir de la pièce.

J'ai entendu Doc répondre :

— Aurore-d'Été-qui-Chante va partir sur une autre planète. Vous souvenez-vous où elle se trouvait avant de venir ici ?

— Elle était… une Chauve-Souris. Elle pouvait voler… et chanter… j'en ai le souvenir… mais je n'étais pas là. Où suis-je ?

Je me suis éloignée dans le couloir à pas vifs. Il fallait que je trouve de l'aide pour Doc. J'ai eu un moment d'arrêt en apercevant la grande caverne ensoleillée. Il y régnait un curieux silence. D'ordinaire, on entendait la rumeur des voix avant de distinguer la clarté. On était en pleine journée. Il aurait dû y avoir du monde en train de travailler sur la grande parcelle de culture. Ou tout au moins des gens de-ci de-là.

Je me suis aventurée dans la lumière. L'immense cavité était déserte.

Les vrilles nouvelles des melons étaient brunes et racornies, plus sèches encore que la terre. La citerne était pourtant pleine, les tuyaux d'arrosage étaient déployés le long des sillons. Mais personne n'avait mis en marche le système rudimentaire d'irrigation. Tout semblait abandonné.

Je suis restée immobile, tendant l'oreille. L'énorme caverne était muette comme un tombeau. J'ai eu un frisson. Où étaient-ils tous passés ?

Avaient-ils tous évacué sans moi ? Un éperon de peur et de chagrin m'a traversée. Mais ils n'auraient pas abandonné Doc… Ils ne pouvaient se passer de lui. J'ai été tentée de faire demi-tour pour m'assurer que le médecin n'avait pas disparu à son tour.

Ils ne partiraient jamais sans nous, idiote ! Jared, Jamie, Ian, aucun de ces trois-là n'accepterait une chose pareille !

Tu as raison. D'accord. Peut-être sont-ils dans la cuisine ?

J'ai couru dans le tunnel, de plus en plus inquiète de ce silence qui perdurait. Peut-être l'angoisse me rendait-elle sourde ? Peut-être les battements affolés de mon sang dans mes oreilles occultaient-ils tous les autres sons ? Mes compagnons étaient là, forcément. Si je retrouvais mon calme, ralentissais ma respiration, je pourrais distinguer leurs voix.

Mais la cuisine était vide aussi. Déserte. Sur les comptoirs, des reliefs d'un repas interrompu. Des tartines de beurre de cacahuètes abandonnées. Des pommes. Des canettes de soda.

Mon estomac s'est rappelé à moi. Je n'avais pas mangé de toute la journée ; mais je n'ai pas prêté attention aux appels de la faim. Ma peur était trop grande.

Et s'ils… s'ils n'avaient pas évacué assez tôt ?

Non ! a répliqué Mel. *Non ! On aurait entendu quelque chose ! Quelqu'un aurait appelé... Il y aurait eu des cris, des coups de feu. Ils doivent être encore ici, à nous chercher. Ils ne seraient pas partis sans avoir inspecté toutes les salles. Cela ne tient pas debout.*

À moins que nous ne soyons, à notre tour, devenus gibier...

Je me suis retournée vers la porte, scrutant les ombres dans le tunnel.

Il fallait avertir Doc ! Il fallait sortir d'ici, si nous n'étions plus que tous les deux...

Non ! C'est impossible ! Jamie, Jared... Leurs visages me sont apparus si distincts, comme s'ils se trouvaient juste sous mes paupières.

J'ai ajouté Ian à la collection de Mel. Et aussi les visages de Jeb, de Trudy, de Lily, de Heath, de Geoffrey. *On va les retrouver*, ai-je pensé avec ardeur. *On va les retrouver un par un, et les ramener à la vie. Je ne les laisserai pas me prendre ma famille !*

S'il me restait le moindre doute quant à savoir à quel camp j'appartenais, cet instant terrible me l'ôtait définitivement. Jamais je n'avais senti une telle férocité m'envahir. Je serrais les dents de rage, les claquais dans l'air comme une tigresse.

La grande parcelle. Tu entends ?

Oui. Ils sont nombreux !

Mais sont-ce les tiens ou les miens ?

Amis ou ennemis ? a corrigé Mel.

Je me suis avancée dans le couloir, en rasant les murs. On entendait les voix plus distinctement, et certaines étaient familières. Était-ce de bon augure ? Combien de temps fallait-il aux Traqueurs pour réaliser une insertion ?

Et puis, alors que je débouchais du tunnel, les sons se sont précisés et une bouffée de soulagement m'a envahie, parce que les voix avaient la même tonalité que le premier jour de mon arrivée – une rumeur de colère, d'envie de meurtre.

Ce ne pouvait être que des humains !

Kyle était sans doute revenu.

Au soulagement s'est mêlée la douleur lorsque je me suis précipitée dans la grande salle ensoleillée pour voir ce qui se passait : le soulagement, parce que mes humains étaient sains et saufs ; la douleur, parce que le retour de Kyle signifiait la fin pour moi…

Ils ont encore besoin de toi ! Tu es bien plus précieuse que moi.

Des prétextes pour rester, il s'en présentera toujours, Mel. Il y aura toujours une bonne raison.

Alors reste et n'en parlons plus.

Et tu seras toujours ma prisonnière.

On a cessé de discuter en rejoignant le groupe dans la caverne.

Kyle était bel et bien de retour. Il était immanquable, le plus grand de tous, le seul à me faire face. Il était acculé contre la paroi par le reste du groupe. Même s'il était à l'origine de cette agitation rageuse, pour une fois il ne faisait pas partie des enragés ! Il se voulait conciliant, plaidait sa cause. Il avait les bras écartés, les paumes retournées, comme s'il cherchait à protéger quelque chose derrière lui.

— Calmez-vous ! Tout doux ! (Sa voix de stentor couvrait la cacophonie.) Recule, Jared, tu lui fais peur !

J'ai entrevu une manne de cheveux bruns derrière son coude – un visage inconnu, des yeux noirs écarquillés de terreur scrutant la foule.

Jared était le plus proche de Kyle. Sa nuque était cramoisie par la colère. Jamie s'accrochait à son bras pour le retenir. Ian était de l'autre côté, le bras tendu pour l'empêcher d'avancer. Tous les autres humains, à l'exception de Doc, formaient une masse compacte, haineuse. Ils se pressaient derrière Jared et Ian, poussant des cris de colère, assaillant Kyle de questions et de reproches.

— Tu as perdu la tête ?

— Comment as-tu osé ?

— Pourquoi es-tu revenu ?

Jeb se tenait à l'écart, observant la scène.

J'ai aperçu les cheveux rose bonbon de Sharon. Je ne m'attendais pas à la trouver là, avec Maggie, à crier avec les autres. Les deux femmes vivaient quasiment recluses depuis que Doc et moi avions sauvé Jamie. Jamais elles ne se joignaient à la communauté.

C'est la dispute qui les a attirées, a supputé Mel. *Elles ne sont pas à leur aise avec le bonheur, mais la fureur, ça c'est leur domaine.*

Melanie avait sans doute raison. Mais cela restait déprimant.

J'ai entendu une voix aiguë lancer une volée de questions haineuses. C'était Lacey, qui prenait part à la curée.

— Gaby ! (La voix de Kyle s'élevait à nouveau pardessus les clameurs. Ses yeux bleus étaient rivés sur moi.) Te voilà enfin ! Tu veux bien, s'il te plaît, me donner un coup de main ?

55.

Le déchirement

Jeb a écarté la foule pour que je puisse m'approcher, poussant les gens de la pointe de son canon, comme un berger écartant ses moutons avec son bâton.

— Ça suffit ! répliquait-il à ceux qui résistaient. Vous avez tous envie de l'étriper, et je vous comprends parfaitement. Mais parons d'abord au plus pressé. Laissez-moi passer !

Du coin de l'œil, j'ai vu Sharon et Maggie reculer vers les derniers rangs, comme repoussées par la raison qui gagnait le groupe. Mais elles gardaient les mâchoires serrées de rage, et fixaient Kyle avec des yeux méchants.

Jared et Ian ont été les deux derniers à s'écarter. Je me suis faufilée entre eux deux, leur caressant les bras dans l'espoir de les apaiser.

— C'est bon, Kyle, a déclaré Jeb en faisant claquer son canon dans sa paume. Ne te cherche pas d'excuses, tu n'en as aucune ! Mon seul dilemme, c'est te fiche dehors à coups de pied au cul ou te faire sauter la cervelle. Les deux me tentent tout autant.

Le petit visage, blême de peur malgré la peau sombre, est apparu de nouveau derrière le coude de Kyle, encadré d'une crinière bouclée. La bouche de la fille était ouverte d'horreur, les yeux scintillants de panique. J'ai cru entrevoir dans les pupilles un faible miroitement, un reflet argent dans les cercles obsidienne.

— Mais pour le moment, on va tous se calmer, a lancé Jeb en se retournant, le fusil en travers du torse, comme un garde assurant la sécurité de Kyle et de sa petite protégée. Kyle a une invitée et vous lui fichez une peur bleue, les enfants. Il serait bon pour vous tous de retrouver quelques bonnes manières. En attendant, allez donc vous rendre utile. Ce n'est pas le travail qui manque ! Par exemple, mes pauvres melons meurent sur pied.

Il a attendu que la foule se disperse. Je voyais sur leurs visages que la crise était finie, du moins pour la plupart des belligérants. On s'en sortait bien après tout. Ç'aurait pu être bien pire, semblaient-ils dire. D'accord, Kyle s'était comporté comme un égoïste et avait mis tout le monde en danger. Mais Kyle était revenu ; il y avait eu plus de peur que de mal. Pas d'évacuation, pas de Traqueurs en maraude. Pas plus que d'habitude, en tout cas. Il avait rapporté un autre mille-pattes, et alors ? Il y en avait plein dans les grottes ces derniers temps.

Ce n'était pas si grave finalement.

Beaucoup sont repartis vers leur déjeuner interrompu, les autres à leur système d'irrigation, d'autres encore dans leurs quartiers. Bientôt il n'est plus resté que Jared, Ian et Jamie. Jeb a regardé ce trio avec humeur ; au moment où il ouvrait la bouche pour leur ordonner de s'en aller, Ian a pris ma main, Jamie l'autre. Et j'ai senti un autre contact au-dessus, sur mon poignet. Jared !

Jeb a levé les yeux au ciel devant cette petite fronde, puis il a tourné les talons.

— Merci, Jeb, a articulé Kyle.

— Ta gueule, Kyle ! Ferme ta grande gueule. Je suis on ne peut plus sérieux. Tu mérites que je te fasse sauter la tête, pauvre con !

Un petit gémissement s'est élevé derrière Kyle.

— Oui, Jeb. Je suis d'accord. Mais essaie de ne pas me menacer de mort devant elle. Elle est déjà assez terrorisée comme ça. Tu sais comme ces mots fichaient les jetons à Gaby ? (Kyle m'a lancé un sourire. Ça m'a fait un choc, comme si j'avais reçu une gifle. Puis il s'est tourné vers la fille blottie derrière lui. Jamais je ne lui avais vu une expression aussi douce.) Tu vois, Soleil. C'est Gaby, celle dont je t'ai parlé. Elle va nous aider. Elle ne laissera personne te faire du mal. Comme moi.

La fille m'a regardée… ou devais-je dire la femme ? Elle était, certes, minuscule, mais il y avait des courbes dans sa silhouette qui trahissaient davantage de maturité que sa petite taille ne le laissait supposer. Elle m'a donc fixée, les yeux écarquillés de terreur. Kyle a passé son bras autour de ses hanches et l'a attirée contre lui. Elle s'est accrochée à lui comme à une ancre – sa ligne de survie.

— Kyle a raison. (Les mots sont sortis malgré moi.) Je ne laisserai personne vous faire du mal. Votre nom est Soleil ?

La femme a lancé un regard paniqué à Kyle.

— Tout va bien. Tu n'as rien à craindre de Gaby. Elle est comme toi. (Il s'est tourné vers moi.) Son véritable nom est plus long. Il y a une histoire de glace dedans.

— Rayon-de-Soleil-à-travers-la-Glace, a-t-elle murmuré à mon intention.

J'ai vu les yeux de Jeb se mettre à pétiller – son indéfectible curiosité !

— Mais elle veut bien qu'on l'appelle Soleil. Ça ne la dérange pas, m'a assuré Kyle.

Soleil a hoché la tête. Ses yeux allaient et venaient entre Kyle et moi. Les autres hommes étaient silencieux, immobiles. Ce petit cercle de paix la rassurait un peu. Elle avait dû percevoir le changement d'atmosphère. Il n'y avait plus aucune hostilité dans l'air.

— Moi aussi j'ai été Ours, Soleil, ai-je annoncé pour tenter de la mettre à l'aise. Ils m'appelaient Tête-dans-les-Étoiles. Ici, ils m'ont appelée Vagabonde.

— Tête-dans-les-Étoiles…, a-t-elle répété à voix basse, ses yeux s'écarquillant encore. Celle-qui-Chevauche-la-Bête…

J'ai étouffé une plainte.

— Vous viviez dans la deuxième cité de cristal, je suppose.

— Oui. J'ai entendu votre histoire tant de fois…

— Vous avez aimé être Ours, Soleil ? ai-je demandé rapidement pour changer de sujet. (Je ne voulais pas raconter une nouvelle fois mon aventure.) Vous étiez heureuse là-bas ?

Son visage s'est fripé sous mes questions ; elle a regardé Kyle d'un air suffisant et ses yeux se sont emplis de larmes.

— Je suis désolée, me suis-je excusée aussitôt en regardant Kyle à mon tour.

Il a tapoté son bras.

— N'aie pas peur. Personne ne va te faire de mal. Je te l'ai promis.

Elle a soufflé d'une voix à peine audible :

— Mais j'aime être ici. Je ne veux pas partir…

Ses paroles ont fait monter une boule dans ma gorge.

— Je sais, Soleil. Je sais. (Kyle a posé sa main sur la nuque de la femme et, avec un geste d'une tendresse rare, il a serré son visage contre sa poitrine.)

Jeb s'est éclairci à nouveau la voix et Soleil a tressailli. Elle avait les nerfs à vif et c'était bien compréhensible. Les âmes n'étaient pas faites pour endurer autant de violence et de terreur.

Lorsque Jared, peu après mon arrivée, m'avait interrogée, il m'avait demandé si j'étais comme les autres âmes. Nous étions toutes différentes. J'étais même radicalement à l'opposé de l'autre âme à laquelle ils avaient eu affaire : ma Traqueuse. Mais Soleil semblait incarner l'essence même de notre espèce paisible et timide. Nous n'étions puissantes que par le nombre.

— Excuse-nous, Soleil, a dit Jeb. On ne voulait pas t'effrayer. Mais on ferait mieux d'aller ailleurs quand même. (Il a balayé la caverne du regard ; à l'orée des tunnels s'attardaient deux personnes qui nous observaient de loin : Reid et Lucina. Il leur a jeté un regard noir. Ils ont disparu aussitôt dans l'obscurité en direction de la cuisine.) Allons rejoindre Doc, a-t-il poursuivi avec un soupir en regardant à regret la femme effrayée. (Il serait bien resté pour en entendre davantage.)

— D'accord, a répondu Kyle. (En gardant le bras autour de la taille de guêpe de la femme, il l'a entraînée vers le tunnel sud.)

Je leur ai emboîté le pas en emmenant mes trois compagnons toujours accrochés à moi.

Jeb s'est arrêté. On l'a tous imité. Il a donné un petit coup de crosse dans le dos de Jamie.

— Hé ! Tu ne devrais pas être à l'école, gamin ?

— Oh, oncle Jeb, s'il te plaît. Je ne veux pas rater ça !

— Va à l'école ou je te botte les fesses !

Jamie m'a regardée avec des yeux de cocker, mais Jeb avait raison. Ce n'était pas la place de Jamie. J'ai secoué la tête.

— En chemin, tu veux bien demander à Trudy de nous rejoindre ?

Tout le poids du monde est tombé sur les épaules de Jamie ; il a lâché ma main. La main de Jared, qui me tenait le poignet, en a profité pour prendre la place encore chaude.

— Je vais tout rater, ce n'est pas juste ! s'est lamenté Jamie en s'en allant.

— Merci, Jeb, ai-je soufflé lorsque le garçon ne pouvait plus m'entendre.

— De rien.

Le long tunnel semblait plus obscur que de coutume, assombri par la peur de la femme devant moi, qui nous nimbait d'un voile noir.

— N'aie pas peur, a murmuré Kyle. On ne va pas te faire de mal. Je suis là.

D'où venait ce nouveau Kyle ? Quelqu'un avait-il vérifié ses pupilles ? Comment ce corps de brute épaisse pouvait-il renfermer autant de douceur ?

C'était le retour de Jodi. Kyle était si près de son Graal… Certes, il s'agissait du corps de sa Jodi, mais je restais étonnée de sa gentillesse envers l'âme. Je le pensais incapable d'une telle compassion.

— Comment va la Soigneuse ? a demandé Jared.

— Elle venait de se réveiller quand je suis venue vous trouver.

J'ai entendu plusieurs soupirs dans l'obscurité.

— Elle est désorientée, cependant. Et terrifiée, les ai-je prévenus. Elle ne se souvient pas de son nom. Doc s'occupe d'elle. Elle va être encore plus terrorisée quand elle va vous voir tous débarquer. Essayez de parler doucement, et évitez les gestes brusques, d'accord ?

— Oui, oui, ont répondu les hommes en chœur.

— Jeb… si tu posais ton fusil ? Elle a assez peur comme ça des humains.

— D'accord.

— Peur des humains ? a répété doucement Kyle.

— C'est nous les méchants, lui a rappelé Ian, en serrant ma main.

J'ai serré la sienne à mon tour, heureuse de sentir sa chaleur, la douce pression de ses doigts contre les miens.

Combien de fois sentirais-je encore la main d'un homme autour de la mienne ? Quand emprunterais-je pour la dernière fois ce tunnel ? Était-ce maintenant ?

Non, pas encore, a murmuré Mel.

J'ai été traversée par un tremblement. Ian a serré plus fort ma main, Jared aussi.

On a marché en silence pendant un moment.

— Kyle ? a demandé Soleil d'une voix timide.

— Oui ?

— Je ne veux pas retourner chez les Ours.

— Personne ne t'y oblige. Tu peux aller où tu veux.

— Mais pas rester ici ?

— Non. Je suis désolé, Soleil.

J'ai entendu la femme hoqueter. Heureusement qu'il faisait noir. Personne ne voyait mes larmes sur mes joues. Je n'avais pas de main libre pour les essuyer ; elles tombaient librement sur ma chemise.

On a atteint enfin l'extrémité du tunnel. La lumière du soleil filtrait par l'entrée de l'infirmerie, faisant scintiller les poussières dans l'air. J'ai entendu la voix de Doc, en sourdine :

— On avance à grands pas, disait-il. Pensez maintenant aux détails. Vous vous souvenez de votre ancienne adresse, parfait… Le nom ne peut être bien loin… On va le trouver, rassurez-vous.

— Doucement, ai-je murmuré à l'intention de mon groupe.

Kyle s'est arrêté juste avant le seuil, Soleil toujours accrochée à lui. Ils attendaient que je passe la première.

J'ai pris une profonde inspiration et je suis entrée dans le fief de Doc.

— Coucou, ai-je articulé pour m'annoncer.

L'hôte de la Soigneuse a étouffé un petit cri.

— Ce n'est que moi, l'ai-je rassurée.

— C'est Gaby, lui a rappelé Doc.

La femme était assise, Doc à ses côtés, une main posée sur son bras.

— C'est une âme, a soufflé la femme.

— Oui, mais c'est une amie.

La femme m'a scrutée, suspicieuse.

— Doc? J'ai quelques visiteurs avec moi. On peut entrer?

Doc a regardé la femme.

— Ce sont tous des amis. Beaucoup d'humains vivent ici, avec moi. Aucun d'eux ne voudrait vous faire de mal. Ils peuvent entrer?

La femme a hésité, puis a acquiescé, guère rassurée.

— Je vous présente Ian, ai-je dit en lui faisant signe d'entrer. Et voici Jared, et Jeb. (Un par un, ils ont franchi le seuil et m'ont rejointe.) Et enfin, voici Kyle et... Soleil.

Doc a écarquillé les yeux, lorsque Kyle, avec Soleil accrochée à lui, a fait son entrée en scène.

— Il y en a combien comme ça? a soufflé la femme.

Doc s'est éclairci la voix, tentant de se remettre de sa surprise.

— On est assez nombreux ici. Des humains, pour la plupart.

— Trudy arrive, ai-je annoncé. Peut-être pourrait-elle trouver une chambre à notre hôte. (J'ai jeté un coup d'œil vers Soleil et Kyle.) Pour qu'elle puisse se reposer?

Doc a hoché la tête, encore éberlué.

— C'est une bonne idée.

— Qui est Trudy? a demandé la femme tout bas.

— Elle est très gentille. Elle prendra soin de vous.

— Elle est humaine ou elle est comme celle-là? (Elle m'a désignée du menton.)

— Elle est humaine.

La femme a paru rassurée.

— Oh! a soufflé Soleil.

Elle venait d'apercevoir les cryocuves contenant les deux Soigneurs. Les deux caissons trônaient sur le bureau de Doc, avec leurs voyants rouges. Les sept autres caissons vides étaient entassés pêle-mêle dans un coin.

Les larmes ont de nouveau perlé à ses yeux; et elle a enfoui son visage dans la poitrine de Kyle.

— Je ne veux pas partir. Je veux rester avec toi, a-t-elle gémi.

— Je sais, Soleil. Je suis désolé.

Soleil a éclaté en sanglots.

J'ai battu des paupières pour chasser mes larmes. Je me suis approchée d'elle et lui ai caressé les cheveux.

— Je voudrais lui parler une minute, Kyle, ai-je articulé.

Il a hoché la tête, troublé, et a lâché la femme.

— Non, non, a-t-elle protesté.

— Tout va bien, ai-je promis. Kyle ne va aller nulle part. Je veux juste vous poser quelques questions.

Kyle a tourné sa protégée vers moi et ses bras se sont refermés autour de moi. Je l'ai entraînée dans un coin, le plus loin possible de l'hôte amnésique. Je ne voulais pas que notre conversation soit parasitée par la présence de cette femme. Soleil était déjà assez perturbée comme ça. Kyle nous suivait comme une ombre. On s'est assises par terre, face au mur.

— Merde…, a soufflé Kyle. Je ne pensais pas que ce serait si dur.

— Comment l'as-tu trouvée ? (La femme en pleurs n'a pas réagi quand j'ai posé ces questions à Kyle ; elle a continué à sangloter contre mon épaule.) Que s'est-il passé ? Pourquoi est-elle dans cet état ?

— J'espérais la trouver à Las Vegas. Je m'y suis rendu en premier, puis je suis allé à Portland. Jodi était très proche de sa mère Doris et c'est là-bas qu'elle vivait. Je me suis dit, en voyant comment tu étais avec Jared et Jamie, que peut-être elle serait retournée là-bas, même si elle avait cessé d'être Jodi. Et j'ai eu raison. Ils habitaient la même vieille maison, tous les trois. Doris et son mari, Warren – je n'ai pas très bien compris leurs nouveaux noms –, et Soleil. Je les ai observés toute la journée. Soleil occupait la chambre de Jodi. Je m'y suis introduit pendant qu'ils dormaient. J'ai pris Soleil, je l'ai chargée sur mon épaule et j'ai sauté par la fenêtre. J'ai cru qu'elle allait se mettre à hurler, alors j'ai foncé vers la Jeep. Et puis j'ai eu peur, parce que justement elle n'avait pas crié. Elle était si silencieuse ! J'ai eu peur que… tu vois ce que je veux dire… qu'elle ait fait comme ce gars dont parlait Jeb l'autre fois.

J'ai tressailli. Il ignorait qu'on avait assisté tout récemment à ce genre de suicide.

— Alors je l'ai posée au sol. Elle était en vie ; elle me regardait avec de grands yeux. Mais elle ne criait pas. Je l'ai emmenée dans la voiture. Je comptais l'attacher mais… elle ne paraissait pas affolée. Elle n'essayait même pas de s'échapper. Alors j'ai bouclé sa ceinture et j'ai roulé jusqu'ici. Elle m'a regardé un long moment, puis elle a dit : « Tu es Kyle. » Alors j'ai dit : « Ouais. Et toi, qui es-tu ? » Et elle m'a dit son nom… comment c'est déjà ?

— Rayon-de-Soleil-à-travers-la-Glace, a murmuré la femme. Mais Soleil, j'aime bien aussi. C'est joli.

— Bref, a repris Kyle en s'éclaircissant la gorge. Cela ne l'embêtait pas du tout de me parler. Elle n'était pas effrayée. Alors on a parlé. (Il est resté silencieux un moment.) Elle était contente de me voir.

— Je rêvais tout le temps de lui, m'a expliqué Soleil à voix basse. Toutes les nuits. J'espérais toujours que les Traqueurs le trouveraient ; il me manquait tellement… Alors, quand je l'ai vu, j'ai cru que c'était encore un de mes rêves.

J'ai dégluti pour faire descendre la boule.

Kyle a tendu le bras pour lui caresser la joue.

— C'est une gentille fille, Gaby. On pourrait l'envoyer dans un endroit sympa, non ?

— C'est ce dont je voulais lui parler. Où avez-vous vécu, Soleil ?

J'ai entendu des voix derrière moi. Trudy venait d'arriver. On leur tournait le dos. Je voulais voir ce qui se passait, mais j'étais heureuse de pouvoir rester concentrée sur l'âme apeurée.

— Juste ici et avec les Ours. J'ai accompli cinq cycles là-bas. Ici c'est mieux. Mais je n'ai pas passé le quart d'une vie sur cette planète !

— Je sais ce que vous ressentez. Croyez-moi, je suis bien placée pour le savoir. Y a-t-il un autre endroit où vous voudriez aller ? Chez les Fleurs, par exemple ? C'est très agréable là-bas. J'y suis allée.

— Je ne veux pas être une plante, a-t-elle marmonné dans le creux de mon épaule.

— Les Araignées sont… (Mais je ne suis pas allée plus loin. Ce n'était pas un monde pour Soleil.)

— J'en ai assez du froid. Et j'aime les couleurs.

— Je sais, ai-je encore soupiré. Je n'ai jamais été Dauphin, mais il paraît que c'est très beau là-bas. Les couleurs, les mouvements, la famille…

— C'est si loin. Et le temps que j'arrive où que ce soit, Kyle sera… sera… (Elle a enfoui son visage dans ses mains et s'est mise à pleurer de nouveau.)

— Il n'y a rien d'autre ? a demandé Kyle. Pas d'autres planètes possibles ?

J'entendais Trudy parler à l'hôte de la Soigneuse, mais je n'ai pas écouté. Laissons les humains s'occuper des leurs pour le moment.

— Pas qui soit accessible par vol régulier. Il y a bien d'autres mondes, mais seuls une poignée, les plus récents, sont encore ouverts au peuplement. Je suis désolée, Soleil, mais je dois t'envoyer loin. Les Traqueurs nous cherchent, et ils se serviront de toi pour les guider jusqu'ici, s'ils te retrouvent à temps.

— Je n'ai rien vu du chemin, a-t-elle sangloté. (Ma chemise était humide de ses pleurs.) Il m'a bandé les yeux.

Kyle m'a regardée, comme s'il attendait que je règle tout d'un coup de baguette magique. Mais j'étais à court de magie, à court d'idées pour une fin heureuse, du moins pour l'âme de l'équation.

J'ai regardé Kyle avec regret.

— Ce sont les Ours, les Fleurs ou les Dauphins, rien d'autre. Je ne veux pas l'envoyer sur la Planète de Feu.

Le petit bout de femme a frémi à cette pensée.

— N'ayez pas peur, Soleil. Vous aimerez les Dauphins. Ils seront très gentils.

Elle a pleuré plus fort encore.

J'ai soupiré.

— Soleil, il faut que l'on parle de Jodi.

Kyle s'est raidi.

— Jodi ? a répété Soleil.

— Est-elle… est-elle encore en vous ? Pouvez-vous l'entendre ?

Soleil a reniflé et a relevé les yeux vers moi.

— Comment ça ?

— Est-ce qu'elle vous parle ? Entendez-vous parfois ses pensées ?

— Mon corps… avoir des pensées ? Non, elle n'a pas de pensées. C'est moi qui suis dans sa tête à présent.

J'ai hoché la tête lentement.

— C'est mauvais signe ? s'est enquis Kyle.

— Je ne peux pas encore me prononcer. Mais ce n'est pas très bon, c'est certain.

Kyle a plissé les yeux de douleur.

— Depuis combien de temps êtes-vous ici, Soleil ?

Elle a froncé les sourcils, fouillant dans sa mémoire.

— Depuis combien de temps, Kyle ? Cinq ans ? Six ans ? C'était juste avant que tu ne disparaisses…

— Six ans, a confirmé Kyle.

— Quel âge avez-vous ?

— Vingt-sept ans.

Cela m'a étonnée. Elle était un format miniature, à l'air si juvénile. Comment pouvait-elle avoir six ans de plus que Melanie ?

— Quelle importance ? a demandé Kyle.

— Juste une impression. Plus les hôtes sont âgés au moment de l'insertion, plus il y a de chances qu'ils puissent… revenir. Plus ils ont passé de temps en tant qu'Hommes, plus ils ont de souvenirs propres, plus ils ont tissé de liens sociaux, plus profond est ancrée leur identité d'origine.

— Et vingt et un ans, c'est assez ? a-t-il demandé d'une voix chevrotante.

— On va bientôt le savoir.

— Ce n'est pas juste ! a gémi Soleil. Pourquoi vous pouvez rester, vous ? Pourquoi moi, je dois partir, et pas vous ?

J'ai eu du mal à avaler.

— Oui, ce ne serait pas juste. Mais je ne vais pas rester, Soleil. Moi aussi, je dois partir. Très bientôt. Peut-être partirons-nous ensemble.

Cela la soulagerait peut-être de penser qu'on allait se retrouver ensemble chez les Dauphins. Lorsqu'elle s'apercevrait de sa méprise, Soleil habiterait un nouvel hôte, avec un autre mode de pensée, d'autres émotions, et plus aucune attache avec Kyle l'humain. Du moins, je l'espérais. De toute façon, ce serait trop tard.

— Je dois m'en aller, Soleil, comme vous. Moi aussi, je dois rendre mon corps.

Et puis, le mot a claqué derrière nous, comme un coup de fouet. La voix de Ian, déchirant le silence :

— QUOI ?

56.

Le fleuve de feu

Ian nous a regardés avec une telle fureur que Soleil en a tremblé. C'était un spectacle curieux, comme si Kyle et Ian avaient échangé leur visage. Sauf que le visage de Ian était toujours parfait, sans nez écrasé. Un visage qui restait beau malgré la rage.

— Ian? a lâché Kyle, interdit. Quel est le problème?

Ian a répondu, les dents serrées :

— Gaby…

Il tendait le bras vers moi, paume ouverte, mais il avait toutes les peines du monde à ne pas serrer le poing.

Aïe! a pensé Mel.

J'ai été assaillie par le chagrin. Je ne voulais pas dire adieu à Ian, et à présent je le devais. Cela devait arriver un jour ou l'autre. Ça n'aurait pas été bien de partir en catimini, comme une voleuse, en laissant à Melanie le soin de lui dire au revoir pour moi.

Ian, lassé d'attendre, a attrapé mon bras pour me mettre debout. Quand il a vu que Soleil s'accrochait à moi et s'apprêtait à suivre le mouvement, Ian lui a fait lâcher prise brusquement. Soleil est retombée au sol.

— Hé! Doucement! a lancé Kyle.

Ian a donné un coup de pied dans le visage de son frère.

— Ian ! ai-je protesté.

Soleil a plongé pour protéger Kyle qui portait la main à son nez et tentait de se relever ; elle plaçait son minuscule corps en bouclier. Ce mouvement imprévu lui a fait perdre l'équilibre et Kyle est retombé en gémissant.

— Viens ! a grogné Ian en me tirant sans accorder un regard à son frère.

— Ian…

Il m'a attirée à lui, m'enserrant de son bras. Je ne pouvais pas parler. Où voulait-il m'emmener ?

Tous les visages étonnés ont défilé dans un halo. Ian allait effrayer la femme amnésique. Elle n'était habituée ni à la colère ni à la violence.

Et puis on s'est immobilisés. Jared bloquait la sortie.

— Tu as perdu la tête, Ian ? a-t-il lancé avec autant de surprise que d'outrage. Qu'est-ce que tu fais ?

— Tu es au courant ? a crié Ian en me tenant à bout de bras devant Jared. (Derrière nous, un gémissement s'est élevé. Les deux femmes étaient terrorisées.)

— Arrête, tu vas lui faire mal !

— Tu sais ce qu'elle compte faire ?

Jared a regardé Ian fixement, le visage soudain fermé à double tour. Il n'a rien répondu.

C'était suffisamment éloquent pour Ian.

Je n'ai pas vu partir le poing de Ian tant le coup a été rapide. J'ai simplement senti la détente du corps et vu Jared reculer dans le tunnel.

— Ian, arrête ! Je t'en supplie !

— Non, toi tu arrêtes !

Il m'a entraînée sans ménagement dans le couloir. Je devais presque courir pour suivre ses foulées.

— Arrête, nom de Dieu ! a crié Jared dans notre dos.

— Moi, lui faire mal ? Moi ? a hurlé Ian, sans ralentir le pas. Sale hypocrite !

Le silence et les ténèbres se sont refermés derrière nous. Je suivais tant bien que mal le train, trébuchant à chaque pas dans l'obscurité.

J'ai commencé à sentir une pulsation douloureuse dans mon bras. La main de Ian était serrée sur mon biceps comme un étau et ses longs doigts bloquaient ma circulation. Ma main était tout engourdie.

Il m'a tirée un grand coup, pour me faire avancer plus vite ; j'en ai eu le souffle coupé et mon hoquet a été audible – un gémissement, presque un cri de douleur.

À ce son, Ian s'est figé. Il haletait dans l'obscurité.

— Ian… je…, ai-je tenté d'articuler, incapable de continuer. (Je ne savais que dire ; j'imaginais sa fureur.)

Il a passé un bras sous mes genoux, l'autre sous mes épaules, et m'a brusquement soulevée de terre. Me tenant ainsi contre lui, il s'est mis de nouveau en marche. Il courait à présent. Ses mains n'étaient plus rageuses et brutales ; il me pressait tendrement contre sa poitrine.

Il a couru ainsi jusqu'à la grande place, ignorant les regards surpris que l'on nous lançait. Il s'était passé tant d'événements angoissants dans ces grottes ces derniers temps que les humains présents – Violetta, Geoffrey, Andy, Paige, Aaron, Brandt, et d'autres encore que je n'ai pas eu le temps de reconnaître – ont été saisis d'effroi. Voir Ian, le visage distordu par la rage, traverser la place au pas de course, en me portant dans ses bras, avait de quoi les inquiéter.

Ian a continué à avancer et le groupe a disparu derrière nous. Il ne s'est arrêté que lorsqu'il est arrivé devant les portes de la chambre qu'il partageait avec Kyle. Il a ouvert d'un coup de pied le battant rouge, qui est tombé au sol dans un grand fracas, et m'a jetée sur le lit.

Il s'est tenu au-dessus de moi, haletant à cause de l'effort et de sa fureur. Il a remis la porte en place en un instant. La seconde suivante, il était de nouveau devant moi.

J'ai pris une profonde inspiration et je me suis relevée sur les genoux, bras tendus, mains écartées, paumes en l'air. J'aurais tant voulu être capable de magie. Faire apparaître un talisman, invoquer un sort de guérison… Mais mes mains restaient vides.

— Je… t'interdis… de… me… quitter. (Ses yeux étincelaient. Jamais je n'avais vu le bleu de ses iris aussi intense.)

— Ian…, ai-je soufflé. Il faut que tu comprennes… Je ne peux pas rester. Tu le sais bien.

— NON !

Je me suis recroquevillée et, brusquement, Ian est tombé à genoux, a plaqué son visage sur mon ventre en m'enserrant la taille. Il tremblait et des sanglots soulevaient sa poitrine.

— Non, Ian, non, l'ai-je supplié. (Son chagrin était pire encore que sa colère.) Je t'en prie, non…

— Gaby…, gémissait-il.

— Ian, non… Ne le prends pas comme ça. Je suis tellement triste. Je t'en prie.

Je pleurais aussi, je tremblais comme lui, mais c'était peut-être ses spasmes qui se propageaient à moi.

— Tu ne peux pas partir.

— Il le faut.

Et puis nous avons pleuré sans rien dire, enlacés.

Ses larmes se sont taries avant les miennes. Il s'est relevé et m'a serrée dans ses bras. Il a attendu que je puisse de nouveau parler.

— Pardon, a-t-il murmuré. C'était cruel de ma part.

— Non, non, c'est ma faute. J'aurais dû te le dire dès le début. Mais je… je n'ai pas trouvé la force. Je ne voulais pas te faire du mal, *nous* faire du mal. J'ai été égoïste.

— Il faut qu'on parle encore, Gaby. Ce n'est pas irrémédiable. Il doit exister une autre solution.

— Non.

Il a secoué la tête, les dents serrées.

— Depuis combien de temps as-tu décidé ça ?

— Depuis l'arrivée de la Traqueuse.

Il a acquiescé, comme s'il s'en doutait.

— Tu t'es dit que tu devais révéler ton secret pour la sauver. Je comprends. Mais cela ne t'oblige pas à partir. Même si Doc sait à présent, cela n'a rien à voir. Si j'avais pensé un seul instant que c'étaient les termes du marché, qu'il s'agissait d'un échange, jamais je ne t'aurais laissée lui montrer. Personne ne va te forcer à t'allonger sur ce brancard de malheur ! Si Doc ose approcher son scalpel de toi, je lui casse les doigts !

— Ian, je t'en prie.

— Ils n'ont pas le droit de te faire ça, Gaby ! Tu entends ? (Il criait de nouveau.)

— Ce n'est pas ça. Ce n'est pas pour sauver la Traqueuse que j'ai montré à Doc comment réaliser la séparation, ai-je murmuré. La présence de la Traqueuse a juste précipité ma décision. Je l'ai fait pour sauver Mel, Ian…

J'ai vu ses narines frémir. Mais il n'a rien dit.

— Elle est enfermée, Ian. C'est comme une prison… pire que ça ; je ne sais pas comment décrire ce qu'elle endure. Elle est une sorte de fantôme. Et je peux la libérer. Je peux la faire revenir.

— Toi aussi, tu mérites d'avoir une vie. Tu mérites de rester.

— Mais j'aime Mel, Ian.

Il a fermé les yeux, ses lèvres ont pâli.

— Mais moi aussi, je t'aime. Ça ne compte pas ?

— Si, ça compte. Ça compte énormément. Tu ne le vois pas ? C'est pour ça que je dois le faire.

Il a ouvert les yeux brusquement.

— C'est si insupportable pour toi que je t'aime ? C'est ça ? Je peux me taire, Gaby. Ne plus rien dire. Tu peux être avec Jared, si c'est ça que tu veux. Mais reste.

— Non, Ian… (J'ai pris son visage dans mes mains. Sa peau était dure et tendue sur les os.) Non. Je… je t'aime aussi. Moi, le petit ver argent lové à l'arrière de son crâne. Mais mon corps, lui, ne t'aime pas. Il ne peut t'aimer. Je ne pourrai jamais t'aimer dans ce corps, Ian. Je suis déchirée. C'est insupportable.

J'aurais pu endurer ce calvaire. Mais le voir souffrir parce que mon corps le rejetait était au-dessus de mes forces.

Il a fermé de nouveau les yeux. Ses épais cils noirs étaient mouillés par les larmes. Je les voyais luire.

Allez vas-y, a soupiré Mel. *Fais ce que tu veux. Je t'attends dans l'autre pièce !* a-t-elle ajouté avec une pointe d'ironie.

Merci.

J'ai refermé mes bras autour de son cou et me suis penchée vers lui, jusqu'à ce que mes lèvres touchent les siennes.

Il a refermé ses bras autour de moi pour me serrer contre sa poitrine. Nos bouches se sont ouvertes, ensemble, s'unissant comme si elles devaient ne faire qu'une et n'être jamais séparées, et j'ai goûté le sel de nos larmes. Nos larmes mêlées.

Quelque chose a changé…

Lorsque le corps de Melanie touchait celui de Jared, c'était comme un incendie, des flammes véloces qui traversaient une steppe, avalant tout sur leur passage.

Avec Ian, c'était différent, parce que Melanie ne l'aimait pas comme moi je l'aimais. Alors quand il me touchait, c'était plus profond, plus lent qu'un feu de brousse, plutôt comme un fleuve de lave coulant loin sous la surface. Il était trop profond pour percevoir la chaleur, mais il avançait, inexorable, changeant les fondations du monde.

Mon corps réfractaire était un brouillard entre nous, un rideau épais, mais suffisamment ajouré pour que je puisse voir à travers ce qui se passait.

Et cela m'a changée – moi, pas elle. C'était presque un processus de fonderie qui s'opérait au fond de moi, une métamorphose qui avait débuté, une coulée qui était déjà façonnée, forgée. Mais ce long baiser l'a terminée, l'a scellée, comme la trempe vive d'une épée, la rendant plus solide, inaltérable. Incassable.

Et j'ai pleuré de nouveau en comprenant que, pour lui aussi, le changement avait dû se produire. Cet homme était doux et bon comme une âme, mais cette force qui émanait de lui était purement humaine.

Il a posé ses lèvres sur mes yeux, mais il était trop tard.

— Ne pleure pas, Gaby. Ne pleure pas. Tu vas rester avec moi.

— Huit vies, ai-je chuchoté contre sa joue. Huit vies entières et jamais je n'ai rencontré quelqu'un qui m'ait donné envie de rester sur une planète, ou envie de le suivre où qu'il aille. Jamais je n'ai trouvé un compagnon. Pourquoi faut-il que ce soit maintenant? Pourquoi toi? Tu n'es pas de mon espèce. Comment pourrais-tu être mon compagnon?

— L'univers est une énigme.

— Ce n'est pas juste, me suis-je lamentée, reprenant les mots de Soleil.

Non, ce n'était pas juste. Était-ce juste de trouver enfin l'amour – maintenant, au moment ultime ! – et de devoir l'abandonner ? Était-ce juste que mon âme et mon corps ne puissent se réconcilier ? Était-ce juste que j'aime Melanie autant ?

Pourquoi Ian devait-il souffrir ? Il méritait le bonheur, lui plus que tout autre. Ce n'était ni équitable, ni digne, ni même normal. Comment pouvais-je lui infliger ça ?

— Je t'aime, ai-je murmuré.

— Ne dis pas ça comme un adieu.

Mais c'était le cas.

— Moi, l'âme Vagabonde, je t'aime, toi, Ian l'humain. Et ce sera pour toujours, quoi qu'il advienne de moi. (Je choisissais mes mots avec soin, pour qu'il ne s'y immisce pas l'once d'un mensonge.) Même si j'étais devenue Dauphin, Ours ou Fleur, cela n'aurait rien changé. Je t'aurais aimé pour toujours, tu serais resté à jamais gravé dans ma mémoire. Parce que tu es, et seras, mon seul et unique compagnon.

Ses bras se sont raidis puis m'ont serrée plus fort. Je sentais la colère vibrer dans chaque fibre de ses muscles. J'avais du mal à respirer.

— Tu ne vas aller nulle part. Tu restes ici.

— Ian…

Sa voix était brusque à présent ; il y avait de la colère, mais aussi du pragmatisme :

— Ce n'est pas que pour moi. Tu fais partie de cette communauté, et on ne va pas te mettre dehors comme ça. Tu es bien trop précieuse pour nous tous, même si certains se refusent à le reconnaître.

— Personne ne me met dehors.

— Non, personne. Pas même toi, Vagabonde ! Tu n'en as pas le droit.

Il m'a embrassée à nouveau, son baiser rendu plus sauvage par la colère. Ses mains ont saisi mes cheveux dans ma nuque et il m'a tirée en arrière, séparant nos lèvres.

— Agréable ou pas?

— Agréable.

— C'est bien ce que je pensais, a-t-il grommelé.

Il m'a embrassée encore. Il me serrait si fort, sa bouche était si ardente, si sauvage, qu'un vertige m'a prise ; l'air me manquait. Il a desserré légèrement son étreinte et a glissé sa bouche vers mon oreille.

— Allons-y.

— Où?

Je n'allais nulle part. C'était une certitude. Et pourtant mon cœur a bondi de joie à ces mots. Partir, partir loin, avec Ian. Mon Ian. Parce que Ian était à moi, comme Jared ne le serait jamais, comme ce corps ne serait jamais totalement à lui.

— Ne discute pas, Vagabonde. J'ai les nerfs à vif. (Il nous a relevés prestement.)

— Où ça? ai-je insisté.

— De l'autre côté de la parcelle est, tout au bout…

— Le terrain de sport?

— Oui. Tu vas m'attendre là-bas jusqu'à ce que je ramène les autres.

— Pour faire quoi? (Je ne comprenais rien. Il voulait faire une partie de football? Pour apaiser les tensions?)

— Pour débattre de tout ça. Je convoque le tribunal, Vagabonde, et en tant que membre de cette communauté, tu devras te soumettre à sa décision.

57.

Les adieux

C'était un tribunal réduit, à l'inverse du grand procès qui avait jugé Kyle. Ian avait amené seulement Jeb, Doc et Jared. Il avait veillé à ce que Jamie ignore l'existence de ces débats.

Melanie devrait lui dire adieu pour moi. Je n'avais pas la force de le faire, pas avec Jamie devant moi. C'était de la lâcheté, d'accord...

Une unique lampe bleue traçait un cercle sur le sol. On était tous assis sur le pourtour de l'anneau de lumière ; j'étais seule d'un côté, les quatre hommes me faisaient face. Jeb avait apporté son fusil en guise de maillet, pour officialiser le verdict de cette assemblée extraordinaire.

L'odeur de soufre me rappelait les jours douloureux de mon deuil, un souvenir que je serais heureuse de perdre.

— Comment va-t-elle ? ai-je demandé à Doc au moment où tout le monde s'installait. (Ce tribunal grevait encore le peu de temps qui me restait. Et j'avais tant d'affaires urgentes à régler.)

— Laquelle des deux ? a-t-il demandé d'un ton las.

Je l'ai regardé un moment sans comprendre puis j'ai écarquillé les yeux.

— Soleil est partie ? Déjà ?

— Kyle trouvait cruel de la faire souffrir plus long-temps. Elle était si malheureuse de devoir s'en aller.

— J'aurais aimé lui dire au revoir. Lui souhaiter bonne chance. Et Jodi ?

— Pas de réaction encore.

— L'hôte de la Soigneuse ?

— Trudy l'a emmenée. Sans doute en cuisine, lui donner quelque chose à manger. Ils vont lui trouver un nom temporaire, pour qu'on puisse l'appeler autrement que « l'hôte de la Soigneuse ». (Il a esquissé un sourire amer.)

— Je suis sûre que ça va aller pour elle, ai-je dit en essayant de me convaincre moi-même. Et pour Jodi, aussi. Tout ira bien pour tout le monde.

Personne n'a réagi à mes mensonges ; c'était à moi que je mentais, surtout.

Doc a lâché un soupir.

— Je ne veux pas laisser Jodi trop longtemps toute seule. Elle peut avoir besoin de quelque chose.

— Parfait, ai-je acquiescé. Finissons-en au plus vite.

Peu importait ce qui allait se dire ; Doc était d'accord sur les termes de notre marché. Et pourtant, une petite part de moi, stupide, gardait encore l'espoir d'une solu-tion miracle qui me permettrait de rester avec Ian, Mel et Jared, selon des modalités qui ne feraient souffrir personne. Fol espoir !

— D'accord, a dit Jeb. Gaby, on t'écoute.

— Je vous rends Melanie. (C'était court et impa-rable.)

— Ian, ton point de vue ?

— On a besoin de Gaby ici.

Court et imparable aussi. Copieur !

Jeb a hoché la tête en silence.

— Le cas est compliqué. Gaby, pourquoi devrais-je être d'accord avec toi ?

— Si tu étais à la place de Melanie, tu voudrais qu'on te rende ton corps, non ? Tu ne peux pas lui refuser ça.

— Ian ? Même question.

— Nous devons considérer le bien commun. Gaby nous a déjà tant apporté, en ce qui concerne notre santé comme notre sécurité. Elle est vitale pour la survie de notre communauté, de l'espèce humaine entière. Le bien d'une seule personne ne peut mettre ça en péril.

Il a raison.

Personne ne t'a sonnée !

Jared a pris la parole :

— Gaby, qu'en pense Mel ?

Et toc ! a lancé Mel.

J'ai regardé Jared droit dans les yeux et quelque chose d'étrange s'est produit. La transmutation dont j'avais été le siège a été défaite dans l'instant, l'or relégué au tréfonds de mon corps, dans l'infime parcelle que j'occupais. Le reste de moi était porté vers Jared, avec la même déraison, la même force que de coutume. Ce corps ne m'appartenait pas, ni même à Mel, mais à lui.

Il n'y avait pas de place pour nous deux.

— Melanie veut qu'on lui rende son corps. Elle veut retrouver sa vie.

Menteuse ! Dis-leur la vérité !

Non.

— Menteuse, a lancé Ian. Je te vois te disputer avec elle. Je suis sûr qu'elle est d'accord avec moi. Melanie est quelqu'un de bien. Elle sait à quel point on a besoin de toi.

— Mel sait tout ce que je sais. Elle pourra vous aider. Comme l'hôte de la Soigneuse. Et elle, elle en sait bien davantage que moi. Tout ira bien. Vous vous en sortiez très bien avant mon arrivée. Vous survivrez, comme vous l'avez toujours fait.

J'ai lâché un soupir en fronçant les sourcils.

— Ce n'est pas sûr, Gaby. Ian a raison.

J'ai fixé le vieil homme ; Jared m'a imitée. Puis j'ai lancé un regard noir à Doc.

Le visage de Doc s'est crispé. Il se souvenait de sa promesse. Son serment. Ce tribunal ne le libérait pas de sa parole !

Ian n'a pas remarqué notre échange silencieux.

— Jeb ! a protesté Jared. Il n'y a qu'une décision possible. Tu le sais.

— Ah oui, gamin ? Moi, il me semble qu'il y en a un tonneau entier !

— C'est le corps de Melanie !

— Et celui de Gaby aussi.

Jared s'en est étranglé.

— Tu ne peux laisser Mel prisonnière. C'est comme un meurtre, Jeb.

Ian s'est penché dans le cercle de lumière, son visage de nouveau déformé par la colère.

— Et que fais-tu à Gaby, toi ? Et à nous tous, si tu nous la prends ?

— Tu te fiches des autres ! Tout ce que tu veux, c'est garder Gaby, aux dépens de Mel !

— Et toi, tu veux récupérer Melanie aux dépens de Gaby. Ça fait un partout ; il faut donc choisir ce qui est le mieux pour tout le monde.

— Non ! C'est à Melanie de décider ! C'est son corps.

Ils étaient accroupis, prêts à bondir, les poings serrés, le visage crispé de rage.

— Du calme, les enfants ! a ordonné Jeb. C'est un tribunal. On va garder notre sang-froid. On doit analyser le problème sous tous les angles.

— Jeb…, a commencé Jared.

— Silence ! (Jeb s'est mordillé les lèvres un moment.) D'accord… voilà comment je vois les choses : Gaby a raison…

Ian s'est levé d'un bond.

— Assis ! Laisse-moi finir.

Jeb a attendu que Ian, les tendons de son cou saillants de rage, se rasseye.

— Gaby a raison, a repris le patriarche. Mel doit récupérer son corps. Mais…, a-t-il ajouté avant que Ian n'intervienne à nouveau, je ne suis pas d'accord avec le reste. Je pense qu'on a sacrément besoin de toi, fillette. Dehors, il y a une armée de Traqueurs qui nous cherchent et toi tu peux leur parler. Pas nous. Tu sauves des vies. Je dois penser au bien de ma maison.

— Alors, il faut trouver un autre corps ! a répliqué Jared en serrant les dents.

Le visage douloureux de Doc s'est relevé. Les sourcils blancs de Jeb se sont redressés en accent circonflexe. Les yeux de Ian se sont écarquillés. Il s'est tourné vers moi et m'a interrogée du regard.

— Non ! Non ! (J'ai secoué la tête frénétiquement.)

— Pourquoi pas, Gaby ? a demandé Jeb. Ce n'est pas une mauvaise idée.

J'ai dégluti et pris une profonde inspiration pour garder un ton à peu près calme.

— Jeb, écoute-moi bien. J'en ai assez d'être un parasite. Tu peux comprendre ça ? Je ne veux pas entrer dans un autre corps et recommencer à vivre cet enfer. Je ne veux pas me sentir coupable à jamais parce que j'ai pris la vie de quelqu'un d'autre. Je ne veux plus être haïe. Je ne suis presque plus une âme. Je vous aime trop, brutes d'humains ! Mais je n'ai pas le droit d'être ici et je déteste vivre ça.

J'ai repris mon souffle et poursuivi tandis que mes larmes coulaient.

— Et si les choses changent? Et si vous me mettez dans quelqu'un d'autre, si vous sacrifiez une autre vie et que ça se passe mal? Si vous ne pouvez plus me faire confiance? Et si je vous trahis la prochaine fois? Si je vous fais du mal? Je ne veux pas!

La première partie était la vérité pure, mais la suite était un mensonge éhonté. J'espérais qu'ils n'allaient pas s'en apercevoir. Ma voix chevrotante, les sanglots qui rendaient mes mots presque inintelligibles facilitaient la supercherie. Jamais je ne leur ferais du mal. Ce qui m'était arrivé était permanent, c'était inscrit dans les atomes qui composaient mon corps minuscule. Mais si je leur donnais une raison de me craindre, ils accepteraient plus facilement l'inéluctable…

Et mon mensonge est passé. J'ai entrevu le regard inquiet qu'ont échangé Jeb et Jared. Ils n'avaient pas songé à l'éventualité qu'il faille se méfier de moi, que je puisse représenter un danger. Ian s'approchait déjà de moi pour me prendre dans ses bras. Il a séché mes larmes contre sa poitrine.

— C'est d'accord, chérie. Tu n'iras dans personne d'autre. Rien ne va changer.

— Attends un peu, Gaby, a articulé Jeb en me regardant avec une dureté nouvelle. En quoi le fait d'aller sur une autre planète va-t-il pouvoir résoudre ton problème? Tu resteras un parasite, fillette.

Ian a tressailli à ce mot honni. Et j'ai tressailli aussi, parce que Jeb était trop perspicace, comme toujours.

Ils attendaient ma réponse – sauf Doc, qui la connaissait déjà. Celle que je tairais.

J'ai tenté de dire uniquement des choses vraies.

— C'est différent sur les autres planètes, Jeb. Il n'y a pas de résistance. Les hôtes eux-mêmes sont différents.

Ils ne sont pas individualisés comme les humains, leurs émotions sont trop faibles. Ils n'ont pas l'impression qu'on leur vole leur vie. Pas comme ici, du moins. Personne ne me haïra là-bas. Et je me trouverai trop loin pour représenter pour vous un danger. Vous serez plus en sécurité que si je…

Les derniers mots étaient pur mensonge, alors je ne les ai pas prononcés.

Jeb m'a regardée en plissant les yeux ; j'ai détourné la tête.

Je me suis efforcée de ne pas regarder Doc, mais je n'ai pu m'empêcher de lui jeter un coup d'œil pour m'assurer qu'il avait compris. Il a levé vers moi des yeux de cocker. Il ne me trahirait pas.

Au moment où je baissais la tête, j'ai vu que Jared observait Doc. Avait-il intercepté notre conversation silencieuse ?

Jeb a poussé un soupir.

— C'est un choix cornélien.

— Jeb ! ont lancé ensemble Ian et Jared. (Les deux hommes se sont arrêtés et se sont lancé un regard mauvais.)

Quelle perte de temps ! Et je n'avais que quelques heures devant moi. C'était désormais une certitude.

— Jeb, ai-je articulé d'une voix à peine audible. (Tout le monde s'est tourné vers moi.) Tu n'as pas besoin de décider tout de suite. Doc doit retourner au chevet de Jodi et j'aimerais la voir aussi. En plus, je n'ai rien mangé de la journée. Pourquoi n'irais-tu pas te coucher ? Tu y verras plus clair au réveil. On en reparlera tranquillement demain. On a tout le temps.

Purs mensonges ! Le savaient-ils ?

— C'est une bonne idée, Gaby. Je pense que tout le monde ici a besoin d'une pause. On va tous aller dormir.

J'ai veillé à ne pas regarder Doc, même quand je me suis adressée à lui.

— Après avoir mangé, je viendrai voir Jodi. À tout à l'heure.

— D'accord, a répondu Doc d'une voix misérable.

Il fallait qu'il garde un ton détaché ! Doc était un humain, non ? Mentir était inscrit dans ses gènes !

— Tu as faim ? a murmuré Ian. (J'ai hoché la tête avec conviction.)

Il m'a aidée à me relever et m'a pris la main. Il n'était plus près de la lâcher désormais… Ce n'était pas si grave. Ian avait le sommeil profond, comme Jamie.

Au moment où nous quittions la salle, j'ai senti qu'on me regardait, sans pouvoir dire qui exactement.

Encore quelques détails à régler. Trois pour être précis. Trois ultimes corvées et tout serait joué.

La première : manger.

Ce n'aurait pas été bien de quitter Mel avec un corps criant famine. En outre, la nourriture était meilleure depuis notre dernier raid. C'était finalement une corvée pas si pénible.

J'ai envoyé Ian chercher le repas pendant que je me cachais dans les jeunes plants de maïs. Je voulais éviter Jamie. Je ne tenais pas à ce que ma décision l'inquiète. Ce serait encore plus dur pour lui que pour Ian ou Jared – ils aimaient chacun une facette de moi. Jamie, lui, aimait les deux. Il serait véritablement déchiré.

Ian n'a pas tenté de batailler avec moi. On a mangé en silence, son bras autour de ma taille.

Deuxième corvée : aller voir Soleil et Jodi.

Je pensais voir trois cryocuves en fonctionnement sur le bureau de Doc, mais il n'y avait que celles du couple de Soigneurs, trônant au milieu. Doc et Kyle étaient penchés au-dessus du lit où Jodi reposait, immobile. Je me suis dirigée rapidement vers eux, comptant leur demander où était Soleil, quand je me suis aperçue que Kyle avait sous le bras un caisson.

— À manipuler avec précaution, Kyle, ai-je indiqué à voix basse.

Doc touchait le poignet de Jodi, comptant les pulsations à mi-voix. Ses lèvres se sont pincées lorsqu'il a entendu ma voix. Et il a dû recommencer à zéro.

— Oui, Doc m'a dit ça, m'a répondu Kyle sans quitter Jodi des yeux. (Deux ecchymoses violettes se formaient sous ses yeux. Avait-il encore le nez cassé ?) Je fais attention. Mais je n'arrive pas à la lâcher. Elle était si triste et si gentille.

— Je suis certaine qu'elle aurait apprécié cette attention, si elle avait su.

Il a hoché la tête, tout en continuant à regarder Jodi.

— Il y a quelque chose à faire ? Une façon d'aider ?

— Parle-lui, prononce son nom, évoque des événements dont elle se souvient. Parle-lui de Soleil, aussi. Ça a marché avec l'hôte de la Soigneuse.

— Mandy, a corrigé Doc. Elle dit que ce n'est pas exactement ça, mais que c'est tout proche.

— Mandy, ai-je répété en signe de respect. Où est-elle ?

— Avec Trudy. C'était une bonne idée. Trudy est la personne idéale pour ça. Elle a dû l'emmener se coucher à présent.

— C'est parfait. Tout ira bien pour Mandy.

— Je l'espère. (Doc a esquissé un sourire, mais cela n'a pas allégé son affliction.) J'ai beaucoup de questions à lui poser.

J'ai regardé le petit bout de femme alitée, j'avais du mal à croire qu'elle était plus âgée que le corps que j'occupais. Son visage était amorphe et vide. Un masque inquiétant – elle qui était si pétillante de vie lorsque Soleil était aux commandes… Et si Mel…

Je suis encore là !

Je sais. Tout ira bien pour toi.

Comme Lacey ! On a grimacé ensemble à cette pensée.

Non. Jamais comme Lacey.

J'ai posé ma main sur le bras de Jodi. Elle était semblable à Lacey en bien des aspects : sa peau sombre, ses cheveux bruns, son petit gabarit. Elles auraient pu être sœurs, sauf que la gentillesse se lisait sur le visage de Jodi.

Kyle était muet et lui tenait la main.

— Comme ça, Kyle… (J'ai caressé à nouveau le bras de la jeune endormie.) Jodi ? Jodi, vous m'entendez ? Kyle vous attend, Jodi. Il s'est mis dans de sales draps pour vous ramener ici. Tout le monde veut lui faire la peau maintenant. (J'ai lancé un sourire à cette grosse brute et j'ai vu ses lèvres se retrousser, tout en continuant à regarder Jodi.)

— Mais ça ne doit pas te surprendre, a ajouté Ian à côté de moi. Cela a toujours été comme ça avec lui, pas vrai ? Salut, Jodi, je suis content de te revoir. Mais peut-être n'es-tu pas si contente de nous retrouver. Cela a dû te faire des vacances de ne pas avoir cet idiot sur le dos à longueur de journée.

Kyle n'avait pas remarqué l'arrivée de son frère, qui était entré avec moi, rivé à ma main.

— Tu te souviens de Ian, j'imagine. Il passe son temps à vouloir être meilleur que moi en tout et n'y arrive jamais. Salut, Ian ! a-t-il lancé à son frère sans relever les yeux. Tu as quelque chose à me dire ?

— Non.

— J'attends des excuses.

— Tu peux attendre longtemps.

— Tu te rends compte qu'il m'a donné un coup de pied dans la figure, Jodi? Comme ça, pour aucune raison.

— Qui doit s'excuser, selon toi, Jodi?

C'était amusant de voir les deux frères se taquiner. Amusant et rassurant. Je me serais bien réveillée pour voir ça. À la place de Jodi, j'aurais déjà souri dans mon sommeil.

— Continue comme ça, Kyle, ai-je chuchoté. C'est très bien. Elle va revenir.

J'aurais bien aimé pouvoir la rencontrer, voir quelle personne elle était. Je ne connaissais que les expressions de Soleil.

Quel effet cela allait-il leur faire à tous, lorsqu'ils feraient la connaissance de Melanie? Paraîtrait-elle la même à leurs yeux, comme s'il n'y avait aucune différence entre elle et moi? Allaient-ils se rendre compte que je n'étais plus là ou Melanie allait-elle prendre simplement ma place?

Peut-être la trouveraient-ils très différente de moi? Peut-être allaient-ils de nouveau devoir faire des efforts pour s'habituer à elle? Peut-être, au contraire, trouverait-elle bien mieux sa place que moi? Je l'imaginais au centre d'une foule amicale, avec Freedom dans ses bras. Je voyais tous les humains, qui s'étaient toujours méfiés de moi jusqu'ici, l'accueillant avec des grands sourires.

Pourquoi en avais-je les larmes aux yeux? Étais-je donc aussi insignifiante?

Non, m'a assuré Mel. *Tu vas leur manquer à tous… évidemment. Tous les meilleurs ici vont pleurer ta perte.*

Finalement, elle semblait accepter ma décision.

Non, je ne l'accepte pas! Je ne vois simplement pas comment t'en empêcher. Et je sens que l'heure est

proche… j'ai peur aussi. C'est ridicule, non ? Je suis
absolument terrifiée !

Comme ça, on est deux !

— Gaby ?

C'était Kyle…

— Oui ?

— Je te demande pardon.

— De quoi ?

— D'avoir essayé de te tuer. Je crois que j'ai eu
tort…

Ian a hoqueté de surprise.

— Doc, tu as un magnétophone quelque part ?

— Non. Désolé, Ian.

Ian a secoué la tête.

— Il faut immortaliser ce moment ! Jamais je n'aurais
cru que je verrais un jour le grand Kyle reconnaître
avoir eu tort. Allez, Jodi, ça, ça devrait te réveiller !

— Jodi chérie, viens me défendre. Viens dire à Ian
que je n'ai jamais eu tort avant. (Il a lâché un petit rire.)

C'était bon d'apprendre que Kyle m'acceptait, de
pouvoir l'entendre de mes propres oreilles. Je ne m'attendais pas à tant.

Je ne pouvais plus rien faire ici. Je n'avais nulle raison de m'attarder. Jodi reviendrait ou non, mais mon
chemin à moi était sans retour.

Il était temps d'accomplir ma troisième et dernière
corvée : mentir.

J'ai reculé d'un pas, pris une profonde inspiration et
écarté les bras en croix.

— Je suis fatiguée, Ian, ai-je articulé.

Était-ce vraiment un mensonge ? En tout cas, dans
ma voix, il y avait des accents de sincérité. Mon dernier jour à vivre avait été bien long… Je n'avais pas
dormi depuis notre retour d'expédition. J'étais sans
doute épuisée.

Ian a hoché la tête.

— Ça ne m'étonne pas. Tu es restée toute la nuit au chevet de la Soi… de Mandy.

— Oui, ai-je répondu en bâillant.

— Dors bien, Doc, a lancé Ian en m'entraînant vers la sortie. Bonne chance, Kyle. On revient demain matin.

— Bonsoir, Kyle, ai-je murmuré. À plus tard, Doc.

Doc m'a lancé un regard implorant, mais Ian lui tournait le dos et Kyle faisait face à Jodi. J'ai soutenu le regard de Doc, inflexible.

Ian a longé avec moi le tunnel obscur sans dire un mot. J'étais heureuse qu'il ne soit pas d'humeur bavarde. J'aurais eu du mal à me concentrer sur la conversation. Mon estomac se contractait et se tordait, réalisant de curieuses contorsions.

J'avais fini, accompli tous mes devoirs. Il ne me restait plus qu'à attendre maintenant… et à ne pas m'endormir. Malgré ma fatigue, je m'en sentais capable. Mon cœur battait à tout rompre, comme un poing frappant mes côtes.

Plus de tergiversations. C'était pour ce soir et Mel le savait aussi. Ce qui s'était passé plus tôt avec Ian en était la preuve. Plus je resterais, plus il y aurait de larmes, de disputes et de douleur. Et plus grandissait le risque que moi, ou quelqu'un d'autre, en dise trop et que Jamie apprenne ce que je m'apprêtais à faire. Il valait mieux que Mel lui explique après, à tête reposée. C'était beaucoup mieux.

Merci du cadeau ! Les mots ont fusé dans ma tête, vibrant autant de peur que de sarcasme.

Pardon. Tu m'en veux beaucoup ?

Elle a soupiré.

Comment pourrais-je t'en vouloir ? Je suis prête à faire tout ce que tu veux, Gaby.

Prends soin d'eux pour moi.

Je l'aurais fait de moi-même.

De Ian, aussi.

S'il me laisse approcher ! J'ai l'impression qu'il ne va pas trop apprécier ma présence.

Même s'il ne veut pas, fais-le.

Je ferai tout ce que je peux pour lui, Gaby. Je te le promets.

Ian s'est arrêté devant les portes rouge et grise de sa chambre. Il m'a interrogée du regard, et j'ai acquiescé. Laissons-lui croire que je me cachais encore de Jamie. C'était vrai d'ailleurs.

Ian a déplacé le battant rouge et je me suis dirigée tout droit vers le matelas. Je me suis recroquevillée, plaquant mes mains tremblantes sur ma poitrine qui faisait des soubresauts, en espérant dissimuler le tout derrière mes genoux pliés.

Ian s'est enroulé à moi, me serrant contre lui. Ça aurait pu marcher... Dès qu'il s'endormait, il s'étalait sur le dos, bras et jambes en croix. Seulement, il a senti mes tremblements.

— Ça va aller, Gaby. On finira par trouver une solution.

— Je t'aime vraiment, Ian. (Je ne voyais pas comment lui dire au revoir autrement. C'étaient les seuls mots d'adieu qu'il pouvait accepter. Il s'en souviendrait plus tard. Et comprendrait.) De mon âme entière, je t'aime.

— Je t'aime aussi, ma Vagabonde.

Il a enfoui son visage entre mes bras jusqu'à trouver mes lèvres. Il m'a embrassée doucement, tendrement ; le flot de roche en fusion du centre de la Terre a grandi, enflé, et mes tremblements se sont apaisés.

— Dors, Gaby. Demain est un autre jour. Tu en as assez fait pour aujourd'hui.

J'ai hoché la tête, j'ai approché mon visage du sien et j'ai lâché un long soupir.

Ian était fatigué aussi. Je n'ai pas eu longtemps à attendre. J'ai regardé le plafond, les étoiles au-dessus qui scintillaient, nichées dans les fissures de la roche. J'en apercevais trois à présent, alors qu'elles n'étaient que deux plus tôt. Je les ai regardées clignoter dans le grand noir de l'espace. Elles ne m'appelaient pas. Je n'avais nul désir de les rejoindre.

Un à un, les bras et les jambes de Ian m'ont quittée. Il a roulé sur le dos, en marmonnant dans son sommeil. Je n'osais pas attendre plus longtemps ; j'avais bien trop envie de rester ici, de m'endormir contre lui, de voler un jour de plus.

J'ai bougé avec précaution, mais il ne risquait guère de se réveiller. Sa respiration était profonde et régulière. Il n'ouvrirait pas les yeux avant le lendemain matin.

J'ai déposé un baiser sur son front, puis je me suis levée et me suis faufilée dans le couloir.

Il n'était pas très tard, et les grottes n'étaient pas désertes. J'entendais des échos de voix, et d'autres sons méconnaissables qui pouvaient provenir de n'importe où. Je n'ai vu personne avant de pénétrer dans la grande salle. Geoffrey, Heath et Lily s'éloignaient vers la cuisine. J'ai baissé les yeux, même si j'étais contente de voir Lily. Je me suis autorisée un regard fugace : elle marchait sans aide, les épaules droites. Lily était solide. Comme Mel. Elle aussi allait revenir.

J'ai pressé le pas vers le tunnel sud, soulagée de me retrouver dans ses ténèbres. Soulagée et horrifiée. C'était pour maintenant.

J'ai si peur, ai-je gémi.

Avant que Mel puisse répondre, une main épaisse et lourde s'est abattue sur mon épaule.

— Où vas-tu comme ça ?

58.

La fin

J'étais si tendue que j'ai hurlé, mais ma terreur a étouffé mon cri ; il ne s'est échappé de ma gorge qu'un petit couinement de souris.

— Oh, pardon ! (Le bras de Jared s'est refermé autour de mes épaules, pour me réconforter.) Mille excuses ! Je ne voulais pas te faire peur.

— Que fais-tu ici ? ai-je bredouillé.

— Je te suivais. Je t'ai suivie toute la nuit.

— C'est bien. Maintenant arrête.

J'ai senti une hésitation et son bras n'a pas bougé. Je me suis dégagée ; mais il m'a rattrapée par le poignet. Sa prise était ferme ; je ne pourrais pas me libérer facilement.

— Tu vas voir Doc ? (Il n'y avait aucune ambiguïté dans sa question ; à son ton, il savait que je n'allais pas rendre au médecin une visite de courtoisie.)

— Évidemment ! ai-je persiflé pour ne pas qu'il perçoive la panique dans ma voix. Que pourrais-je faire d'autre après une journée pareille ? Cela ne va pas s'arranger. Et ce n'est pas à Jeb de prendre la décision.

— Je sais. Je suis de ton côté.

J'ai été agacée de voir que ces paroles me blessaient et me faisaient monter les larmes aux yeux. J'ai tenté de penser à Ian – mon ancre, mon roc, comme Kyle l'avait été pour Soleil – mais c'était difficile avec le contact de sa main sur moi, avec son odeur qui s'insinuait dans mes narines. Autant tenter d'écouter un violon dans un groupe de percussions !

— Lâche-moi, Jared. Va-t'en. Je veux être seule. (Les mots sont sortis vifs et tranchants comme des pierres. Sincères.)

— Je voudrais venir avec toi.

— Tu auras bientôt Melanie ! ai-je répliqué. Encore quelques minutes de patience, Jared. C'est trop te demander ?

Il y a eu un autre silence ; sa main ne s'est pas desserrée.

— Gaby, je voudrais venir… pour être avec toi.

Mes larmes ont coulé. Heureusement qu'on était dans le noir !

— Tu ne peux pas, ai-je soufflé. Alors à quoi bon ?

Bien sûr, Jared ne pourrait être présent. Je ne pouvais avoir confiance qu'en Doc. Il m'avait donné sa parole. Et je ne quittais pas cette planète. Je n'allais pas vivre parmi les Dauphins ou les Fleurs, à pleurer la perte de ceux que j'aimais et qui seraient tous redevenus poussière quand j'ouvrirais les yeux, si tant est que j'eusse des yeux dans ma nouvelle espèce. C'était ma planète, ici, et personne ne me forcerait à la quitter ! Je resterais dans le sable du désert, dans cette grotte obscure avec mes amis. Une sépulture humaine pour l'humaine que j'étais devenue.

— Mais Gaby, je… Il y a tant de choses que je veux te dire…

— La dernière chose dont j'aie besoin, c'est de ta gratitude, Jared. Tu peux me croire !

— De quoi as-tu besoin ? a-t-il murmuré. Je suis prêt à te donner tout ce que tu veux.

— Prends soin de ma famille. Ne laisse pas les autres les tuer.

— Bien sûr que je vais veiller sur eux. (Il a balayé d'un geste ma requête.) Je parle de toi. Qu'est-ce que je peux te donner, à toi ?

— Je ne peux rien emporter avec moi, Jared.

— Pas même un souvenir ? Que veux-tu ?

J'ai essuyé mes larmes, mais d'autres ont aussitôt pris la place des précédentes. Non. Je n'avais pas même droit à un souvenir.

— Qu'est-ce que je peux te donner, Gaby ? insistait-il.

J'ai pris une grande inspiration et me suis efforcée de ne pas trembler en parlant.

— Donne-moi un mensonge, Jared. Dis-moi que tu veux que je reste.

Il n'a eu aucune hésitation, cette fois. Ses bras se sont refermés autour de moi dans le noir, m'ont serrée contre sa poitrine. Il a pressé ses lèvres sur mon front ; j'ai senti son souffle dans mes cheveux avant qu'il ne parle.

Melanie retenait son souffle. Elle faisait son possible pour disparaître à nouveau, me rendre ma liberté pour mes derniers instants. Peut-être avait-elle peur d'entendre ces mensonges. Elle n'en voulait pas dans sa mémoire quand je serais partie.

— Reste ici, Gaby. Avec nous. Avec moi. Je ne veux pas que tu t'en ailles. S'il te plaît. Je ne peux me faire à l'idée de te perdre. Impossible. Je ne sais pas comment je… comment je… (Sa voix s'est éteinte.)

C'était un très bon menteur. Et il devait être bien sûr de moi pour oser me dire ces mots.

Je suis restée contre lui un moment, mais je sentais le temps s'enfuir. Vite. Vite.

— Merci, ai-je murmuré en essayant de m'extraire de ses bras.

Mais il a resserré son étreinte.

— Je n'ai pas terminé.

Nos visages étaient à quelques centimètres l'un de l'autre. Il s'est approché encore, et même à cet instant, alors que ma fin était imminente, je n'ai pu résister à son appel. La torchère s'est embrasée de nouveau. L'explosion eut lieu encore une fois.

Mais c'était différent cette fois. C'était cette fois pour moi. C'est mon nom qu'il a soufflé quand il m'a plaquée contre lui – et cette fois, c'est mon corps qu'il tenait dans ses mains, mon corps à moi. La différence était frappante. Pendant un moment, il n'y avait plus que nous deux, juste Vagabonde et Jared, tous les deux brûlants de désir.

Jamais personne n'avait mieux menti que Jared pour ces dernières minutes de ma vie. Avec son corps, il était un illusionniste hors pair. Et c'était le plus beau cadeau qu'il pouvait m'offrir. Je ne pourrais emmener avec moi ce souvenir délicieux, car je n'allais nulle part. Mais il allégeait un peu la douleur du départ. Je croyais à son mensonge. Je pouvais croire que j'allais lui manquer, que mon absence allait lui voler un peu de sa joie. Je ne voulais pas qu'il soit malheureux, mais cela faisait tant de bien de savoir que je comptais autant…

Pourtant, je ne pouvais ignorer le temps qui filait, les secondes qui égrenaient le compte à rebours… Malgré mon corps en feu, je les sentais me presser, me pousser à aller au bout de ce couloir obscur, m'arracher à ce cocon chaud et douillet.

Je suis parvenue à me séparer de ses lèvres. On est restés haletants dans l'obscurité, nos souffles courant mutuellement sur nos visages.

— Merci, ai-je répété.

— Attends…

— Je ne peux pas. Je n'aurai pas la force d'en supporter davantage. Tu comprends ?

— Oui.

— Une dernière chose. Laisse-moi faire ça toute
seule. Je t'en prie.

— Si c'est vraiment ce que tu veux. (Il n'a pas été
plus loin.)

— Ce n'est pas ce que je veux, mais c'est nécessaire, Jared.

— Alors je vais rester ici. Je ne bouge pas.

— Je vais dire à Doc de venir te chercher quand ce
sera fini.

Ses bras étaient toujours autour de moi.

— Tu sais que Ian va vouloir me faire la peau
parce que je t'ai laissée faire. Il vaudrait peut-être
mieux le prévenir… Et Jamie… Il ne va jamais nous
pardonner…

— Je ne peux penser à eux pour l'instant. Je t'en
prie. Laisse-moi y aller.

Lentement, avec une réticence palpable, qui a
réchauffé la pierre glacée qui pesait dans mon ventre,
Jared a écarté les bras.

— Je t'aime, Gaby.

J'ai soupiré.

— Merci, Jared. Tu sais combien je t'aime. De tout
mon cœur.

Le cœur et l'âme. Ce n'était pas la même chose, dans
mon cas. J'avais été trop longtemps coupée en deux. Il
était temps de se retrouver, de redevenir un. Même si
cela signifiait ma fin.

Chaque seconde qui s'écoulait me tirait un peu plus
fort vers le bout du tunnel. Il faisait froid quand ses bras
se sont séparés de moi. Encore plus froid à chaque pas
qui m'éloignait de lui.

Un effet de mon imagination, bien sûr. C'était toujours l'été. Ce serait toujours l'été, ici, pour moi.

— Que se passe-t-il ici quand il pleut, Jared ? ai-je murmuré. Où dorment les gens ?

Il lui a fallu un moment pour me répondre ; j'ai entendu, dans mon dos, sa voix chargée de sanglots.

— On s'installe tous sur le terrain de sport. On dort tous ensemble.

J'ai hoché la tête. Quelle était l'ambiance dans cet espace confiné ? Tendue, à cause des conflits de caractères ? Amusante, comme une soirée pyjama ?

— Pourquoi cette question ? a-t-il murmuré.

— Je voulais juste… me représenter la scène. Comment ça se passait. (La vie et l'amour continueraient. Même si ce serait sans moi, cette pensée me procurait de la joie.) Au revoir, Jared. Mel te dit à tout de suite.

Menteuse !

— Gaby… attends…

J'ai pressé le pas. Je ne voulais pas, avec ses beaux mensonges, qu'il me convainque de rester. Mais il n'y avait que le silence derrière moi.

Son chagrin m'était moins douloureux que celui de Ian. La peine de Jared serait rapidement effacée. Il serait bientôt transporté de joie. Pour lui, c'était le *happy end*.

J'approchais de la fin du tunnel. J'ai aperçu la lueur de la lampe d'opération ; Doc m'attendait.

Je suis entrée dans cette pièce qui m'avait toujours effrayée, le buste droit, les épaules relevées. Doc avait tout préparé. Dans un coin sombre, deux lits étaient accolés ; Kyle y dormait, un bras passé autour du corps inerte de Jodi, l'autre autour de la cryocuve de Soleil. Ça aussi, elle aurait apprécié. Mais je n'avais aucun moyen de le lui dire.

— Bonjour, Doc, ai-je murmuré.

Il a relevé les yeux de la table où il installait les médicaments. Les larmes roulaient déjà sur ses joues.

Et soudain, je me suis sentie pleine de détermination. Mon cœur a ralenti, ma respiration s'est détendue, a retrouvé son amplitude. Le plus dur était derrière moi.

Je l'avais déjà fait. De nombreuses fois. J'avais fermé mes yeux et plongé dans un trou noir. En sachant, certes, que de nouveaux yeux s'ouvriraient pour moi. Mais quand même, c'était une expérience familière. Pas de quoi avoir peur.

Je me suis approchée et me suis assise sur la table d'opération. J'ai tendu le bras pour attraper, d'une main assurée, le Stop Douleur. J'ai dévissé le couvercle. J'ai placé une pastille sur ma langue et je l'ai laissée fondre. Aucun changement. Je n'avais pas mal de toute façon. Pas physiquement.

— Je voudrais savoir quelque chose, Doc. Quel est ton vrai nom ?

Je voulais lever tous les petits mystères avant de partir.

Doc a reniflé et s'est essuyé les yeux du revers de la main.

— Eustache. Je sais, mes parents ne m'ont pas gâté…

— Jared attend dans le couloir, ai-je dit. Je lui ai promis que tu le préviendrais quand ce serait fini. Mais attends que… que je ne bouge plus, d'accord ? Il sera alors trop tard pour tenter quoi que ce soit.

— Je ne veux pas faire ça, Gaby.

— Je sais. J'apprécie, Doc. Mais tu me l'as promis.

— S'il te plaît.

— Non. Tu dois tenir ta parole. J'ai rempli ma part du marché, non ?

— Certes.

— Alors remplis la tienne. Et laisse-moi reposer à côté de Walt et de Wes.

Son visage maigre s'est contracté pour réprimer une nouvelle montée de larmes.

— Tu vas souffrir?

— Non, Doc, ai-je menti. Je ne vais rien sentir.

J'attendais la bouffée d'euphorie, que le Stop Douleur rende tout beau et lumineux autour de moi. Mais je ne sentais toujours aucune différence. Ce n'était peut-être pas l'effet de l'antalgique, l'autre fois, mais l'amour, le miracle de se savoir aimée.

Je me suis étendue sur le ventre et j'ai tourné la tête vers Doc.

— Envoie-moi dans les bras de Morphée, Doc.

Il a ouvert le flacon. Je l'ai entendu verser le liquide sur une gaze.

— Tu es l'être le plus noble, le plus parfait qu'il m'ait été donné de rencontrer. L'univers sera nu sans toi, a-t-il déclaré.

C'étaient ses mots sur ma tombe, mon épitaphe, et j'étais heureuse de les entendre de mon vivant.

Merci, Gaby. Ma sœur. Je ne t'oublierai jamais.

Sois heureuse, Mel. Savoure chaque instant. Fais-le pour moi.

Promis.

Au revoir, avons-nous soufflé simultanément.

Doc a pressé la gaze sur mon visage. J'ai inspiré profondément, malgré le picotement désagréable. Au moment où je prenais une nouvelle inspiration, j'ai vu encore les trois étoiles. Elles ne m'appelaient pas; elles me laissaient partir, me rendaient à l'univers glacé où j'avais vagabondé durant tant de vies. Je m'enfonçais dans le trou noir, et il devenait de plus en plus brillant. Il n'était plus noir du tout… mais bleu. Chaud, vibrant, le bleu chatoyant de la mer… Je m'y laissais emporter, apaisée, sans la moindre peur.

59.

La résurrection

Cela commençait toujours par la fin. On m'avait prévenue.

Mais cette fois, on me réservait une surprise de taille. C'était la fin la plus surprenante que j'aie connue en neuf vies. Plus inattendue encore que ma chute dans le puits béant d'un ascenseur. Je pensais ne plus avoir de souvenirs, ne plus avoir de pensées. Elle ne ressemblait à rien, cette fin !

Le soleil se couche… Toutes les couleurs virent au rose, et cela me fait penser à mon amie. Quel serait son nom ici ? Quelque chose évoquant les falbalas ? Falbalas et fanfreluches. Elle était une Fleur magnifique. Les fleurs ici sont si mornes et ennuyeuses. Mais elles sentent très bon. Les odeurs, c'est ce qu'il y a de mieux dans ce monde…

Des bruits de pas derrière moi. Est-ce encore Attrape-Nuages qui me suit ? Je n'ai pas besoin de veste. Il fait chaud – enfin ! – et j'aime sentir le vent sur ma peau. Je ne vais pas la regarder. Peut-être va-t-elle se dire que je ne peux pas l'entendre et rentrer dans la maison. Elle est tellement à mes petits soins, mais je suis quasiment adulte, à présent. Elle ne peut pas me materner ainsi jusqu'à la fin des temps.

— Excusez-moi ? demande quelqu'un. (Je ne connais pas cette voix.)

Je me retourne. Je ne connais pas plus ce visage. Elle est belle.

Le visage dans ce souvenir m'a remis les idées en place. C'était mon visage ! Mais j'avais l'impression de le voir pour la première fois.

— Bonjour, ai-je dit.

— Bonjour. Je m'appelle Melanie. (Elle me sourit.) Je suis nouvelle en ville et je crois que je me suis perdue.

— Oh ! Où vouliez-vous aller ? Je vais vous y conduire. Notre voiture est juste…

— Non. Ce n'est pas si loin. J'étais sortie me promener, mais je n'arrive plus à retrouver Becker Street.

Une nouvelle dans le quartier ! Quelle bonne surprise. J'adore me faire de nouveaux amis.

— Vous êtes tout près. C'est la deuxième à gauche. Mais vous pouvez couper par cette allée. Elle débouche directement dedans.

— Vous pouvez me montrer ?

— Bien sûr, venez avec moi. Je m'appelle Pétales-Ouverts-sous-la-Lune, mais ma famille m'appelle Petty. D'où venez-vous, Melanie ?

Elle rit :

— Comment ça, d'où je viens ? Vous voulez dire, sur cette planète, ou du cosmos, Petty ?

— Les deux, mon colonel ! (Je ris aussi. Elle a le rire communicatif.)

— San Diego pour la un, la Planète des Chants pour la deux !

— Il y a deux Chauves-Souris dans ma rue. Elles habitent la maison jaune avec les grands pins.

— J'irai les saluer, murmure-t-elle. (Mais sa voix a changé, s'est faite plus tendue. Elle sonde du regard l'allée ténébreuse.)

Et il y a quelque chose : deux personnes, un homme et un garçon. Le garçon passe sa main dans ses longs cheveux bruns, inquiet. Peut-être s'est-il égaré aussi ? Ses yeux brillent d'excitation. L'homme, lui, est immobile.

Jamie. Jared. Mon cœur a tressauté dans ma poitrine, mais la sensation était bizarre, fausse. Trop petit, ce cœur. Trop… voletant.

— Ce sont des amis, Petty, m'apprend Melanie.
— Oh ! Bonjour ! (Je tends la main vers l'homme – c'est le plus proche de moi.)

Il me serre la main. Sa poigne est si forte qu'il m'écrase les doigts.

Il tire un grand coup et m'attire contre lui. Je ne comprends pas. Il y a quelque chose qui cloche. Je n'aime pas ça.

Mon cœur s'emballe. J'ai peur. Je n'ai jamais eu aussi peur.

Sa main monte vers mon visage ; j'ai un hoquet de terreur. J'aspire la brume qui sort de sa main. Un nuage argenté qui a un goût de framboise.

— Qu'est-ce que… (Mais je ne termine pas ma phrase ; je ne les vois plus. Je ne vois plus rien.)

Ça s'est arrêté.
— Gaby ? Tu m'entends ? Gaby ? a demandé une voix familière.

Ce n'était pas le bon nom. Mes nerfs auditifs n'ont pas réagi, mais quelque chose en moi a bougé. Mon nom… ce n'était pas Pétales-Ouverts-sous-la-Lune ?

Petty ? Non, ça sonnait faux aussi. Mon cœur s'est mis à battre plus vite, en écho à ce souvenir de cauchemar. L'image d'une femme s'est imposée à moi, avec des cheveux roux et des mèches blanches, et de grands yeux verts. Ma mère ? Non, ce n'était pas ma mère. Qui était cette femme, alors ?

Une voix grave a résonné près de moi.

— Gaby. Reviens. On ne va pas te laisser partir.

Comme l'autre voix, celle-ci me semblait à la fois familière et étrangère. C'était… *ma* voix ?

Où était passée Pétales-Ouverts-sous-la-Lune ? Je ne la trouvais plus. Juste des milliers de souvenirs. Une maison pleine d'images, mais sans habitants.

— Donne-lui du Réveil, a dit une autre voix. (Celle-ci m'était totalement inconnue.)

J'ai senti un contact sur mon visage, léger comme une brume. Je connaissais cette odeur… du pamplemousse.

J'ai respiré plus fort et mon esprit s'est éclairci.

J'étais allongée… mais il y avait quelque chose de bizarre, là encore. J'avais l'impression de ne pas occuper assez de place, d'être ratatinée, repliée en accordéon.

Mes mains étaient plus chaudes que le reste de mon corps, sans doute parce que quelqu'un les tenait – de grandes mains, gigantesques, qui se refermaient complètement tout autour des miennes.

Il y avait une odeur bizarre aussi, une odeur de renfermé, de moisi. Je me souvenais de cette odeur et pourtant, je ne l'avais jamais sentie de ma vie.

Je ne voyais que du rouge – l'écran de mes paupières. Je voulais les soulever, mais je ne parvenais pas à trouver les muscles qui les commandaient.

— Vagabonde ? On t'attend tous, chérie. Ouvre les yeux.

Cette voix, ce souffle chaud dans mon oreille, m'était plus familier encore. Une onde étrange a fait vibrer mes veines. Une sensation que je n'avais jamais éprouvée, jamais. Au son de cette voix, ma respiration a eu un raté et mes doigts ont tremblé.

Je voulais voir le visage qui allait avec cette voix.

Une couleur a traversé mon esprit, une couleur qui me rappelait une vie lointaine – un bleu lumineux. L'univers entier était bleu…

Et finalement, j'ai su mon nom. Oui, c'était mon nom. Vagabonde. J'étais Vagabonde. J'étais Gaby, aussi. Je me souvenais à présent.

Un contact léger sur mon visage, une pression sur mes lèvres, mes paupières. C'était doux et chaud. Mes paupières… c'était donc là qu'elles se trouvaient ! Je pouvais à présent les faire cligner…

— Elle se réveille ! a crié quelqu'un d'autre, tout joyeux.

Jamie ! Jamie était là ! Mon cœur a bondi à nouveau, comme un petit oiseau.

Il m'a fallu un moment pour recouvrer la vue. Le bleu qui emplissait mes yeux était faux, trop pâle, trop délavé. Ce n'était pas le bleu que je voulais.

Une main a touché mon visage.

— Vagabonde ?

J'ai tourné la tête vers le son. Le mouvement de mon cou lui aussi m'a paru bizarre. Ce n'était pas la même sensation que d'ordinaire, mais, en même temps, c'était une sensation connue…

Mes yeux ont trouvé le bleu que je cherchais. Bleu saphir, échardes de neige sous le clair de lune.

— Ian ? Ian, où suis-je ? (Le son de ma voix s'échappant de ma gorge m'a effrayée. Il était si aigu, si strident. Un timbre familier encore, mais ce n'était pas ma voix.) Qui suis-je ?

— Tu es toi, a répondu Ian. Et tu es là où est ta place.

J'ai retiré ma main des doigts du géant et l'ai levée pour toucher mon visage, mais quelqu'un a levé au même moment sa main ; je me suis figée.

Cette main est restée oscillante au-dessus de moi.

J'ai voulu approcher ma main de mon visage pour me protéger, mais c'est l'autre main qui a bougé. Je me suis figée à nouveau. J'ai tremblé, et la main a tremblé aussi.

Oh…

J'ai ouvert et fermé les doigts, observant avec minutie le mouvement des phalanges.

Était-ce ma main, cette minuscule chose ? C'était une main d'enfant ! Hormis les ongles, qui étaient longs et limés avec soin en une courbe parfaite. La peau était claire, avec une étrange teinte argentée, parsemée – et c'était ça le plus curieux – de taches de rousseur dorées.

C'est cette association bizarre, l'argent et l'or, qui a ravivé une image en moi : celle d'un visage dans un miroir.

Ce souvenir m'a causé un choc. Je n'étais pas habituée à me retrouver en pleine civilisation, et en même temps, je ne connaissais que ça. Une jolie commode avec toutes sortes de froufrous et d'objets délicats disposés dessus. Une profusion de flacons ciselés renfermant les parfums que j'aimais… que j'aimais *moi* ou elle ? Une orchidée dans un pot. Une brosse et un peigne en argent.

Le grand miroir rond était bordé d'une frise de roses. Le visage dans la glace était rond aussi, pas tout à fait ovale. Et petit. La peau avait cette même nuance argentée, comme éclairée par un clair de lune, avec un semis de paillettes d'or sur le nez. De grands yeux gris, et le reflet de l'âme miroitant derrière les iris, encadrés par de grands cils blonds. Des lèvres pâles, pleines et rondes, comme celles d'un bébé. Des petites dents éclatantes de blancheur. Une petite fossette au menton. Et partout, partout, des cheveux blonds qui encadraient mon visage d'un halo doré et dépassaient le cadre du miroir.

Mon visage ou le sien ?

C'était le visage parfait pour une Fleur de Nuit. L'exacte transposition de la Fleur à l'humain.

— Où est-elle ? ai-je demandé de ma voix de sansonnet. Où est Petty ? (Son absence m'effrayait. Je n'avais jamais rencontré de créature plus fragile et vulnérable que cette enfant avec ce visage pâle et ces cheveux blonds.)

— Elle est ici, m'a assuré Doc. Dans son caisson cryogénique, prête à partir. On s'est dit que tu pourrais nous dire où l'envoyer.

J'ai tourné la tête vers le médecin. Je l'ai vu baigné d'un halo de soleil, une cryocuve clignotante dans les mains. Une salve de souvenirs de mon ancienne vie m'est revenue en mémoire.

— Doc ! ai-je hoqueté de ma petite voix grêle. Doc, tu avais promis ! Tu m'avais donné ta parole, Eustache ! Pourquoi ? Pourquoi m'avoir trahie ?

Un souvenir de douleur et de chagrin m'a envahie. Ce corps n'avait jamais ressenti ce genre d'émotion. Il s'est recroquevillé sous la vague.

— Même un homme honnête peut parfois céder sous la contrainte, Gaby.

— La contrainte ? a raillé une autre voix familière.

— Un couteau sous la gorge est une forme de contrainte, Jared !

— Tu savais que c'était de la pure intimidation.

— Ce n'était pas si évident sur le coup. Tu avais l'air particulièrement déterminé.

— Un couteau? (Mon corps a tremblé.)

— Calme-toi, tout va bien, a murmuré Ian. (Son souffle a agité des mèches blondes devant mes yeux. Je les ai repoussées du revers de la main.) Comment as-tu pu croire que tu allais pouvoir nous tirer ta révérence comme ça? Gaby, allons… (Il a lâché un soupir, mais celui-ci était plein de joie.)

Ian était content. Cette découverte a allégé mes inquiétudes.

— Je t'ai dit que je ne voulais plus être un parasite, ai-je murmuré.

— Je vais mettre tout de suite les points sur les i! a répliqué mon ancienne voix. (Et puis j'ai vu mon visage! Celui d'une adulte, solide, avec la peau bronzée, les sourcils droits et bien dessinés, au-dessus des yeux marron en forme d'amande, les pommettes hautes, saillantes… mais ce n'était pas un reflet dans un miroir cette fois. Je le voyais en direct, pour la première fois de mon existence.) Écoute-moi bien, Gaby. De tes deux oreilles. Je sais exactement ce que tu veux et ne veux pas être. Mais nous sommes humains, et, par définition, nous sommes égoïstes, et souvent lâches. On ne pouvait pas te laisser partir. C'était trop nous demander.

Son ton, ses inflexions, le rythme de ses mots… Tout ça me rappelait nos conversations silencieuses – ma petite voix dans ma tête, ma sœur d'âme.

— Mel? Mel, tu vas bien!

Elle a souri et s'est penchée pour me serrer dans ses bras. Elle était plus grande que dans mon souvenir.

— Bien sûr que je vais bien! C'était bien le but de tout ce chambardement? Et pour toi aussi, ça va aller. On n'est pas aussi idiots que tu crois! On n'a pas pris le premier corps venu!

— Laissez-moi lui parler! Écartez-vous. (Jamie est apparu à côté de Mel. Il commençait à y avoir foule sur mon lit. Il émettait des grincements inquiétants.)

J'ai tendu le bras pour lui prendre la main. Mes mains étaient si faibles. Je ne parvenais pas à les serrer.

— Jamie!

— Salut, Gaby! C'est cool, non? Tu es plus petite que moi maintenant! (Il avait un grand sourire triomphant.)

— Mais je suis toujours ton aînée. J'ai presque… (Je me suis interrompue.) Mon anniversaire est dans deux semaines.

J'étais peut-être désorientée, mais pas stupide. J'avais pour moi toute l'expérience et la sagacité de Mel; j'avais beaucoup appris à son contact. Ian avait autant le sens des convenances que Jared, et je n'allais pas revivre les mêmes frustrations que Melanie en son temps.

Alors j'ai menti, m'octroyant une année de plus:

— Je vais avoir dix-huit ans.

Du coin de l'œil, j'ai vu Melanie et Ian sursauter. Ce corps paraissait beaucoup plus jeune que son véritable âge, à savoir un peu moins de dix-sept ans.

Ce petit mensonge, ce pied de nez que je faisais au temps pour profiter sans délai de mon compagnon, prouvait que je voulais rester ici avec Ian, avec le reste de ma famille. Ma gorge s'est serrée, comme si une boule se formait à l'intérieur.

Jamie m'a tapoté le visage, réclamant mon attention. Bigre, que sa main était grande sur ma joue!

— Ils m'ont laissé participer au raid pour te récupérer.

— Je sais, ai-je murmuré. Je me souviens. Enfin, Petty se rappelle t'avoir vu.

Je me suis tournée vers Mel, qui a haussé les épaules en signe d'impuissance.

— On a essayé de ne pas lui faire peur, a repris Jamie. Elle avait l'air si fragile. Et si gentille aussi. On l'a choisie ensemble, mais c'est moi qui ai décidé ! Mel disait qu'on devait prendre quelqu'un de jeune, quelqu'un qui ait un fort pourcentage de vie en tant qu'âme, ou quelque chose comme ça. Mais pas trop jeune non plus, parce qu'elle savait que tu ne voudrais pas être un enfant. Et puis Jared aimait bien ce visage, il disait qu'il allait plaire à tout le monde, que tu inspirerais confiance. Personne ne verrait en toi un danger. Tout le monde aurait envie de te prendre sous son aile, pas vrai, Jared ? Mais c'est moi qui ai eu le mot de la fin, parce que je voulais quelqu'un qui te ressemble. Et je me suis dit que cette fille, c'était toi tout craché. Parce qu'elle avait l'air d'un ange, et que tu es bonne comme ça. Et qu'elle était jolie. Je savais que tu devais être jolie. (Jamie a esquissé un grand sourire.) Ian n'est pas venu. Il est resté avec toi, il disait qu'il se fichait du corps qu'on allait te trouver. Mais il voulait que personne ne s'approche de ton caisson, pas même Mel ou moi ! Et cette fois, Doc m'a laissé assister à l'opération. C'était génial, Gaby ! Je ne comprends pas pourquoi on me l'a interdit avant. Mais ils n'ont pas voulu que je participe. Ian voulait que personne ne te touche, sauf lui.

Ian a serré ma main, et s'est penché vers mon oreille.

— Je t'ai tenue dans ma main, Vagabonde. (Sa voix était si basse que j'étais la seule à pouvoir l'entendre.) Tu étais si belle.

Mes yeux se sont embués de larmes et j'ai été contrainte de renifler.

— Tu es contente, non ? a demandé Jamie, soudain inquiet. Tu n'es pas en colère ? Il n'y a personne avec toi dans ce corps.

— Je ne suis pas en colère. Et il n'y a personne d'autre, effectivement. Juste les souvenirs de Petty. Petty occupait ce corps depuis… Cela fait si longtemps que j'ai oublié la date… Je ne me souviens plus de mon humain d'origine.

— Tu n'es pas un parasite, a déclaré Melanie en caressant mes cheveux, faisant glisser entre ses doigts l'une de mes mèches d'or. Ce corps n'appartenait pas à Petty, mais la propriétaire n'est plus là pour réclamer son bien. On a attendu pour en être sûrs, Gaby. On a tenté de la réveiller pendant longtemps, aussi longtemps que pour Jodi. En vain.

— Jodi ? Qu'est-il arrivé à Jodi ? ai-je gémi de ma petite voix. (J'ai voulu me lever et Ian m'a aidée. Il a soulevé mon corps frêle comme une plume pour m'aider à m'asseoir. J'ai alors découvert toute l'assistance.)

Doc, sans larmes dans les yeux cette fois, Jeb, l'air à la fois satisfait et curieux. À côté de lui, une femme que je n'ai pas reconnue tout de suite, parce que son visage était maintenant plein de vie : Mandy, l'ancienne Soigneuse. À côté de moi, Jamie, avec son grand sourire, Melanie, et Jared juste derrière elle, lui entourant la taille de ses bras. Je savais que ses mains étaient insatiables, qu'elles ne pouvaient s'empêcher de toucher son corps – mon corps ! –, que le moindre centimètre qui séparait leur chair était une brûlure pour lui. Une pointe de douleur m'a transpercé le cœur à cette pensée. Le petit organe dans ma poitrine fluette a tressauté. Encore une sensation nouvelle pour ce jeune corps qui n'avait jamais eu le cœur brisé.

J'aimais donc encore Jared… Cette pensée m'attristait. Je n'étais toujours pas délivrée de cette jalousie à le voir aimer ce corps qui jadis avait été le mien. J'ai regardé furtivement Mel. J'ai vu la moue de regret se former sur sa bouche. Melanie avait compris.

J'ai continué ma revue de détail de l'assistance : Trudy et Geoffrey, Heath, Paige et Andy. Même Brandt était là.

— Jodi n'est pas revenue, a répondu Doc après une longue hésitation.

Jodi était donc partie ? Mon cœur juvénile a recommencé à tressauter comme un oiseau affolé. Le pauvre, je le mettais à rude épreuve !

Il y avait aussi Heidi et Lily ; Lily affichait un sourire triste, mais qui n'en était pas moins sincère.

— On parvenait à l'hydrater, mais on n'avait aucun moyen de la nourrir. Mandy et moi redoutions les dommages que pouvait causer ce jeûne sur les muscles, sur le cerveau…

Alors que mon jeune cœur se serrait de chagrin pour une humaine que je n'avais jamais connue, j'ai continué à observer tous les gens présents. Je me suis soudain figée.

Jodi s'accrochait à Kyle et me regardait de ses yeux ronds.

Elle m'a souri timidement et soudain, j'ai compris :

— Soleil !

— Je devais rester, a-t-elle déclaré d'un ton presque facétieux. Comme vous. (Elle a lancé un coup d'œil vers Kyle, immobile comme une statue, et elle a ajouté avec tristesse :) Mais j'essaie de la trouver. Je la cherche partout. Et je continuerai, encore et encore.

— Kyle nous a demandé de remettre Soleil en place quand on a été certains d'avoir perdu Jodi, a expliqué Doc.

J'ai fixé Soleil et Kyle pendant un moment, stupéfaite, puis j'ai tourné la tête pour poursuivre l'inventaire des gens présents ; j'avais fait le tour complet de l'assistance.

Ian me contemplait avec un mélange de joie et de nervosité. Son visage était plus haut que d'ordinaire, plus grand aussi. Mais ses yeux étaient toujours du même bleu. Le bleu de l'ancre qui m'attachait à cette planète.

— Comment te sens-tu dans ce corps ? a-t-il demandé.

— Je... je ne sais pas, ai-je reconnu. L'effet est bizarre. Tout est étrange, comme si j'avais changé d'espèce. C'est bien plus étrange que je ne l'aurais imaginé. Tout est si nouveau...

Mon cœur a virevolté encore, quand j'ai regardé ses yeux... et cette fois, ce n'était pas l'effet d'un souvenir d'une vie antérieure. Ma bouche est devenue toute sèche, mon estomac s'est noué. L'endroit où sa main avait touché mon dos semblait fourmiller.

— Cela ne t'embête pas, Gaby, de rester ici encore un peu, avec nous ? Tu penses pouvoir le supporter ? a-t-il murmuré.

Jamie a serré ma main. Melanie a posé sa main sur la sienne, puis a souri quand Jared a ajouté la sienne à la pile. Trudy a tapoté mon pied. Geoffrey, Heath, Heidi, Andy, Paige, Brandt, et même Lily me souriaient. Kyle s'était approché, lui aussi avec un sourire naissant. Et Soleil, un sourire radieux aux lèvres, avait un air de conspiratrice.

Combien de Stop Douleur Doc m'avait-il donné ? Tout luisait autour de moi, tout rayonnait.

Ian a chassé le nuage doré de mes cheveux qui me bouchait la vue et a posé sa main sur le côté de mon visage. Elle était si grande, sa seule paume couvrait entièrement ma joue, de la tempe au menton ; j'ai senti une décharge électrique me traverser à ce contact. Ça a fourmillé après, et quelque chose s'est tortillé dans le creux de mon ventre.

J'ai senti une chaleur me monter au visage. Mon cœur n'avait jamais été brisé auparavant, mais il n'avait jamais non plus été transporté de bonheur. Cela me rendait timide. J'avais du mal à articuler.

— Je dois pouvoir tenir le coup, ai-je soufflé. Si ça te rend heureux.

— Cela ne suffit pas. Il faut que cela te rende heureuse aussi.

Je n'ai pu soutenir son regard plus de quelques instants ; la timidité – c'était si nouveau, si troublant pour moi – m'a fait baisser la tête.

— C'est le cas, je crois. Cela me rend heureuse, très heureuse, et plus que ça encore.

Heureuse et triste, transportée sur un petit nuage et à la fois écrasée, rassurée et inquiète, aimée et rejetée, apaisée et en colère, accomplie et vide… tout ça en même temps. Je ressentais tout ça à la fois. Et tout ça était à moi…

Ian m'a relevé le menton pour me contraindre à le regarder. J'avais les joues en feu.

— Alors tu vas rester.

Il m'a embrassée, devant tous les autres… mais je me suis vite cru seule au monde. C'était si naturel, si juste. Pas de déchirement cette fois, pas de confusion, pas d'objection… Juste Ian et moi, la roche en fusion traçant son chemin lentement en moi, dans mon nouveau corps, scellant le pacte.

— Oui, je vais rester.

Et c'est ainsi qu'a commencé ma dixième vie.

À suivre…

La vie et l'amour ont continué dans le dernier bastion humain de la planète Terre, mais la situation a quelque peu évolué.

Parce que je n'étais plus la même.

C'était ma première renaissance dans un corps de la même espèce. J'ai trouvé le processus beaucoup plus difficile que de changer de planète. J'avais tant d'attentes, moi qui avais déjà été humaine, et habitante du lieu. J'avais hérité de beaucoup de choses de Pétales-Ouverts-sous-la-Lune, et toutes n'étaient pas plaisantes.

D'abord, un grand chagrin pour Attrape-Nuages. Cette mère que je n'avais jamais connue me manquait atrocement. Je passais des heures à pleurer sa perte. Peut-être ne pouvait-il exister de joie sur cette planète sans sa livre de douleur pour équilibrer une balance invisible.

J'avais hérité de ses faiblesses. J'étais habituée à utiliser un corps robuste, rapide, svelte et grand – un corps qui pouvait courir sur des kilomètres, fonctionner longtemps sans boire ni manger, soulever de lourdes charges, atteindre les plus hautes étagères. Mon corps aujourd'hui était fragile, pas seulement physiquement.

Ce corps était tétanisé au moindre doute de ma part, ce qui se produisait de plus en plus souvent ces derniers jours.

On m'avait attribué un nouveau rôle dans la communauté. Les gens portaient les charges pour moi, me laissaient passer la première en cuisine. On me donnait les corvées les plus faciles et, la plupart du temps, on les faisait à ma place. Plus humiliant encore, j'avais besoin d'aide très souvent. Mes muscles étaient flasques, guère habitués à l'effort. Je me fatiguais vite, et mes tentatives pour dissimuler mon épuisement ne trompaient personne. Je n'aurais jamais pu courir ne serait-ce qu'un seul kilomètre.

Mais mes carences physiques n'étaient pas les seules raisons du traitement de faveur dont on me gratifiait. J'étais habituée à avoir un visage séduisant, mais d'une beauté qui inspirait la crainte, la méfiance, voire la haine. Ce nouveau visage ne suscitait jamais ce genre de sentiments.

Les gens me caressaient souvent la joue, ou passaient leurs doigts sous mon menton pour me relever le visage. On me tapotait la tête – qui était toujours à portée de main étant donné ma petite taille – et mes cheveux étaient lissés si souvent que j'avais cessé de tenir le compte de ces occurrences incongrues. Ceux qui ne m'avaient jamais acceptée étaient devenus mes amis. Même Lucina n'a opposé qu'une molle résistance lorsque ses enfants ont commencé à me suivre partout comme deux petits chiots affectueux. Freedom, en particulier, montait sur mes genoux à la moindre occasion, et enfouissait sa tête dans mes cheveux. Isaiah était trop grand pour ce genre de démonstration d'affection, mais il aimait me tenir la main, qui était de la même taille que la sienne, tout en me parlant avec excitation des Araignées, des Dragons, du football et des expéditions.

Les enfants ne s'approchaient toujours pas de Melanie ; leur mère leur avait fait un portrait d'elle si terrifiant qu'il était resté indélébile dans leur esprit.

Maggie et Sharon n'échappaient pas à la règle ; même si elles s'appliquaient à ne pas me regarder, elles ne parvenaient plus à montrer autant de froideur que jadis.

Mon corps n'était pas le seul changement. Les pluies étaient enfin arrivées.

D'abord, je n'avais jamais senti l'odeur de la pluie sur les créosotiers – je me rappelais vaguement un souvenir de Melanie, mais c'était un engramme de deuxième génération très dégradé –, et à présent l'odeur emplissait les grottes, leur donnant un air frais et épicé. L'odeur s'accrochait à mes cheveux, me suivait partout. Je la sentais même dans mes rêves.

Pétales-Ouverts-sous-la-Lune avait vécu toute sa vie à Seattle, et ce ciel azur, aveuglant et immuable était déroutant pour moi, pour ne pas dire oppressant, comme un ciel bas et noir l'aurait été pour un habitant du désert. Les nuages étaient une joie, un divertissement dans ce bleu uniforme et morne. Il y avait des formes, du relief, des silhouettes dans le ciel !

Il y avait une grande réorganisation en vue dans les grottes de Jeb et le transfert de tout le monde sur le terrain de sport (transformé pour l'occasion en dortoir commun) était une bonne préparation aux réaménagements permanents qui allaient suivre.

Le moindre espace était utile ; aucune chambre donc ne pouvait rester inoccupée. Mais seules les nouvelles, Candy (et non « Mandy » ; la Soigneuse s'était finalement souvenue de son nom exact !) et Lacey, ont accepté d'emménager dans la chambre de Wes. J'étais triste pour Candy à l'idée qu'elle doive partager sa chambre avec cette mégère de Lacey. Mais la Soigneuse n'a émis aucune protestation.

Quand les pluies cesseraient, Jamie irait dormir dans la chambre de Brandt et d'Aaron. Melanie et Jared avaient envoyé le garçon dans la chambre de Ian avant que je revienne dans le corps de Petty. Jamie avait grandi et ils n'avaient pas eu besoin de lui faire un dessin.

Kyle travaillait à élargir la crevasse qui servait de couchette à Walter pour que l'endroit soit habitable à la fin des pluies. C'était à peine assez grand pour un et Kyle n'y dormirait pas seul.

La nuit, sur le terrain de sport, Soleil dormait roulée en boule contre la poitrine de Kyle, comme un chaton ayant fait ami-ami avec un gros chien, un rottweiler en qui elle avait une confiance aveugle. Soleil ne quittait jamais Kyle d'une semelle. Je ne les avais jamais vus séparés depuis que j'avais ouvert mes nouveaux yeux gris-argent.

Kyle paraissait totalement médusé, trop distrait par cette relation impossible pour prêter attention à ce qui se passait autour de lui. Il n'avait pas abandonné sa Jodi, mais tant que Soleil s'accrochait à lui, il la gardait contre lui.

Avant les pluies, toutes les pièces étaient occupées ; je dormais donc avec Doc à l'infirmerie qui ne m'inspirait, désormais, plus aucune crainte. Les lits étaient inconfortables, mais c'était un endroit très intéressant. Candy se souvenait mieux de la vie d'Aurore-d'Été-qui-Chante que de sa propre vie ; l'infirmerie était devenue, au sens propre, la « cour des miracles ».

Après les pluies, Doc ne dormirait plus dans son domaine. La première nuit sur le terrain de sport, Sharon avait tiré son matelas près du sien, sans un mot ni une explication. Peut-être était-ce la fascination de Doc pour la Soigneuse qui motivait ce retour, mais je doutais que Doc eût remarqué la beauté de sa « collègue ». C'était son savoir phénoménal qui l'impressionnait. Peut-être

Sharon était-elle enfin prête à pardonner? J'espérais que c'était la seconde option. Ç'aurait été bien de se dire que Sharon et Maggie pouvaient s'adoucir avec le temps.

Moi non plus je ne resterais pas à l'infirmerie.

Ma discussion « de fond » avec Ian n'avait eu lieu qu'à cause de Jamie. Ma bouche devenait sèche et mes mains toutes moites chaque fois que je devais aborder ce sujet. Et si ces sentiments à mon réveil après l'insertion, ce miracle de certitude, n'avaient été qu'illusion? Et si ma mémoire me jouait des tours? Je savais que rien n'avait changé pour moi, mais comment être certaine que c'était également le cas pour Ian? Le corps qu'il avait aimé, celui de Melanie, était toujours là, sous ses yeux!

Je m'attendais à le voir troublé, nous l'étions tous. C'était déjà difficile pour moi – une âme ayant l'expérience des réincarnations –, alors pour un Humain…

Je m'efforçais d'étouffer ma jalousie actuelle comme les étranges échos de l'amour que j'avais ressenti pour Jared dans mon autre vie. Je ne voulais vivre ni l'un ni l'autre. Ian était le bon compagnon pour moi. Mais parfois, je me surprenais à regarder Jared. J'avais vu Melanie toucher le bras de Ian, ou sa main, et se reculer vivement, comme si elle se rappelait brusquement qui elle était. Même Jared, qui avait le moins de raisons de douter, me regardait étrangement, comme s'il me posait une question silencieuse. Et Ian… c'était bien sûr pour lui que c'était le plus dur.

On était presque aussi collés l'un à l'autre que Kyle et Soleil. Ian touchait constamment mes cheveux, mon visage, me tenait les mains. Mais tout le monde faisait la même chose en présence de mon corps. Et c'était purement platonique pour tous. Pourquoi ne m'embrassait-il plus comme il l'avait fait la première fois?

Peut-être ne pouvait-il pas m'aimer dans ce corps, même si tout le monde semblait le trouver attendrissant ?

Cette inquiétude m'avait serré le cœur lorsque Ian avait emporté mon lit, parce qu'il était trop lourd pour moi, dans la grande salle de sport.

Il pleuvait pour la première fois depuis six mois. Il y avait à la fois de la bonne humeur et de l'agacement alors que les gens secouaient leur literie humide et déménageaient. J'ai vu Sharon avec Doc. Ça m'a fait plaisir.

— Par ici, Gaby ! a appelé Jamie, me faisant signe de le rejoindre à l'endroit où il avait disposé son matelas le long de celui de Ian. Il y a de la place pour nous trois !

Jamie était la seule personne qui se comportait avec moi exactement comme avant. Il s'irritait devant mes faiblesses physiques, mais jamais il ne semblait surpris de me voir entrer dans une pièce ou choqué d'entendre les mots de Vagabonde sortir de cette bouche juvénile.

— Tu ne vas pas dormir dans ce lit de camp, Gaby. On peut tous tenir à l'aise sur les matelas, si on les colle les uns aux autres. (Sans attendre ma réponse, Jamie, d'un coup de pied, a rapproché les deux paillasses.) Tu ne prends pas beaucoup de place.

Il a pris le lit de camp des mains de Ian et l'a posé sur la tranche, à l'écart. Puis le garçon s'est étendu au bord du matelas, le dos tourné à nous.

— Au fait, Ian, a-t-il ajouté sans se retourner. J'ai parlé à Brandt et Aaron… Je crois que je vais emménager chez eux. Bonne nuit tout le monde, je suis vanné.

J'ai fixé la silhouette immobile de Jamie. Ian aussi était immobile. Était-il, lui aussi, tétanisé par la panique ?

Songeait-il au moyen de se sortir de cette situation délicate ?

— Extinction des feux ! a crié Jeb depuis l'autre bout de la salle. Et tout le monde la ferme, que je puisse piquer un roupillon !

Les gens ont ri, mais se sont faits silencieux. Une à une les quatre lampes ont faibli et se sont éteintes, plongeant la salle dans les ténèbres.

Ian a trouvé ma main ; la sienne était chaude. Avait-il remarqué comme j'avais les mains froides et moites ?

Il s'est assis à genoux sur le lit et m'a tirée doucement. Je n'ai pas offert de résistance et me suis allongée sur le lit, à la jonction des deux matelas. Il a gardé ma main dans la sienne.

— Ça va aller ? m'a-t-il demandé à voix basse. (On entendait d'autres conversations en sourdine tout autour, rendues incompréhensibles par le murmure de la source chaude.)

— Oui, merci.

Jamie a roulé sur lui-même, faisant tanguer le matelas, et m'a heurtée.

— Oh ! excuse-moi, Gaby, a-t-il murmuré en bâillant.

Par réflexe, je me suis écartée pour lui laisser de la place. Ian était plus près que je ne le pensais. J'ai sursauté quand mon corps a rencontré le sien. Avant que j'aie eu le temps de me retirer, ses bras étaient autour de moi et me serraient contre lui.

C'était une sensation curieuse ; sentir les bras de Ian autour de moi, dans une étreinte non platonique, me rappelait étrangement ma découverte du Stop Douleur. De même que mon corps souffrait sans que mon esprit en eût conscience, son contact avait fait disparaître d'un coup de baguette magique tous mes tourments.

Et par un effet boule de neige, ma timidité s'est envolée. J'ai roulé sur le côté pour lui faire face et il m'a plaquée contre lui.

— Et toi ? Ça va aller ?

Il a déposé un baiser sur mon front.

— Oui. Ça va aller.

On est restés silencieux quelques minutes. La plupart des conversations s'étaient arrêtées.

Il s'est penché pour approcher sa bouche de mon oreille.

— Gaby, et si…, a-t-il chuchoté tout bas avant de s'interrompre.

— Et si quoi ?

— Je… je vais avoir une chambre pour moi tout seul. C'est idiot.

— Non. Tu as bien droit d'avoir un endroit à toi.

— Je ne veux pas être seul. Mais…

Pourquoi ne me posait-il pas la question ?

— Mais quoi ?

— As-tu eu le temps de réfléchir à la situation ? Je ne veux pas te presser. Je sais que c'est compliqué pour toi… avec Jared ici…

Il m'a fallu un moment pour comprendre où il voulait en venir, puis j'ai pouffé de rire en sourdine. Melanie n'aurait pas pouffé ainsi, mais Petty sûrement, et son corps m'avait trahie au plus mauvais moment.

— Quoi ? a-t-il demandé.

— C'est moi qui t'ai laissé du temps pour réfléchir, ai-je expliqué dans un murmure. Je ne voulais pas te presser… parce que je sais que c'est compliqué pour toi. Avec Melanie ici.

Il a sursauté.

— Tu as cru que… ? Mais Melanie, ce n'est pas toi. Cela a toujours été parfaitement clair.

J'ai souri dans l'obscurité.

— Et Jared n'est pas toi.

— Mais il reste Jared, a-t-il répondu d'une voix contrainte. Et tu l'aimes.

Ian était encore jaloux ? Je n'aurais pas dû me réjouir d'un sentiment négatif, mais cette nouvelle avait du bon.

— Jared fait partie de mon passé, de mon autre vie. Toi, tu es mon présent.

Il est resté silencieux un moment. Quand il a repris la parole, sa voix tremblait d'émotion.

— Et ton futur… si tu le veux.

— Oui, je le veux.

Et il m'a embrassée de la façon la plus charnelle qui soit dans ce dortoir bondé. Je me félicitais d'avoir menti sur mon âge.

Les pluies cesseraient bientôt. Alors, Ian et moi, on s'installerait ensemble comme deux compagnons, au véritable sens du terme. C'était une promesse, un engagement que je n'avais jamais eu à faire dans toutes mes autres vies. J'étais emplie de joie, d'impatience, d'appréhension, de peur aussi – tout cela en même temps. Comme une vraie humaine.

Une fois ce projet de vie énoncé, Ian et moi sommes devenus inséparables. Quand est venu le moment de tester l'efficacité de mon nouveau visage auprès des âmes extérieures, Ian, évidemment, a voulu être du voyage.

Cette expédition était une libération pour moi après de longues semaines de frustration. C'était déjà assez agaçant de voir mon nouveau corps aussi faible et quasiment inutile dans les grottes ; mais le pire, c'est quand j'ai compris que les autres ne voulaient pas se servir de mon corps pour la seule chose à laquelle il était parfaitement adapté !

Jared avait officiellement approuvé le choix de Jamie, parce que mon nouveau visage était franc, ouvert, vulnérable, parce qu'on lui donnait le bon Dieu sans confession, parce qu'il inspirait la confiance, l'instinct de protection… mais aujourd'hui, je voyais bien qu'il regrettait ces considérations purement théoriques. J'étais certaine pourtant que les raids seraient aussi faciles pour moi qu'auparavant, mais Jared, Jeb, Ian et les autres – tout le monde en vérité, hormis Jamie et Melanie – avaient des doutes et ont débattu de mon cas pendant des jours. C'était ridicule.

Je les ai vus observer Soleil, mais elle n'avait pas fait ses preuves ; on ne pouvait pas encore lui faire confiance. En outre, Soleil n'avait aucune envie de mettre un pied dehors. Le simple mot « expédition » l'emplissait de terreur. Kyle ne pouvait être du voyage. Soleil avait piqué une crise d'hystérie la seule fois où il avait abordé le sujet.

Finalement, le pragmatisme l'avait emporté. On avait besoin de moi !

Et c'était tant mieux. C'était même très agréable.

Les réserves s'amenuisaient ; ce serait un raid d'envergure, une expédition à « large spectre ». Jared organiserait la manœuvre, comme d'habitude… Il allait donc de soi que Melanie était du voyage. Aaron et Brandt s'étaient portés volontaires ; nous n'avions pas réellement besoin d'eux, mais ces deux-là avaient besoin de prendre l'air.

On allait loin au nord ; j'étais tout excitée de voir de nouveaux horizons, de sentir à nouveau le froid.

C'était trop d'émotions pour ce petit corps. Je ne tenais plus en place le premier soir, lorsqu'on a roulé vers la cachette de la camionnette et du camion. Ian se moquait de moi parce que je faisais des sauts de cabri pendant qu'on chargeait dans le fourgon les vêtements et les autres affaires dont nous aurions besoin. Heureusement qu'il me tenait la main, raillait-il, sinon j'allais échapper à l'attraction terrestre et me retrouver en orbite !

Était-ce ma faute ? Avais-je été trop bruyante ? Non, ce ne pouvait être ça. Je n'y étais pour rien. C'était un piège, et il était déjà trop tard à l'instant où nous sommes arrivés.

On s'est figés quand les faisceaux de lumière ont frappé les visages de Melanie et de Jared. Mon visage, mes yeux, qui auraient pu nous aider, sont restés dans l'ombre projetée par le large dos de Ian.

Je n'avais pas été aveuglée par les faisceaux ; et le clair de lune était suffisant pour me rendre compte que les Traqueurs étaient en supériorité numérique : huit contre six. Et pour voir ce qu'ils avaient dans les mains : des armes luisantes, braquées sur nous. Certaines sur Jared et Mel, d'autres sur Aaron et Brandt (le porteur de notre unique arme à feu, encore glissée dans son étui), et une autre encore, la dernière, sur Ian, pointée en plein milieu de sa poitrine.

Pourquoi l'avais-je laissé venir avec nous ? Pourquoi fallait-il qu'il meure aussi ? Les mots de Lily, chargés de stupeur, résonnaient dans ma tête : « Pourquoi la vie et l'amour devraient-ils continuer ? À quoi bon ? »

Mon petit cœur fragile a volé en mille éclats, et j'ai plongé la main dans ma poche à la recherche de la pilule.

— Du calme, tout le monde. Personne ne bouge ! a lancé l'homme au centre du groupe de Traqueurs. N'avalez rien ! Non ! Regardez ! Regardez !

L'homme a tourné sa lampe vers son propre visage.

Son visage était bronzé et anguleux, comme un rocher buriné par le vent. Ses cheveux étaient bruns, blanchis aux tempes et buissonnaient autour des oreilles. Et ses yeux… ses yeux étaient marron foncé, sans aucun éclat.

— Vous voyez ? Maintenant personne ne tire, ni vous ni nous, d'accord ? (L'homme a posé son arme au sol.) C'est bon, les gars, faites comme moi ! (Les autres ont rengainé leurs armes dans leurs étuis. Ils en avaient à la ceinture, sous les bas de pantalons, dans le dos. Un veritable arsenal.)

— On a découvert votre cache. Ingénieuse, je dois dire ; on est tombés dessus par hasard. On a décidé de vous attendre pour faire connaissance. Ce n'est pas tous les jours qu'on découvre une poche de rebelles ! (Il a éclaté de rire.) Vous en faites une tête ! Quoi ? Vous croyez être les seuls à vous battre ? (Il est parti encore d'un grand rire qui a fait tressauter tout son ventre.)

Aucun de nous n'avait bougé.

— Je crois qu'ils sont encore sous le choc, Nate, a lancé un autre homme.

— On leur a fichu une peur bleue ! a grommelé une femme. C'était couru d'avance.

Ils ont attendu, le temps qu'on sorte de notre hébétude.

Jared a été le premier à recouvrer ses esprits.

— Qui êtes-vous ? a-t-il articulé.

Le chef de la bande a ri de nouveau.

— Je m'appelle Nate. Ravi de faire votre connaissance, même si, à l'évidence, le plaisir n'est pas réciproque. Et voici Rob, Evan, Blake, Tom, Kim, et Rachel.

Il a désigné tour à tour les membres de la troupe, qui ont fait un petit salut de la tête à l'annonce de leur nom. Un homme, un peu en retrait de Nate, a attiré mon attention. Nate ne l'avait pas présenté. On ne voyait que ses cheveux roux, flamboyants et hirsutes, d'autant que c'était le plus grand de tous. Apparemment, il était le seul à ne pas être armé. Lui aussi me regardait avec insistance ; j'ai détourné la tête.

— On est vingt-deux, en tout, a repris Nate.

Il a tendu la main vers nous.

Jared a pris une grande inspiration et s'est avancé d'un pas. On a tous poussé un soupir discrètement.

— Je m'appelle Jared. (Il a serré la main de Nate et a souri.) Voici Melanie, Aaron, Brandt, Ian et Gaby. On est trente-sept en tout.

Quand Jared a prononcé mon prénom, Ian s'est déplacé pour tenter de me cacher dans son ombre. C'est à cet instant que je me suis rendu compte que j'étais encore en aussi grand danger que si nous avions eu affaire à un véritable groupe de Traqueurs. Ça recommençait, comme au tout début. J'ai veillé à ne pas bouger d'un pouce.

Nate a écarquillé les yeux à l'annonce de nos effectifs.

— Ça alors ! C'est la première fois que je rencontre un groupe plus important que le mien !

À son tour, Jared a ouvert de grands yeux :

— Vous avez trouvé d'autres groupes ?

— Il y a trois autres clans en plus du nôtre, à ma connaissance. Ils sont onze avec Gail, sept avec Russel et dix-huit avec Max. On est en contact. On fait parfois un peu de troc. (À nouveau, Nate a fait entendre son rire sonore.) Ellen, la fille de Gail, a décidé de tenir compagnie à mon Evan, et Carlos s'est mis avec Cindy, la cadette de Russel. Et, bien entendu, tout le monde a besoin de Rott de temps en temps…

Il s'est interrompu, regardant mal à l'aise autour de lui comme s'il en avait trop dit. Ses yeux se sont arrêtés un court instant sur le grand rouquin qui ne cessait de m'observer.

— On pourrait peut-être en parler tout de suite ? a proposé l'homme à côté de Nate.

Nate a scruté notre petit groupe avec suspicion.

— D'accord. Rob a raison. Le plus tôt sera le mieux. (Il a pris une profonde inspiration.) Mais d'abord, promettez-moi de ne pas paniquer et de me laisser aller jusqu'au bout, d'accord ? Tâchez de ne pas vous affoler. Parfois ça provoque des réactions violentes.

— Chaque fois, a précisé le dénommé Rob. (Sa main a glissé vers son arme.)

— Crachez le morceau, a lâché Jared d'une voix égale.

Nate a soupiré, puis a désigné le grand rouquin. L'homme a fait un pas en avant, un sourire contraint sur le visage. Il avait des taches de rousseur, comme moi. Mais des milliers. À tel point qu'il paraissait noir de peau alors qu'il avait le teint clair dessous. Ses yeux étaient sombres, bleu marine peut-être.

— C'est Rott. Il est avec nous à présent, alors du calme… C'est mon meilleur ami. Il m'a sauvé la vie une centaine de fois. Il fait partie de notre famille et on le prend très mal quand les gens essaient de le tuer.

L'une des deux femmes a lentement sorti son arme et l'a tenue, pointée vers le sol.

Le rouquin a parlé pour la première fois ; il avait une voix agréable de ténor :

— Ne t'inquiète pas, Nate. Tu n'as pas vu ? Ils en ont un aussi. (Il m'a désignée du doigt. Ian s'est raidi aussitôt.) À l'évidence, je ne suis pas le seul à avoir choisi d'être indigène.

Rott m'a fait un grand sourire, puis il a franchi le *no man's land* qui séparait nos deux tribus, la main tendue vers moi.

Je me suis avancée à mon tour, contournant Ian, ignorant la mise en garde qu'il me soufflait ; d'un coup, je me sentais à l'aise, et en confiance.

J'aimais la formulation de Rott : « choisi d'être indigène ».

Rott s'est arrêté devant moi, il a baissé le bras pour ajuster la hauteur de sa main à la mienne – la différence de taille était saisissante. J'ai serré sa main… elle était dure et calleuse sur ma peau délicate.

— Rôtit-les-Fleurs-Vivantes, s'est-il présenté.

J'ai écarquillé les yeux en entendant son nom. Le Monde du Feu. Quelle surprise !

— Vagabonde, ai-je articulé.

— C'est une grande joie de vous rencontrer, Vagabonde. J'ai toujours cru être le seul de mon espèce.

— Oh non, vous n'êtes pas le seul, ai-je répondu en songeant à Soleil, restée dans les grottes. Peut-être même sommes-nous beaucoup plus nombreux que nous le pensons.

Il a haussé les sourcils, intrigué.

— Vous croyez ? Alors peut-être y a-t-il un espoir, finalement, pour cette planète.

— C'est un monde étrange, ai-je murmuré, davantage pour moi-même que pour l'autre âme indigène.

Il a hoché la tête.

— Le plus étrange de tous.

Comment se débarasser d'un vampire amoureux   n° 32267

Jessica attendait beaucoup de son année de Terminale : indépendance, liberté, fêtes... Elle n'avait certainement pas vu venir Lucius Vladescu ! Adoptée seize ans plus tôt en Roumanie, Jessica découvre avec stupeur qu'elle est fiancée à un prince vampire depuis sa plus tendre enfance, et qu'il a bien l'intention de réclamer sa promise. Séduisant, ténébreux, romantique, Lucius est persuadé que Jessica va lui tomber dans les bras. Mais la jeune fille a d'autres projets et pas la moindre envie de suivre un inconnu en Roumanie, tout prince vampire qu'il soit. Beth Fantaskey signe là une comédie romantique riche en suspense et en rebondissements, où les amoureuses de vampires (et les autres) trouveront bon nombre de conseils avisés…

Comment sauver un vampire amoureux   n° 32834

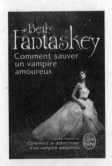

Le jour où Jessica Packwood a découvert qu'elle appartenait à une famille de vampires, sa vie a changé à jamais. A présent mariée au prince Lucius Vladescu, elle doit s'imposer en tant que souveraine face à une famille de vampires aux dents longues qui ne demandent qu'à l'écarter du trône. Quand un des Anciens est retrouvé assassiné avec le pieu de Lucius, tout accuse le prince-vampire. Emprisonné dans le château, affaibli par le manque de sang, il dépérit peu à peu, laissant Jessica seule face à son destin…

La suite de *Comment se débarrasser d'un vampire amoureux*, une comédie romantique riche en suspense et en rebondissements, qui a connu un immense succès dans le monde entier.

Alchimie   n° 32447

Dans le laboratoire du père de Jill Jekel se trouve une boîte, fermée à double tour. Jill sait qu'elle ne doit y toucher sous aucun prétexte. Mais, quand son père est retrouvé assassiné dans des circonstances étranges et qu'elle découvre qu'il a dévalisé le compte en banque destiné à payer ses études, elle n'hésite plus. Car cette boîte contient le secret de la transformation du célèbre Dr Jekyll en son alter ego maléfique, Mr Hyde.

Si Jill reproduit cette formule, son avenir est assuré. Au laboratoire, elle est aidée par un ami, Tristan Hyde, aux motivations obscures... et dangereuses. Parviendront-ils à résister au pouvoir de l'élixir ?

Deborah Harkness
dans Le Livre de Poche

Le Livre perdu des sortilèges n° 32565

Diana Bishop a renoncé depuis longtemps à un héritage familial compliqué
pour privilégier ses recherches uni-
versitaires, une vie simple et ordinaire. Jusqu'au jour où elle emprunte
un manuscrit alchimique : l'Ashmole
782. Elle ignore alors qu'elle vient
de réveiller un ancien et terrible
secret – un secret convoité par de
nombreuses et redoutables créatures.
Dont Matthew Clairmont. Un tueur,
lui a-t-on dit. Malgré elle, Diana se
retrouve au cœur de la tourmente.

Fabrice Colin
dans Le Livre de Poche

Bal de Givre à New York   n° 32705

Fabrice
Colin

Bal de Givre
à New York

Anna Claramond ne se souvient plus
de rien. Seul son nom lui est familier.
La ville autour d'elle est blanche,
belle, irréelle. Presque malgré elle,
la jeune fille accepte les assiduités
du beau Wynter, l'héritier d'une
puissante dynastie. Bal de rêve et
cadeaux somptueux se succèdent
avec lui, mais Anna sent que quelque
chose ne va pas. Qu'elle est en danger.
Anna sait qu'elle doit se souvenir.
Mais que lui réservera sa mémoire,
une fois retrouvée ?

La Malédiction d'Old Haven   n° 31552

LA MALÉDICTION
D'OLD
HAVEN

1723, Gotham. Mary Wickford, jeune
orpheline à la beauté flamboyante,
quitte le couvent et les soeurs qui l'ont
recueillie dix-sept ans plus tôt. En
route vers l'est, la jeune fille s'arrête
dans le vieux village d'Old Haven
où règne une atmosphère lourde de
secrets. Sans jamais être venue, elle
connaît ces paysages de brumes et
de ténèbres… C'est ici que fut brûlée
vive, jadis, une sorcière du nom de
Lisbeth Wickford…

1717. Nouvelle-Angleterre. Au cœur
de la nuit, un jeune homme sans
mémoire échoue sur la plage. Cet
inconnu, nommé Thomas Goodwill,
a oublié qu'il revient du Davy Jones
Locker, le paradis sous-marin des
pirates. Il n'est sûr que d'une chose :
un être cruel et tyrannique, qui n'est
autre que l'Empereur lui-même, a
juré sa perte. Il n'a qu'un espoir, lier
son salut à celui de la flamboyante
Mary Wickford.

Gail Carriger
dans Le Livre de Poche

Sans Âme (Le Protectorat de l'ombrelle *)   n° 32557

Miss Alexia Tarabotti doit composer avec quelques contraintes sociales. Primo, elle n'a pas d'âme. Deuxio, elle est toujours célibataire. Tertio, elle vient de se faire grossièrement attaquer par un vampire qui ne lui avait même pas été présenté ! Que faire ? Rien de bien, apparemment, car Alexia tue accidentellement le vampire. Lord Maccon – beau et compliqué, écossais et loup-garou – est envoyé par la reine Victoria pour démêler l'affaire. Des vampires indésirables s'en mêlent, d'autres disparaissent, et tout le monde pense qu'Alexia est responsable. Mais que se trame-t-il réellement dans la bonne société londonienne ?

Bram Stoker
Dacre Stoker et Ian Holt
dans Le Livre de Poche

Dracula   n° 31556

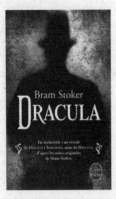

Jonathan Harker, jeune notaire, est
envoyé en Transylvanie pour rencontrer un client, le comte Dracula,
nouveau propriétaire d'un domaine à
Londres. À son arrivée, il découvre
un pays mystérieux et menaçant,
dont les habitants se signent au nom
de Dracula. Malgré la bienveillance
de son hôte, le jeune clerc ne
peut qu'éprouver une angoisse
grandissante. Très vite, il se rend à la
terrifiante évidence : il est prisonnier
d'un homme qui n'est pas un homme. Et qui partira bientôt
hanter les nuits de Londres... Grand classique de la littérature
de vampires, best-seller de tous les temps après la Bible,
Dracula est une source d'inspiration inépuisable.

Seule fiction littéraire soutenue par la famille du créateur de Dracula, cette oeuvre a été écrite par Dacre stoker, l'arrière-petit neveu de celui-ci, et Ian Holt, spécialiste reconnu du célèbre prince vampire. En 1888, six intrépides ont réussi à détruire Dracula aux portes de son château de transylvanie. Vingt-cinq ans plus tard, ils se sont dispersés mais le souvenir de cette périlleuse aventure où l'un d'eux a laissé la vie les poursuit. Une mort inexpliquée devant un théâtre parisien et un assassinat d'une effroyable cruauté au coeur de Londres vont réveiller la peur. Du Quartier latin à Piccadilly, l'ombre de Dracula semble à nouveau planer... Les héros d'autrefois doivent affronter un ennemi insaisissable aux attaques sournoises, violentes, mais aussi leurs propres démons. Une intrigue menée avec maestria, qui ressuscite le fantasme et la malédiction de l'immortalité.

Composition réalisée par DATAGRAFIX

Achevé d'imprimer en mars 2013 au Canada par
Marquis Imprimeur

Dépôt légal 1re publication : avril 2010
Édition 06 – mars 2013
LIBRAIRIE GÉNÉRALE FRANÇAISE – 31, rue de Fleurus – 75278 Paris Cedex 06